Clodagh Murphy

Pustekuchen!

Buch

Romy Fitzgerald hatte ihr Leben immer auf die konventionelle Art geplant: Freund, Hochzeit, Kinder. Nicht vorgesehen war die ungeplante Schwangerschaft, Folge einer Kostümparty und eines heißen Sexabenteuers im begehbaren Kleiderschrank. Und das auch noch mit einem Mann, der als Darth Vader verkleidet war. Doch die Geburt ihres Sohnes Luke neun Monate später stellt sich als das Beste heraus, was Romy je passiert ist. Das Einzige, wovor sie sich fürchtet, ist der Tag, an dem ihr Sohn sie fragen wird, wer sein Vater ist. Ungeschickterweise hat sie den Namen ihres One-Night-Stands nämlich nie herausgefunden. Und eigentlich wollte sie ihn auch nie wiedersehen, denn sie hat ihm Dinge von sich erzählt, die sie selbst am liebsten für immer vergessen würde. Als ihre alte Flamme Kit Masterson wieder in ihrem Heimatort auftaucht, wird die Sache noch komplizierter. Und bald schon muss Romy feststellen, dass Geheimnisse selten geheim bleiben, vor allem nicht, wenn es um die Liebe geht …

Autorin

Clodagh Murphy wurde 1961 in Dublin geboren. In den 1980ern zog sie nach London und blieb dort für ein paar Jahre, bevor sie in ihre Heimatstadt zurückkehrte. Hier lebt die Tante von fünf Neffen und einer Nichte noch heute, zusammen mit ihrem geliebten Laptop. Nach *Der letzte Exfreund meines Lebens* (37721) ist *Pustekuchen!* ihr zweiter Roman im Blanvalet Verlag.

Clodagh Murphy

Pustekuchen!

Roman

Aus dem Englischen
von Gabriele Weber-Jaric

blanvalet

Die Originalausgabe erschien 2012
unter dem Titel *Frisky Business*
bei Hachette Books Ireland, Dublin

MIX
Papier aus verantwortungsvollen Quellen
FSC® C014496

Verlagsgruppe Random House FSC® N001967
Das für dieses Buch verwendete FSC®-zertifizierte
Papier *Holmen Book Cream* liefert
Holmen Paper, Hallstavik, Schweden.

2. Auflage
Deutsche Erstausgabe Oktober 2015
bei Blanvalet, einem Unternehmen
der Verlagsgruppe Random House GmbH, München

Umschlaggestaltung und -motiv: www.buerosued.de
Redaktion: Susann Rehlein
AF · Herstellung: sam
Satz: KompetenzCenter, Mönchengladbach
Druck und Bindung: GGP Media GmbH, Pößneck
Printed in Germany
ISBN: 978-3-7341-0155-7

www.blanvalet.de

Für Trish und Emer,
die besten Freundinnen,
die man als Schwestern haben kann

1

Ein kräftiger Wind wehte durch die Curve Road und rupfte Blätter von den Bäumen. Am Haus Nummer 27 schüttelte er den Strauch, den Romy Fitzgerald gerade mit kleinen Kürbislaternen schmückte. Sie warf einen Blick zum Himmel hoch, der immer noch wolkenlos war. *Gott sei Dank*, dachte sie, dann mussten die Kinder für *Süßes oder Saures* nicht durch den Regen gehen. Mal abgesehen vom Wind, war das Wetter für die Jahreszeit überhaupt noch erstaunlich mild. Romy hatte ihre Jacke ins Gras gelegt und war im Sweatshirt. Als sie die Laternen an den Sträuchern befestigt hatte, band sie Luftballons an das Gartentor. Schließlich verschränkte sie die Arme vor der Brust, trat einen Schritt zurück und begutachtete ihr Werk. Dicke Kürbisse säumten den Kiesweg und die Eingangstreppe ihres großen rosa Hauses. In den Fenstern standen orangefarbene und schwarze Kerzen, an der Haustür hielt ein riesiges Skelett Wache, und im Kirschbaum hing ein Gespenst und wiegte sich im Wind. Ihr war zwar klar, dass sie ein bisschen viel des Guten getan hatte, aber wenigstens mussten die Kinder später nicht rätseln, ob sie hier willkommen waren oder nicht.

Romy raffte Jacke, Werkzeug und das Babyphon vom Rasen und sprang die Stufen zur Haustür hoch. Kurz bevor sie ihre Wohnung betrat, öffnete sich die Haustür, und May, die Älteste unter ihren Mietern, kam herein, über und über mit Einkaufstüten beladen.

»Das Haus sieht großartig aus«, sagte sie leicht außer Atem und wickelte einen bunten Schal von ihrem Hals. »Deine Mühe hat sich gelohnt. Es ist ein wundervoller Anblick.«

»Vielen Dank, May. Magst du auf einen Kaffee hereinkommen?«

»Lieber nicht.« May warf einen Blick auf ihre Uhr. »Frank wartet schon, und ich bin spät dran. Ich war bei La Senza.« Sie schaute auf ihre Tüten hinab. »Da muss es mit mir durchgegangen sein.«

»Aber wir sehen uns doch später auf der Party, oder?«

»Natürlich, wir freuen uns schon. Wann sollen wir kommen?«

»Offiziell geht's um halb acht los, aber kommt doch einfach, wenn ihr so weit seid.«

»Halb acht ist fein«, sagte May. »Dann können wir noch ein Weilchen an unserem Projekt arbeiten. Die Hälfte des Buchs ist zwar so gut wie geschafft, aber es gibt doch noch ein paar knifflige Positionen.«

»Ach ja?« Romy setzte eine interessierte Miene auf und hoffte, May würde ihr die Einzelheiten ersparen.

»Ja, die nächste nennt sich Schubkarre. Dazu muss ich mich auf alle viere niederlassen und Frank meine Beine von hinten anheben.«

»Oje, das klingt … anstrengend. Seid bloß vorsichtig.« Romy drehte den Schlüssel im Schloss ihrer Wohnungstür.

»Keine Sorge, wir passen auf. Weißt du, in unserem Alter kriegt *Sex ohne Folgen* eine ganz neue Bedeutung.« May kicherte. »Glücklicherweise sind wir ziemlich fit und bleiben gelenkig. Ich mache meine Yogakurse, und Frank hat sein Karate. Trotzdem, keiner von uns wird jünger.«

»Sollte man nicht glauben, wenn man dich sieht.« Romy

drehte sich zu May um. Sie wusste nicht genau, wie alt ihre Mieterin war, schätzte sie jedoch auf Ende sechzig. May war immer noch eine attraktive Frau, in ihrer Jugend musste sie aufsehenerregend schön gewesen sein. Sie hatte eine Figur, um die sogar etliche Zwanzigjährige sie beneidet hätten, und das silberglänzende Haar trug sie in einem eleganten Bob. Solange man sich nicht mit ihr unterhielt, war sie Werbung für die beste Art zu altern.

»Danke.« May lächelte. »Man tut, was man kann. Aber irgendwann wird die Arthritis kommen, es ist nur eine Frage der Zeit. Und wer weiß, ob wir noch mal die Chance für ein solches Projekt bekommen. Nutze den Tag, das ist meine Devise.«

»Wie recht du hast.« Romy rang sich ein Lächeln ab.

»Ach, du liebe Güte, und ich stehe hier und halte dich mit meinem Geplapper auf.«

»Nein, überhaupt nicht«, erwiderte Romy freundlich. »Ich muss nur langsam in die Gänge kommen.«

»Ja natürlich, Schätzchen. Wir sehen uns später. Und dann erzähle ich dir, wie es mit dem Projekt weitergeht.«

»Wunderbar. Bis dann.« Romy betrat ihre Wohnung. May steuerte die Treppe nach oben an.

Romys Wohnung lag im Parterre ihres Hauses. Es war eine große Wohnung mit hohen Decken, Romy hatte alles in neutralen, frischen Farben gestrichen, Creme und Taupe. Damit das Ganze nicht so nüchtern wirkte, hatte sie für rote Farbtupfer gesorgt und für das Wohnzimmer ein großes rotes Sofa erstanden. Anfangs hatte Romy diese und die anderen Wohnungen im Haus renovieren lassen, um sie so rasch wie möglich zu verkaufen. Doch dann hatte die Rezession eingesetzt, der Immobilienmarkt war auf Talfahrt gegangen, und Romy stand mit sechs erstklassigen Wohnungen da, die sie nur mit hohen Verlusten losgeworden wäre – wenn überhaupt. Folglich hatte sie entschieden, die Wohnungen zu vermieten und von den Einnahmen zu leben. In eine war sie selbst gezogen und hatte ihr so viel an persönlichem Touch verliehen, dass sie sich wie ein Zuhause anfühlte und nicht wie ein Zwischenstopp auf dem Weg die Vermögensleiter hoch.

Das große Wohnzimmer war schon für die Party hergerichtet. Unter der Decke schwebten orangefarbene und schwarze Fledermäuse, auf dem Sims des großen Kamins tummelten sich schwarze Gummispinnen zwischen schwarzen Kerzen und dicken Orangen. Den Kaminrost schmückte eine selbstgemachte Kürbislaterne.

Romy verstaute das Werkzeug und die Jacke im Garderobenschrank und betrat die Küche, wo schon wundervolle Düfte waberten. Auf dem Herd blubberte ein großer Topf Chili, auf der Kücheninsel kühlte auf einem Gitter ein Apfel-Karamell-Kuchen ab. Romy legte das Babyphon auf den Tresen und stellte die Herdplatte unter dem Topf mit der vorbereiteten Karamellmasse an. Während sie darauf wartete, dass die Masse sich erhitzte, wusch sie Äpfel ab, stach Holzstäbe hinein und reihte sie auf dem Tresen auf.

»Besorg dir einfach ein paar große Tüten Mini-Riegel«, hatte ihre Freundin Lesley geraten, als Romy ihr vor einigen Tagen von ihren Plänen erzählt hatte. »Die Kids von heute wissen doch gar nicht mehr, was ein kandierter Apfel ist.«

Romy fand das traurig. Kinder sollten wissen, was ein kandierter Apfel war. Es gab Traditionen, die man hochhalten musste, wie an Weihnachten einen Strumpf aufhängen und an Halloween kandierte Äpfel essen. Insbesondere Halloween hatte sie von jeher geliebt, inzwischen tat sie es sogar noch mehr als früher. Während sie dastand, mit ruhiger Hand einen Apfel nach dem anderen in die warme Karamellmasse tauchte und zum Abkühlen auf ein Tablett legte, ging ihr durch den Kopf, wie sehr ihr Leben sich seit dem vergangenen Halloween verändert hatte. Ihr Blick zuckte zu dem Babyphon hinüber, auf dem rote und grüne Leuchten im Rhythmus kleiner Schnauf- und Gurgellaute blinkten.

Als Romy den letzten Apfel glasiert, die Küche geputzt und aufgeräumt und den Geschirrspüler beladen hatte, ging sie ins Schlafzimmer und beugte sich über das Gitterbettchen in der Ecke, wo ihr Sohn Luke schlief. Wie immer konnte sie sich kaum von dem Anblick lösen und bewunderte die winzigen Fäuste, den perfekten Kranz der Wimpern und die watteweichen Bäckchen.

»Herzlichen Glückwunsch, Luke«, flüsterte sie und lächelte auf ihr Baby hinab. Luke war zwar erst drei Monate alt, aber sie fand, dass der heutige Tag sein Geburtstag war, denn da jährte sich der Tag, an dem sie ihn empfangen hatte, an dem sein Leben begonnen hatte – in einem begehbaren Kleiderschrank auf einer Halloweenparty. Ein sehr verheißungsvoller Start ins Leben war das nicht.

Ein Jahr früher

»Darth Vader hat dich im Visier.«

Lesley deutete mit dem Kinn zum anderen Ende des Raums. Romy schaute durch die Menge der Tiere, Roboter und Filmcharaktere hindurch in die Richtung und traf auf den Blick eines sehr hochgewachsenen, eindrucksvollen Dunklen Lords, oder zumindest nahm sie es an. Wegen seiner glänzenden schwarzen Darth-Vader-Maske war das schwer zu sagen. Ebenso gut hätte er ins Leere starren oder die Augen geschlossen haben können.

»Warum wechselst du nicht auf die dunkle Seite der Macht und machst dich mit ihm bekannt«, sagte Lesley und stieß Romy in die Seite.

»Nein danke.« Romy schnappte sich das nächste Glas Champagner vom Tablett einer vorbeilaufenden Kellnerin. »Wer weiß, wer hinter der Verkleidung steckt.« Sie nippte an ihrem Getränk und verfluchte die Partyvorschrift, nach der jeder kostümiert und maskiert hatte erscheinen müssen.

»Vielleicht ein wunderbarer Mann. Was du aber nie erfährst, wenn du nicht nachsiehst. Ich wette, der Typ ist steinreich.«

»Wie kommst du denn darauf? Sich ein Kostüm auszuleihen, kostet doch nicht die Welt.«

»Aber er ist hier. Wenn er ein Freund von David ist, muss er reich sein.«

»Wir sind doch auch hier.«

»Auch wieder wahr«, räumte Lesley ein. »Trotzdem, gib zu, dass das Kostüm ziemlich schick aussieht.«

»Vielleicht gehört es ihm«, sagte Romy. »Wahrscheinlich ist er einer von den Nerds, die alles über Star Wars *wissen. Aber selbst wenn er Bill Gates sein sollte – ich habe kein Interesse.«*

»Er ist nicht Bill Gates«, sagte Lesley. »Dafür ist er zu groß.«

»Okay, dann ist er eben nicht Bill Gates, ich habe trotzdem kein Interesse.«

Lesley sah sie an und seufzte entnervt. »Wann bist du zum letzten Mal flachgelegt worden?« Sie stemmte eine Faust in die Hüfte. Wäre sie nicht als Oompa Loompa gegangen, hätte sie bedrohlich wirken können.

»Vor … einer Weile.«

»Von Gary, richtig? Das war vor neun Monaten, Romy. Neun Monate!«

»Wenn ich neun Monate gewartet habe, kann ich auch noch ein bisschen länger warten.«

»Wie viel länger? Wenn du nie etwas unternimmst und nie etwas riskierst, wird auch nie etwas passieren.«

»Ich unternehme ja was, schließlich bin ich hier, oder nicht?« Romy wedelte mit der Hand über die Party hinweg.

Sie war zwar hier, wünschte aber, sie wäre es nicht. Sie war nur gekommen, weil Lesley ganz aus dem Häuschen gewesen war, als sie zu der Party eingeladen wurden. Trotzdem hatte sie nicht allein hingehen wollen und hatte Romy so lange bekniet, sie zu begleiten, bis Romy nachgegeben hatte. Zu dieser Art von Party wurden sie für gewöhnlich nicht eingeladen, doch sie waren mit David Kinsella zur Schule gegangen. Ziemlich lange danach hatte er sich selbstständig gemacht und verzeichnete inzwischen einen Jahresgewinn von mehreren Millionen. Mit einer Bar hatte er angefangen. Dann hatte er Nachtclubs und Restaurants in sein Portfolio aufgenommen und es durch den Zukauf von Immobilien nochmals erweitert. Zur Konsolidierung seiner Position hatte er eine Erbin und gesellschaftliche Ikone geheiratet, eine Frau, die früher Model war und ihre Zeit inzwischen damit verbrachte, für wohltätige Zwecke zu essen. Weder Lesley noch Romy verkehrten in Davids Kreisen, doch dann und wann warf er seinen alten Kumpels einen Knochen hin und lud sie zu einer seiner piekfeinen Partys ein. Bei der Aussicht, eine Nacht lang gratis Champagner zu trinken, in Davids Villa herumzuschnüffeln und zu sehen, wie die Reichen lebten, war Lesley nicht mehr zu bremsen gewesen. Ihr zuliebe versuchte Romy, in Stimmung zu kommen, aber es gelang ihr nicht. Sie wollte einfach nicht hier sein.

»Ich hätte nicht mitkommen sollen«, sagte sie.

»Sag bloß, du hättest was anderes vorgehabt.«

»Ich hätte die neue Mieterin, von der ich dir erzählt habe, zum Abendessen einladen können. Sie ist gestern eingezogen. Ich hätte ihr helfen können, sich zurechtzufinden.«

»Du bist ihre Vermieterin, Romy, nicht ihre Mutter.«

»Wie auch, sie ist ja alt genug, um meine Großmutter zu sein.«

»Ist es nicht ein bisschen traurig, in dem Alter noch zur Miete zu wohnen? Ich kann nur hoffen, dass ich nicht so ende.«

»Könnte aber auch schlimmer kommen. Soweit ich gesehen habe, ist an May nichts Trauriges. Ich glaube, sie hat ein sehr interessantes Leben geführt – tut das immer noch. Als sie sich die Wohnung angeschaut hat, wollte sie wissen, ob Männerbesuch gestattet sei.«

»Alle Achtung.«

»Sexuell ist bei ihr wahrscheinlich mehr los als bei mir.«

»Dazu gehört nicht viel.«

»Gut, dann wird sich wenigstens einer in meinem Haus amüsieren.«

»Eine Frau im Rentenalter. Schämst du dich nicht?«

»Nein.«

Romy nahm einen kleinen Schluck Champagner und schaute durch den Raum. Darth Vader starrte sie immer noch an. Hastig wandte sie den Blick ab. »Hat dem Typen nie einer erklärt, dass es unhöflich ist, andere Leute anzustarren?«, raunte sie Lesley zu. »Und warum glotzt er überhaupt so? Hier gibt's nichts zu sehen.«

»Vielleicht gefällst du ihm«, schlug Lesley vor.

»Wie denn? Er kann weder mein Gesicht noch sonst was sehen.« Romy hatte die freizügigen Kostüme in den Läden abgelehnt und sich ein schönes altmodischen Rotkäppchen-Kostüm angefertigt.

»Richtig. Du könntest eine Nonne sein.«

»Warum gafft er nicht Schneewittchen an seiner Seite an? Die sieht aus, als wäre sie ganz begeistert von ihm.«

»Mein Gott, das soll Schneewittchen sein? Darauf wäre ich nie gekommen.«

»Klar doch, Schneewittchen, das sich mit Lapdance in den Ferien was dazuverdient.«

Lesley lachte.

»Scheiße.« Romy versuchte, einen großen Schluck Champagner zu trinken. »Warum hat David auf den blöden Masken bestanden? Das ist so was von lächerlich.«

»Du weißt doch, was er gesagt hat: das würde das Eis brechen und uns alle gleich machen. Sonst würde der Plebs – also wir – sich vor lauter Ehrfurcht nicht trauen, mit seinen Freunden zu reden, und die würden sich nie im Leben zu uns herablassen.«

»Ich glaube, in Wahrheit wollte er Champagner sparen. Man kann echt nicht anständig trinken mit der Maske vor dem Mund.«

»Ich wette, er wollte Masken, damit er mit jeder, die ihm gefällt, rummachen und hinterher sagen kann, er hätte gedacht, sie wäre seine Frau.«

»Hallöchen, wen haben wir denn da?« Mit einem Mal stand ein ausgesprochen dicker Shrek vor ihnen. »Als Gastgeber bin ich stets zu Diensten«, sagte er mit einer kleinen Verneigung.

»Hi, David, tolle Party«, sagte Lesley. »Ich bin Lesley, und Rotkäppchen hier ist Romy.«

»Schön, dass ihr gekommen seid. Ich hoffe, es gefällt euch.«

David war zwar erfolgreicher als seine alten Klassenkameraden, aber zum Ausgleich alterte er nicht schön. Sein Haar lichtete sich schon, und die vielen Jahre guten Lebens hatten sich in Übergewicht und einem aufgedunsenen Gesicht niedergeschlagen.

»Was treibt ihr Mädels denn mittlerweile so? Versuchst du dein Glück immer noch mit Immobilien, Romy?«

Bei seinem herablassenden Ton fing Romy an zu kochen. Sie versuchte nämlich nicht etwa ihr Glück, sondern war, wie David sehr gut wusste, eine gestandene Unternehmerin. Vielleicht war sie nur ein Ein-Mann-Betrieb, aber sie beherrschte ihr Metier und war ein angesehenes Mitglied der Immobilienwelt. Ihr Ruf als Bauherrin war tadellos, ihre Immobilien waren gefragt und verkauften sich leicht – oder zumindest so leicht, wie der Markt es zuließ. »Ja, ich bin noch im Immobiliengeschäft«, erwiderte sie und beschloss, sich nicht provozieren zu lassen.

David schnalzte mit der Zunge. »Keine gute Zeit für Immobilien. Gott sei Dank habe ich das Ganze kommen sehen und bin ausgestiegen, bevor die Kacke am Dampfen war.«

Wahrscheinlich bist du unter irgendeinen staatlichen Rettungsschirm gekrochen, *dachte Romy.*

»Muss jetzt schwierig für dich sein«, sagte David.

»Ist es das nicht für jeden? Trotzdem, ich komme zurecht. Ich habe mich nie über die Maßen verschuldet, die Rezession kann mir also nicht zu viel anhaben. Ich sitze die Zeit einfach aus und lebe von meinen Mieteinnahmen.«

»Fein, fein – freut mich zu hören«, sagte David, doch Romy

nahm die in seinen Worten mitschwingende Enttäuschung wahr. Wahrscheinlich hätte er ihr jetzt liebend gern erklärt, wie sie es hätte besser machen können. »Ach übrigens, das mit deinem Vater tut mir leid.«

»Danke«, murmelte Romy und verfluchte die Tränen, die in ihren Augen zu brennen begannen. In dem Moment war sie froh, dass sie ihr Gesicht unter einer Maske verstecken konnte.

»Kam es ganz plötzlich, oder war er seit Längerem krank?«

»Ich wurde entlassen«, schaltete Lesley sich ein.

»Oh, das tut mir leid«, David klang erfreut. »Wenn ich irgendwie helfen kann …« Er ließ den Blick schweifen.

»Nicht nötig, vielen Dank. Ich arbeite jetzt freiberuflich als Webdesignerin, läuft ziemlich gut.«

»Prima«, sagte David geistesabwesend. »Ich werde übrigens nicht mehr lange im Lande sein. Katie und ich ziehen nach Kanada. Irland kann man knicken.« Sein rastloser Blick glitt durch den Raum. »Na dann, war nett euch zu sehen. Ich mische mich besser wieder unters Volk. Amüsiert euch, Mädels.«

»Danke, David«, rief Lesley ihm nach. »Arschloch«, setzte sie hinzu, als er außer Hörweite war.

»Vielen Dank«, sagte Romy. »Dafür, dass du eingesprungen bist.«

»Kein Problem«, antwortete Lesley.

Trotz Lesleys Maske spürte Romy den verständnislosen Blick ihrer Freundin. Lesley begriff nicht, weshalb sie immer noch so heftig reagierte, wenn vom Tod ihres Vaters die Rede war, und sie jedes Mal kurz davor war, die Fassung zu verlieren. Inzwischen waren seit seinem Tod zwei Monate vergangen. Es war auch nicht so, als wäre sein Ende ein Schock gewesen, ihr Vater war lange krank gewesen. Jeder, der sie kannte, fragte sich, warum es ihr so schwerfiel, seinen Tod zu verwinden, doch sie kannten Romys Geheimnis nicht. Niemand außer ihr wusste, was in der Todesnacht geschehen war. Schon deshalb war sie für Lesleys bedingungslosen Beistand dankbar.

»Was für ein Wichser«, sagte Romy, während sie verfolgte, wie David sich von einem zum anderen vorarbeitete.

»Noch ein Grund, ihn um Haus und Hof zu trinken«, erklärte Lesley fröhlich, leerte ihr Glas und schnappte sich das nächste von dem Tablett eines der Kellner.

»Da musst du lange trinken«, sagte Romy und schaute sich in der riesigen Empfangshalle um. Das Licht von den gewaltigen Kronleuchtern brach sich in den kristallenen Champagnergläsern, auf den Marmortischen mit den vergoldeten gedrechselten Beinen verströmten frische Blumengebinde einen schweren Duft. Bei ihrer Ankunft, sie waren im Taxi durch das aufgleitende Tor und über eine lange gewundene Allee gefahren, hatte Lesley nach Luft geschnappt. Vor dem Eingang hatte ein Bediensteter in Uniform gestanden. In der riesengroßen Eingangshalle hatte auf der geschwungenen Doppeltreppe ein Streichquartett die Gäste mit zarten Mozart-Klängen empfangen. Es war, als trete man in das Schloss von Versailles – prachtvoll, überladen und unendlich weit vom wahren Leben entfernt.

»Wir haben ja noch die ganze Nacht«, sagte Lesley. »Trink aus.«

Romy griff nach dem nächsten Glas. Am liebsten wäre sie schreiend davongelaufen oder nach Hause gefahren, um sich unter der Bettdecke zu verkriechen und in den Schlaf zu weinen. Allerdings könnte sie sich auch sinnlos betrinken, das wäre die dritte Alternative.

»Komm, wir mischen uns unters Volk«, sagte Lesley.

Romys Blick wanderte über das Meer der starren anonymen Masken. Sie spürte, wie ihr das Herz in die Hose rutschte. Wahrscheinlich waren sogar Leute darunter, die sie kannte – Nachbarn aus der Gegend, in der sie früher gewohnt hatte –, aber wie sollte sie die erkennen? Sie hatte keine Lust, sich mit Fremden über Belangloses zu unterhalten, und überlegte, wer von ihren alten Freunden hier sein könnte. Dabei wurde ihr schlagartig bewusst, dass sie vor allem an eine Person dachte – obwohl es ziemlich unwahrscheinlich war, dass Kit sich auf Davids Party befand. Sie wusste, dass er aus New York zurückgekehrt war, das hatte ihre Mutter ihr erzählt, aber wenn er hier war, nahm er eigentlich nie Kontakt zu seinen alten Freunden auf. Oder zumindest nicht zu ihr.

Romy schüttelte den Kopf und ärgerte sich über sich selbst. Sie benahm sich albern. Selbst wenn er hier wäre, würde es keinen Unterschied machen. Sie kannten einander ja kaum noch. Er lebte in New York, und sie hatten sich seit Jahren nicht mehr gesehen. Es war ja auch nicht so, dass sie ihn zurückwollte. Sie war einfach nur niedergeschlagen und fühlte sich ein bisschen einsam, sodass sie sich nach der tröstlichen Nähe eines anderen sehnte. Zum ersten Mal seit Langem wünschte sie sogar, sie wäre noch mit Gary zusammen. Verdammt, diese Party tat ihr nicht gut. Weder mochte sie David, noch wollte sie auf seiner Party sein, bei all diesen fremden Leuten.

»Lesley, tut mir leid, aber ich …«

»Du willst gehen«, beendete Lesley den Satz.

Romy nickte und fühlte sich wie der Inbegriff der Treulosigkeit. »Es tut mir so leid. Macht es dir was aus?«

»Ach was, geh nur. Ich weiß doch, dass du bloß hier bist, weil ich dich beschwatzt habe.«

»Danke«, sagte Romy und lächelte zerknirscht, bis ihr einfiel, dass Lesley das unter der Maske nicht sehen konnte. Aber ihre Freundin wusste wenigstens, dass Romy normalerweise nicht kniff, sondern die Dinge durchstand und in jeder Beziehung absolut zuverlässig war …

Romy schüttelte den Gedanken ab, umarmte Lesley zum Ab-

schied und wandte sich zum Gehen. Während sie versuchte, sich an der großen Gruppe an der Eingangstür vorbeizudrücken – Menschen, die schon betrunken waren, sich lautstark unterhielten –, spürte sie plötzlich, dass jemand ihre Hand von hinten packte. Romy fuhr herum und rechnete damit, Lesley vor sich zu sehen, doch stattdessen stand sie Angesicht zu Angesicht – oder vielmehr Maske zu Maske – Darth Vader gegenüber.

»Wohin gehst du?«, fragte er mit dumpfer Stimme.

Romy schüttelte seine Hand ab und gab ihm keine Antwort.

»Ist alles in Ordnung?« Er beugte sich zu ihr vor, was seltsam intim wirkte, griff wieder nach ihrer Hand und strich mit seinen behandschuhten Fingern darüber.

»Ich – mir geht's gut.«

»Den Eindruck habe ich nicht. Du siehst aufgebracht aus.«

Woher wusste er das? Er konnte ihr Gesicht doch gar nicht sehen.

»Bist du sauer auf mich?«

Plötzlich stellte sie fest, dass er noch immer ihre Hand hielt. Sie riss ihre Hand fort. »Nein. Natürlich nicht. Obwohl du mich angestarrt hast.«

»Ja, weil ich dachte, du würdest Oompa Loompa nie mehr los.«

Himmel, der Typ hatte eine enorme Ausstrahlung. Obwohl er ihre Hand nicht mehr hielt, konnte sie sich nicht von der Stelle rühren. Und wie sexy Darth Vader war … das war ihr bisher nie aufgefallen. Oder bildete sie sich die Hitze zwischen ihnen bloß ein? Obwohl sie schwören könnte, dass er unter seiner Verkleidung förmlich in Flammen stand. Sie spähte in seine Augen, um zu sehen, ob er jemand war, den sie kannte.

»Ich muss hier raus«, sagte sie, ohne sich zu regen.

»Das weiß ich.« Wieder packte er ihre Hand. »Komm mit.«

Widerstandslos ließ sie sich von ihm in Richtung Tür ziehen. Diesmal teilte die Menge sich anstandslos und machte ihnen

Platz. Doch dann steuerte er die Treppe an. Sie blieb stehen. »Ich will weg«, sagte sie und zeigte auf die Tür.

»Wir können noch nicht gehen«, erwiderte er. »Das würde David auffallen.«

Bevor sie ihm klarmachen konnte, dass es sich um eine Party handelte und David sie kaum als Geiseln festhalten würde, hatte er sich abgewandt, nahm die Treppe, zwei Stufen auf einmal, und zog sie hinter sich her. Romy konnte kaum mithalten und musste sich konzentrieren, um nicht zu stolpern. Sie wünschte, sie hätte nicht so viel Champagner getrunken und nicht so wenige Kanapees gegessen. Dass sie nur an Sex denken konnte, war auch nicht gerade hilfreich. Aber sein ganzes Benehmen hatte etwas so Dringendes, dass sie gar nicht daran dachte, sich zu widersetzen.

Oben an der Treppe lief er über den Flur und riss irgendwelche Türen auf. Die ersten drei Zimmer waren von keuchenden, sich windenden Paaren belegt, doch das vierte war leer. Er zerrte sie hinein, knipste das Licht an und schlug die Tür zu.

»Scheiße, kein Schlüssel«, sagte er, während er mit dem Finger über das Schloss fuhr. »Oder weißt du, wo der Schlüssel ist?«

Romy schüttelte den Kopf. Woher sollte sie wissen, wo der Schlüssel war?

Er streifte seine Handschuhe ab und ließ sie zu Boden fallen. »Dann müssen wir uns eben sputen – und die Tür zuhalten.« Er drehte Romy um und drückte sie gegen die Tür. Sie hörte etwas rascheln, und dann fiel etwas mit einem dumpfen Knall zu Boden. Als Nächstes umfasste er ihre Taille und zog sie an sich. Sie spürte die feuchte Wärme seiner Lippen auf ihrem Nacken. Demnach hatte er die Maske abgelegt. Wenn sie sich jetzt umdrehte, würde sie sein Gesicht sehen, aber das wollte sie nicht. Womöglich war er alt oder abstoßend, und das mochte sie nicht sehen. Sie wollte nur das, was gerade geschah. Obwohl er nicht alt geklungen hatte.

»Leider kann ich dich jetzt nicht lecken«, flüsterte er, während er an ihrem Ohr knabberte. »Dabei wollte ich all deine Lieblingsdinge tun.«

Seine Worte durchdrangen kaum den Tumult in ihrem Kopf, erst recht nicht, als er anfing über ihre Brüste zu streichen. Woher wollte er wissen, was sie am liebsten hatte? Doch als sie den Mund öffnete, um etwas zu sagen, knetete er ihre Brustwarzen, und sie bekam nur ein Stöhnen hin. Als er sich bückte und ihren Rock anhob, ihn langsam bis zu ihrer Taille hochschob, stockte ihr der Atem. Wie es aussah, wollte er keine Zeit mit irgendwelchem Vorgeplänkel verschwenden, aber auch das war ihr egal. Davids Idee, dass die Masken das Eis brechen würden, hatte jedenfalls funktioniert, auch wenn sie nicht sicher war, ob er das hier gemeint hatte.

»Rot. Wie passend«, sagte er mit leisem Lachen, als er ihren Slip sah, den sie sich in der Farbe ihres Kostüms zugelegt hatte. Wieder küsste er ihren Nacken, doch diesmal glitten seine Finger dabei in ihren Slip. Mit dem freien Arm umspannte er ihre Taille, drückte sie an sich und begann, sie zu streicheln.

Gott, es war schon so lange her, dass ein Mann sie berührt hatte. Romy spürte, wie sie unter seinen Fingern zerschmolz. Ihr ging durch den Kopf, dass sie sich nach der Trennung von Gary mehr Mühe geben und einen Nachfolger hätte suchen sollen, vielleicht müsste sie sich dann nicht auf einer Party von einem Wildfremden befingern lassen.

»Das ist neu«, sagte er, während seine Finger sanft über ihr Schamhaar fuhren und sie in ihrem Ohr seinen heißen Atem spürte. »Oder mag David so etwas? Vielleicht denkst du ja, du brauchst das, um ihn in Kanada zu wärmen.«

»Was … Was hast du gesagt?« Romy schluckte. Oh Gott, dachte er etwa, sie wäre … *»Ich will nicht, dass … Ich meine, ich bin nicht …«*

»He, es gefällt mir«, sagte er beschwichtigend und schob einen Finger in sie hinein. »Es ist sexy.«

»Oh mein Gott!«, stieß Romy hervor. »Du … Du hast eine Affäre mit Davids Frau.«

Sein Finger zuckte zurück. Als er sie ruckartig losließ, fehlte ihr sofort sein heißer Körper, und sie wand sich vor Verlangen. Sie legte die Stirn an die Tür, kniff mit zusammengebissenen Zähnen die Augen zusammen und widerstand der Versuchung, vor Frustration mit der Faust an die Tür zu schlagen. Nur noch wenige Sekunden, und es wäre passiert.

»Heilige Scheiße«, brachte er atemlos hervor. »Du … bist gar nicht Katie.«

»Nein.«

»Oh mein Gott! Scheiße! Oh, verdammt.«

»Ähm, vielleicht solltest du die Maske wieder aufsetzen«, schlug Romy, ohne sich umzudrehen, vor.

»Oh! Richtig. Scheiße!« Sie hörte ihn hinter sich rumoren, und als sie sich langsam umwandte, stolperte er durch den Raum, hielt sich den Kopf, stieß gegen Möbel und stöhnte. »Oh nein, oh verdammt.« Unwillkürlich musste sie lächeln. Darth Vader, der eine Panikattacke hatte.

»Mein Gott, jetzt dreh nicht durch.« Beim Klang ihrer Stimme hielt er inne. »Dein Gesicht habe ich doch gar nicht gesehen. Denk dran, ich weiß nicht, wer du bist. Lass einfach deine Maske auf.« Und reg dich ab, *fügte sie im Geist hinzu.*

»Aber ich habe doch gesagt … und meinen Finger … oh heilige Mutter Gottes. Es tut mir so leid.«

»Alles ist gut«, sagte sie. »Warum setzt du dich nicht?« Sie deutete auf das Bett. Er nickte und ließ sich auf der Tagesdecke nieder. Romy setzte sich zu ihm und legte ihm vorsichtig eine Hand auf die Schulter. Er hyperventilierte noch immer.

»Vielleicht solltest du den Kopf zwischen die Knie stecken.«

Verdammt, warum hatte sie den Mund aufgemacht. Wenn sie still gewesen wäre, hätte er den Kopf vielleicht zwischen ihre Knie gesteckt.

»Heiliger Strohsack, es tut mir so leid. Ich fasse nicht, dass ich … aber du sagst es David nicht, oder?«

»Nein. Und was sollte ich ihm denn überhaupt sagen? Ich weiß ja nicht mal, wer du bist.«

»Das könntest du herausfinden.«

»Ich verspreche dir, dass ich es nicht einmal versuchen werde.«

»Aber du könntest ihm immer noch sagen, dass Katie eine Affäre hat.«

»Das werde ich nicht tun. Ich bin nicht mit ihm befreundet.«

»Danke.« Er entspannte sich ein wenig, und sein Atem beruhigte sich.

»Also hast du mich deswegen angestarrt. Du dachtest, ich wäre Katie. Und deshalb hast du auch …« Sie brach ab und nickte zur Tür hinüber.

»Ähm, ja. Aber das tut mir schrecklich leid. Normalerweise falle ich nicht über fremde Frauen her.«

»Sondern nur über die, die du kennst? Das ist wirklich ein feiner Zug.«

Er lachte. »Ich komme ja auch aus feinen Verhältnissen – ich bin ein Dunkler Lord.«

»Egal, du hast mich verwechselt. Es war einfach ein Irrtum.« Dabei wurde ihr schmerzhaft bewusst, dass sie selbst keine derartige Entschuldigung hatte. Glücklicherweise war er so sehr damit beschäftigt, vor Scham im Erdboden zu versinken, dass ihm gar nicht bewusst wurde, dass sie nur allzu bereit gewesen war, sich von einem vollkommen Fremden an die Tür drücken und vögeln zu lassen.

»Danke, dass du so großzügig bist. Und dafür, dass du David nichts erzählen wirst. Und dafür, dass du nicht die Polizei rufst.«

»Na, ich habe mich ja nicht gerade gewehrt.« Gott sei Dank konnte man dank der Maske nicht sehen, wie rot sie geworden war. »Ist ja nichts passiert«, schloss sie munter. Außer dass sie jetzt Lust hatte und er nichts dagegen tun würde.

»Das haben wir nur David zu verdanken. Weil er auf den dämlichen Masken bestanden hat.«

»Klar.« Romy lachte. »Wir geben David die Schuld. Aber wie bist du überhaupt auf die Idee gekommen, ich könnte Katie sein?«

»Sie hat mir gesagt, dass sie als Rotkäppchen geht. Übrigens ein tolles Kostüm.«

»Danke. Habe ich selbst genäht.«

»Wirklich? Wow! Na jedenfalls, ich habe das Kostüm gesehen, die Figur und die Größe, die ungefähr Katie entspricht, obwohl ihr Haar vielleicht etwas kürzer ist, jetzt so aus der Nähe betrachtet.«

»Und an manchen Stellen ist es offenbar gar nicht vorhanden. Aber das konntest du ja vom anderen Ende des Raums und durch meine Kleidung hindurch nicht erkennen.«

»Oh Schande.« Er stöhnte und nahm seinen Kopf in die Hände. »Wenn du wüsstest, wie leid es mir tut. Und dann auch noch die Bemerkung über … du weißt schon.«

»Das ist doch kein Beinbruch«, sagte sie und amüsierte sich über sein Unbehagen. »Wenigstens hast du dich lobend darüber geäußert.«

»Zum Glück. Sonst wäre es wirklich zu peinlich geworden.«

Romy lachte.

»Mann, du musst mich für total irre gehalten haben. Zuerst starre ich dich die ganze Zeit an, und dann schleife ich dich hier hoch und fange an, dich zu betatschen.«

»Seit wann seid ihr zwei denn schon …?«

»Seit etwa zwei Jahren.« Er zuckte mit den Schultern. »Mit

Unterbrechungen. Es ist ganz unverbindlich, nichts Ernstes. Ich bin selten hier, aber wenn ich mal in Dublin bin, dann … treffen wir uns.«

»Aha.«

»David ist ein ziemlicher Trottel«, sagte er.

Romy nickte. »Das weiß ich.«

»Wie auch immer, das mit uns ist jetzt vorbei. Die beiden werden demnächst nach Kanada ziehen.«

»Dann wäre heute Abend also die letzte Runde gewesen.«

»Ja, so was in der Art.«

»Tut mir leid, dass ich es vermasselt habe.«

»Macht nichts. Offen gestanden wollte ich gar nicht kommen. Und es in ihrem Haus zu tun, direkt vor der Nase ihres Mannes, war auch nicht nach meinem Geschmack. Zeugt von mangelndem Respekt.«

»Was nicht der Fall ist, wenn man es hinter seinem Rücken tut?«

Er lachte auf. »Autsch, das hat gesessen.«

»Entschuldige, das sollte kein Vorwurf sein.«

»Ist schon in Ordnung. Ich hatte Katie gesagt, dass ich nicht komme. Sie hat sich ziemlich aufgeregt. Im letzten Moment habe ich dann gedacht: Ach, was soll's, ich gehe hin und überrasche sie.«

»Dann solltest du sie jetzt vielleicht suchen gehen. Klingt, als hättest du ihr eine Freude machen wollen.«

»Nein, der Moment ist vorbei. Außerdem habe ich für einen Abend schon genug Überraschungen erlebt. Und was wäre, wenn ich mich wieder irre? Mein nächstes Opfer wäre vielleicht nicht so verständnisvoll wie du.«

»Tja.« Romy stand auf und strich ihren Rock glatt. »Dann gehe ich mal wieder.«

»Klar, du willst sicher zur Party zurück.«

»Eigentlich nicht. Ich war dabei zu verschwinden, als du … als wir uns über den Weg gelaufen sind.« Romy wollte nicht auf der Party bleiben, aber auch nicht allein nach Hause gehen. Genau genommen fand sie es hier, zusammen mit dieser groß gewachsenen, dunklen Gestalt, ziemlich schön.

»Warum bleibst du denn nicht und unterhältst dich weiter mit mir?«

»Lieber nicht«, sagte sie, ohne es zu meinen.

»Warum nicht? Hast du Angst, ich würde dich fressen?«

»Nein. Ich mag ja Rotkäppchen sein, aber du bist kein Wolf.«

»Vielleicht doch. Woher willst du wissen, wie es unter meinem Kostüm aussieht?«

»Ein Wolf, der sich als Darth Vader verkleidet? Kommt mir eher unwahrscheinlich vor.«

»Dann bleib.« Er griff nach ihrer Hand und zog sie wieder auf das Bett herunter.

»Worüber sollen wir uns denn unterhalten? Wenn du etwas erzählst, errate ich womöglich, wer du bist.«

»Gut, dann reden wir weder über Jobs noch darüber, wo wir wohnen.«

»Und sagen auch nichts über unsere Familien oder die Schulen, die wir besucht haben. Oder erzählen, wie wir David kennengelernt haben.«

»Hm, viel bleibt dann nicht mehr übrig, oder?«

»Höchstens die großen Themen.«

Er schwieg eine Zeitlang. »Na schön«, sagte er dann. »Glaubst du an Gott?«

»Nein. Du?«

»Nein – vermutlich nicht. Ich meine, manchmal, wenn ich unbedingt möchte, dass etwas Bestimmtes passiert, dann denke ich ›bitte, lieber Gott‹. Zählt das?«

»Hm. Nein, eher nicht. Vielleicht bist du so was wie ein Wech-

selwähler. Glaubst du denn, dass deine Wünsche in Erfüllung gehen, wenn du ›bitte, lieber Gott‹ gedacht hast?«

»Nein, nicht wirklich. Was wahrscheinlich bedeutet, dass ich nicht an ihn glaube.«

»Es könnte auch eine Sie sein.«

Er lachte. »Willst du damit sagen, das Wesen, an das du nicht glaubst, könnte weiblich sein?«

»Ja. Nur weil man nicht an Gott glaubt, muss man noch lange nicht sexistisch sein.«

»Richtig. Entschuldige.« Reumütig hob er die Hände. »Wahrscheinlich glaube ich nicht wirklich an Gott, wünschte aber irgendwie, ich täte es.«

»Ich weiß, was du meinst. Ist sicher schön, sich vorstellen zu können, dass alles einen Sinn macht. Und dass es jemanden gibt, der immer über einen wacht. Muss tröstlich sein.«

»Ja.«

»Welchen Glauben wünschst du dir denn als den wahren, wenn du wählen könntest.«

»Hm. Ich weiß nicht. Nicht den Katholizismus mit Himmel, Hölle und Fegefeuer.«

»Ja, schrecklich. Also, ich würde einen wählen, bei dem man wiedergeboren wird. Aber nur, wenn ich als jemand wiedergeboren würde, der viel cooler ist, als ich es bin. Jedenfalls wollte ich keine Schnecke oder so was Ähnliches werden.«

»Das würdest du auf gar keinen Fall. Du hast ein starkes Karma.«

»Danke, das hast du nett gesagt.« Romy seufzte und malte mit dem Zeigefinger Muster auf die Bettdecke. »Mir gefällt unsere Welt. Deshalb hätte ich gegen ein zweites Leben nichts einzuwenden. Ich hätte gern mehr als nur dieses eine.«

»Das Leben kann ja auch schön sein. Zumindest wenn du zu den Glücklichen zählst. Allerdings sehe ich eine Menge

Menschen, die …« Abrupt brach er ab. »Den Satz darf ich nicht beenden.«

»Geht es um etwas Persönliches?«

»Ja, um ein Haar hätte ich etwas gesagt, das mit meiner Arbeit zusammenhängt.«

Daraufhin schwiegen sie. Schließlich ergriff er wieder das Wort. »So, die Frage der Religion wäre erledigt. Was jetzt?«

Romy dachte nach. »Wir könnten einander unsere tiefsten und schwärzesten Geheimnisse anvertrauen.«

»Du kennst meins doch schon.«

»Dass du deinen Sohn Luke töten wolltest? Das ist kein Geheimnis, mein Lieber. Das ist spätestens seit dem Film von George Lucas bekannt.«

»Der miese Verräter.«

Romy lachte. »Jetzt mal im Ernst, ist das mit dir und Katie dein schlimmstes Geheimnis?«

»Etwas anderes habe ich nicht zu bieten.« Er zuckte mit den Schultern. »Ich finde es ziemlich scheußlich. Was ist mit dir? Hast du ein schreckliches Geheimnis?«

»Ja, habe ich.«

»Tatsächlich? Dabei scheinst du mir gar nicht der geheimnisvolle Typ zu sein.«

»Bin ich eigentlich auch nicht. Ich habe es noch nie jemandem erzählt.«

»So schlimm?«

»Ja. Sehr.«

»Schlimmer als meins?«

Romy nickte. »Viel schlimmer, glaube ich.«

»Du musst es mir nicht erzählen, wenn du nicht möchtest.«

»Ich möchte aber.«

»Okay, ich höre.«

Als Romy begonnen hatte, konnte sie nicht mehr aufhören und wunderte sich, wie leicht das Bekenntnis ihr fiel. Nicht zu wissen, wer er war und wie er aussah, hatte etwas äußerst Befreiendes, als säße man in der dunklen Anonymität des Beichtstuhls. Sie war sich nicht sicher, ob es der Alkohol war, der ihre Zunge löste, oder der Umstand, dass sie Masken trugen, doch sie stellte fest, dass sie in der Lage war, diesem Fremden das zu erzählen, was sie noch nie jemandem anvertraut hatte, nicht einmal denen, die ihr am nächsten standen. Sie sprudelte es nicht einmal hastig hervor, sondern schilderte alles langsam und bedächtig. Sie erklärte, dass sie in letzter Zeit nicht sie selbst gewesen sei. Dass ihr Vater gestorben sei und sie sich seitdem hilflos fühle, als gebe es nichts, woran sie sich festhalten könne, und als spiele im Leben letztendlich nichts eine Rolle, da alles im Nu zu Asche werden konnte. Während sie sprach, nahm er ihre Hand, hielt sie fest und strich beruhigend mit dem Daumen darüber, und je länger er das tat, desto gelöster wurde sie und sprach weiter. Sie schilderte ihm die lange zermürbende Krankheit ihres Vaters. Zu guter Letzt berichtete sie ihm von dem Abend, an dem er gestorben war, und was sie da getan hatte. Er unterbrach sie nicht, sondern hörte stumm zu, während die Worte aus ihr herausflossen, bis sie sich leer fühlte – und gleichzeitig gereinigt.

Als sie draußen auf dem Flur andere Menschen hörte, fuhr sie zusammen und umklammerte panisch seine Hand. Sie wollte nicht, dass der Bann gebrochen wurde, den er mit seinem streichelnden Daumen und seiner stummen, maskierten Gegenwart geschaffen hatte. Stattdessen wollte sie hier bei ihm bleiben, aber mit ihm allein. Nachdem alles aus ihr heraus war und sie sich gereinigt und schwach und klein fühlte, wünschte sie, er würde sich mit ihr auf das Bett legen, sie in seinen schweren dunklen Umhang hüllen und an seinen warmen Körper drücken. Sie wünschte, dass er ihr ein Gefühl von Sicherheit gäbe, wollte sich aufgehoben und beschützt fühlen, spüren, dass ihr verziehen wor-

den war. Sie hatte ihm das Schlimmste anvertraut, was sie jemals getan hatte, und jetzt sollte er ihr Absolution erteilen.

Laute Schritte näherten sich der Tür. Er packte ihre Hand und zog sie in den großen begehbaren Kleiderschrank am anderen Ende des Zimmers. In dem Moment, in dem er die Tür schloss, stürzten ein Mann und eine Frau in das Zimmer und kreischten vor Lachen. In dem Kleiderschrank war es dunkel. Als Romy die Hand ganz automatisch nach dem Lichtschalter ausstreckte, packte er ihren Arm und riss die Hand zurück. Dann legte er den nackten Arm zurück an ihre Seite. Dabei strich seine Hand daran entlang, und Romy erschauerte. Sie wandte sich zu ihm um. Inzwischen hatten ihre Augen sich an die Dunkelheit gewöhnt, und sie sah, dass er einen Finger auf die Lippen legte und den Kopf schüttelte. Schweigend standen sie da und lauschten dem Knarren des Betts, dem Keuchen und den murmelnden Stimmen, die aus dem Zimmer zu ihnen drangen. Eine Weile später schlug die Zimmertür zu, und die Stimmen entfernten sich.

»Sie sind weg«, flüsterte er und langte an ihr vorbei nach dem Türgriff. Sie stoppte ihn, denn sie wollte nicht ins Licht hinaustreten.

»Ich habe noch ein Geheimnis«, sagte sie.

»Welches?« Er drehte sich zu ihr um.

Sie nahm seine Hände, spürte, wie fest und warm sie waren, und wollte wieder von ihm berührt werden. »Vorhin, als wir … da draußen waren.« Sie nickte zur Tür. »Da wollte ich, dass du nicht aufhörst.«

»Heißt das …«

»… ich wollte, dass du nicht aufhörst.« Nervös knetete sie seine Finger, ehe sie die Hand nahm und auf eine ihrer Brüste legte. »Ich wollte, dass du weitermachst«, sagte sie flehend. Sie hörte, dass er nach Atem rang, und nahm ihre Hand weg, doch seine

Hand blieb, wo sie war. Dann begann sein Daumen sich zu bewegen und fuhr zart über ihre Brustwarze. Sie seufzte erleichtert und hob instinktiv ihr Gesicht zu ihm hoch. »Ich wünschte ...« Ihre Stimme brach, und sie merkte, dass sie weinte.

»Schsch«, machte er. »Ist ja schon gut. Sag mir, was du möchtest.«

»Ich wünschte, ich könnte dich küssen.«

Als er seine Hand wegnahm, empfand sie es als Verlust. Doch dann griff er nach hinten und zog irgendetwas von der Kleiderstange ab. Es war ein langer duftiger Schal, den er vor sie hielt, und wenngleich sie sein Gesicht nicht erkennen konnte, wusste sie, dass er sie um Erlaubnis bat. Sie nickte.

»Dreh dich um«, sagte er. Als sie mit dem Rücken zu ihm stand, nahm er ihre Maske ab, wand den Schal mit sanfter Hand um ihre Augen und verknotete ihn an ihrem Hinterkopf. Der Stoff war kühl und seidig und roch schwach nach Parfum.

»Ist das für dich in Ordnung?«, fragte er und drehte sie wieder um. Sie schwankte leicht und fühlte sich unsicher in der Finsternis, doch sie sagte Ja.

Sie hörte ein leises Schaben. Er hatte seine Maske abgelegt. Dann nahm er sie in die Arme, und sie spürte seine Lippen auf ihrem Mund. Die ersten Küsse waren sanft und verhalten, wurden jedoch rasch hitziger. Ihre Zungen trafen aufeinander, und ihre Hände glitten unter die Kleidung des anderen. Die Augenbinde steigerte Romys Erregung und schien das Gefühl seiner Zunge auf ihrer Haut zu intensivieren, ebenso wie das Weiche seiner Haare auf ihren Schenkeln, als er eins von Katies liebsten Dingen tat, auch sein Keuchen und Stöhnen, ja sogar das Geräusch der aufreißenden Kondomhülle und dann die Härte seines Glieds, als er in sie eindrang. Es hätte alles billig und abgeschmackt wirken können, doch das tat es nicht. Stattdessen fühlte es sich liebevoll und tröstlich an – als würde ihr verziehen. Es war tatsächlich wie eine Absolution. Später schliefen sie auf dem Boden des Kleiderschranks ein.

Als Romy wach wurde, war sie allein in dem dunklen Schrank. Sie stieß die Tür auf und stellte fest, dass es Morgen war und das Tageslicht in ihren Augen schmerzte. Wie im Traum lief sie nach unten. Von der Party waren nur noch wenige übrig geblieben. Ein kleiner, dicker Spiderman knutschte mit einem Schneewittchen auf dem Sofa. Auf dem Küchenboden teilte ein zusammengesunkener Sensenmann sich mit einem Gorilla einen Joint. Darth Vader war nirgends zu sehen. Es war, als hätte sie tatsächlich alles nur geträumt und er nie existiert. Doch nach einigen Wochen hatte sie den Beweis, dass alles Wirklichkeit gewesen war. Neun Monate später hielt sie das Ergebnis in den Armen, mit seinen gesamten acht Pfund und zweihundertfünfundzwanzig Gramm. Sie nannte das Baby Luke.

2

Kit Masterson lag auf seinem schmalen Bett, die Hände hinter dem Kopf verschränkt, und starrte bedrückt an die Zimmerdecke. Draußen zischten Raketen und krachten Böller. Er fragte sich, wie um alles in der Welt er hier wieder gelandet war. Noch vor zwei Jahren war er ein erfolgreicher Händler an der Wall Street gewesen, mit einem Penthaus am Riverside Drive und einem weiteren Statussymbol in Form einer bildschönen Freundin, die ihm jederzeit zur Verfügung stand. Für die Sommermonate hatte er ein Strandhaus in den Hamptons gemietet und die Abende in teuren angesagten Restaurants verbracht, die Nächte in Bars, in denen ein Cocktail fünfzig Dollar kostete. Und jetzt lag er im Haus seiner Eltern in seinem alten Kinderzimmer, ohne Job, mehr oder weniger bankrott und umgeben von Kisten, in die er in New York die Reste seines Lebens gepackt hatte. In dem winzigen Raum nahmen sie so viel Platz ein, dass man sich kaum bewegen konnte. In den beiden Wochen seit seiner Rückkehr hatte er es nicht einmal geschafft, sie auszupacken, sondern meistens schockstarr auf dem Bett gelegen und über den Trümmerhaufen nachgedacht, zu dem sein Leben geworden war. Wann hatte es nur angefangen, dermaßen aus dem Ruder zu laufen?

Aber eigentlich musste er sich das gar nicht fragen, er wusste, wann es angefangen hatte, er wusste, dass er nur einer von vielen war, denen es so ergangen war. Trotzdem nahm er es persönlich. Er hätte, verdammt noch mal, die Ausnahme sein müssen. Verlieren taten andere, aber er doch nicht. Klar, Aktien konnten steigen oder fallen, doch er hatte sich nun mal daran gewöhnt, dass seine stiegen. Wenn er an den Tag dachte, als er und seine Kollegen gefeuert wurden, drehte sich ihm jetzt noch der Magen um. Sicher, sie hatten es kommen sehen, aber als es dann tatsächlich passierte, war es ein enormer Schock gewesen, denn so ganz realistisch war es ihnen vorher doch nicht erschienen. Selbst als es so weit war, hatte er noch gedacht, dass es einen Ausweg geben müsste und ihm das Schicksal der anderen erspart bliebe, dass sich ihm eine kleine goldene Tür öffnen würde, durch die er schlüpfen konnte. Doch über die Wall Street war ein Tsunami hereingebrochen, der jeden verschlang, ungeachtet der Person.

Allerdings hätte er sich retten können, immerhin hatte er zuvor aberwitzig hohe Gehälter eingestrichen, doch dummerweise hatte er wie ein Irrer in die Immobilienprojekte eines Freundes investiert. Trotzdem hatte er so lange wie möglich in New York ausgeharrt und versucht, sich an die Reste seines Lebens zu klammern. Er hatte die Ausgaben gesenkt, sich eingeschränkt, die wenigen Vermögensanlagen, die er besaß, liquidiert und sich nach einem neuen Job umgeschaut. Aber zu guter Letzt hatte er sich seine Niederlage eingestanden, das Handtuch geworfen und hilflos zugesehen, wie die Flutwelle alles mit sich riss. Und jetzt war er hier, schlief wieder in seinem Kinderzimmer, inmitten der Andenken an seine Teenagerjahre. Seine Mutter kochte für ihn und machte seine Wäsche, sein Vater wollte ihm Taschengeld für die Kneipe geben. So konnte er nicht leben, aber was zum Teufel sollte er tun? Er war einunddreißig Jahre alt und taugte zu nichts.

Er wusste nur, wie man mit Aktien handelte, das war seine einzige Stärke. Früher in der Schule war er kein großes Licht gewesen, aber er war gewitzt, umtriebig und ehrgeizig, außerdem gerissen und charmant, eine Kombination, mit der er es weit gebracht hatte – bis in die hektische Umgebung des Handelsraums, wo er sein Gespür für den Markt entdeckt hatte, so intuitiv, dass es schon ans Übernatürliche grenzte. Er wurde der Star unter den Händlern, eine Legende in der Firma, für die er arbeitete. Er hatte ihr ein Vermögen eingebracht und war entsprechend entlohnt worden. Und dann war fast alles weg gewesen, beinahe über Nacht.

Kit schaute sich im Zimmer um. Es kam ihm vor wie eine Zeitkapsel, voll von Erinnerungsstücken und irgendwo in den späten 1990ern hängengeblieben. Nur die Nostalgie verband ihn noch mit den Gegenständen – den Filmplakaten von *Die Ladenhüter* und von *Kids*, den Postern mit Kurt Cobain und Chloë Sevigny, den gestapelten Musikkassetten, die er selbst aufgenommen hatte, mit Songs von obskuren Indie-Bands, die Titel in seiner krakeligen Handschrift auf die Hülsen geschrieben. Ihm war, als gehörte all das jemand anderem, jemandem, den er vor langer Zeit einmal gekannt hatte und an den er inzwischen mit väterlicher Zuneigung dachte. Zu diesem Menschen konnte er nicht mehr werden. Er war nicht mehr der Junge von früher, und der Mann, der er jetzt war, konnte hier nicht leben. Es war eine fremde Umgebung, ein Planet, auf dem die Luft zum Atmen fehlte.

Seine Eltern kannten sein New Yorker Leben nicht, sondern nur die Teile, die er ihnen bei ihren Besuchen gezeigt hatte. Es war einfach gewesen, ihnen während dieser kurzen Zeiten etwas vorzuspielen und die Spuren seines wahren Lebens für ein, zwei Wochen zu verwischen. Aber wie sollte er jetzt tagtäglich mit ihnen zusammen sein, ohne zu verraten, dass er sie jahrelang getäuscht hatte. Es würde nicht klappen. Er musste einen Weg finden, um an so viel Geld zu kommen, dass er so bald wie möglich nach New York zurückkehren konnte.

Während er sich noch im Selbstmitleid suhlte, klopfte es an der Tür. Kit rief »Herein«, setzte sich auf und schwang die Beine vom Bett. Seine Mutter öffnete die Tür.

»Ich mache gerade Tee, Schätzchen. Möchtest du eine Tasse?«

»Nein danke.«

»Ach. Na gut.« Unsicher blieb sie im Türrahmen stehen. Ihr Blick huschte durch den Raum. »Du könntest anfangen, die Kisten auszupacken.«

»Mach ich noch. Bin bis jetzt nicht dazu gekommen.«

»Es sind schon fast drei Wochen«, wagte sie sich vor.

»Das weiß ich.« Kit atmete tief durch und versuchte, seinen Unmut zu bekämpfen. Seine Mutter meinte es gut, trotzdem fühlte er sich wie ein Teenager, dem man gerade gesagt hatte, er solle sein Zimmer aufräumen.

»Ich könnte dir helfen«, schlug sie vor. Es klang fragend und zaghaft. Sofort fühlte Kit sich schuldig. Ihm war klar, dass er seit seiner Rückkehr griesgrämig und aggressiv war und sich wie ein undankbarer Flegel benahm. Es war nicht fair. Was konnte seine Mutter dafür, dass ihr Sohn ein Loser war?

»Nein, das mache ich selbst. Trotzdem danke.« Es kostete ihn Kraft, sie nicht anzufahren.

»Du kannst die Sachen ruhig im Haus verteilen. Es muss nicht alles in deinem Zimmer stehen. Wir können auch etwas anderes für die Wände besorgen.« Sie kam näher und setzte sich zu ihm aufs Bett. »Sollen wir am Wochenende losziehen, und du suchst dir etwas aus? Ich würde es bezahlen.«

»Danke, Mum, aber ich möchte nicht, dass du für mich Geld ausgibst.«

»Das ist gequirlter Quatsch.« Liebevoll stieß sie ihn mit der Schulter an und schaffte es, ihn zum Lachen zu bringen. Seine Mutter stammte aus Minnesota und lebte seit über dreißig Jahren in Irland, doch ihren amerikanischen Akzent hatte sie nie verloren. Selbst wenn sie typisch irische Wendungen benutzte, wurde daraus ein ulkiger Mischmasch aus Irisch mit amerikanischem Zungenschlag.

»Es muss ja nicht viel kosten. Wir könnten zu Ikea gehen. Das Zimmer müsste schon lange mal renoviert werden.« Sie schaute sich um. »Mir hat nur ein Tritt in den Hintern gefehlt. Aber jetzt bist du hier, und ich könnte es in Angriff nehmen.«

»Nein, Mom, ich möchte nicht, dass es meinetwegen geschieht. Wenn ich mich wieder sortiert habe …«

Seine Mutter seufzte. »Ich weiß, du siehst das nur als vorübergehende Lösung – und so ist es ja auch«, setzte sie hastig hinzu, als Kit den Mund öffnete, um etwas zu sagen. »Aber vielleicht wird deine Zeit hier doch nicht so kurz, wie du denkst. Es könnte doch eine Weile dauern, bis du wieder einen Job findest.«

»Das weiß ich selbst. Ich kümmere mich auch bald darum, gar keine Frage. Ich brauche nur noch ein bisschen Zeit, um das, was passiert ist, auf die Reihe zu kriegen.« Glücklicherweise hatte er New York verlassen, ehe er auch seine letzten Ersparnisse durchgebracht hatte. Im Moment hing er noch nicht von seinen Eltern ab.

»Mein Gott, ich will dich doch nicht rauswerfen. Was du

erlebt hast, ist schrecklich, aber für mich ist es schön, dich wieder im Haus zu haben.«

»Weiß ich doch. Ich bin ja auch gern wieder bei euch. Glaub nicht, dass …«

»Für dich ist es natürlich schwierig«, fiel sie ein. »Du bist ein erwachsener Mann und daran gewöhnt, dein eigenes Leben zu führen. Wieder zuhause zu wohnen ist nicht einfach. Das verstehe ich durchaus.«

»Bitte, nimm es nicht persönlich.«

»Tue ich nicht. Aber wenn es nur vorübergehend ist, solltest du dich in der Zeit vielleicht einfach entspannen und das Beste daraus machen. Ich bin sicher, es wird nicht lange dauern, bis du dich wieder im Griff hast. Womöglich änderst du ja sogar deine Meinung und kehrst nicht mehr nach New York zurück.«

»Das bezweifle ich.«

»So etwas weiß man nie«, sagte sie beherzt. »Wie auch immer, für mich zählt nur, dass du glücklich bist.«

»In New York war ich glücklich.«

»Wirklich?« Sie musterte ihn, und Kit sah erstaunt, dass in ihrem Blick etwas Mitleidiges lag.

»Sicher. Warum wundert dich das so?«

»Hm, das kann ich dir nicht mal genau sagen. Aber du kamst mir immer ein bisschen … einsam vor. Als würde irgendetwas fehlen.«

»Einsam? Ich bitte dich. Ich hatte drüben jede Menge Freunde.«

»Natürlich, aber …«

»Und Lauren.« Seine Mutter wandte den Kopf ab, doch Kit hatte ihren skeptischen Blick wahrgenommen. Seine Mutter hatte sich nie viel aus Lauren gemacht, auch wenn sie bei den wenigen Zusammentreffen freundlich gewesen war und versucht hatte, ihre Gefühle zu verbergen. Kit hatte sich nicht daran gestört, er selbst hatte sich auch nicht viel aus Lauren gemacht. »Ich hatte ein sehr gutes Leben«, beharrte er, denn ihr Einwand hatte ihn aus dem Lot gebracht. »Ich hatte einen fantastischen Job und ein tolles gesellschaftliches Leben.«

»Logisch. Es ist nur …« Sie schüttelte den Kopf. »Es war nur ein Eindruck«, fügte sie mit versöhnlichem Lächeln hinzu. Offenbar befürchtete sie, ihn verstimmt zu haben. »Vielleicht war es auch nur mein Wunschdenken. Ich mag es eben nicht, wenn du so weit weg bist, und wünschte, du hättest dich in Irland niedergelassen.«

»Zum Glück kommt Ethan bald zurück.«

»Gott sei Dank.« Für einen Moment huschte etwas Sorgenvolles über ihr Gesicht. »Was glaubst du, wie ich mich freue, wenn meine beiden Jungen wieder zuhause sind, wenigstens für eine Weile. Du bist doch sicher auch froh, dass Ethan wiederkommt.«

Draußen zischte eine Rakete durch die Luft. Sie drehten sich zum Fenster um und sahen zu, wie sie in grünem und rotem Funkenregen explodierte.

»Es ist Halloween«, sagte seine Mutter und drückte sein Knie. »Warum läufst du nicht los und triffst dich mit ein paar alten Freunden?«

»Ich glaube, ich bleibe lieber hier und ruhe mich noch ein bisschen aus.« Kit liebte seine Mutter von ganzem Herzen, aber sie behandelte ihn wie einen Sechsjährigen. Als Nächstes würde sie ihm noch vorschlagen, hinauszugehen und »Süßes oder Saures« zu rufen. Und wie immer, wenn er zuhause war, versuchte sie, ihn wieder mit seinen alten Freunden zusammenzubringen. Auf die Weise war er vor einem Jahr auf dieser grässlichen Party von David Kinsella gelandet. Bei der Erinnerung daran überlief ihn ein Schauder. Wenn seine Mutter davon wüsste, würde sie ihn wahrscheinlich in seinem Zimmer einsperren und den Schlüssel hinunterschlucken.

Seine Mutter sah aus, als wollte sie noch etwas sagen, doch dann schien sie es sich anders zu überlegen, stand auf und ging zur Tür. Erleichtert nahm Kit wahr, dass sie nicht vorhatte, ihn weiter unter Druck zu setzen. Offenbar fingen sie an, ihre alten Rollen wiederaufzunehmen. Sie war ganz im Mutter-Modus, und er führte sich leider wie ein aufsässiger Teenager auf. Deshalb war es höchste Zeit, sich sein Leben als Erwachsener zurückzuerobern. Wenn New York im Moment nicht infrage kam, würde er zumindest dieses Haus verlassen müssen, sonst würde er noch vergessen, wie man sich als Erwachsener benahm.

An der Tür drehte seine Mutter sich noch einmal um und ließ den Blick über die Fotos auf der Kommode an der Wand gleiten. Es war eine gerahmte Collage, die ihn und Romy zeigte. Romy hatte die Schnappschüsse zusammengestellt und ihm an Weihnachten vor seinem Aufbruch nach Amerika geschenkt. Beim Anblick der sich überlappenden Fotos in dem einfachen Klapprahmen musste er lächeln. Auf einem Foto lag Romy am Tag des Oasis-Konzerts auf einer Wiese vor Slane Castle; auf einem anderen sah man sie beide eingemummelt und Händchen haltend auf einem windgepeitschten Strand, das war auf einem Ausflug nach Galway gewesen; auf einem dritten waren sie in Brittany Bay und tummelten sich im Meer. Das Foto in der Mitte zeigte sie beide in Nahaufnahme, da lachten sie in die Kamera. Er war klapperdürr und wirkte ungepflegt, hatte das Stachelhaar in alle Richtungen stehen, an manchen Stellen war es zu lang, an anderen zu kurz – und dann auch noch dieses alberne Piercing, das hatte er ganz vergessen. Kit berührte die Braue, die durchstochen gewesen war.

»Du könntest bei Romy vorbeischauen«, sagte seine Mutter.

»Wir sind nicht in Verbindung geblieben.« Er zuckte mit den Schultern.

»Ich könnte dir ihre Telefonnummer besorgen. Ich glaube, Elaine unten an der Straße verkehrt noch mit ihrer Mutter. Anscheinend hat sie inzwischen ein Baby – Romy, meine ich.«

»Ein Baby? Tatsächlich?« Kit warf noch einmal einen Blick auf die Fotomontage und konnte sich kaum vorstellen, dass dieses lachende, sorglose Mädchen ein Baby haben sollte.

»Ja, aber sie ist nicht verheiratet«, ergänzte seine Mutter eilig.

Oh Gott, versuchte sie jetzt auch noch, ihn in den Hafen der Ehe zu lotsen? Das würde ihm gerade noch fehlen. Obwohl sie von Anfang an eine Schwäche für Romy gehabt hatte. Wahrscheinlich war sie immer noch enttäuscht, dass er und Romy nicht zusammengeblieben waren. Sie hatte ja keine Ahnung, wie sehr sein Geschmack sich geändert hatte.

»Die ganze Geschichte kenne ich nicht«, fuhr seine Mutter fort. »Aber sie lebt definitiv nicht mit dem Vater zusammen.«

»Seltsam.« All das sah Romy überhaupt nicht ähnlich. Kit dachte an das Mädchen, das er gekannt hatte, und konnte nicht fassen, dass dieses Mädchen so unbedacht und planlos gehandelt hatte, dass es zu einer alleinstehenden Mutter geworden war. Romy war immer so vernünftig gewesen, so pragmatisch. Alles musste richtig gemacht werden und in der richtigen Reihenfolge. Allerdings war seit ihrer Beziehung viel Zeit vergangen. Ganz offenkundig hatte sie sich ebenso verändert wie er.

»Ihr Vater ist im letzten Jahr gestorben«, sagte seine Mutter. »Ich bin sicher, sie würde sich freuen, noch mal von dir zu hören. Warum schaust du nicht nach, ob sie auf Facebook ist?«

»Ach, ich weiß nicht. Das ist doch alles schon ewig her.«

»Oh, da fällt mir etwas ein.« Die Miene seiner Mutter hellte sich auf. »Als ihr Vater gestorben ist, habe ich mir ihre neue Adresse besorgt und ihr eine Beileidskarte geschrieben. Warte.« Sie hob den Zeigefinger und hastete hinaus. Wenig später kehrte sie mit einem Zettel zurück, den sie ihm in die Hand drückte.

»Danke.« Kit warf einen Blick auf die Adresse.

»Sie ist jetzt im Immobiliengeschäft, kauft und verkauft Wohnungen und ist, wie man hört, sehr erfolgreich.«

»Wie schön für sie.«

»Das Mädchen war schon immer blitzgescheit.«

»Stimmt.« Nachdenklich schaute Kit zu den Fotos hinüber. »Das war sie.«

»Und wer weiß, vielleicht kommst du über sie ja günstig an eine Wohnung.«

Als seine Mutter verschwunden war, saß Kit da und starrte auf den Zettel in seiner Hand. Romy. An sie hatte er seit einer Ewigkeit nicht mehr gedacht, doch mit einem Mal packte ihn die Nostalgie. Er stand auf, nahm die gerahmte Collage von der Kommode und studierte die Fotos. Er sah fürchterlich aus, wie ein Penner. Doch wie überzeugt er damals war, absolut cool zu sein, und wie eingebildet er gewesen war, und zwar ohne jeden Grund. Ein irregeleiteter Idiot war er gewesen, eine Niete, wie seine Lehrer ihn genannt hatten. Sein Blick wanderte zu Romys hübschem, offenem Gesicht, und er fragte sich, was sie jemals in ihm gesehen hatte.

Aber eins musste man ihm lassen, er hatte gewusst, was Qualität war. Er mochte ja dämlich gewesen sein, aber dass Romy ein fantastisches Mädchen war, hatte er immerhin erfasst, und das war mehr, als man von seinen angeblich klügeren Klassenkameraden hatte behaupten können. Darauf war er immer noch stolz, denn, anders als er, hatte Romy in der Schule keinen besonderen Status gehabt. Sie hatte Humor und war loyal, aber sie war nicht cool und hatte auch nie versucht, es zu werden. Sie war freundlich und intelligent, aber solche Eigenschaften waren auf dem Schulhof keine starke Währung. Sie wurde übersehen oder von den Vorzügen anderer Mädchen überschattet, temperamentvoller Mädchen wie Tanya Lynch, mit langen Beinen, kurzen Röcken und niedrigem Standard. Seinerzeit dachten alle, dass Romy nicht in seiner Liga spielte, aber er hatte von Anfang an gewusst, dass es genau umgekehrt war.

Romy ruhte in sich, mehr als jeder andere, den Kit jemals gekannt hatte, und sie war immer sie selbst. Sogar damals, als alle sich, in dem verzweifelten Bemühen dazuzugehören, ständig neu erfanden, verbarg sie weder, wie klug sie war, noch versuchte sie krampfhaft, auf lässig zu machen. Kit war an Mädchen gewöhnt, die sich ihm anpassten, die sein Verhalten und seinen Geschmack imitierten. Romy war anders, und dafür liebte er sie. Er liebte den Mut, mit dem sie ihrem Geschmack treu blieb, sie begeisterte sich für die Backstreet Boys und zwang ihn, die Kassette mit Depeche Mode herauszunehmen und stattdessen mit ihr zu Madonna durchs Zimmer zu tanzen. Er hatte sich nie viel aus Fernsehen gemacht, doch wenn sie sich auf seinem Bett aneinanderschmiegten und Romys geliebte Sendung *Friends* sahen, war er glücklich wie nie zuvor. Es war einer der Höhepunkte der Woche. Wenn ihr etwas gefiel, machte sie keinen Hehl daraus. Das bezog sich auch auf ihn.

Intellektuell war sie ihm meilenweit voraus (was kein großes Kunststück war), jedoch ohne es jemals zu betonen. Wenn sie ihm bei den Hausaufgaben half, nannte sie es »zusammen büffeln« und gab ihm nie das Gefühl, dumm zu sein. Stattdessen bewunderte sie ihn für sein Wissen über alternative Bands und Independent-Filme. Lieber Himmel, was für ein Aufschneider er gewesen war. Wie hatte sie ihn nur ertragen? Er war ein Arschloch gewesen, und zu seiner Verteidigung konnte er nur sagen, dass er wenigstens erkannt hatte, wie einzigartig sie war. Er hatte sie angebetet.

Kit stellte die Fotocollage zurück auf die Kommode, betrachtete die Kisten ringsum und seufzte. Seine Mutter hatte recht. Vermutlich würde er hier noch eine Zeitlang bleiben, deshalb war es wohl besser, sich an diesen Gedanken zu gewöhnen. Resigniert beugte er sich vor und begann, das Klebeband von der ersten Kiste abzuziehen. Dabei erinnerte er sich an das, was seine Mutter vorhin gesagt hatte. War er in New York vielleicht doch einsam gewesen? War er so beschäftigt gewesen, dass er nie lange genug innegehalten hatte, um zu erfassen, wie leer sein Leben war? Er hatte wie ein Wilder gearbeitet und gefeiert, mit Leuten, die es ebenso hielten. Er war beliebt, hatte Freunde, mit denen er abends ausging, und Kollegen, mit denen er nach einem langen Tag im Handelsraum einen trank. Er hatte blendend aussehende Frauen, mit denen er zum Dinner und zu Premieren ging, und wenn er Urlaub machte, fehlte es ihm nie an Begleitung. Aber wo waren sie alle geblieben? Er konnte ihnen nicht einmal vorwerfen, sie hätten ihn fallenlassen, als seine Lebensumstände sich änderten. Eher war es so, dass der Lebensstil ihre einzige Gemeinsamkeit gewesen war und die Verbindungen abbrachen, als er sich diesen Lebensstil nicht mehr erlauben konnte.

Kits Blick schweifte zu der Fotocollage, und mit einem Mal verspürte er den überwältigenden Drang, Romy wiederzusehen. Allerdings schwebte ihm dabei die Romy von damals vor, das lachende Mädchen auf den Fotos, nicht unbedingt die Frau, zu der sie geworden sein musste. Sie hatte ein Kind, kaufte und verkaufte Immobilien. Bei dem Gedanken musste er lächeln, denn Dinge herzurichten und wieder auf Vordermann zu bringen dürfte nach ihrem Geschmack sein. Kein Wunder, dass sie erfolgreich war.

In dem Zusammenhang fiel ihm etwas ein. Es war nur der Funken einer Idee, doch mit einem Mal war er wie elektrisiert, schob die gerade geöffnete Kiste zur Seite, ging in die Hocke und begann nach einer Kiste mit der Aufschrift »Unterlagen« zu suchen. Er zog sie heraus, riss das Klebeband ab und fing an, in der Kiste zu kramen. Er war sich nicht einmal sicher, ob das, was er suchte, darin war. Es war ein Dokument, das er vor Jahren abgelegt und anschließend vergessen hatte. Vor seinem Umzug hatte er den Inhalt seines Aktenschranks einfach in die Kisten gekippt, ohne sich irgendetwas davon anzuschauen. Einen Ordner nach dem anderen holte er jetzt hervor und blätterte sich rasch durch die Seiten. Im zweitletzten Ordner wurde er fündig. Unter diversen juristischen Dokumenten und wertlos gewordenen Aktienurkunden stieß er auf eine Kopie des Testaments seiner Tante. Sie steckte in einer Klarsichthülle, zusammen mit dem Begleitbrief seiner Mutter und der Beschreibung des heruntergekommenen Hauses, einer wahren Monstrosität mitten in der Pampa, die seine Tante ihm vermacht hatte. Als er die Nachricht über die Hinterlassenschaft erhielt, hatte er die Beschreibung lediglich überflogen, ehe er die Seiten in eine Schublade stopfte. Ihm war klar gewesen, wenn er das Haus, wie seine Mutter es vorgeschlagen hatte, restaurieren ließ und anschließend verkaufte, würde er einen ordentlichen Gewinn machen, aber es war ihm zu lästig gewesen, sich von New York aus darum zu kümmern, dazu hatte ihm sowohl die Zeit als auch die Energie gefehlt. Folglich hatte er das Ganze auf später verschoben und nach und nach vergessen.

Diesmal studierte er die Unterlagen sorgfältig und spürte, wie sich in seiner Brust der Ansatz einer Hoffnung regte. Er las den Brief seiner Mutter, der wie immer liebevoll war. Offenbar hatte sie mit seinem Undank gerechnet und ihn für seine Tante um Verständnis gebeten.

Land und Besitz haben ihr immer sehr viel bedeutet, schrieb sie, *und dieses Haus hat ihr besonders am Herzen gelegen. Angesichts dieser Hinterlassenschaft erkennt man, wie viel sie von dir gehalten hat. Ich weiß, das Haus macht einen verfallenen Eindruck, aber früher war es imposant, und sie hat es sicherlich immer noch in seiner alten Pracht vor sich gesehen.*

Wie beschämend, dass seine Mutter seine Undankbarkeit geahnt hatte. Doch seinerzeit hatte es ihn geärgert, dass seine Tante ihm kein Geld vererbt hatte, so wie sie es bei Ethan und Hannah getan hatte, sondern stattdessen dieses alte Gemäuer.

Kit las das Testament noch einmal und widmete sich zu guter Letzt der Besitzurkunde und dem Foto. Beim Betrachten des Fotos begann die zarte Pflanze der Hoffnung in seiner Brust zu sprießen und sich zu entfalten. Das Haus war schlimmer, als er es in Erinnerung hatte, es handelte sich praktisch um eine Ruine, aber irgendwie verströmte es Grandezza und Eleganz. Kit wusste nicht, ob er es wieder in seiner alten Pracht erstehen lassen konnte, ohne sich finanziell zu übernehmen, ob sich der Schritt überhaupt lohnte. Er konnte es sich nicht leisten, seine kümmerlichen Restmittel in die Renovierung zu stecken, ohne zu wissen, ob er das Haus danach verkaufen konnte. Doch wenn die Möglichkeit bestand, dass er auf die Weise wieder nach New York gelangte …

Leise wurde an die Tür geklopft. Seine Mutter trat ein und hatte einen Wäschekorb auf ihre Hüfte gestemmt. »Ich wasche alles Weiße. Möchtest du etwas dazutun?«

»Lass nur.« Kit verlegte sein Gewicht auf die Fersen. »Ich wasche meine Sachen selbst.«

»Es würde mir nichts ausmachen«, sagte sie entgegenkommend und schaute auf seinen überquellenden Wäschesack.

Widerwillig stand er auf, wühlte aus dem Sack einige seiner besten Designerhemden hervor und legte sie mit einem gemurmelten »Danke« in den Korb seiner Mutter.

»Übrigens, gleich fängt *X-Factor* an, falls du Lust hast.« Sie wandte sich zum Gehen.

Kit ließ sich auf sein Bett fallen. Er war wirklich sehr weit vom Riverside Drive entfernt.

3

Als sie alles gepackt hatte, was Luke zum Übernachten brauchte, und ihre Mutter ihn abgeholt hatte, duschte Romy und zog sich für die Party um. Danny und Lesley würden frühzeitig zu einer Art Vorgespräch kommen, wahrscheinlich waren sie schon auf dem Weg, denn die Party war mehr als irgendeine Feier unter Freunden. Außer den üblichen Verdächtigen hatte Romy jeden eingeladen, von dem sie dachte, er könnte vor einem Jahr auf David Kinsellas Party gewesen sein. Ihre Hoffnung war, dass Lukes Vater auf die Weise vielleicht erscheinen würde oder der »Täter zum Opfer des Verbrechens« zurückkehrte, wie Lesley es ausdrückte.

Eigentlich war die ganze Party Lesleys Idee gewesen, und realistisch gesehen, war Romys Hoffnung eher gering. Zum einen war seit letztem Halloween ein Jahr vergangen, und zum anderen konnte sie zwar ihre alten Schulfreunde hier versammeln, aber von den Gästen auf Davids Party kannte sie nicht einmal die Hälfte. Trotzdem war der Abend für sie so etwas wie ein neuer Anfang, denn mit der Party würde sie einen Schlussstrich ziehen. Danach würde sie nicht länger versuchen, Lukes Vater zu finden, sondern sich mit ihrem Leben als alleinstehende Mutter abfinden.

Zuerst war sie ihrem Versprechen treu geblieben und hatte nach Davids Party nichts unternommen, um die wahre Identität von Darth Vader zu enthüllen. Als sie nach einer Weile feststellte, dass sie schwanger war, war es dazu ohnehin zu spät gewesen: David und Katie lebten da schon in Kanada, und die Partygäste, mit denen sie sprach, erinnerten sich nur noch verschwommen an den Abend, was sowohl an der verflossenen Zeit als auch am geflossenen Alkohol lag. Kein Mensch schien zu wissen, wer Darth Vader war.

Vielleicht wäre es einfacher gewesen, wenn sie offen bekannt hätte, dass sie nach dem Vater ihres Kindes suchte, doch das war ihr zu peinlich. Anfangs hatte sie sogar die Schwangerschaft für sich behalten. Zu guter Letzt blieb ihr nichts anderes übrig: Sie stellte alle vor vollendete Tatsachen, erklärte, der Vater werde außen vor bleiben, und sie sei nicht gewillt, irgendwelche Fragen zu seiner Person zu beantworten. Überraschenderweise hatten sowohl ihre Freunde als auch ihre Familie ihre Haltung respektiert und geschwiegen, obwohl Romy wusste, dass sie darauf brannten, Fragen zu stellen. Wahrscheinlich nahmen sie an, der Vater sei verheiratet oder wolle von dem Kind nichts wissen. Romy war es egal, bis zu dem Abend vor ein paar Wochen, als sie ihrem Bruder Danny und ihrer besten Freundin Lesley die Wahrheit gebeichtet hatte.

Lesley und Danny waren bei ihr in der Wohnung. Sie waren alle angetrunken, fläzten sich auf dem Sofa, hatten sich mit Nachos vollgestopft und dank der vielen Margaritas jenen schlaffen Zustand erreicht, in dem man über alles kicherte und den anderen zu viel erzählte. Danny hatte bekannt, dass er und sein Freund nach einer durchzechten Nacht auf Mallorca mit allen fünf Mitgliedern einer bekannten Boy Band im Bett gelandet waren. Lesley hatte angefangen, die Schauergeschichten ihrer jüngsten Abenteuer beim Internet-Dating zum Besten zu geben.

»Er wirkte eigentlich ganz nett«, sagte sie, als sie bei dem

Buchhalter aus der Woche zuvor angelangt war. »Deshalb bin ich nach dem Essen auch mit ihm in seine Wohnung gegangen. Da hat er mich gefragt, ob ich Wein trinke. ›Klar‹, habe ich gesagt. So, Achtung, jetzt kommt's. Der Typ gießt ein Glas Wein ein und sagt, ich solle den Mund aufmachen. Ich Dussel mache das, und da nimmt er einen Schluck und lässt den Wein aus seinem Mund in meinen tröpfeln.« Sie schauderte.

»Du lieber Himmel«, sagte Danny.

»Igitt.« Romy schnitt eine Grimasse. »Das ist eklig.«

»Klar ist das eklig, aber der Typ dachte, es wäre romantisch.«

»Ein mit Spucke Gespritzter? Sehr romantisch.«

»Wahrscheinlich hat er das in einem Film gesehen. Filme bringen Männer auf die verrücktesten Ideen.« Lesley nahm einen großen Schluck Margarita. »Der Typ war jedenfalls abgehakt. Mittwoch bin ich dann mit Michael ausgegangen.«

»Ist das der, der gerade eine lange Beziehung hinter sich hat?«, fragte Romy und ging im Geist die Online-Männer durch, die sie mit Lesley gecheckt hatte. »Designer, fünfunddreißig. Sah gar nicht mal schlecht aus.«

»Von wegen fünfunddreißig.« Lesley schnaubte. »Ich würde eher auf hundert tippen. Auf dem Foto in der Annonce war sein Sohn. Was hat der Alte sich nur dabei gedacht? Dass ich den Unterschied nicht merke?« Danny und Romy brachen in wieherndes Gelächter aus.

»Und was hast du gemacht?«, fragte Danny. »Ihm gesagt, er kann dich mal?«

»Der konnte mich gar nichts mehr, so viel stand schon mal fest. Aber ich achte alte Menschen, das hat man mir so beigebracht. Wir haben ein Seniorendinner zu uns genommen, anschließend habe ich ihm über die Straße geholfen und ihn abgeschoben.« Lesley leerte ihr Glas, griff nach dem Krug auf dem Sofatisch und schenkte sich nach. »Nächste Woche treffe ich mich mit seinem Sohn.«

»Wie bitte?« Romy verschluckte sich fast in ihrem Drink.

»Er hat tatsächlich eine lange Beziehung hinter sich. Der Vater macht uns miteinander bekannt. Ich habe ihm erklärt, wenn er das nicht tut, zeige ich ihn wegen Betrugs an.«

»Bitte heirate den Sohn«, sagte Danny. »Nur damit du erzählen kannst, wie ihr euch kennengelernt habt.«

Sie lachten. Romy zermarterte sich das Hirn nach einer Story, die sie beitragen konnte, aber ihr fiel keine ein. War sie denn so langweilig? Wo waren denn *ihre* witzigen Anekdoten und die Geschichten mit den schlüpfrigen Details? Sie konnte nur an eine einzige Episode denken, und seltsamerweise wollte sie die plötzlich erzählen, schließlich klang sie gewagt und lustig und würde die beiden zum Lachen bringen.

Während die anderen noch kicherten, fragte sie: »Wollt ihr wissen, wer Lukes Vater ist?«

Danny und Lesley schienen schlagartig nüchtern zu werden. Ihr Gekicher brach ab. Sie setzten sich kerzengerade hin und rutschten zur Kante des Sofas vor. »Ja«, antworteten sie wie aus einem Mund.

Romy lächelte in sich hinein und ließ sie noch ein bisschen zappeln. Dann sagte sie »ich auch« und prustete los. Danny und Lesley sahen sie verdutzt an, runzelten die Stirn und tauschten einen verwunderten Blick.

»Was denn? Soll das heißen, du weißt es nicht?«, fragte Danny.

»Genau. Ich habe nicht mal den Hauch einer Ahnung.«

Lesley stammelte: »Ja aber, wie denn, wenn du …?«

»Du erinnerst dich doch noch an David Kinsellas Halloweenparty im letzten Jahr?«, begann Romy, und dann gestand sie ihnen alles, erzählte von Darth Vader, dem begehbaren Kleiderschrank und so weiter und so fort.

»Warte mal«, sagte Danny. »Willst du damit sagen, dass Darth Vader Lukes Vater ist?«

»Ja.« Romy warf ihrem Bruder einen unsicheren Blick zu und wappnete sich gegen seinen Spott. Zu ihrem Erstaunen breitete sich auf seinem Gesicht ein Grinsen aus.

»Cool«, sagte er beeindruckt.

Sie lachte erleichtert auf. »Mit der Reaktion hatte ich nicht gerechnet.«

»Und deshalb hast du ihn Luke genannt«, stellte Lesley fest.

»Ja, schien mir irgendwie angebracht.«

»Du hättest ihn auch Darth nennen können«, sagte Danny.

»War das denn sein Vorname? Waren seine Eltern Mr. und Mrs. Vader?«

»Klar. Wenn du ihn geheiratet hättest, wärst du auch eine Mrs. Vader.«

»Und wieso nicht Lady Vader? Er ist doch ein Lord.«

»Ein Dunkler Lord.«

»Dann wäre ich eben die Dunkle Lady. Wie in den Sonetten von Shakespeare.«

»Da bin ich mir nicht so sicher. In den galaktischen Adelskreisen kenne ich mich nicht aus.«

»Ich glaube nicht, dass du nach *dem* Auftakt noch Lady werden kannst«, sagte Lesley. »Und ein Sonett wird dir auch nicht gewidmet, nicht bei so einem Benehmen.«

»Lady Vader«, murmelte Romy versonnen. »Hat einen schönen Klang.«

»Deshalb also hast du dich pausenlos nach ihm erkundigt. Ich wünschte, du hättest es mir schon früher erzählt.«

»Und dann? Ich habe so viele von Davids Partygästen nach ihm gefragt. Keiner wusste, wer er war.«

»Hättest du nicht einfach David fragen können?«

»Als ich gemerkt habe, dass ich schwanger bin, war er schon in Kanada. Ich habe ihn ja sogar zu meinem Facebook-Freund gemacht und gefragt. Er hat gesagt, er weiß es nicht.«

Tatsächlich hatte David vermutet, dass es sich um einen Freund von Katie gehandelt habe. Manchmal überlegte Romy sogar, ob sie Katie fragen solle. Es machte sie ganz verrückt, dass es da draußen in der Welt jemanden gab, der ihr den Namen von Lukes Vater ohne weiteres hätte nennen können, aber wie hätte sie ihre Frage formulieren sollen? Erstens kannte sie Katie nicht. Zweitens hatte sie Darth Vader versprochen, keine Nachforschungen anzustellen. Und drittens konnte sie eine wildfremde Frau wohl kaum bitten, ihr zu sagen, mit wem sie ihren Ehemann betrogen hatte. Wahrscheinlich würde Katie die Sache schlichtweg leugnen.

»Du hättest es uns trotzdem erzählen müssen«, beharrte Lesley. »Vielleicht hätten wir dir helfen können.«

Danny lebte auf. »Vielleicht können wir es immer noch. Lass uns die Geschichte noch mal durchgehen. Erzähl uns alles, was du über ihn weißt.«

Romy durchforstete ihr Gedächtnis. Was wusste sie über ihn? Sehr wenig. Er glaubte nicht an Gott, schickte aber dann und wann ein Stoßgebet gen Himmel. Er hatte eine Affäre mit Davids Frau gehabt, doch das durfte sie den beiden nicht erzählen. »Er war groß«, sagte sie schließlich und zuckte hilflos mit den Schultern.

»Okay, gut.« Danny nickte ermutigend. »Und wir wissen, dass er *Star Wars* mag.«

»Möglich.« Romy nagte an ihrer Lippe. »Oder auch nicht. Vielleicht war es das einzige Kostüm, das er noch kriegen konnte. Oder er hat sich das erstbeste gegriffen.«

»Na schön. Er ist groß und könnte *Star Wars* mögen«, kam es von Lesley. »Sonst noch was?«

»Hm. Ich glaube, er könnte Asthma haben.«

»Wieso das denn?«

»Er hat so schwer geatmet. Musste nach Luft ringen und so.«

»Romy.« Danny lächelte mitleidig. »Ihr habt gevögelt.«

Romy zog die Brauen zusammen. »Du weißt, wie ich diesen Ausdruck hasse.«

»Fein, ihr habt … Liebe gemacht.« Danny gluckste. »Du hast mit einem Typen Liebe gemacht, den du nicht mal wiedererkennen würdest. Es fand in einem Kleiderschrank statt.«

»Ich will kein Wort mehr hören.« Romy schnappte sich ein Kissen und schlug damit nach ihm.

Danny brach in schallendes Gelächter aus und hob abwehrend die Hände. »He, ist ja schon gut. Aber soweit ich weiß, atmet jeder schwer, wenn er … ähm … mittendrin ist. Außerdem wart ihr in einem Schrank, wo es vermutlich ziemlich stickig war.«

»Und er trug eine Maske«, ergänzte Lesley.

»Ich hab's kapiert.« Romy seufzte. »Ich klammere mich an Strohhalme.«

»Oder«, begann Danny. »Er hat sich rollengerecht verhalten. Vielleicht dachte er, dass die Darth-Vader-Sache dich anmacht. Hat er irgendwas gesagt?«

»Ich verrate keine Details.«

»Herzlichen Dank, auf die Details kann ich verzichten. Ich wollte eher wissen, ob er was gesagt hat, aus dem man schließen kann, dass er deinen Darth-Vader-Fantasien gerecht werden wollte.«

»Was denn zum Beispiel?«

»Zum Beispiel: ›Spürst du meine Macht, Baby‹?«, antwortete Danny mit tiefer Stimme. »Oder: ›Willst du mein Lichtschwert kennenlernen‹?« Danny krümmte sich vor Lachen.

Romy betrachtete ihn ungehalten.

»Entschuldige, ich bitte vielmals um Entschuldigung.« Danny versuchte sich unter Glucksern und Gekicher zu beruhigen.

»Also, wenn du das nicht ernst nehmen kannst …«

»Tue ich doch. Wirklich. Entschuldige.« Danny griff nach ihr und zog sie an sich. Romy legte ihren Kopf an seine Schulter.

»Ich finde ja nur, er sollte wissen, dass er ein Kind hat, ganz gleich, wer er ist«, sagte sie. »Und Luke sollte die Möglichkeit haben, eines Tages zu erfahren, wer sein Vater ist.«

»Hast du denn nicht den kleinsten Blick auf sein Gesicht erhascht?«, fragte Lesley. »Oder hat er seine Maske aufbehalten, während ihr, du weißt schon …«

»In dem Schrank war es stockdunkel«, entgegnete Romy. Sie schloss die Augen, um sich zu konzentrieren. »Er hatte tolle Arme.« Sie erinnerte sich an die Muskeln und Sehnen, die sie gespürt hatte, an die Kraft der Arme, die sie umfangen hielten. »Er war schlank, aber gut gebaut – mit einer breiten Brust.«

»Super«, sagte Danny. »Er hatte Arme und eine Brust. Die Nuss ist im Nu zu knacken.«

»Ich weiß«, antwortete Romy niedergeschlagen. »Jeder könnte es gewesen sein.«

»Es muss doch einen Weg geben, ihm auf die Spur zu kommen«, sagte Lesley bestimmt. »Wir müssen nur ein bisschen kreativ sein.«

»Wie?«

Lesley schwieg und dachte nach. Dann sagte sie: »Wir könnten eine DNA-Party geben.«

»Eine *was*?«

»Eine DNA-Party. Wir laden Leute ein, von denen jeder im Lauf des Abends ein Glas oder so anfassen wird. Auf die Weise kriegen wir von jedem die DNA. Vorher besorgen wir uns jede Menge Tiefkühltüten, verstauen die Gläser und so weiter darin und schreiben drauf, wem sie gehört haben. Dann schicken wir alles ins Labor.«

»In was für ein Labor?«

»Na, *das* Labor. Wo man DNA-Proben analysiert. Du hast doch *Melodie des Todes* gesehen, oder? Da haben sie das so gemacht. Sie haben sich mit Frauen verabredet und …«

»Das waren Cops, Lesley. Sie hatten Zugang zu einem Labor.«

»Na und? Es gibt ja wohl Orte, wo DNA-Tests durchgeführt werden, oder etwa nicht?«

»Ich glaube eher nicht, dass man Leuten ohne deren Erlaubnis DNA-Proben entnehmen darf.«

»Könnte doch auch sein, dass Luke anfängt, seinem Vater zu gleichen«, gab Danny zu bedenken.

»Und aus seinem Kopf ein glänzender schwarzer Helm wird?« Um Romys Mundwinkel begann es schon wieder verdächtig zu zucken.

»Einmal das, und er fängt an, schwer zu atmen«, sagte Danny lachend. »Nein, im Ernst, vielleicht wird er ja jemandem, den wir kennen, täuschend ähnlich.«

»Wisst ihr, manchmal erinnert er mich beinah an jemanden. Ich komme nur nicht drauf, an wen.«

»Herrn Kartoffelkopf«, sagte Lesley.

»Was?«

»Mich übrigens auch«, sagte Danny.

»Mein Sohn sieht *nicht* wie Herr Kartoffelkopf aus.«

»He, reg dich ab. Ich meine ja auch nur die Knopfnase, nicht den Schnurrbart.«

»Er sieht trotzdem nicht so aus. Außerdem war der Typ zu groß für einen Kartoffelkopf. Viel zu groß. Und auch nicht so knollig.«

Lesley seufzte. »Womit wir wieder bei null wären.«

»Ist vielleicht ganz gut«, sagte Romy. »Was wäre, wenn ich denjenigen finde und sich herausstellt, dass er ein Arschloch ist?«

Daraufhin versanken sie alle in nachdenklichem Schweigen.

»Niemals«, sagte Danny zu guter Letzt. »Luke ist nicht mal ansatzweise ein Arschloch.«

»Ich habe eine Idee«, sagte Lesley aufgeregt. »Wir spielen die Szene nach.«

»Wie stellst du dir das denn vor? Willst du mich mit einem maskierten Fremden in einen Schrank schubsen, und wir schauen, ob bei mir was klingelt?«

»Sei nicht albern. Obwohl …«

»Vergiss es.«

»Ja, ja, schon gut. Nein, ich dachte an eine Halloweenparty. Wir laden alle Leute ein, die auch auf Davids Party waren, oder zumindest so viele wie möglich.«

Romy hatte die beiden schwören lassen, dass sie die Sache mit Darth Vader für sich behielten, und Danny gedroht, ihn zu entmannen, falls er ihrer Mutter etwas erzählte. Danach hatte sie die Halloweenparty geplant. Romy glaubte zwar nicht, dass dabei etwas herauskommen würde, doch als sie vor dem Spiegel stand und ihr Make-up auflegte, spürte sie bei der Vorstellung, Lukes Vater könnte erscheinen, ein aufgeregtes Kribbeln. Es war von leiser Furcht durchsetzt, denn auch wenn sie sich wünschte, dass Luke eines Tages erfuhr, wer sein Vater war, gab es einen winzigen Teil in ihr, der es lieber nicht wissen wollte. Sie dachte mit großer Zärtlichkeit an jenen geheimnisvollen Fremden, denn zum einen verdankte sie ihm Luke, zum anderen hatte sie nach jener Nacht ein neues Kapitel aufgeschlagen. Auf irgendeine Weise hatte diese Begegnung sie befreit und geheilt, als hätte er ihr die Last ihres Geheimnisses abgenommen und sich selbst aufgebürdet. Normalerweise neigte sie nicht zu Hirngespinsten, doch manchmal stellte sie sich ihn als Engel vor, der ihr die Seelenqual genommen und ihr stattdessen ihren geliebten Sohn geschenkt hatte. Und so gab es diesen Teil in ihr, der ihn im Reich der Fantasie lassen wollte und Angst hatte zu entdecken, dass diese wundervolle Himmelsfigur auf tönernen Füßen stand oder ein steinernes Herz hatte.

»Gleich geht's los«, sagte Romy, als sie in den letzten ruhigen Minuten vor der Party mit Lesley und Danny zusammensaß. »Nach diesem Abend heißt es hopp oder topp. Entweder ich finde heraus, wer Lukes Vater ist, oder ich gebe die Suche auf.«

Danny und Lesley schienen Einwände zu haben, doch dann nickten sie widerwillig.

»Ihr wisst, was ihr zu tun habt«, fuhr Romy fort.

»Wenn wir jemanden sehen, der auf Davids Party gewesen sein könnte, stellen wir ihm einschlägige Fragen«, antwortete Lesley.

»Zum Beispiel?«

Lesley zog ein kleines Ringbuch aus ihrer Jeanstasche hervor.

»Hast du die etwa aufgeschrieben?«

»Nur ein paar Stichpunkte.« Lesley schlug das Ringbuch auf. »Warst du letztes Jahr auf der Party von David Kinsella«, las sie vor. »Wenn ja, welches Kostüm hattest du da an? Und wo warst du zwischen zehn Uhr abends und zwei Uhr morgens?«

»Okay. Aber frag lieber nicht, als wärst du Columbo.«

»Warum nicht, ich liebe Columbo. Der findet den Täter immer, oder die Täterin. Aber wir wissen wenigstens schon, dass es ein Täter ist.«

»Das macht die Sache einfach«, setzte Danny trocken hinzu.

»Und gib den Leuten nicht das Gefühl, sie würden verhört«, sagte Romy. Lesley holte einen Stift aus ihrer Gesäßtasche.

»Nicht wie ein Verhör klingen lassen«, murmelte sie beim Schreiben.

»Hör mal, du hast doch wohl nicht vor, dir bei den Fragen Notizen zu machen.«

»Warum nicht, das wäre doch hilfreich – für unsere Ermittlung.«

»Lesley, wir ermitteln nicht.«

»Ich wünschte aber, wir täten es. Das wäre doch super. Wir könnten einen Vernehmungsraum einrichten.«

»Jetzt pass mal auf. Wahrscheinlich werden wir heute Abend kaum jemanden von Davids Party antreffen. Wir verkehren doch gar nicht in denselben Kreisen.«

»Wenn wir ihn heute Abend nicht finden, sollten wir wenigstens für die Zukunft einen Vernehmungsraum einrichten.«

»Nein.«

»Bitte. Nur einen kleinen. In meiner Wohnung. Du hättest nichts damit zu tun.«

»Nein«, wiederholte Romy fest. »Wir finden ihn heute Abend oder nie. Wenn nicht, ist der Fall für mich erledigt.«

Lesley machte ein langes Gesicht. »Du willst die Ermittlungen einstellen? Einfach so?«

»Ich habe dir gerade gesagt, dass es keine Ermittlungen gibt. Ich habe alles versucht, aber inzwischen ist die Spur erkaltet. Mein Leben muss weitergehen.«

»Nein, es ist wie bei diesen alten Fällen«, beharrte Lesley. »Die werden auch ständig gelöst.«

»Lesley!«

»Außerdem hast du noch längst nicht alles versucht. Ein Beweismittelraum wäre meiner Meinung nach äußerst nützlich. Wir müssen uns lediglich auf die Details fokussieren und der Spur folgen, DNA-Proben einholen und so. Das hast du bisher nicht gemacht. Mensch, mir kommen noch jede Menge Ideen. Zum Beispiel könnten wir versuchen, an so ein Computerprogramm zu kommen, das einem zeigt, wie jemand aussieht, wenn er älter geworden ist und …«

»Lesley, es reicht«, fiel Danny ihr ins Wort.

Lesley wirkte zerknirscht. »Tut mir leid, Baby«, wandte sie sich an Romy. »Du hast recht. Du musst mit deinem Leben weitermachen. Bestimmt stellt er sich als Idiot heraus, und du bist ohne ihn besser dran.«

»Genau. Ich finde mich mit meiner Rolle als alleinstehende Mutter ab und konzentriere mich auf Luke.«

»Bist du verrückt?«, fuhr Lesley auf. »Du suchst dir einen netten Mann, der dich und Luke liebt.«

Romy wollte noch etwas erwidern, doch in dem Augenblick klingelte es an der Tür, und sie stand auf, um die ersten Gäste zu begrüßen. Dabei handelte es sich um ihre Mieter, die als Gruppe gekommen waren. Romy warf einen Blick auf die Uhr. Es war Punkt halb acht. Sie überlegte, ob sie allesamt vor der Tür gestanden und die Sekunden gezählt hatten. May und Frank traten als Erste ein und überreichten Romy eine Flasche Champagner und einen Teller selbstgebackene Muffins. Ihnen folgten Sarah und Colm, das junge Paar aus einer Wohnung im Untergeschoss, und als Schlusslicht Stefan, der riesige polnische Klempner von oben. Er küsste Romy auf beide Wangen und drückte ihr eine Flasche Wodka in die Hand, ehe er geradewegs den Tisch mit den Häppchen ansteuerte. Romy reichte Getränke und machte die Ankömmlinge mit Danny und Lesley bekannt.

»Hi, May, wie geht es dir?« Lesley hatte May schon vor einer Weile kennengelernt und ihr geholfen, den Blog einzurichten, auf dem sie beschrieb, wie es Menschen in ihrem und Franks Alter erging, wenn sie versuchten, die Tipps aus einem populären Sex-Ratgeber umzusetzen. Die beiden arbeiteten sich systematisch vor, probierten eine Position nach der anderen, bewerteten sie für Leute mit Bluthochdruck, Arthritis, künstlichen Gelenken und schlugen abgeschwächte Versionen für diejenigen vor, die nicht mehr ganz so biegsam waren. Als frühere Kummerkastentante und Sextherapeutin galt May immer noch als Autorität auf dem Gebiet, sodass Lesley mittlerweile dabei war, auch eine Website für sie zu konzipieren. »Ackerst du dich mit deinem Lover immer noch durch das Pornobuch?«, fragte sie.

»Und wie. Heute hatten wir einen sehr guten Tag.« May strahlte. »Drei neue Positionen, über die ich bloggen werde. Trotzdem konnte ich mich noch so weit wieder aufrichten, um Muffins für die Party zu backen.«

»Bravo«, sagte Lesley und notierte sich im Geist, um die Muffins einen großen Bogen zu machen. »Als Rentner muss man ein Hobby haben. Mein Vater ist seit Kurzem im Ruhestand und treibt meine Mutter in den Wahnsinn. Sie möchte, dass er wenigstens Golf spielt, aber da ist nichts zu machen.«

»Na, Golf ist ja auch nicht sonderlich stimulierend, das muss man fairerweise sagen. Wenn sie sich nur *darauf* freuen können, ist es kein Wunder, dass Männer Angst vor dem Rentenalter haben. Sag ihm, er soll meinen Blog lesen, vielleicht kommen ihm dann ein paar Ideen.«

»Ich glaube nicht, dass mein Vater sich groß für Sex interessiert. Er ist eher ein Handwerker.«

»Logisch. Er ist ja auch ein Mann.«

»Oder so was in der Art.«

»Wir sind alle sexuelle Wesen, Lesley. Das gehört zu unserer Natur. Weißt du, was am Ende ihres Lebens die meisten Menschen bedauern? Dass sie nicht genug Sex hatten.«

»Echt wahr?«

»Ja, deshalb möchte ich doch, dass du diese Website gestaltest. Es ist so wichtig, dass Menschen ihre Sexualität ausleben. Ich hoffe, das tust du auch.«

»Klar, wann immer sich die Gelegenheit bietet.«

»Ich habe jede Menge neues Material, das ich einstellen möchte. Unter anderem meinen Bericht über tantrischen Sex und neue Fotos für die Rubrik *Bondage*.«

»Fotos?« Lesley schluckte.

»Keine Sorge, nicht von Frank und mir. Auch nichts Drastisches. Ich möchte keine Pornografie. Obwohl daran nichts auszusetzen ist, natürlich nicht«, fügte May bestimmt hinzu. »Sie dient ihrem Zweck. Aber ich mag den Gedanken nicht, dass junge, mir unbekannte Männer sich bei meinem Anblick einen runterholen.«

Die Sorge ist unbegründet, dachte Lesley und versuchte, ihre Brauen wieder auf Normalniveau zu senken. »Kein Problem. Wenn du möchtest, gib mir das Material heute Abend, und ich mache mich gleich morgen an die Arbeit.«

»Wunderbar. Ich werde auch eine neue Rubrik aufmachen, die sich dem Thema *Sextoys und Geräte* widmet. Wobei mir einfällt, dass ich Romy etwas fragen wollte. Entschuldige mich.«

May wandte sich ab, um mit Romy zu reden. Lesley gesellte sich zu Stefan, der am Buffet stand und dabei war, systematisch die Häppchen zu vernichten.

»Hi, Stefan. Wie geht's?«

»Hi, Lesley. Ich bin müde.« Der Pole Stefan hatte einen interessanten Akzent und sprach wie Christopher Lee als Dracula, sodass jede seiner Äußerungen tragisch klang. Darüber hinaus kannte er sich bei den Iren noch nicht gut genug aus, um zu wissen, dass »wie geht's« nicht mehr als ein »hallo« war und keineswegs eine Frage nach dem Befinden.

»Hast du zu viel gearbeitet?«

»Auch, aber das ist nicht der Grund. Es liegt an May und Frank. Sie sind zu laut.«

»Sie erforschen ihre Sexualität, das musst du verstehen.«

»Ich hatte Romy gebeten, mit ihnen zu reden, trotzdem hat sich nichts geändert. Die ganze Nacht geht es bum, bum, bum.«

»Ach, das ist doch nicht schlimm.«

Stefan sah sie triefäugig an. »Sie sind zu alt, um immerzu Sex zu haben. Ich habe May gesagt, sie soll bitte stricken wie andere alte Damen auch.«

»Warte mal, bis *du* hundert bist. Dann willst du auch nicht, dass man dir sagt, du sollst es lassen.«

»Ist May schon hundert?«, fragte Stefan aufrichtig erstaunt und drehte sich nach May um. »Dafür sieht sie prima aus.« Er hatte auch noch nicht erfasst, wann Iren etwas witzig meinen.

»Nein, sie ist noch keine hundert«, sagte Lesley und schaute zu May hinüber. »Oder doch? Ich weiß eigentlich gar nicht, wie alt sie ist.«

Während sie sich mit Stefan unterhielt, hatte Lesley nebenbei mitbekommen, dass es an der Haustür klingelte und Menschen hereinströmten, doch mit einem Mal stellte sie fest, dass der Raum sich gefüllt hatte.

»Leider kann ich nicht den ganzen Abend hier stehen und plaudern«, sagte sie, stopfte sich ein paar Tortilla-Chips in den Mund und klopfte sich die Krümel von den Händen. »Ich muss mich jetzt wirklich unter die Leute mischen.« Sie zog ihr Ringbuch aus der Hosentasche und marschierte los.

4

Als es dunkel wurde und Gruppen kleiner Superhelden, Hexen, Vampire und ähnlicher Ungeheuer durch die Straße zogen, nahm Kit einen Beobachtungsposten in einem Baum gegenüber von Romys Haus ein. Er setzte sich auf einen dicken Ast, hielt sich an Zweigen fest und verfolgte, wie eine Schar Kinder das grüne Gartentor aufstieß und unter Kicheranfällen quietschend und rufend zur Eingangstür hochlief. Ohne selbst gesehen zu werden, wollte er einen Blick auf Romy werfen, wenn sie die Tür öffnete und in Erscheinung trat. Da kam sie schon, bückte sich, schenkte den Kindern ein strahlendes Lächeln und hielt ihnen ein Tablett voller Süßigkeiten hin. Ihr Gesicht war so hübsch und warmherzig wie immer, und er freute sich, sie wiederzusehen.

»In dem Baum sitzt ein Mann«, krähte eine hohe Kinderstimme. Kit fuhr zusammen und kämpfte um sein Gleichgewicht. Er schaute nach unten und erkannte eine winzige Hexe mit spitzem Hut und kunstvoll aufgemaltem Spinnengewebe im Gesicht. Sie stand unter dem Baum und zeigte auf ihn. Glücklicherweise beachteten die anderen Knirpse sie nicht, sondern waren schon zum nächsten Haus geflitzt. Die Kleine spähte zu ihm hoch. Kit legte einen Finger auf seine Lippen.

»Was machst du da?«, rief sie.

»Pscht«, zischte er und schüttelte den Kopf.

»Steckst du fest?«

»Nein«, flüsterte er. »Verschwinde.« Er versuchte, sie mit der Hand wegzuwedeln.

»Warum bist du in dem Baum?«

Musste dieses verflixte kleine Ding denn alles ganz genau wissen? Warum haute es nicht einfach ab? »Ich spiele Verstecken«, raunte er.

Das Mädchen sah sich um und wieder zu ihm hoch. »Mit wem?«

»Sei still und zieh Leine, sonst finden die mich.«

»Spielst du mit deinen Kindern?«

»Nein … ja.«

»Ach so.« Wieder sah sie sich um. »Wo sind die?«

»Was?«

»Wo sind deine Kinder? Ich sehe niemanden.«

Herrgott noch mal. »Sie suchen mich. Da … da kommen sie schon.« Er wedelte mit der Hand in Richtung der Straßenecke, von wo sich ein paar Kinder näherten.

»Die?« Die Minihexe deutete auf die Kinder.

»Ja«, zischte Kit mit Nachdruck. »Genau die. Und jetzt ab mit dir, oder sie werden mich finden.«

»Das sind Josh und Gordon und Alice und Pearse. Die sind in meiner Klasse. Du bist nicht denen ihr Papa. Ich habe denen ihre Papas in der Schule gesehen.«

»Hör mal, wie wär's, wenn du einfach …«

»Warum sagst du, dass du ihr Papa bist, wenn du es gar nicht bist?«

Interessiert schaute sie zu ihm hoch. Kit hatte keine Ahnung, was er jetzt antworten sollte. Die Kleine murmelte irgendetwas vor sich hin. Dann holte sie Luft und kreischte: »Da ist ein böser Mann!« Als Nächstes stieß sie einen markerschütternden Schrei aus und raste, so schnell ihre kleinen Beine sie tragen konnten, über die Straße davon.

Dem Himmel sei Dank, dachte Kit, lehnte sich gegen den Stamm, ließ sich von der Dunkelheit einhüllen und verfolgte das Treiben auf Romys Party. Er wusste selbst nicht genau, warum er sich in einem Baum verbarg und Romy aus der Ferne beobachtete, doch nach der langen Zeit einfach an ihrer Tür zu läuten kam ihm doch zu eigenartig vor. Wohingegen ihm gar nicht eigenartig vorkam, im Baum zu hocken, umgeben von Blättergewirr und dem Licht der Straßenlampen, Böllern, die nicht weit von seinem Kopf entfernt explodierten.

Wie überrascht seine Mutter gewesen war, als er aus seinem Zimmer gekommen war und erklärt hatte, er werde doch ausgehen. Als er dann noch gesagt hatte, vielleicht werde er ihrem Rat folgen und bei Romy vorbeischauen, hatte sie derart glücklich gewirkt, dass er sich schuldig gefühlt hatte. Schuldig, weil sie glücklich zu machen so einfach war, wenn er sich nur ein bisschen Mühe gab; schuldig, weil er sich diese Mühe seit seiner Rückkehr nur selten gegeben hatte, und schuldig, weil er wusste, dass sie seinen Besuch bei Romy falsch auslegen würde.

Durch die Fenster im Haus gegenüber sah er, wie Romy sich durch den hell erleuchteten Raum bewegte, Wein einschenkte, Häppchen reichte, und er spürte, wie sehr es ihn drängte, in diesem Raum zu sein. Trotzdem schaffte er es nicht, sich von der Stelle zu rühren. Einmal stand sie mit einem Teller in der Hand am Fenster, nahm ein paar Bissen und schaute in die Nacht hinaus. Kit kam es vor, als sähe sie ihn direkt an, wüsste irgendwie, dass er da war und sie diesen Augenblick teilten.

Später brachte sie ihre Gäste dazu, die altmodischen Spiele zu spielen, die zu einer Halloweenparty gehörten. Von seinem Beobachtungsposten aus konnte Kit nicht alles verfolgen, stellte jedoch fest, dass sie tatsächlich Schnapp-den-Apfel spielten und Romy sich vor Lachen bog. Überhaupt schien sie sich mit den alten Knackern und Langweilern, die sie eingeladen hatte, großartig zu amüsieren. Kit konnte kaum fassen, wie glücklich sie wirkte, und dachte, wenn sie so genügsam war, musste ein Wiedersehen mit ihm sie geradezu umhauen. Aber er hielt sich zurück. Die Zeit für seinen Vorstoß war noch nicht gekommen.

Er ist nicht da, dachte Romy, während die Party ringsum brummte. *Er ist nicht gekommen*. Um einen Moment lang für sich zu sein, wandte sie sich zum Fenster um, schaute hinaus in die Nacht und nahm ein paar Bissen von einem Stück Kuchen. Eigentlich sollte sie die Sache jetzt abhaken.

Sie wusste nicht, warum, doch schon als sie den ersten Gästen die Tür geöffnet hatte, war ihr mit absoluter Gewissheit klar geworden, dass er nicht kommen würde. Sie hatte es wie einen Schlag in den Magen gespürt und war von einer solch schmerzlichen Enttäuschung gepackt worden, dass sie für einen Moment aus dem Tritt geraten war. Bis zu jenem Moment hatte sie nicht gewusst, wie tief sie den Gedanken, ihn wiederzusehen, hatte in ihrem Herzen wurzeln lassen. Erst als sie die Jacken ihrer Gäste entgegennahm, Begrüßungsfloskeln tauschte und ihre alten Schulfreunde in den Partyraum winkte, befiel die Realität sie wie die Kälte, die ihre Gäste von draußen mitgebracht hatten, und ihr wurde bewusst, wie aberwitzig ihre Hoffnung gewesen war. Solche Dinge geschahen im echten Leben nicht.

»Tolle Party, Romy«, sagte jemand an ihrer Seite. Sie drehte sich um. Derek Hanly stand vor ihr, in der Hand eine Flasche Bier. Derek war mit ihr in einer Klasse gewesen. Er war groß und schlaksig, mit einer kastanienbraunen

Mähne und einem blassen Teint voller Sommersprossen. Er sah noch immer wie ein Zwölfjähriger aus.

Romy riss sich zusammen und lächelte ihn an. »Hi, Derek, freut mich, dass es dir gefällt.« Aus dem Augenwinkel nahm sie wahr, dass Lesley hinter Dereks Rücken aufgeregt gestikulierte, auf Derek zeigte und ihr Ringbuch schwenkte.

Romy seufzte. Sie wusste, dass es vergeblich war, doch Lesley zuliebe wollte sie wenigstens so tun als ob. »Warst du letztes Jahr auf Davids Party?«, fragte sie.

»Ja, aber hier ist es um einiges besser. Das mit den Masken und Kostümen war doch bescheuert.«

»Ach? Als was bist du denn gegangen?«

Derek gluckste und nahm einen Schluck Bier. »Als Darth Vader.« Er grinste. »Keine gute Idee. Der verdammte Helm und so.«

Romy registrierte zwar, dass er weiterredete, doch was er sagte, bekam sie nicht mit. Es war, als wäre der Raum mit allem, was darin war, in den Hintergrund getreten, als wären die Geräusche verstummt, sodass sie nur noch ihr Herz schlagen und das Blut in ihren Adern rauschen hörte.

»Romy.« Derek sah sie besorgt an. »Ist alles in Ordnung?«

»Was? Ja, sicher«, antwortete sie matt. »Mir geht's gut.« Sie musterte Derek. Er hatte ein sympathisches Gesicht, war eher lieb als gutaussehend, aber offen und ehrlich. Soweit sie wusste, war er ein netter Mensch. Zwar hatte sie ihn seit Jahren nicht mehr gesehen, ihn aber während ihrer Schulzeit gemocht. Einmal, als ihr Tennisschläger kaputtgegangen war, hatte er ihr seinen geliehen. Und ein anderes Mal, als sie kein Geld dabeihatte, hatte er ihr zum Mittagessen eine Tüte Chips spendiert. Das war alles, was sie über ihn wusste. Konnte er tatsächlich Lukes Vater sein? Irgendwie schien es ihr unwahrscheinlich. Und was sollte sie überhaupt zu ihm sagen? »Ach übrigens, könnte sein, dass wir einen Sohn haben«?

»Was machst du denn so?«, erkundigte sie sich und hörte ihre Stimme wie aus weiter Ferne.

»Nicht viel. Arbeite immer noch für meinen Dad.«

»Computer, nicht?«

»Genau. Abgesehen davon bin ich verlobt. Orla und ich heiraten im nächsten Jahr.« Derek nickte zu einer jungen Frau hinüber, die sich am anderen Ende des Raums unterhielt.

»Wie aufregend. Herzlichen Glückwunsch.«

»Danke.« Derek strahlte.

Oh Gott, fuhr es Romy durch Mark und Bein, *das ist ja noch viel komplizierter, als ich dachte.* Sie taxierte Orla. Wie glücklich sie wirkte – ebenso wie Derek. Die beiden wollten heiraten. Wie konnte sie in deren glückliches Leben mit der Nachricht von einem Baby platzen? Sie war sich ja nicht einmal sicher, ob sie das überhaupt wollte. Und für Luke wäre es doch auch nicht gut, wenn er einen Vater hätte, der mit einer anderen Frau verheiratet war und mit dieser wahrscheinlich eines Tages andere Kinder hätte, ein Vater, der kaum Zeit für Luke hätte oder ihn gar nicht kennenlernen wollte?

»Hast du mal was von David gehört?«, fragte sie mechanisch. »Oder von Katie?«

»Keinen Pieps. Aber David und ich waren ja auch nie befreundet, und zu seinen Partys hat er uns doch nur eingeladen, um anzugeben. Katie habe ich überhaupt nicht gekannt.«

»Wirklich nicht?«, fragte Romy und beobachtete Dereks Miene mit Argusaugen, doch nichts deutete auf irgendein Unbehagen hin.

»Nein. Weißt du, es ist wirklich schön, dich wiederzusehen, deshalb vielen Dank für die Einladung. So was sollten wir öfter machen.«

Romy holte tief Luft und straffte sich, denn wenn sie jetzt nichts sagte, wäre die Gelegenheit für immer vertan. »Auf Davids Party vor einem Jahr sind wir uns begegnet.«

»Ach ja?« Derek legte die Stirn in Falten. »Nein, daran würde ich mich erinnern.«

»Du warst Darth Vader.«

»Richtig.«

»Wir haben uns … unterhalten. Ich hatte mich als Rotkäppchen verkleidet.«

»Da klingelt bei mir nichts«, sagte er. »Aber ich war ja auch ziemlich blau.«

»Wir sind nach oben gegangen. Ohne die Masken abzulegen.«

»Nie und nimmer. Das war ich nicht.« Wieder beobachtete Romy sein Gesicht, doch auch diesmal verzog er keine Miene. Vielleicht erinnerte er sich wirklich nicht. Obwohl er gar nicht so betrunken gewirkt hatte.

»Das muss der andere Darth Vader gewesen sein«, sagte Derek.

»Was, da war noch einer? Weißt du, wer es war?«

»Tut mir leid, keine Ahnung. Allerdings war sein Kostüm tausendmal schicker als meins. Wahrscheinlich war er einer von Davids feinen Freunden.«

»Ach so.« Romy spürte die Erleichterung ihre Adern fluten. Derek war nicht *ihr* Darth Vader. Sie atmete auf und entspannte sich.

»Komm, ich mache dich mit Orla bekannt«, schlug Derek vor.

»Romy, entschuldige, wenn ich dich unterbreche«, sagte

May und verstellte ihnen den Weg. »Aber hättest du irgendwann einen Moment, um mit mir über die Schaukel zu sprechen?«

»Sicher«, entgegnete Romy. »In einer Sekunde bin ich bei dir.«

»Eine Mieterin«, erklärte sie Derek, als May außer Hörweite war. »Sie möchte, dass ich ihr erlaube, in ihrer Wohnung eine Schaukel aufzuhängen.«

Derek sah zu May hinüber. »Ist sie für eine Schaukel nicht ein bisschen zu alt?«

»Oh, wenn du wüsstest.« Romy kicherte.

Beschwingt gesellte sie sich zu der Gruppe um Orla. Ihr war ein Stein vom Herzen gefallen. Jetzt wusste sie, was es auch bedeuten konnte, Lukes Vater zu finden: Schwierigkeiten und Probleme. Offenbar hatte sie richtiggelegen, als sie dachte, dass es vielleicht besser wäre, im Ungewissen zu bleiben.

»Ich hab eine Pleite nach der anderen erlebt«, gestand Lesley später. »Wie war es bei dir? Hast du Derek gefragt?«

»Ja, er war es nicht.«

Lesley seufzte. »Mist, er ist nicht erschienen.«

»Nein, ist er nicht«, antwortete Romy lächelnd.

Kit beobachtete, wie sich die Haustür öffnete, Licht in den Garten fiel, Romy ihren Gästen nachwinkte. Dann schloss die Haustür sich, und der Garten lag wieder im Dunkeln. Mehrere Male war er kurz davor gewesen, zum Haus hinüberzulaufen und an der Tür zu läuten, doch jedes Mal hatte er gezögert, hin und her überlegt und den richtigen Augenblick verpasst. Jetzt schien die Party sich langsam aufzulösen. Romy war bereits etliche Male im Türrahmen erschienen, um ihre Gäste zu verabschieden. Inzwischen wanderte sie im Partyraum umher und sammelte Gläser und Teller ein. Dann war sie für eine Weile nicht mehr zu sehen, doch wenig später ging in der Küche das Licht an, und er erkannte sie wieder durch die Fenster. Offenbar war sie dabei, Ordnung zu schaffen. *Jetzt oder nie*, dachte Kit.

Er holte die Maske aus der Jackentasche hervor und machte sich für seinen Auftritt bereit. Er würde an der Tür läuten und, wenn Romy öffnete, »Süßes oder Saures« sagen. Die Maske hatte er sich an einem Kiosk besorgt, sich die erstbeste geschnappt, ein billiges Plastikteil, unter dem man schwitzte.

Gott, ist das albern, dachte er und betrachtete die Maske, die das alte, weise Gesicht von Yoda zeigte. Trotzdem wollte er sich Romy lieber auf diese Weise nähern, mit der Maske als Schutzschild. Außerdem konnte er maskiert immer noch weglaufen, falls er seine Meinung plötzlich änderte, und sie würde nie erfahren, dass er vor ihr gestanden hatte. Er setzte die Maske auf und spürte, wie das enge Gummiband in seine Ohren schnitt. Gerade als er von dem Baum klettern wollte, kam Romy wieder an die Tür, und er verharrte. Sie stand auf der obersten Treppenstufe, rief »Miez-Miez-Miez« und etwas leiser »Bumble, wo bist du?«.

Gleich darauf tauchte unter Kit eine dicke Katze mit rötlichem Fell auf, die sich an *seinem* Baumstamm rieb. Mit leisen Zischlauten versuchte Kit sie zu verscheuchen, denn um nichts in der Welt wollte er, dass Romy ihn bemerkte. Aber es war schon zu spät. Romy entdeckte die Katze, sprang die Treppe hinunter und kam durch das grüne Gartentor auf sie zu. Dann war sie unten am Baum. Wie erstarrt schaute Kit auf ihr dunkles Haar. Als sie sich bückte, hielt er den Atem an.

»Da bist du ja«, gurrte sie, ging in die Hocke und strich der Katze über das Fell. »Hast du dich vor dem Feuerwerk gefürchtet? Du armer kleiner Schatz.«

Sie wollte die Katze in die Arme nehmen, doch in dem Augenblick schoss ein Feuerwerkskörper in den Himmel und explodierte zischend und krachend. Die Katze miaute, hangelte sich an dem Baumstamm hoch, sprang auf Kits Schoß, schlug die Krallen in seine Weichteile und biss ihn in die Hand. Kit, der ziemlich wackelig auf seinem Ast gesessen hatte, verlor das Gleichgewicht, stürzte in die Tiefe und landete vor Romy auf dem Boden.

»Verdammt«, sagte er und setzte sich stöhnend auf. »Vielen Dank«, wandte er sich an die Katze, die mit einem eleganten Sprung an seiner Seite auftraf und mit hocherhobenem Schwanz zu Romy stolzierte.

»Nanu«, sagte Romy und betrachtete ihn erstaunt. Kit rappelte sich auf und wischte Zweige und Blätter von seiner Jacke. Wahrscheinlich sah er aus, als ... na ja, ... als käme er von einem Baum.

»Hallo.« Er schenkte Romy ein breites, freundliches Lächeln und versuchte, wie ein normaler Mensch zu wirken – ein normaler Mensch, der gerade aus einem Baum gefallen war.

»Hallo.« Sie erwiderte sein Lächeln nicht, sondern warf ihm einen argwöhnischen Blick zu, ehe sie sich bückte und die Katze hochhob und sie an ihre Brust drückte, als hätte sie Angst, er könnte sich auf das Tier stürzen. »Hast du dich erschreckt?«, flüsterte sie und betrachtete Kit mit zusammengezogenen Brauen, als wäre alles seine Schuld, als hätte er dem verdammten Vieh etwas getan, obwohl es doch genau umgekehrt war. Als Nächstes untersuchte sie die Katze auf Verletzungen.

Kit wartete darauf, dass sie ihn erkannte, und fand es erstaunlich, wie lange sie dazu brauchte. Aber schön, es war ja auch dunkel, und sie hatten sich seit Jahren nicht mehr gesehen. Allerdings hatte er sich äußerlich eigentlich nicht sehr verändert. Er hob die Hand, um sich Zweigreste aus den Haaren zu pflücken, und fühlte Plastik. Richtig, die Maske. Die hatte er vergessen. Trotz des Sturzes war sie an ihrem Platz geblieben. Vielleicht würde es ihm ja doch noch gelingen, mit Würde davonzukommen. Wenn er jetzt losliefe, würde Romy nie erfahren, dass er da gewesen war. Und am nächsten Tag könnte er wie ein normaler Mensch bei ihr vorbeischauen.

»Was tun Sie hier eigentlich?«, fragte sie.

»Ach, nichts.« Er zuckte lässig mit den Schultern, während er fieberhaft überlegte, wie er ihr klarmachen konnte, dass er weder ein Irrer noch ein Perverser war. »Ich habe nur … Sie wissen schon, Halloween und so.« Na toll, eine geistige Spitzenleistung.

»Sie waren da oben im Baum.«

»Tja, das schon.«

»Sind Sie nicht ein bisschen zu alt, um auf Bäume zu klettern und sich an Halloween zu maskieren?«

»Doch, aber ich bin noch sehr unreif.« Brillant. Wie war er denn auf den Stuss gekommen? Aber wenigstens hatte er ihr ein kleines Lächeln entlockt. Sie nickte langsam und studierte ihn, als wäre sie im Begriff zu entscheiden, ob er ein Axtmörder war oder nicht.

»Na, dann wünsche ich noch ein schönes Halloween«, sagte sie mit einem skeptischen Blick und schlug den Rückweg ein.

»Wünsche ich Ihnen auch«, rief er ihr nach. Als Romy am Gartentor war, bückte er sich, klopfte sich den Schmutz von den Hosenbeinen und setzte leiser hinzu: »Möge die Macht mit dir sein.«

Romy fuhr herum. »Was haben Sie gesagt?«

»Ich habe Ihnen ein schönes Halloween gewünscht.«

Sie schüttelte den Kopf. »Ich meine, danach.«

»Ähm … möge die Macht mit dir sein.«

Die Katze entwand sich Romys Armen und lief in den Garten und die Treppe zum Haus hoch. Romy stand noch immer am Tor und betrachtete ihn mit merkwürdiger Miene. »Warum haben Sie das gesagt?« Mit einem Mal schien sie total verwirrt zu sein, was angesichts der Umstände sicherlich auch angebracht war. Aber warum jetzt erst? Als er zu ihren Füßen gelandet war, hatte sie ziemlich gelassen gewirkt.

»War nur so ein Spruch.« Kit hob die Schultern. »Aus *Star Wars*.« *Star Wars* würde sie ja wohl kennen. Wenn ihn nicht alles täuschte, hatten sie die Filme sogar zusammen gesehen.

»Ich weiß, dass er aus *Star Wars* ist. Trotzdem fand ich es sonderbar.«

»Ich nehme an, im Moment bin ich auf *Star Wars* gepolt.« Kit deutete auf seine Maske.

»Mögen Sie die Filme?«

»Was?«

»Ich habe gefragt, ob Sie die Filme mögen?«

»Klar. Mag die nicht jeder?«

»Wer ist Ihre Lieblingsfigur?«

Herrgott noch mal, was dachte sie sich denn? Dass er fünf Jahre alt war? Sicher, er war mit einer Halloweenmaske aus einem Baum gefallen, aber trotzdem. Und warum stand sie überhaupt noch da und unterhielt sich mit ihm? Warum war sie nicht im Haus und rief die Polizei an? Er wollte sich aus dem Staub machen und das so schnell wie möglich. »Darüber habe ich nie groß nachgedacht. Ich glaube, R2D2 finde ich ganz cool.«

»Oh.« Sie machte ein langes Gesicht. Anscheinend hatte die Antwort sie enttäuscht. Oder er bildete es sich nur ein. Warum sollte es sie interessieren, welche *Star-Wars*-Figuren ihm gefielen?

»Sie wirken enttäuscht.«

»Was?«

»Da wäre noch Yoda.« Wieder zeigte er auf seine Maske. »Der sagt alles rückwärts, nicht?«

»Ja, tut er.«

»Ich meine, den mag ich offenbar auch. Aber im Grunde sind alle Figuren gut«, sagte Kit in der Hoffnung, sie aufzumuntern. *Was fasele ich denn da*, fragte er sich ungehalten. *Ich sollte die Beine in die Hand nehmen und zusehen, dass ich Land gewinne.*

Romy schaute zu dem Baum hoch, in dem er gehockt hatte. Dann schien sie eins und eins zusammenzuzählen. »Haben Sie etwa mein Haus beobachtet?«

War sie noch bei Trost, ihm eine solche Frage zu stellen? Hatte sie keinen Selbsterhaltungstrieb? Wäre er ein Mörder, der ihr Haus ausgekundschaftet hätte, wäre sie jetzt ernsthaft in Lebensgefahr.

»Nein, ganz und gar nicht.«

»Wirklich nicht?« Sie taxierte ihn mit zweifelnder Miene.

»Bitte, es ist ganz anders, als Sie denken, ich …« Ehe er den Satz beenden konnte, ergoss eine Horde Kinder in Halloweenkostümen sich zwischen ihnen, sodass Kit und Romy an gegenüberliegenden Ufern standen. Um sie vorbeizulassen, trat Romy einen Schritt zurück. Die Kinder rannten weiter, nur eins blieb wie angewurzelt vor Kit stehen.

»Da ist der böse Mann!«, schrie es und rang keuchend nach Luft. Kit schaute nach unten und erkannte seine Nemesis, die kleine Hexe mit den Spinnweben im Gesicht, die zu ihm hochstarrte. »Schreien, treten, weglaufen«, sagte sie sich flüsternd vor, ehe sie es in die Tat umsetzte. Nach dem Schrei trat sie mit aller Kraft gegen Kits Schienbein, schoss wie eine Feuerwerksrakete über die Straße davon und schrie in einer Tour.

»Verdammt.« Kit beugte sich vor und rieb sein Schienbein. »Das tut weh. Lernen die Kinder so was heute in der Schule?« Er warf einen Blick auf Romy, die sich, ohne ihn aus den Augen zu lassen, rückwärts ihrem Haus genähert hatte.

»Ja, sie lernen, in gewissen Situationen zu schreien, zu treten und wegzulaufen«, sagte sie und schaute in die Richtung, in der die Minihexe verschwunden war.

»Mensch, Romy«, sagte Kit und zog scharf den Atem ein, denn sein Bein schmerzte immer noch. »Ich bin doch kein …«

»Woher kennen Sie meinen Namen?«

»Was?« *O Scheiße.* »Ich bin kein Perverser, wollte ich sagen.«

»Sie haben mein Haus beobachtet und kennen meinen Namen. Wer sind Sie?«

Jetzt half alles nichts mehr, er musste die Maske abnehmen und sich als der Idiot zu erkennen geben, der er war. Er trat ins Licht der Straßenlampe.

»Keinen Schritt weiter«, sagte Romy zittrig und schaute nervös zu ihm hin.

Kit blieb stehen und zog die Maske ab.

»Kit?«, hauchte Romy.

5

»Hi, Romy.« Kit lächelte verschämt.

Sie starrte ihn sprachlos an und schien die Welt nicht mehr zu verstehen.

Kit schaute besorgt über die Straße. »Glaubst du, die Kleine kommt zurück?«

»Mit Sicherheit«, antwortete Romy. Auf ihren Lippen deutete sich ein Lächeln an. »Mit der halben Nachbarschaft.«

»Mist.«

»Sie werden Heugabeln, brennende Fackeln und so weiter dabeihaben.«

»Na, großartig.«

Sie betrachtete ihn und ließ ihn noch ein Weilchen schmoren. Als am Ende der Straße Stimmen laut wurden, drehten sie sich um. Die kleine Hexe kehrte zurück, mit zwei Erwachsenen im Gefolge. »Er hat gesagt, er wäre ein Papa«, erklärte sie ihrer Begleitung im Näherkommen. »Aber ich weiß, dass er das nicht ist.«

»Komm lieber mit ins Haus, ehe der Lynchmob dich erwischt.« Romy nahm Kits Hand und zog ihn über den Eingangspfad zum Haus. Sie sprangen die Treppe hoch. Romy stieß die Haustür auf und zerrte ihn in den Flur. Bumble schlüpfte mit ihnen ins Haus, schlängelte sich um ihre Beine und lief über den Flur davon.

»Danke«, sagte Kit. Romy schloss die Haustür.

»Gern geschehen. Weißt du, dass ich schon sehr gespannt bin, wie du dein Verhalten erklären wirst?«

Kit öffnete den Mund, um zu antworten, doch Romy bedeutete ihm mit einem Wink zu schweigen. »Später. Ein paar Gäste sind noch da.«

»Ach, ich dachte, sie wären alle fort.« Er hatte den Satz kaum zu Ende gesprochen, als er seinen Fehler begriff.

»Dann hast du mein Haus also doch beobachtet«, sagte Romy mit strenger Miene.

»Ich kann es dir erklären.«

»Später«, wiederholte sie und öffnete die Tür zu einem großen Wohnzimmer.

Es waren nur noch wenige Gäste da. Neben dem Sofa stand eng umschlungen ein älteres Paar, am Buffet schaufelte ein Koloss von Mann die letzten Häppchen in sich hinein. Ein jüngeres Paar saß auf dem Sofa und war in eine Unterhaltung vertieft. Als Kit hereinkam, richteten sich alle Blicke auf ihn.

»Seht mal, wen ich draußen entdeckt habe.« Romy führte Kit zum Sofa. Das ältere Paar ließ voneinander ab und musterte ihn. »Das ist Kit«, sagte Romy. »Ein alter Freund. Kit, das sind Frank und May. Sie wohnen eine Treppe höher.«

»Freut mich, Sie kennenzulernen.« Die Frau – May – schüttelte seine Hand und schien ihn eingehend zu studieren.

Romy machte ihn mit den anderen bekannt, mit Colm und Sarah und Stefan von oben. Kit nickte ihnen verlegen zu.

»Also dann, Leute«, sagte May und stand auf. »Wir wollen Romy und ihren Freund nicht weiter stören. Schätzchen, ich danke dir für eine wundervolle Party.« Sie küsste

Romy auf die Wange und verließ mit den anderen im Schlepptau den Raum.

»Möchtest du etwas trinken?«, fragte Romy, als sie die Wohnungstür geschlossen hatte. »Wein, Kaffee, Tee?«

»Ein Kaffee wäre schön.« Kit steckte noch immer die Kälte von seinem langen Aufenthalt im Freien in den Knochen.

»Kommt sofort.« Romy sammelte schmutzige Teller ein.

»Soll ich dir beim Aufräumen helfen?«, fragte er.

»Du könntest mir helfen, alles in die Küche zu tragen.« Romy türmte leere Gläser auf den Tellerstapel in ihrer Hand. »Möchtest du etwas essen?«

Mit einem Mal stellte Kit fest, wie ausgehungert er war. Während er Besteck und zerknüllte Servietten zusammenraffte, beäugte er die kümmerlichen Reste des Buffets. »Ich will dir keine Mühe machen.«

»Sag schon: Hast du Hunger?«

»Ich bin kurz vorm Verhungern.« Kit lächelte schuldbewusst. »Irgendwie bin ich nicht zum Abendessen gekommen.«

»Tja, so kann es gehen, wenn man den Abend in einem Baum verbringt.«

Kit lachte. »Außer, man weiß, wo man anrufen muss, um sich etwas kommen zu lassen.«

»Viel ist nicht mehr übrig.« Romy nagte an ihrer Lippe. »Ein paar Stücke Kuchen hätte ich noch. Oder ich könnte dir ein Sandwich machen.«

»Ein Sandwich wäre wunderbar.« Kit folgte Romy in die Küche.

Romy setzte ihre Teller und Gläser auf dem Küchentresen ab und bedeutete Kit, es ihr nachzutun. »Käsetoast?«, fragte sie, während sie den Geschirrspüler belud.

»Der wäre geradezu perfekt.«

»Okay, setz dich.« Romy nickte zu einem kleinen Tisch hinüber.

»Wie nett, dass du auch deine Nachbarn zu deiner Party eingeladen hast.« Kit ließ sich nieder. Romy machte sich an der Kaffeemaschine zu schaffen.

»Sie sind nicht nur Nachbarn«, erklärte sie, während sie Kaffeepulver in den Kaffeefilter gab und die Maschine einschaltete. »Sondern auch meine Mieter.«

»Ach ja? Dann gehört dir das Haus also.«

»Ja.«

»Mein lieber Scholli. Das ist ein ausgesprochen schönes Haus.«

»Ja, nicht wahr?« Romy schnitt Brot und Käse. »Das mit dem Haus und mir war Liebe auf den ersten Blick.« Sie bereitete das Sandwich zu, bestrich die Außenseiten mit Butter und schob es in den Grill. Gleich darauf zog der Geruch heißer Butter durch den Raum. »Anfangs ging ich noch davon aus, dass ich es ruck, zuck verkaufe, aber dann ist der Immobilienmarkt eingebrochen. Inzwischen bin ich beinahe froh, dass es so gekommen ist.«

»Ich bin beeindruckt. Meine Mutter hat mir schon erzählt, wie erfolgreich du bist.«

»Aber längst nicht so wie du.« Romy wendete das Sandwich und drückte es auf die Grillpfanne, bis es zischte. »Wie ich gehört habe, hast du die Wall Street im Sturm erobert.«

»Das ist aus und vorbei.«

»Ach? Das tut mir leid.« Sie ließ das Sandwich auf einen Teller gleiten und reichte ihn Kit. Dann stellte sie einen dampfenden Becher Kaffee vor ihn.

Kit zuckte mit den Schultern und machte sich über sein

Sandwich her. Romy schenkte sich einen Kaffee ein und setzte sich ihm gegenüber.

»Was ist denn passiert?« Sie umschlang ihren Becher mit beiden Händen, setzte ihn an den Mund und schaute ihn über den Becherrand hinweg an.

»Die Rezession ist passiert. Die Firma, für die ich gearbeitet habe, ist pleitegegangen.«

»Entschuldige, das hätte ich mir denken können. Ich hasse diese verdammte Rezession.«

»Ich auch.« Kit seufzte. »Ich habe alles verloren. Meinen Job, meine Wohnung in Manhattan, einfach alles. Mein Erspartes ist dahingeschmolzen wie Schnee in der Augustsonne. Zu guter Letzt bin ich zurückgekommen, etwas anderes blieb mir nicht übrig.«

»Ach, dann lebst du also wieder hier.«

Kit nickte. »Zumindest eine Zeitlang. Ich wohne wieder bei meinen Eltern.«

»Das sehe ich.« Lächelnd deutete Romy auf sein rosa Hemd.

»Tja, richtig waschen konnte meine Mutter noch nie.«

Wenn es um den Haushalt ging, war Kits Mutter so etwas wie die Göttin der Zerstörung. Früher hatten Kits weiße Schulhemden immer einen leichten Farbstich gehabt, rosa, blau oder grün, je nachdem.

»Ich fand die Vorstellung immer lustig, dass deine ganze Familie den gleichen Farbton trug«, sagte Romy. »Wie eine Vereinsmannschaft.«

Kit schaute bekümmert an seinem Hemd herunter. »Es wäre mir egal, wenn das Hemd nicht von Armani wäre.«

»Und, was hast du jetzt vor?«

»Ähm … Also deswegen bin ich eigentlich vorbeigekommen.«

»Du meinst, deswegen hast du dich da draußen in dem Baum versteckt und mich ausspioniert?«

»So ungefähr.« Kit lachte nervös. »Es tut mir leid.«

»Und auch noch maskiert.«

»Ich wollte dich überraschen. Mein Plan war, an der Tür zu läuten und ›Süßes oder Saures‹ zu sagen.«

»Das wäre lustig gewesen.«

»Findest du?«

»Besser als den Spanner zu geben.«

»Stimmt«, sagte Kit zerknirscht. »Aber als ich hier ankam und gesehen habe, dass du eine Party feierst, hat mich der Mut verlassen. Ich wollte mich so lange verstecken, bis ich mich traue, an deiner Tür zu läuten. Das schien mir klüger, als auf der Straße herumzulungern und für verrückt gehalten zu werden.«

»Das ist dir ja auch bestens geglückt.«

»Okay, ich habe mich wie ein Idiot benommen, aber anfangs dachte ich, es wäre eine gute Idee. Es hätte ja auch geklappt, wenn deine verfluchte Katze mich nicht erwischt hätte.«

Romy lachte. »Bumble gehört meiner Nachbarin. Ich kümmere mich manchmal um sie.«

»Auch das noch«, sagte Kit verdrossen.

»Und aus welchem Grund wolltest du mich nun sehen?«, erinnerte Romy ihn. »Die reine Nostalgie wird es ja wohl nicht gewesen sein.«

»Doch, auch. In meinem alten Zimmer zuhause sind so viele Erinnerungen an dich. Ich wollte dich tatsächlich wiedersehen.« Er lächelte Romy an. »Es tut mir leid, dass wir uns aus den Augen verloren haben.«

»Mir auch.« Romy erwiderte sein Lächeln. »Und was war der andere Grund?«

»Der hängt mit dem zusammen, was meine Mutter erzählt hat. Dass du im Immobiliengeschäft bist. Ich habe da so eine Idee und wollte deine Meinung dazu hören.«

»Aha«, sagte Romy unbehaglich, denn sie wusste nur zu gut, dass andere das Immobiliengeschäft für etwas hielten, bei dem man mit wenig Einsatz im Handumdrehen Geld verdiente. Als Irland seinen wirtschaftlichen Aufschwung erlebte, hatten die Leute sich wie im Wahn Immobilien zugelegt. Sie konnte die Menschen gar nicht mehr zählen, die sie bei ihren Projekten um Hilfe gebeten und erwartet hatten, dass sie aus reiner Gefälligkeit als Beraterin, Projektmanagerin oder Innenarchitektin fungierte. Und wie beleidigt jeder von ihnen gewesen war, wenn sie so nett wie möglich erklärte, dass sie mit Bauplanungen ihren Lebensunterhalt verdiente und es sich nicht leisten konnte, Zeit und Energie gratis zu investieren. Sie konnte nur hoffen, dass Kit nach all der Zeit nicht gekommen war, um sie um diese Art von Hilfe zu bitten.

»Ich hoffe, dass du mir einen Rat geben kannst.« Kit zog einige Unterlagen aus der Tasche des Jacketts, das er über die Stuhllehne gehängt hatte. »Vor Jahren habe ich von meiner Tante ein Haus geerbt und nie etwas damit gemacht. Jetzt denke ich daran, es restaurieren zu lassen und mit Gewinn zu verkaufen. Nur habe ich keine Ahnung von alten Häusern und dachte, du könntest mir sagen, ob die Mühe sich lohnt oder ob ich nur Geld und Zeit verschwende.«

Romy seufzte. »Solche Bauprojekte sind nicht so einfach, wie man denkt«, begann sie wie schon so oft, wenn sie hoffnungsvolle Amateure vor sich hatte.

»Das weiß ich.«

»Und der Immobilienmarkt ist am Boden.«

»Das brauchst du mir nicht zu sagen. Trotzdem scheinst

du ziemlich gut klarzukommen.« Kit sah sie erwartungsvoll an.

»Während des Booms war ich erfolgreich«, erklärte Romy. »Aber ich bin vorsichtig gewesen.« Zu vorsichtig, wie andere ihr gesagt hatten. Du kannst unmöglich verlieren, hatte man ihr mehr als einmal erklärt, und manchmal hatte sie gedacht, die anderen könnten recht haben. Doch sie kannte ihre Grenzen. Für sie gab es eine bestimmte Höhe an finanzieller Belastung, mit der sie umgehen konnte, auf das, was darüber hinausging, ließ sie sich nicht ein. Ihr war es lieber, nachts schlafen zu können.

»Und wie sieht es jetzt bei dir aus?«, unterbrach Kit ihre Gedanken.

»Gut. Ich habe das Haus und keine Hypotheken. Gott sei Dank. Die Rezession sitze ich aus und lebe von den Mieteinnahmen, bis der Markt sich wieder erholt. Auf neue Projekte lasse ich mich bei der gegenwärtigen Lage nicht ein. Das ist mir die Sache nicht wert.«

»Sicher, die Lage ist schlecht, und die Aussichten, erfolgreich zu investieren, sind gering. Aber das Haus, um das es geht, gehört mir ja. Ich müsste lediglich für die Instandsetzung aufkommen. Anschließend würde ich es mit Gewinn verkaufen.«

»Falls es sich verkaufen lässt.«

Kit ließ den Kopf hängen, doch Romy wusste, sie musste brutal ehrlich sein und ihm jede Illusion rauben.

»Richtig, aber genau deshalb brauche ich ja deinen Rat. In das Haus muss irrsinnig viel Arbeit gesteckt werden. Ich habe zwar noch ein paar Ersparnisse, weiß aber nicht, ob ich mir die nötige Investition leisten kann oder es sich überhaupt lohnt. Ich will am Ende nicht dastehen und mehr ausgegeben haben, als ich wieder hereinholen kann.«

»Wie schlimm ist denn der Zustand des Hauses?«

»Das kann ich nicht sagen, ich habe es seit Jahren nicht mehr gesehen. Beim letzten Mal waren meine Geschwister und ich noch Kinder, und Tante Lilian wohnte darin. Schon damals war es nicht gerade berauschend. Warte, ich habe ein Foto.« Kit suchte das Foto aus den Unterlagen heraus und schob es ihr zusammen mit dem Exposé des Immobilienmaklers zu.

Romy begutachtete das Haus auf dem Foto. »Sieht ziemlich heruntergekommen aus.«

»Das Foto wurde vor ungefähr acht Jahren aufgenommen. Inzwischen dürfte es noch verfallener sein, es hat ja seit dem Tod meiner Tante leer gestanden.«

»Auf den ersten Blick würde ich sagen, das wird ein Fass ohne Boden, und dir raten, die Finger davonzulassen. Andererseits ist es nur ein Foto. Ich müsste das Haus selbst sehen, um den Zustand einschätzen und dir sagen zu können, welche Summe du anlegen musst.«

»Würdest du das tun?« Kits Miene hellte sich auf. »Würdest du mit mir hinfahren und es dir anschauen?«

»Warum nicht?« Was hatte sie schon zu verlieren? Sie sah sich liebend gern in alten Häusern um und stellte sich vor, was man damit anfangen könnte. Nach dem, was Kit ihr erzählt hatte, und angesichts der Marktlage, war es zwar unwahrscheinlich, dass sie ihre Meinung ändern und ihm raten würde zu investieren, aber sich das Haus anzuschauen kostete nichts. Zumindest könnte sie ihm nachher einen realistischen Kostenüberblick geben, und er könnte sich für oder gegen die Instandsetzung entscheiden. »Wo liegt das Haus?«

»In Wicklow. Tolle Lage, mitten in der Walachei«, sagte Kit mit spöttischem Lachen.

»Es ist groß, nicht wahr?« Nachdenklich las Romy die Daten.

»Ein riesiger Kasten.«

»Ein großes Stück Land gehört ebenfalls dazu. Das ist ein Vorteil.«

»Wenn du glaubst, dass es sich lohnt, würdest du mir dann vielleicht … helfen?«

Jetzt kommt's, dachte Romy. »*Wie* helfen?«

»Ich habe von solchen Instandsetzungen keine Ahnung. Ich wüsste nicht mal, wo ich anfangen sollte. Jeder Handwerker würde das erkennen und versuchen, mich über den Tisch zu ziehen. Aber du kennst die richtigen Leute, und deshalb dachte ich, du könntest vielleicht meine Projektmanagerin werden.«

»Hm.«

»Vorhin hast du gesagt, dass du zurzeit keine Projekte betreust.«

»Das stimmt, aber …«

»Ich kann mir nicht vorstellen, dass du als Vermieterin zeitlich völlig ausgelastet bist.«

»Nicht völlig«, gab Romy zu und dachte, das war sogar noch übertrieben. Sie hatte nichts anderes zu tun, als die Mieteinnahmen zu verbuchen, und langweilte sich halb zu Tode. Die Arbeit an einem Bauprojekt hatte ihr schon seit Langem gefehlt.

»Denk einfach darüber nach«, schlug Kit vor. »Und rechne dein Honorar mit ein, wenn du die Kosten kalkulierst. Falls du das Projekt nicht übernehmen möchtest, ist es auch okay. Dann suche ich mir jemanden.«

Romy lächelte und dankte Gott, dass er nicht erwartete, sie würde aus schierer Herzensgüte für ihn arbeiten. Als sie das Foto noch einmal betrachtete, spürte sie plötzlich jenen ersten Kitzel, der ihr nur zu vertraut war. Wie lange es schon her war, seit sie ein richtiges Projekt gemanagt hatte. Und wie schön es wäre, sich dieser Herausforderung wieder einmal stellen zu können. »Ich muss nicht darüber nachdenken«, erklärte sie. »Wenn ich die Sache für machbar halte, werde ich deine Projektmanagerin.«

»Fantastisch.« Kit strahlte.

»Aber ich kann dir nichts versprechen. Zuerst muss ich das Haus sehen.«

»Das versteht sich von selbst.«

»Möchtest du noch einen Schluck Kaffee?« Romy nahm seinen Teller und stand auf. »Oder ein Glas Wein?«

»Danke, aber ich muss mich langsam auf die Socken machen.« Kit warf einen Blick auf seine Uhr. »Meine Güte, wie spät es schon ist. Und dabei hatten wir noch gar keine Gelegenheit, uns richtig zu unterhalten. Am besten lasse ich mir ein Taxi kommen.«

»Wenn du magst, kannst du hier übernachten. Ich habe ein ziemlich bequemes Schlafsofa.«

»Hm, tja, eigentlich würde ich ganz gern noch bleiben und mit dir reden. Es gibt so viel zu erzählen. Es sei denn, du möchtest schlafen gehen.«

»Nein, ich fände es schön, wenn du bleibst. Ich kann ja kaum fassen, dass wir uns nach all der Zeit wiedersehen.«

»Geht mir genauso. Okay, dann also den Wein und das Sofa.«

Romy öffnete eine Flasche Wein, und sie kehrten ins Wohnzimmer zurück, wo sie sich im Trümmerfeld der Party niederließen.

»Das mit deinem Vater habe ich gehört«, begann Kit. »Es tut mir leid.«

»Danke. Aber weißt du, im Grunde war es für ihn eine

Erlösung. Er hat nur noch Schmerzen gehabt und gelitten.«

»Meine Mutter hat erzählt, dass du ein Baby hast.«

»Ja.« Bei dem Gedanken an Luke leuchtete Romys Gesicht auf. »Luke schläft heute Nacht bei meiner Mutter. Sonst hätte ich die Party gar nicht geben können.«

»Wie alt ist er?«

»Drei Monate.«

»Und was ist mit dem Vater?«

»Spielt keine Rolle.«

Kit merkte, dass sie es dabei belassen wollte, nickte und schwieg, wofür Romy ihm dankbar war.

»Gibt es einen anderen?«

Romy lächelte. »Heißt das, du willst wissen, ob ich einen Freund habe?«

»Na ja, ich denke schon.«

»Habe ich nicht. Seit meiner Trennung von Gary hat es niemanden mehr gegeben und das war …« Romy überlegte. »Gott, das war vor fast zwei Jahren. Unfassbar.«

»Ein Baby lenkt einen wahrscheinlich ab.«

Romy lachte. »Vorsichtig ausgedrückt.«

»Wie lange warst du denn mit Gary zusammen?«

»Beinahe drei Jahre.«

»Und was war der Grund für die Trennung?«

»Er hat eine andere kennengelernt.«

»Oh, das tut mir leid.«

»Das muss es nicht, es ist alles gut so, wie es ist.« Seinerzeit hatten Romys Freunde sämtlich verkündet, Gary sei ein Scheißkerl, doch in Wahrheit hatten sie sich einvernehmlich getrennt. »Er hat sich verliebt und dabei festgestellt, dass er auf die Weise nie für mich empfunden hat.«

»Klingt, als wäre er ein Volltrottel gewesen.«

»Überhaupt nicht. Ich glaube, ich habe ihn auch nie geliebt. Wir waren eher gute Freunde.«

»Warst du denn nicht wenigstens ein kleines bisschen eifersüchtig?«

»Doch. Ich war eifersüchtig, weil ich nicht diejenige war, in die er sich verliebt hat. Abgesehen davon habe ich ihn wohl um seine Gefühle beneidet, um das Aufregende daran.« Sie war zwar nicht in Gary verliebt gewesen, aber sie wusste, wie es war, sich so zu fühlen. Es hatte eine Zeit gegeben, als sie in Kit verliebt gewesen war. Inzwischen hatte sie erkannt, dass sie sich weder leicht noch oft verliebte, und fragte sich manchmal, ob sie solche Gefühle überhaupt noch einmal erleben würde.

»Wie erwachsen du dich anhörst.«

»Ich bin ja auch erwachsen«, gab sie zurück. »Ich war traurig, als Gary und ich uns getrennt haben, wie auch nicht, schließlich waren wir gute Freunde, mochten einander und hatten zusammen viel Spaß.« Manchmal fragte sie sich, wie lange sie dieses Verhältnis noch fortgesetzt hätten, wenn Gary sich nicht Hals über Kopf verliebt hätte. Vielleicht hätte er ihr noch zur Seite gestanden, als ihr Vater starb. Aber Darth Vader wäre sie dann nicht begegnet und hätte demzufolge auch Luke nicht bekommen. »Unterm Strich glaube ich, dass die Trennung das Beste für uns war.«

Während sie sich unterhielten, schenkte Romy immer wieder Wein nach, und als die Flasche leer war, öffnete sie eine zweite.

»Und wie sieht es bei dir aus?«, fragte sie, als die Dinge schon ein wenig verschwommen wurden. »Hast du eine Freundin?«

»Hatte ich«, antwortete Kit. »Aber sie war auch so eine Art Opfer der Rezession.«

»Wie das denn? Soll das heißen, dass sie nur wegen des Geldes mit dir zusammen war?« Zwar kannte sie die Geschichten über Statusfrauen oder Statusfreundinnen, die das Weite suchten, wenn ihrem Partner das Geld knapp wurde. Nur war sie immer davon ausgegangen, dass diese Partner fürchterlich waren, abstoßend, langweilig oder bösartig – Männer, für die außer ihrem Geld nichts sprach – aber doch nicht jemand wie Kit.

»Es ist kompliziert, aber das Geld wird einer der Gründe gewesen sein. Mit einem Loser, der bankrott ist, hatte sie jedenfalls nicht gerechnet.«

»Du bist doch kein Loser«, sagte Romy schockiert.

»Es macht mir nichts aus«, entgegnete Kit ohne jede Bitterkeit. »Wir waren einen bestimmten Lebensstil gewöhnt. Ich habe nicht erwartet, dass sie bei mir bleibt, wenn ich ihr den nicht mehr bieten kann. Zudem war mir klar, dass sie New York nie verlassen würde.«

»Ja aber, was hat *sie* dir denn geboten, wenn ihr euch nicht geliebt habt?« *Wie naiv ich über die Liebe rede*, ging es Romy durch den Kopf, doch sie begriff nicht, wie Kit sich mit jemandem hatte einlassen können, dem nur an seinem Geld gelegen war. Wer machte denn so etwas?

Kit zuckte mit den Schultern. »Sie sah fantastisch aus, hat mich bei geschäftlichen Anlässen begleitet, Dinnerpartys gegeben und meine Kunden beeindruckt. Sie war schön, charmant und diskret.«

Offenbar tatsächlich ein klassisches Statussymbol. Romy runzelte die Stirn. »Ich weiß nicht, wie ich es erklären soll«, sagte er, als er ihre verständnislose Miene sah. »Wir hatten eine spezielle Form der Beziehung. Wahrscheinlich war es so ähnlich wie bei dir und diesem Gary, wir haben uns eben auch nicht geliebt.«

Nein, dachte Romy, es war ganz und gar nicht wie bei Gary und ihr. Sie hatten sich zwar nicht geliebt, aber viel füreinander empfunden. Sie hätte Gary nie wegen eines Geldproblems verlassen.

»Mein Leben in New York war völlig anders als das, was ich hier geführt habe. Ich musste ein bestimmtes Image aufrechterhalten. Lauren wusste das und passte zu meiner Welt. Es war ein Arrangement, das uns beiden angenehm war.«

Romy versuchte, sich einen Reim auf dieses Leben zu machen, einen Stil, der Diskretion, aber keine Liebe erforderte. Vor ihrem geistigen Auge liefen alle möglichen Szenarien ab. Hatte Kit dieser Frau Geld gegeben, damit sie ihn seine finstersten Fantasien ausleben ließ und darüber schwieg? Oder hatte Kit nur Sex gewollt, ohne den Ballast einer Beziehung? Hatte diese Lauren sich dazu bereiterklärt, falls er ihr ihm Gegenzug ein Luxusleben bot? Hatte er sich in einer solch hohlen, oberflächlichen Welt bewegt, dass er sich mit einer gutaussehenden Frau an seiner Seite begnügt hatte, Hauptsache er konnte sie wie ein sündhaft teures Auto oder eine Luxuswohnung vorzeigen, um seine Freunde und Kollegen zu beeindrucken?

»Wir haben uns im Guten getrennt«, sagte Kit.

»Fehlt sie dir denn nicht?«

»Eigentlich nicht. Obwohl ich wünschte, sie wäre jetzt hier. Ich brauche jemanden an meiner Seite. Hannah heiratet demnächst.«

»Deine kleine Schwester Hannah?«

»Ja, Anfang Dezember heiratet sie einen Freund von Wedgie. Wedgie ist unser Cousin. Ich kann es selbst noch nicht fassen.« Kit schüttelte den Kopf.

»Kann er kein R sprechen?«

»Wer?«

»Euer Cousin Reggie.«

»Wieso Reggie? Er heißt John.«

»Und warum dann Wedgie?«

»Das ist sein Spitzname. Wir hätten ihn auch Kneifer nennen können, denn früher hat er sich angeschlichen, nach dem Bund deiner Unterhose gegriffen und sie hochgerissen. Wenn wir in den Ferien in Galway waren, hat er uns und unseren Weichteilen das Leben zur Hölle gemacht. Vor der Hochzeit graut mir jetzt schon, denn Wedgie wird als Trauzeuge fungieren. Vielleicht sollte ich einen Kilt tragen.«

»Nein«, sagte Romy knapp.

»Was?«

»Du kannst keinen Kilt tragen.«

Kit zog die Brauen hoch. »Ich habe sehr schöne Beine, ich kann durchaus einen Kilt tragen, er würde mir sogar ganz hervorragend stehen.«

»Du bist kein Schotte, du würdest nur albern wirken. Abgesehen davon seid ihr inzwischen erwachsen, und er wird dir auf der Hochzeit kaum die Unterhose hochreißen.«

»Das weiß man nicht. Als wir uns das letzte Mal gesehen haben, hat er es getan.«

»Ja aber, wann war das?«

»Im letzten Jahr, als mein Vater sechzig wurde.«

»Oh.«

»Ja, oh.«

Romy kicherte. »Ich gehe zur Toilette«, sagte sie und stand auf. »Wenn ich wiederkomme, möchte ich noch mehr über deinen New Yorker Lebensstil hören.«

Sie unterhielten sich bis weit in die Nacht, so lange, bis Romys Lider schwer wurden und jeder von ihnen mehr gähnte als redete. Zu guter Letzt machte Romy das Schlafsofa im Wohnzimmer zurecht und zog sich in ihr Schlafzimmer zurück. Vor dem Einschlafen dachte sie noch kurz über die seltsame Bewandtnis nach, die es mit Halloween hatte. Zumindest für sie schien dieser Tag eine ganz eigene Bedeutung zu haben: Vor einem Jahr hatte er ihr Luke beschert und diesmal Kit.

6

Obwohl sie erst in den frühen Morgenstunden ins Bett gekommen war, wurde Romy schon um fünf wach und verspürte eine leise innere Unruhe, die sie nicht mehr schlafen ließ. Irgendwo am Rand ihres Bewusstseins war etwas, das ein Kribbeln in ihrer Magengrube verursachte, doch was es war, bekam sie nicht zu fassen. Dann kam ihr der vergangene Abend wieder in den Sinn, wie ein Bild, das langsam Konturen annahm und aus dessen Mitte sich Kit Masterson herausschälte. Kit, ihre erste Liebe, der Mann, der in diesem Augenblick auf dem Sofa in ihrem Wohnzimmer lag und vermutlich tief und fest schlief. Sie hatte seit Jahren nicht mehr an ihn gedacht, doch jetzt, da sie wusste, dass er wieder da war, kehrte auch die zittrige Aufregung von früher zurück.

In ihrer Teenagerzeit war er die Sonne, um die sich ihre Welt gedreht hatte, doch das Schönste daran war, zu wissen, dass er das Gleiche für sie empfand. Die Ängste und Unsicherheiten, die ihre Freundinnen bei Jungen erlebt hatten, waren ihr erspart geblieben, denn sie hatte immer gewusst, dass Kit sie anbetete. Sie waren verrückt nach einander, das perfekte Paar, auch wenn das außer ihnen niemand so sah.

Kein Mensch hatte ihre Beziehung verstanden, weder die angesagten Mädchen, die dachten, dass Kit für Romy unerreichbar sein müsste und von Rechts wegen zu einer von ihnen gehörte, noch ihre Eltern und Lehrer, die fürchteten, Kit könnte sie auf Abwege führen. Ihre Freundinnen waren der Ansicht, Kit würde ihr nichts als Ärger bringen; er war ihnen so wenig geheuer wie ein geschmeidiger Tiger, schön, wild und gefährlich, ein Wesen, das man besser nur aus der Ferne bewunderte. Die Gruppe, die Kit umgab und alles daransetzte, cool zu wirken, hatte Romy als zu still und langweilig abgetan. Die Entscheidung, wer von ihnen der Glückspilz war, hing offenbar von der jeweiligen Perspektive ab. Die einen glaubten, es sei Romy, die anderen, es sei Kit. Niemand war der Ansicht, sie könnten es beide sein.

Seinerzeit konnte Romy die verschiedenen Standpunkte sogar nachvollziehen, denn sie waren ja wirklich kein gewöhnliches Paar. Romy war das Mädchen, das nur Einsen nach Hause brachte und die Schuluniform trug, ohne den Rock kürzer oder die Jacke enger machen zu lassen. Kit hatte Lidstriche und Ohrringe und schwänzte die Schule. Doch irgendwann hatte jeder in ihrer Umgebung erfasst, dass sie zusammen waren und eine Einheit bildeten: Kit-und-Romy oder Romy-und-Kit. Sie ergänzten sich. Da wo er schwach war, war sie stark und umgekehrt. Er war nicht so klug wie sie, aber das hatte sie nie berührt. Sie hatte ihm gern bei den Hausaufgaben geholfen, war froh, dass sie etwas für ihn tun konnte. Allerdings hatte er ihr auch einiges beigebracht, praktische Dinge des Lebens und Schulintrigen, die sie allein nie durchschaut hätte. Zudem zeigte er ihr, wie man Joints rauchte, und nahm sie mit zu Konzerten. Außerdem genoss sie das Prestige, seine Freundin zu sein, so oberflächlich solche Gefühle auch waren. Es gefiel ihr, dass die Leute sie mit anderen Augen sahen, wenn Kit an ihrer Seite war, die Jungen voller Bewunderung, die Mädchen voller Neid.

Im Rückblick schien es Romy, dass sie nie ganz über Kit hinweggekommen war, zumindest hatte sie für andere nie mehr das Gleiche empfunden. Vielleicht lag es nur an der Intensität der ersten Liebe, und womöglich erging es sogar allen Menschen wie ihr. Trotzdem sehnte sie sich danach, noch einmal auf die Weise zu empfinden, obwohl sie nicht glaubte, dass sie Kit immer noch liebte. Dazu hatte sie ihn zu lange nicht gesehen und kannte ihn eigentlich gar nicht mehr. Auch in der Zwischenzeit hatte sie sich nicht nach ihm gesehnt, sondern vielmehr nach jemandem *wie* ihm. Nur Kit war bis zu ihrem Kern vorgedrungen, hatte sie humorvoll und interessant gefunden und sie geschätzt. So jemanden hatte es nach ihm nie mehr gegeben. Und jetzt schlief er in ihrem Wohnzimmer auf dem Sofa.

Um sechs hielt sie es im Bett nicht mehr aus. Sie stand auf, streifte eine weite Strickjacke über, schlüpfte in Pantoffeln und ging auf Zehenspitzen ins Wohnzimmer. Kit schlief tatsächlich tief und fest. Für einen Moment stand sie da und betrachtete ihn. *Himmel noch mal, sie hatte wirklich einen guten Geschmack gehabt.* Sein Gesicht war perfekt: markant, mit Zügen wie aus Marmor gemeißelt.

Dass er nach all den Jahren wieder bei ihr war, kam ihr beinahe surreal vor. Waren sie tatsächlich einmal unzertrennlich gewesen, sie und dieser nahezu Fremde? In ihrer Erinnerung hatten sie das komplette letzte Schuljahr knutschend verbracht. Sie erinnerte sich an lange Sommertage, an eine sonnenwarme Ziegelsteinmauer in ihrem Rücken, die Hitze seines Körpers, wenn er sich an sie drückte; an frostige Winterabende unter dem orangefarbenen Licht der Straßenlampen, ihre Atemwolken, die sich vermischten. Wie süß und unschuldig sie da waren.

Da es nicht aussah, als würde er demnächst aufwachen,

riss Romy sich von seinem Anblick los und ging ins Bad, um zu duschen und sich für den Tag fertig zu machen.

Romy saß in der Küche bei einem Frühstück aus Kaffee und Kuchenresten und blätterte in einer Zeitschrift, als jemand »Guten Morgen« sagte. Sie schaute auf. Kit stand im Türrahmen, in Jeans und aufgeknöpftem Hemd. Er wirkte übernächtigt und mitgenommen.

Romy sprang auf. »Hi! Möchtest du einen Kaffee?« Sie trat an den Küchentresen und griff nach der Kanne.

»Ja, bitte.« Im Näherkommen knöpfte er sein Hemd zu.

Geschäftig lief Romy hin und her, kochte frischen Kaffee, stellte Teller, Glas und Becher für ihn auf den Tisch, legte Besteck dazu. Sie konnte nicht fassen, wie nervös sie war, und dankte dem Himmel, dass sie etwas zu tun hatte und sich ablenken konnte.

»Hast du gut geschlafen?«, erkundigte sie sich.

»Sehr gut, danke.« Als er sich niederließ, verzog er das Gesicht.

»Hast du Kopfschmerzen?« Sie schenkte ihm ein Glas Orangensaft ein. »Soll ich dir ein Paracetamol geben?«

»Danke, nein. Ich muss nur etwas essen, danach geht's mir besser.« Er nahm das Glas und leerte es mit einem Zug. »Oh Gott, wie viel Wein haben wir eigentlich getrunken?«

»Reichlich. Jeder mindestens eine Flasche.«

»Autsch. Ich bin nicht mehr in Übung. Du dagegen wirkst ziemlich fit.«

»Wahrscheinlich habe ich gestern Abend mehr gegessen als du. Was möchtest du zum Frühstück? Soll ich dir ein paar Spiegeleier mit Würstchen und Speck braten?«

»Lieber nicht. Ich nehme dasselbe wie du. Es ist so schön

dekadent.« Kit grinste. »Isst du immer Kuchen zum Frühstück?«

»Nur zu besonderen Anlässen.« Sie stellte die Kaffeekanne auf den Tisch.

»Und der heutige Anlass wäre?« Kit füllte seinen Becher. Romy setzte sich ihm gegenüber.

»Es ist … der Tag nach Halloween. Der erste November.«

»Dann wünsche ich einen schönen ersten November.« Kit stieß seinen Becher gegen ihren.

»Ich kann dir auch ein anderes Frühstück anbieten. Müsli oder Toast.«

»Kuchen ist super.« Romy schnitt ihm ein großes Stück ab. »Bei meiner Mutter darf ich nie Kuchen zum Frühstück essen.«

»Ach ja, richtig. Musst du auch dein Gemüse aufessen?«

»Ja, und wenn ich den Teller nicht abwasche, darf ich nicht fernsehen.«

Romy kicherte. »Muss schwierig sein, jetzt noch zuhause zu wohnen.«

Kit seufzte. »Einfach ist es jedenfalls nicht, obwohl meine Eltern großartig sind. Ich hoffe, es ist nur vorübergehend.«

Die Mikrowelle klingelte. Romy stand auf und nahm einen kleinen Krug heraus. »Das ist Karamellsoße für den Kuchen, wenn du magst.« Sie kehrte zu ihrem Platz zurück und reichte ihm den Krug.

»Perfekt.« Er goss einen großen Schuss Soße über seinen Kuchen. »Das ist das beste Frühstück aller Zeiten. So stellt man sich als Kind das Erwachsenenleben vor. Zum Frühstück Kuchen, zum Abendessen Eis.«

»Tja, und wenn man dann erwachsen ist und machen kann, was man will, ist man zu vernünftig, um das eine oder andere zu tun.«

»Deprimierend, oder?«

»Erwachsene wissen ihr Erwachsenenleben eben nicht zu schätzen.«

Romys Handy summte und vibrierte auf dem Tisch. Sie griff danach und schaute auf das Display. Ihre Mutter teilte ihr per SMS mit, dass sie mit Luke auf dem Weg sei und in zehn Minuten da sein werde. Romy klickte die Nachricht weg und legte das Handy zurück. Es dauerte einen Moment, bevor sie aufsprang und die Hände vor den Mund schlug. »Oh mein Gott, meine Mutter ist auf dem Weg hierher.«

Kit musterte sie verwundert. »Ja und? Was ist denn dabei?«

»Sie darf dich nicht sehen.«

Er lachte auf. »Was denn, hast du Angst, dass sie denkt, wir hätten die Nacht mit ausschweifendem Sex verbracht? Sag ihr, dass ich auf dem Sofa geschlafen habe. Das hat sogar den Vorteil, wahr zu sein.« Kit zuckte mit den Schultern und widmete sich wieder seinem Kuchen.

»Nein!« Romy riss ihm den Teller weg. Kits Gabel schwebte in der Luft. »Darum geht es nicht. Wenn sie kommt, darfst du unter gar keinen Umständen hier sein.«

»Aber warum nicht?«, fragte er mit gerunzelter Stirn.

»Weil … weil sie dich nicht mag.«

»Ach, ich bitte dich.« Er langte nach dem Kuchenteller. Romy sprang zurück und drückte den Teller an sich. »Das war vielleicht früher so«, setzte Kit hinzu. »Lass sie ruhig kommen. Dann sieht sie, dass ich mich gebessert habe.«

»Nein, du musst verschwinden«, erklärte Romy mit Nachdruck.

»Das ist doch lächerlich. Findest du nicht, dass du überreagierst? Es ist doch nicht mehr wie früher, als sie dachte, ich wollte ihre einzige Tochter schänden.«

»Doch, irgendwie schon.« Romy atmete stoßweise und knabberte an ihrem Daumennagel.

»Wie bitte?«

»Das erkläre ich dir später.« Romy griff nach seinem Arm und zog ihn hoch. Kit machte ihr die Sache leichter und stand auf. Sie riss sein Jackett von der Stuhllehne, drückte es ihm die Hand und zerrte ihn zur Tür. Aber es war schon zu spät. Sie hörten den Schlüssel in der Wohnungstür und gleich darauf leichte Schritte, die über den Flur näher kamen.

»Versteck dich.« Romy schubste den widerstrebenden Kit in Richtung Speisekammer.

»Romy?« Sie fuhr herum. Ihre Mutter stand im Türrahmen und hielt den Kindersitz mit einem schlafenden Luke in den Armen.

Romy stöhnte auf und ließ die Hände sinken. »Hi, Mum«, sagte sie matt.

Romys Mutter entdeckte Kit und dann die Reste des Frühstücks auf dem Tisch. Ihr Blick weitete sich. »Na, so was«, sagte sie. »Wenn das nicht Kit Masterson ist.«

»Hallo, Mrs. Fitzgerald.« Kit lächelte und winkte mit zwei Fingern.

Romys Mutter schaute von Kit zu Romy und wieder zurück, bis Luke sich regte und gurgelnde Laute von sich gab.

»Wie schön, dich zu sehen, Kit.« Sie stellte den Kindersitz auf den Boden, öffnete Lukes Gurt und hob den Jungen hoch. »Spät ist besser als nie.« Sie lächelte auf Luke hinab, der sich in ihren Armen wand. »Setz dich doch, Kit, dann kannst du ihn selbst einmal halten.«

»Ähm, danke, lieber nicht – ich bin da nicht so …«

»Keine Angst, er beißt nicht. Wird doch auch höchste

Zeit, dass ihr euch mal kennenlernt.« Sie trat auf Kit zu, der zurückwich und sich wieder auf seinen Stuhl sinken ließ.

»Na schön, aber nur für einen Moment.« Mit Entsetzen verfolgte Kit, wie Mrs. Fitzgerald ihm dem Jungen überreichte. Um ein Haar hätte Romy gekichert, doch die Situation war leider alles andere als komisch.

»Na also.« Romys Mutter richtete sich auf und bedachte Kit und Luke mit einem zufriedenen Lächeln. »Du bist anscheinend ein Naturtalent«, sagte sie aufmunternd, obwohl Kit den Jungen hielt, als wäre er eine tickende Zeitbombe, die jeden Augenblick hochgehen konnte. »Weißt du, dass er dir wie aus dem Gesicht geschnitten ist?«, ergänzte sie und betrachtete Kit, der Luke anschaute.

»Und ob ich das weiß«, rief Romy aufgekratzt. »Er ist mein absolutes Ebenbild.« Kit sah erstaunt auf und fragte sich wahrscheinlich, weshalb sie plötzlich so schrill geworden war.

»Das habe ich nicht gemeint, Romy.«

»Ich weiß, was du gemeint hast, Mum. Ach herrje, wie spät es schon ist, und vielen Dank, dass du dich um Luke gekümmert hast, aber jetzt hast du es sicherlich eilig. Wolltest du dich nicht mit Maeve auf einen Kaffee treffen?«

»Ich habe noch jede Menge Zeit«, winkte ihre Mutter ab. »Abgesehen davon kommt Maeve immer zu spät.« Sie wandte sich an Kit. »Verbringst du den Urlaub bei deinen Eltern?«

»Nein, ich bin zurückgekommen. Für den Moment jedenfalls.«

»Wie schön. Das freut mich sehr.«

Kit beäugte Luke unsicher und schien darauf zu warten, dass man ihm sagte, was er mit ihm machen solle. »Komm, ich nehme ihn dir ab.« Romy beugte sich vor, doch ihre Mutter hielt sie zurück.

»Nein, Romy, Kit und Luke müssen sich aneinander gewöhnen. Du hast den Jungen drei Monate lang gehabt, aber Kit sieht ihn heute zum ersten Mal. Lass ihnen Zeit.« Sie drehte sich wieder zu Kit um. »Er ist süß, nicht?«

»Sehr süß.« Kit merkte, dass ihr Blick auf ihm ruhte, und hatte den Eindruck, dass sie irgendetwas von ihm erwartete. Er zog Luke näher an sich heran. »Sag Mama«, bat er unsicher. Luke wackelte mit dem Kopf, gab ein paar Laute von sich und ließ die Zunge aus dem Mund hängen.

»Ma-ma«, versuchte Kit es noch einmal und betonte jede Silbe.

»Er ist drei Monate alt«, erklärte Mrs. Fitzgerald.

»Er kann noch nicht sprechen«, setzte Romy hinzu.

»Oh«, sagte Kit. »Ist das … ich meine, ist mit ihm alles in Ordnung?«

»Er ist völlig normal.« Romy bückte sich und nahm ihm Luke ab. Kit atmete auf.

»Tut mir leid«, sagte er zu Romys Mutter. »Aber bei Babys kenne ich mich nicht aus.«

»Na, jetzt hast du ja Zeit, alles zu lernen«, antwortete sie. »Sicher möchtest du einiges nachholen.«

»Aber ich …«

Mrs. Fitzgerald hob die Hand. »Keine Sorge, ich habe nicht vor, dir Vorwürfe zu machen.« Sie lächelte Romy an. »Wenn man mich fragt, konnte es für Luke nichts Besseres als Kits Rückkehr geben.«

»Mrs. Fitzgerald, ich …«

»Sag ruhig Marian. Ich nehme an, von jetzt an werden wir uns öfter sehen.« Sie warf einen Blick auf ihre Uhr und seufzte. »Ach herrje, ich muss los. Schade, ich wäre gern noch geblieben. Na dann, bis zum nächsten Mal.« Sie beugte sich vor, drückte dem verdutzten Kit einen Kuss auf die Stirn, küsste ihre Tochter und ihren Enkel, verabschiedete sich von Romy mit »wir reden später« und war fort.

Die Stille, die ihrem Abgang folgte, wurde nur von Lukes Gebrabbel unterbrochen.

»Was zum Teufel sollte das bedeuten?«, fragte Kit schließlich. »Hast du nicht gesagt, dass sie mich nicht leiden kann? Deine Mutter hat mich *geküsst*.«

»Ja, das war ziemlich merkwürdig.«

»Und warum wollte sie, dass ich Wie-heißt-er-noch halte?« Kit zeigte auf Luke. »Warum soll ich mich an dein Kind gewöhnen?«

So viele Fragen, und doch gab es nur eine einzige Antwort. Sie musste Kit die Wahrheit sagen, etwas anderes blieb ihr wohl nicht übrig.

»Es tut mir leid«, begann Romy und kehrte mit Luke im Arm zu ihrem Platz zurück. »Ich muss dir etwas sagen. Wahrscheinlich wirst du ausrasten, aber das nehme ich dir dann nicht einmal übel.«

Kits Miene wurde panisch. »Heiliger Josef, bitte sag nicht, du bist sterbenskrank und willst mir dein Baby hinterlassen.«

»Was?« Romy prustete los. »Du liebe Zeit, natürlich nicht, du Blödmann.«

»O gut. Puh, mir fällt ein Stein vom Herzen.«

»Weil ich nicht sterbenskrank bin oder weil ich dir mein Kind nicht vermache?«

»Wegen beidem.«

»Obwohl du natürlich meine erste Wahl gewesen wärst. Ist doch klar. Wenn ich im Sterben läge und überlegen würde, bei wem ich Luke lassen könnte, würde ich sofort an einen Typen denken, mit dem ich in der Schule war und den ich seit Ewigkeiten nicht mehr gesehen habe.«

»Okay, fein, war nur ein kleiner Panikanfall. Also dann, was war das eben?« Kit sah Romy erwartungsvoll an.

Sie holte tief Luft. »Die Sache ist die … also, es ist so … Tja, meine Mutter glaubt … na ja, sie glaubt eben, dass du Lukes Vater bist.« Das Letzte hatte Romy hastig und wie ein Wort ausgesprochen, in der Hoffnung, dass es dann nicht so furchtbar klang, sondern war, wie wenn man den Wachsstreifen beim Enthaaren der Beine mit einem Ruck abzog.

»Sie glaubt *was*? Habe ich richtig gehört? Wie um alles in der Welt kommt sie denn darauf?«

»Na … weil … ich so etwas angedeutet habe.« *Jetzt flippt er aus*, dachte Romy und zog den Kopf ein. Kit schwieg. »Bevor du etwas sagst«, setzte sie eilig hinzu, »verspreche ich dir, dass ich die Sache klären werde.«

»Aber …«, stammelte Kit auf der Suche nach Worten. »Warum hast du das getan?«

»Weil … ich ihr nicht die Wahrheit sagen wollte. Dass ich nämlich gar nicht weiß, wer Lukes Vater ist.«

»Das weißt du nicht?«

Romy schüttelte den Kopf. »Ich habe keinen Schimmer.« Sie beobachtete Kits Gesicht. »Bist du jetzt schockiert?«

»Hm.« Kit legte die Stirn in Falten. »Na, vielleicht nicht schockiert, aber … doch, eigentlich bin ich schockiert. Das sieht dir so gar nicht ähnlich.«

Romy musste grinsen. »Ich bin in deiner Abwesenheit nicht zur Oberschlampe mutiert. Es war nur dieses eine Mal. Ich war unvorsichtig.«

»Trotzdem. Vielleicht war es nur ein einziges Mal, aber deshalb weiß man doch, um wen es sich bei dem einen Mal gehandelt hat.«

»Nein, es war auf einer Party. Wir waren alle maskiert, und später hat er mir die Augen verbunden.« Sie wurde rot, ihre Stimme verebbte. »Das ist ein lange Geschichte«, fuhr sie fort und machte eine abschließende Handbewegung. »Wie auch immer, es ist passiert, ich bin schwanger geworden und hatte nicht den Mut, meiner Mutter zu sagen, dass ich beim besten Willen nicht weiß, wer der Vater ist. Sie wäre entsetzt gewesen, und das hätte ich nicht ertragen.«

Zu Anfang hatte ihre Mutter Romys Wunsch, nicht nach dem Vater gefragt zu werden, respektiert. Doch eines Tages hatte sie es nicht mehr ausgehalten und erklärt, sie stelle sich das Schlimmste vor. Sie wolle weder einen Namen noch Einzelheiten erfahren, lediglich sichergehen, dass Romy nicht vergewaltigt worden sei. Romy erschrak, als sie die Seelennot ihrer Mutter erkannte, und um sie zu beruhigen, dachte sie sich eine Lüge aus. Nach ihren Worten war Lukes Vater jemand, den sie einmal geliebt hatte und der inzwischen im Ausland lebte.

»Ich habe ihr nicht klipp und klar gesagt, dass du es bist, aber ich habe sie in die Richtung geführt und ihre Schlüsse ziehen lassen.«

»Und warum hast du ausgerechnet mich ausgesucht?«

»Na, weil du in sicherer Entfernung warst. Dachte ich jedenfalls.« Sie warf Kit einen vorwurfsvollen Blick zu. »Niemand ging davon aus, dass du jemals zurückkommen würdest.«

»In der Tat«, sagte Kit missmutig. »Aber wie konnte sie dir denn glauben? Immerhin haben wir uns seit Jahren nicht mehr gesehen. Ich habe in New York gelebt, und du wohnst in Dublin. Sie wird doch wohl wissen, wie Kinder entstehen.«

Romy hob die Schultern. »Sie wusste, dass du vor einem

Jahr zum sechzigsten Geburtstag deines Vaters hier warst. Wahrscheinlich hat sie beim Lunch mit ihren Freundinnen davon gehört. Danach hat sie sich wie ein Geier auf mich gestürzt und wollte, dass ich mich mit dir treffe. Unentwegt hieß es, wie erfolgreich du seist, was für eine gute Partie.« Sie verdrehte die Augen. »Ich habe getan, als hätten wir uns getroffen. Na ja, nicht richtig getroffen – ich wollte nicht geldgierig wirken –, sondern als wären wir uns über den Weg gelaufen. Hinzu kamen meine Anspielungen auf Lukes Vater. All das hat dazu geführt, dass sie sich etwas zusammengereimt hat. Und ich habe es zugelassen.«

»Aha. Und jetzt glaubt jeder, dass ich Lukes Vater bin?«

»Nein, nur meine Mutter, und sie musste mir schwören, es niemandem zu verraten.«

»Vertraust du ihr?«

»Hundertprozentig. So etwas ist für sie eine Frage der Ehre, ein Geheimnis, das nur ich mit anderen teilen kann.«

»Bliebe noch die Frage, warum du dich nicht mit mir getroffen hast.«

Romy zuckte mit den Schultern. »Ich dachte, wenn du mich sehen wolltest, wüsstest du, wie du mich finden kannst, und wärst vorbeigekommen.«

»Oder umgekehrt.« Kit hob eine Braue und sah sie herausfordernd an.

»Nein, du bist nur dann und wann zu Besuch gekommen. Ich dagegen war immer zu erreichen.« Sie wollte nicht, dass er merkte, wie verletzt sie gewesen war, wenn er sich bei seinen Besuchen nicht gemeldet hatte, denn sie hätte ihn gern wiedergesehen. »Woher hätte ich denn wissen sollen, wann du in Dublin bist und wann nicht?«

»Vielleicht über die Lunch-Freundinnen deiner Mutter.«

Romy lachte und entspannte sich. »Stimmt.«

»Ich wünschte, ich *wäre* mit dir in Kontakt geblieben. Wenn ich hier zu Besuch war, wollte ich dich manchmal anrufen. Aber wahrscheinlich hatte ich Angst.«

»Wovor?«

Kit wiegte den Kopf. »Davor, dass es nicht mehr wie früher ist.«

»Und du mich nicht mehr magst?«

Kit lächelte und schüttelte den Kopf. »Vielleicht davor, dass du mich nicht mehr magst.«

In dem Augenblick fing Luke an zu weinen. Zuerst war es nur ein leises Wimmern, doch dann steigerte er sich zu ohrenbetäubendem Gebrüll und strampelte in Romys Armen.

»Ich glaube, er hat Hunger«, sagte sie.

»Oh nein.« Kit zuckte zurück. »Du wirst ihn doch wohl nicht …«

»Was?«

»Na, füttern.«

»Natürlich werde ich ihn füttern.« Romy stand auf, öffnete den Kühlschrank und nahm die Flasche heraus, die sie am frühen Morgen vorbereitet hatte.

»Gott sei Dank«, sagte Kit aufatmend. »Ich dachte schon, du wolltest ihm die Brust geben. Mann, ich weiß doch gar nicht, wie Babys funktionieren.«

»Vielleicht solltest du es herausfinden. Nur für den Fall, dass jemand dir sein Baby vermacht.«

»Ja, mach dich nur lustig. Gott, ich bin heilfroh, dass du keine von diesen Melkmaschinen benutzt.«

Romy hob die Brauen. »Die sind für Kühe. Bei Frauen nennt man so was Pumpe.«

»Ist dasselbe in Grün.«

Luke saugte zufrieden an der Flasche, die sie ihm warmgemacht hatte. Romy ließ sich wieder mit ihm nieder. »Es tut mir schrecklich leid, dass ich so getan habe, als wärst du sein Vater.«

»Tja, und jetzt bin ich der Scheißkerl, der dich hat sitzenlassen. Kein Wunder, dass deine Mutter mich nicht mag.«

»Nein, es ist anders. Du hast nichts gewusst, weil ich dir nie etwas von Luke gesagt habe.«

»War das nicht ein bisschen egoistisch?«

»Im Gegenteil. Es war vernünftig und rücksichtsvoll. Denn im Grunde war ja nicht viel zwischen uns, und ich wollte dich zu nichts verpflichten. Nur wegen eines gerissenen Kondoms solltest du nicht bei uns bleiben. Du hattest dein Leben drüben, und ich war bereit, Luke allein großzuziehen.«

»Hättest du mir nie etwas gesagt?«

»Nein«, bekannte Romy. »Meine Mutter war zwar anderer Meinung, aber ich fand, es wäre das Beste, wenn du nie etwas erfährst.«

»Das ist ja allerhand«, sagte Kit empört. »Du hast alles bis ins Letzte geplant. Vielleicht solltest du anfangen, Romane zu schreiben.«

»Vielleicht. Doch dass du zurückkommst, wäre mir nie im Leben eingefallen.« Sie sah ihn abwägend an. »Aber mach dir keine Sorgen, ich stelle das richtig.« Luke hatte die Flasche geleert. Als Romy ihm das Kinn mit seinem Lätzchen abwischte, fielen ihm die Augen zu. »Wenn ich meine Mutter das nächste Mal sehe, mache ich reinen Tisch.«

»Und was ist, wenn sie dich dann für eine Oberschlampe hält?«

»Dann ist das mein Problem«, antwortete Romy und versuchte, taffer zu klingen, als sie war. »Außerdem muss ich ihr ja nicht die ganze Wahrheit sagen. Nur dass sie sich, was dich betrifft, vertan hat. Schließlich habe ich nur Andeutungen gemacht.« Sie stand auf und legte Luke behutsam in sein Körbchen.

»Vielleicht solltest du ihr gar nichts sagen.«

Romy drehte sich um. »Ich kann sie doch nicht in dem Glauben lassen, dass du Lukes Vater bist.«

»Es würde mir nichts ausmachen.«

»Nein?« Sie musterte ihn verblüfft und nahm ihren Platz wieder ein. Er wirkte tatsächlich auffallend ruhig. Sie hatte mit einem Tobsuchtsanfall gerechnet, doch stattdessen saß er entspannt und zurückgelehnt auf seinem Stuhl, hatte die Hände im Nacken verschränkt und lächelte.

»Es ist das Wenigste, was ich tun kann«, erklärte er aufgeräumt. »Vergiss nicht, dass ich zurückgekommen bin. Das spricht doch Bände.«

»Sei nicht albern. Du kannst jederzeit und ohne bestimmten Grund in dein Elternhaus zurückkehren. Ich war diejenige, die die verleumderischen Geschichten über dich erfunden hat. »Nein«, schloss sie fest. »Ich bringe das in Ordnung.«

»Schön, wie du willst. Aber falls du es dir doch anders überlegst, habe ich nichts dagegen.«

»Es geht ja nicht nur um meine Mutter. Deine Eltern müssten doch auch eingeweiht werden, und du müsstest anfangen, dich für Luke zu interessieren.«

»Dann weihen wir sie eben ein«, sagte Kit gelassen. »Und ich werde anfangen, mich für das Kind zu interessieren.«

»Aber wir können deine Eltern doch nicht belügen und ihnen weismachen, Luke sei ihr Enkelkind, obwohl er es gar nicht ist.«

»Wäre das denn so schlimm? Sie wären überglücklich und würden … Wie-heißt-er-noch lieben.«

»Es wäre falsch.«

»Meine Mutter wäre im siebten Himmel. Ständig sagt sie mir, ich solle ein nettes Mädchen finden, mich häuslich niederlassen und eine Familie gründen. Sie würde mich in Ruhe lassen, wenn sie dächte, ich hätte schon eine Familie.«

»Ist das nicht ein bisschen extrem? Zu tun, als hättest du ein Kind, nur um deine Mutter zum Schweigen zu bringen? Und was wäre, wenn ich Lukes richtigen Vater finde?«

»Hältst du das für möglich?«

Nein, dachte Romy, *nicht mehr*, schließlich hatte sie am vergangenen Abend beschlossen, die Hoffnung ein für alle Mal aufzugeben.

»Wie dem auch sei, ich bin bereit, die Rolle seines Vaters zu spielen«, erklärte Kit ernst.

»Glaubst du denn, du schaffst das?«

»Klar. Ich fände es sogar lustig.«

»Zum Auftakt dürftest du ihn nicht mehr Wie-heißt-er-noch nennen.«

»Natürlich nicht, ich würde mir seinen Namen merken. Es ist doch ein Junge, oder?«

»Muss er wohl, wenn ich ihn Luke genannt habe.«

»Richtig, entschuldige. Ich bin nicht so gut, was Namen angeht. Gesichter kann ich mir besser merken. Okay, vielleicht keine Babygesichter, denn irgendwie sehen die alle gleich aus, findest du nicht?«

»Nein.«

»Egal, ich würde ihm Geschenke kaufen, ihn zum Fußballplatz bringen und hingehen, wenn er im Schulorchester auftritt.«

Romy lachte. »Dazu wird Luke noch eine Weile brauchen. Aber was ist, wenn du wieder nach New York ziehst?«

»Dann greifen wir deine Geschichte auf und sagen, dass wir nur wegen Schnutziputzi nicht zusammenbleiben möchten.«

»Er heißt Luke.«

»Meinte ich doch. Ich könnte eine Fernbeziehung mit ihm haben. So was kommt vor.«

Da hatte er recht. Es gab viele Kinder, die heranwuchsen und ihre Väter kaum sahen. Sie könnte warten, bis Luke größer war, und ihm erklären, dass Kit so etwas wie sein Stiefvater war.

»Dann hätte er immer noch mehr Vater als jetzt«, fuhr Kit fort. Romy spürte, dass sie ins Wanken geriet. Luke hätte eine Art Vaterfigur und zudem eine zweite Familie. Und sie müsste ihrer Mutter nicht die Wahrheit sagen – ein Punkt, der auch nicht zu verachten war.

»Kit, ich weiß nicht.« Sein Angebot rührte sie, aber die Idee war trotzdem verrückt und würde niemals funktionieren.

»Denk einfach darüber nach, ja? Ach, und komm bitte mit mir zu Hannahs Hochzeit. Ganz offiziell, als meine Begleitung. Ich brauche jemanden, der mich vor meiner aufdringlichen Verwandtschaft schützt, von Wedgie ganz zu schweigen.«

»Das ist kein Problem. Wenn meine Mutter dich weiter für Lukes Vater halten darf, schulde ich dir sowieso einen Gefallen.«

»Ach wo, das mache ich gratis.«

»Das ist nett. Möchtest du noch einen Schluck Kaffee?«

»Nein danke, ich sehe jetzt besser zu, dass ich nach Hause komme.« Kit stand auf und streckte sich. »Meine Mutter wird sich schon fragen, wo ich bleibe.«

»Ich hoffe, du kriegst keinen Hausarrest, weil du die Nacht über weg warst.«

Kit grinste. »Ich danke dir für den Schlafplatz, Romy. Weißt du, ich bin froh, dass wir uns wiedergesehen haben.«

»Ich auch.«

Als Kit gegangen war, lehnte Romy sich an die geschlossene Tür. Sie fühlte sich benommen, und ihr schwirrte der Kopf von all den Dingen, die sich in den letzten Stunden zugetragen hatten: Kits Rückkehr in ihr Leben, sein Angebot, Lukes Vater zu spielen … Es war einfach zu viel. Sie wusste ja nicht einmal, was sie von diesem bizarren Angebot halten sollte, so lieb es auch gemeint war. Sie musste sich alles einmal in Ruhe durch den Kopf gehen lassen. Danach würde sie zweifellos erkennen, dass es niemals funktionieren konnte, ihr wurde ja jetzt schon schwindlig bei dem Gedanken.

Sie stieß sich von der Tür ab und kehrte in die Küche zurück. Sie musste mit jemandem reden. Um ihn nicht aufzuwecken, nahm sie Luke mit sanftem Griff aus seinem Körbchen und verfrachtete ihn vorsichtig in den Kindersitz. Dann packte sie eine Tasche mit Windeln, machte die nächste Flasche fertig und steckte sie dazu.

»Komm, Luke«, flüsterte sie. »Wir fahren zu Tante Lesley.«

7

Erst als Romy vor Lesleys Haus anhielt, fiel ihr ein, dass Dienstag war und Lesley wahrscheinlich arbeitete. Sie warf einen Blick auf ihre Uhr. Halb zwölf. Das war noch ein bisschen zu früh, um ihre Freundin zu stören. Sie hätte sie anrufen und sich mit ihr zum Lunch verabreden sollen. Andererseits war sie sicher, dass Lesley nichts gegen eine Unterbrechung hatte, erst recht nicht, wenn sie hörte, was Romy zu erzählen hatte. Überhaupt fühlte Lesley sich, seit sie zuhause arbeitete, häufig einsam und war für jeden Besuch dankbar. Sie könnten es eine Vormittagspause nennen. Vorsichtig holte Romy den Kindersitz mit dem schlafenden Luke aus dem Auto und trug ihn den Weg zur Haustür hoch.

Als Lesley öffnete, wirkte sie hocherfreut. »Romy«, rief sie. »Fein, dass du kommst.« Sie führte Romy durch ihren schmalen Flur zur Küche. »Ich hatte schon gehofft, dass jemand vorbeischaut und mich vom Arbeiten abhält. Ich bin an einer Website, die mich noch um den Verstand bringt. Die Kundin ist ein Albtraum. Zuerst meckert sie an allem herum, dann behauptet sie, dass ich trödele, um den Preis in die Höhe zu treiben. Dabei wäre ich dieses Projekt lieber heute als morgen los.«

»Kann ich Luke in deinem Arbeitszimmer lassen?«, fragte Romy leise.

»Ja, natürlich.«

Als Romy die Tür aufstieß, fiel ihr Blick auf etwas an der gegenüberliegenden Wand. »Was ist das denn?« Sie drehte sich zu Lesley um. »Das ist doch wohl kein Beweismittelraum.«

»Unsinn.« Lesley versuchte, die Tür wieder zuzuziehen, doch Romy setzte Luke ab und zwängte sich an Lesley vorbei in das Zimmer. An der hinteren Wand hing ein großes Whiteboard, in dessen Mitte sich ein Bild von Darth Vader befand, umrahmt von bunten Pfeilen, Notizen und kleineren Bildern. Romy trat darauf zu. Unter dem Bild von Darth Vader stand:

Groß

Möglicherweise asthmatisch

Könnte Star Wars *mögen*

Bei den kleineren Bildern – unter der Überschrift *Verdächtige* – handelte es sich um Fotos von alten Freunden. Sie waren allesamt auf Romys Halloweenparty gewesen. Jedes Foto war mit einem roten X durchkreuzt. Sogar ein Bild von Herrn Kartoffelkopf war darunter, ebenfalls durchgestrichen.

»Für mich sieht das wie ein Beweismittelraum aus«, sagte Romy.

»Sei nicht albern. Wie kommst du darauf?«

»Lass mich nachdenken.« Romy legte den Kopf zur Seite. »Hm. Könnte es an den Fotos und der Überschrift *Verdächtige* liegen?«

»Ach, das sind doch nur Spielereien. Die Fotos habe ich zusammengestellt, als mir langweilig war.«

»Und woher hast du die?« Romy ließ ihren Blick über die Fotos wandern.

»Aus Facebook.«

»Aha. Hm, Neil ist auf dem hier ziemlich gut getroffen.«

»Finde ich auch. Es ist ein Urlaubsfoto, als er vor einem Jahr in Griechenland war. Deshalb ist er auch so gebräunt.«

Romy riss sich zusammen. Sie waren dabei, vom Thema abzukommen. »Lesley«, sagte sie. »Ich habe dir gesagt, dass es keine Ermittlungen gibt.«

»Aber das hier zählt doch gar nicht. Schau, wie klein dieses Whiteboard ist.« Lesley wedelte mit der Hand darüber hinweg. »Wenn überhaupt, handelt es sich um eine Beweismittelnische.«

»Eine Beweismittelnische«, wiederholte Romy und musste grinsen. »Na gut, so was sollte jeder Mensch haben.«

»Ja, nicht wahr? Denk nur, wie viel Geld Frauen sparen könnten, wenn sie, statt Privatdetektive anzuheuern, sich so eine kleine Nische zulegten. Man muss dann lediglich die Hinweise über einen Mann zusammentragen und verknüpfen.«

»Du hättest Detektivin werden sollen.«

»Ich weiß«, sagte Lesley mit wehmütigem Seufzer.

Romy wandte sich wieder der Tafel zu. »Aber wenn man Herrn Kartoffelkopf und alle, die auf der Party waren, streicht, bleiben nicht sehr viele übrig, oder?«

»Nein, es war ein Schuss in den Ofen. Herr Kartoffelkopf war natürlich nie ein ernsthafter Kandidat, den habe ich nur der Vollständigkeit halber aufgenommen. Ich wollte nichts unversucht lassen.«

»Ich fürchte, du musst du den Fall als ungelöst betrachten.«

»Oh nein, kommt nicht infrage. Das, was du da siehst, dient lediglich zur Einstimmung. Ich habe noch jede Menge Ideen. Schau.« Lesley deutete auf den zusammengehefteten Stapel Din-A4-Seiten auf ihrem Schreibtisch. »Daran arbeite ich gerade.«

Romy nahm den Stapel auf und blätterte durch die Seiten, bei denen es sich offenbar um ausgedruckte Facebook-Profile handelte. »Was soll das werden?«

»Das sind die Fotos und Profile von Davids Facebook-Freunden. Und die Fotos, die er nach der Party im letzten Jahr eingestellt hat.« Lesley zog den Stapel aus Romys Hand und schnipste sich durch die Seiten, bis sie das Gesuchte fand. »Hier zum Beispiel siehst du Dracula alias Stephen Lawlor. Oder umgekehrt.« Sie blätterte zurück und zeigte Romy das Facebook-Foto eines auffallend hässlichen jungen Mannes mit teigigem Gesicht und schütter werdendem rotem Haar. »Den konnte ich schon mal streichen.«

»Danke. Ich habe den zwar noch nie gesehen, aber ich bin froh, dass du ihn gestrichen hast.«

»Sieht ziemlich übel aus, ich weiß. Darüber hinaus habe ich mir die Kommentare zu Davids Party angeschaut. Diejenigen, die erwähnt haben, als was sie sich verkleidet hatten, konnte ich ebenfalls streichen, denn keiner von ihnen ist als Darth Vader gekommen.«

»Ich bin beeindruckt.«

»Dann lässt du mich weitermachen?«

»Womit?«

»Mit dem Beweismittel…, ich meine, mit der Beweismittelnische. Bitte, Romy. Du würdest völlig außen vor bleiben, und ich würde dich nur behelligen, wenn ich etwas entdecke.«

»Es ist deine Wohnung, Lesley. Darin kannst du tun und lassen, was du willst.«

»Ja schon, aber wenn meine Nische dir nicht passt, löse ich sie auf. Du musst es nur sagen.«

»Um Gottes willen, was sollst du denn dann machen,

wenn dir langweilig wird? Ich frage mich höchstens, wann du noch zum Arbeiten kommst.«

Lesley wirkte schuldbewusst. »Stimmt, ich habe gebummelt. Die Ermittlungsarbeit erzeugt so einen Sog, weißt du. Schlimmer als Facebook und Twitter.«

»Dann ist es extrem schlimm.« Seit Lesley zuhause arbeitete, war Twitter bei ihr zur Sucht geworden. »Aber ich will mich nicht wegen deiner Beweismittelnische streiten, ich bin wegen etwas ganz anderem gekommen. Ich muss dir nämlich was erzählen.«

»Toll. Komm, stell Luke im Arbeitszimmer ab, wir setzen uns in die Küche.«

Romy stellte den Sender des Babyphons neben das schlafende Kind und nahm den Empfänger mit in die Küche.

»Kaffee?«, fragte Lesley.

»Ja bitte. Obwohl ich eher einen Drink gebrauchen könnte.«

»Oh, das klingt ja vielversprechend.«

»Allerdings.« Romy setzte sich an den Küchentisch. »Du errätst nicht, wer gestern Nacht noch aufgetaucht ist.«

»Wer?« Lesley löffelte Kaffeepulver in den Filter.

»Kit.«

Lesleys Hand erstarrte. »*Kit Masterson*?«

»Genau der.«

»Oh mein Gott. Wann ist er denn gekommen?«

»Kurz nachdem du weg warst.« In einer Kurzfassung schilderte Romy Lesley den Abend mit Kit.

»Und was heißt das? Wird er wieder hier leben?«

»Sieht so aus. Er hat seinen Job in New York verloren, seine Wohnung, eigentlich alles. Im Moment wohnt er bei seinen Eltern.«

»Der arme Kerl.« Lesley ließ sich Romy gegenüber nieder. »Und wie war es für dich, ihn wiederzusehen? Hat sich die Liebe von damals wieder geregt?«

Romy schüttelte den Kopf. »Nein, aber es war schön.« Sie lächelte verträumt. »Ich habe mich gefreut, ihn wiederzusehen. Wenn sich etwas geregt hat, dann war es unsere alte Freundschaft.«

»Wer weiß. Vielleicht tut es dir gut, ihn wieder hierzuhaben.«

Romy stöhnte und barg ihr Gesicht in den Händen. »Es macht alles so kompliziert.«

»Wieso das denn?«

Romy holte tief Luft und ließ die Hände sinken. »Weil meine Mutter ihn für Lukes Vater hält. Und das ist einzig und allein meine Schuld.«

»Warte mal, jetzt komme ich nicht mehr mit. Wieso hält deine … Moment mal, sag bloß, er ist es.«

»Nein, natürlich nicht.«

»Wie kommt sie dann darauf?«

»Sie hat sich lange zurückgehalten und nie darauf gedrungen, den Namen von Lukes Vater zu erfahren. Aber eines Tages hat sie mir von ihrem Kummer erzählt. Sie dachte, ich wäre vergewaltigt worden und wollte deshalb nicht darüber reden. Es hat sie gequält, und doch hat sie monatelang geschwiegen.«

»Oh Gott«, sagte Lesley.

»Ja. Sie hat mir unendlich leidgetan. Ich habe ihr versichert, dass der Sex einvernehmlich war. Doch dann dachte ich, sie würde mir nicht glauben. Ich wollte sie beruhigen und habe dies und das hinzugefügt.«

»Und dies und das haben auf Kit verwiesen?«

»Ja, das war meine Absicht. Ich habe gesagt, es handele sich um einen alten Freund, der jetzt im Ausland lebte und den ich auf David Kinsellas Party wiedergesehen hätte. Meine Mutter hatte gehört, dass Kit zu der Zeit bei seinen Eltern war. Sie musste nur noch eins und eins zusammenzählen.«

»War er zu der Zeit tatsächlich in Dublin?«

»Ja. Sein Vater ist an dem Wochenende sechzig geworden, und Kit ist zu der Feier gekommen. Seinen Namen haben wir nie genannt, aber es war klar, dass es sich nur um ihn handeln konnte.«

»Scheiße. Und was machst du, wenn sie herausfindet, dass er wieder da ist?«

»Das ist schon passiert«, sagte Romy. »Sie hat ihn heute Morgen gesehen, als sie Luke zurückgebracht hat.«

»Heißt das, er war immer noch da? Hat er etwa bei dir *übernachtet*?«

»Ja.«

»Alle Achtung.« Lesley prostete Romy mit ihrem Kaffeebecher zu. »Das ging fix.«

»Du irrst dich. Er hat auf dem Sofa geschlafen.«

»Das sollte kein Vorwurf sein, Romy.«

»Wir haben zusammengesessen und geredet und geredet. Und dann war es plötzlich so spät, dass ich ihm das Sofa angeboten habe.«

»Okay, jetzt mache ich dir einen Vorwurf. Wie konntest du denn die ganze Nacht nur mit ihm reden? Du bist doch nicht mehr sechzehn, oder?«

»Wir haben eben eine Weile gebraucht, bis wir uns auf den neuesten Stand gebracht hatten.« Romy lächelte versonnen. Sie hatte sich beinah wie sechzehn gefühlt, denn nach der langen Zeit war es, als würden sie sich wieder ganz neu kennenlernen. Und wie aufregend es gewesen war, noch einmal mit einem Seelenverwandten zusammenzusitzen, festzustellen, dass sie immer noch die gleiche Wellenlänge hatten, trotz ihrer unterschiedlichen Leben. Es war, als wären sie nie getrennt gewesen. Auch die Nähe von früher hatte sich wieder eingestellt. Es war, als hätte sie einen alten Lieblingspullover übergestreift, warm, vertraut und bequem. Im Handumdrehen waren sie und Kit wieder Freunde gewesen, und sie hatte erkannt, dass es genau diese Freundschaft war, die ihr am meisten gefehlt hatte. Schließlich waren sie einmal unzertrennlich gewesen.

»Und wie ging die Begegnung mit deiner Mutter weiter?«, fragte Lesley. »Ist sie ihm an die Gurgel gegangen?«

»Im Gegenteil. Sie war überaus freundlich und hat ihn in die Familie aufgenommen.«

»Oh nein! Und wie hat Kit darauf reagiert? Ist er ausgetickt? Oder wusste er, dass sie ihn für Lukes Vater hält?«

»Nein. Er hat sich nur gewundert, weshalb meine Mutter sich so sonderbar benimmt. Sie hat ihn gezwungen, Luke zu halten. Du hättest Kits Gesicht sehen sollen.« Romy lachte. »Ich dachte, er macht sich vor Schreck in die Hosen. Währenddessen hat sie davon geredet, dass er sich an Luke gewöhnen müsse und wie sie sich ähneln und so weiter und so fort. Erstaunlich, was die Einbildungskraft so alles zuwege bringt.« Romy verdrehte die Augen. »Kit hat wahrscheinlich gedacht, irgendwo steht eine versteckte Kamera. Als meine Mutter weg war, habe ich ihm alles gebeichtet, ich hatte ja keine andere Wahl.«

»Und wie hat er deine Beichte aufgenommen?«

»Das war das Merkwürdigste überhaupt. Er hat gelassen reagiert, ohne die kleinste Gemütsbewegung. Und als die Geschichte richtig zu ihm durchgedrungen war, schien er sich sogar zu freuen.«

»Zu freuen?«

»Ja. Deshalb wollte ich mir dir reden. Er ist nämlich bereit, die Rolle von Lukes Vater auch weiterhin zu spielen.«

»Ach. Na, das ist aber nett.«

»Einerseits. Andererseits hat er von den Vorteilen gesprochen. Seine Mutter soll nämlich glauben, dass wir eine … Beziehung haben.«

»Und er? Möchte er diese Beziehung?«

»Das weiß ich nicht. Bisher hat er mich nur zur Hochzeit seiner Schwester eingeladen. Aber irgendwie hatte ich den Eindruck, dass ich so etwas wie ein Alibi bin. Um zu verhindern, dass seine Mutter sich in sein Privatleben einmischt.«

»Wie geheimnisvoll. Hast du noch Fotos von ihm?«

»Irgendwo müssten noch welche von früher existieren. Warum? Brauchst du eins für deine Beweismittelnische?«

»Vielleicht.« Lesley schaute zu Boden.

»Vergiss es«, sagte Romy mit Nachdruck. »Er kann es nicht gewesen sein.«

»Aber wieso denn nicht?«

»Weil ich ihn erkannt hätte. Oder meinst du nicht?«

»Mit der Darth-Vader-Maske? Nach all der Zeit? Bist du dir da so sicher?«

Romy dachte an den ersten Moment ihrer Begegnung, als Kit mit der Yoda-Maske vor ihr gestanden und sie ihn nicht erkannt hatte. »Er ist es trotzdem nicht.«

»Romy bitte, denk an die Fakten.« Lesley begann, sie an den Fingern abzuzählen. »Kit ist groß. Er war in der fraglichen Nacht in Dublin. Deine Mutter hat die Ähnlichkeit mit Luke erkannt. Du hast selbst zugegeben, dass Luke dich an jemanden erinnert. Kit und du mögt euch.« Sie hatte die Finger einer Hand durch.

»Das sind doch nur … Indizien.« *Herrgott*, dachte Romy, *jetzt rede ich schon wie Lesley.*

»Also brauchen wir nur noch handfeste Beweise. Jedenfalls gehört er definitiv auf meine Liste der Verdächtigen.«

»Du siehst zu viel fern.«

»Und endlich zahlt es sich aus«, sagte Lesley fröhlich. »Weißt du, ob Kit auf Davids Party war?«

»Danach habe ich ihn nicht gefragt. Aber ich kann es mir nicht vorstellen. Wenn er in Dublin war, hat er doch nie zu einem von uns Kontakt aufgenommen.«

»Dieses eine Mal vielleicht doch. Frag ihn einfach.«

»Na gut, ich frage ihn. Aber selbst wenn er da gewesen wäre, was beweist das schon? Er wäre einer unter Hunderten gewesen. Und was meine Mutter betrifft, sie sieht die Ähnlichkeit nur, weil sie *glaubt*, dass er der Vater ist. Auch dass er groß ist, hat nichts zu bedeuten, schließlich sind eine Menge Menschen groß.«

»Solange es keine gegenteiligen Beweise gibt, werde ich ihn trotzdem als Hauptverdächtigen betrachten.«

Romy seufzte. »Mach, was du willst. Außerdem bin ich nicht hier, um über Darth Vader zu sprechen, sondern über Kit.«

»Vielleicht sind die beiden ein und dieselbe Person.«

»Nein.«

»Das sagst du so. Du hast die beiden noch nie zusammen gesehen.«

Romy verdrehte die Augen.

Lesley hob abwehrend die Hände. »War nur ein Witz.«

»Sonst noch was, Sherlock? Lass uns endlich über Kits Rolle als Lukes Vater sprechen und sag mir, was ich tun soll?«

»Das weiß ich nicht. Was möchtest du denn tun?«

»Ich habe nicht die geringste Ahnung.« Romy rieb sich die Schläfen. »Kurzfristig gesehen, würde es alles einfacher machen. Aber auf lange Sicht kann es nicht funktionieren. Zum einen ist da Luke, dem ich irgendwann die Wahrheit sagen müsste. Zum anderen wäre da noch Kits Familie. Und schließlich und endlich möchte ich meine Mutter nicht noch mehr belügen.«

»Dann solltest du ihr vielleicht die Wahrheit sagen. Sie ist doch eine erfahrene Frau.«

»Schon, aber sie könnte mir übelnehmen, dass ich ihr die Wahrheit nicht von Anfang gesagt habe. Warum habe ich meine Mutter denn so in die Irre geführt? Ich habe mich in meinen eigenen Lügengeschichten verstrickt.«

»Hm. Aber Kit scheint mir auch ein paar Geheimnisse zu haben. Ich meine, wer will denn nur zum Schein eine Freundin haben?«

»Stimmt«, murmelte Romy nachdenklich. »Was sein Privatleben angeht, hält er sich ziemlich bedeckt.«

»Ich werde da mal ein bisschen graben und herausfinden, was er verbirgt. Stell dir vor, du lässt dich wieder mit ihm ein und entdeckst zu spät, dass er sich total verändert hat.«

»Hm. Ich hätte nichts dagegen, mehr über ihn zu erfahren. Wahrscheinlich verbirgt er nicht einmal etwas Besonderes, aber trotzdem.«

Lesleys Augen leuchteten auf. »Ich glaube, ich muss die Nische vergrößern. Hast du denn gar keine Hinweise aufgeschnappt?«

»Nein, eigentlich nicht.«

»Okay, erzähl mir alles, was er gesagt hat.«

Romy sah Lesley an der Nasenspitze an, dass sie liebend gern ihr Ringbuch gezückt hätte. Im Geist ging sie die Stunden mit Kit durch. Mit zunehmendem Alkoholkonsum war er offener geworden, aber dummerweise hatte sie selbst auch getrunken und erinnerte sich nur noch undeutlich und lückenhaft an die Einzelheiten.

»Er hatte eine Freundin in New York, aber wohl nur, um den Schein zu wahren. Oder es war so etwas wie ein geschäftliches Arrangement. Er hat ihr Geld gegeben, und sie hat offiziell als seine Freundin fungiert.«

»Und inoffiziell?«

»Ich glaube, er hat von speziellen Interessen oder speziellem Geschmack oder so was gesprochen und von dem Lebensstil, den er sich drüben geleistet hat, und – dass er Teil einer Gemeinde war. Aber ich erinnere mich nur noch verschwommen.«

Mit einem Ruck setzte Lesley sich auf. »Oh Gott«, flüsterte sie. »Ich glaube, ich weiß, worum es geht.«

»Worum?«

»Um BDSM«, erklärte Lesley im Brustton der Überzeugung.

»Bede... was?«

»B-D-S-M«, wiederholte Lesley und betonte jeden Buchstaben. »Das ist so etwas wie Sadomaso, mit Fesseln, Peitschen und Leder. Warte, ich zeige es dir.« Sie stürzte aus der Küche. Gleich darauf kehrte sie mit ihrem Laptop zurück und klappte ihn vor Romy auf. »Bei BDSM dreht es sich um Bondage, Disziplin, Dominanz und Unterwerfung. Dank Mays Website kenne ich mich aus. Sie widmet dieser Variante einen ganzen Abschnitt.«

»Mays Website zu gestalten bekommt dir nicht«, sagte Romy. »Du denkst nur noch an sexuelle Obsessionen. Ich glaube nicht, dass Kit auf so etwas steht.«

»Wollen wir wetten? Ich finde, Kit hat einen grausamen Mund. Ich kann ihn mir sehr gut mit einer Peitsche vorstellen.«

»Er hat keinen grausamen Mund.«

»Doch. Warte, ich zeig's dir. Die BDSMler benutzen dasselbe Vokabular wie er. Da dreht es sich auch um Lebensstil und eine *Gemeinde.*« Lesley gab BDSM in die Suchmaschine ein, klickte den ersten Link an und öffnete einen Wikipedia-Eintrag.

Romy überflog die Einleitung, scrollte nach unten, las die Unterthemen und betrachtete Fotos von Männern und Frauen mit Hundehalsbändern und in Bondage-Outfits, die an irgendwelche Geräte gefesselt waren.

»Ich wette, Kits Freundin in New York war die Unterwürfige«, sagte Lesley. Romy klickte sich durch die nächsten Links.

Die Fotos waren eins wie das andere, man sah Peitschen, Eisenketten, Hundehalsbänder und Lederkleidung. In den jeweiligen Einträgen wurde tatsächlich von *Lebensstil* und der BDSM-*Gemeinde* gesprochen. Auch vom *Verbergen* und *Sich-Offenbaren* war die Rede.

»Vielleicht möchte er deshalb keine Beziehung mit dir«, vermutete Lesley. »Er denkt, du machst da nicht mit.«

»Da hätte er sogar recht.«

»Das kannst du nicht wissen, du hast es ja nie probiert.«

Romy riss die Augen auf. »Hast *du* so was denn schon mal gemacht?«

»Ich? Du lieber Himmel, nein. Du kennst mich doch, ich tue immer nur so. Wenn mir einer mit der Peitsche käme, hätte ich nicht mal mehr die Zeit, ›Scheiße!‹ zu rufen, so schnell wäre ich weg. Nein, ich mag es im Bett unter einer kuscheligen Decke, am liebsten noch im Dunkeln. May findet das sehr enttäuschend und rät mir ständig, mehr zu experimentieren. Wenn ich sie höre, fühle ich mich wie die letzte eiserne Jungfrau.«

»May ist bei Weitem zu abenteuerlustig. Mir graust jetzt schon vor dem Tag, an dem ich ihre Wohnung betrete und sie und Frank nackt und ineinander verschlungen und tot auf dem Boden vorfinde, weil sie zur gleichen Zeit einen Herzinfarkt hatten.«

Lesley lachte schallend. »Nicht der schlechteste Tod, würde ich sagen.«

»Im Moment will sie in ihrer Wohnung eine Schaukel anbringen.«

»Eine Schaukel?«

»Ja, eine Sex-Schaukel. Sie braucht meine Erlaubnis, weil sie Löcher in die Decke bohren muss. Ich wünschte, sie wäre nicht so anständig und würde dieses Teil einfach aufhängen, ohne vorher mit mir darüber zu reden.«

»Aber wenn du mehr über BDSM erfahren möchtest, ist sie genau die Richtige.«

»Nein danke, ich glaube nicht, dass ich mit meiner betagten Mieterin über solche Dinge sprechen möchte.« Romy zeigte auf den Bildschirm.

»Was soll ich denn da sagen? Ich entwerfe ihre Website und muss mir ihr Gerede schon seit Wochen anhören.«

Romy grinste. »Vielleicht lernst du ja noch was. Wirst abenteuerlustig und so.«

Lesley nickte zu dem Bildschirm hinüber, auf dem ein Foto eine junge Frau in einer Art Lederbadeanzug zeigte, die geknebelt an ein Kreuz gefesselt war. »Ich käme mir wie der letzte Depp vor.«

»Vielleicht wärst du lieber eine Domina, das wäre doch gar nicht so schlecht.« Romy scrollte weiter. »Guck mal, was für coole Stiefel die anhat.«

»Und sie hat ihren Lover an der Leine«, sagte Lesley. »Nicht schlecht. Dann weiß man immer, wo er ist.«

»Aber könntest du einen Mann achten, der sich so etwas wünscht? Ich nicht.«

»Da brauchst du dir keine Gedanken zu machen. Kit scheint mir nicht der unterwürfige Typ zu sein.«

»Er wird sich weder für die eine noch die andere Variante interessieren. Du hast zu viel Zeit mit May verbracht, deshalb hast du nur drastischen Sex im Kopf.«

»Kits Vorlieben könnte man ziemlich leicht herausfinden. Es wäre einfacher, als Lukes Vater zu finden.«

»Wie?«

»Ich könnte ihn beschatten.«

»Dir ist doch hoffentlich klar, dass du keine echte Detektivin bist, oder?«

»Ja und? Deshalb kann ich doch wissen, wie man jemanden observiert. Wäre nicht das erste Mal.«

»Ach ja, richtig.« Einmal hatte Lesley den Freund ihrer jüngeren Schwester verfolgt und herausgefunden, dass er zu Seitensprüngen neigte. »Aber in Kits Leben wird nicht herumgeschnüffelt. Selbst wenn er auf diese BDSM-Sache steht, ist das seine Angelegenheit. Hauptsache, er tut niemandem weh.«

»Oder nur denen, die wollen, dass man ihnen wehtut«, ergänzte Lesley. Sie brachen in Gelächter aus.

Gleich darauf hörten sie aus dem Babyphon, dass Luke wach geworden war und weinte. Romy stand auf, um ihn zu holen. Während sie ihrem Baby die Windeln wechselte und die Flasche gab, plauderte sie noch ein wenig mit Lesley. Doch nach einer Weile sammelte sie ihre Sachen ein, setzte Luke in den Kindersitz und verabschiedete sich.

»Vergiss nicht, Kit nach Davids Party zu fragen«, rief Lesley ihr von der Tür aus nach.

Auf der Rückfahrt war Romy verwirrter als zuvor. Es

hatte ihr zwar gutgetan, mit Lesley zu reden, doch wie sie sich entscheiden sollte, wusste sie immer noch nicht. Darüber hinaus sah sie vor ihrem inneren Auge Sadomaso-Szenen, in denen Kit die Peitsche schwang, Frauen in ausgefallener Lederkleidung züchtigte oder an die bizarrsten Geräte fesselte.

»Was sollen wir denn jetzt machen?«, flüsterte sie Luke zu. »Was zum Teufel sollen wir bloß tun?«

8

Als Romy am Sonntag zu ihrer Mutter zum Mittagessen fuhr, hatte sie sich entschieden, reinen Tisch zu machen. Es war die einzige Möglichkeit, die von Kit vorgeschlagene Alternative war viel zu kompliziert. Sie nahm sich vor, es kurz und schmerzlos zu machen, dann wäre der Fall erledigt, und in ein, zwei Wochen wäre alles vergessen, doch ihr würde es besser gehen, weil sie nicht mehr lügen und sich nicht jedes Mal, wenn sie mit ihrer Mutter sprach, schuldig fühlen musste.

Nach dem Tod von Romys Vater hatte ihre Mutter das große Haus in Ranelagh verkauft und war nach Sandymount gezogen, in ein kleines Cottage, das nicht weit vom Meer entfernt lag. Als das Taxi hielt, stieg Romy aus und nahm Luke in seinem Kindersitz vom Rücksitz. Da es kalt war, trug er eine kleine dicke Winterjacke und war in mehrere Decken eingeschlagen. Romy bezahlte den Fahrer. Als das Taxi davonfuhr, blieb sie noch einen Moment lang vor dem Cottage stehen und betrachtete es mit kritischem Blick. Das Geländer am Eingang musste gestrichen werden, und ein Teil der Regenrinne hing durch. Sie beschloss, in den nächsten Tagen noch einmal herzukommen und sich um beides zu kümmern. Auf dem kurzen Weg zur Haustür begutachtete sie den Vorgarten und stellte fest, dass er gepflegt und ordentlich war. In dem kleinen Blumenbeet waren winterharte Büsche gepflanzt worden, nirgendwo in dem dunklen

Erdboden wuchs Unkraut, und das kleine Rasenstück war ebenfalls wie geleckt. Da es am Morgen geregnet hatte, stieg aus der Erde ein würziger Geruch auf. Romy vermutete, dass Danny im Garten gearbeitet hatte, denn ihre Mutter nahm den Zustand ihrer Umgebung kaum wahr. Ohne Romy und Danny würden Haus und Garten verlottern.

»Hallo, Schätzchen«, sagte Romys Mutter beim Öffnen der Tür und küsste sie auf die Wange. »Aber das war doch nicht nötig«, setzte sie hinzu, als Romy ihr eine Flasche Wein überreichte. »Trotzdem vielen Dank.«

Romy streifte ihre Jacke ab, hängte sie an einen Garderobenhaken, löste Luke aus seinem Gurt und folgte ihrer Mutter in die Küche, wo es nach der Kälte draußen wundervoll warm war.

Ihre Mutter stellte die Weinflasche ab und streckte die Arme nach ihrem Enkelkind aus. »Na du«, sagte sie und drückte Luke an ihre Brust. Romy sah, wie sie Lukes Bäckchen streichelte und mit seinen winzigen Fäusten spielte. Der Blick, mit dem ihre Mutter Luke betrachtete, war voller Hingabe und Glück. Ganz gleich, was geschah, an ihrer Liebe zu Luke würde sich nie etwas ändern. Romy gab sich einen Ruck und holte Luft. Ihre Mutter kam ihr zuvor.

Sie reichte Luke Romy und gurrte: »Schau mal, ob du Onkel Danny aufheitern kannst.«

»Ach«, sagte Romy. »Sind Paul und Danny schon da?«

»Nur Danny«, antwortete ihre Mutter und nickte mit dem Kinn zum Wohnzimmer hinüber. Ihr Lächeln war erloschen. »Paul hat ihn verlassen«, formte sie mit den Lippen.

»Was?«, wisperte Romy. »Das glaube ich nicht. Wann?«

»Gestern Abend.«

»Nein«, flüsterte Romy und riss die Augen auf.

»Gut, dass du mit dem Taxi gekommen bist.« Ihre Mutter deutete auf die Weinflasche. »Davon werden wir einiges brauchen.«

»Oh mein Gott«, war alles, was Romy dazu einfiel.

»Setz dich zu ihm.« Ihre Mutter nickte in Richtung Tür. »In zehn Minuten können wir essen, ich habe nur noch ein paar Handgriffe zu erledigen.«

Romy trug Luke ins Wohnzimmer, wo Danny mit hängenden Schultern auf dem Sofa saß und fernsah. Romy warf einen Blick auf den Bildschirm, wo ein alter Film mit Tony Randall, Rock Hudson und Doris Day lief. »Hi«, sagte sie leise. Als Danny aufschaute, stockte ihr der Atem. Er war blass und wirkte angegriffen. Anscheinend hatte er auch geweint, denn seine Augen waren gerötet und die Lider geschwollen.

»Hi«, sagte er mit gezwungenem Lächeln und stellte den Ton ab.

»Mann, ich glaube, du brauchst eine Dosis von Luke, dem Wunderbaby.« Sie hielt Danny den Säugling hin.

Danny nahm Luke entgegen und setzte ihn auf seinen Schoß. Seine Züge wurden weicher.

Romy ließ sich neben ihm auf das Sofa fallen. »Mum hat mir das mit Paul gesagt.« Sie legte einen Arm um Dannys Schultern und zog ihn an sich. »Wie fühlst du dich?«

Danny zuckte mit den Schultern. »Hab mich schon mal besser gefühlt.« Seine Augen füllten sich mit Tränen. Er räusperte sich. »Das Wunderbaby tut mir gut.« Er ließ Luke auf seinem Knie reiten.

»Er ist die beste Medizin.« Romy lächelte ihr Baby zärtlich an und strich ihm über den Haarflaum. »Ich hoffe, wenn er groß ist, wird er nicht so ein Mistkerl wie … ähm, darf man seinen Namen schon aussprechen?«

»Welchen? Arschloch, Wichser oder Pisser? Er hat viele Namen.«

»Genau wie der Teufel. Aber was ist denn überhaupt passiert? Vor einer Woche war er doch noch hier. Ihr habt euren Urlaub geplant. Ihr wart gut drauf.« Sie konnte sich einfach keinen Reim auf die Trennung machen. Vor einer Woche hatten sie noch zusammengesessen, geplaudert, gelacht und Wein getrunken. Sie hatte Paul Ratschläge bezüglich der feuchten Stellen in seiner Wohnung gegeben, er hatte Luke hochgeworfen und zum Quietschen gebracht. Paul hatte zur Familie gehört. Wie konnte er so sang- und klanglos aus ihrem Leben verschwinden? Zählte ihre gemeinsame Zeit denn plötzlich nichts mehr?

»Er hat gesagt, dass er mich nicht mehr liebt. Aber wenn du mich fragst, hat er einen anderen.« Danny klang heiser und so zittrig, dass Romy Tränen kamen. Wie konnte denn so etwas möglich sein? Wie konnte jemand aufhören, ihren wunderschönen Bruder zu lieben? Ihn zu lieben war doch das Einfachste auf der Welt.

»Was für ein mieser Typ«, sagte sie. »Scheißmänner.«

»Genau«, sagte Danny niedergeschlagen. »Scheißmänner.«

»Er hat dich nicht verdient. Ohne ihn bist du besser dran, und so weiter und so fort.« Sie sah Danny verlegen an. »Leider fallen mir nur die alten Klischees ein.«

»Keine Sorge, die stimmen alle.«

»Was schaust du da?« Romy legte den Kopf an Dannys Schulter. Auf dem Bildschirm war Doris Day offenbar dabei, Rock Hudson die Meinung zu geigen. Selbst ohne Ton sah man, dass sie geladen war.

»Keine Ahnung. Doris Day hat irgendeinen schlauen Plan, Rock Hudson zur Heirat zu zwingen.«

»Aha, *Bettgeflüster*. Den Film liebe ich.«

»Woher willst du wissen, welcher Film es ist? Das, was

ich gerade gesagt habe, trifft doch auf jeden Doris-Day-Film zu.«

»Sei nicht so ungerecht.«

»Pah«, sagte Danny.

»Denk an *Ein Hauch von Nerz*.«

»Und was passiert da?«

»Doris Day hat einen superschlauen Plan, Gary Grant zur Heirat zu zwingen.«

»Okay, ich nehme alles zurück.«

»Und in *Schwere Colts in zarter Hand* hat sie gar keinen Plan und hat niemanden zur Heirat gezwungen.«

»Da hatte sie eine Knarre und brauchte keinen Plan.«

»Auch wieder wahr.« Romy seufzte und dachte an Paul. »Ich wünschte, *ich* hätte eine Knarre.«

Ihre Mutter steckte den Kopf durch die Tür. »Das Essen ist fertig.« Danny schaltete den Fernseher aus. Sie gingen in die Küche. Romy nahm Luke aus Dannys Armen, setzte ihn in die Wippe, die im Haus ihrer Mutter bereitstand, drehte sie so, dass Luke jeden sehen konnte, und tippte die Wippe an. Danny schenkte Wein ein.

Romy setzte sich an den Tisch, beäugte die Speisen und sagte: »Mir läuft das Wasser im Mund zusammen.« Wenn sie wollte, war ihre Mutter eine hervorragende Köchin, doch seit dem Tod von Romys Vater hatte sie sich die Mühe nur noch selten gemacht. Lediglich zu dem Familienessen am Sonntag legte sie sich ins Zeug.

»Wenn ihr mehr wollt, ich habe noch eine zweite Lammkeule«, erklärte sie, musterte Danny besorgt und reichte ihm die Schüssel mit dem Gemüse. Romy nahm an, dass sie mit Paul gerechnet hatte. »Auf uns«, sagte sie, als sich jeder aufgetan hatte. Sie stießen mit den Weingläsern an.

Romy kostete das butterweiche Lamm und das gedünstete Gemüse auf Kartoffelpüree. »Mmmh«, machte sie genüsslich. »Schmeckt super.«

»Lecker«, murmelte Danny mit vollem Mund.

»Wie war eigentlich die Halloweenparty?«, erkundigte sich ihre Mutter. »Das habt ihr mir noch gar nicht richtig erzählt. Und wer war alles da?«

Romy nannte die Schulfreunde, die an der Party teilgenommen hatten, erzählte, was sie beruflich machten, wer verheiratet war und/oder Kinder hatte. Danny saß mit bedrückter Miene da und aß mit gesenktem Kopf. Romy und ihre Mutter tauschten einen bekümmerten Blick. Nach einer Weile verebbte ihr Gespräch, und die Stille wurde nur noch von Luke unterbrochen, der vor sich hin brabbelte und seine Rassel schwang.

»Wisst ihr, dass ich Paul nie gemocht habe?«, erklärte Mrs. Fitzgerald plötzlich.

Romy sah sie verblüfft an. Wenn sie sich recht erinnerte, hatte ihre Mutter Paul angebetet und ihn, wann immer er in den letzten beiden Jahren zu den Sonntagsessen gekommen war, nach Strich und Faden verwöhnt. Seitdem die Ehe zwischen Homosexuellen in Irland gestattet war, hatte sie sogar in dieser Richtung Anspielungen gemacht. »Mum, bitte«, sagte Romy. »Du mochtest ihn sehr. Wir alle haben ihn gemocht.«

»Ich glaube eher, dass ich seinem Charme erlegen war. Trotzdem fand ich, dass er für Danny nicht gut genug war. Er hatte etwas Verschlagenes.«

»Tu dir keinen Zwang an, Mum«, sagte Danny, doch ihr Beistand schien ihn zu trösten.

»Ich sage nur, was wahr ist. Meiner Meinung nach hat er dich nie richtig geschätzt. Sicher, oberflächlich gesehen, war er einnehmend und charmant, aber wenn man tiefer gehen wollte, ließ er einen auflaufen.«

»Das habe ich auch feststellen müssen«, antwortete Danny mit bitterem Lächeln.

»Natürlich sah er gut aus«, fuhr ihre Mutter fort. »Aber man konnte sehen, dass er mit den Jahren Bauch und Glatze kriegt. Die ersten Haare sind ihm schon ausgefallen.«

»Dafür hat er um die Hüften zugelegt«, ergänzte Romy.

»Er hatte Schuppen«, kam es von ihrer Mutter.

»Seine Brauen waren zusammengewachsen«, sagte Romy und erntete von Danny ein kleines Lächeln.

»Vor solchen Menschen muss man sich hüten«, sagte ihre Mutter. »Das ist bekannt.«

»Sein Musikgeschmack war beschissen«, warf Danny leise ein.

»Und er mochte keine Babys«, sagte Romy. »Er hat sich zwar immer herzlich gegeben, aber in Wahrheit hat Luke ihn genervt.«

»Er hat die Klobürste nicht benutzt.«

»Danny, bitte, wir sind beim Essen«, mahnte seine Mutter, doch ihr Blick war belustigt.

»Er hat zu Luke ›kleiner Mann‹ gesagt.« Romy schauderte.

»Wenn er zum Essen da war, hat er nie beim Abwasch geholfen.«

»Er hatte Haare auf dem Rücken.«

»Und in den Ohren.«

»Und in der Nase.«

»Oh Gott, ich glaube, er war das fehlende Bindeglied zwischen Affe und Mensch.« Danny fing an zu lachen.

Während sie fortfuhren, Paul niederzumachen, überboten sie einander mit Beispielen. Als ihre Mutter eine Banoffee-

Torte zum Nachtisch brachte, war Dannys düstere Laune verflogen, und sie saßen ebenso entspannt wie sonst zusammen.

»Anderes Thema«, sagte Mrs. Fitzgerald und wandte sich Romy zu. »Wie sieht es denn bei dir und Kit aus? Ich habe meinen Augen nicht getraut, als ich ihn am Dienstag bei dir angetroffen habe.«

Danny merkte auf. »Etwa Kit Masterson?«

»Genau der. Hat Romy dir nichts erzählt?«

»Nein.« Er sah Romy fragend an.

»Er ist zurück«, erklärte Romy und warf ihrer Mutter einen warnenden Blick zu. »Er wohnt wieder bei seinen Eltern. An Halloween ist er spätabends noch bei mir vorbeigekommen.«

»Hast du ihn denn auf der Party nicht gesehen?«, erkundigte sich Mrs. Fitzgerald bei ihrem Sohn.

»Als Kit gekommen ist, war Danny schon weg«, antwortete Romy.

»Ich bin ihm am nächsten Morgen begegnet«, sagte ihre Mutter. »Als ich Luke zurückgebracht habe.«

Danny machte große Augen. »Hat er die Nacht bei dir verbracht?«, fragte er seine Schwester.

»Auf dem Sofa.«

»Ach. Und wieso ist er plötzlich wieder bei dir aufgetaucht? Ihr habt euch doch seit Jahren nicht gesehen, oder?«

Romy hob die Schultern. »Vielleicht aus Nostalgie. Außerdem wollte er meinen Rat. Er hat ein Haus geerbt, das er eventuell restaurieren lässt. Falls die Investition sich lohnt, werde ich ihm dabei zur Seite stehen.« Danny zog die Brauen zusammen. »Natürlich gegen Bezahlung.«

»Mich freut es für dich, dass er wieder da ist«, sagte ihre

Mutter mit verklärtem Lächeln. »Ich habe Kit schon immer gemocht.«

Romy lachte. »Das hast du nicht. Als ich mit ihm zusammen war, warst du strikt dagegen. Ständig hast du versucht, mir andere Jungs schmackhaft zu machen.«

»Kann ich mich denn nicht mal irren? Ich habe ja auch Paul gemocht und euren Vater geheiratet.«

Daraufhin breitete sich schockierte Stille aus. Romys Mutter versuchte sie zu überbrücken, indem sie die Torte anschnitt und verteilte. Romy sah sie verwirrt an und versuchte, in ihrem Gesicht zu lesen. Dann wechselten sie und Danny einen unsicheren Blick, denn die letzte Bemerkung ihrer Mutter konnten sie nicht nachvollziehen. War sie denn mit ihrem Vater nicht glücklich gewesen? Bis zu diesem Moment hatte sie sich doch noch nie kritisch oder gar abfällig über ihn geäußert.

Zu guter Letzt fing Mrs. Fitzgerald den verdutzten Blick ihrer Tochter auf. »Ich weiß, dass man über Tote nicht schlecht reden soll«, begann sie. »Ich habe ja auch gar nichts Negatives über euren Vater zu sagen, außer dass er manchmal sehr schwierig sein konnte.«

Romy starrte auf ihren Teller. »Er hatte große Schmerzen«, murmelte sie, während die Reue mit kalter Hand nach ihrem Herzen griff, und die Erinnerungen sie wieder zu überwältigen drohten.

»Ich spreche nicht von der letzten Zeit. Er war von jeher schwierig, und das könntest du eigentlich wissen. Er war immer so streng mit euch, so fordernd. Nur zwischen ihm und dir hat eine – besondere Verbindung bestanden.« Mrs. Fitzgerald wählte ihre Worte offenbar mit Bedacht, doch dann seufzte sie. »Vielleicht sollte ich es nicht so offen sagen, aber wir wissen doch alle, dass Romy sein Liebling war.«

»Sehr nett, Mum, danke«, sagte Danny, doch dabei lächelte er und wirkte keineswegs überrascht oder gar gekränkt.

»Ich habe auch zu den anderen gehört, falls das ein Trost ist.« Sie drückte Dannys Arm.

»Ich glaube nicht, dass …«, setzte Romy an, doch ihre Mutter unterbrach sie.

»Es ist die Wahrheit und kein Problem. Ich hatte mich schon vor Jahren mit ihm und seiner Art abgefunden.«

Romy ließ sich die letzten Worte durch den Kopf gehen und stellte fest, dass ihre Mutter seit dem Tod ihres Mannes anders geworden war – fröhlicher und entspannter, als wäre eine unsichtbare Fessel entfernt worden. Es waren keine dramatischen Veränderungen, eher war es wie ein leichtes Dehnen der Glieder, ein sanftes Ausatmen, als hätte sie seit Jahren, ohne es zu merken, die Luft angehalten. Alles an ihrer Mutter war weicher und leichter geworden. Sie versuchte nicht mehr, die wildwuchernden Kräusellocken ihres Haars zu bändigen, war, was die Kleidung betraf, lockerer geworden, wirkte glücklicher. Die Zimmer in ihrem Haus waren nicht mehr blitzblank gewienert, es war gemütlicher geworden. Überall stand und lag etwas herum, und wenn man den Tisch decken wollte, musste man zuerst Zeitungen und Papiere entfernen. Die Regale waren gestopft voll, und die Bücher, die nicht mehr hineinpassten, bildeten auf dem Fußboden windschiefe Türme. Bisher hatte Romy ihre Mutter nie für unterdrückt gehalten, doch jetzt fragte sie sich, ob sie einen Teil von sich hatte verleugnen müssen, um mit ihrem dynamischen, gebieterischen Mann zusammenleben zu können. Es war das erste Mal, dass Romy über die Ehe ihrer Eltern nachdachte. Sie hatte zwar gewusst, dass die beiden sich sehr unterschieden, jedoch immer angenommen, dass sie auf ihre Art zusammenpassten. Beide waren Journalisten und auf ihrem jeweiligen Gebiet hochgeachtet. Ihr Vater hatte politische Reportagen geschrieben, ihre Mutter widmete sich weicheren Themen, wie es ihrem Typus entsprach. Ihr Vater konnte streng, abweisend und einschüchternd sein, wohingegen ihre Mutter von jeher warmherzig, liebenswürdig und mitfühlend war. Frank Fitzgerald war ein Intellektueller mit politischem Durchblick, der für seine kompromisslose Wahrheitsliebe und sein Engagement für liberale Prinzipien bewundert worden war. Bei seinem Tod hatte Irland um einen seiner namhaftesten politischen Kommentatoren getrauert. Ihr Vater war geschätzt worden, ihre Mutter wurde geliebt. Er hatte die Menschen zum Denken angeregt, sie appellierte an deren Gefühle. Ihre Kolumne in einer überregionalen Zeitung hatte ihr einen umfangreichen Fankreis eingebracht. Die Menschen schrieben ihr, um zu schildern, wie einer ihrer Artikel ihr Leben berührt hatte; auf der Straße traten Wildfremde auf sie zu und sprachen mit ihr, als wäre sie eine liebe alte Freundin.

»Versteht mich nicht falsch, ich habe euren Vater geliebt«, fuhr ihre Mutter fort. »Er war sogar meine große Liebe, der Mann, nach dem ich verrückt war und den ich geheiratet habe. Und wenn ich die Zeit zurückdrehen könnte, würde ich ihn wieder heiraten und nichts in unserer Ehe anders machen.« Sie seufzte. »Doch diese Art Liebe macht auf lange Sicht nicht glücklich. Das heißt aber nicht, dass man nicht zupacken soll, wenn man sie findet. Manchmal sind die Dinge, die einen am unglücklichsten machen, auch die, die einem die größte Freude bringen können.«

»Das verstehe ich nicht«, sagte Romy. »Was willst du damit sagen?«

»Unter anderem, dass ich vielleicht nicht die ideale Person bin, dir zu raten, was das Richtige für dich ist. Abgesehen davon hast du das schon immer am besten selbst gewusst.«

»Glaubst du denn, Kit könnte meine große Liebe sein?«

»Als ihr zusammen wart, hast du das jedenfalls gedacht. Ich weiß noch, wie unglücklich du warst, als er nach Amerika gegangen und nicht mehr zurückgekommen ist.«

»Mum, das war vor ewigen Zeiten. Damals waren wir fast noch Kinder.«

»Ich sage lediglich, dass es möglich ist. Du hast von jeher gewusst, was du willst, und bist deinem Herzen gefolgt, ganz gleich, was andere dazu gesagt haben. Deine Urteilskraft war immer besser als die der meisten von uns. Nur in der letzten Zeit kommt es mir vor, als hättest du angefangen, an dir zu zweifeln. Ich bitte dich deshalb lediglich, dich nicht zu verschließen.«

»Du findest also, dass ich mich verschließe?«

»Du warst seit Gary mit niemandem mehr zusammen. Ich sage damit keineswegs, dass einen Freund zu haben das Maß aller Dinge ist, aber ich möchte auch nicht, dass du dir Wege verbaust.«

»Könnte es sein, dass ich ziemlich viel zu tun hatte? Und außerdem für Luke sorge? Meinst du denn, für eine Frau mit einem Baby ist es einfach, einen Partner zu finden?«

»Nein, aber Luke ist doch nicht der einzige Grund«, antwortete ihre Mutter sanft. »Ich glaube eher, dass du dich hinter ihm versteckst und ihn als Ausrede benutzt. Du hattest dich schon verändert, als Luke noch nicht da war, eigentlich seit dem Tod deines Vaters. Doch inzwischen ist ein gutes Jahr vergangen, und das Leben geht weiter.«

»Ich weiß«, murmelte Romy und spürte, dass ihre Kehle

eng wurde. Sie ballte die Hände unter dem Tisch zu Fäusten. »Es ist nur … ich empfinde …«

»Was denn, mein Schatz?«

»Beziehungen kommen mir so sinnlos vor. Warum soll man jemanden lieben und alles tun, damit derjenige einen auch liebt, wenn er eines Tages zu dir kommen und sagen kann: ›Das war's, ich liebe dich nicht mehr‹? Warum soll man so viel durchmachen, wenn der andere dich jederzeit im Stich lassen kann? So wie Dad. Oder wie Paul es bei Danny getan hat.« Tränen schossen ihr in die Augen. Sie wischte sie mit dem Handrücken ab. »Warum sich überhaupt die Mühe machen, wenn schließlich alles umsonst war?«

»Weil es zum Leben gehört, Romy. Menschen sterben, andere trennen sich. Abgesehen davon ist der Tod deines Vaters mit der Trennung von Danny und Paul nicht zu vergleichen. Dein Vater ist gestorben, aber er hat nie aufgehört, dich zu lieben.«

Oh, wenn du wüsstest, dachte Romy. Sie überlegte, ob jetzt vielleicht der richtige Zeitpunkt war, ihrer Mutter zu beichten, wie Luke entstanden war. Sie würde es sicherlich verstehen. Sie könnte sagen, dass sie nach dem Tod ihres Vaters nicht sie selbst war und deshalb auf einer Party mit einem Fremden Sex in einem begehbaren Kleiderschrank hatte. Ihre Mutter würde begreifen, dass ihr vor einem Jahr alles sinnlos erschienen war und die Begegnung mit einem Fremden sowohl kostbar als auch bedeutungslos gewesen war. Sie holte tief Luft, straffte die Schultern – und schaffte es doch nicht, die Worte auszusprechen. Beim Anblick des liebevollen Gesichtsausdrucks ihrer Mutter verließ sie der Mut. Was wäre, wenn ihre Mutter ihr Verhalten unbegreiflich fände. Und sie anschauen würde, wie ihr Vater sie an jenem letzten Abend angeschaut hatte, mit einem verletzten Ausdruck, enttäuscht, wütend und angewidert. Bei dem Gedanken überlief Romy ein Schauder.

»Du darfst keine Angst haben, dir das, was das Leben bietet, zu nehmen, Romy. Hattest du doch früher auch nicht. Manchmal hat es mir sogar Sorgen gemacht, wie du dich kopfüber in etwas gestürzt hast und anderen so viel von dir gegeben hast. Aber das gehört zu dir, und inzwischen vermisse ich es sogar.«

Romy nickte schniefend und wischte sich über die Augen.

»Tut mir leid, Schätzchen, ich wollte dich nicht aufregen.« Mrs. Fitzgerald tätschelte die Hand ihrer Tochter. »Und Danny wird von meinem Gerede auch nicht gerade fröhlicher werden.« Sie warf ihrem Sohn einen entschuldigenden Blick zu.

»Ich war kurz davor, die Servietten aneinanderzuknoten und mich aufzuhängen«, sagte Danny.

»Okay, Themenwechsel«, schlug Romys Mutter vor. »Wir erzählen uns den neuesten Promitratsch und reden über den Quatsch, den wir im Fernsehen gesehen haben.« Romy und Danny lächelten. »Es ist ja niemand mehr da, der uns deswegen verachtet.«

Romy kam sich treulos vor, als sie sich eingestand, dass die Sonntagsessen jetzt unbeschwerter verliefen als zu Lebzeiten ihres Vaters. Er hatte die Gespräche dominiert, sie hatten über Politik und das Tagesgeschehen diskutiert, hatten jedes große Thema von allen Seiten beleuchtet. Ausführlich ließ er sich über die Hintergründe zu den Schlagzeilen aus, korrupte Regierungen, Kriege im Ausland und die Wirtschaftskrise. Romy hatte es hingenommen, denn ihr Vater war ein guter Erzähler und kannte brisante Details. Was er sagte, war anregend und interessant. Das Sonntagsessen mit ihrer Mutter war ganz anders – es machte einfach *Spaß*.

Romys Blick wanderte zu ihrem Bruder, und sie dachte, dass sie mittlerweile alle lockerer wirkten. Ihr Vater war charmant und charismatisch gewesen, aber gleichzeitig doktrinär. Zwar hatte er stets den Wert unabhängigen Denkens betont und seine Kinder ermuntert, ihre Meinung zu sagen, aber Romy erinnerte sich an die Tiraden, die ihre Mutter und Danny über sich ergehen lassen mussten, wenn sie seine Meinung nicht teilten oder auf seine rationalen Analysen gefühlsmäßig reagierten. Romy hatte sich immer auf die Seite ihres Vaters gestellt, doch jetzt fragte sie sich, ob sie tatsächlich mit ihm übereingestimmt oder unbewusst versucht hatte, seine Anerkennung zu gewinnen. Die Allianz mit ihrem brillanten, scharfsichtigen Vater hatte ihr das Gefühl gegeben, etwas Besonderes zu sein, aber vielleicht hatte er sie lediglich geführt, sie nach seinen Wünschen zurechtgebogen, sodass sie ihm recht gab, seinem Urteil vertraute, statt an ihm zu zweifeln oder sich ihm zu widersetzen. Hatte er sie vielleicht zu seiner Gefolgsfrau erzogen?

Nein, sagte sie sich, so etwas sollte sie nicht denken, sonst würde sie sich nur verrückt machen. Offenbar war sie paranoid, denn ihr Vater konnte nicht gewusst haben, dass es jemals zu so etwas wie jenem letzten Abend kommen würde. Er war kein Ungeheuer gewesen, und jetzt, da er tot war, sollte sie ihn auch nicht dazu machen.

Als sie daran dachte, dass ihre Mutter sie als Liebling ihres Vaters bezeichnet hatte, kam Romy sich noch treuloser vor. Aber traf das denn überhaupt zu? Mit ihren Entscheidungen war er jedenfalls nicht immer einverstanden gewesen, doch ebenso wie andere herrschsüchtige Menschen hatte er diejenigen, die sich gegen ihn auflehnten, mehr respektiert als diejenigen, die ihm gehorchten. Sie war nicht so ängstlich wie Danny gewesen. Nur als sie nicht in die Fußstapfen ihres Vaters trat und sich weigerte zu studieren, war er enttäuscht und aufgebracht gewesen. Aber sie verfügte nun mal über keinerlei intellektuellen Ehrgeiz, sondern widmete sich lieber praktischen Dingen. Ihr Vater hatte ihr vorgeworfen, ihre Intelligenz zu verschwenden, und konnte nicht fassen, dass sie sich für »niedere Arbeiten« interessierte. Doch sie hatte nicht mit sich reden lassen. Sie war froh, dass sie standhaft geblieben war, nicht nur ihretwegen, sondern auch Danny zuliebe. Hätte sie den Weg nicht geebnet, hätte Danny es womöglich nie gewagt, seinen Traum zu verwirklichen und Landschaftsgärtner zu werden. Stattdessen hätte er sich vielleicht in einen Beruf drängen lassen, in dem er unglücklich geworden wäre, und seine wahre Begabung hätte sich nie entfalten können.

»Herrgott«, sagte Danny und riss Romy aus ihren Gedanken. »Hat denn niemand einen schönen Skandal auf Lager?«

»Doch«, antwortete Romy und schaute ihre Mutter an. »Ich weiß nicht, wer Lukes Vater ist.« Sie hatte damit nicht so herausplatzen wollen. Aber bitte, jetzt hatte sie es gesagt und konnte es nicht mehr zurücknehmen. Sie merkte, wie Hitze in ihr hochstieg.

Danny wandte sich ihr zu. *Bist du noch zu retten?* sagte sein Blick. »Ich dachte eher an so was wie den neuesten Lover von Jennifer Aniston. Oder ob Lindsay Lohan wieder auf Entzug ist.«

»Ich musste es einfach loswerden«, gestand Romy kleinlaut. Ihre Mutter schien verwirrt zu sein.

»Aber was ist denn mit ...?«

»Kit ist es nicht.«

»Wieso denn Kit?«, fragte Danny und riss die Augen auf.

»Das erkläre ich dir später«, raunte Romy ihm zu.

»Aber«, setzte ihre Mutter an und legte die Stirn in Falten. »Luke ist ihm doch wie aus dem Gesicht geschnitten.«

»Das kommt dir nur so vor, weil du *dachtest*, dass er der Vater ist.«

»Sagst du das nur, weil er mit Luke nichts zu tun haben will?«

»Nein, er ist es wirklich nicht.«

»Aber du hast doch gesagt, der Vater sei ein alter Freund.«

»Ja, weil ich wusste, dass du dir Sorgen machst, und ich dir nicht die Wahrheit sagen wollte.« Romy atmete tief durch. »Tatsache ist, dass ich nicht weiß, wer Lukes Vater ist. Es war eine kurze, einmalige Begegnung mit einem Fremden. Ich weiß nicht mal, wie er heißt.«

So. Jetzt war alles heraus. Ihre Mutter betrachtete sie stumm, und Romy wünschte, sie könnte ihre Gedanken lesen.

»Das sieht dir nicht ähnlich, Romy«, sagte ihre Mutter schließlich. Es war kein Vorwurf, lediglich eine Feststellung.

»Richtig, aber es ist passiert und im Grunde ja auch kein Drama.« Sie sah ihre Mutter an und hoffte, sie würde erkennen, dass sie es auch so meinte und mit ihrer Situation im Reinen war.

Ihre Mutter nickte vor sich hin. Mit einem Mal rang sie nach Atem und schlug die Hände vor den Mund. »Oh mein Gott, wenn ich an die Begegnung mit Kit denke! Der arme Junge muss doch gedacht haben, ich hätte nicht mehr alle Tassen im Schrank.«

»Warum, was hast du gemacht?«, fragte Danny.

»Ich habe … du lieber Himmel.« Sie fuhr sich über die Stirn. »Ich habe ihm Luke in die Arme gedrückt und davon geschwafelt, dass sie sich aneinander gewöhnen müssen.«

»Reg dich nicht auf«, sagte Romy. »Ich habe es ihm erklärt. Dir muss nichts peinlich sein, es war ja ausschließlich meine Schuld.«

»Ist er ausgerastet?«, wollte Danny wissen.

»Nein.« Romy lächelte. »Er hat sehr freundlich reagiert.«

»Siehst du, habe ich nicht gesagt, dass ich den Jungen mag«, bemerkte ihre Mutter zufrieden.

»Gut«, sagte Danny. »Könnten wir uns jetzt bitte Cheryl Cole und Victoria Beckham widmen?«

»Ich war letzte Woche beim Friseur.« Mrs. Fitzgerald schenkte jedem Wein nach. »Ihr könnt mich alles fragen, ich bin auf dem neuesten Stand.«

Und schon war Romys Thema erledigt.

»Findest du nicht auch, dass Mum sich verändert hat?«, fragte Romy, als sie sich für die Rückfahrt ein Taxi mit Danny teilte und Luke an ihrer Seite schlief. Sie spürte den Wein und fühlte sich träge und schwer. Nur ihr Herz war leichter geworden, denn endlich hatte sie ihrer Mutter die Wahrheit gesagt.

»Sie wirkt glücklicher. Was nicht heißt, dass sie früher unglücklich war, nur dass sie jetzt auf andere Weise glücklich ist als sonst.«

»Das, was sie gesagt hat …« Romy zögerte.

»Dass du Vaters Liebling warst?«

»Ja, so war es nicht. Nicht in der …«

»Na, hör mal, das war doch nicht deine Schuld. Du konntest doch nichts dafür, dass du perfekt warst.« Danny grinste.

Romy zog einen Flunsch. »Sei nicht so gemein.«

»Außerdem warst du nicht immer sein Liebling.«

»Nein?«

»Für mich gab es auch eine Zeit der Gnade. Denk an den

Tag, als ich mich geoutet habe. Danach war ich einen ganzen Monat lang der Star.«

»Mindestens.« Romy kicherte. Als ihr Vater erfuhr, dass sein Sohn schwul war, war er davon so angetan gewesen, als hätte er eine Medaille bekommen, eine Auszeichnung für seine liberale Gesinnung.

»Die meisten meiner schwulen Freunde wagen nicht, sich zu outen, weil sie Angst vor der Zurückweisung durch ihre Eltern haben. Ich habe so lange gezögert, weil ich meinem Vater die Genugtuung nicht geben wollte.«

»Böser Junge. Kein Wunder, dass ich sein Liebling war.«

»Ich wusste, wie unerträglich er sein würde.« Danny seufzte. »Und ich hatte recht. Er hat getan, als wäre es seine Idee gewesen.«

Romy lachte auf. »Schade, dass er mich nicht mehr als alleinstehende Mutter erlebt hat.«

»Er wäre so stolz gewesen.«

»Absolut.« Romy schnaubte. »Und Paul hätte er umbringen wollen.«

»Mit Sicherheit.« Dannys Miene trübte sich. Er schaute aus dem Seitenfenster.

»*Ich* möchte Paul umbringen.«

»Mum auch«, murmelte Danny, den Blick noch immer nach draußen gerichtet.

»Wir alle möchten ihn umbringen.«

»Er fehlt mir.« Danny wandte sich zu ihr um. In seinen Augen glänzten Tränen.

»Wer? Paul?«

Danny schüttelte den Kopf. »Dad. Du ahnst nicht, wie sehr ich ihn manchmal vermisse.«

»Doch.« Romy legte ihre Hand auf seine. »Mir geht es ja genauso.«

»Aber manchmal auch nicht und das ist noch schlimmer«, fuhr Danny fort. »Manchmal bin ich froh, dass er nicht mehr da ist, und dann fühle ich mich ...«

»Schuldig«, beendete Romy seinen Satz.

»Ja.« Danny seufzte.

»Ich glaube, Mum geht es genauso. Ich weiß, dass er ihr fehlt. Trotzdem wirkt sie – gelöster, ist mehr sie selbst.«

»Freier«, ergänzte Danny.

»Ja, freier«, sagte Romy leise. Mit einem Seufzer schaute sie durch ihr Spiegelbild in der Fensterscheibe hinaus in die Dunkelheit. Jetzt, da sie ihrer Mutter die Wahrheit gesagt hatte, fühlte sie sich ebenfalls freier. Frei und bereit für einen neuen Start. Ohne Lügen. Ihre Mutter hatte recht: Sie hatte sich dem Leben seit zu langer Zeit verschlossen.

9

Für den nächsten Tag hatten Romy und Kit ausgemacht, nach Wicklow zu fahren und sich das Haus seiner Tante anzuschauen. Der Tag begann mit Kälte und strömendem Regen. Als Kit um zehn erschien, hatte Romy Luke schon zu ihrer Mutter gebracht.

»Möchtest du vorher noch eine Tasse Kaffee?«, fragte sie, während Kit sich im Flur wie ein nasser Hund schüttelte.

»Ein Kaffee wäre nicht schlecht.« Er hängte seine feuchte Jacke an den Garderobenständer und folgte ihr in die Küche. Neben dem Laptop auf dem kleinen Tisch hatte Romy bereits einen Becher Kaffee für sich stehen. Sie goss auch Kit einen ein und kehrte zu ihrem Laptop zurück. Kit setzte sich zu ihr.

»Dauert nicht lange«, entschuldigte sie sich.

»Worum geht es denn?« Kit spähte auf ihren Bildschirm.

»Ich muss schnell noch den Anzeigentext für die Wohnung im Untergeschoss schreiben. Die Annonce soll heute noch erscheinen.«

»Ist bei dir etwa eine Wohnung frei?«

»Ja«, antwortete Romy geistesabwesend und fing an zu tippen. »Eine im Untergeschoss.«

»Ähm, also …«

»Was?«, fragte sie, ohne aufzusehen.

»Ich bin gerade dabei, mich nach einer Wohnung umzuschauen.«

»Ach.« Romy hob den Kopf. Kit sah sie so erwartungsvoll an, dass ihr das Herz schwer wurde. »Die Miete ist niedrig«, sagte sie.

»Das wäre eigentlich kein Problem.«

»Okay, aber in diesem Fall gibt es dafür einen Grund.«

»Ist es ein Loch?«, fragte Kit eifrig. »Das würde mir nichts ausmachen. Es wäre immer noch besser, als wie ein Teenager zuhause in meinem Kinderzimmer zu wohnen.«

»Es ist kein Loch, sondern eine ausgesprochen schöne Wohnung. Sie ist deshalb so billig, weil ich einen Handwerker suche. Jemanden, der im Haus Reparaturen übernehmen kann und die Miete abarbeitet, jedenfalls den größten Teil.« Sie lächelte verlegen. »Es ist ein sehr faires Angebot. Falls du so jemanden kennst, sag mir Bescheid.«

»Ich kann so was.«

»*Du?*« Sie sah ihn ungläubig an.

»Ich bin nicht so nutzlos, wie ich aussehe.«

»Ich habe nie behauptet, dass du nutzlos bist, aber es gibt viele kluge und talentierte Menschen, die nicht mal eine Glühbirne auswechseln können.«

»Zu denen zähle ich nicht.«

»Hör zu, in deinem Beruf bist du sicherlich brillant, aber …«

»Ich habe nicht als Händler an der Wall Street angefangen. Als ich in New York ankam, habe ich alle möglichen Jobs angenommen. Du würdest dich wundern, was ich alles gelernt habe.«

»Ach ja? Und was hast du so gemacht?«

»Beispielsweise auf dem Bau gearbeitet.«

Romy hob die Brauen. Kit war zwar muskulös, sie hatte ihn ja neulich mit aufgeknöpftem Hemd gesehen und war davon ausgegangen, dass er die Muskeln in einem teuren

Fitnessclub erworben hatte. Als Bauarbeiter konnte sie sich ihn nicht vorstellen.

»Außerdem war ich Schnellkoch, habe in einem Naturkostladen gearbeitet, gekellnert, bei Saks Parfum verkauft, also alles, was man sich denken kann. Und in den ersten fünf Jahren habe ich in Absteigen gehaust. Ich weiß, wie man Dinge repariert.«

»Trotzdem.«

»Bitte, Romy. Bei meinen Eltern halte ich es nicht mehr aus, und die Wohnungen, die ich mir leisten kann, spotten jeder Beschreibung. Und wenn du tatsächlich meine Bauplanung übernimmst, wäre es doch praktisch, wenn wir in einem Haus wohnen.«

»Kannst du Regale anbringen? Einfache Klempnerarbeiten durchführen?«

»Nichts leichter als das. Ich habe sogar einen Werkzeugkasten.«

Romy konnte Kit immer noch nicht als Handwerker sehen, doch angesichts seiner knappen Mittel brachte sie es nicht übers Herz, ihm seine Bitte abzuschlagen, und beschloss, es mit ihm zu versuchen. Beinahe gegen ihren Willen gefiel ihr der Gedanke, mit ihm im selben Haus zu leben. Was war denn schon dabei? »Vielleicht sollte ich dir die Wohnung einmal zeigen«, überlegte sie. »Sie liegt zwar im Souterrain, aber ich habe einiges in die Beleuchtung der Räume investiert. Die Zimmer sind nicht dunkel.«

»Heißt das, dass …?«

»Dass du sie haben kannst, wenn du magst.« Romy schaltete den Laptop aus und klappte ihn zu.

Kit strahlte. »Ich möchte die Wohnung, sogar ohne sie zu sehen. Es genügt, wenn du sagst, dass sie schön ist. Vielen Dank, Romy. Ich verspreche dir, dass du deine Entscheidung nicht bereuen wirst. Ich werde ein vorbildlicher Mieter sein und, wenn du willst, sogar ab und zu als Babysitter fungieren.«

»Hm, ich weiß nicht, ob das eine gute Idee ist. Vergiss nicht, dass du nicht weißt, wie Babys funktionieren.«

»Das werde ich lernen. Muss ich als Vater doch ohnehin.«

»Ach herrje, das habe ich ganz vergessen. Du bist nicht mehr Lukes Vater. Ich habe meiner Mutter die Wahrheit gesagt, du bist aus dem Schneider. Die kurze Phase deiner Vaterschaft ist beendet.«

»Ist vielleicht besser so«, sagte Kit, klang jedoch enttäuscht.

»Mach dir keine Sorgen, ich komme trotzdem mit zu Hannahs Hochzeit.«

»Als meine Freundin?« Kit lebte auf.

»Sicher, wenn du das möchtest.«

»Ich bitte darum. Du weißt ja, wie es auf Hochzeiten ist. Wenn ich dort allein aufkreuze, wird meine ganze Verwandtschaft versuchen, mich zu verkuppeln.«

»Ach, und ich bin dann so was wie ein Ablenkungsmanöver? Wie deine Freundin in New York?«

Kit wirkte unbehaglich. »Wie viel habe ich dir neulich nachts eigentlich erzählt?«

»Weißt du das nicht mehr?« Romy grinste. »Du hast mir deine tiefsten und schwärzesten Geheimnisse offenbart.«

»Das ist nicht wahr, oder?«, fragte Kit besorgt.

»Doch. Und ich muss schon sagen, du hast es wirklich faustdick hinter den Ohren.«

»Himmel noch mal, ich war betrunken. Wahrscheinlich habe ich nur so dahergeredet.«

»Reg dich ab«, sagte Romy beruhigend. »Ich ziehe dich doch nur auf. Du hast keine Intimitäten verraten. Ich weiß nur, dass du eine Freundin zum Vorzeigen hattest und sie nicht geliebt hast.«

»Das war alles?«

»Mehr oder weniger. Obwohl ich immer noch nicht begreife, warum man jemanden für so etwas bezahlt.«

Kit zuckte mit den Schultern. »Es hat mein Leben vereinfacht. Ich hüte mein Privatleben und möchte nicht, dass andere darin herumschnüffeln.«

Jetzt wusste Romy so viel wie vorher, doch sie beschloss, nicht weiter zu bohren. »Zurück zu unserem Thema. Wann möchtest du denn einziehen?«

»Je eher, desto besser.«

»Gut, dann such dir einen Tag aus.«

»Okay – ach, sag mal, du hast nicht zufällig einen Van?«

»Doch.« Romy lächelte ergeben. »Also gut, ich helfe dir beim Umzug. Morgen passt es bei mir nicht, aber wie wäre es denn am Mittwoch? Ich werde Danny bitten, so lange auf Luke aufzupassen.« Am Vortag hatte Danny durchblicken lassen, dass er in dieser Woche nicht allzu viel zu tun hatte. Wahrscheinlich wäre er sogar dankbar, wenn er sich von seinem Liebeskummer ablenken konnte, statt allein herumzusitzen und zu brüten.

Vor ihrem Aufbruch schlüpfte Romy in Gummistiefel und streifte einen ziemlich geräumigen Parka über.

Im Flur nahm sie Kits Jacke vom Garderobenhaken und reichte sie ihm. Es war eine dicke Jacke aus Wolle, die teuer aussah und für das Wetter denkbar ungeeignet war. »Sie ist immer noch nass«, sagte sie. »Und schwer wie Blei.«

Kit zuckte mit den Schultern und zog die Jacke über. Romy setzte ihre Kapuze auf und öffnete die Tür. Sie rannten zu ihrem Van und wurden trotzdem nass.

»Lass mich die Adresse noch mal sehen.« Romy schnallte sich an und strich sich das feuchte Haar aus der Stirn.

Kit reichte ihr das Exposé. Romy gab die Adresse in das Navi ein und sagte: »Auf geht's.«

Auf dem Weg nach Wicklow goss es wie aus Eimern. Über die Windschutzscheibe rannen Bäche, gegen die die Scheibenwischer kaum ankamen. Als sie die Stadt hinter sich gelassen hatten, fuhren sie an dunstigen Feldern vorüber, nur hier und da von den Konturen einer Scheune unterbrochen. Nach einer Weile folgten sie schmalen gewundenen Straßen, gesäumt von Bäumen, deren Äste sich über der Straße verzweigten. Und noch immer trommelte der Regen auf das Wagendach.

»Ich wünschte, wir hätten uns einen schöneren Tag ausgesucht«, sagte Romy. Kit wirkte resigniert. Doch Romy genoss die Fahrt trotz des Wetters. Es tat ihr gut, aus der Stadt herauszukommen. Außerdem fand sie, dass die verregnete Herbstlandschaft einen ganz eigenen Reiz besaß; abgesehen davon konnte sie es kaum erwarten, sich ein Projekt anzuschauen.

Zu guter Letzt trug die körperlose Roboterstimme aus dem Navi ihr auf, links abzubiegen. Sie durchfuhren mehrere offen stehende Gatter und gelangten auf einen schmalen Feldweg, der an einem kleinen Kutscherhaus aus Stein vorbeiführte. Während Romy den Van vorsichtig über die ausgefahrenen Spuren lenkte, streiften die Büsche links und rechts die Wagenseiten. Der holprige Weg mündete in einen ungepflegten kiesbestreuten Platz, an dessen Ende das Haus sich in all seiner – vergangenen – Schönheit erhob. Es war ein imposantes Gebäude, mit einer Granittreppe hoch zum Eingangsportal, das die beiden Gebäudeflügel teilte. Rundum erstreckte sich sanft gewelltes Hügelland;

das Haus selbst wurde von einem baufälligen Zaun umringt. Romy beugte sich vor, begutachtete das Gebäude durch die Windschutzscheibe und zog das Exposé heraus.

Tatsächlich war das Haus in weitaus schlimmerem Zustand als auf dem Foto. »Na, dann schauen wir uns die Sache mal an«, sagte sie beherzt. Kit machte einen niedergeschlagenen Eindruck. »Hier, nimm den.« Sie reichte ihm den großen Schirm vom Rücksitz, setzte ihre Kapuze auf und verließ den Wagen. Draußen ließ sie ihren Blick über das Haus und die Umgebung schweifen. Kit war nach ihr aus dem Wagen geklettert. Romy fing seinen verzagten Blick auf und zwang sich, zuversichtlich auszusehen.

»Weißt du, so im Regen wirkt es vielleicht ein bisschen deprimierend. Aber in der Sonne …«

»Klar«, sagte Kit. »Der Regen ist das Problem.« Er hatte den Schirm im Wagen gelassen und stand da wie ein begossener Pudel, während seine Jacke den Regen aufsaugte. An seinen teuren Schuhen klebte lehmiger Erdboden. »Du ruinierst deine Schuhe«, sagte Romy.

Kit zuckte mit den Schultern.

»Komm, wir machen einen Rundgang.« Auf dem Weg um das Haus begutachtete Romy die Dachrinne und die Abflussrohre. Kit folgte ihr, indem er große Schritte über die Pfützen hinweg machte, doch immer wieder versank er mit den Schuhen im Schlamm und hob die Füße mit schmatzenden Lauten. Hinter dem Haus standen sie knöcheltief in der aufgeweichten Erde. Romy ließ ihren Blick über das Dach wandern und kam zu dem Schluss, dass es im Haus nicht viel trockener als draußen sein dürfte.

»Eine Ruine«, sagte Kit. »Es tut mir leid, dass ich deine Zeit vergeudet habe.«

»Na schön, es ist kein Prachtbau«, erwiderte Romy.

»Aber die Grundsubstanz könnte noch in Ordnung sein. Hast du die Schlüssel?«

Kit holte ein Schlüsselbund aus der Hosentasche heraus und ließ es klimpern.

»Na, dann wollen wir uns das Ganze mal von innen besehen.«

Sie kehrten zum Eingang zurück und stiegen die breite Granittreppe hoch. Nach mehreren Versuchen schaffte Kit es, die Vordertür zu öffnen. Als sie in den Flur traten, schlug ihnen feuchter Modergeruch entgegen.

»Du lieber Himmel«, sagte er und schaute sich angewidert um.

Mit einem Anflug von Hoffnung betätigte Romy einen Lichtschalter, doch es war, wie sie befürchtet hatte: Es gab keinen Strom. Nur das graue Tageslicht, das durch die verdreckten Fenster sickerte, tauchte die Eingangshalle in trübes Licht. Romy drehte sich um die eigene Achse. »Mein lieber Mann«, sagte sie.

»Die letzte Bruchbude«, ergänzte Kit. »Warum haken wir die Sache nicht ab, fahren in den nächsten Pub und betrinken uns?«

Romy drehte sich zu ihm um und lächelte beschwichtigend. »Erstens muss ich noch fahren und kann nichts trinken, zweitens habe ich ›mein lieber Mann‹ im positiven Sinn gemeint.«

»Ist das dein Ernst?« Kit studierte ihre Miene.

»Mein völliger Ernst«, entgegnete Romy zerstreut, zog eine Taschenlampe aus ihrem Parka hervor, knipste sie an, leuchtete über die Decke und ließ den Lichtkegel langsam an dem reichverzierten Stuck entlanggleiten. Hier und da waren kunstvoll gearbeitete Stuckrosen zu erkennen. »Wie schön!«, hauchte sie. »Ein wundervolles Haus. Zumindest war es das einmal.« Sie sah das Potential, die einstige Schönheit, die man wieder zum Leben erwecken konnte. Ihre Fantasie lief bereits auf Hochtouren, und in ihrem Kopf überschlugen sich Gedanken und Ideen. Und dabei hatten sie noch nicht mehr als die Eingangshalle gesehen. *Reiß dich am Riemen*, befahl sie sich, *lass deiner Begeisterung nicht die Zügel schießen*. Trotzdem war es verlockend, sich vorzustellen, wie sie das heruntergekommene Gebäude in etwas atemberaubend Schönes verwandelte. Obwohl es wahrscheinlich zu kostspielig war und sie Kit zuliebe mit Bedacht vorgehen sollte.

Romy machte sich auf den Weg durch die unteren Räume und leuchtete mit der Taschenlampe über die elektrischen Leitungen, die Risse in den Wänden und die verrottenden Holzvertäfelungen. Kit zockelte ihr hinterher. Wieder in der Eingangshalle trat sie probeweise auf die unterste Treppenstufe und hielt sich am Geländer fest.

»Willst du es wirklich wagen?«, fragte Kit. »Hast du keine Angst, dass die Treppe unter dir nachgibt?«

Mit vorsichtigen Schritten tastete Romy sich hoch in den ersten Stock. »Na los«, sagte sie über die Schulter zu Kit. »Sei kein Frosch.«

Kit folgte ihr. Eine Stunde lang erkundeten sie das Haus, traten von einem Zimmer in das nächste und hörten, wie ihre Schritte in den hohen leeren Räumen widerhallten. Hier und da stießen sie auf alte Möbelstücke, Sessel und Sofas mit verschlissenen Brokatbezügen, in einem Zimmer auf ein monströses Himmelbett, in einem anderen auf einen ausgebleichten, mit einer dicken Kordel zusammengerafften Fenstervorhang aus Samt. Im Gehen machte Romy sich auf einem Block Notizen.

»Wie grandios das einmal gewesen sein muss«, sagte sie

und ließ sich auf einer tiefen breiten Fensterbank nieder. »Woran erinnerst du dich noch von deinen früheren Besuchen?«

»An kaum etwas.« Kit hob einen alten Vogelkäfig auf, der umgekippt auf dem Boden gelegen hatte, besah ihn sich und warf ihn auf ein Sofa. »Aber ich weiß, dass es damals schon heruntergewirtschaftet war und meine Tante, so lange ich denken kann, nur das Parterre bewohnt hat. Der Rest des Hauses war baufällig. Nur Ethan, Hannah und ich waren manchmal hier oben und haben gespielt.«

Romy schaute aus dem Fenster. »Was ist mit dem Kutscherhaus am Eingang?«

»Ich glaube, ganz früher hat da ein Pförtner gewohnt, aber als wir Kinder waren, gab es den schon nicht mehr. Manchmal hat meine Tante das Häuschen an Feriengäste vermietet.«

»Nanu, wer hat denn hier Ferien gemacht?«

»Tante Lilian kannte Künstler, Schriftsteller vor allem. Sie sind hergekommen, wenn sie ein abgeschiedenes Plätzchen suchten.«

Romy betrachtete den Garten. »Was für eine Schande«, sagte sie bekümmert. Ihr Blick fiel auf einen Sprung in der verdreckten Fensterscheibe. »Wie kann man ein Haus nur dermaßen verkommen lassen.«

Kit setzte sich zu ihr. »Meinst du, es gibt noch Hoffnung?«

Romy seufzte. »Normalerweise würde ich sagen, lass es abreißen, und bau auf dem Grundstück etwas Neues. Aber es ist ein so schönes Haus.«

Kit lachte auf. »Das nehme ich jetzt mal so hin.«

»Natürlich muss man eine Menge investieren, vielleicht mehr, als du dir leisten kannst. Zum Auftakt brauchst du schon mal ein neues Dach.« Romy überflog ihre Notizen.

»Die Rohre müssen erneuert, die elektrischen Leitungen neu verlegt, die Wände frisch verputzt werden. Die Schimmelflecken sind auch ein Problem.« Sie legte den Kopf schief und überlegte. »Ich muss in Ruhe darüber nachdenken. Wenn ich zuhause bin, kalkuliere ich die Kosten und mache dir einen Voranschlag.«

»Kannst du mir dann auch sagen, wie viel der Abriss und ein Neubau grob gerechnet kosten würden?«

»Sicher. Das Problem ist nur, dass du bei dieser Variante schon etwas Sensationelles bauen lassen müsstest, denn sonst machst du keinen Gewinn. Und ich weiß nicht, ob der Markt so etwas derzeit überhaupt hergibt.«

»Heißt das, wenn ich das Haus restaurieren lasse, mache ich Gewinn?«

»Möglicherweise. Aber zuerst einmal muss ich mir die Zahlen anschauen. Es könnte klappen, weißt du. Beispielsweise könnte ich mir ein wundervolles Hotel im Landhausstil vorstellen.«

»Ach. Daran habe ich noch gar nicht gedacht.«

»Ich werde mal meine Fühler ausstrecken und mich umhören, ob es jemanden gibt, der ein solches Projekt sucht.«

»Danke, Romy«, sagte Kit. »Ich weiß nicht, was ich ohne dich gemacht hätte.«

Romy lachte. »Bedank dich nicht zu früh. Wenn du die Zahlen siehst, rennst du wahrscheinlich schreiend davon.«

Auf der Rückfahrt nach Dublin ließ der Regen nach. In der Stadt setzte Romy Kit vor dem Haus seiner Eltern an. Sie wohnten noch immer in der Straße, wo sie und Kit aufgewachsen waren, und Romy wurde ganz nostalgisch, als sie die baumbestandene Stichstraße sah. Sie selbst hatte vier Häuser weiter auf der anderen Seite gewohnt. Romy warf einen Blick zu ihrem alten Elternhaus hinüber. Im Vorgarten spielten ein kleiner Junge und ein kleines Mädchen Ball. Wie komisch es sich anfühlte, sich vorzustellen, dass jetzt jemand anders in ihrem früheren Kinderzimmer schlief. Romy stellte den Motor aus und betrachtete das Haus der Mastersons im Rückspiegel. Es enthielt beinah so viele Erinnerungen wie ihr Elternhaus, denn als sie mit Kit zusammen war, hatte sie dort so viel Zeit verbracht, dass es wie ein zweites Zuhause gewesen war. Es war seltsam, jetzt wieder hier zu sein. Die Umgebung sah noch wie immer aus und doch anders.

»Alles in Ordnung?«, fragte Kit.

»Ja. Ich war nur seit so langer Zeit nicht mehr hier und fühle mich irgendwie eigenartig. Es wirkt alles so viel kleiner.«

»Ich bin froh, dass du das sagst. Wenn ich mit so etwas komme, sagt meine Mutter, ich wäre amerikanisch geworden.«

»Aber der amerikanische Einfluss ist doch ganz natürlich. Dagegen kann deine Mutter doch nichts haben.«

»Du würdest dich wundern.« Kit löste seinen Gurt und machte Anstalten auszusteigen. »Möchtest du noch mit reinkommen? Meine Mutter würde dich sicherlich gern wiedersehen.«

Romy schaute auf ihre Uhr. »Lieber nicht. Ich muss Luke abholen. Ich sehe deine Mutter ja, wenn ich dir beim Umzug helfe. Meinst du, bis Mittwoch hast du deine Sachen gepackt?«

Kit grinste schief. »Das dürfte kein Problem sein.«

»Sag bloß, du hast noch gar nicht ausgepackt.«

»Noch nicht so richtig«, murmelte Kit schuldbewusst.

Romy lachte. »Sobald ich weiß, ob Danny Luke am Mittwoch hüten kann, rufe ich dich an.«

Als Kit die Küche betrat, stand seine Mutter am Tisch und beugte sich über etwas, das wie eine sich stetig verbreiternde Schokoladenpfütze aussah.

»Gut, dass du kommst.« Mrs. Masterson richtete sich auf und versuchte die ausufernde Schokoladenmasse mit einem Schaber von den Tischkanten fernzuhalten.

Kit wollte gerade fragen, was das werden solle, als sein Vater aus dem Garten kam.

»Endlich«, sagte Kits Mutter. »Ich brauche eure Hilfe.«

Kit und sein Vater näherten sich dem Tisch mit vorsichtigen Schritten.

»Kit, du nimmst den hier.« Sie deutete auf den Schaber, den sie erst losließ, als Kit ihn in der Hand hatte. »Lass nichts auf den Fußboden tropfen.« Sie drehte sich um und begann, in den Schubladen des Küchenschranks zu wühlen.

Kit und sein Vater wechselten einen fragenden Blick.

»Ah, hier.« Mrs. Masterson reichte ihrem Mann einen Spachtel. »Ich hole ein Einmachglas aus dem Schrank unter der Treppe. Ihr beide haltet die Masse in Schach.« Sie rannte aus der Küche. Kit und sein Vater sahen sich ratlos an.

»Was ist das?«, flüsterte Kits Vater, als seine Frau außer Hörweite war.

»Keine Ahnung.«

»Verdammt.« Kits Vater wirkte panisch.

Kit grinste. »Ich dachte, du wüsstest es vielleicht.«

»Wieso ich?«

»Weil du hier wohnst?«

»Was hat das damit zu tun?«

»Hätte doch sein können, dass du so was schon mal gesehen hast.«

»So was habe ich in meinem ganzen Leben noch nicht gesehen.«

»Pass auf, da auf deiner Seite haut die Soße ab.« Sein Vater kürzte einer Schokoladenschliere den Weg mit dem Spachtel ab.

»Das ist doch hoffentlich kein Pudding«, sagte er. »Oder eine Mousse.«

»Ich weiß nur, dass es warm ist.« Kit zeigte auf den aufsteigenden Dampf.

»Demnach wurde es gekocht«, sagte sein Vater nachdenklich. »Schokoladensuppe? Erinnerst du dich noch an die Schokoladensuppe in dem feinen Restaurant in New York?«

»Die wurde aber nicht vom Tisch gegessen.«

»Ich glaube, der Tisch gehört nicht zum Plan. Eher ist hier was extrem schiefgelaufen.«

Kit gluckste. »Sieht aus wie ein riesiger Fladen Kuhmist.«

»Wir sollten nicht lachen«, erwiderte sein Vater streng. »Deine Mutter kocht keine Kuhfladen. Los, Junge, denk nach. Wenn sie zurückkommt, müssen wir wissen, was es ist.« Nervös schaute er zur Küchentür.

Kit sah sich nach Anhaltspunkten um. Mit verrenktem Hals deutete er auf den Küchentresen. »Da liegt ein aufgeschlagenes Kochbuch.«

»Sehr schön«, sagte sein Vater. »Halte die Stellung.« Er schob die Masse auf zwei Seiten ein gutes Stück zurück, ließ den Spachtel fallen und machte einen Satz zum Küchentresen.

»Was ist es?« Kit drehte sich halb zu seinem Vater um, der die aufgeschlagenen Seiten des Kochbuchs stirnrunzelnd betrachtete.

»Ein Kuchen.«

»Bist du sicher?«

»So steht es hier. Lies selbst.« Mr. Masterson kam mit

dem Kochbuch zurück und zeigte auf das Foto eines aus zwei Lagen bestehenden Schokoladenkuchens auf einem Tortenständer, der mit einer dicken, samtigen Schicht Zuckerguss bestrichen war. Auf der Seite waren Mehl- und Fettflecken zu erkennen.

»Und das hier soll der sein?« Kit verglich das Foto mit der Sauerei auf dem Tisch.

Sein Vater nickte widerstrebend.

Kit tauchte einen Finger in den Schokosee. »Darunter ist irgendwas Festeres. Könnte ein Biskuitboden sein.«

Als sie hörten, dass die Köchin sich von draußen näherte, legte Kits Vater das Kochbuch hastig zurück und nahm seine Positur mit dem Spachtel wieder ein.

»So was Dummes«, sagte Kits Mutter beim Eintreten. Sie hielt ein Einmachglas in der Hand. »Ich musste den ganzen Schrank ausräumen.

»Es ist ein sehr eindrucksvoller Kuchen«, sagte ihr Mann gutgelaunt.

»Ich weiß nicht«, antwortete seine Frau bekümmert. »Es sollte ein Begrüßungskuchen für Ethan werden, aber irgendetwas hat nicht so richtig geklappt.«

»Ach wo«, sagte Kits Vater. »Sieht doch prächtig aus. Ich mag feuchte Kuchen. Und Kit auch, oder?«

»Absolut. Ich finde, er sieht fantastisch aus.«

»Trockene Kuchen bleiben einem immer so im Hals stecken«, setzte sein Vater hinzu und drängte eine sich vorschiebene Schokoladenwelle zurück.

»Ich dachte, ich tue alles in das Glas hier und stelle es in den Kühlschrank. Dann setzt es sich vielleicht.«

»Superidee«, sagte sein Vater. »Los, alle Mann an Deck.«

Wie sich herausstellte, hatte die Schokomasse sich über zwei Lagen Biskuitboden ergossen, die sie samt Schokolade mit Spachtel, Schaber und Tortenheber in das Einmachglas verfrachteten. Kits Mutter goss den Zuckerguss darüber.

»Dabei sollte er so hübsch aussehen«, sagte sie bedrückt, während sie die zerlaufene Masse beäugte. »Aber mit dem Foto hat das nichts mehr zu tun. Der Henker weiß, was ich falsch gemacht habe.«

»Du hättest ihn nicht warm aus was auch immer herausholen sollen«, bemerkte Kit.

»Abgesehen davon ist auf Kochbücher kein Verlass«, sagte sein Vater. »Das Foto ist wahrscheinlich getürkt, und im Rezept waren Fehler. Schmeiß das Kochbuch weg.«

Im Geist verdrehte Kit die Augen, doch er schwieg. »Wann kommt Ethan eigentlich?«, fragte er. Seine Mutter stellte das Glas in den Kühlschrank.

»Er hat kurz vor seinem Abflug angerufen und gesagt, dass er heute Nacht oder in den frühen Morgenstunden landet.«

Mr. Masterson wischte die Hände an seiner Jeans ab. »Dann sehe ich mal zu, dass ich das Hinterzimmer für ihn leer räume.« Er verschwand.

Kit half seiner Mutter, die Küche zu säubern.

»Du siehst fröhlich aus«, stellte sie fest und sah ihn neugierig an.

»Ich bin deinem Rat gefolgt und habe mich wieder mit Romy getroffen. Ich ziehe hier aus.«

»Ach«, sagte seine Mutter erfreut und enttäuscht zugleich. »Das ging aber schnell. So oft könnt ihr euch doch noch gar nicht getroffen haben.«

»Ich ziehe ja auch nicht bei *ihr* ein. Sie hat eine Wohnung in ihrem Haus, die sie für wenig Geld vermietet.«

»Na, das passt ja hervorragend«, sagte Mrs. Masterson betont fröhlich.

»Es tut gut, wieder mit ihr zusammen zu sein. Vielen Dank für den Tipp.«

»Dann seid ihr also wieder befreundet. Das ist schön, ich habe Romy schon immer gerngehabt. Ihr wart ein wundervolles Paar.«

Kit räumte den Geschirrspüler ein und dachte daran, wie einfach und angenehm es war, wieder mit Romy zusammen zu sein. Er fühlte sich so gut wie seit Langem nicht mehr. Sie wieder an seiner Seite zu wissen gab ihm ein Gefühl von Sicherheit. Er konnte sich sogar vorstellen, wieder in Dublin zu leben, vielleicht das Leben zu führen, das seine Eltern sich wünschten – oder sogar das Leben, das er selbst sich wünschte. Er war das Versteckspiel leid, ebenso die Angst, entdeckt zu werden. Vielleicht täuschte er sich, doch da er Romy schon einmal geliebt hatte, könnte es ja vielleicht wieder geschehen.

Romy holte Luke bei ihrer Mutter ab. Als sie wieder zu Hause war, fütterte sie ihn, legte ihn für seinen Mittagsschlaf in sein Gitterbett und setzte sich an ihren Computer. Mithilfe einer Excel-Liste stellte sie die Zahlen für Kits Bauprojekt zusammen. Schon bald wurde ihr klar, dass das Ergebnis niederschmetternd war, ganz gleich, wie sie mit den Beträgen jonglierte. Sie wollte das Haus so gern retten, doch sie befahl sich, einen kühlen Kopf zu bewahren. Sie war gut auf ihrem Gebiet, was unter anderem daran lag, dass ihre Entscheidungen nicht auf Gefühlen, sondern dem gesunden Menschenverstand basierten. Ein Vorteil war, dass Kit das Haus schon gehörte … Vielleicht wäre die Lösung, noch vor Beginn der Restaurierung einen Kaufinteressenten zu finden. Um sich einen Überblick der Marktlage zu verschaffen, sah sie sich im Internet nach vergleichbaren

Objekten um. Anschließend schickte sie E-Mails an ein paar Immobilienmakler, die das obere Preissegment bedienten, schilderte ihre Pläne und erkundigte sich, ob in ihrem Kundenkreis Interesse an einem solchen Objekt bestände. Danach rief sie Danny an und fragte, ob er am Mittwoch Zeit hätte, auf Luke aufzupassen.

»Ach, und schon nutzt du mein Alleinsein aus. Hast du ein heißes Date?«

»Woher soll das denn kommen? Außerdem meinte ich am Tag.«

»Ja, ist kein Problem. Was hast du vor?«

»Ich … helfe jemandem beim Umzug. Es ist der Mieter, der die freie Wohnung im Souterrain nimmt.«

Danny stieß einen entnervten Seufzer aus. »Wann begreifst du endlich, dass diese Leute deine Mieter und nicht deine Freunde sind? Warum bleibst du nicht auf Distanz und regelst so etwas auf professioneller Ebene?«

»Reg dich ab.« Romy hatte damit gerechnet, dass Danny so reagieren würde. Obwohl er selbst nie Nein sagen konnte, meldete sich sein Beschützerinstinkt, wenn er dachte, seine Schwester könnte ausgenutzt werden. »Außerdem bin ich von Natur aus nicht distanziert, und der Typ hat keinen Van.«

»Schon mal was von Umzugsunternehmen gehört? Oder dass man sich einen Van mieten kann? Warum musst du ihm denn unbedingt *deinen* Van zur Verfügung stellen?«

»Weil er ein bisschen knapp bei Kasse ist und …« Romy brach ab, denn sonst würde sie es nur noch schlimmer machen.

»Na super. Als Nächstes wird er dich bitten, ihm die Miete zu erlassen.«

»Er ist nicht nur ein Mieter, sondern ein alter Freund.«

»Wer?«

»Huch, ich glaube, Luke wird wach. Ich muss Schluss machen. Wir sehen uns Mittwoch, ja?« Romy wusste, dass Danny einen Anfall bekommen hätte, wenn sie ihm gesagt hätte, dass Kit ihr neuer Mieter war, und auf so etwas hatte sie im Moment keine Lust. Am Mittwoch würde er ohnehin alles erfahren.

»Romy!«

»Ich muss auflegen, Danny.«

»Wann soll ich am Mittwoch kommen?«

»Wann es dir passt. Morgens wäre am besten. Es wird auch nicht lang dauern, ich glaube, er besitzt nicht viel.«

»Okay, gegen zehn bin ich da. Noch was, Romy …«

»Oh, vielen Dank. Bis dann. Ciao.«

10

Am Mittwoch traf Danny frühzeitig ein. Er setzte sich zu Romy an den Küchentisch, trank mit ihr Kaffee und nahm Luke auf den Schoß, während Romy frühstückte.

»Wer ist denn nun der neue Mieter?«, erkundigte er sich schließlich.

Romy stöhnte inwendig, aber es hatte wohl wenig Zweck, die Antwort noch länger hinauszuschieben. Kit würde in Kürze erscheinen, und dann wäre die Katze ohnehin aus dem Sack. »Kit.«

Danny sah sie mit hochgezogenen Brauen an.

»Was ist?«, fragte Romy trotzig. »Er hat eine Wohnung gesucht, ich hatte eine frei, also ist es für uns beide ideal.«

»Ich dachte, du suchst einen Handwerker.«

»Das wird Kit übernehmen.«

Danny runzelte die Stirn. »Zuerst überredet er dich, sein Bauprojekt zu managen, und jetzt lässt du ihn auch noch in dein Haus ziehen?«

»Als jemand, der für seine Wohnung Miete zahlt. Außerdem habe ich dir gesagt, dass er mich bezahlt, *falls* ich mich entscheide, ihm bei seinem Projekt zu helfen.«

»Fein, aber wenn du irgendwann anfängst, auch noch seine Socken zu waschen, sag mir lieber nichts davon.«

»Nein, keine Sorge.« Sie beschloss, das Thema zu wechseln. »Hast du schon Pläne für das Wochenende?«

»Nein.« Danny seufzte. »Nur eine Reihe Möglichkeiten.

Praktisch jeder ruft an und will etwas mit mir unternehmen.«

»Aber du willst dich noch nicht neu orientieren, oder?«

»Nein. Die Schwulenszene liegt mir sowieso nicht.«

»Lass dir Zeit, das ist ja auch alles noch ganz frisch. Möchtest du vielleicht an einem der nächsten Abende zu mir kommen? Wir könnten uns einen ruhigen Abend machen. Nur Lesley, du und ich.«

»Drei alleinstehende Damen.« Danny grinste schief.

»Spotte nicht. Das Single-Dasein sollte nicht immer so niedergemacht werden. Es ist ein lustiges Leben, denk an *Sex and the City*.«

»Ich spotte nicht, und das mit dem ruhigen Abend geht klar.«

»Gut, wir führen dich in das Leben alter Jungfern ein.«

»Ich kann es kaum erwarten.«

An der Wohnungstür wurde geläutet. »Das wird Kit sein.« Romy stand auf und lief nach draußen. »Du erinnerst dich doch noch an Danny«, sagte sie, als sie Kit in die Küche führte.

»Klar. Hi, Danny, schön dich wiederzusehen.«

»Hi«, erwiderte Danny nicht unbedingt erfreut. »Du bist also der neue Mieter und Handwerker.« Er musterte Kit skeptisch.

»Tja, scheint so.«

»Danny wird Luke hüten«, schaltete Romy sich ein. »Wir können losfahren und deine Sachen holen.«

»Prima. Danke.«

Dannys Blick machte unmissverständlich klar, dass er Luke nicht Kit zuliebe hütete.

»Dann nichts wie los«, sagte Romy, die es sicherer fand, Danny und Kit schleunigst zu trennen. Dass Danny den

Beschützer spielte, war zwar lieb gemeint, aber seine Feindseligkeit gegenüber Kit war ihr peinlich. »Je eher wir anfangen, desto eher sind wir fertig«, setzte sie forsch hinzu.

»Lasst euch Zeit«, sagte Danny. »Ich habe nichts vor.«

»Gut, dann sehen wir uns später.«

»Du musst Danny entschuldigen«, sagte Romy, sobald sie mit Kit aus dem Haus war. »Er ist zurzeit nicht gut drauf. Seine Beziehung ist in die Brüche gegangen.«

»Ich dachte schon, ich hätte was Falsches gesagt, aber viel mehr als ›Hi‹ war es ja nicht.«

»Sehr viel mehr braucht es im Moment auch nicht«, entgegnete Romy, als sie in den Van stiegen. »Er ist ziemlich am Boden.«

»Armer Kerl. Waren sie denn lange zusammen?«

»Gut zwei Jahre. Danny dachte, er hätte seine große Liebe gefunden. Wir alle haben das gedacht.«

»Hat sie einen anderen gefunden?«

»Es ist ein Er namens Paul.« Romy setzte den Van rückwärts aus der Einfahrt. »Danny weiß es nicht genau, glaubt aber, dass da ein anderer ist.«

»Heißt das, Danny ist …?«

»… schwul, ja.«

»Das wusste ich nicht.«

»Woher denn auch? Als du ihn das letzte Mal gesehen hast, war er vielleicht zwölf. Da wusste er es vermutlich selbst noch nicht.«

»Wann hat er sich denn geoutet?«

»Mit sechzehn.«

»Und wie haben deine Eltern es aufgenommen?«

»Gelassen. Du kanntest doch meinen Vater. Für ihn war es ein willkommener Anlass, jedermann zu zeigen, wie großzügig er denkt.« Romy lachte auf. »Danny hat nur deshalb so lange geschwiegen, weil er Dad nicht als Maskottchen für dessen Kreuzzüge dienen wollte.«

»Mann, dass einer sich bedeckt hält, weil er den *Beistand* seiner Eltern fürchtet, ist ja mal was ganz Neues.«

»Wahrscheinlich. Trotzdem tut es mir leid, dass er heute so grantig war. Normalerweise ist Danny ein Schatz.«

»In seiner Lage ist das verständlich.« Kit seufzte schwer. »Bin trotzdem froh, dass es nicht an mir gelegen hat.«

Romy warf ihm einen Seitenblick zu. »Ein bisschen hatte es doch mit dir zu tun. Er findet, dass du mich ausnutzt.«

»Und du? Findest du das auch?«, erkundigte Kit sich besorgt.

»Das weiß ich noch nicht.« Romy grinste ihn an. »Aber mach dir keine Sorgen, ich habe beschlossen, es zuzulassen.«

In seinem Elternhaus führte Kit sie auf geradem Weg in die Küche. Seine Mutter stand am Tisch und faltete Wäsche.

»Mum, schau, wen ich mitgebracht habe.«

»Romy!« Mrs. Masterson ließ ein blassrosa Laken in den Wäschekorb fallen, breitete die Arme aus und drückte Romy an sich. »Das ist aber eine schöne Überraschung.« Sie ließ Romy los und trat zurück, um sie begeistert zu mustern. »Wir haben uns ja ewig nicht mehr gesehen.«

»Ich freue mich auch, wieder mal hier zu sein, Mrs. Masterson«, gestand Romy, die vergessen hatte, wie gern sie Kits Mutter hatte. Doch ein Blick in ihr rundes freundliches Gesicht brachte alles wieder zurück.

»Sag ruhig Laura. Inzwischen bist du doch zu alt, um mich mit Mrs. Masterson anzureden. Möchtest du eine Tasse Kaffee?«

»Eigentlich wollten wir sofort hoch in mein Zimmer gehen und die Sachen zusammenpacken«, sagte Kit.

»Ach so. Na schön.« Das Lächeln von Kits Mutter verblasste. Für einen Moment fragte Romy sich, ob sie ihnen, wie früher, verbieten würde, zusammen in Kits Zimmer zu gehen, oder ihnen auftrug, die Tür offen zu lassen und nicht zu lange da oben zu bleiben. »Aber seid leise. Ethan schläft noch.«

»Ich habe es nicht eilig«, sagte Romy. »Wir müssen die Kisten nicht sofort in meinen Wagen schaffen.«

»Dann kommt runter und trinkt einen Kaffee, wenn ihr mit dem Packen fertig seid. Kit, bei den Kisten hilft dir dein Vater. Er ist draußen im Schuppen.«

»Alles klar.« Kit zupfte an Romys Hand. »Komm, lass uns anfangen.«

Auf der Treppe nahm Kit zwei Stufen auf einmal und zog Romy hinter sich her. Sie hatte das seltsame Gefühl, alles ringsum wäre kleiner, als sie es in Erinnerung hatte. Dann waren sie in seinem Zimmer. Bis auf die Kisten sah es mehr oder weniger wie früher aus: dieselbe blaue Tapete, die nicht zusammenpassenden blassrosa Gardinen (waren die überhaupt jemals weiß gewesen?), das schmale Bett, die alten Poster an den Wänden. Es war, als wäre die Zeit stehengeblieben, sodass Romy mit einem Mal auch wieder das Kribbeln in der Magengrube spürte, das sie aus ihrer Teenagerzeit kannte.

»Wie viele Erinnerungen mir hier kommen«, sagte sie im Umschauen und spürte, wie eine Welle der Nostalgie sie überflutete. Es hätte nicht viel gefehlt, und sie hätte die Ausdünstungen der Teenagerhormone in der Luft gerochen. Wie viele Stunden sie und Kit in diesem Zimmer verbracht hatten. Wie oft sie auf Kits Bett gesessen und getan hatten, als machten sie Hausaufgaben. Um den Schein zu wahren, hatten sie aufgeklappte Bücher auf dem Schoß, während sie sich in Endlosküsse vertieften und auseinanderfuhren, sobald sie auf der Treppe Schritte hörten. Wenn Kits Mutter dann zu ihnen hereinschaute, saßen sie sich im Schneidersitz gegenüber, die Köpfe über die Bücher gebeugt.

»Geht mir nicht anders.« Kit warf sich auf das Bett und streckte sich der Länge nach aus. Dann rutschte er ein Stück zur Seite, klopfte auf den freien Platz und sah Romy auffordernd an.

Sie legte sich zu ihm – das Bett war so schmal, dass sie einander beinahe berührten – und fragte sich, ob er sich an das Gleiche wie sie erinnerte. Im Geist sah sie ihn wieder wie damals, mit Stachelhaar, einem Ring in der Braue, wie er versuchte, gefährlich auszusehen. Allerdings wirkte er heute um einiges gefährlicher, denn sein helles Haar war so kurz geschnitten, dass es seinen attraktiven Zügen einen leicht brutalen Anstrich verlieh.

»Hier habe ich deine Schularbeiten abgeschrieben«, sagte Kit. »Was waren das für schöne Stunden.«

»Wir haben auch noch anderes gemacht«, antwortete Romy belustigt. Ihr Blick huschte zu seinem Mund. Sie dachte an seine Küsse, die besten ihres Lebens, oder zumindest schien es ihr so, vielleicht weil es ihre ersten Küsse waren. Oder weil sie darüber hinaus kaum etwas getan hatten. Ihre Küsse waren kein Vorspiel gewesen, das man rasch erledigte, um die nächste Stufe zu erreichen; sie waren das Hauptereignis. Wieder schaute sie auf Kits Mund und überlegte, ob er immer noch so gut wie damals küsste. Ob er der Erinnerung gerecht würde, wenn er sie jetzt wieder küsste.

»Oh ja«, sagte Kit lachend. »Wenn ich daran denke, wie wir uns geküsst haben.«

»Stundenlang«, ergänzte Romy. »Ein Wunder, dass wir jemals einen Test bestanden haben.«

»Ohne dich hätte ich die Schule nicht geschafft.«

»Du hast mir auch einiges beigebracht. Du hast meine musikalische Bildung vollendet.«

»Stimmt. Ohne mich würdest du wahrscheinlich heute noch die Backstreet Boys hören.«

»Ähm, also eigentlich …« Romy grinste verlegen.

»Oh nein, sag bloß nicht, dass du es immer noch tust.«

»Na, vielleicht nicht mehr so richtig, aber …«

»Was *aber*? Los, raus mit der Sprache.«

»Aber im letzten Sommer war ich bei einem Take-That-Konzert.«

»Nicht wirklich, oder? Also ich muss schon sagen. Kaum hat man dir den Rücken gekehrt, da …«

»Sie waren *großartig*.«

»Nie und nimmer.«

»Woher willst du das wissen, du warst ja nicht dabei. Sie waren fantastisch. Das beste Konzert, das ich jemals erlebt habe.«

Kit hob die Brauen. »Wie bitte?«

»Oh, entschuldige, das zweitbeste Konzert. Das beste war natürlich das in Belfast, zu dem du mich mitgenommen hattest. Wie hieß die Gruppe doch gleich? Irgendwas mit Dirt Bikes.«

»Dirt Bikes for the Elderly?«

»Ach ja, richtig. Die waren total beeindruckend.« Romy kicherte.

Kit schmollte. »Sie waren extrem unterschätzt.«

»Vielleicht hättest du einen Fanclub gründen sollen. Du und die beiden anderen, die Lust hatten, ihnen zuzuhören.« Romy prustete los.

»Das ist sehr unfair. Wir waren nicht zu dritt, sondern mindestens … zu fünft.« Kit stimmte in ihr Lachen ein. »Sogar zu siebt, wenn man dich und mich mitzählt.«

»Oh ja, ich bin sicher, als Nächstes hätten sie ein Stadion mieten müssen. Tut mir leid, Kit, ich bin einfach ein hoffnungsloser Fall, aber Musik, zu der man sich die Pulsadern aufschneidet, ist nicht mein Ding.«

»Okay, aber erzähl mir bitte nicht, du würdest noch einmal zu Take That gehen, sonst wird mir schlecht.«

Romy drehte sich um und schaute sich um. Die Schranktüren standen offen, doch die Fächer waren leer. Auch sonst stand nirgends etwas herum.

»Ist das eigentlich alles?«, fragte sie und deutete auf die Kisten und Koffer auf dem Fußboden.

»Ja.«

»Dann brauchen wir nicht mehr als eine Fuhre. Wo sind die Sachen, die du noch packen wolltest?«

Kit lächelte betreten. »Es gibt nichts mehr zu packen. Ich wollte dich lediglich hoch in mein Zimmer locken.«

»Oh.« Romys Herzschlag beschleunigte sich. Sie drehte sich zu Kit um. Vielleicht war sie nicht die Einzige, die dachte, wie schön es wäre, wenn sie sich wieder wie früher küssten.

»Nein, anders. Ich wollte, dass meine Mutter glaubt, dass ich dich hoch in mein Zimmer locke.«

»Oh.« Das Kribbeln in Romys Magengrube endete jäh. »Heißt das, sie soll annehmen, dass wir jetzt schmusen oder so?«

Kit lachte. »Schmusen! Manchmal klingst du wie jemand aus den fünfziger Jahren.« Er zog Romy an sich. »Ich dachte, da du auf Hannahs Hochzeit meine Freundin spielst, sollten wir anfangen, die nötigen Voraussetzungen zu schaffen.«

»Ach so«, murmelte Romy und versuchte, sich ihre Enttäuschung nicht anmerken zu lassen.

»Ach, übrigens, meine Mutter hat mich gebeten, dich für morgen zum Dinner einzuladen.«

»Echt?«

»Ja, zu Thanksgiving.«

»Was? Ist denn morgen schon Thanksgiving?«

»Nein, eigentlich erst in zwei Wochen. Wir feiern morgen, weil wir mit den Hochzeitsvorbereitungen beginnen und in zwei Wochen alle Hände voll zu tun haben. Außerdem feiern wir Ethans Heimkehr und opfern ihm zu Ehren einen gemästeten Truthahn.«

»Ich kann nur kommen, wenn ich einen Babysitter finde.«

»Du musst nicht kommen, wenn du nicht möchtest.«

»Ich möchte aber – wenn du auch möchtest.«

»Ich wäre überglücklich. Allerdings wird meine Mutter das Essen zubereiten.«

»Ich mag, was deine Mutter kocht.«

Kit sah sie ungläubig an.

»Doch, wirklich. Früher habe ich mich immer gefreut, wenn ihr mich zum Essen eingeladen habt.« Sie meinte es ehrlich. Kits Mutter war zwar eine schreckliche Köchin, aber sie tat alles mit so viel Liebe und Wärme, dass sie ganz automatisch eine herzliche Atmosphäre verbreitete und man sich wohl und willkommen fühlte.

»Seltsame Sache.« Kit stieg über sie hinweg aus dem Bett. »Ich muss aufs Klo. Bin gleich wieder da.«

Als er fort war, stand Romy auf, um sich umzuschauen. Ihr Blick wanderte über die Kisten. Auf einer entdeckte sie zuoberst die gerahmte Fotocollage, die sie vor langen Jahren für Kit angefertigt hatte. Sie nahm sie auf, studierte die

Schnappschüsse und lächelte bei der Erinnerung. Als sie den Rahmen zurücklegte, fiel ihr Blick auf einen Gegenstand, der ihr Herz galoppieren ließ. Es war ein langer, schwarzer Handschuh, halb unter irgendwelchem Kleinzeug verborgen. Kein normaler Handschuh, sondern einer wie Ritter ihn trugen – wie Darth Vader ihn trug. Zum letzten Mal hatte sie so einen Handschuh an Halloween auf dem Fußboden eines Zimmers in David Kinsellas Haus gesehen. Verdammt, warum hatte sie nur vergessen, Kit zu fragen, ob er damals auf der Party war.

Darth Vader hatte gesagt, dass er nicht oft in Irland sei. Und auch wenn sie es nicht gern zugab, nicht einmal vor sich selbst, sahen Kit und Luke sich tatsächlich ein bisschen ähnlich. Romy kniete sich auf den Fußboden, um sich den Handschuh näher anzusehen. Sie schob den kleinen Karton, der daraufstand, zur Seite, stutzte, betrachtete den Karton nochmals und hob ihn hoch. Auf dem Deckel war etwas abgebildet – in Rot und seltsam geformt. Darüber stand das Wort »Lausbub«. Sie spürte ihr Gewissen. Sie sollte nicht heimlich in Kits Sachen herumschnüffeln. Nach einem raschen Blick zur Tür setzte sie sich auf die Fersen und starrte unschlüssig auf den Deckel. Mit einem Mal wusste sie, was der rote Aufdruck darstellen sollte, etwas Ähnliches hatte sie vor ein paar Tagen auf den BDSM-Websites gesehen. Die Beschreibung auf der Unterseite des Kästchens musste sie gar nicht mehr lesen, sie wusste, dass es darin um »problemlose Einführung« und »sicheren Sitz« ging und es sich um einen einschlägigen Stöpsel handelte. Sie drehte den Karton um. Das Wort »Spielen« sprang ihr entgegen, und für einen Moment schloss sie die Augen. Lesley hatte recht: Kit stand auf BDSM.

Als sich von draußen Schritte näherten, drückte sie den

Karton rasch wieder in die Kiste und warf einen letzten Blick auf den Handschuh. Als Kit zurückkehrte, hatte sie die Fotomontage in die Hand und war in den Anblick vertieft.

»Ich habe mir die Fotos noch mal angeschaut«, erklärte sie und lächelte zu Kit hoch.

»Ach, du liebe Zeit.« Kit grinste, nahm ihr den Rahmen ab und studierte die Aufnahmen. »Mein Gott, damals sah ich wie ein Gangster aus. Was hast du nur in mir gesehen?«

»Du warst der coolste Junge der ganzen Schule. Alle Mädchen waren hinter dir her. Oder wusstest du das nicht?«

»Doch, schon«, antwortete Kit mit einer abfälligen Geste und warf den Rahmen in die Kiste. »Wir können gleich los. Ich muss nur noch meinen Vater holen und die Kisten mit ihm in den Wagen schaffen.« Er griff nach Romys Hand und zog sie hoch. Romy folgte ihm widerstrebend. Wenn es nach ihr gegangen wäre, hätte sie sich noch eine Weile in seinem Zimmer umgeschaut und in den Kisten gestöbert, bis sie jedes seiner Geheimnisse kannte.

Als sie die Küche betraten, setzte Kits Mutter Kaffee auf. Kit machte sich auf die Suche nach seinem Vater.

Wenig später kam er mit ihm durch die Hintertür herein. »Romy«, rief Colm Masterson, strahlte über das ganze Gesicht und griff nach ihrer Hand. »Wie schön, dich wiederzusehen.«

»Ich finde es auch schön, wieder hier zu sein.« Lächelnd schüttelte Romy seine Hand. »Sie sehen gut aus.«

»Ich entfalte gerade meine feminine Seite.« Er deutete auf sein Hemd, das einen zartrosa Farbton hatte.

»Schade«, sagte seine Frau bedrückt. »Es war dein letztes weißes Hemd.«

Ihr Mann winkte ab. »Wozu braucht der Mensch ein weißes Hemd? Außerdem hat Weiß noch nie zu meinem irischen Teint gepasst.« Er drehte sich zu Romy um. »Ist doch so, oder?«

»Oh ja, Rosa gibt dem Teint etwas Warmes und steht Ihnen ausgezeichnet.«

»Na also.« Triumphierend schaute er in die Runde. »Romy kennt sich aus.« Er zwinkerte Romy zu, wandte sich zu seinem Sohn um und rieb sich die Hände. »Also dann, packen wir es an.«

Romy reichte Kit die Schlüssel zu ihrem Van. Er und sein Vater verließen die Küche.

»Trinkt mit uns Kaffee, wenn ihr fertig seid«, rief Kits Mutter den beiden nach. »Setz dich, Romy.«

Romy ließ sich an dem langen Holztisch nieder. Laura Masterson holte Becher aus dem Schrank. »Hat Kit dich für morgen zum Thanksgiving-Dinner eingeladen?«

»Ja. Wenn ich einen Babysitter finde, komme ich gern.«

»Dann will ich mal hoffen, dass es klappt. Wie alt ist dein Baby denn jetzt? Es ist ein Junge, nicht?«

»Ja. Er heißt Luke und ist drei Monate alt.«

Kits Mutter brachte zwei Becher Kaffee und setzte sich zu Romy. Romy holte ihr Handy hervor und zeigte ihr das Foto von Luke, das sie als Bildschirmschoner benutzte. »Das ist Luke.«

»Oh, ist das ein süßer Junge.« Verklärt betrachtete Laura Masterson das Bild.

»Ja, er ist wundervoll. Und sehr brav, weckt mich nachts kaum auf. Ich habe Glück gehabt.« Sie steckte das Handy wieder ein.

»Ach Romy, wenn du wüsstest, wie ich mich freue, dich wieder mal bei uns zu haben«, sagte Kits Mutter. »Ich habe dich so lange nicht gesehen, und dabei hast du doch früher fast zur Familie gehört.« Sanft berührte sie Romys Hand. »Es hat mir so leidgetan, als ich vom Tod deines Vaters gehört habe.«

»Ich habe Ihre Karte bekommen. Vielen Dank dafür.«

»Und wie geht es deiner Mutter?«

»Eigentlich ganz gut. Sie kommt zurecht.«

»Ich bin wirklich froh, dass Kit sich bei dir gemeldet hat. Manchmal denke ich, dass man ihn in New York entlassen hat, könnte das Beste sein, was ihm jemals widerfahren ist. Ich wünsche mir so sehr, dass er sich wieder hier niederlässt, denn ich glaube nicht, dass er in New York glücklich war. Jedenfalls nicht richtig.«

»Nanu? Ich hatte den Eindruck, dass er unbedingt dorthin zurückkehren möchte.«

»Vordergründig lief ja auch alles gut. Er hatte einen tollen Job, eine wundervolle Wohnung, aber trotzdem kam er mir dort ein bisschen … verloren vor. Und die Frau, mit der er zusammen war, diese Lauren, hat gar nicht zu ihm gepasst.«

Lauren, dachte Romy, das war die Vorzeigefreundin, die Kit erwähnt hatte. Anscheinend hatten sie andere doch nicht so gut täuschen können, wie er glaubte.

»Sie war zwar nett, auf ihre Art jedenfalls«, fuhr Kits Mutter fort. »Sehr höflich und ausgesprochen gutaussehend. Sogar eine Schönheit. Aber irgendwie kalt, und ich hatte nie den Eindruck, dass die beiden tatsächlich etwas füreinander empfanden. Bei den anderen Frauen, mit denen er drüben zusammen war, war es nicht anders. Vom Typ her waren sie alle gleich, beinahe austauschbar.«

Vielleicht waren sie ja sogar für ihn selbst austauschbar, dachte Romy. Womöglich waren Kits Freundinnen allesamt

Frauen gewesen, die gelernt hatten, zuvorkommend, nachsichtig und verschwiegen zu sein. Oder sie waren mit Kit zusammen, weil sie die gleichen sexuellen Vorlieben hatten, Neigungen, bei denen es um Peitschen und Analstöpsel ging. Romy rief sich zur Ordnung, schließlich saß sie mit Kits Mutter an einem Tisch und sollte dabei nicht an die ausgefallenen Sexualpraktiken ihres Sohnes denken.

»Ich glaube trotzdem, dass die Rückkehr nach New York sein Herzenswunsch ist«, sagte sie.

»Na, dann sollten wir vielleicht zusehen, dass wir diesen Wunsch ändern«, antwortete Laura Masterson mit einem kleinen Augenzwinkern. Romy rang sich ein Lächeln ab. Noch vor einer Stunde hätte sie den Hinweis freudig aufgenommen, doch jetzt war sie sich nicht mehr so sicher. Ihr stand der Sinn nicht nach neuartigen Sexexperimenten.

Ein lauter Summton riss sie aus ihren Überlegungen.

»Hoppla, das ist die Pecan Pie, die ich für morgen Abend geplant habe. Warte einen Moment.« Kits Mutter stand auf, trat an den Herd und bückte sich.

»Hi«, sagte jemand in Romys Rücken. Sie drehte sich um und entdeckte einen schlanken, hochgewachsenen Mann, der mit vor der Brust verschränkten Armen am Türpfosten lehnte. Er war barfuß, trug eine weich fallende graue Jogginghose und ein weißes T-Shirt und war offenbar gerade erst aus dem Bett gestiegen.

»Ah, du bist auf«, sagte Laura Masterson, richtete sich auf und stellte ein Gitter mit einem Kuchen auf den Küchentresen. »Romy, erinnerst du dich noch an Ethan?«

»Ethan?« Romy schluckte. Er nickte ihr zu. Sie erinnerte sich tatsächlich noch an Kits jüngeren Bruder, nur dass sie ihn nicht *so* im Gedächtnis gehabt hatte. Als sie ihn zum letzten Mal gesehen hatte, war er ungefähr elf Jahre alt, eine scheuer, niedlicher Junge, der immer sehr nett gewesen war. Inzwischen war er ein ausgesprochen heißer Typ geworden, ein *extrem* heißer Typ. Alles an ihm war aufsehenerregend, die großen blauen Augen mit den langen gebogenen Wimpern, die aufgeworfenen Lippen und insbesondere die wilde dunkelblonde Haarmähne und die dicke Strähne, die ihm in die Stirn fiel. Er sah unglaublich gut aus, als hätte ein Manga-Zeichner ihn entworfen.

Ethan rieb sich die Augen und blinzelte sie an.

»Hallo, Romy«, sagte er, lächelte und sah daraufhin noch unwiderstehlicher aus.

Es lag ihr schon auf der Zunge, etwas völlig Idiotisches zu sagen wie »mein Gott, bist du groß geworden«, doch im letzten Moment schaffte sie es noch, sich zu bremsen. »Fast hätte ich dich nicht wiedererkannt«, sagte sie stattdessen.

Er stieß sich vom Türpfosten ab, trat an den Küchenschrank, holte eine Schale und eine Packung Müsli heraus, nahm eine Flasche Milch aus dem Kühlschrank und machte sich ein Frühstück.

»Ich hoffe, Kit und dein Vater haben dich nicht geweckt«, sagte Kits Mutter, während sie ihren Kuchen beäugte.

»Nein, ich war schon wach«, entgegnete Ethan mit einer Stimme, die vom Schlafen noch belegt klang. Er zog einen Stuhl unter dem Tisch hervor, stellte seine Schale auf den Tisch, legte einen Löffel dazu und ließ sich Romy gegenüber nieder. »Ich kann nicht glauben, dass du hier sitzt«, sagte er. »Kommt mir beinahe surreal vor. Als hätte ich eine Reise in die Vergangenheit gemacht.«

»Geht mir ähnlich.«

»Schön, dich wiederzusehen.« Er lehnte sich zurück, fuhr sich durch sein wirres Haar und betrachtete sie so unverhohlen, dass Romy unsicher wurde. »Weißt du eigentlich, wie verknallt ich früher in dich war.« Er grinste schief. Dann beugte er sich über seine Schale und begann zu essen.

Romy lachte auf und wunderte sich, wie direkt er war. »Ja, ich glaube schon.«

»Wirklich?« Er sah sie unter halb gesenkten Lidern hervor an. »Wie peinlich.« Allerdings wirkte er nicht einmal im Ansatz verlegen.

Romy zuckte mit den Schultern. »Ist das nicht üblich? Schwärmt nicht jeder Junge für die Freundin seines großen Bruders?«

»Vielleicht. Ist trotzdem peinlich.« Ethan gähnte und stützte seinen Kopf auf die Hand. »Entschuldige, aber ich bin immer noch hundemüde.«

Kit kam in die Küche zurück. »Ah, der Siebenschläfer ist wach.« Er goss sich einen Becher Kaffee ein und setzte sich zu Romy. »Mein Vater hat offenbar ein System, wenn er Kisten schleppt. Ich war ihm im Weg.« Er wandte sich zu Romy um. »Ich hoffe, mein kleiner Bruder ist dir nicht auf den Geist gegangen.«

»Nein, er war ganz reizend.«

»Pass bloß auf. Der reizende Ethan weiß nämlich, wie man jemandem den Kopf verdreht. Das ist seine Spezialität.«

Ethan lachte. »Ich habe noch ganz andere Spezialitäten. Die machen alle Frauen schwach.«

Männer, dachte Romy mit einem Augenrollen. »Was machst du denn jetzt so?«, fragte sie Ethan. »Ich meine, falls du gerade nicht damit beschäftigt bist, Köpfe zu verdrehen. Als ich dich zum letzten Mal gesehen habe, wolltest du für Manchester United spielen.«

»Das hat nicht geklappt. Ich musste auf Plan B zurückgreifen.«

»Und was war das?« Am ehesten konnte Romy sich Ethan

als Model für Herrenunterwäsche vorstellen. Vielleicht war er irgendwo in den Tropen bei einem Fotoshooting gewesen.

»Die Medizin.«

»Bist du etwa Arzt?«

Ethan nickte.

»Ethan hat für Ärzte ohne Grenzen gearbeitet«, verkündete Mrs. Masterson stolz. »Das letzte Jahr hat er auf Haiti verbracht.«

Ethan wand sich unbehaglich.

»Mann, das ist ja …«

»Kein Grund, beeindruckt zu sein«, warf Kit ein. »Ethan macht das nur, um Frauen ins Bett zu kriegen.«

»Stimmt.« Ethan grinste. »Fußballspieler sind nichts dagegen. Wir werden nur nicht so gut bezahlt.«

»Frauen lieben aufopferungsvolle Typen. Ethan ist ein schlimmer Finger.« Kit legte einen Arm um Romy, eine besitzergreifende Geste, die sie amüsierte. Fühlte er sich etwa durch seinen kleinen Bruder bedroht?

»Ich versuche lediglich, am Krankenbett die richtigen Worte zu finden. Außerdem ist es Romys Schuld. Sie war meine erste.«

»Was war ich?«, fragte Romy verdutzt.

»Meine erste Patientin.«

»Ach, stimmt ja«, sagte Romy und erinnerte sich an Ethans Erste-Hilfe-Kurs. Damals war sie seine Testperson gewesen. Er wollte irgendein Zertifikat bekommen und war mit Feuereifer bei der Sache gewesen. Sie wusste noch, wie konzentriert er gearbeitet und wie sanft er sie berührt hatte, als er sie nach Scheinverletzungen abtastete. »Du hast mir den Arm verbunden«, sagte sie.

»Ich durfte dich in eine stabile Seitenlage legen.«

Du darfst mich legen, wie du willst, fuhr es Romy durch den Kopf. Die Bilder von damals tauchten vor ihrem inneren Auge auf. Wie er sie auf den Fußboden gebettet und ihre Glieder immer wieder neu arrangiert hatte, so lange, bis er zufrieden war, und wie sie reglos dagelegen hatte, während er mit zunehmend sicheren Griffen an ihr herummachte. Oh Gott, hatte sie das gerade tatsächlich gedacht? Doch wohl nicht. Ethan war Kits kleiner Bruder. Ein Junge von elf Jahren! Gut, jetzt nicht mehr, aber damals. So dachte man doch nicht an jemanden, der einmal elf gewesen war!

»Du bist perfekt in Ohnmacht gefallen«, bemerkte Ethan. »Und liegen geblieben, statt gleich wieder aufzuspringen. Ich musste mich abrackern, ehe du wieder zu dir gekommen bist.«

»Ich weiß noch, wie viel Mühe du dir gegeben hast. Du konntest sehr schön mit Patienten reden.« Bei der Erinnerung musste Romy lächeln. Anfangs waren seine Berührungen scheu und unbeholfen gewesen, und er war rot geworden, als er sagte, er müsse ihre Kleidung lockern, hatte ihr sogar vorgeschlagen, sie solle es selbst tun. Doch sie hatte geantwortet, dann wäre es nicht authentisch, und darauf bestanden, dass er es tat.

»Ethan«, sagte Kit missmutig. »Hör auf, meine Freundin anzubaggern.«

Oh Gott, dachte Romy schuldbewusst. Hatten sie etwa vor Kits Augen geflirtet?

In diesem Augenblick kehrte Mr. Masterson zurück. »Wann bist du angekommen?«, fragte er Ethan so beiläufig, als wäre sein Sohn nur übers Wochenende weg gewesen.

»In der Nacht«, sagte Ethan. »Hi, Dad.« Sein Vater wuschelte ihm durchs Haar wie einem Fünfjährigen.

»Die Kisten sind im Van«, wandte er sich an Kit.

»Danke, Dad.« Kit stand auf. »Wir können starten«, sagte er zu Romy.

Romy erhob sich ebenfalls. »Es war schön, Sie alle wiederzusehen«, verabschiedete sie sich.

»Schau, dass du morgen Abend kommen kannst, ja?«, sagte Mrs. Masterson. »Wir würden uns freuen.«

Die Begegnung mit Ethan hatte Romy von dem abgelenkt, was sie in Kits Zimmer entdeckt hatte, doch als sie in den Van kletterte, fiel es ihr wieder ein. Sie steckte den Schlüssel ins Zündschloss, ließ die Hand sinken und drehte sich zu Kit um.

»An Halloween vor einem Jahr warst du doch hier, nicht?«

»Ja, da ist mein Vater sechzig geworden.«

»Warst du zufällig auch auf David Kinsellas Party?«

Kit sah sie bestürzt an. Dann runzelte er die Stirn. »Warum fragst du?«

Romy zuckte mit den Schultern. »Nur so.« Sie hatte mit einem Nein gerechnet, doch stattdessen wirkte er seltsam ertappt. »Warst du da?«, wiederholte sie.

»Ja, war ich.«

Romy stockte der Atem. Dann fing ihr Herz wie wild an zu pochen. »Ich auch.«

»Ach ja? Schade, dass wir uns da nicht über den Weg gelaufen sind.«

»Sind wir vielleicht«, sagte sie nervös. »Ich erinnere mich an ein Zusammentreffen. Obwohl es dunkel war und ich das andere Gesicht nicht richtig erkennen konnte.«

Kits Augen weiteten sich. Dann verzerrte sich seine Miene. Plötzlich wirkte er panisch.

»Ich war als Rotkäppchen verkleidet.«

»Oh nein!« Kit schaute zu Boden. »*Du* warst das?«

Romy verschlug es den Atem. Sie nickte stumm.

»Allmächtiger, das wusste ich nicht.«

»Wie denn auch. Wir waren ja maskiert.«

»Oh Gott, das tut mir leid. Ich meine, was vorgefallen ist. Normalerweise mache ich so was nicht.«

»Ich weiß. Ich auch nicht.«

»Ehrlich, Romy, so was habe ich vorher nie getan.«

»Was denn? Sex gehabt?«

»Doch, das schon, natürlich«, stammelte Kit. »Aber nicht auf diese Weise.«

»Tja, ein bisschen … anders … war es schon.« Romy kicherte.

Kit wandte sich ab und schaute aus dem Seitenfenster. »Können wir das Thema bitte fallenlassen«, sagte er gepresst. »Ich möchte diesen Abend vergessen.«

»Was? Okay, kein Problem.« *Du liebe Güte*, dachte Romy, er konnte sie ja nicht einmal mehr ansehen. Zwar würden sie irgendwann wieder darüber sprechen müssen, aber offenbar nicht jetzt, denn die Erinnerung war ihm anscheinend über die Maßen peinlich. Abgesehen davon, brauchte sie selbst auch Zeit, sich an diese Neuigkeit zu gewöhnen und ihre eigenen Gefühle zu erforschen. Im Moment war sie viel zu perplex, um klar denken zu können.

»An dem Abend war ich ziemlich neben der Spur«, sagte Kit. »Obwohl das keine Entschuldigung ist.«

»Ist ja schon gut«, sagte Romy. »Mach dir keine Sorgen.« Doch merkwürdig war seine Reaktion schon, denn eigentlich war *sie* ja an dem Abend durcheinander gewesen, wohingegen er nach der ersten Aufregung gefasst und freundlich gewesen war. Als sie den Motor startete, zitterten ihre Hände.

»Romy«, begann Kit wieder. »Du kommst doch trotzdem mit mir zu Hannahs Hochzeit, oder?«

Romy warf ihm einen erstaunten Blick zu. »Sicher. Warum denn nicht?«

»Ich dachte, jetzt würdest du vielleicht nicht mehr wollen.«

»Ach, woher denn«, sagte sie und versuchte, Kit beruhigend anzulächeln. Dennoch fand sie es sonderbar, dass ihn die Erinnerung an den Abend dermaßen aufwühlte.

Auf dem Weg zu ihrem Haus schwirrten ihr so viele Gedanken durch den Kopf, dass sie sich kaum aufs Fahren konzentrieren konnte. Also war Kit doch Lukes Vater – sie hatte endlich Gewissheit. Nur dass diese Erkenntnis kein Schlusspunkt war, sondern vielmehr die nächsten Fragen aufwarf. Beispielsweise nach ihren Gefühlen. Und nach Kits Gefühlen. Und dann die schwierigste von allen, die lautete: Wie um alles in der Welt sollte sie ihm die Folgen jener Nacht vermitteln?

11

»Also willst du doch Kits Freundin mimen«, sagte Lesley am nächsten Abend. »Und zum Auftakt gehst du heute zum Thanksgiving-Dinner seiner Familie.« Sie saß mit Luke auf Romys Bett und sah zu, wie Romy sich schminkte.

»Ich begleite ihn lediglich in ein paar Wochen zur Hochzeit seiner Schwester. Und das auch nur, weil er Angst hat, seine Verwandten würden ihn sonst verkuppeln wollen.«

»Na und? Die Angst haben wir doch alle schon mal gehabt. Hast du ihn gefragt, ob er auf Davids Party war?«

»Ja.« Das Gesicht sehr dicht am Spiegel, tuschte Romy ihre Wimpern. »Er war da.« Im Spiegel sah sie, dass Lesley hinter ihr die Augen aufriss.

»Und weiter?«

Romy legte die Wimperntusche ab und drehte sich zu Lesley um. »Wenn ich dir jetzt etwas erzähle, kannst du das dann für dich behalten?«

»Für Hercule Poirot wäre das eine sehr beleidigende Frage gewesen.«

»Ich frage aber nicht ihn, sondern dich, auch wenn du mich stark an ihn erinnerst.«

»Natürlich werde ich schweigen wie ein Grab. Wenn du mehr Krimis gucken würdest, wüsstest du, dass Diskretion bei Privatdetektiven Ehrensache ist.«

»Gut. Also dann.« Romy holte tief Luft. »Er war es. Kit ist Lukes Vater.«

»Heilige Jungfrau Maria«, hauchte Lesley. Für einen Moment starrte sie Romy mit kreisrunden Augen und offenem Mund an.

»Du kannst die Akte schließen. Und die Beweismittelnische brauchst du auch nicht mehr.«

»Ich hab's doch gewusst«, erklärte Lesley und hätte kaum erstaunter wirken können. »Ich kann nur nicht fassen, wie seelenruhig du das von dir gibst.«

»Als ich es gestern begriffen habe, war ich alles andere als seelenruhig. Seitdem hatte ich Zeit, darüber nachzudenken.« Genau genommen hatte sie seit dem Vortag an nichts anderes mehr gedacht und in der vergangenen Nacht kaum geschlafen. Sie hatte ihre Gefühle sondiert und wusste jetzt, wo sie stand: Sie war froh, dass Kit Lukes Vater war. Sie mochte Kit, hatte ihn sogar einmal geliebt und konnte sich vorstellen, wieder mit ihm zusammen zu sein. Darüber hinaus würde Luke seinen Vater kennenlernen, und sie würde dafür sorgen, dass ihre Beziehung mit Kit funktionierte. Sie mochten einander, verstanden sich gut, warum sollten sie nicht glücklich werden? Und welche Chance hatte sie denn sonst, jemanden kennenzulernen? Welcher Mann suchte schon eine Frau mit Kind?

»Was hat Kit denn dazu gesagt?«

»Ähm … ich habe ihm nichts gesagt. Noch nicht.«

»Warum nicht?«

»Na … weil das nicht einfach ist.«

»Hm. Na ja, vielleicht hast du recht.«

»Außerdem scheint ihm jener Abend schwer im Magen zu liegen.« Romy nagte an ihrer Lippe und dachte an Kits merkwürdige Reaktion. »Ich hatte den Eindruck, dass er sich für das, was passiert ist, schämt.«

»Er hat eine wildfremde Frau in einem Kleiderschrank

gepoppt. Soll er das als Sternstunde seines Lebens betrachten?«

»Nein. Davon ganz abgesehen, möchte ich …«

»Was?«

»Dass wir uns zuerst wieder besser kennenlernen. Ich möchte auch gern wissen, wie Kit zu dem Thema Vaterschaft steht. Schon für den Fall, dass sich zwischen uns wieder was ergibt.«

Lesley lebte auf. »Glaubst du denn, dass sich da was ergibt?«, fragte sie eifrig.

Romy lächelte in sich hinein. »Es ist denkbar. Schon wegen Luke hätte ich nichts dagegen. Doch falls es dazu kommt, möchte ich sicher sein, dass Kits Gefühle echt sind und er mit uns wirklich zusammen sein will. Ich möchte nicht, dass er sich verpflichtet fühlt, nur weil er Lukes Vater ist. Er soll nicht denken, dass er in eine Falle getappt ist.«

»Wirst du es ihm denn irgendwann sagen?«

»Ja, selbstverständlich. Ich sage es ihm, sobald ich weiß, was er empfindet.«

»Und was ist mit dir? Möchtest du seinetwegen mit ihm zusammen sein oder nur, weil er Lukes Vater ist?«

Nachdenklich schaute Romy auf einen Punkt an der Wand. »Die ehrliche Antwort lautet, dass ich es nicht weiß. Es ist alles so verworren. Aber Luke zuliebe würde ich es versuchen. Kit und ich mögen einander, das ist doch schon mal ein Anfang. Und er sieht gut aus.«

»Aha, aus dem Pseudofreund könnte also ein richtiger Freund werden und aus Spaß etwas Ernstes?«

»Könnte«, sagte Romy.

»Willst du das wirklich?«, fragte Lesley mit zusammengezogenen Brauen. »Trotz BDSM?«

»Wir wissen doch gar nicht, ob er so etwas mag. Er hat

wahllos ein paar Begriffe fallenlassen, und du hast daraus Beweise gemacht. Obwohl da …« Romy senkte den Blick.

»Was?«

»Gestern habe ich in seinem Zimmer etwas entdeckt, das mich stutzig gemacht hat.«

»*Was?* Jetzt lass dir doch nicht alles aus der Nase ziehen.«

Romy seufzte. »Es war ein Analstöpsel.«

»Nein!« Lesley schlug die Hände vor den Mund. Dann ließ sie die Hände sinken und sagte: »Also doch.«

»Das war auch mein erster Gedanke, aber inzwischen bin ich mir nicht mehr so sicher.«

»Na, hör mal, was für einen Beweis brauchst du denn noch? Du hast ihn doch in der Hand gehabt. Oh nein, bitte sag, dass du ihn nicht in der Hand gehabt hast.« Lesley schnitt eine Grimasse.

»Igitt. Nein!«

»Wer weiß, wo der war?«

»Ich weiß nur, dass er in einem Karton war.«

»Das ist wenigstens mal was anderes.« Sie brachen in Gelächter aus.

»Darüber habe ich auch nachgedacht«, gestand Romy. »Und mir gesagt, dass es viele Menschen gibt, die Analsex haben, daran ist nichts Verwerfliches.«

»Tja, wenn man es so sieht«, räumte Lesley widerwillig ein.

»Vielleicht hat Kit so was mal ausprobiert. Aber selbst dafür gibt es keinen Beweis. Vielleicht hat er dieses … Objekt einfach nur gekauft und nie verwendet. Immerhin war es noch im Karton. Oder es war irgendein Gag bei einer Junggesellenparty oder so.« »Hm«, machte Lesley wenig überzeugt. »Kann ja sein, dass viele Menschen Analsex haben, aber als *Gemeinde* betrachten sie sich deswegen nicht.«

»Nein, das wohl nicht.«

»Deshalb tritt man nicht in einen Club ein«, fuhr Lesley fort. »Oder betrachtet es als Lebensstil. Ich glaube nicht mal, dass so eine Gruppe auf Facebook existiert.«

»Das wissen wir nicht.«

»Mensch«, sagte Lesley mit unternehmungslustig funkelnden Augen. »Das ist es. Du schaust auf Kits Facebook-Seite nach. Vielleicht gehört er ja irgendwelchen merkwürdigen Gruppen an.«

»Ja, vielleicht sollte ich das tun.« Romy wandte sich wieder dem Spiegel zu und steckte sich Ohrringe an.

»Und wenn du herausfindest, dass er auf BDSM steht? Was dann?«

»Das entscheide ich erst, wenn ich den Beweis vor Augen habe. Falls es dazu kommt. Heute Abend gehe ich lediglich zu einem ganz normalen Essen zu seiner Familie.«

»Manchmal erinnerst du mich wirklich an Doris Day.«

»Danke.« Romy drehte sich um und sah Lesley freudig an. Doris Day war ihre Heldin. Sie ging zum Bett und setzte sich zu Lesley und Luke. Die beiden Freundinnen lehnten sich an das Kopfteil und nahmen Luke in ihre Mitte. Romy kitzelte ihren Sohn, bis er quiekte. Dann beugte sie sich vor und setzte einen Schmatz nach dem anderen auf seinen Bauch. Luke strampelte mit den Beinen, wedelte mit den Armen und krähte vor Wonne. »Ich brauche keinen anderen außer dir«, gurrte Romy, hielt seine winzigen Patschhände fest und bedeckte sein Gesicht mit zarten Küssen. Sie liebte sein zahnloses Lächeln und den andächtigen Blick, mit dem er sie bedachte, als wäre sie der einzige Mensch auf der Welt. Stundenlang konnte sie ihn anschauen, ohne seines Anblicks müde zu werden. Sie hätte nie gedacht, dass jemanden nur anzusehen, ihn beim Schlafen zu beobachten und seine samtige Haut zu berühren sie dermaßen erfüllen und glücklich machen würde. Ihr Blick blieb auf Lukes Gesicht haften. Die Ähnlichkeit mit Kit war doch sehr ausgeprägt. Wieso war ihr das nicht schon früher aufgefallen, es war doch ganz offensichtlich.

»Du hast wenigstens einen Freund, auch wenn er nur zum Schein ist«, unterbrach Lesley ihre Gedanken. »Das finde ich unfair. Ich reiße mir beim Internet-Dating ein Bein aus und muss an Thanksgiving ein Baby hüten, wohingegen alle anderen losziehen und sich amüsieren.«

»Erstens ist heute nicht Thanksgiving«, wandte Romy ein. »Zweitens wird dieses Fest in Irland nie groß gefeiert. Und drittens gehe ich zu einem Familienessen und amüsiere mich keineswegs bei einem Date mit einem Mann.«

»Wer wird denn noch da sein? Außer Kit und seinen Eltern?«

»Kits Schwester Hannah, und da sie bald heiratet wahrscheinlich auch ihr Verlobter.« Romy nahm Luke auf den Schoß und setzte sich auf. »Und Ethan, Kits jüngerer Bruder. Er arbeitet für Ärzte ohne Grenzen und ist gerade erst aus Haiti zurückgekehrt.«

Lesley merkte auf. »Wie war das? Ein Bruder?«

»Ja und?«

»Nichts und. Ich frage mich nur, warum du den jetzt erst erwähnst.«

»Wann hätte ich ihn denn erwähnen sollen? Du hast mich gefragt, wer sonst noch kommt, und ich habe dir geantwortet.«

»Ja, aber du hast es so komisch gesagt, ein bisschen zu beiläufig. Außerdem solltest du dein Gesicht mal sehen. Du bist ja ganz hin und weg.«

»Du spinnst doch.«

»Er gefällt dir, gib es zu.«

»Ach wo.« Romy runzelte die Stirn, doch gegen ihr Lächeln kam sie nicht an. »Sei nicht albern. Ich kenne ihn doch kaum.«

»Na und? Man kann sich durchaus in jemanden verknallen, den man kaum kennt. Bradley Cooper kennst du gar nicht, und trotzdem fantasierst du von ihm.«

»Vergiss Bradley Cooper. Ethan ist tausendmal aufregender als er.« Romy grinste verschämt.

»Siehst du! Ich wusste es.«

»Okay, er ist einfach fantastisch. Er ist Sex auf zwei Beinen. So. Bist du jetzt zufrieden?«

»Noch nicht. Zufrieden bin ich erst, wenn du mir erzählst, dass du zuschlagen wirst.«

»Dann muss ich dich enttäuschen, denn das wird nicht geschehen.«

»Und warum nicht?«

»Weil er der Bruder meines Pseudofreundes ist. Und außerdem Lukes Onkel.«

»Ach, richtig. Gut, das könnte ein Problem sein.«

»Ein Frauenheld ist er auch. Ein wahnsinnig gut aussehender Frauenheld. Und somit für mich unerreichbar.«

»Ich weiß nicht, warum du dich so herabsetzen musst.«

»Das tue ich nicht, ich bin lediglich realistisch. Darüber hinaus gibt es Studien, die besagen, dass wir Partner wählen, die sich mit uns auf einer Attraktivitätsebene befinden. Und Ethan ist nicht auf meiner Ebene. Ich weiß zwar, dass ich einigermaßen aussehe, aber deshalb bin ich noch lange kein Supermodel. Ethan wiederum könnte, wenn er wollte, ein Supermodel haben.«

»Wenn das, was du sagst, die Regel ist, muss es dazu auch Ausnahmen geben.«

»Mag sein, aber davon abgesehen ist er zu jung.«

»Wie alt ist er denn?«

»Hm, ich schätze mal sechsundzwanzig, vielleicht auch siebenundzwanzig.«

»Pah.« Leslie winkte ab. »Ein Altersunterschied von vier oder fünf Jahren, was ist das schon? Deshalb wärt ihr noch lange nicht wie Demi Moore und Ashton Kutcher.«

»Inzwischen ist der Unterschied vielleicht nicht mehr so bedeutend, aber ich sehe ihn immer noch wie damals, als ich sechzehn war. Für mich ist Ethan der kleine Junge, der Nintendo spielt und sich halb totlacht, wenn einer furzt.«

Lesley schnaubte. »Ich kenne dreißigjährige Männer, die sich darüber halb totlachen.«

»Wie dem auch sei, Ethan ist tabu. Ich kann doch den Vater meines Sohnes nicht mit seinem Bruder betrügen.«

»Stimmt, klingt ein bisschen nach Seifenoper.«

Romy beschloss, das Thema zu wechseln. »Hast du am Wochenende schon was vor?«, fragte sie. »Die nächsten Dates aus dem Internet?«

»Bitte, verschone mich, ich brauche zur Abwechslung mal ein freies Wochenende. Diese Dates kommen mir langsam wie endlos lange Vorstellungsgespräche vor, nach denen man den Job nicht kriegt. Oder noch schlimmer, nach denen man den Job gar nicht mehr will.«

»Dann komm morgen Abend zu mir. Wir bleiben hier und trinken darauf, dass wir alte Jungfern werden. Danny kommt auch. Er muss aufgemuntert werden.«

»Ach, und du glaubst, es muntert ihn auf, in unseren Club der alten Jungfern aufgenommen zu werden?«

»Ich weiß es sogar. Das wird zigmal lustiger, als sich mit irgendeinem Schwachkopf aus dem Internet abzugeben.«

Aus der Sprechanlage im Flur ertönte ein Summton. »Das wird Kit mit dem Taxi sein.« Romy setzte Luke ab, stand auf und strich ihr Kleid glatt. Dann bückte sie sich noch einmal, gab Luke einen Kuss und sagte: »Sei bei Tante Lesley schön brav.« Sie drehte sich zu Lesley um. »Ich wünsche dir viel Spaß.«

»Danke.« Lesley nahm Luke in die Arme, erhob sich vom Bett und folgte Romy hinaus in den Flur. »Luke wird das beste Date sein, das ich seit Ewigkeiten hatte.«

»Bis bald, mein Schatz.« Romy gab Luke noch rasch einen letzten Kuss auf die Stirn und atmete seinen süßen Babygeruch ein. Dann schnappte sie sich ihre Jacke und lief zur Tür.

»Schönes Thanksgiving«, rief Lesley ihr nach.

»Wow, du siehst klasse aus«, sagte Kit, als sie zu ihm ins Taxi stieg.

»Danke.« Als das Taxi losfuhr, stellte Romy fest, dass sie sich unwohl fühlte. Seit dem sonderbaren Gespräch über Davids Party hatte sie Kit nicht mehr gesehen. Jetzt machte seine Gegenwart sie befangen. Auf der Fahrt sah sie ihn immer mal wieder von der Seite an und konnte kaum fassen, dass sie vor einem Jahr Sex hatten und er Lukes Vater war. Es war zu bizarr.

»Na?«, fragte Kit. »Bist du bereit, offiziell als meine Freundin aufzutreten?«

Romy nickte. »Wir sind jetzt fest zusammen, oder?«

»Ja, ich möchte, dass die anderen sich bis zur Hochzeit an den Gedanken gewöhnen.«

»Ist die Beziehung nicht ein bisschen plötzlich entstanden?«

»Als ich dich wiedergesehen habe, war ich sofort wieder

in dich verschossen.« Kit grinste und legte einen Arm um Romys Schultern. »Ich konnte nicht dagegen an.«

Romy kicherte. Als er sie an sich heranzog, schmiegte sie sich an ihn und schnupperte dem zitronigen Duft seines Rasierwassers nach.

»Meinst du nicht, deine Eltern finden das eigenartig?«

»Im Gegenteil. Ihrer Ansicht nach hätte ich dich nie loslassen dürfen. Sie dachten, ich hätte den Verstand verloren. Sie könnten sogar recht gehabt haben.«

»Und dass du dich mit einer ledigen Mutter abgibst, wird ihnen nichts ausmachen?«

»Meine Mutter wird vor Freude außer sich sein. Sie möchte schon seit Jahren Großmutter werden, und du bietest ihr das Nächstbeste. Sie wird nicht mehr so viel Druck machen, weder mir noch meinen Geschwistern.«

»Hat Ethan denn nicht vor, sich häuslich niederzulassen?« Romy wusste, dass sie Kit aushorchte, aber sie konnte nicht anders.

Kit schnaubte. »Der ganz bestimmt nicht. Da käme ich ja noch eher infrage.«

»Warum? Ist er schwul oder so?«

»Definitiv nicht. Ethan ist vollkommen Vagina-fixiert. Aber er hat zu viel zu tun, muss weltweit Frauen flachlegen und sie mit seinem tollen Aussehen und seinen guten Werken beeindrucken.«

»Hat er denn keine feste Freundin?«

»Nein. Auf so etwas lässt er sich nicht ein, dazu liebt er seine Freiheit zu sehr. Aus der er allerdings das Beste macht, das sollte ich fairerweise dazusagen.«

»Was ist denn mit Hannah? Schließlich heiratet sie demnächst.«

»Kann man vergessen. Hannah und Tank haben klar

gesagt, dass sie die ersten fünf Jahre ihrer Ehe als Paar genießen möchten und dann erst anfangen werden, an Kinder zu denken.«

»*Tank?*«, fragte Romy und setzte sich zurück. »Deine Schwester heiratet jemanden, der *Tank* heißt?«

»Das ist natürlich nur sein Spitzname. Tank ist Rugbyspieler«, setzte Kit hinzu, als würde das alles erklären.

»Und warum ausgerechnet Tank?«

Kit zuckte mit den Schultern. »Weil er wie ein Panzer gebaut ist und sich auch so benimmt. Der Name passt zu ihm, du wirst schon sehen.«

Als Laura Masterson die Tür öffnete, schlug Romy der verlockende Duft eines gebratenen Truthahns entgegen.

»Fröhliches Thanksgiving«, sagte Kits Mutter und umarmte Kit und Romy.

»Das wünsche ich Ihnen auch.« Romy überreichte ihr einen großen Strauß Tigerlilien und eine Flasche Wein.

»Oh, was für ein wundervoller Strauß, Romy. Vielen Dank. Kommt, wir gehen in die Küche.« Sie führte Romy und Kit über den Flur. »Wir sind schon fast alle versammelt.«

Kit legte seine Jacke ab und half Romy aus ihrer. Für einen Moment dachte sie, einer Frau aus der Jacke zu helfen hätte er in Amerika gelernt, doch dann fiel ihr wieder ein, dass Laura ihren Söhnen Manieren beigebracht hatte. Schon früher waren sie aufgestanden, wenn eine Frau den Raum betrat, hatten ihr einen Stuhl angeboten oder die Wagentür geöffnet und waren auf der Straßenseite neben ihr hergegangen. Sie hatte das immer sehr liebenswürdig gefunden und gleichzeitig verwirrend, schließlich war sie an die raue irische Art gewöhnt. Insbesondere zu dem Kit von früher schienen solche Gesten nie zu passen.

»Kann ich Ihnen noch bei irgendetwas helfen?«, fragte Romy auf dem Weg in die Küche.

»Ach wo, es ist alles unter Kontrolle. Außerdem habe ich ja zwei Helfer.«

In der Küche stand Ethan am Herd und rührte in einem großen Topf. Der aufsteigende Dampf roch schon weihnachtlich nach Zimt, Gewürznelke und Orange. Am anderen Ende des Raums war Kits Vater dabei, den großen Holztisch zu decken, über dessen Mitte sich ein mit Tannenzapfen und dicken Kürbiskerzen geschmückter Brokatläufer zog.

Ethan schaute hoch. »Hi«, sagte er lächelnd.

»Hallo, Romy.« Kits Vater winkte kurz. Dann deutete er auf sein Hemd. »Heute bin ich in Blau.« Die Farbe seines Hemdes war ein überaus zartes Himmelblau.

»Gute Wahl«, sagte Romy und zeigte ihm den gehobenen Daumen. »Bringt das Blau Ihrer Augen zur Geltung.«

»Das habe ich mir auch gesagt«, entgegnete er gutgelaunt und fuhr mit seiner Arbeit fort.

»Ist Hannah noch nicht da?«, fragte Kit.

»Nein, aber die beiden werden gleich kommen«, antwortete seine Mutter und holte eine Vase aus dem Schrank. »So schöne Blumen. Die muss ich sofort ins Wasser stellen.«

»Hast du Romy vor Tank gewarnt?«, fragte Ethan seinen Bruder.

»Wieso denn gewarnt?«, erkundigte sich Romy.

»Nein, aber er wird sich ja wohl nicht an jemandem vergreifen, den er gerade erst kennenlernt«, antwortete Kit. Über Romys Einwurf ging er hinweg.

Ethan zuckte mit den Schultern. »Das weiß man nie.«

»Was meint ihr mit *vergreifen*?«, fragte Romy beunruhigt.

Ethan hörte auf zu rühren, legte den Holzlöffel auf dem Rand des Topfes ab und drehte sich zu Romy um.

»Er ist ein bisschen … stürmisch«, sagte Kit.

»Aber er wird nicht klammern«, sagte Ethan. »Dazu kennt er dich nicht gut genug. Sei trotzdem auf der Hut.«

»Moment mal, hast du *klammern* gesagt?«

»Wahrscheinlich hast du noch nie Rugby gespielt«, kam es von Kit.

»Ich? Nein, natürlich nicht.«

»Hast du mal einen Kurs in Selbstverteidigung gemacht?«, fragte Ethan. »Judo, Karate oder so?«

»Nein, nur ein paar Stunden Kickboxen«, sagte Romy beklommen, als sie die ernsten Mienen sah, mit denen die beiden Brüder überlegten, ob der Verlobte ihrer Schwester sie in den Klammergriff nehmen würde.

»Hm«, machte Ethan nachdenklich. »Dann sollten wir dir vielleicht noch ein, zwei einfache Abwehrmanöver zeigen.«

»Ihr zieht mich doch nur auf, oder?«, sagte Romy.

Ethan grinste. »Ein bisschen.«

»Aber nicht sehr«, sagte Kit.

»Lass sie reden.« Kits Vater trat zu ihnen. »Tank ist ein lieber Junge, der nur nicht immer weiß, wie viel Kraft er hat. Er hat Hannah mal das Handgelenk gebrochen, doch das war nur ein unglücklicher Zufall.«

»Jetzt ziehen *Sie* mich aber auf«, sagte Romy lachend und drohte ihm mit dem Zeigefinger.

»Nein«, sagte Mr. Masterson treuherzig. »Das ist tatsächlich passiert.«

»Oh nein.«

»Schau nicht so ängstlich.« Ethan klopfte Romy beruhigend auf die Schulter. »Es war wirklich ein Unfall. Hannah ist zur falschen Seite hin ausgewichen und unglücklich gefallen.«

»Hätte jedem passieren können«, ergänzte sein Vater.

Der Meinung war Romy zwar nicht, aber weiter nachhaken konnte sie nicht, denn in diesem Augenblick öffnete sich die Eingangstür, und gleich darauf näherten sich über den Flur Schritte.

»Hallo, allerseits«, rief Hannah beim Eintreten in die Küche. Ihr folgte ein Schrank von Mann mit einem senkrecht aufragenden dunklen Haarbüschel auf dem Kopf. »Fröhliches Thanksgiving.« Hannah war ebenso groß gewachsen wie ihre Brüder, allerdings nicht so gertenschlank wie die beiden. Vielmehr schien sie zu den üppigen Kurven ihrer Mutter zu neigen, der sie überhaupt auffallend ähnlich sah. Ebenso wie sie hatte sie ein hübsches rundes Gesicht, große Augen mit klarem Blick und dichtes rötlich blondes Haar, das auf ihre Schultern fiel. Romy war froh, dass Tanks Verlobte weder zart noch zerbrechlich wirkte, fand es jedoch besorgniserregend, dass Tank es trotzdem geschafft hatte, sie zu verletzen.

Während Hannah ihren Vater und ihre Brüder umarmte, stürmte Tank zu Laura, die die Tigerlilien in der Vase arrangierte, packte sie von hinten und nahm sie in den Schwitzkasten.

»Hallo, Tank«, sagte sie mit erstickter Stimme, drehte den Kopf und lächelte zu ihm hoch. Er wuschelte ihr durch die Haare.

Tank strahlte und ließ sie los. »Fröhliches Thanksgiving, Laura.« Mit geröteten Wangen richtete Kits Mutter sich auf, strich ihr Haar glatt und rang nach Luft. Tank wandte sich zu Kit und Ethan um und begrüßte sie mit einer Runde Schattenboxen. Sie wichen ihm lachend aus, doch bei dem letzten Hieb fuhr Kit nicht rasch genug zurück. Tanks Faust landete in seinem Magen.

»Oje, tut mir leid«, sagte Tank betrübt. Kit krümmte sich. Tank klopfte ihm auf den Rücken, ehe er sich zu Romy umdrehte. »Und wen haben wir da?« Romy trat zurück.

Gerührt nahm sie wahr, dass Kit und Ethan sich links und rechts von ihr aufbauten und jeder eine schützende Hand vor sie hielt. »Das ist Romy«, erklärte Kit.

Romy wappnete sich, doch sie kam ungeschoren davon. Tank packte lediglich ihre Hand und schüttelte sie voller Elan. »Romy, freut mich, dich kennenzulernen.«

»Schön, dich wiederzusehen, Romy«, sagte Hannah freundlich, wirkte jedoch leicht verwundert.

»Warum geht ihr nicht ins Wohnzimmer«, schlug Laura vor. »Ich bin gleich so weit und bringe die Getränke.«

Im Wohnzimmer setzte Romy sich auf das Sofa. Kit nahm dicht an ihrer Seite Platz – zu dicht, wie sie fand.

»Gut, dass ihr wieder im Land seid«, begann Hannah an ihre Brüder gewandt. »Endlich kann ich die Hochzeitsplanung abschließen. Ich nehme an, Kit kommt allein, denn Lauren wird deshalb sicherlich nicht herfliegen.«

»Lauren und ich haben uns getrennt«, entgegnete Kit.

»Ach? Na gut, wenn ich ehrlich bin, tut es mir nicht besonders leid«, sagte Hannah.

»Mir auch nicht«, fiel Tank ein. »Die ist mir ziemlich auf den Wecker gegangen. Sah immer aus, als dächte sie, sie weiß mehr als ich.«

Das kann gut möglich sein, dachte Romy.

»Nur zu«, sagte Kit. »Tut euch keinen Zwang an.«

Hannah taxierte Kit. »Du wirkst auch nicht gerade am Boden zerstört.«

»Ich werde es überleben«, antwortete Kit.

»Hast du denn vor, jemand anders mitzubringen?«

»Ja, Romy wird mich begleiten.«

»Wie schön.« Hannah schenkte Romy ein verhaltenes Lächeln. »Du bist mir tausendmal lieber als diese dumme Gans. Vielleicht magst du ja auch zu meiner Junggesellinnenparty kommen. Wir werden ein Wochenende in einem Abenteuerpark verbringen, mit Bogenschießen, Tontaubenschießen, Seilrutsche und so.«

»Nanu, wie ungewöhnlich.«

»Wir wollen nicht so viel Geld ausgeben, der Park ist ganz in der Nähe. Es wird auch lustiger sein als ein Wellness-Wochenende mit Gesichtspackungen, Massagen und so weiter. Was ist, machst du mit? Die Party findet am übernächsten Wochenende statt.«

»Das würde ich gern, aber dazu brauche ich einen Babysitter. Und ein ganzes Wochenende? Ich weiß nicht, ob ich es so lange ohne Luke aushalte.«

»Ach, du hast ein Baby?«

»Ja.«

»Das wusste ich nicht«, sagte Ethan. »Wie alt ist der Junge denn?«

»Drei Monate.«

»Kann denn sein Vater nicht auf ihn aufpassen?«, fragte Hannah.

Romy hätte schwören können, dass Hannah nur fragte, um mehr über ihre Lebensumstände zu erfahren, doch an so etwas war sie inzwischen gewöhnt. »Da ist kein Vater.«

»Dann bring Luke mit. Meine Freundinnen sind ganz verrückt nach Babys. Wir werden ihn abwechselnd hüten, dann kannst du wenigstens einen Teil der Sachen mitmachen.«

»Wenn ihr schießt und an Seilen rutscht, will ich mir gar

nicht erst vorstellen, was auf Tanks Junggesellenparty abgeht.«

»Das weiß nur Wedgie«, sagte Tank. »Er ist der Organisator.«

»Schade, er wird bestimmt nichts Schottisches planen«, sagte Kit verdrießlich. »Baumstämme werfen, Tauziehen und so.«

»Keine Ahnung«, erwiderte Tank. »Es soll eine Überraschung für mich werden. Es ist alles streng geheim.«

»Warum willst du denn was Schottisches?«, fragte Hannah. »Was haben wir denn mit Schottland zu tun?«

»War nur so eine Hoffnung.«

»Seit wann hoffst du, Baumstämme werfen zu können?«

»Kit würde gern einen Kilt tragen«, erklärte Romy.

»Ach so«, sagte Hannah kichernd. »Er fürchtet sich vor Wedgie.«

»Das würdest du an meiner Stelle auch tun.«

»Hier kommen die Getränke«, verkündete Laura Masterson, die mit ihrem Mann hereinkam und ein Tablett mit Glühwein vor sich hertrug. »Achtung, heiß«, warnte sie und beugte sich mit dem Tablett zu Romy vor. Romy umfasste das dampfende Glas mit einer der Servietten von dem Tablett.

»Ist das Saft?«, fragte Tank misstrauisch.

»Glühwein«, raunte Hannah ihm zu.

»In meinem ist ein Zweig.« Um das störende Objekt herauszufischen, steckte Tank einen Finger in die heiße Flüssigkeit.

»Das ist Gewürznelke«, erklärte Laura. »Die muss da drin sein. Ethan hat den Glühwein gemacht.«

Tank nahm einen Schluck. »Schmeckt gut.« Er nickte Ethan zu. »Alle Achtung. Hast du das im Dschungel gelernt?«

»Eigentlich nicht.« Um Ethans Mundwinkel begann es zu zucken.

»Ich kannte mal einen, den die Armee in den Dschungel geschickt hatte. Pfiffiger Bursche. Konnte aus allem Alkohol machen – aus Zweigen, Blättern und jeder Obstsorte, die er gefunden hat. Egal, was man ihm gegeben hat, er hat aus allem Schnaps gebrannt.«

»Ethan war nicht im Dschungel«, sagte Hannah. »Er war auf Haiti.«

»Ach ja?«, sagte Tank und krauste die Stirn, als sei ihm der Unterschied nicht so recht klar. »Egal, was«, sagte er nun. »Borke, Tannenzapfen …«

»Möchtest du nach der Hochzeitsfeier im Hotel übernachten?«, wandte Hannah sich an Romy. »Wir heiraten in Wicklow.«

»Ja, ich bleibe über Nacht. Meine Mutter hat sich bereiterklärt, Luke in der Zeit zu nehmen.«

»Gut, dann buche ich dir ein Zimmer.«

»Romy braucht keins«, schaltete Kit sich ein. »Sie wird in meinem übernachten.«

Erstaunt spürte Romy, dass er seine Hand wie nebenbei auf ihre Knie legte und so dicht an sie heranrückte, dass ihre Schenkel sich berührten.

»Interessant!«, sagte Hannah und beobachtete Kits Hand mit zusammengekniffenen Lidern. »Dann seid ihr also …«

»… wieder zusammen, ja.« Lächelnd drehte Kit sich zu Romy um, legte einen Arm um ihre Schultern und zog sie an sich.

»Ach.« Hannah wirkte irritiert und tauschte einen Blick mit Ethan. Romy begriff nicht, was gerade ablief, registrierte jedoch, dass weder Hannah noch Ethan begeistert schienen. Daraufhin wurde sie selbst unsicher, fühlte sich unbehaglich … und gekränkt, schließlich hatte sie angenommen, dass die beiden sie mochten. Sie waren nett zu ihr gewesen, und sie hatte den Eindruck gehabt, dass sie sich über das Wiedersehen gefreut hatten. Sie hätten doch glücklich sein müssen, dass sie wieder mit Kit zusammen war. Aber darüber schien sich nur Kits Mutter zu freuen.

»Das ging aber fix«, sagte Laura strahlend.

»Manchmal ist man sich einer Sache eben sicher.« Kit sah Romy schmachtend an.

Als ihre Blicke sich trafen, spürte Romy einen winzigen Stromstoß und genoss das Gefühl, wieder einmal begehrt zu werden. Kit tat zwar nur, als wären sie verliebt, aber irgendwie fühlte es sich echt an.

»Und wie sieht es bei dir aus, Ethan?«, fragte Hannah. »Kommst du allein oder zu zweit?«

Verärgert stellte Romy fest, dass sie gespannt auf die Antwort war.

»Die Brautjungfern sind alle fest vergeben, da brauchst du dir keine Hoffnungen zu machen«, fuhr Hannah fort.

»Herrgott«, sagte Ethan errötend und warf Romy einen Blick zu. »Tu doch nicht so, als wäre ich ein …«

»… Schürzenjäger? Ich fürchte, genau das bist du, Süßer. Aber ich liebe dich trotzdem.«

»Okay, wahrscheinlich komme ich mit jemandem.«

»Und wer ist die glückliche Gewinnerin? Hat sie einen Namen?«

»Sinead. Wir treffen uns morgen Abend. Da werde ich sie fragen.«

Als Laura verkündete, das Essen sei fertig, bat Kit Romy mit einer Geste, noch für einen Moment zu bleiben.

Als die anderen das Wohnzimmer verlassen hatten, sagte er: »Entschuldige, Romy, aber irgendwie fühlte ich mich in die Enge getrieben. Ich hoffe, das mit dem Zimmer macht dir nichts aus.«

»Nein«, entgegnete Romy. »Das geht klar.«

»Weißt du, wenn du als meine Freundin durchgehen sollst, wäre es doch seltsam, wenn wir getrennte Zimmer hätten. Aber keine Sorge, ich werde mich wie ein Gentleman benehmen und die Finger bei mir lassen. Wenn du magst, kannst du dich nach der Hochzeit wieder von mir trennen.«

»So eilig habe ich es damit nicht«, antwortete sie belustigt. Dann standen sie auf und folgten den anderen in die Küche.

Am Küchentisch zog Kit einen Stuhl für sie hervor. Romy setzte sich, ließ ihren Blick über die vielen Schüsseln auf dem Tisch schweifen und erklärte: »Das sieht ganz köstlich aus.«

»Ja, ist alles bestens gelungen«, sagte Ethan, als sie begannen, die Schüsseln mit zerkochtem Gemüse und klumpigem Kartoffelpüree herumzureichen. Auch die anderen murmelten lobende Worte und griffen nach dem Maisbrot mit Chili, nahmen sich Truthahnfüllung und Preiselbeersoße, Bohnen und gemischten Salat. Lauras Kochkünste mochten zwar nicht die besten und die Gesamtkomposition mochte eigenwillig sein, doch an der Nahrungsmenge gab es nichts zu beanstanden.

»War gar nicht so leicht, den Truthahn zu zerteilen«, sagte Mr. Masterson und reichte eine Platte herum, auf der so etwas wie Hobelspäne lagen.

»Oje«, sagte Laura. »War er zu trocken?«

»Nie im Leben«, antwortete ihr Mann. »Das Tranchiermesser war zu stumpf. Mit dem kann man nicht mal Butter schneiden. Das wird sofort entsorgt, und zu Weihnachten kaufe ich ein neues.«

»Was ist das?« Mit der Gabel stocherte Tank in etwas Orangefarbenem mit schwarzen Streifen.

»Das sind glasierte Süßkartoffeln«, erklärte Laura bekümmert. »Die hat meine Mutter früher zu Thanksgiving gemacht. Allerdings ohne sie anbrennen zu lassen.«

»Sie sind nicht angebrannt«, sagte ihr Mann. »So was nennt man karamellisiert. Jamie Oliver hat sie so im Fernsehen zubereitet.«

»Ich nenne das eingeäschert«, brummte Tank und lud sich einen Berg davon auf den Teller.

»Der mit Käse überbackene Blumenkohl schmeckt fabelhaft«, verkündete Romy, als sie davon gekostet hatte, und versuchte, nicht allzu überrascht zu klingen. Im Vergleich zu früher hatte Kits Mutter sich gemacht. Das Kartoffelpüree schmeckte zwar nach nichts, und der Truthahn blieb einem im Hals stecken, doch wenigstens gab es ein, zwei Gerichte, die essbar waren.

»Den hat Ethan gemacht«, erklärte Laura und lächelte ihren Sohn liebevoll an. »Weiß der Kuckuck, wie er die Soße so sahnig hinbekommen hat. Meine ist nicht so geworden.«

»Unsinn«, sagte Mr. Masterson. »Ein Soße muss Biss haben, oder?« Er schaute abwartend in die Runde. Alle nickten.

Über zu wenig Biss kann sich definitiv niemand beklagen, dachte Romy, als sie Soßenklumpen über ihren Truthahn gab.

»Na dann, fröhliches Thanksgiving allerseits«, sagte Laura, als jeder sich bedient hatte und sie anstießen. Danach begannen alle durcheinanderzureden.

»Erzähl uns noch ein bisschen mehr über dein Baby.«

»So was Gutes hat es im Dschungel bestimmt nicht gegeben.«

»Mum, du musst nächste Woche zur Anprobe meines Hochzeitskleids mitkommen.«

»Auch Kartoffelpüree muss Biss haben. So isst man das

heute. Küchenchefs bezeichnen das als gestoßene Kartoffeln.«

Während ringsum geredet und gelacht wurde, betrachtete Romy Kits Mutter, die offenbar im siebten Himmel war. Ihre rosigen Wangen glühten im Kerzenlicht, und das Glück, das sie empfand, war beinah mit Händen zu greifen.

Später zum Kaffee gab es die Pecan Pie, so trocken und hart, dass die Gespräche versiegten und für einen Moment nur das Mahlen von Zähnen zu hören war. Dann schlug Laura mit einem Kaffeelöffel an ihr Glas. Die anderen schluckten krampfhaft den letzten Bissen hinunter und schwiegen erwartungsvoll.

»In diesem Jahr haben wir für vieles dankbar zu sein«, begann Laura. »Dafür, dass wir hier alle zusammensitzen und ganz besonders dafür, dass Kit und Ethan wieder bei uns sind. Schon deshalb hätte ich es mir niemals nehmen lassen, mit euch Thanksgiving zu feiern, ganz gleich an welchem Tag.« Ihr Blick wanderte zu Ethan. »Ethan, wir sind stolz auf dich, auch wenn wir manchmal schreckliche Angst um dich hatten.« Ethan zog den Kopf ein und lächelte scheu. »Wir sind froh und dankbar, dass du wieder sicher hier angekommen bist. Jetzt zu dir, Tank.« Mit einem warmen Lächeln wandte sie sich zu ihrem künftigen Schwiegersohn um. »Du machst Hannah sehr glücklich, und wir freuen uns, dass du bald ein Teil unserer Familie sein wirst. Ein besseren Schwiegersohn als dich kann man sich nicht wünschen.« Verblüfft entdeckte Romy, dass Tank sich verstohlen eine Träne aus dem Auge wischte. »Hannahs gebrochenes Handgelenk haben wir dir mittlerweile verziehen«, ergänzte Laura trocken, woraufhin alle lachten. »Romy«, fuhr sie fort. »Ich bin überglücklich, dass du und Kit euch wiedergefunden habt. Ich hoffe, ab sofort wirst du uns wieder häufiger besuchen. Du bist die netteste Freundin, die Kit jemals hatte.« Sie zwinkerte Kit zu.

»Ganz meine Meinung«, sagte Kit und griff nach Romys Hand.

»Dem schließe ich mich an«, murmelte Ethan.

»Ich mich auch«, sagte Hannah.

»Siehst du«, Kit drehte sich zu Romy um. »Meine Familie liebt dich.«

»Was mich betrifft, so werde ich für diesen Mann ewig dankbar sein«, sprach Laura weiter und umschloss die Hand ihres Mannes. »Er liebt mich so sehr, dass er meine Fehler nicht erkennt.«

Alle hoben ihre Gläser und prosteten der Rednerin zu.

Als die anderen sich wieder unterhielten, dachte Romy, dass sich in ihrem Leben schon einiges geändert hatte, seit sie Kit wiederbegegnet war. Das war erst vor einer Woche gewesen, und doch war es, als hätte sich eine Tür geöffnet, hinter der sich eine Reihe Möglichkeiten offenbarten. Zwar glaubte sie nicht an Schicksal, aber vielleicht waren sie ja doch füreinander bestimmt. War es denn denkbar, dass sie schon vor vielen Jahren den »Richtigen« gefunden hatte und sie sich lediglich eine Zeitlang aus den Augen verloren hatten? Sie betrachtete Kit und versuchte erneut, ihre Gefühle für ihn auszuloten, ohne Luke dabei zu berücksichtigen. Früher hatte sie Kit unglaublich geliebt, er war sogar der Einzige, den sie jemals richtig geliebt hatte. Allerdings war das schon eine Weile her, und irgendwie war er ihr mittlerweile fremd geworden, trotz der Verbindung, die zwischen ihnen bestand. So wie jetzt mit ihm zusammen zu sein fühlte sich gut an, und hier im Kreis seiner Familie kam sie sich zugehörig vor. Mist, sie schaffte es nicht, Luke aus ihren Überlegungen herauszuhalten, er gehörte einfach dazu. Er war ein Teil von ihr und Kit – könnte Teil dieser Familie werden, was ganz wunderbar für ihn wäre. Vielleicht würde sie es nicht mehr schaffen, Kit wie früher zu lieben, doch sie fand, den Versuch war es wert.

Als es Zeit zum Aufbruch wurde, hatte Romy das Gefühl, einen weichen Kokon aus Wärme und Geselligkeit verlassen zu müssen. Kit bestellte ein Taxi. Romy entschuldigte sich und ging die Treppe hoch zur Toilette. Kurz vor der letzten Stufe hörte sie auf dem oberen Flur jemanden flüstern. Sie blieb stehen.

»Ich dachte, er würde endlich reinen Tisch machen.« Es war Hannahs Stimme. »Wann will er sich denn mal überwinden und mit der Wahrheit rausrücken?«

»Das habe ich mich auch gefragt.« Das war Ethan.

»Stattdessen hat er nichts Besseres zu tun, als den nächsten Lauren-Ersatz an Land zu ziehen.«

»Meinst du, sie weiß es?«

Romy erstarrte. Die wohlige Wärme, die sie eben noch verspürt hatte, wurde zu eisiger Kälte, und mit einmal Mal wollte sie nur noch weg. Leise machte sie kehrt, doch es war bereits zu spät. Hannah hatte sie entdeckt. Ethan drehte sich um, um zu sehen, wohin seine Schwester so entsetzt schaute. Bis zu dem Moment hatte Romy nicht sicher gewusst, ob die beiden tatsächlich über sie geredet hatten, doch die betretenen Mienen und ausweichenden Blicke sprachen Bände.

»Oh, tut mir leid«, sagte sie verlegen und stolperte über die oberste Treppenstufe. »Ich war auf dem Weg dahin.« Sie deutete auf die Toilettentür.

Ethan und Hannah starrten sie an, nickten und gingen an ihr vorbei die Treppe hinunter. Mit hämmerndem Herzen schaute Romy ihnen nach und begriff nicht, warum die beiden gegen ihr Zusammensein mit Kit waren.

Auf der Taxifahrt zu ihrem Haus wagte sie einen Vorstoß und fragte vorsichtig: »Kit, bin ich wie Lauren?«

Kit furchte die Stirn und wirkte überrascht. »Nein. Ganz im Gegenteil.«

»Ich meinte nicht das Aussehen.«

»Weder bezüglich des Aussehens noch sonst irgendwie.«

Romy dachte an die Sätze, die sie belauscht hatte. Vielleicht hatten Ethan und Hannah sich nicht auf die Person Lauren bezogen, sondern vermuteten vielmehr, dass sie die gleiche Beziehung wie diese Frau zu Kit hatte. Womöglich kannten sie seine Vorlieben in Richtung BDSM und lehnten sie ab. Oder sie dachten, dass sie, ebenso wie Lauren, die Unterwürfige spielte, und hatten Mitleid mit ihr.

»Ethan und Hannah scheint es nicht zu passen, dass wir wieder zusammen sind.«

»Wie kommst du denn darauf? Meine ganze Familie liebt dich.«

»Das ist es ja. Sie haben nichts gegen *mich*, aber etwas gegen *uns*.« Aufgebracht zeigte sie von ihm auf sich.

»Sie können es nur nicht nachvollziehen.« Kit legte einen Arm um sie und drückte sie an sich. »Das war doch früher schon so. Vergiss die anderen. Wir folgen dem Motto ›wir gegen die Welt‹. Wie damals.«

Romy lächelte, doch ihr war nicht wohl in ihrer Haut. Kit und sie waren keine Teenager mehr, und sie glaubte nicht, dass sie mit ihm gegen die Welt antreten wollte. Sie wollte die Welt auf ihrer Seite haben, so wie sie es die meiste Zeit des Abends empfunden hatte, denn das war ein schönes Gefühl gewesen.

12

»Na, wie läuft es mit Kit, dem Freund und Mieter?«, fragte Lesley und ließ sich auf Romys Sofa fallen.

»Gut.« Romy reichte ihr ein Glas Wein. »Prost.«

Sie stießen an. Romy setzte sich zu ihrer Freundin. »Aber er ist nur selten da. Er unternimmt viel, geht abends aus und kehrt erst in den frühen Morgenstunden zurück … wenn überhaupt.« Tatsächlich war sie deswegen tief enttäuscht, denn als er einzog, hatte sie angenommen, sie würden mehr wie eine Wohngemeinschaft werden, abends eine Flasche Wein trinken, plaudern, Musik hören, sich auf einen Kaffee oder zum Abendessen treffen, mit dem Vorteil, dass sie nicht in derselben Wohnung leben mussten. Doch inzwischen wohnte Kit seit einer Woche unter ihr, und sie hatte ihn kaum gesehen.

»Der Glückspilz«, sagte Lesley mit einem Seufzer.

»*Du* kannst dich wirklich nicht beschweren«, entgegnete Romy. »Du bist doch auch ständig auf Achse. Na schön, heute ist schon unser zweiter Jungfernabend. Wenn du so weitermachst, endest du noch wie ich.«

»Und wenn schon, in der nächsten Zeit werde ich mir jedenfalls keinen mehr aus dem Internet besorgen. Das Date von gestern Abend liegt mir noch im Magen.«

»Oh Gott. Schlimmer als der Kerl, der wollte, dass du auf ihn pinkelst?«

»Absolut.«

»Auch schlimmer als der Typ, der dich bis Galway geschleift hat, um ein Essen für maximal drei Euro zu finden? Und der dann über die Qualität des Essens gemeckert hat?«

»Sogar schlimmer als der Knallkopf, dem ich helfen sollte, seine Exfrau eine Nacht lang zu verfolgen.«

»Komisch, ich hätte gedacht, dass der zu dir passt.«

»Na ja«, Lesley grinste verschämt. »War eigentlich ganz lustig. Und wenn ich zu bestimmen gehabt hätte, wären wir auch niemals aufgeflogen, und die Cops hätten wir uns ebenfalls erspart. Aber er wollte ja nicht auf mich hören.«

»Der Typ, der das noch toppen kann, muss ein wahrer Albtraum gewesen sein. Was war denn mit ihm?«

»Nichts. Das ist ja das Deprimierende.«

»Wie, nichts?«

»Er war sehr nett.«

»Aber?«

»Er hat Geld, einen guten Job und eine hübsche Wohnung in Sandymount. Er ist attraktiv, nicht überwältigend, aber auf seine Art schon, und er kleidet sich gut. Einschließlich der Schuhe.«

Romy nickte einsichtig. »Gute Schuhe sind wichtig.«

»Er ist unterhaltsam, ich konnte mit ihm reden, er hat Humor … richtigen Humor. Nicht so ein Komiker, der einen Witz nach dem anderen reißt und bei dem einem nach ein paar Minuten das Gesicht wehtut, weil man so krampfhaft lacht.«

»Klingt doch wunderbar.«

»War es ja auch. Richtig schön.« Lesley wirkte verdrossen.

»Aber als du in seine Wohnung kamst, saß seine tote Mutter ausgestopft im Sessel?«

»Nein, er ist einfach ein lieber, anständiger Mensch.«

»Und wo ist dann das Problem? Für mich klingt er ideal.«

»War er ja auch. Zur Abwechslung war ich mal mit einem ordentlichen, normalen Mann aus und hatte einen schönen Abend. Nur da war nichts.«

»Was, kein Funke?«

»Absolut keiner. Und weißt du, was ich mich danach gefragt habe? Wie groß ist eigentlich die Chance, dass ich die Liebe ausgerechnet im Internet entdecke? Es hat ja schon Ewigkeiten gedauert, bis ich auf jemanden gestoßen bin, der *normal* ist. Das ist alles hoffnungslos und deprimierend.«

»Dann lass dir mit dem von gestern Abend doch ein bisschen Zeit.«

»Das will ich aber nicht. Ich will, dass es funkt. Ich will niemanden, an den ich mich wie an einen beschissenen Fleck an der Wand gewöhnen muss. Ich will mich nicht zwingen, mich zu verlieben. Ich will, dass es einfach passiert.«

Romy seufzte. »Ich weiß, was du meinst.«

»Mir ist es wie Schuppen von den Augen gefallen. Da treffe ich diesen Mann, nach dem ich schon immer gesucht habe, theoretisch jedenfalls. Ich wollte jemanden, der nett und normal ist und einigermaßen aussieht, als bräuchte man sonst nichts mehr. Aber es ist nicht genug, das wenigstens weiß ich jetzt.«

Romy schenkte sich und Lesley Wein nach. »Du brauchst einen größeren Kreis um dich.«

»Und woher soll der kommen? Sag jetzt bitte nicht, ich soll irgendwelche Abendkurse belegen.«

»Warum fragst du mich das? Ich bin ja wohl kaum die Richtige, um dir in dem Punkt Ratschläge geben zu können. Das Letzte, was ich unternommen habe, war mit dir auf Davids Halloweenparty zu gehen.«

»Macht Kit denn gar nichts mit dir?«

»Nein, es ist, wie ich gesagt habe. Seit seinem Einzug habe ich ihn kaum gesehen. Eigentlich erstaunlich, dass er sich so rasch einen Bekanntenkreis geschaffen hat. Soweit ich weiß, hat er in New York zu keinem von uns Kontakt gehabt. Eigentlich hätte er wieder bei null anfangen müssen.«

»Vielleicht nutzt er andere Kontakte«, mutmaßte Lesley mit vielsagendem Blick. »Zum Beispiel in der hiesigen BDSM-Gemeinde.«

»Glaubst du denn, dass er die so rasch finden konnte?«

»Ist durchaus möglich. Irland ist nicht mehr so rückständig, wie es mal war. Und wenn nicht, gibt es immer noch das Internet, wo es ganz einfach ist, Gleichgesinnte zu entdecken. Los, wir schauen mal nach. Wo ist dein Laptop?«

»Danny kommt gleich«, sagte Romy nervös und schaute zu ihrem Laptop auf dem Schreibtisch hinüber. »Ich möchte nicht, dass er uns beim Betrachten abartiger Websites erwischt.«

Lesley machte eine ungeduldige Handbewegung. »Dann beeil dich.«

Romy holte den Laptop, stellte ihn auf den Couchtisch und schaltete ihn ein. »Was soll ich eingeben?«

»Na, BDSM Dublin.«

Romy staunte über die Anzahl der Links. Einer führte zu einer Website und einem Blog, andere zu Sexclubs, Sexshops, Begleitagenturen und Domina-Diensten. Es gab sogar einen Link, über den man ein Verlies mieten konnte.

Lesley rutschte zu Romy heran und starrte auf den Bildschirm. »Mach das mal auf.« Sie deutete auf den Link der BDSM-Anhänger in Irland. »Guck mal. Sie nennen ihre Treffen *Begegnungen*. Wie freundlich.«

»Ich kann nicht glauben, wie viele es davon in Dublin gibt«, murmelte Romy.

»Vielleicht solltest du Mitglied werden und dich mal richtig schlaumachen«, schlug Lesley vor. »Sie klingen doch ganz harmlos.«

»Danke, darauf kann ich verzichten.« Um sich die Websites später genauer anzuschauen, fügte Romy den Link zu ihren Favoriten hinzu. Dann klickte sie den Blog an. Er gehörte einem Paar aus Dublin, das über seine sadomasochistische Beziehung schrieb.

»Los, wir schauen uns das Verlies an«, sagte Lesley.

Als Romy die Seite aufgerufen hatte, studierten sie die Beschreibung des Raums und besahen sich die Fotos der einzelnen Geräte.

»Mensch«, sagte Lesley. »Wenn ich das gewusst hätte, als ich in meiner alten Firma die letzte Weihnachtsfeier organisiert habe. Ich hätte meinen Chef auf die Folterbank spannen können.« Sie zeigte auf eine furchterregende Apparatur.

»Wie im Mittelalter.« Romy schauderte, klappte den Laptop zu und stellte ihn zurück.

»Jetzt weißt du's«, erklärte Lesley. »Solche Sachen gibt es in Dublin an jeder Straßenecke. Kit ist wahrscheinlich gerade dabei, mit seinem Analstöpsel tätig zu werden.«

»Pfui.« Romy lachte und verschluckte sich beinah an ihrem Wein. »Aber er wird ja wohl nicht den aus seinem Karton benutzen.« Sie wurde ernst. »Man kann doch nicht ein und denselben Stöpsel bei mehreren Frauen verwenden. Das wäre doch unhygienisch.«

»Wer weiß«, antwortete Lesley. »Wir werden May fragen. Ich habe ihr gesagt, dass du bei gewissen Dingen Rat brauchst. Sie will später noch vorbeikommen, falls sie nicht zu … beschäftigt ist.«

»Beschäftigt heißt wahrscheinlich, sie und Frank müssen noch ein paar Nummern testen. Ich hoffe, sie kommt erst, wenn Danny weg ist.«

»Weil du nicht möchtest, dass er diese Seite an dir kennenlernt?«

»Da gibt es nichts kennenzulernen.«

In dem Augenblick klingelte es. »Das wird Danny sein.« Romy stand auf. »Bitte, vor ihm kein Wort über diese Angelegenheit, ja? Und Paul darfst du auch nicht erwähnen, denn Danny sehnt sich immer noch nach ihm.«

»Er sollte die Fronten wechseln«, antwortete Lesley. »Für uns Frauen ist er ein Verlust und für Männer viel zu schade.«

»Hi, Lesley«, sagte Danny, als er mit Romy das Wohnzimmer betrat. Er überreichte seiner Schwester eine Flasche Rotwein. »Schläft mein Patenkind schon?«

»Ja, aber klopf auf Holz.« Romy pochte mit dem Zeigefingerknöchel an ihre Stirn.

Lesley schenkte Danny ein Glas Wein ein und hielt es ihm hin. »Trink«, sagte sie und hob ihr Glas. »Du musst unseren Vorsprung aufholen.«

Danny setzte sich ihr und Romy gegenüber auf einen Sessel. »Worüber habt ihr geredet?«

»Über Männer«, erwiderte Lesley mit funkelnden Augen und einem verschmitzten Lächeln zu Romy hinüber. »Worüber sonst?«

»Es gab auch noch ein paar andere Themen«, bemerkte Romy pikiert.

»Und du? Was hast du in letzter Zeit so getrieben?«, wandte Lesley sich an Danny. »Gibt es schon einen neuen Mann in deinem Leben?«

»Nein. In deinem?«

»Leider nicht. Die guten Männer sind entweder vergeben oder schwul.«

»Stimmt. Oder schwul und vergeben.«

»Lesley nimmt sich gerade eine Auszeit«, erklärte Romy. »Die Begegnung mit einem netten Mann hat sie traumatisiert.«

In der nächsten Stunde tranken sie und beklagten sich in angesäuseltem Zustand über das Nichtvorhandensein von so etwas wie einem Liebesleben in ihrem Dasein.

»Wenn wir doch wenigstens einen einzigen Mann hätten«, jammerte Lesley.

Romy kicherte. »Dann könnten wir ihn uns teilen.«

»Okay, wenn du Kit kriegst, teilen wir ihn«, sagte Lesley. »Einer für alle und alle für einen!«, rief sie und verschüttete Wein aus ihrem erhobenen Glas.

»Romy, bitte, du willst doch wohl nicht Kit«, sagte Danny.

»Ich weiß es nicht«, antwortete Romy beim Anblick seiner schockierten Miene gereizt. »Vielleicht doch.«

»Ist das dein Ernst?«

»Warum denn nicht?«

»Weil du was Besseres finden kannst.«

Lesley legte den Kopf schief. »Bist du ihm in der letzten Zeit mal begegnet? Ich finde, an seinem Aussehen gibt es nichts auszusetzen.«

»Ja, bin ich, und ich gebe zu, dass er gut aussieht. Mir scheint nur, er ist nicht gerade … der Hellste.« Danny warf Romy einen entschuldigenden Blick zu.

»Das ist gemein«, sagte Romy.

»Na ja, einer der Besten war er in der Schule wirklich nicht«, bemerkte Lesley.

»Weil ihm die Schule nicht gelegen hat«, sagte Romy.

»Dafür wusste er andere Dinge. Er war gewitzt und in seinem Job in New York ausgesprochen erfolgreich. Außerdem ist er praktisch veranlagt und sehr geschickt mit den Händen.«

»Du musst es ja wissen, du hast die Hände ja kennengelernt«, sagte Lesley und wackelte mit den Augenbrauen.

»Nein, das habe ich nicht, Lesley. Wir haben früher nie … es nie gemacht.«

»Wie bitte? Obwohl ihr zwei Jahre lang förmlich aneinander geklebt habt?«

»Trotzdem. Wir haben nur geknutscht – Teenager eben.«

»Ihr hattet nie richtigen Sex?«

»Nein, nie.« *Außer dem einen Mal im Kleiderschrank*, setzte Romy im Geist hinzu. Als sie Lesleys Blick auffing, wusste sie, dass ihre Freundin das Gleiche dachte.

»Ich kann mir euch beide sehr gut zusammen vorstellen«, sagte Lesley als treue Freundin. »Aber wenn du das anders siehst, starte ich vielleicht einen Versuch.«

»Das kannst du nicht. Er ist mein Ex und für dich tabu.«

Danny nickte. »So lautet die Regel.«

»Ihr wart vor Jahren zusammen«, widersprach Lesley. »Die Laufzeit dieser Regel muss doch irgendwann beendet sein.«

»Nein. Wenn ich ihn nicht haben kann, dann niemand. Das gilt für immer. Und jetzt wird nicht mehr über Männer geredet, das gehört sich für einen Jungfernabend nicht.«

Nach mehreren Flaschen Wein, einer Riesenportion Nachos und einer Runde Pictionary, bei der sie unentwegt gekichert hatten, erklärte Danny, er wolle nach Hause, ehe er sturzbetrunken auf den Fußboden sinke. Romy und Lesley halfen ihm in ein Taxi und winkten ihm nach. Sie waren gerade dabei, die Gläser und leeren Flaschen in die Küche zu tragen, als jemand an Romys Wohnungstür klopfte. Romy lief hinaus, öffnete und fand sich May gegenüber, die Bücher, Hefte und Alben unter einen Arm geklemmt hatte.

»Hallo, Romy, ich hoffe, es ist nicht zu spät«, sagte May mit aufgeregt glänzenden Augen.

Romy unterdrückte ein Gähnen. »Lesley und ich sind in der Küche beim Abwaschen. Ich wollte eigentlich bald ins Bett.«

»Ach, wie schade. Lesley hatte mir gesagt, dass du meinen Rat brauchst. Ich habe dir ein bisschen Material herausgesucht.« Sie deutete auf die Unterlagen unter ihrem Arm und wirkte so eifrig, dass Romy sie einfach nicht wegschicken konnte.

»Dann komm rein.« Romy trat zurück. »Möchtest du etwas trinken?«, fragte sie auf dem Weg ins Wohnzimmer.

»Ein Glas Brandy wäre schön.« May ließ sich auf dem Sofa nieder.

»Hallo, May«, sagte Lesley, als sie aus der Küche kam.

May drehte sich zu ihr um. »Hallo, Lesley. Ich habe das Material dabei.«

»Oh, super.«

Romy reichte May ein Glas Brandy und setzte sich zu ihr. Lesley nahm auf der freien Seite Platz.

May wandte sich zu Romy um. »Lesley meinte, du könntest an BDSM interessiert sein.«

»Nicht aktiv. Ich möchte lediglich mehr darüber erfahren. Jemand, den ich kenne, könnte auf so etwas stehen.«

May schien ihre Erklärung für eine Ausrede zu halten. »Ja, natürlich«, sagte sie mit leisem Lächeln. »Es geht um einen Freund.«

»Es ist wirklich jemand, den ich kenne«, betonte Romy.

»Ich verstehe.« Mays Augen fingen an zu funkeln. »Du hast jemanden aus dieser Szene kennengelernt und denkst daran, selbst in der Richtung zu experimentieren. So etwas muss dir doch nicht peinlich sein.« Sie tätschelte Romys Knie. »Ich finde es großartig, dass du neue Erfahrungen sammeln möchtest und die ganze Bandbreite menschlicher Sexualität erleben willst.«

Romy lächelte matt.

»Was hattest du dir denn vorgestellt? Möchtest du lieber die Dominante oder die Unterwürfige sein?«

»Ähm, weder noch. Ich bin lediglich neugierig. Außerdem weiß ich gar nicht richtig, ob dieser Mann so etwas mag. Er hält sein Privatleben ziemlich geheim.«

May nickte. »Das passt. Diese Gemeinde legt großen Wert auf Diskretion. BDSM gehört zu den wenigen Tabus, die geblieben sind. Darüber offen zu sprechen fällt den Beteiligten schwer. Falls du mit diesem Mann eine Beziehung eingehst, könnte es sogar sein, dass er dich bittet, eine Art Vertraulichkeitserklärung zu unterschreiben.«

»Darauf würde ich wetten«, sagte Lesley. »Das ist mit Sicherheit kein Hobby, das man im Lebenslauf erwähnt. Wer will schon aller Welt mitteilen, dass er in seiner Freizeit Leder trägt, die Freundin auspeitscht und sie mit einem Analstöpsel versieht.« Sie prustete los. May bedachte sie mit einem strengen Blick. »Entschuldige bitte«, murmelte Lesley.

»Ich habe den Eindruck, dass du das nicht ernst nimmst«, tadelte May.

»Doch, ehrlich. Ich sage nichts mehr.«

»Gut.« May drehte sich zu Romy um. »Beginnen wir mit dem Lebensstil. Ich habe einige Jahre lang als Unterwürfige gelebt, falls du also Fragen hast, bist du bei mir an der richtigen Adresse.« Sie deutete auf den Stapel Bücher, den sie auf den Couchtisch gelegt hatte. »Die Bücher kannst du später in Ruhe studieren.« Sie bückte sich und hob das restliche Material vom Fußboden auf. »Das hier sind meine Fotoalben und Notizhefte aus dieser Zeit. Und das hier ist mein Tagebuch, das du gern lesen kannst.« May holte eine Brille aus ihrer Handtasche hervor, setzte sie auf, legte ein großes Notizheft auf ihre Knie und blätterte darin herum. »Das ist ein Bericht aus der Zeit mit meinem Herrn.«

Lesley machte Stielaugen und rückte näher an May heran.

»Was ist das?« Romy zeigte auf eine Liste in einer Klarsichthülle.

»Das sind die Regeln, die er aufgestellt hat.«

»Ihr hattet Regeln?«

»Aber sicher, sie gehören zur Abrichtung. Der dominante Partner erzieht den unterwürfigen so, wie er sich sein oder ihr Benehmen wünscht. Das gehört zu dem Bedürfnis, einen anderen zu beherrschen, und kann dem unterwürfigen Partner helfen, sich in seine Rolle hineinzufinden.«

Romy überflog die Liste und schnappte nach Luft. Sie schien eine Menge Lebensbereiche zu umfassen, Ernährung, Fitnesstraining und Körperpflege bis hin zur Entfernung des Schamhaars. Sie schluckte. »Du musstest … dort unten haarlos sein?«

»Natürlich«, antwortete May ungerührt. »Das ist nicht ungewöhnlich. Aber man einigt sich auf die Regeln, schließlich dienen sie beiden Partnern zum Vergnügen. Das Gleiche gilt für den Vertrag.« May zog einen mehrseitigen Ausdruck aus einer zweiten Klarsichthülle und reichte ihn Romy.

Romy blätterte durch die Seiten und wurde blass, als sie

die Liste der sexuellen Aktivitäten las, die Spielzeuge, die verwendet werden sollten, und die Strafen, die auf Regelverstöße standen. Bei der Sprache handelte es sich um den üblichen juristischen Jargon, doch für Romy war es der seltsamste Vertrag, den sie jemals gesehen hatte.

Sie überflog einen der Anhänge. »Was sind denn weiche Grenzen?«

»Das sind Aktivitäten, die dir nicht ganz geheuer sind, die du aber bereit bist zu testen. Harte Grenzen beziehen sich auf Aktivitäten, die du nicht akzeptierst und auf die du dich unter gar keinen Umständen einlässt.«

»Oh.« Romy hatte eigentlich gar nicht wissen wollen, dass ihre bejahrte Mieterin nichts gegen Schläge mit dem Rohrstock hatte, war jedoch froh, dass sie sich gegen Fisting ausgesprochen hatte. »Was sind denn Atemspiele?«, erkundigte sie sich.

»Strangulierung«, antwortete May gelassen. »Du siehst, dass das für mich eine harte Grenze war.«

»Du meine Güte, ist das denn nicht selbstverständlich?«

»Im Gegenteil. Es gibt Menschen, die so etwas äußerst erregend finden. Bekanntermaßen intensiviert die Strangulation den Orgasmus.«

»Und was bedeutet Hängen?«, fragte Romy.

»Dazu zeige ich dir am besten ein paar Fotos. Du weißt ja, Bilder sagen mehr als Worte.« May griff nach einem Fotoalbum, schlug es auf und blätterte die Seiten um. Romy erkannte eine Reihe künstlerischer Schwarz-Weiß-Fotos von Paaren in unterschiedlichen Szenarien. »Das sind Aufnahmen von uns beiden aus dem Spielzimmer.«

»Bist du das?«, fragte Lesley nach kurzem Zögern und tippte auf das Foto einer nackten jungen Frau, die in einer komplizierten Vorrichtung von der Decke herabhing.

»Ja, das bin ich.« May berührte das Foto liebevoll. »Wie gelenkig ich da noch war. Aber das muss man als Unterwürfige auch sein. Kräftig und biegsam.«

»Das sieht man.«

»Die Brustwarzenklammern sehen schmerzhaft aus.« Lesley deutete auf das nächste Foto.

»Sie sind gleichzeitig schmerzhaft und stimulierend.« May lächelte verträumt.

Sprachlos verfolgten Romy und Lesley, wie May ein Foto nach dem anderen durchging. »Das ist eine Peitsche aus Wildleder – da, schaut, wie meine Brüste zusammengebunden waren – das da war mein Hundehalsband, um zu zeigen, dass ich meinem Herrn gehöre – und hier seht ihr mich an ein Andreaskreuz gefesselt.«

»Das muss ich erst mal verarbeiten«, sagte Romy, als sie das Album durchhatten. Etwas anderes fiel ihr nicht ein.

»Ja, man muss sehr viel lernen«, erwiderte May stolz und klappte das Album zu. »Aber jetzt ist es spät geworden, ihr seid müde, und ich gehe besser. Das Material lasse ich hier. Morgen Nachmittag komme ich wieder vorbei und beantworte deine Fragen, falls du welche hast. Dann kann ich dir auch das eine oder andere demonstrieren.«

»Demonstrieren?«, fragte Romy erschrocken.

»Keine Sorge, wir befassen uns nur mit den Grundstellungen.«

»Danke, May, aber das ist wirklich nicht nötig. Ich werde alles, was ich wissen muss, deinen Büchern entnehmen.«

»Ach, Unsinn, so was macht mir doch keine Mühe.« May trank ihren Brandy aus und stand auf. »Oder passt es dir morgen nicht?«

»Doch, morgen ist fein. Vielen Dank, May.«

»War mir ein Vergnügen. Lesley, kommst du morgen auch?«

»Was für eine Frage. Das würde ich mir doch nie entgehen lassen.«

»Perfekt. Dann bis morgen.«

»Mann«, sagte Lesley, als May verschwunden war. »May ist wie ein Zeuge Jehovas.«

»Hm«, machte Romy geistesabwesend und blätterte in dem Fotoalbum.

Lesley rückte zu ihr auf. »Willst du dich doch auf BDSM einlassen?«

»Nein!«

»Und warum darf May dann zu Demonstrationszwecken wiederkommen?«

»Weil ihr so viel daran liegt und ich sie nicht kränken wollte. Vergiss auch bitte nicht, dass es deine Schuld ist, dass sie glaubt, ich wäre an BDSM interessiert. Ich werde ihre Bücher ein paar Tage behalten und nachher so tun, als hätte ich sie gelesen. Mein Gott, dann kommt sie morgen eben und demonstriert irgendetwas. Wenn es sie glücklich macht.«

»Und du bist wirklich nicht interessiert?«

»Nein!«

»Und was ist, wenn Kit auf so was steht? Du hast gesagt, dass du ihm eine Chance geben willst. Vielleicht ist es die einzige Möglichkeit, einen Freund zu finden.«

»Lieber lege ich ein Keuschheitsgelübde ab.«

»Guck mal, das da sieht doch gar nicht so schlimm aus.« Lesley zeigte auf ein Foto, auf dem May mit verbundenen Augen wie ein Truthahn zusammengeschnürt war und als Knebel einen kleinen Ball im Mund hatte.

»Nicht schlimm? Na schön, von Terroristen entführt zu werden ist wahrscheinlich schlimmer.«

»Wenn man May Glauben schenkt, fühlt man sich bei so etwas sexy und mächtig.«

»Ich käme mir einfach nur albern vor. Wie würdest du dich denn als Truthahn fühlen, der kurz davor ist, in den Ofen geschoben zu werden?«

Lesley kicherte. »May war wahrscheinlich auf die Füllung aus.«

»Die wird sie auch bekommen haben.«

»Ich frage mich, was ein Mann macht, wenn eine Frau so fest verschnürt ist?«

»Was weiß ich. Irgendwas, das ihm Spaß macht.«

Lesley seufzte und ließ sich zurückfallen. »Ich glaube, Mays Fotos sind eher für Fortgeschrittene.«

»May ist verrückt, oder ist dir das noch nicht aufgefallen?«

Lesley stieß einen missbilligenden Laut aus. »So nennt man das heute nicht mehr. Sie hat höchstens Anpassungsschwierigkeiten.«

»May ist eine nymphomanische alte Frau.«

»Wie voreingenommen du bist. Ich finde sie großartig und bin der Meinung, dass sie lediglich die Grenzen der Sexualität ausdehnt. Dafür sollten wir sie bewundern.«

»May kann tun und lassen, was sie will, aber mich soll sie bitte verschonen.«

»Ha, vielleicht bist du ja eher der dominante Partner. Könnte doch sein, dass Kit derjenige sein möchte, den man verschnürt und dem man befiehlt, sich die Eier zu enthaaren. Hast du dir das schon mal überlegt?«

»Könnte auch sein, dass Kit sich nicht das Geringste aus solchen Aktivitäten macht. Hast du dir *das* schon mal überlegt? Du reimst dir irgendetwas zusammen und tust, als würdest du über Tatsachen reden.«

»Ja aber, wie soll sein geheimer Lebensstil denn aussehen, wenn es nicht so was wie BDSM ist?«

»Keine Ahnung.« Romy zuckte mit den Schultern. »Könnte alles Mögliche sein.«

»Könnten Drogen sein.«

»Langsam fange ich an zu hoffen, dass es Drogen sind.«

13

Als Kit am nächsten Morgen wach wurde, fühlte er sich desorientiert, was seit seiner Rückkehr nach Irland jedoch nichts Ungewöhnliches war. Er brauchte jeden Morgen eine Weile, ehe er sich zurechtgefunden hatte. *Kein Grund zur Panik*, sagte er sich, während sein Blick über die fremden Wände und Regale schweifte. Er wusste, dass er sich nicht in seinem alten Kinderzimmer befand, schließlich war er vor einer guten Woche in eine Wohnung in Romys Haus gezogen. Nur die Tiffany-Lampe, die war ihm neu, und das Poster von Knuttel an der Wand gegenüber war ihm bisher auch nie aufgefallen. Genau genommen hätte er schwören können, dass es am Vortag dort noch nicht gehangen hatte. Aber vielleicht war Romy in seiner Abwesenheit in der Wohnung gewesen und hatte es dort für ihn angebracht. *Ein netter Zug*, dachte er schlaftrunken und wälzte sich auf die Seite. *Zwar übergriffig, aber trotzdem nett.* Er vergrub sein Gesicht im Kopfkissen, wollte seinen erigierten Penis umfassen und verharrte, als seine Hand auf einen warmen Körper stieß, bei dem es sich eindeutig nicht um seinen eigenen handelte. Er ließ die Hand weiterwandern, sachte und vorsichtig. Sie landete auf einem warmen Hügel, fraglos ein ihm zugewandtes Hinterteil.

Heilige Scheiße! Er riss die Hand zurück und blieb wie gelähmt liegen. Schließlich stemmte er sich auf einen Ellbogen, beugte sich vor, um sich seinen schlafenden Bettgefährten anzusehen, und entdeckte die entspannten Gesichtszüge eines attraktiven Fremden. *Verdammt, verdammt, verdammt!* Kit legte sich zurück, versuchte sich so flach zu machen wie eine von einer Dampfwalze überrollte Cartoonfigur und glitt aus dem Bett. Dann sammelte er seine Kleidungsstücke aus den Ecken auf, in denen sie in der Nacht gelandet waren, und schlich sich hinaus ins Nebenzimmer. Während er sich hastig anzog, schaute er sich um, doch keiner der Gegenstände war ihm vertraut. Er erinnerte sich auch nicht, in der letzten Nacht hergekommen zu sein, ebenso wenig wie an den Schläfer im Nachbarzimmer. Er wusste nur, dass er sich wie durch den Wolf gedreht fühlte. Seine Augen fühlten sich sandig an, und in seinem Kopf wurde gehämmert. Sein Körper war der Meinung, dass er nachts ordentlich über die Stränge geschlagen hatte, doch in seinem Gehirn herrschte gähnende Leere. Das Letzte, was er noch im Gedächtnis hatte, war eine metallene Wendeltreppe, die er hinuntergestiegen war, in einen überfüllten Club mit wogenden Menschenmassen. Das Versprechen von etwas Aufregendem hatte in der Luft gelegen, die Musik hatte gewummert, und dann war er mittendrin gewesen, und Leiber hatten sich an ihn gepresst.

Um Hinweise auf die vergangene Nacht zu finden, warf Kit noch einmal einen Blick durch den Raum. Er befand sich in einem Wohnzimmer. Auf dem Tisch standen eine leere Champagnerflasche, zwei benutzte Gläser, ein überquellender Aschenbecher. *Ein Raucher, auch das noch.* Er schauderte. Dann entdeckte er sein Jackett auf einem niedrigen roten Sofa, streifte es über und verließ die Wohnung so geräuschlos wie möglich. Als er im Freien stand, stellte er fest, dass ihm auch die Straße absolut nichts sagte. Er lief los und hoffte, irgendwo einen Anhaltspunkt zu finden. Die

Bushaltestellen halfen ihm auch nicht weiter, er wusste nicht einmal, ob die Busse in die Richtung seiner Wohnung fuhren. Zu guter Letzt kramte er in seinen Taschen, um zu sehen, ob er noch genügend Geld für ein Taxi hatte. Insgesamt verfügte er noch über einen Fünf-Euro-Schein und Kleingeld. Das Taxi konnte er also vergessen, es sei denn, seine neue Wohnung wäre von hier aus nur wenige Minuten entfernt. Im Weiterwandern hielt er nach einem Geldautomaten Ausschau. Nach einer Weile entdeckte er ein Hinweisschild für DART, die Stadtbahn, die an der Küste entlangfuhr, und beschloss, sie zu nehmen. Sie führte zwar nicht nach Rathgar, wo Romys Haus lag, doch zumindest würde er ins Stadtzentrum gelangen und von dort aus den Weg zu seiner Wohnung suchen. Er folgte den nächsten Schildern und gelangte zum Bahnhof Blackstone. Es war ein heller, klarer Morgen, jedoch so kalt, dass er das Jackett enger um sich zog und versuchte, den am Stoff haftenden Zigarettengeruch zu ignorieren. Während er auf den Zug wartete, atmete er gierig die frische Meeresluft ein und wünschte, er könnte sich entgiften, nicht nur seinen verkaterten Körper, sondern sein ganzes Leben. Er schwor sich, ab sofort nur noch gesunde Nahrung zu sich zu nehmen, reine Luft zu atmen, alles, nur nicht wieder abends losziehen, sich in Clubs betrinken, Raucher küssen, mit Fremden schlafen und sich morgens elend, schmuddelig und reuig fühlen. Mit anderen Worten: Er wollte sein Leben wieder auf die Reihe bringen.

Als Kit die Straße erreichte, in der Romy wohnte – in der er selbst wohnte, wie er sich vor Augen hielt –, hatte er nur noch den Wunsch, zu duschen und sich ins Bett zu verkriechen. Doch vor dem Haus angekommen, entdeckte er

Romy auf einer Leiter. Sie trug ihren übergroßen Parka und machte sich an der Regenrinne zu schaffen.

Er stieß das Gartentor auf. »Hallo.« Romy drehte sich um, lächelte ihm zu und klopfte feuchte Blätter von ihren behandschuhten Händen. »Wo warst du?«

»In der Hölle«, antwortete er und sah zu ihr hoch. Sie wirkte frisch und gesund, geerdet, voller Energie und so im Einklang mit der Welt, als wäre sie ein Teil dieses strahlenden kalten Morgens. So hätte er sich auch gern gefühlt.

»Du siehst aus, als könntest du einen Kaffee gebrauchen.« Romy stieg die Leiter herab.

Kit konnte sich denken, wie er aussah, und fand, dass Romy es sehr freundlich umschrieben hatte. Wahrscheinlich überlegte man bei seinem Anblick, ob er eine Bluttransfusion und eine dreifache Dosis Adrenalin nötig hatte. »Kaffee wäre gut. Was machst du da?« Er nickte zum Dach hoch. Romy klappte die Leiter zusammen und lehnte sie gegen die Hausmauer.

»Ich habe die feuchten Blätter aus der Regenrinne entfernt.« Romy streifte ihre dicken Gartenhandschuhe ab. »Wenn man sie liegen lässt, verstopfen sie die Abflussrohre.«

»Soll ich dir helfen?«

»Nein danke. Ich muss mal Pause machen, und Luke wird sich auch gleich melden und Hunger haben. Außerdem möchte ich dir etwas zeigen. Ich habe nämlich Pläne für dein Haus gezeichnet und ein paar Zahlen zusammengestellt.«

Kit erkannte, wie aufgeregt sie war, wie begeistert sie klang und wie ihre Augen funkelten. Er war sicher, dass sie das Projekt übernehmen würde. Sein Herz machte einen Satz, und er beschloss, sein Leben tatsächlich umzukrempeln.

In der Küche legte Romy ihren Parka ab und stellte die Kaffeemaschine an. »Warte«, sagte sie. »Ich sehe nur rasch nach Luke, und dann hole ich die Unterlagen.«

Als sie verschwunden war, wanderte Kit in der Küche umher und schaute eine Zeitlang aus dem Fenster in den Garten. Zu guter Letzt fand er, er könne sich auch nützlich machen und wenigstens zwei Becher auf den Tisch stellen. Auf dem Weg zum Schrank fiel sein Blick auf einen Bücherstapel auf der Kücheninsel. Gedankenlos nahm er das zuoberst liegende auf, sah den Titel *Die liebende Domina*, drehte es um, las die Zusammenfassung und stutzte. Offenbar handelte es sich um eine Art Ratgeber für sadomasochistische Paare, nicht gerade die Lektüre, die er bei Romy erwartet hatte. Wie kam sie denn dazu, so etwas zu lesen? Sie war ja nicht einmal mit jemandem zusammen. Er griff nach dem nächsten Buch und überflog den Text auf der Rückseite. Diesmal schien es sich um einen Ratgeber für angehende Sexsklaven zu drehen. Heiliger Strohsack.

Neugierig geworden nahm er sich das nächste Buch vor, ein zerlesenes Taschenbuch, das sich wie von allein bei einem Kapitel über Genitalverschnürungen öffnete, einschließlich detaillierter Instruktionen und zum allem Überfluss auch noch Abbildungen. Beim Anblick eines eng umwickelten Penis wurde ihm übel. Dieses Bild würde er jedenfalls nicht so schnell vergessen. Er überflog die Titel auf den Rücken der restlichen Bücher. *Einführung in den Sadomasochismus*, *Die Hörigkeit des Sklaven*, *Die Geschichte der O*, ein erotischer Roman, von dem sogar er schon gehört hatte. Anscheinend zählten die Bücher zu ein und derselben Kategorie. Zuunterst befand sich ein Fotoalbum, das Kit hervorzog und aufschlug. Es war voller Schwarz-Weiß-Fotos von einem Mann und einer Frau bei einer Reihe von

Sexspielen. Die Frau trug eine Augenbinde, war gefesselt und geknebelt, beugte sich über eine Bank oder hing an der Decke. Der Mann schwang entweder eine Peitsche oder einen Rohrstock und war sichtlich erregt.

Kit war schockiert. Romy war der letzte Mensch auf dieser Welt, dem er ein Interesse an derartigen Aktivitäten zugetraut hätte, aber offenbar war sie doch nicht so gesund und geerdet wie gedacht. Jetzt wurde ihm einiges klar. Beispielsweise weshalb sie nicht wusste, wer der Vater von Wie-hieß-er-noch war? Hatte sie ihm nicht erzählt, dass sie das Kind auf einer Party mit Maskenzwang empfangen hatte? Darüber hinaus hatte sie die Augen verbunden gehabt. Demzufolge dürfte Schnurzel-Purzel bei einer Art Orgie zustande gekommen sein, und der Vater war ein namenloser, gesichtsloser Fremder. Kit war sprachlos, so sprachlos, als hätte er gerade erfahren, Schneewittchen wäre hauptberuflich auf den Strich gegangen.

Schon kam ihm der nächste Gedanke. Wollte Romy deshalb so lang und breit über Davids Party sprechen? Suchte sie jemanden, mit dem sie ihre Vorlieben verwirklichen konnte? Wollte sie etwa, dass *er* solche Sachen mit ihr machte? Oh Gott, die Ärmste.

Kit hörte Romy über den Flur kommen. Schuldbewusst klappte er das Album zu, legte es wieder unter den Stapel, trat rasch an den Schrank und öffnete die Türen.

»Da bin ich wieder«, sagte Romy, verharrte im Türrahmen, warf einen Blick auf den Bücherstapel und lief feuerrot an.

»Ich suche zwei Becher«, erklärte Kit und hoffte, sie verdächtigte ihn nicht, sich die Bücher angeschaut zu haben. Er wollte sie nicht in Verlegenheit bringen, denn wie es aussah, hatte sie nicht die Absicht gehabt, sie für fremde Augen herumliegen zu lassen.

»Das mach ich schon. Setz dich.« Romy winkte ihn zum Küchentisch.

Kit setzte sich mit dem Rücken zu ihr und hörte, wie sie hinter ihm rumorte, Becher aus dem Schrank holte und die Türen zuschlug.

»So.« Kit drehte sich um. Romy kam mit zwei Bechern und der Kaffeekanne und stellte alles vor ihm ab. Die Bücher waren verschwunden.

»Hier sind meine Vorschläge für dein Haus.« Romy legte einen Aktenordner auf den Tisch und schenkte ihnen Kaffee ein. Kit schlug den Ordner auf. Schon nach den ersten Seiten erkannte er tief beeindruckt, wie sorgfältig und professionell sie vorgegangen war. Er betrachtete die Grundrisse, jeweils mit detailliert beschriebenen Aufteilungen der Räumlichkeiten und einer Tabelle, in der die Kosten aufgeführt waren.

»Das sieht großartig aus«, lobte er. Romy ließ sich ihm gegenüber nieder. »Und wie ausführlich du über alles nachgedacht hast.«

»Das ist mein Job«, erwiderte Romy. »So etwas darf man nicht halbherzig machen und hoffen, dass es klappt.« Sie beugte sich vor und blätterte durch den Ordner, bis sie auf eine Excel-Liste stieß und auf die Endsumme tippte. »Schau, das ist das absolute Minimum, mit dem du rechnen musst. Vorausgesetzt, wir machen so viel wie möglich selbst.«

Kit ging die Aufstellung durch. Er wusste zwar nicht, wie viel Projektmanager normalerweise für sich in Rechnung stellten, doch die Summe, die Romy als Honorar eingetragen hatte, schien ihm ziemlich niedrig. »Ist das dein üblicher Lohn?«, fragte er und deutete auf den Betrag. »Ich hatte mit mehr gerechnet.«

Romy lächelte. »Ich habe dir etwas erlassen. Sollte dein Profit höher als erwartet ausfallen, darfst du mir einen Bonus zahlen.«

»Versprochen.«

»Und was hältst du von dem Ganzen? Liegen die Vorschläge im Bereich deiner Möglichkeiten?«

»Gerade noch. Glaubst du denn wirklich, dass etwas daraus wird?«

»Sicher. Wir müssen lediglich ein gehobenes Marktsegment anpeilen und an ein Landhaushotel oder Herrenhaus denken. Ich habe schon mit einigen Immobilienmaklern gesprochen, und sie glauben, unser Projekt hat Potential.«

Romy holte einen großen Umschlag unter dem Ordner hervor und zog eine Reihe Hochglanzbroschüren heraus. »Schau, hier geht es um ähnliche Objekte.« Sie fächerte die Broschüren vor Kit auf. »Sie vermitteln dir einen Eindruck davon, wie das Endergebnis aussehen könnte.«

Kit nahm eine der Broschüren und schaute sich die Fotos an. Die Häuser waren fantastisch – herrschaftlich und grandios, mit majestätischen Treppen, eleganter Ausstattung und umgeben von gepflegten Parks mit makellosen Rasenflächen und schönen alten Bäumen. Er konnte sich nicht vorstellen, dass das Haus seiner Tante jemals so aussehen würde. Dann entdeckte er die Preise und glaubte, seinen Augen nicht zu trauen.

»Ist der ernst gemeint?« Er tippte auf eine Summe. »Meinst du, so viel könnte ich irgendwann auch verlangen?«

»Das ist der Listenpreis«, warnte Romy. »Ob der Anbieter ihn bekommt, ist eine andere Sache, oder ob er überhaupt einen Käufer findet.«

»Aber es könnte sein?«

»Möglich ist alles«, erwiderte Romy lächelnd.

»Gut, wann fangen wir an?«

»Als Erstes müssen wir noch einmal nach Wicklow fahren, uns in Ruhe umsehen, noch detailliertere Pläne aufstellen und dann entscheiden, in welche Richtung wir gehen wollen.«

»Kein Problem, wann sollen wir fahren?«

»Je eher, desto besser.«

»Lass mich nachdenken. Am kommenden Wochenende kann ich nicht, da findet Tanks Junggesellenparty statt.«

»Ach, richtig. Weißt du schon, was ihr da macht?«

»Leider«, sagte Kit grimmig. »Es wird ein bescheuertes Überlebenstraining, bei dem wir irgendwo in der Wildnis ausgesetzt werden und so tun müssen, als hätten wir einen Flugzeugabsturz überlebt. Nachts müssen wir aus irgendwas einen Unterschlupf bauen und am nächsten Tag versuchen, uns nach Hause durchzuschlagen. Laut Wedgie der absolute Kracher.«

»Nanu? Was ist denn aus den schönen alten Saufgelagen geworden?«

»Die sind passé. Aber das nächste Wochenende fällt dadurch flach. Und am Wochenende drauf ist die Hochzeit.«

»Okay, dann hinterher. Vielleicht sollten wir da unten ein paar Tage verbringen. Wir schlagen unsere Zelte in dem alten Kutscherhäuschen auf und verschaffen uns ein Gefühl für das Haus und das Land ringsum. Vorher lassen wir den Strom anstellen, ich bestelle Müllcontainer und lasse die Schornsteine reinigen. Dann können wir nach unserer Ankunft gleich loslegen, das Haus leer räumen und das Kutscherhäuschen bewohnbar machen. Wenn die Bauarbeiten beginnen, muss es fertig sein.«

»Wie? Fertig? Willst du etwa da wohnen, während gebaut wird?«

»Du auch.« Romy nickte. »Um ein solches Projekt zu beaufsichtigen, muss man auf dem Baugelände sein. Außerdem ist es einfacher, als ständig zwischen Dublin und Wicklow hin- und herzupendeln.«

»Hm«, machte Kit.

»Passt dir das nicht?«

»Ähm, doch. Kein Problem. Mir war das nur nicht so klar, weiter nichts.«

»Es geht nicht nur darum, das Projekt zu leiten, Kit. Das Budget ist so knapp kalkuliert, dass du es dir nicht leisten kannst, Arbeiten, die du selbst hinkriegst, an andere zu vergeben. Wenn wir da sind, packen wir mit an.«

»Fein.« Bis zu diesem Moment hätte Kit es sich nicht im Traum einfallen lassen, auf dem Grundstück seiner Tante zu wohnen, doch als er darüber nachdachte, fand er die Idee, auf dem Land zu leben, gar nicht so schlecht. Da draußen wäre er weit ab von allen Versuchungen, da gäbe es weder halbseidene Clubs, noch wachte man morgens in fremden Wohnungen auf. Stattdessen würde er hart arbeiten, frische Luft atmen und abends frühzeitig zu Bett gehen. Im Geist sah er sich schon als neuen Menschen, mit klarem Blick und wettergegerbtem Gesicht. »Eigentlich ist es ideal«, sagte er. »Noch heute Morgen habe ich mir gesagt, dass ich wieder Disziplin in meinem Leben brauche.«

»Disziplin?«, fragte Romy spitz, und Kit konnte es ihr nicht einmal verdenken, immerhin hatte sie ihn vor einer Stunde in seinem ramponierten Zustand erlebt. Inzwischen hatte er sich zwar erholt, aber Romy hatte wahrscheinlich gedacht, dass er das Wort Disziplin gar nicht kannte.

»Dann machen wir es wie geplant, ja?« Vor Aufregung hatten sich Romys Wangen gerötet.

»Einverstanden.« Kit hielt ihr seine Hand hin, und Romy schlug ein.

»Das ist die Grundstellung«, begann May am Nachmittag und kniete sich auf den Fußboden. »Die nimmt die Unterwürfige zu Beginn einer Begegnung ein oder dann, wenn ihr Herr es befiehlt.« Lesley und Romy saßen auf dem Sofa und sahen ihr zu. Romy war froh, dass May wenigstens in einem normalen Aufzug erschienen war, einer lose sitzenden Yogahose und weißem T-Shirt. »Man setzt sich auf die Fersen, spreizt die Beine und legt die Hände auf die Schenkel, Handflächen nach unten.« Es klang sogar wie der Beginn einer Yogastunde, ging es Romy durch den Kopf. »Kinn und Lider werden gesenkt.«

Lesley nutzte Mays gesenkte Lider, um Romy feixend anzuschauen. Romy krauste die Stirn. Sie wollte nicht, dass May dachte, sie beide machten sich über sie lustig. Na schön, Lesley nahm das Ganze nicht ernst und sie selbst eigentlich auch nicht, aber sie tat wenigstens so. Lesley dagegen hatte während der Vorführung sogar Popcorn essen wollen, eine Idee, die Romy ihr gerade noch hatte ausreden können.

»Den Blick darf man nur heben, wenn der Herr es erlaubt«, fuhr May fort. »Wenn er einem befiehlt, ihn anzusehen, muss man es sofort tun.« May hob den Kopf. »Das gilt natürlich für all seine Befehle. Man befolgt sie umgehend und ohne Fragen zu stellen. Bei Zuwiderhandlung wird man bestraft.«

Romy nickte und überlegte, ob sie sich Notizen machen sollte, um wie eine gelehrige Schülerin auszusehen. Doch zumindest wollte sie interessiert wirken, schon um Lesleys Grinsen wettzumachen.

»Man darf nur etwas sagen, wenn man direkt angesprochen wurde oder die Erlaubnis zum Sprechen erhalten hat. Der Dominante wird dabei immer respektvoll mit Herr, Meister oder Gebieter angesprochen, es sei denn, er verlangt etwas anderes.«

»Ist man in der Stellung nackt?«, erkundigte sich Lesley, und Romy stellte erstaunt fest, dass sie plötzlich ernst und aufmerksam wirkte.

»Normalerweise wird von der Unterwürfigen verlangt, dass sie sich entkleidet. Es dient zur Erinnerung an ihren Status, von allem anderen einmal abgesehen. Oder man trägt noch einen Slip, das hängt davon ab, was der Herr und Gebieter wünscht. Wie er überhaupt all seine Wünsche klar und deutlich vermittelt.«

»Was ist mit dem Herrn?«, fragte Lesley. »Ist er auch nackt?«

»Das entscheidet er. Er kann vollständig bekleidet sein oder nackt bis zur Taille, je nach Szene und seinen persönlichen Vorlieben.«

»Dann geht es also ausschließlich um das, was *er* will? Und er darf auch jedes Spielzeug verwenden, du aber darfst bei ihm gar nichts tun? Sieht aus, als würde nur er auf seine Kosten kommen.«

»Die Rolle der Unterwürfigen ist in vielerlei Hinsicht einfacher als die des Meisters«, erklärte May. »Die Unterwürfige ergibt sich ihrem Gebieter, überlässt ihm die Kontrolle über ihren Körper und ihren Willen. Ihre Rolle besteht lediglich darin, Befehlen zu folgen, alles zu tun, um ihn zufriedenzustellen, und ihm restlos zu vertrauen. Sämtliche Entscheidungen und Überlegungen werden ihr abgenommen. Wohingegen der Dominante die Verantwortung trägt. Er wählt die gemeinsame Aktivität und steht für das Wohlergehen seiner Untergebenen ein. Er muss dafür sorgen, dass ihr Spiel sicher ist, und kümmert sich um die materiellen, physischen und sexuellen Bedürfnisse seiner Sklavin. Während einer Szene kann er sich nie ganz entspannen. Stattdessen muss er die Kontrolle behalten und in der Lage sein, das Spiel in dem Augenblick abzubrechen, in dem die Unterwürfige das Codewort sagt.«

»Was für ein Codewort?«

»Ein Wort, das signalisiert, dass sie eine bestimmte Praktik nicht mehr erträgt. Sobald das Wort gefallen ist, hört das Spiel auf.«

»Gibt es dafür keine Strafe?«, wollte Lesley wissen.

»Unter gar keinen Umständen. Codewörter werden in dieser Gemeinde äußerst ernst genommen. Obwohl es dazu gar nicht kommen sollte. Ein guter Meister spürt, was in seiner Gespielin vor sich geht.«

»Und wie beginnt der Dominante? Muss er auch eine Grundposition einnehmen?«

»Nein, bei ihm geht es um die generelle Haltung. Warum nehmt ihr beiden nicht einmal die Grundstellung ein, und ich zeige euch, was ich meine.« May erhob sich.

Lesley und Romy wechselten einen Blick. Lesley zuckte mit den Schultern. Daraufhin verließen sie das Sofa, knieten sich auf den Boden und nahmen Mays anfängliche Position ein.

»Sehr schön, Romy.« May tätschelte Romys Kopf. »Die Beine weiter spreizen, Lesley. So ist es richtig. Ihr macht das ausgezeichnet.«

Lesley und Romy tauschten einen verstohlenen Seitenblick.

»Achtet auf meinen Ton und mein Benehmen.« May lief vor ihnen auf und ab. Ihre Stimme hatte sich verändert, klang jetzt tief und streng. »Seht auf.« Romy und Lesley hoben den Kopf. »Meine Stimme ist fest und gebieterisch. Ich verhalte mich wie jemand, der erwartet, dass man ihm gehorcht. Dabei klinge ich keineswegs aggressiv, sondern ruhig, sicher und beherrscht.« Für Romy wirkte May mit einem Mal tatsächlich wie jemand, dem man sich besser nicht widersetzte. Sie schien um einige Zentimeter gewachsen zu sein, hatte die Schultern gestrafft und eine eiserne Kinnpartie. »Wenn ich einen Befehl gebe, erwarte ich stummen Gehorsam. Andernfalls werde ich die passende Strafe, ohne zu zögern, ausführen.« Sie blieb vor Romy stehen. »Ich bin nicht grausam, sondern folge lediglich den Regeln. Hast du das verstanden? Du darfst sprechen.«

»Ja, Herrin«, antwortete Romy und sah zu May hoch.

»Sehr gut.« May lächelte. »Allerdings werde ich es meinen Unterwürfigen wissen lassen, wenn ich mit ihm zufrieden bin. Ich werde ihn loben, ihm sagen, dass er ein braver Junge war, ihn vielleicht sogar ein wenig streicheln.« Sie bückte sich und ließ ihre Hand über Romys Haar gleiten.

»Wie bei einem Hund«, ließ Lesley sich vernehmen. Romy musste kichern.

May seufzte entnervt und verdrehte die Augen. »Nein, Lesley, es ist nicht wie bei einem Hund.«

»Wieso nicht? Man gibt dem Unterwürfigen ein Halsband, richtet ihn ab, und wenn er brav war, kriegt er eine Belohnung. Klingt für mich nach Hund.«

»Die Rolle des Unterwürfigen ist weder hündisch noch würdelos«, erklärte May geduldig. »Im Gegenteil. Einem Meister oder einer Meisterin zu dienen verschafft einem ein hohes Maß an Befriedigung.«

»Ich glaube, Lassie fand das auch.«

May ging über den Einwurf hinweg. »Wenn mein Unterwürfiger mich auf besondere Weise zufriedengestellt hat, werde ich ihn möglicherweise mit einer seiner Lieblingsaktivitäten belohnen.«

»Wirfst du dann ein Stöckchen?« Lesley prustete los.

»Gute Idee.« May konnte ihr Lächeln nicht verbergen und gab die Rolle der Dominanten auf. »Wenn es ihn in Fahrt bringt, werfe ich durchaus auch einen Stock. Obwohl du feststellen wirst, dass die meisten Unterwürfigen lieber einen geblasen kriegen.«

»Moment mal«, wehrte sich Lesley. »*Ich* werde gar nichts feststellen. Romy ist diejenige, die sich sachkundig machen will.«

Da der ernste Teil der Demonstration beendet schien, rafften sie und Romy sich auf und setzten sich wieder aufs Sofa.

May ließ sich an Romys Seite nieder. »Weißt du immer noch nicht, ob dein Freund unterwürfig oder dominant ist?«

»Ich weiß nicht mal, ob er eins von beidem ist.«

»Es gibt Menschen, denen macht beides Spaß.«

»Ich tippe auf eindeutig dominant«, sagte Lesley. »Kit würde sich von niemandem herumkommandieren lassen.«

»Kit?«, rief May entzückt. »Um ihn dreht es sich also.«

»Nein … doch«, murmelte Romy betreten. »Aber wir wissen nicht, ob er auf so etwas steht.«

»Aber wenn, dürfte Lesley recht haben«, sagte May. »Soweit ich das beurteilen kann, fehlt Kit jede unterwürfige Ader.«

»Mir auch«, bemerkte Romy.

»Oh, in dem Punkt kann man wahre Wunder erleben. Dein Lohn wäre großes Vergnügen, intensiver, als du es jemals erfahren hast.«

»Mag sein, aber zunächst einmal vielen Dank, May. Das war alles sehr aufschlussreich.«

»Ach, das habe ich doch gern gemacht. Lies die Bücher, die ich dir gegeben habe, und mach dir keine Gedanken, wenn du nicht gleich alles verstehst. Du brauchst einen erfahrenen Gebieter, der sich um deine Erziehung kümmert und dir alles, was du wissen musst, beibringt. Er wird wissen, dass du ein Neuling bist, und dich, wenn er ein guter Herr ist, behutsam in alles einführen.«

»Und was ist, wenn Romy die Herrin sein will?«, fragte Lesley. »Geht sie dann bei einem Unterwürfigen in die Lehre?«

»Da liegt der Fall ein bisschen komplizierter«, erwiderte May. »Dazu gibt es zwar eine Reihe einschlägiger Werke, doch das Beste wäre, sich von einem anderen Dominanten anleiten zu lassen.« Sie drehte sich zu Romy um. »Du könntest dir in der hiesigen Szene einen erfahrenen Lehrmeister suchen, der dir das nötige Know-how beibringt. Vielleicht erfährst du da auch von Treffen und Spielrunden und kannst von den Teilnehmern lernen.« Sie runzelte die Stirn. »Aber ich glaube, das kannst du dir sparen, denn Kit kann ich nur in der Herrenrolle sehen. Er hat so etwas Gebieterisches«, setzte sie versonnen hinzu. »Da ist so eine Festigkeit um den Mund.«

»Richtig. Also, noch mal vielen Dank, May. Du hast mir eine Menge Stoff zum Nachdenken gegeben.«

»War mir ein Vergnügen. Sprich mich ruhig an, wenn du Fragen hast.«

Als May weg war, sagte Romy: »Ich glaube, das war der seltsamste Nachmittag meines Lebens.«

»Ich fand es sehr unterhaltsam«, sagte Lesley. »Und billiger als Kino.«

In dem Augenblick hörten sie Luke weinen.

»Vielen Dank, Luke«, sagte Romy im Aufstehen. »Hättest du nicht früher wach werden und Mays kleine Lektion unterbrechen können?« Sie ging ins Schlafzimmer, hob ihn aus seinem Gitterbett, drückte ihn an sich und beruhigte ihn auf dem Weg zurück ins Wohnzimmer.

»Bleibst du noch ein bisschen?«, fragte sie Lesley. »Wir können uns Pizza kommen lassen.«

»Ja, gern. Bestellst du eine mit Hundefutter?«

Romy ging in die Küche, um Lukes Fläschchen zu holen. »Ich will nichts mehr davon hören«, rief sie ins Wohnzimmer.

»Warum denn nicht? Vielleicht solltest du dich schon mal an den Geschmack gewöhnen.«

14

Am Donnerstagabend trug Romy ihr Baby im Schlafzimmer hin und her und versuchte, es in den Schlaf zu wiegen. Doch Luke war aufgebracht und quengelte; jedes Mal, wenn sie dachte, er würde einschlafen, riss er die Augen wieder auf und fing an zu weinen.

»Vielleicht sollte ich lieber hierbleiben«, sagte sie, als Kit im Türrahmen erschien. »Ich könnte Lesley anrufen und den Abend absagen.«

»Sie wird schon unterwegs sein. Gib ihn mir.« Kit streckte die Arme aus. »Mach dich in Ruhe fertig, ich bringe ihn ins Bett.«

Romy sah ihn unsicher an, doch dann überreichte sie ihm Luke. »Wir müssen nicht ausgehen. Wir können den Abend auch hier verbringen.«

»Warte, bis Lesley kommt, dann können wir immer noch sehen, wie der Kleine sich fühlt.« Er drückte Luke an seine Brust und strich ihm beruhigend über den Rücken.

»Vielleicht versuchen wir es mal mit Musik.« Romy nahm die kleine Spielzeugente, die an Lukes Gitterbett hing, und zog sie auf. Gleich darauf ertönte eine blecherne Version von *Alle meine Entchen*.

Kit verdrehte die Augen. »Kein Wunder, dass er sauer ist. Wäre ich auch, wenn man mir so was vorspielen würde.«

»Du kannst ihm ja was anderes vorsingen«, schlug Romy

beim Hinausgehen vor. »*Wer hat die schönsten Schäfchen* hört er auch sehr gern.«

Kit wiegte Luke zur Musik in den Armen, spürte den bebenden Rücken des schluchzenden Babys und wie es sich an ihn kuschelte. Als Luke das Köpfchen in seine Halskuhle schmiegte, roch Kit den feuchten, warmen Babyatem. Er hoffte, der Kleine würde schlafen, wenn Romy aus dem Badezimmer kam, schließlich wollte er sich als guter Babysitter erweisen. Die Rolle der alleinstehenden Mutter dürfte nicht einfach sein. Deshalb wünschte er ihr, dass sie an diesem Abend ausgehen konnte, es kam ohnehin selten genug vor. Außerdem konnte er sich als Babysitter wenigstens ansatzweise für das revanchieren, was sie bisher für ihn getan hatte.

Als das Kinderlied verklungen war, waren aus Lukes Schluchzern zittrige Seufzer geworden, und Kit hätte wetten können, dass der Junge kurz vor dem Einnicken war. Dennoch wollte er nichts riskieren, wiegte ihn noch eine Weile und beschloss, ihm zur Sicherheit etwas vorzusummen. Kinderlieder kannte er zwar nicht, doch dafür fiel ihm ein Song einer Indie-Band ein. Er summte ihn und ging davon aus, dass Luke den Unterschied zu *Alle meine Entchen* nicht merkte.

Während er mit Luke in den Armen auf und ab wanderte und spürte, wie der Junge schlaff und schwer wurde, übermannte ihn ein Gefühl tiefer Zufriedenheit, dieses warme kleine Wesen umherzutragen hatte etwas sehr Beglückendes. Überhaupt war er bei Romy und Luke Teil eines realen und soliden Ganzen, fühlte sich verbunden und aufgehoben. Womöglich hatte seine Mutter doch recht gehabt, und er war in New York tatsächlich einsam gewesen. Seine Freundschaften waren oberflächlich gewesen, seine Beziehungen flüchtig. Allerdings war er auch vor jeder Form von Häuslichkeit zurückgeschreckt und konnte nicht fassen, wie sehr das Zusammensein mit Romy und Luke ihm innere Festigkeit gab. Vielleicht würde er es tatsächlich schaffen und sich überwinden. War Romy nicht ebenfalls einsam gewesen – war es noch? Sie würden einander guttun. Er könnte für Luke ein Vater sein, und sie drei könnten so etwas wie eine Familie bilden. Er würde *Wer hat die schönsten Schäfchen* lernen.

Romy war gerade dabei, im Bad den letzten Tupfer Make-up aufzutragen, als sie feststellte, dass Luke nicht mehr weinte. Offenbar war es Kit gelungen, den Jungen zu besänftigen oder sogar schlafen zu legen. Sie lächelte, schaute in den Spiegel, schminkte ihre Lippen, dachte an Kit und überlegte, was in der letzten Zeit in ihn gefahren war. Plötzlich war er zu einem perfekten Freund geworden, selbst dann, wenn niemand da war, um ihm dabei zuzusehen. Genau genommen hatte er sich seit jenem Morgen verändert, als er wie ein Wrack nach Hause geschlichen kam. Inzwischen ging er kaum noch aus, stattdessen verbrachte er mehr Zeit mit ihr. Richtig lieb war er geworden, hatte mehrmals abends ganz hervorragend für sie gekocht und sich jetzt auch noch bereit erklärt, auf Luke aufzupassen, damit sie und Lesley irgendwo was trinken gehen konnten. Im ersten Moment hatte sie sein Angebot nicht einmal annehmen wollen, sich dann jedoch gesagt, dass sie ihn nicht entmutigen sollte, schließlich hatte er gerade begonnen, sich für Luke zu interessieren, und wollte lernen, wie man mit einem Baby umging.

Als sie fertig geschminkt war, lief sie auf Zehenspitzen zu ihrem Schlafzimmer und stieß die angelehnte Tür sachte auf. Kit stand mit dem Rücken zu ihr im Dämmerlicht. Bei seinem Anblick schmolz ihr Herz, denn Lukes Köpfchen ruhte an Kits Schulter, während Kit sich sanft wiegte und so leise sang, dass sie einen Moment brauchte, um den Text von *At My Most Beautiful* zu erkennen. Als die Stelle kam, wo es um die Wimpern der Angebeteten ging, musste sie an sich halten, sonst wäre sie zu den beiden gelaufen, hätte die Arme um sie geschlungen und Kit gestanden, dass er der Vater des Jungen war.

In diesem Augenblick klopfte es. Romy machte kehrt, lief hinaus und öffnete Lesley die Tür. Als sie zurückkehrte, kam Kit ohne Luke aus dem Schlafzimmer.

»Wir müssen nicht ausgehen«, sagte Romy zu ihm. »Wir können auch hier etwas trinken.«

»Er schläft.« Kit drückte die Schlafzimmertür leise ins Schloss. »Mach dir keine Sorgen, Luke und ich kommen zurecht.«

»Gib dir einen Ruck, Romy«, sagte Lesley. »Du bist seit Ewigkeiten nicht mehr um die Häuser gezogen.«

»Wir könnten in die Kneipe an der Ecke gehen. Falls Kit mich braucht, kann ich in fünf Minuten zurück sein.«

»Du hast dich aufgebrezelt«, erklärte Lesley. »Du siehst toll aus. Wir gehen nicht in die Kneipe an der Ecke.«

»Ja, zieht los«, ermunterte Kit sie.

»Na gut, du hast meine Handynummer. Wenn etwas ist, egal was, rufst du mich an.«

»Los, ab mit dir.«

Lesley sah Romy auffordernd an. Romy nagte an ihrer Lippe. »Also schön, gehen wir«, sagte sie schließlich, zog ihre Jacke vom Haken und streifte sie über. »Es wird nicht spät werden«, versprach sie Kit und schulterte ihre Handtasche. »Vielen Dank, Kit.«

»Ja, vielen Dank, Kit«, wiederholte Lesley. »Hat lange genug gedauert, bis Romy wieder mal auf die Piste geht.«

Kit runzelte die Stirn. »Seid ihr auf Männerfang aus?«

»Natürlich nicht«, antwortete Romy.

»Was meint ihr denn, wann ihr zurück seid?«

»Wenn du Romy siehst, ist sie wieder da«, sagte Lesley bissig und sah Kit mit zusammengekniffenen Augen an. »Oder gibt es so was wie eine Sperrstunde?«

»Unsinn. Bleibt so lange, wie ihr wollt.«

»Danke. Drück uns die Daumen.« Lesley packte Romys Arm und zog sie zur Tür.

»Viel Spaß«, rief Kit ihnen nach.

Als die beiden Frauen verschwunden waren, ging er ins Wohnzimmer und ließ sich aufs Sofa fallen. Jetzt wünschte er beinahe, er hätte sich nicht als Babysitter angeboten, denn der Gedanke, Romy könnte andere Männer kennenlernen, sagte ihm überhaupt nicht zu. Er hatte sogar einen eifersüchtigen Stich verspürt, was lächerlich war. Doch die Eifersucht war nicht zu leugnen gewesen. Deshalb war es besser, sich daran zu erinnern, dass die angenehme Häuslichkeit, die ihn seit Kurzem mit Romy verband, eine Illusion war. Weder war Romy seine Freundin noch Luke sein Sohn, und daran würden auch die gemeinsamen Abendessen und das Hüten des Babys nichts ändern.

Auf dem Weg zur Haltestelle fragte Lesley mit einem triumphierenden Unterton: »Hast du das gesehen?«

»Was?«

»Kits Gesicht. Der Gedanke, du könntest auf die Piste gehen, hat ihm absolut nicht gefallen.«

»Warum musstest du auch so was sagen? Ich will niemanden kennenlernen. Wir machen uns lediglich einen netten Mädchenabend.«

»Am liebsten hätte er dir vorgeschrieben, wann du wieder zu Hause sein sollst.«

»Quatsch. Er war höchstens nervös, weil er noch nie Babysitter war.«

»Oh nein, ich bin sicher, er möchte den Ton angeben. Als Nächstes wird er Regeln aufstellen und dir sagen, wie lange du Ausgang hast. Oder er lässt dich abends überhaupt nicht mehr weg.«

»Vergiss bitte nicht, dass *er* vorgeschlagen hat, ich solle mal wieder ausgehen. Abgesehen davon war er in der letzten Zeit sehr nett, ist an den meisten Abenden bei mir gewesen, hat fabelhaft gekocht und sich mit Luke große Mühe gegeben.«

»Ach«, sagte Lesley mit funkelnden Augen. »Dann will er dir vielleicht lieber dienen.«

Romy stöhnte. »Du gibst wohl nie auf.«

»War nur so ein Gedanke. Vielleicht ist er es gewohnt, sich einer Frau zu unterwerfen.«

Romy fiel ein, dass Kit von Disziplin gesprochen hatte, doch dann verscheuchte sie den Gedanken.

»Oder er steht ganz normal auf dich«, fuhr Lesley fort. »Dann würde es ihm natürlich nicht passen, dass du einen anderen kennenlernst.«

»Das fände ich nett.«

»Nett«, wiederholte Lesley. »Mann, bist du verrückt nach ihm.«

Romy rang sich ein Lächeln ab. Einerseits wäre es schön, wenn Kit sich wieder in sie verliebte und mit ihr zusammen sein wollte, doch andererseits war ihr noch immer nicht richtig klar, was sie für ihn empfand. Sie kamen gut miteinander aus. Sie mochte ihn sehr und liebte ihn als Freund, doch der Kitzel, den sie vor Jahren verspürt hatte, der war nicht mehr da. Möglichweise würde er sich ja wieder einstellen, oder es erging nur Teenagern so, im ersten Ansturm wild gewordener Hormone und dem berauschenden Gefühl, erstmals verliebt zu sein. Aber Kit war Lukes Vater, und sie waren gute Freunde – vielleicht genügte das.

»Schade, dass er nicht auch am Wochenende Lukes Babysitter sein kann«, unterbrach Lesley ihre Gedanken. »Donnerstagabends ist nie viel los, und ich muss morgen früh raus. Mensch, vielleicht hat er genau das geplant. Er will, dass du dich amüsierst, aber nicht zu viel.«

»Am Wochenende hätte er gar nicht gekonnt. Da findet Tanks Junggesellenparty statt. Kit würde in der Zeit tausendmal lieber Luke hüten, selbst wenn ich währenddessen die halbe Stadt flachlegte.«

»Hier«, sagte Romy. »Ein letztes Glas für den Todgeweihten.« Sie stellte zwei Gläser Rotwein auf den Couchtisch und setzte sich zu Kit aufs Sofa.

»Danke.«

»Hast du das Schweizer Armeemesser eingesteckt?«

»Ja«, antwortete Kit griesgrämig. Er hatte den Rucksack gepackt und wartete darauf, dass Ethan ihn zu Tanks Junggesellenwochenende abholte. Die Outdoor-Kleidung hatte ihn ein kleines Vermögen gekostet, brandneue Wanderstiefel, die er bereits trug, ebenso wie eine wetterfeste Hose aus irgendeinem Hightechmaterial und eine Daunenjacke. Romy war mit ihm einkaufen gegangen, doch sie hatte an das Budget für sein Haus gedacht, ihm den teuren neuen Rucksack ausgeredet und stattdessen ihren alten vom Speicher geholt.

Die Hose allein wäre der Tageslohn für einen Tischler gewesen, ging es Romy durch den Sinn, während sie Kit musterte. Wie ein Naturbursche sah er nicht gerade aus, ganz gleich, wie viel seine Ausstattung gekostet hatte. Eher glich er einem Model aus einem Katalog für Outdoor-Kleidung, sie konnte das Bild regelrecht vor sich sehen: Kit mit Dreitagebart, das kurze Haar vom Wind zerzaust, ein Fuß im glänzenden neuen Stiefel auf einem Felsbrocken, während er männlich in die Ferne sah.

»Sollen wir die Gerätschaften noch mal durchgehen?«, fragte sie.

»Nein, ich brauche nur das Messer, um Wedgie zu erstechen, wenn er mir auf die Pelle rückt, und ich weiß, wo das ist.«

Je näher der Tag gerückt war, desto verdrossener war er geworden. »Du hast doch Tank und Ethan«, tröstete Romy ihn. »Die werden dich beschützen.«

Ethan würde mit dem Wagen seiner Mutter kommen. Kit hatte seinen Bruder gebeten, ihn bei Romy abzuholen. Es sollte aussehen, als hätte er die Nacht bei ihr verbracht. Am Morgen war er sogar mit den passenden Utensilien erschienen, die er in Romys Wohnung verteilte: Rasierapparat und Rasierschaum im Bad (»falls Ethan aufs Klo muss«), Socken auf dem Fußboden des Schlafzimmers, eine Socke halb unter dem Bett, Sweatshirts, die er über die Lehne eines Sessels drapierte. Als er seine Boxershorts oben auf ihren Wäschekorb legen wollte, hatte Romy protestiert.

»Kann ich dich mal was fragen?« Romy nahm einen Schluck Wein.

»Was?«

»Warum brauchst du eine Freundin zum Vorzeigen?«

»Tja«, antwortete Kit und lächelte Romy an. »Ich könnte dir die Antwort geben, aber danach müsste ich dich leider ermorden.«

»Oh.« Romy schaute in ihr Glas, runzelte die Stirn und fand seine Antwort äußerst unbefriedigend.

»Na ja, vielleicht nicht gleich ermorden«, räumte Kit ein. »Aber zumindest müsstest du eine Vertraulichkeitserklärung unterschreiben.«

»Wie war das?« Romy setzte sich auf. Hatte May nicht von Vertraulichkeitserklärungen zwischen Sadomaso-Paaren gesprochen? »Hat Lauren etwa so eine Erklärung unterschrieben?«

»Ja. Andere vor ihr auch.«

»Und aus welchem Grund?«

»Ich musste ihnen gewisse Dinge über mich anvertrauen, die sie nicht weitererzählen durften.«

»Ich würde nie etwas weitererzählen«, versprach Romy. »Würdest du mir diese Dinge denn auch anvertrauen, wenn ich so eine Erklärung unterschreibe?«

»Ich vertraue dir ohnehin, Romy. Das mit uns ist doch etwas ganz anderes als das, was ich mit den anderen Frauen hatte.«

»Inwiefern?«

»Meine Beziehung mit ihnen war – förmlicher.«

»Das klingt ja, als hättet ihr einen Vertrag gehabt.« *Oh Gott, vielleicht hatten sie tatsächlich Verträge unterzeichnet. Verträge, in denen es um harte und weiche Grenzen, enthaarte Körperpartien und Strafen ging.*

»Ich habe dir schon gesagt, dass Geld eine Rolle gespielt hat.«

Geld! Hatte May nicht davon gesprochen, dass der Gebieter auch für die materiellen Belange seiner Unterwürfigen verantwortlich war? Vielleicht hatte Kit zurzeit keine Sklavin, weil er knapp bei Kasse war. »Ich glaube, ich habe dein Geheimnis schon erraten«, sagte sie.

»Was?« Kit wirkte beunruhigt. »Ist es denn so offenkundig?«

»Oh nein, überhaupt nicht«, versicherte sie eilig. »Darauf würde man nie kommen. Die meisten jedenfalls nicht.«

»Wahrscheinlich bist du sensibler als andere.«

Was? Wie kam er denn jetzt darauf? Hilfe! Mays Bücher! Die hatte er vermutlich auf der Kücheninsel liegen sehen, weil sie nicht rechtzeitig daran gedacht hatte, sie zu verstecken. Mitten in ihrem Panikanfall klingelte es.

»Ethan«, sagte Kit, sackte in sich zusammen und wirkte jetzt restlos verstimmt.

»Der Untergang rückt näher.« Romy grinste Kit an, stand auf und lief hinaus, um die Tür zu öffnen.

Wow, dachte Romy bei Ethans Anblick. Da sah jemand tatsächlich nach Outdoor-Aktivitäten aus – mit schweren Wanderstiefeln, die schon einiges hinter sich hatten, und einer ausgeblichenen Cargohose mit ausgefranstem Saum. Im Geist sah sie Ethan, wie er sich einen Weg durch die Wildnis bahnte, um in entlegenen Dörfern Cholerakranke zu retten. Im Vergleich dazu schien ihr das geplante Junggesellenwochenende frivol und lächerlich.

»Wir trinken gerade ein Glas Wein«, begrüßte sie Ethan. »Möchtest du auch eins oder lieber einen Kaffee?«

Er warf einen Blick auf seine Uhr. »Einen Kaffee.« Im Wohnzimmer ließ er sich Kit gegenüber in einem Sessel nieder. »Bist du startklar?«, fragte er seinen Bruder.

»Wohl oder übel«, entgegnete Kit missmutig.

»Du siehst sehr … stylish aus.« Um Ethans Mund huschte ein Lächeln. »Mister Manhattan macht auf Camping.«

Kit sah ihn böse an. »Ich musste alles neu kaufen. Nur der Rucksack gehört Romy. Und der Schlafsack.«

Hätte Romy sich nicht eingeschaltet, hätte Kit sich von einer Verkäuferin einen astronomisch teuren Schlafsack aufschwatzen lassen.

»Sie sagt, der bringt mich bis zum Basislager des Mount Everest«, hatte Kit sich verteidigt.

»Ach ja?« Romy hatte den Schlafsack umgedreht und ihn untersucht. »Und wo ist der eingebaute Hubschrauber?«

»Du weißt, was ich meine.«

»Ja, aber du willst nicht zum Basislager des Mount Everest, sondern nur nach Wicklow. Du kannst meinen Schlafsack nehmen.« Nach einigem Hin und Her hatte sie ihn davon überzeugt, dass ein normaler Allwetterschlafsack für die Hügel von Wicklow genügte.

»Wann kommt ihr zurück?«, fragte Romy und reichte Ethan einen Becher Kaffee.

»Sonntag. Vorausgesetzt, ich werde dieses Wochenende überleben«, entgegnete Kit.

»Das schaffst du.« Romy, setzte sich zu Kit und sah Ethan an. »Du passt auf ihn auf, ja?«

»Natürlich.«

»Wie kommst du darauf, dass Ethan besser als ich zurechtkommt?«, fragte Kit indigniert.

»Weil ich im Dschungel war«, antwortete Ethan mit schiefem Grinsen. »Da habe ich alles gelernt, was man zum Überleben braucht.«

»Ach richtig, wie konnte ich das vergessen.«

»Und Tank ist ja auch noch da.«

»Wahrscheinlich kann er mit bloßen Händen Bäume fällen.«

»Und aus der Borke Cocktails machen.« Ethan lachte. »Es wird bestimmt lustig.«

Romy kicherte. »Und sollte es zum Schlimmsten kommen und ihr schafft es nicht, einen Unterschlupf zu bauen, können alle in deiner Daunenjacke übernachten.«

»Sehr witzig«, sagte Kit grimmig. »Der Spott wird dir

vergehen, wenn du morgen auf der Seilrutsche dem Tod ins Auge siehst.«

»Nimmst du an Hannahs Junggesellinnenwochenende teil?«, fragte Ethan.

»Nur für einen Tag. Abends fahre ich zurück. Sonst wird es mit Luke zu stressig.«

Zu Romys Erstaunen hatte Hannah die Einladung zu dem Junggesellinnenwochenende wiederholt. Nach dem Getuschel, das sie am Abend des Thanksgiving-Essens belauscht hatte, war sie davon ausgegangen, dass Hannah sie nur der Form halber gefragt hatte und nicht wollte, dass sie zu ihrer Junggesellinnenparty kam. Doch seitdem hatte Hannah mehrmals angerufen und sie gedrängt, an dem Wochenende teilzunehmen. Demnach meinte sie es ernst. Romy konnte sich keinen Reim auf ihr Benehmen machen.

»Komm doch wenigstens für einen Tag«, hatte Hannah gebettelt. »Und bitte, bring ihn mit.«

Daraufhin sagte sie zu, beschloss aber, auf keinen Fall über Nacht zu bleiben.

»Ich glaube, wir sollten langsam los.« Ethan trank seinen Kaffee aus.

»Na schön. Auf Wiedersehen, mein Schatz.« Kit drehte sich zu Romy um und überraschte sie mit einem glühenden Kuss auf den Mund. »Viel Spaß auf Hannahs Party.«

Ethan legte den Kopf schief und kniff die Augen zusammen. »Ich kann nicht fassen, dass ihr wieder zusammen seid.«

»So ist es aber«, sagte Romy betont fröhlich und schmiegte sich an Kit, um ihre Rolle als liebende Partnerin zu demonstrieren. Er legte einen Arm um sie.

Ethan krauste die Stirn und schien verwirrt.

»Ich muss mich noch von … Luke verabschieden.« Kit stand auf. Romy fand zwar, dass er die Sache übertrieb, doch er hatte sich wenigstens an Lukes Namen erinnert – obwohl sie sich fast schon an Wie-heißt-er-noch gewöhnt hatte.

»Sei leise«, bat sie ihn. »Weck ihn nicht auf.«

»Wie ich höre, hast du Kit als Handwerker eingestellt«, sagte Ethan, als Kit verschwunden war. Er grinste abfällig.

Romy gefiel dieses Grinsen nicht. »Nicht *eingestellt*. Er wird hier und da etwas reparieren, und dafür erlasse ich ihm einen Teil der Miete.«

»Kit repariert?«, sagte Ethan spöttisch. »Na dann viel Glück.«

Sein Spott gefiel Romy noch weniger. »Warum sagst du das so?«, fragte sie.

Ethan lachte. »Hast du seine sogenannten Reparaturen begutachtet?«

»Nein. Trotzdem, Kit hat eigenes Werkzeug. Das hätte er ja wohl nicht, wenn er kein Heimwerker wäre.«

»Oh ja, er hat durchaus eigenes Werkzeug.« Ethan gluckste. »Hast du das schon mal gesehen?«

»Nein.«

»Dann solltest du ihn bitten, es dir bei Gelegenheit zu zeigen«, sagte Ethan amüsiert.

»Es geht um sehr einfache Arbeiten«, entgegnete Romy verärgert. »Nur darum, in den Wohnungen das eine oder andere in Ordnung zu bringen, Regale aufzubauen und so weiter. Ich habe keineswegs vor, ihn einen Anbau errichten zu lassen oder ihn zu bitten, die elektrischen Leitungen im Haus neu zu verlegen.«

»Gott sei Dank.«

»Was soll das, Ethan?«

Ethan seufzte. »Lass es mich mal so sagen: Kit repariert ebenso gut, wie meine Mutter kocht.«

»Tut mir leid, aber da irrst du dich. Neulich hat er bei einer Mieterin ein Regal angebracht, und sie ist mit seiner Arbeit hochzufrieden, das hat sie mir selbst gesagt.«

Ethan schürzte die Lippen und sah sie vielsagend an.

»Oh«, sagte Romy, als ihr klar wurde, was er meinte. Kits Mutter war eine katastrophale Köchin, doch da niemand sie kränken wollte, tat jeder so, als wären ihre Mahlzeiten ein Genuss.

»Genau, oh.«

Mist, dachte Romy und beschloss, sich Mays Regal so bald wie möglich anzusehen.

Kit kehrte zurück. »Wir können los«, sagte er.

Romy begleitete die beiden zur Haustür. »Amüsiert euch. Und passt aufeinander auf.«

»Bis Sonntag.« Kit nahm sie in die Arme und küsste sie innig auf den Mund.

Er kann immer noch wundervoll küssen, ging es Romy durch den Kopf. Sie legte die Arme um seinen Hals und erwiderte seinen Kuss. Als Kit sich von ihr löste, saß Ethan schon im Wagen. Doch er beobachtete sie und wirkte keineswegs erfreut.

Romy winkte ihnen nach. Dann schlang sie die Arme um ihren Leib und wünschte Ethan zum Teufel. Es brachte sie aus dem Tritt, wenn er sie und Kit mit finsterem Blick musterte oder Bemerkungen über Kits Handwerkskünste fallen ließ. Sie wandte sich ab und kehrte ins Haus zurück. Bei dem Gedanken, was Kit in ihrem schönen Haus anrichten konnte, wurde ihr mulmig. Lesley war auf dem Weg zu ihr, deshalb wollte sie die Wohnung nicht verlassen, doch sie nahm sich vor, Mays Regal so bald wie möglich in Augenschein zu nehmen.

»Kein Danny?«, fragte Lesley, als sie und Romy auf dem Sofa saßen, Wein tranken und Romys selbstgemachte Pizza aßen.

»Nein. Er hat sich von ein paar Freunden beschwatzen lassen, mit ihnen um die Häuser zu ziehen. Endlich.«

»Dann haut wenigstens einer von uns auf den Putz.«

»Ich muss dir was sagen«, begann Romy. »Ich glaube, was Kit betrifft, könntest du recht haben.«

Lesley blieb der Mund offen stehen. Dann schluckte sie und fragte: »Sprichst du von BDSM?«

Romy nickte.

»Oh Gott«, flüsterte Lesley. »Hat er einen Vorstoß gemacht?«

»Nein, aber er hat ein paar Dinge gesagt, die mich ins Grübeln gebracht haben.«

»Erzähl bitte ganz genau«, bat Lesley. »Von Anfang an.«

»Gott, so aufregend ist es auch wieder nicht. Neulich hat er gesagt, dass er wieder mehr Disziplin in seinem Leben braucht.«

»Hat er tatsächlich von *Disziplin* gesprochen?«

»Ja.«

»Sehr gut, das kommt zu den Beweisen. Obwohl, richtig hieb- und stichfest ist es noch nicht. Was noch?«

»Heute habe ich ihn gefragt, warum er nur zum Schein eine Freundin braucht. Kit hat geantwortet, bevor er mir das verrät, müsste ich eine Vertraulichkeitserklärung unterschreiben. Seine früheren Freundinnen haben das auch getan.«

»Oh mein Gott!«, hauchte Lesley. »Eine Vertraulichkeitserklärung. Wie bei May und ihrem Herrn.«

»Das habe ich auch gedacht. Ich habe ihm erklärt, ich könne mir sein Geheimnis schon denken. Da ist er ziemlich nervös geworden und wollte wissen, ob es denn so offenkundig sei. Das habe ich verneint. Daraufhin hat er gesagt, ich sei da wahrscheinlich sensibler als andere.«

Lesley legte die Stirn in Falten. »Und was wollte er damit sagen?«

»Das weiß ich nicht genau. Aber er hat Mays Bücher bei mir in der Küche entdeckt – glaube ich jedenfalls. Ich habe noch versucht, sie zu verstecken, aber vorher war er eine Weile allein in der Küche. Er könnte sie gesehen haben.«

»Das muss es sein! Er hat die Bücher gesehen, sich gesagt, dass du auf so etwas stehst und deshalb Gleichgesinnte erkennst.«

»Vielleicht. Aber wenn es so wäre, warum spricht er es dann nicht offen an?«

»Keine Ahnung. Vielleicht geben diese Leute sich mit einem geheimen Handschlag zu erkennen. Okay, weiter, was noch?«

»Nichts mehr.« Romy dachte an das Tuch, das Kit ihr vor einem Jahr um die Augen gebunden hatte, doch das wollte sie nicht erwähnen, sonst würde Lesley es als letzten Beweis betrachten. Verdächtig war höchstens, wie selbstverständlich er das Tuch damals verwendet hatte. »Ich wünschte wirklich, ich wüsste, worum es geht.«

»Du musst ihn überführen.«

»Aber wie?«

»Hm«, machte Lesley und rieb ihr Kinn. »Ah, da kommt mir eine Idee. Er ist doch übers Wochenende weg, oder?«

»Ja, bei Tanks Junggesellenparty.«

»Und du hast den Schlüssel zu seiner Wohnung.«

»Schon, aber …«

»Kein Aber. Wir gehen nach unten und schauen uns dort um.«

»Und wonach suchen wir?«

»Nach Sexspielzeug, Lederkleidung und so weiter«, entgegnete Lesley mit glänzenden Augen. »Vielleicht kommen wir ja sogar in seinen Computer.«

»Nein, Lesley. Ich werde nicht in Kits Wohnung herumschnüffeln.«

»Dann tue ich es.« Lesley sprang auf und streckte die Hand aus. »Gib mir den Schlüssel.«

»Kommt nicht infrage.«

»Er wird nie erfahren, dass ich da war. Es wird nur eine einfache Durchsuchung. Hast du zufällig Latexhandschuhe?«

»Wie bitte?«

»Oder die dünnen, die man beim Haarefärben benutzt?«

»Du bist nicht ganz bei Trost. Du kannst doch nicht so einfach in jemandes Privatleben eindringen.«

»Na gut, vielleicht nicht.« Lesley ließ sich auf die Couch fallen. »Dann müssen wir uns eben etwas anderes ausdenken.«

»Wie wäre es denn damit?«, begann Romy bedächtig. »Nächstes Wochenende begleite ich Kit zu Hannahs Hochzeit und übernachte mit ihm im selben Zimmer. Da könnte sich eine Möglichkeit ergeben.«

»Großartig. Wir stellen ihm eine Falle.«

»Aber wie?«

»Na, du nimmst irgendetwas mit. Einen Rohrstock oder so. Und den lässt du offen herumliegen. Kit wird annehmen, dass ihr im selben Boot sitzt und er frei von der Leber weg reden kann.«

»Ich habe keinen Rohrstock. Und ich möchte auch keinen kaufen, nur um Kit eine Falle zu stellen.«

»May hat bestimmt einen, den sie dir leihen kann.«

»Vermutlich. Aber was ist, wenn Kit gar nichts Abartiges mag? Dann wird er annehmen, ich wäre so gepolt, und alles wird total peinlich.«

»Dann nimm etwas Obskures mit, etwas, das die meisten Leute nicht erkennen. Erinnerst du dich noch an das komische Zeug, das wir auf den Websites gesehen haben?«

»Ah, gute Idee. Ich werde May fragen, ob sie so was hat.«

»Du machst ihm an dem Abend einschlägige Avancen, dann wissen wir mehr.«

»Und wie sollen die deiner Meinung nach aussehen?«

»Na, du machst einen eher harmlosen Vorschlag und fragst, ob er damit einverstanden sei. Du kannst ja sagen, du wärst Anfängerin und zu fortgeschrittenen Praktiken noch nicht bereit.«

»Ich weiß nicht«, antwortete Romy wenig begeistert.

»Okay, sagen wir mal, er wäre so veranlagt. Würdest du dann immer noch mit ihm zusammen sein wollen oder nicht?«

»Ich würde es mit ihm versuchen wollen«, entgegnete Romy unsicher. »Immerhin ist er Lukes Vater.«

»Na, dann könntest du doch anregen, dass er dich schlägt. Das wäre doch noch im Rahmen, oder?«

»Nur, wenn ich ihn danach nie wieder sehen muss.«

»Und was ist mit Fesseln? Du könntest dich fesseln lassen und ihm gestatten, einen Vibrator zu benutzen.«

»Ich könnte mir die Augen verbinden lassen«, schlug Romy vor und dachte an das Tuch damals im Kleiderschrank. Das war erregend gewesen, dagegen hatte sie nichts einzuwenden.

»Das ist die richtige Einstellung«, lobte Lesley. »Wer weiß, ob du danach nicht Lust kriegst, noch ein bisschen weiter zu gehen.«

»Eher nicht«, meinte Romy.

Lesley schien etwas einzufallen, sie runzelte die Stirn. »Übrigens«, sagte sie schließlich. »Es gäbe ja auch noch eine andere Möglichkeit.«

»Ach ja? Welche?«

»Er könnte schwul sein.«

»Das ist er nicht.«

»Woher willst du das wissen?«

»Hallo? Vielleicht weil wir mal zusammen waren? Meinst du nicht, das wäre mir damals aufgefallen?«

»Ja aber, denk an das Beweismaterial. Ich sage nur Analstöpsel. Kit könnte vermutet haben, dass du dank Danny Schwule erkennst, und hat vielleicht angenommen, dass du deshalb weißt, was er verbirgt. Dazu würde doch auch passen, dass er dich nur zum Schein zur Freundin haben möchte, wie alle Schwulen, die sich nicht outen wollen. Du bist seine Tarnung. Mensch, ich frage mich, wieso wir nicht schon früher darauf gekommen sind.«

»Weil er und ich uns zwei Jahre lang wie die Wilden geküsst haben.«

»Eben. Und sonst war nichts. Das muss dir doch zu denken geben. Aber selbst wenn er damals mit dir zusammen war, könnte er sich seitdem doch neu orientiert haben, oder?«

»Du vergisst anscheinend, dass er Lukes Vater ist.«

»Ach ja. Mist.« Lesleys Miene trübte sich. »Aber hast du nicht gesagt, dass er an diese Nacht nicht mehr erinnert werden mag? Vielleicht macht er es sonst nie mit Frauen.«

Romy dachte an Kits Worte und erschrak. Hatte er nicht gesagt, er habe schon Sex gehabt, aber nicht auf diese Weise? »Oh Gott«, sagte sie leise. »Ich glaube, du könntest recht haben.«

»Ich habe eine Idee«, verkündete Lesley. »Wenn ihr in

eurem Hotelzimmer seid, stellst du ihm eine doppelte Falle. Wenn er auf BDSM nicht anspringt, versuchst du, ihn auf die übliche Tour zu verführen. Dazu musst du nicht mal etwas mitnehmen, du hast ja alles dabei, was man braucht.«

»Ach nein, lieber nicht.«

»Na komm, Romy. Sag dir immer, dass du vielleicht eine Beziehung mit ihm haben möchtest. Da muss man vorher doch wissen, ob der andere schwul ist oder nicht. Du hast gesagt, wenn er seltsamen Sex mag, würdest du es vielleicht mit ihm versuchen, aber was ist, wenn er gar keinen Sex will?«

»Verdammt.« Romy schaute zu Boden. Lesleys Frage war berechtigt, daran war nicht zu rütteln. »Also gut, ich mache es, wie du vorgeschlagen hast. Morgen gehe ich zu May und schaue, ob ich mir irgendetwas Harmloses borgen kann. Ich muss sie ohnehin besuchen.«

Bevor sie sich am nächsten Morgen zu Hannahs Junggesellinnenparty aufmachte, schaute Romy bei May vorbei, um ihr die Bücher zurückzubringen und einen Blick auf Kits Regal zu werfen.

»Hallo, Romy«, begrüßte May sie an der Tür und winkte sie herein.

Romy deutete auf die Bücher. »Die wollte ich zurückgeben«, sagte sie und trat an ihrer Mieterin vorbei in den Flur.

»Ach, das hätte doch noch Zeit gehabt. Meinetwegen darfst du sie so lange behalten, wie du sie brauchst. Möchtest du eine Tasse Kaffee?«

»Ja gern, vielen Dank. Ich habe sowieso noch ein paar Fragen. Soll ich die Bücher schon ins Regal stellen?«

»Fragen?« May strahlte. »Komm, gib mir die Bücher, ich räume sie später ein.«

Romy überreichte ihr den Stapel widerstrebend. May führte sie in die Küche. »Ach übrigens, Kit hat neulich sein Werkzeug bei mir liegen lassen. Vielleicht nimmst du es für ihn mit. Ich habe ein paarmal bei ihm geklopft, aber er scheint nie zuhause zu sein.«

»Hin und wieder schon, aber jetzt ist er bei einem Junggesellenwochenende. Ich gebe es ihm, wenn er zurückkommt.«

Während May Kaffee kochte, setzte Romy sich an den kleinen Küchentisch und klappte den Werkzeugasten auf. In dem obersten Schubfach befand sich das Übliche: Schrauben, Nägel und Dübel. Erst als sie das Fach herauszog und sah, was darunter lag, war sie baff, denn die Griffe von Hammer, Scheren, Schraubenzieher, und der kleinen Säge waren sämtlich geblümt, selbst die Einfassung der Wasserwaage. Zudem waren es Werkzeuge, die man vielleicht in einem Designerladen fand, aber nicht in einem Baumarkt oder einer Eisenwarenhandlung, Dinge, die man womöglich einer Frau zu Weihnachten schenkte. Romy wog den Hammer in der Hand und sagte sich, dass dies trotz allem noch ein Hammer mit der notwendigen Schwere war, ganz gleich wie sein Griff aussah. Aber ein ausreichender Trost war das nicht. Sie musste sich das Regal anschauen.

»Was wolltest du mich fragen?« May stellte die Kaffeekanne auf den Tisch, brachte zwei Porzellantassen und ließ sich Romy gegenüber nieder.

»Ach ja, richtig. Eigentlich ist es gar keine Frage, sondern eine Bitte«, sagte sie. »Ich wollte mir nämlich etwas von dir borgen – falls du so was hast. Es geht um eine Art Rädchen.« Am Abend zuvor hatten sie und Lesley die Websites von Sexshops durchstöbert und etwas entdeckt, das wie eine Kreuzung aus Löffel und Pizzaschneider aussah. Es war klein genug, um in eine Handtasche zu passen, und sie hatten beschlossen, dass Romy so etwas mitnehmen sollte.

»Ich weiß, was du meinst«, sagte May entzückt. »So etwas habe ich mit Sicherheit in meiner Spezialitätenkiste. Wir schauen später danach. War das alles?«

»Ja. Ist das etwas, das jeder BDSMler erkennt«, erkundigte sich Romy. »Ich meine, wird das für gewöhnlich benutzt?«

»Oh ja, jeder in der Gemeinde weiß, was das ist – und was man damit macht.«

»Ah, das ist gut.«

»Damit kann man sich großartig amüsieren.« May zwinkerte Romy zu. »Möchtest du sonst noch etwas testen? Du musst es nur sagen.«

»Ähm, nein. Das war's fürs Erste.« Romy nippte an ihrem Kaffee. »Du hast diesen … Lebensstil genossen, nicht wahr?«

»Ich habe ihn geliebt. Für mich hat er damals einem tiefen inneren Bedürfnis entsprochen. Ich fand ihn extrem befreiend.«

»Befreiend?« Romy erinnerte sich an die Fotos der gefesselten oder verschnürten May. Als befreiend hätte sie die Situationen eher nicht bezeichnet.

»Die Ironie ist mir durchaus bewusst«, sagte May lächelnd.

»Und warum hast du diese Praktiken aufgegeben?«

»Weil mein Gebieter gestorben ist«, antwortete May niedergeschlagen.

»Oh, das tut mir leid.«

»Danke, Schätzchen. Natürlich hätte ich einen anderen finden können, doch wir hatten eine schöne Beziehung, und mir stand der Sinn nicht danach, mich einem anderen unterzuordnen. Weißt du, die meisten Verbindungen dieser Art sind weder von romantischen Gefühlen noch überhaupt von tieferen Emotionen geprägt, sondern gleichen eher einer Geschäftsbeziehung. Aber wir haben einander geliebt, und als er tot war, wollte ich ihn nicht ersetzen.«

»Wie alt warst du denn, als er gestorben ist?«

»So um die fünfunddreißig.«

»Und seitdem hast du die Rolle der Unterwürfigen nie mehr gespielt?«

»Nein. Ich fand, dass ich diesen Aspekt der Sexualität voll ausgekostet hatte. Eine Wiederholung hätte mich nur eingeschränkt. Bei Marcus habe ich das nie so empfunden, denn uns hat mehr als Sex verbunden. Aber noch mal mit jemanden zu beginnen – nein, das wollte ich nicht.«

»Was hast du denn stattdessen gemacht?«

May lachte auf. »Ich bin mit einem Zirkus durchgebrannt. Ungelogen.«

»Oh«, sagte Romy beeindruckt.

»In Barcelona habe ich mich den Leuten angeschlossen und bin mit ihnen ein Jahr lang durch Spanien gereist. Ich war für die Kostüme zuständig, habe sie zum Teil auch genäht. Es war eine langweilige Arbeit, fürchte ich.«

Romy fand, dass es alles andere als langweilig klang.

»Im Zirkus lernt man die erstaunlichsten Menschen kennen. Da war ein Akrobat aus Jamaika …« May nahm versonnen einen Schluck Kaffee. »Sei's drum«, setzte sie forsch hinzu. »Sollen wir dein Rädchen suchen gehen?«

»Ich würde mir gern mal Kits Regal ansehen.« Romy folgte May ins Wohnzimmer.

»Mit dem bin ich sehr glücklich«, gab May über die Schulter zurück. »Hatte ich das noch nicht erwähnt? Hier.«

May deutete auf Regalbretter, die in einer Nische angebracht worden waren – eindeutig schief.«

»Oh May, wenn ich das gewusst hätte.«

»Es sieht wunderbar aus, nicht wahr?« May drehte sich um, und Romy konnte nicht fassen, dass sie tatsächlich strahlte.

»Sind die Bretter nicht ein bisschen …«

»Kit hat sie so angebracht, dass ich an jedes Fach komme. Und beim Anstreichen hat er den gewünschten Farbton perfekt getroffen.«

»Das ist ein Superregal, vorausgesetzt, du möchtest nichts hineinstellen. Falls du das doch vorhast, könnte es problematisch werden.«

»Warum?« May runzelte die Stirn. »Glaubst du, die Bretter sind zu schwach?«

Romy trat näher an das Regal heran und untersuchte die Halterungen darunter, die nur lose an der Wand saßen. Sie tippte ein Brett an, das daraufhin gefährlich anfing zu wackeln. »May, wenn du nur eine Postkarte hineinlegst, bricht das Ding zusammen.«

»Bist du sicher?« May legte den Kopf schief und studierte ihr Regal.

»Anderseits kannst du gar keine Postkarte hineinlegen, denn sie würde sofort runterrutschen. Das Regal ist schief.«

»Wirklich?« May trat einen Schritt vor und beäugte die Bretter. »Das ist mir nicht aufgefallen, aber ich sehe auch nicht mehr so gut.«

»Wenn du magst, bringe ich es richtig an.«

»Das ist nicht nötig, mir gefällt es.« May verschränkte die Arme vor der Brust und sah Romy an, wie um zu sagen, *wage es ja nicht, weiter an Kits Arbeit herumzumäkeln*. »Ich bin der Ansicht, dass Kit tipptopp gearbeitet hat.«

»Aber so kannst du es doch nicht lassen.«

»Hm. Na, dann könntest du ihm ja vielleicht erklären, was er anders machen soll, und er wird es ein bisschen richten. Er wollte sowieso in der nächsten Woche vorbeikommen, um meine Schaukel aufzuhängen.«

Romy schluckte. »Nein, May, ich werde nicht zulassen, dass er die Schaukel befestigt. Sie könnte dein Tod sein.« Wacklige Regalbretter waren eine Sache, aber sie würde Kit nicht gestatten, eine Sexschaukel anzubringen, die das Gewicht zweier Menschen tragen sollte. Sie wollte auch nicht diejenige sein, die May und Frank nachher vom Boden auflesen musste.

May war blass geworden. »Oh«, sagte sie.

»Ich werde die Schaukel selbst aufhängen.«

»Tja, das wäre dann vielleicht das Beste. Aber bitte sag es Kit so, dass du seine Gefühle nicht verletzt. Und bitte erwähne das Regal nicht. Er ist ein so reizender junger Mann und hat bestimmt getan, was er konnte. Wir lassen es einfach so.«

»Und was ist, wenn du etwas hineinstellen möchtest? Im Moment ist es doch völlig nutzlos.«

»Aber im Leben gibt es doch wohl wichtigere Dinge als ein Regal, oder nicht? Für das Ego eines Mannes ist es nicht gut, wenn eine Frau seine Fähigkeiten ständig infrage stellt, erst recht nicht, wenn er irgendetwas selbst gebaut hat. Männer möchten sich nützlich fühlen – nützlich und geschickt.«

»Nur dass Kit nicht geschickt ist.«

May sah sie streng an. »Tut mir leid, Romy, aber wenn du Kits Sklavin werden willst, solltest du dich daran gewöhnen, unbeanstandet hinzunehmen, was immer er tut.«

»Selbst wenn es eine Katastrophe ist?«

»Es ist nicht an dir, das zu entscheiden.«

»Wäre er als Dominanter denn auch für die Ausrüstung zuständig? Ich habe Vorrichtungen gesehen, die gefährlich werden können, wenn sie nicht richtig angebracht sind.«

»Dafür muss er nicht zuständig sein. So etwas kann auch zu den Pflichten der Unterwürfigen zählen. Doch das sind Regeln, auf die ihr euch zu Beginn einigt. Aber danach musst du ihm seine Entscheidungen überlassen und darauf vertrauen, dass er für euch beide das Richtige wählt. Denn du wirst dich ihm vollständig unterwerfen oder zumindest während der Dauer eures Spiels.«

»Also nur während des Spiels, ja? Vorher und nachher kann man auf die ganze Unterwerfung und den Gehorsam verzichten?«

»Ja, sicher. Zwar gibt es Paare, die rund um die Uhr in ihren Rollen bleiben – man bezeichnet so etwas als totales Machtverhältnis –, aber die findet man nur selten. Für die meisten Menschen sind die Situationen zu intensiv, um sie auf Dauer durchzuhalten.«

»Also könnte ich ihm in der Auszeit sagen, dass er Mist gebaut hat, oder?«

»Liebe Romy«, sagte May bekümmert und tätschelte Romys Schulter. »Du weißt, dass ich dich sehr gernhabe und dich für eine tolle Frau halte, deshalb versteh das jetzt bitte nicht falsch, aber ich bin mir nicht ganz sicher, ob du tatsächlich das Zeug zur Unterwürfigen hast.«

Ich mir auch nicht, dachte Romy.

»Möchtest du immer noch, dass ich das Rädchen heraussuche?«

»Doch, ich glaube schon. Ein Versuch kann ja nicht schaden, oder?«

»Dann warte hier einen Moment. Meine Spielzeugkiste steht im Schlafzimmer.«

Als May verschwunden war, sah Romy sich um. Ihr Blick fiel auf einen Stapel gerahmter Fotos. Sie lagen auf dem Sessel und sollten vermutlich im Regal aufgestellt werden. Romy nahm sie auf und schaute sich ein Bild nach dem anderen an. Einige hatte May ihr früher schon gezeigt, Fotos von einer jungen und schönen May als Ophelia am Abbey Theatre, andere, auf denen sie etwas älter war und in der Royal Shakespeare Company die Lady Macbeth spielte. Romy kannte die Geschichten von Mays abenteuerlustigem und reichlich exzentrischem Leben, wusste von dem Skandal, der dazu geführt hatte, dass May von ihrer steinreichen, aristokratischen Familie verstoßen worden war und daraufhin ein karges Dasein als Schauspielerin gefristet hatte, zuerst in Dublin, danach in London. Für die meisten Menschen wäre das schon genügend Aufregung für ihr ganzes Leben gewesen, doch wie Romy in jüngster Zeit gelernt hatte, war es bei May nur die Spitze des Eisbergs gewesen. Romy seufzte und hatte das Gefühl, dass sie im Vergleich zu May noch gar nicht gelebt hatte und es auch nie tun würde. Oder zumindest hatte May die Messlatte so hoch gelegt – Skandale, geheime sexuelle Abenteuer, jamaikanische Akrobaten, Reisen mit einem Zirkus –, dass Romy nie heranreichen würde, ganz gleich, was sie tat.

»Da bin ich wieder.« May trug eine große Kiste herein. »Hier findest du alles, was du brauchst.« Sie stellte die Kiste auf den Couchtisch und klappte den Deckel auf. »Nimm dir, was du magst.«

»Wow«, sagte Romy beeindruckt und begann in der Kiste zu kramen, es war eine Schatzkiste wie im Märchen, nur das diese voller Sexspielzeug war, bei dem Romy vor wenigen Tagen größtenteils nicht einmal gewusst hätte, was es war. Sie entdeckte das Rädchen, nahm es heraus, suchte weiter und holte ein Joch hervor. »Darf ich das auch haben?«, fragte sie. Sie war sich nicht sicher, dass jeder das Rädchen als Sexspielzeug erkannte. Nach Romys Meinung wirkte es zu sehr wie ein Pizzaschneider. Mit dem Joch ging sie auf Nummer sicher.

»Du darfst dir nehmen, was du willst«, betonte May und begann ihrerseits in der Kiste zu wühlen. »Hier sind auch noch ein Paar Handschellen. Und da ist ein kleiner Ball, der als Knebel dient. Ach, und die Brustwarzenklemmen, die musst du unbedingt versuchen. Sie machen großen Spaß.« Ein Teil nach dem anderen zog May aus der Kiste heraus und reichte es Romy.

»Danke, May, sehr nett«, sagte Romy, als sie mehr Stöcke, Augenbinden, unterschiedlichste Fesseln nicht tragen konnte. »Ich glaube, damit komme ich eine Weile aus.«

»Keine Ursache, Schätzchen. Lass mich demnächst mal wissen, wie du mit allem zurechtgekommen bist.«

»Aber selbstverständlich.« Romy würde nichts davon verwenden, doch wie konnte sie das dieser liebenswürdigen und großzügigen Frau sagen. Lediglich das Rädchen und das Joch würde sie zu ihrem Gepäck für das Hochzeitswochenende stecken und das auch nur, um Kit zu testen. Den Rest würde sie tief hinten in ihrem Schrank verstauen und May nach einem angemessenen Zeitraum ungebraucht zurückgeben.

May wiegte den Kopf. »Ich weiß nicht, Romy, aber ich kann dich immer noch nicht richtig als Sklavin sehen.«

»Ich mich auch nicht«, antwortete Romy. »Aber woher will man so was vorher wissen.«

15

Am Abend erklärte Danny sich bereit, Luke zu baden und schlafen zu legen. Romy entspannte sich bei einem Glas Wein, denn sie hatte einen anstrengenden Tag hinter sich. Nach ihrem Besuch bei May hatte sie ihre Spielzeugbeute in Sicherheit gebracht und war mit Luke durch ein Unwetter zu dem Abenteuerpark gefahren, in dem die Junggesellinnenparty stattfand. Als sie mit den ersten Aktivitäten begannen, wurde der Himmel zum Glück heller, und der Regen hörte auf. Romy nahm am Bogenschießen teil, schoss auf Tontauben, sprang von einem Turm und hangelte sich an einem Seil entlang, das zwischen hohen Bäumen gespannt worden war. Es hatte Spaß gemacht, doch hinterher war sie erledigt.

Anfangs hatte sie sich noch gefragt, ob es tatsächlich klug war, Luke zu einer Junggesellinnenparty mitzunehmen, die in einem Abenteuerpark stattfand, doch Hannah und ihre Freundinnen hatten ihn mit offenen Armen empfangen und ihn gar nicht mehr hergeben wollen. Romy hatte ihn kaum noch zu sehen bekommen, denn Laura Masterson hatte ihn gleich nach Romys Ankunft an sich genommen und sich sofort in ihn verliebt. Im Lauf des Tages wechselten die Frauen sich bei den Aktivitäten ab, und Luke wurde von einer zur anderen gereicht. Als die Übungen schwieriger und extremer wurden, fingen die Frauen sogar an, sich um ihn zu streiten.

»Ich glaube, die Seilrutsche lasse ich aus«, erklärte Denise, eine von Hannahs Brautjungfern, beiläufig. »In der Zeit kann ich auf Luke aufpassen und seine Windeln wechseln.«

»Kommt nicht in die Tüte«, erwiderte eine andere Brautjungfer. »Du hattest ihn schon an der Kletterwand. Ich wechsele seine Windeln, und du machst die Seilrutsche.«

»Das kann ich nicht annehmen«, schaltete Romy sich ein. »Wenn seine Windeln gewechselt werden müssen, mache ich das.«

»Das ist für mich kein Problem«, antworteten die beiden Frau im Chor. Andere machten geltend, dass sie schon jede Menge Neffen und Nichten gewickelt hatten und außerdem Übung für ihre späteren Babys brauchten, sodass sie durchaus gewillt seien, auf Kletterwand oder Seilrutsche zu verzichten, Romy solle ruhig alles mitmachen.

»Wir sind ja morgen noch hier«, betonten sie. »Du aber nur für einen Tag. Wir möchten nicht, dass dir etwas entgeht.«

Im Vergleich zur Seilrutsche schien sogar Lukes volle Windel ihren Schrecken verloren zu haben.

Schon Hannah zuliebe wollte Romy sich als unermüdlich erweisen, nahm an allem teil und fand sogar Gefallen daran. Nur am Mittag setzte sie sich, um Luke zu füttern, doch selbst da wollte Laura ihm die Flasche geben und sagte, Romy solle in Ruhe etwas essen. Nach dem Essen trat eine zarte kleine Frau zu Romy und sah sie flehend an.

»Darf ich Luke bitte als Nächste haben?«, fragte sie. »Gleich sollen wir allen Ernstes über ein Hochseil laufen. Ich frage mich wirklich, was Hannah dazu gebracht hat, sich so was für eine Junggesellinnenparty auszudenken. Ich dachte, wir besuchen ein Wellness Center, kriegen Gesichtspackungen und Maniküren. Stattdessen sind wir in einem Scheißtrainingslager gelandet und schwingen uns von Baum zu Baum.«

Romy zuckte mit den Schultern, setzte tapfer ihren Helm auf, legte ihren Gurt an und machte weiter. Als sie am Abend mit Luke aufbrach, winkte ihm seine Fangemeinde nach. Wahrscheinlich konnte sie froh sein, dass ihn keine der Frauen entführt hatte.

Danny kehrte auf leisen Sohlen zurück und sagte: »Er schläft.«

»Gott sei Dank. Das Essen ist schon auf dem Weg.« Sie war so geschafft, dass sie, statt zu kochen, etwas vom Inder bestellt hatte. Sie hatte nur noch einen Wunsch: mit Danny einen ruhigen Abend zu verbringen und einen Film zu schauen.

Danny setzte sich zu ihr aufs Sofa. Romy schenkte ihm ein Glas Wein ein.

»Wie war's gestern Abend?«, erkundigte sie sich.

Danny zuckte mit den Schultern. »So einigermaßen. Wir sind auf der Party eines Typen gelandet, den Neil im George kennengelernt hatte. War ein bisschen chaotisch. Ich bin nicht lange geblieben und war früh wieder zuhause.«

Romy lächelte ihn mitfühlend an. Danny war von jeher ruhig und scheu gewesen und hatte sich nie viel aus wilden Partys und Clubnächten gemacht. Aber wo sonst konnte ein Schwuler einen anderen kennenlernen? In der Volkshochschule?

»Vielleicht solltest du es wie Lesley mit Internet-Dates versuchen.«

»Bitte, Romy, du kennst die Websites für Schwule. Die sind grotesk.«

Romy gab ihm recht. Als sie die Websites erstmals gesehen hatte, hatten sich ihr die Haare gesträubt. Die Fotos von Typen in Unterhose mochten ja noch angehen, aber andere hatten ihren Penis als ihren Avatar abgebildet oder das, was angeblich ihr Penis war. Und keiner machte einen Hehl aus dem, was er suchte. Da gab es keine netten Vorschläge, bei denen es um lange gemeinsame Strandwanderungen und Kinobesuche ging. Stattdessen kam man gleich zum Punkt und listete die bevorzugten sexuellen Aktivitäten auf. Lesley mochte ihre Internet-Dates ja frustrierend finden, doch zumindest verlangte niemand von ihr, ihre Genitalien zu beschreiben oder zu gestehen, dass sie es am liebsten von hinten hatte. Romy war der Ansicht, dass man jemanden zuerst ein wenig kennenlernen sollte, bevor man die Größe seines Penis erfuhr oder herausfand, dass derjenige auf Dreier stand. Ein paar Geheimnisse, fand sie, sollte man dem anderen schon noch für eine Weile lassen.

»Vielleicht lernst du ja durch deine Arbeit wieder mal jemanden kennen«, tröstete sie ihren Bruder, denn das schien ihr zurzeit die beste Möglichkeit zu sein. »Heute Abend darfst du den Film aussuchen«, setzte sie großmütig hinzu. »Aber es muss *Moulin Rouge* sein, den möchte ich nämlich sehen.« In dem Moment läutete es an der Haustür. Romy lief nach unten, um das bestellte Essen in Empfang zu nehmen.

Sie und Danny hatten gerade mit dem Essen begonnen und die ersten Minuten von *Moulin Rouge* gesehen, als es an der Wohnungstür klopfte. »Das wird einer der Mieter sein«, sagte Romy, stoppte den Film und ging hinaus, um zu öffnen.

Zu ihrem Erstaunen stand Kit auf der Schwelle, atmete schwer und wirkte aufgelöst. Er warf Romy einen wilden

Blick zu, ehe er an ihr vorbei in die Wohnung stürmte und einen Schwall kalter feuchter Luft mit hereinbrachte.

»Kit!« Sie folgte ihm ins Wohnzimmer. »Was tust du hier? Ich dachte, du bist dabei, einen Unterschlupf zu bauen.«

»Ich bin geflohen«, keuchte er und fuchtelte mit den Armen, ehe er die Daunenjacke abstreifte und sich in den nächstbesten Sessel fallen ließ. »Hallo, Danny.«

»Wie bist du hergekommen?«

»Verdammt, fast hätte ich den Taxifahrer vergessen, der unten auf sein Geld wartet. Kannst du mir ein bisschen was leihen? Ich zahle es morgen zurück.«

»Ja, okay.« Romy fing Dannys finsteren Blick auf, lief hinaus in den Flur, holte ihr Portemonnaie aus der Handtasche und rannte die Treppe hinunter. An der Straße stand ein Taxi mit laufendem Motor. Romy bezahlte den Fahrer und kehrte ins Haus zurück.

»Was ist denn passiert?«, fragte sie Kit, als sie wieder im Wohnzimmer war.

»Ha! Ich bin findiger, als ich dachte, als jeder gedacht hat. – Ist das Essen vom Inder?«

»Ich hole dir einen Teller«, antwortete Romy ergeben, denn Kit sah aus, als würde er gleich anfangen zu sabbern. Sie verließ das Zimmer, wärmte in der Küche einen Teller in der Mikrowelle, legte Besteck auf ein Tablett und stellte ein Glas dazu.

Zurück im Wohnzimmer stellte sie alles auf dem Couchtisch ab und schenkte Kit ein Glas Wein ein. Als sie ihm das Glas reichte, streifte sie seine Hand. »Du liebe Zeit«, sagte sie. »Du bist ja halb erfroren.«

»Natürlich bin ich halb erfroren. Du solltest mich in Aluminiumfolie wickeln und mir einen Becher heißen Kakao einflößen. Ich habe Schreckliches hinter mir.«

»Der Wein und das scharfe Essen müssen vorerst genügen. Ich könnte dir höchstens eine Daunendecke holen.«

»Lass nur.« Kit nahm einen großen Schluck Wein. »Mir wird schon noch warm.«

»Gut, dass du die Daunenjacke dabeihattest.« Romy nickte zu dem Sessel hinüber, auf den Kit die Jacke geworfen hatte.

»Ohne die wäre ich gestorben.« Kit rutschte mit dem Sessel vor, lud eine ordentliche Portion auf seinen Teller und riss ein großes Stück Naan-Brot ab. »Das Essen wird mich wiederbeleben.«

Romy musste lächeln, als er sich wie ein Verhungernder über seinen Teller hermachte. »Gut, aber jetzt sag endlich, was vorgefallen ist. Und wie bist du überhaupt von da weggekommen?«

»Dank meines Einfallsreichtums. Aber es ging ja den ganzen Tag um tolle Ideen. Wenn man so will, habe ich gesiegt.«

»Ich kann mir nicht vorstellen, dass Flucht zu den tollen Ideen gehört hat.«

»Warum denn nicht? Wir sollten tun, als hätten wir einen Flugzeugabsturz überlebt. Wir mussten unseren Verstand, und was wir sonst noch dabeihatten, nutzen, um es zurück in die Zivilisation zu schaffen.« Kit umfasste den Raum mit einer weiten Armbewegung. »Und hier bin ich. Wieder in der Zivilisation.«

Romy lachte. »Deine Aufgabe war es, in der *Wildnis* zu überleben.«

»Geschenkt. Für mich zählt, dass ich hier sitze, Wein trinke und esse. Betrachtet mich als gerettet. Im Gegensatz zu den anderen, die immer noch an einem gottverlassenen Hang hocken und sich von Beeren und verdächtigen Pilzen ernähren. Mit denen wollte ich keinen Flugzeugabsturz überleben.«

»Es sollte ein Spaß sein, Kit. Eine Junggesellenparty. Da flüchtet man doch nicht.«

»Ich weiß nicht«, sagte Danny. »Ich war auf einigen dieser Partys und wäre auch gern geflohen.«

»Aber wie hast du denn den Heimweg gefunden? Hast du den anderen gesagt, dass du sie verlässt?«

»Ja, Ethan. Ich habe ihm erklärt, dass ich bei der erstbesten Möglichkeit die Biege mache. Ich würde ihn ja anrufen, aber die Handys mussten wir abgeben und so tun, als wären sie bei dem Absturz in die Brüche gegangen.«

Romy runzelte die Stirn. »Inzwischen werden die anderen sich wahrscheinlich Sorgen um dich machen.«

Kit zuckte mit den Schultern. »Das sollen sie auch, wenn sie mich mitten in der Wildnis um mein Leben kämpfen lassen.«

»Wie hast du den Rückweg gefunden?«

»Ich bin einfach los und habe mir gesagt, dass man in Irland nie weit von der Zivilisation entfernt ist. Nach einer Weile bin ich auf eine Straße gestoßen und per Anhalter in den nächsten Ort gelangt – obwohl es eher eine Kneipe war. Von da aus bin ich wieder per Anhalter gefahren, dann mit dem Bus, dem Zug, der Straßenbahn und zu guter Letzt mit dem Taxi.« Als Kit geendet hatte, wirkte er äußerst zufrieden.

»Mann«, sagte Danny beeindruckt. »Und wie lange warst du unterwegs?«

»Als der Morgen gedämmert hat, habe ich mich aus dem Unterschlupf verdrückt, den Ethan und Tank so vorbildlich errichtet hatten.«

»Du musst völlig erschöpft sein«, sagte Romy mitleidig.

»Müsste ich, aber ich bin wie aufgedreht. Wahrscheinlich habe ich einen Adrenalinrausch. Es heißt, dass Menschen, die ein Unglück überlebt haben, oft so reagieren. Man empfindet die überströmende Freude, noch am Leben zu sein.«

»Kit, du hast kein Unglück überlebt«, betonte Romy. »Sondern nur eine einzige Nacht bei einem Junggesellenwochenende, und dazu gehört nicht viel.«

»Solche Worte zeugen von Verdrängung«, sagte Kit. »Du willst die Gefahr nicht wahrhaben, in der ich geschwebt bin.« Er teilte den restlichen Wein auf die drei Gläser auf und schwenkte die leere Flasche. »Hast du noch mehr?«

»Ja, im Weinregal in der Küche«, erwiderte Romy.

Kit ging in die Küche und kehrte mit einer neuen Flasche zurück. »Offenbar hast du Hannahs Party unversehrt überlebt.« Er entkorkte die Flasche.

»Es war ein schöner Tag. Fand ich zumindest. Ein paar der anderen Frauen wären wohl auch gern getürmt.«

Kit schüttelte den Kopf. »Tank und Hannah passen zusammen.«

»Die Frauen waren verrückt nach Luke.«

»Das ist ein Junge nach meinem Geschmack.« Kit grinste. »Und du, was hast du gemacht, Seilrutsche und Waterboarding?«

Romy stutzte. »Wieso Waterboarding?«

»So was findest du nicht in Abenteuerparks«, sagte Danny. »Waterboarding ist eine Foltermethode.«

»Und wo ist da der Unterschied?«, fragte Kit mürrisch.

Romy war froh, dass sie Riesenportionen bestellt hatte, denn Kit aß noch, als sie und Danny längst aufgehört hatten. Zum Schluss pickte er die letzten Reiskörner und Brotkrümel mit dem Zeigefinger auf. »Du musst halb verhungert gewesen sein«, sagte sie.

»War ich. Wir mussten nach Nahrung *suchen*«, erklärte er angewidert. »Was nicht sehr realistisch ist. Ich meine, wenn ein Flugzeug abstürzt, findet man doch wohl noch ein paar abgepackte Mahlzeiten. Oder wenigstens Kräcker.« Mit einem zufriedenen Seufzer schob er den leeren Teller fort.

»Wir hatten gerade angefangen, einen Film zu schauen«, sagte Romy. »Willst du bleiben?«

»Ich würde lieber ausgehen und feiern«, antwortete Kit. »Immerhin lebe ich noch. Wir könnten losziehen und uns irgendwo die Kante geben.«

»Ich nicht.« Romy deutete auf die Schlafzimmertür.

»Ach richtig, Schnutzi-Putzi. Wie wär's, wenn wir ihn mitnähmen?«

Romy warf ihm einen vernichtenden Blick zu.

»War nur ein Witz«, sagte Kit hastig.

»Außerdem bin ich hundemüde.« Romy gähnte und lehnte sich im Sofa zurück.

Kit wandte sich an Danny. »Was ist mit dir? Hast du Lust, irgendwo mit mir auf mein Überleben zu trinken?«

Danny schaute Romy an. »Ich weiß nicht ...«

»Geh ruhig«, ermunterte Romy ihn. »Ich bin ohnehin reif fürs Bett. So viele Abenteuer machen eine Frau fertig.«

»Also gut«, willigte Danny ein.

»Amüsiert euch«, sagte Romy, als die beiden aufstanden. »Und du, Kit, schickst Ethan oder Tank bitte eine SMS und sagst, wo du bist. Selbst wenn sie die Handys abgeben mussten, sehen sie die Nachricht, wenn sie sie zurückbekommen.«

»Ja, meinetwegen.«

»Romy sagt, du bist schwul«, grinste Kit, als er und Danny das Haus verließen.

Danny lächelte dünn. »Die Aufkleber sind leider noch nicht fertig, aber Romy hat recht.«

»Entschuldige, das war ein bisschen sehr direkt.«

»Kein Problem«, antwortete Danny nachsichtig.

»Wohin gehen wir?«, fragte Kit am Gartentor. »Gibt es hier in der Nähe eine vernünftige Kneipe? Ich bin mit knapper Not dem Tod entronnen, bis ins Zentrum schaffe ich es nicht mehr.«

»Es gibt eine gute Kneipe um die Ecke. Ich denke, bis dahin schaffst du es.«

»Gut. Oder möchtest du lieber ins Zentrum? Ich meine, es macht mir nichts aus, wenn du lieber in eins – *deiner* Lokale gehen willst.«

»Keine Sorge.« Danny lachte. »Wir dürfen uns durchaus unter Heteros mischen.«

»Oh Mann, tut mir leid, ich wollte dich nicht …«

»Kit, mach dich locker«, sagte Danny. »Das war nur eine kleine Stichelei. Und vielen Dank für das Angebot, aber ich trinke lieber da, wo es ruhig ist. Mir steckt die letzte Nacht noch in den Knochen.«

»Fein, ich folge dir. Ich hoffe, es ist ein Laden mit schummrigem Licht. An meinen Klamotten haften nämlich noch Reste ländlichen Lebens. Außerdem glaube ich, dass ich rieche, das nur zur Warnung.«

»Dann wäre eine Schwulenbar sowieso nicht das Richtige. Wir haben Niveau.«

»Die dämliche Daunenjacke wäre sicherlich auch nicht passend gewesen«, sagte Kit, obwohl er froh war, dass er die dämliche Jacke trug. Es war eiskalt, der Wind schnitt ihm ins Gesicht, und seine Augen tränten. Vielleicht hätten sie doch in Romys warmer Wohnung bleiben sollen. Die letzten vierundzwanzig Stunden an der frischen Luft hatten ihm eigentlich für den Rest seines Lebens gereicht.

»Wie ich gehört habe, hast du gerade eine Trennung hinter dir«, fuhr er fort.

»Du hast richtig gehört.« Danny warf ihm einen Seitenblick zu. »Fängst du eine Unterhaltung immer so an?«

Kit seufzte. »Entschuldige, Danny, ich bin ein Idiot, frag Romy, sie wird es bestätigen.«

»Reg dich ab, Kit. Aber vielleicht sollten wir einen Schritt zulegen. Wenn die Unterhaltung in dem Tempo weitergeht, brauche ich bald einen Drink.«

In der Kneipe war es warm und schummrig. Sie ließen sich in einer gemütlichen Ecke vor dem Kaminfeuer nieder. Kit wunderte sich noch immer, dass Danny sich bereit erklärt hatte, ihn zu begleiten, denn bisher hatte er nicht den Eindruck gehabt, hoch in dessen Gunst zu stehen. Womöglich war der Eindruck sogar zutreffend, denn als sie auf dem Sofa saßen und Bier tranken, schwieg Danny. Nach einer Weile fragte Kit sich, warum Romys Bruder überhaupt mitgekommen war. Nur um dazusitzen und ihn wie ein Studienobjekt zu beäugen? Kits Adrenalinrausch verflog. Er war gereizt und schwitzte, nicht nur wegen des Kaminfeuers, sondern weil er das Gespräch in Gang halten musste. Die meiste Zeit redete er über sich. Hier und da stellte er Danny eine Frage und erhielt eine einsilbige Antwort. Er wusste kaum etwas über Romys Bruder, eigentlich nur, dass er ein schwuler Landschaftsgärtner war, der seinen Beruf liebte.

»Und wie fühlt man sich so als Onkel?«, startete er den wohl tausendsten Versuch.

»Gut«, sagte Danny. »Ich bin der Patenonkel.«

»Der Patenonkel von Wie-heißt-er-noch! Wie schön.«

»Er heißt Luke.«

»Luke, richtig.« Mist, der Name blieb einfach nicht hängen. Wahrscheinlich würde er zur Strafe bald einen abgetrennten Pferdekopf auf dem Kopfkissen finden. Fieberhaft suchte er nach dem nächsten Thema. »Das mit deinem Vater hat mir leidgetan.«

Danny nickte. Dann sagte er: »Sein Tod hat Romy hart getroffen. Uns alle. Aber sie war …« Er ließ den Satz unvollendet. »Luke hat ihr geholfen, darüber hinwegzukommen.«

Mann, dachte Kit. *Beinah vier Sätze. Ein Fortschritt.* »Sie ist eine wunderbare Mutter.«

Danny leerte sein Glas und stand auf. Kit kippte den Rest seines Biers hinunter und dankte Gott, dass das Ende dieses fürchterlichen Kneipenbesuchs nahte. War ohnehin eine blöde Idee gewesen, aber wenigstens hatte er es gleich überstanden.

Danny drehte sich zu ihm um. »Noch mal das Gleiche?«, fragte er. Kit traute seinen Ohren nicht. Dachte Danny vielleicht, sie hätten einen lustigen Abend?

»Hm, wird langsam spät. Wir sollten lieber gehen.« Dann fiel ihm ein, dass Danny die zweite Runde bezahlen wollte, weil er, Kit, die erste übernommen hatte. »Du kannst dich ein andermal revanchieren.«

»Nur noch eins für jeden«, beharrte Danny und wirkte plötzlich so freundlich, dass Kit unmöglich Nein sagen konnte. Mit Entsetzen dachte er an die nächsten qualvollen Gesprächsversuche und begriff nicht, warum Danny noch länger mit jemandem zusammen sein wollte, mit dem er nicht reden wollte, den er nicht einmal sonderlich mochte.

Er beobachtete, wie Romys Bruder an der Theke stand

und scheu lächelte, als die Bedienung mit ihm flirtete. *Die Ärmste*, dachte er. *Wenn sie wüsste, wie sehr sie ihre Energie verschwendet.*

Danny kehrte mit den Bieren zurück. Eine Zeitlang nippte jeder stumm an seinem Getränk. Schließlich sagte Danny: »Nach New York wieder hier zu leben muss eine große Umstellung sein.«

»Das kannst du laut sagen«, antwortete Kit mit bitterem Lächeln. »Freiwillig wäre ich nie zurückgekommen. Na ja, gibt Schlimmeres. Zum Glück bin ich Romy wiederbegegnet.«

»Ja, Romy zu kennen hat seine Vorteile.«

War das ein Stich? Kit war sich nicht sicher, entschied jedoch, das Thema offen anzusprechen. »Wahrscheinlich denkst du, dass ich sie ausnutze, aber das tue ich nicht. Oder zumindest nicht absichtlich.«

»Natürlich nicht.« Danny lächelte. »Irgendwie bietet Romy sich immer an, sie kann gar nicht anders. Abgesehen davon macht es sie glücklich, denn sie hilft nun mal gern und findet es schön, Dinge in Ordnung zu bringen. So war sie schon immer.«

Als Danny so über seine Schwester redete, kam Kit der Gedanke, dass Danny wahrscheinlich weder distanziert noch abweisend war, sondern nur scheu. Und wie er Romy ähnelte … erst recht, als der Alkohol und die Wärme des Kaminfeuers seine Wangen gerötet hatten. Sie hatten beide dichtes dunkles Haar, große braune Augen, lange schwarze Wimpern und einen blassen Teint. Kein Wunder, dass die Bardame versucht hatte, mit Danny ins Gespräch zu kommen. Er war sehr attraktiv. »Warst du schon mal in New York?«

»Ja, im letzten Jahr. Zum ersten Mal. Ich war mit Paul da – meinem Ex.« Ein Schatten huschte über Dannys

Gesicht. Als er wieder lächelte, wirkte es bemüht. »Eine fantastische Stadt. Ich würde gern noch mal hinfliegen.«

»Schade, dass ich nichts von dem Besuch gewusst habe. Ich hätte euch alles zeigen können. Wie lange warst du denn mit Paul zusammen?«

»Zwei Jahre. Wir haben uns auf der Chelsea Flower Show kennengelernt. Ich hatte mit einem Garten am Wettbewerb teilgenommen und Silber gewonnen.«

»Alle Achtung«, sagte Kit. »Ich bin beeindruckt.«

»Paul war aus Dublin angereist. Wir sind ins Gespräch gekommen und später zusammen essen gegangen. Zurück in Irland hat er mich gebeten, mich um seinen Garten zu kümmern.«

»Solltest du seinen Rasen mähen?«

»Das und mehr.«

Bei dem zweiten Bier wurde Danny lockerer. Endlich kam ihr Gespräch in Fluss. Während Danny den Garten schilderte, den er für Paul angelegt hatte, belebte sich seine Miene, und Kit erfasste, wie sehr er seine Arbeit liebte. »Ach herrje«, unterbrach Danny sich mit einem Mal. »Ich langweile dich sicher. Wahrscheinlich interessierst du dich gar nicht für Gärten.«

»Ich habe dir gern zugehört, obwohl ich keine Ahnung von Gärten habe und eine Himbeere nicht von einer Brombeere unterscheiden kann. Wie ging es denn mit Paul weiter?«

Danny zuckte mit den Schultern, doch Kit erkannte, wie verletzt er war. »Er behauptet, dass es keinen anderen gibt, aber ich bin mir sicher, dass da jemand ist.«

»Hast du jemanden in Verdacht?«

»Ja, klar. Aber was mir den Rest gibt, ist, dass die beiden sich ohne mich nie begegnet wären. Hätte ich Paul nicht zu diesem Konzert mitgenommen …«

»Was für ein Konzert?«

»Die Rocket Monkeys.«

»Was? Mann, ich kann nicht glauben, dass du die kennst. Keiner kennt die.«

»Das verdanke ich dir«, bekannte Danny und wurde rot. »Früher habe ich die Kassetten gehört, die du für Romy aufgenommen hattest.«

»Freut mich, dass sie wenigstens *einem* Menschen gefallen haben. Aber zurück zu dem Konzert.«

»Paul hat sich aus der Band nichts gemacht und ist nur unter Protest mitgekommen.«

»Der Banause.«

»Genau. Jedenfalls haben wir da diesen Typen getroffen. James. Ich kannte ihn flüchtig, er war der Freund eines Freundes eines Freundes. Paul kannte ihn gar nicht. Aber es hat nicht lange gedauert, da wusste ich, dass da was im Busch ist. Paul fing an, sich merkwürdig zu benehmen, hat sich als Fan der Rocket Monkeys dargestellt und immer wieder versucht, diesen James zu beeindrucken. Außerdem ist er ständig mit ihm verschwunden. Wenn er wiederkam, wirkte er aufgekratzt. In den Wochen danach wurde er ausweichend, musste ständig Überstunden machen, hat in letzter Minute Verabredungen abgesagt, das Übliche halt.«

»Ohne ihn bist du besser dran«, erklärte Kit leichthin. »Vergiss nicht, dass er die Rocket Monkeys nicht mag. Apropos, wie gefällt dir ihr neuestes Album?«

»Das beste von allen.«

»Ganz meine Meinung.« Begeistert schlug Kit mit der Hand auf den Tisch. »Absolut fantastisch.«

»Aber nichts kommt gegen ihre Konzerte an. Ich nehme an, du hast sie schon viele Male live erlebt.«

»Ein paarmal schon. Das letzte Mal von einem Jahr in

New York am Schluss ihrer Amerika-Tournee. Okay, welche Bands magst du noch?«

»Die Dirt Bikes for the Elderly. Ich weiß nicht, ob du dich an die noch erinnerst.«

»Das ist ja lustig, über die haben Romy und ich neulich noch gesprochen.«

»Wirklich? Sie haben sich neu formiert und treten im Januar hier auf. Wenn du magst, ich habe noch eine Karte übrig. Sie war für Paul gedacht.«

»Klar komme ich mit.«

Danny sprang auf. »Möchtest du noch was trinken?«

»Ich glaube, jetzt bin ich an der Reihe.«

»Wenn du noch was möchtest, müssen wir uns sputen. Sie sind schon dabei, die letzten Bestellungen entgegenzunehmen.«

»Was, schon so spät?« Kit schaute in die Runde. Der Großteil der Gäste war bereits verschwunden. Er warf einen Blick auf seine Uhr. Kurz vor halb zwölf. »Wo ist die Zeit geblieben?«

Eine Weile später winkte er Danny nach, der im Taxi nach Hause fuhr. Anschließend wankte er auf unsicheren Beinen zu seiner Wohnung und spürte eine innere Wärme, die nicht nur durch den Alkohol zustande gekommen war. Wie gut, dass er sich vorzeitig aus Tanks Junggesellenwochenende verabschiedet hatte, denn sonst wäre ihm der schönste Abend entgangen, den er seit seiner Rückkehr aus New York erlebt hatte – ein Abend, den er gegen nichts auf der Welt hätte eintauschen wollen, erst recht nicht gegen eine Nacht in den Hügeln von Wicklow, bei der Wedgie vorgeschlagen hätte, seine Fürze anzuzünden, um ein Lagerfeuer zu entfachen.

Am nächsten Tag schaute Ethan bei Romy vorbei und brachte ihr Schlafsack und Rucksack zurück.

»Kit ist nicht in seiner Wohnung«, sagte er. »Ich dachte, er wäre vielleicht bei dir.«

Ethans Kinn und Wangenpartie waren von Bartstoppeln bedeckt, und er hatte dunkle Ränder unter den Augen. Er wirkte erschöpft – und faszinierend.

»Nein, hier ist er nicht, aber Rucksack und Schlafsack gehören mir, und ich glaube nicht, dass Kit sie so bald noch einmal haben will.« Sie nahm Ethan die Sachen ab und legte sie auf den Boden. »Ich kann nicht fassen, dass er sich einfach abgeseilt hat. Du musst doch vor Sorge außer dir gewesen sein.«

»Nicht wirklich.« Ethan lehnte sich an den Türpfosten. »Ich wusste, dass er zurechtkommt. Kit landet immer auf den Füßen.«

Kit hat Glück, dass sein Bruder die Sache so locker sieht, dachte Romy. Wäre sie an Ethans Stelle gewesen, wäre sie vor Sorge durchgedreht.

»Möchtest du reinkommen?«

Ethan zögerte kurz, doch dann schüttelte er den Kopf. »Besser nicht. Ich habe noch jemanden im Wagen, den ich nach Hause fahren muss. Außerdem wird meine Mutter sich Sorgen machen. Sie war von dem Abenteuerwochenende nie sehr begeistert und wird erst aufatmen, wenn sie weiß, dass wir heil zurückgekommen sind.«

»Das kann ich mir denken. Ich weiß, wie ich mich fühlen würde, wenn Luke sich durch die Wildnis kämpfen müsste.« Romy schauderte und mochte sich das gar nicht weiter vorstellen.

Ethan lächelte. »Ich glaube, solche Gedanken musst du dir erst in ein paar Jahren machen.«

»Glücklicherweise. Hat dir das Wochenende gefallen?«

»Hm, lass mich überlegen.« Ethan legte den Kopf schief. »Also, zuerst ist Kit abgehauen. Dann hat einer eine giftige Beere gegessen und einen anaphylaktischen Schock bekommen. Wedgie liegt im Krankenhaus. Ein anderer leidet an Unterkühlung. Aber sonst? Sonst war es super.«

Romy lachte. »Was ist mit Wedgie? Hat er sich etwas gebrochen? Hat Tank ihm etwas gebrochen?«

»Weder noch. Er hat sich verbrannt, als er das Lagerfeuer mit … na, sagen wir mal, auf ungewöhnliche Weise entzünden wollte.«

»Wird er denn zur Hochzeit wieder auf dem Damm sein?«

»Ich denke schon. Vielleicht kann er nicht so gut sitzen. Frag mich bitte nicht, warum.«

»Wahrscheinlich will ich es gar nicht wissen.«

»Wahrscheinlich nicht. Also dann. Wir sehen uns am kommenden Samstag oder auch früher.«

»Ja, bis dann.«

16

»Ich hoffe, das gemeinsame Zimmer macht dir nichts aus«, sagte Kit wohl zum tausendsten Mal. Sie fuhren über eine lange baumbestandene Auffahrt zu dem Hotel, in dem Hannahs Hochzeit stattfand.

»Absolut nichts«, antwortete Romy. Sie lächelte, um ihn zu beruhigen, und dachte, *wenn du wüsstest, wie wenig es mir ausmacht.* Rädchen und Joch befanden sich in ihrem Koffer, obwohl sie beinahe sicher war, dass Kit nicht einmal ansatzweise wusste, was man damit anfing. Ihr Plan war, zuerst den BDSM-Test zu machen und dann Phase zwei einzuläuten, sprich, ihn nach allen Regeln der Kunst zu verführen. Zu dem Zweck hatte sie ihre schönste Unterwäsche eingepackt, denn aus Phase zwei konnte sich schließlich alles Mögliche ergeben. Nein, sie hatte kein Problem mit dem gemeinsamen Zimmer. Sie musste sich zwingen, sich nicht die Hände zu reiben.

»Ein idealer Ort für eine Hochzeit«, sagte sie, als sie auf dem kiesbestreuten Platz vor dem Hotel standen und die Umgebung in Augenschein nahmen. Ringsum erstreckte sich der Hotelpark, mit Bänken und schönen alten Bäumen. Der Rasen wellte sich sanft zu einem Flüsschen hinab, über das eine kleine Brücke zu der winzigen Kapelle führte, in der Hannah und Tank später am Tag getraut wurden. Die Hochzeitsfeierlichkeiten würden in vier Stunden beginnen, doch Romy und Kit waren frühzeitig losgefahren. Sie wollten einchecken, sich ein wenig umschauen und sich in Ruhe für die Feier zurechtmachen.

Am Empfang stand eine Menschenschlange. Dabei schien es sich überwiegend um Hochzeitsgäste zu handeln. Romy entdeckte so viele schwergewichtige Typen, dass sie sich vorkam wie in eine Rugbymannschaft geraten. Kit machte sie mit dem Mann bekannt, der nach ihnen ankam, einem vierschrötigen, rotgesichtigen Gast namens Peter.

»Eine Schande, dass du neulich abgehauen bist«, sagte Peter in nur schwer verständlichem Limerick-Dialekt, jedoch so laut, dass seine Stimme in der Empfangshalle dröhnte. »Hast die beste Junggesellenparty aller Zeiten verpasst. Der absolute Hammer. Als du weg warst, ging es erst richtig los.«

»Mir hat die Aufregung für den Rest meines Lebens gereicht.«

»Quatsch, den größten Spaß hast du doch gar nicht mitgekriegt. Jack hat eine giftige Beere gegessen und eine Art Schock bekommen. Wenn Ethan ihm keine Spritze gegeben hätte, wäre er jetzt hin.« Peter war sichtlich angetan, als wäre dieser Beinahetod der Höhepunkt des Junggesellenwochenendes gewesen. »Ethan ist ein fixer Junge. War bis vor Kurzem im Dschungel.«

»Richtig«, sagte Kit. »Ethan ist Tarzan mit einem Stethoskop.«

»Als Nächstes hat Wedgie seinen Hintern in Brand gesetzt. Das war der Brüller.« Angesichts dieser pyrotechnischen Leistung schüttete Peter sich aus vor Lachen. »Wedgie hat das alles spitzenmäßig organisiert.«

»Er sollte einen Partyservice gründen«, murmelte Kit. Romy musste sich zwingen, ernst zu bleiben. Kit wandte sich an Peter. »Freut mich, dass du überlebt hast.«

»Alle haben überlebt, Mann. Okay, es gab ein paar Verletzte, das muss man fairerweise dazusagen.«

»Ist Wedgie denn wieder auf den Beinen?«, fragte Romy. »Kann er heute kommen?«

»Na, sicher doch. Er ist noch nicht ganz fit, aber ich habe ihn schon gesehen.« Peter reckte den Hals und schaute durch die Fenster hinaus in den Park. »Dahinten läuft er.« Er deutete auf eine Gestalt, die sich wie ein arthritischer John Wayne über den Rasen schleppte.

»In der Tat«, sagte Kit mit leisem Lachen.

»Das ist nicht nett«, raunte Romy ihm zu. »Man lacht nicht über das Unglück anderer Menschen.«

»Das war kein Unglück, Wedgie hat Mist gebaut. Vielleicht ist ihm das ja eine Lehre.«

»Armer Wedgie«, sagte Peter. »Ich glaube, die Sache mit Mick macht ihm zu schaffen. Der arme Kerl liegt noch im Krankenhaus.«

»Was ist *ihm* denn zugestoßen?«, fragte Romy.

»Wedgie hat Micks Unterschlupf mit seinen Fürzen niedergebrannt. Entschuldigt, wenn ich das so krass formuliere.« Peter hob die Hände. »Aber so war's. Im Freien war es saukalt, Mick hatte eine Menge getrunken – tja, und gegen Morgen litt er dann an Unterkühlung und musste ins Krankenhaus.«

»Der Arme«, sagte Romy. Sie erinnerte sich an das, was Ethan berichtet hatte. »Er wird doch wieder gesund, oder?«

»Keine Sorge, der wird wieder. Schade, dass er heute nicht dabei sein kann, aber was will man da machen.« Mit philosophischer Gefasstheit schüttelte Peter den Kopf.

»Wenn Wedgie in der Nähe ist, kann man nie viel machen«, sagte Kit leise.

»Es war nicht nur Wedgies Schuld«, widersprach Peter.

»Ethan hatte uns vor zu viel Alkohol gewarnt, aber Mick hat nicht auf ihn gehört. – Da, ihr seid an der Reihe.« Peter zeigte auf den Empfangstresen. »Wir sehen uns später.«

»Wie gut, dass du dich an dem Wochenende verkrümelt hast«, flüsterte Romy.

Als sie eingecheckt hatten, trug Kit ihre Koffer hoch zu ihrem Zimmer, schloss die Tür auf und stellte das Gepäck ab. »Ich schau mal nach, wo die anderen sind«, sagte er und zog sein Handy aus der Jackentasche hervor. »Bin gleich wieder da.« Auf dem Weg aus der Tür wählte er eine Nummer.

Romy warf einen Blick durch den Raum und führte einen inneren Freudentanz auf. Sie liebte Hotelzimmer, und dieses war einfach wundervoll. Sie begutachtete das Bad, testete den Fernseher, las die Speisekarte des Zimmerservice, schaute in die Minibar. Anschließend warf sie sich wie ein Schneeengel auf das große Doppelbett und lächelte selig. Zwar fehlte Luke ihr ganz schrecklich, doch sie beschloss, den Aufenthalt zu genießen. Vielleicht würde es später am Abend in diesem Bett ja zu leidenschaftlichen Umarmungen kommen. Bei dem Gedanken fing es in ihrer Magengrube an zu kribbeln, eine Mischung aus Vorfreude und Nervosität. Romy schlang die Arme um ihren Leib. Sie hatte schon viel zu lange keinen Sex mehr gehabt.

Sie stand auf und ließ sich auf der Fensterbank nieder. Im Park unter dem Fenster wanderten Menschen umher. Aus der Kleidung schloss sie, dass es sich um Hochzeitsgäste handelte. Es war zwar nicht einfach, sich für eine Winterhochzeit richtig anzuziehen, aber den meisten schien die Verbindung von warmer und glanzvoller Kleidung gelungen zu sein. Nur eine Handvoll junger Frauen hatte offenbar entschieden, das Wetter zu ignorieren. Romy erkannte bleiche, nackte Arme, vermutlich mit Gänsehaut bedeckt. Sie sah, wie die Frauen in ihren dünnen Kleidern zitterten, die nutzlosen Seidenstolen enger um sich zogen und taten, als fühlten sie sich wohl.

In dem Augenblick kehrte Kit zurück. »Alles klar«, sagte er. »Ich weiß, welches Zimmer jeder hat. Ethan und Sinead sind gleich nebenan, die anderen über den Flur verteilt. Mit Ausnahme von Hannah und Tank natürlich. Sie logieren in der sogenannten Suite für die Braut.«

»Wo sonst?« Romy wandte sich vom Fenster ab.

»Warum nennt man das Suite für die Braut?« Kit runzelte die Stirn. »Warum nicht Suite für den Bräutigam. Oder einfach nur Hochzeitssuite?«

»Weil man sich am Tag einer Hochzeit nach der Braut richtet.«

»Unfair«, grummelte Kit. »Diskriminierung.« Er nahm Romys Koffer und hob ihn auf den Gepäckständer. Dann hievte er seinen Koffer darauf und zog den Reißverschluss auf. »Wir sollten in die Gänge kommen«, erklärte er und hängte einen Kleidersack in den Schrank. »Sie haben schon angefangen zu trinken. Wenn wir uns nicht sputen, holen wir sie nicht mehr ein.«

»Okay.« Romy verließ ihren Sitzplatz und deutete auf das Bad. »Willst du zuerst?«

»Das ist mir egal. Was dir lieber ist.«

»Dann du zuerst. Ich brauche noch ein paar Minuten.«

Sie zog ihren Koffer hervor und legte ihn aufs Bett. Kit entkleidete sich bis auf seine Boxershorts. Als Romy ihr Kleid im Schrank auf einen Bügel hängte, gestattete sie sich einen heimlichen Blick auf ihn. Er war sichtlich durchtrainiert, hatte ein Sixpack und lange muskulöse Beine. Auf der breiten Brust konnte sie den Rest einer goldenen Sonnenbräune erkennen. Er zog die Tür zum Bad auf und verschwand. Romy wühlte Rädchen und Joch aus ihrem Koffer und platzierte sie zuoberst. Den Koffer ließ sie aufgeklappt liegen. Jetzt hieß es nur noch warten.

Warten und warten und warten, dachte sie, als sie eine Weile später auf dem Bett lag und Kit beim Umherlaufen und Ankleiden zusah. Nach einer halben Stunde war er in einer nach Zitrone riechenden Dampfwolke aus dem Bad hervorgekommen. Seitdem wartete sie geduldig darauf, dass er das Sexspielzeug in ihrem Koffer entdeckte. Jedes Mal, wenn er an den Schrank oder die Kommode getreten war, hatte er an dem Koffer vorbeigehen müssen, doch jetzt band er sich bereits die Schuhe zu und hatte immer noch nichts registriert. Oder er hatte die Sachen gesehen, aber nichts gesagt, weil er nicht wusste, worum es sich dabei handelte. Oder er hatte es doch gewusst und vielleicht gerade deshalb nichts gesagt? Himmel, war das kompliziert.

»Hilfst du mir mal?« Kit kam zu ihr. Mit einer kräftigen, gebräunten Hand hielt er ihr ein Paar Manschettenknöpfe hin.

Romy setzte sich auf und befestigte sie an den Manschetten seines schneeweißen Hemds. Dabei atmete sie den wunderbar männlichen Duft seines Rasierwassers ein. Er sah einfach umwerfend gut aus. Sie konnte nur hoffen, dass er kein Fan seltsamer Sexpraktiken war – und bitte auch nicht schwul. Ihr fiel die Nacht in dem begehbaren Kleiderschrank ein. Von wegen schwul. Darth Vader war in Sachen Frauen alles andere als ein Anfänger gewesen. Jetzt musste sie nur noch herausfinden, was Kit anmachte, und dann die Gelegenheit beim Schopf packen.

Kit trat an den Spiegel und band seine Krawatte. Sein kurzes Haar war bereits getrocknet. »Ich gehe schon mal runter«, sagte er. »Dann hast du das Zimmer für dich. Komm, wenn du so weit bist.« Ein letzter Ruck an der Krawatte. Er griff er nach seinem Jackett.

Jetzt oder nie, schoss es Romy durch den Kopf. »Okay«, sagte sie, hüpfte von dem Bett und trat an ihren Koffer. Sie durfte keine Zeit verlieren. Mit raschen Griffen holte sie ihre Kosmetiktasche und den Beutel mit dem Schmuck hervor und legte beides auf die Kommode. »Huch«, sagte sie. »Wie ist *das* denn in meinen Koffer gelangt?« Sie griff nach dem Rädchen und warf es auf die Kommode.

Kit trat zu ihr und sagte: »Was ist das?« Er nahm das Rädchen auf und betrachtete es verwundert.

»Das? Ach, nur ein Massagegerät.« Romy nahm es ihm aus der Hand. Zu Demonstrationszwecken fuhr sie mit dem Rädchen an ihrem Arm auf und ab.

»Tut das nicht weh?«

»Doch«, antwortete Romy und lächelte in sich hinein. »Aber das soll wohl so sein. Was habe ich mir beim Packen nur gedacht?«, murmelte sie dann und hob das Joch in die Höhe. »Anscheinend war ich da halb im Schlaf. Das hier wollte ich doch niemals mitnehmen.« Sie hielt Kit das Joch hin und lachte über ihre Schusseligkeit.

»Was ist das denn?« Kit nahm ihr das Joch mit verwirrter Miene ab, legte die Stirn in Falten und zog an den Riemen.

»Oh, das … das ist was zum Trainieren«, entgegnete Romy so beiläufig wie möglich. »Die Bauchmuskulatur und so.«

»Aber doch nicht an diesem Wochenende.«

»Ähm, nein, eben.« Romy zog ihm das Joch aus der

Hand, warf es zurück in den Koffer und dachte, *wahrscheinlich werde ich es* nie *benutzen.*

»Gut, wir sehen uns dann unten an der Bar.« Kit beugte sich zum Spiegel vor und strich über sein Haar. »Ruf mich an, wenn du etwas brauchst.« Er richtete sich auf.

Romy wartete, bis sie sicher war, dass er über den Flur verschwunden war. Dann führte sie einen kleinen Siegestanz auf.

»Jippie«, rief sie und stieß die Faust in die Luft. Gott, war sie froh, dass sie sich nicht in eine BDSM-Anhängerin verwandeln musste. Jetzt musste nur noch das Schwulenthema vom Tisch. Aufgeregt drehte sie ein paar Runden durch das Zimmer. Dann zog sie sich aus und breitete ihre hübsche Unterwäsche auf dem Bett aus. »Gut, dass ich euch mitgebracht habe«, sagte sie mit liebevollem Lächeln. »Phase zwei kann beginnen.«

Bevor sie ins Bad lief, schnappte sie sich ihr Handy und schickte Lesley eine SMS. »Normale Verführung geht klar.«

»Wow«, sagte Kit, als Romy in der Bar zu ihm trat. »Du siehst klasse aus.« Er musterte sie anerkennend.

Romy hatte sich große Mühe gegeben und wusste, dass sie gut aussah. Ihr violettes Kleid aus Knittersamt und die weichen Wildlederstiefel waren sowohl sexy als auch warm. Ihr langes dunkles Haar fiel in Wellen auf ihre Schultern.

»Danke«, sagte sie.

»Was möchtest du trinken? Champagner?«

»Ja bitte.«

Kit stand mit seinem Vater und seinem Bruder zusammen und einer hübschen Rothaarigen, die sich an Ethans Seite befand. Romy nahm an, dass es sich um seine Begleitung handelte. Zu ihrem Smoking trugen die drei Masterson-Männer ausnahmsweise einmal schneeweiße Hemden. Überhaupt fand Romy, dass Männer im Smoking eigentlich immer eine gute Figur machten. An Ethan haftete ihr Blick ein wenig länger. Er sah atemberaubend aus.

»Heute habe ich mich mal für Weiß entschieden«, erklärte Colm Masterson und zeigte auf sein Hemd. »Gehört sich so für den Vater der Braut.«

»Tja, manchmal muss man der Tradition gehorchen.« Romy zwinkerte ihm zu. »Wo ist Laura?«

»Sie hilft Hannah beim Ankleiden.«

Ethan stellte die Frau an seiner Seite vor. »Romy, das ist Sinead.«

»Hi, freut mich, dich kennenzulernen.« Lächelnd schüttelte Sinead Romys Hand. Sinead hatte ein blasses, sommersprossiges Gesicht, Grübchen in den Wangen und vergnügt funkelnde Augen. Romy hatte den Eindruck, dass sie für jeden Spaß zu haben war und es faustdick hinter den Ohren hatte.

»Hier«, sagte Kit und überreichte ihr ein Glas Champagner. Anschließend schlang er einen Arm um ihre Taille und zog sie an sich.

»Danke.« Romy legte den freien Arm um ihn. Als sie sah, dass Ethan die Geste verfolgte, wurde sie rot. *Das ist lächerlich*, schalt sie sich. Warum sollte sie sich schuldig fühlen, wenn sie einen Arm um ihren Freund legte? Trotzdem kam es ihr vor, als hätte Ethan sie beim Lügen ertappt, was er technisch gesehen wohl auch getan hatte, denn Kit war ja nicht richtig ihr Freund. Noch nicht. Doch das konnte sich bald ändern.

Zehn Minuten vor dem Beginn der Trauung wurden die Gäste gebeten, ihre Plätze in der Kapelle einzunehmen. Sie verließen das Hotel und überquerten den Rasen. Einige waren bereits angesäuselt, andere nahmen ihre Champagnergläser mit. Eine Frau blieb mit dem Absatz in der Erde hängen, stand hilflos da und bog sich vor Lachen. Ihr Partner half ihr, den Schuh zu befreien. Weicher Erdboden, Stiletto-Absätze und ein paar Gläser zu viel konnten einer Frau zu schaffen machen.

»Sinead scheint nett zu sein«, sagte Romy, als sie und Kit Arm in Arm zu der Kapelle spazierten. Inzwischen wusste sie, dass Sinead Journalistin war und Ethan kennengelernt hatte, als sie ein Feature über freiwillige Helfer und ihre Arbeit gemacht hatte. In der Bar hatte sie amüsante – und höchst indiskrete – Geschichten über Politiker und andere Prominente zum Besten gegeben, Anekdoten, die nie in die Presse gelangt waren.

»Sie *ist* nett«, sagte Kit. »Aber gewöhn dich nicht an sie.«

»Warum nicht? Ist Ethan denn nicht in sie verliebt?«

»Sagen wir mal, er hat sie ebenso gern wie die Nächste. Er hält es nicht lange bei einer aus. Wäre ja auch gegenüber all den anderen nicht fair.«

»Oh.« Romy schaute Ethan nach, der die kleine Holzbrücke überquerte und einen Arm um Sinead gelegt hatte. Eigentlich war er viel zu nett, um ein notorischer Herzensbrecher zu sein.

»Er behandelt seine Freundinnen gut«, sagte Kit, als hätte er ihre Gedanken erraten. »Er hat lediglich ein großes Herz. Und Sinn für Gerechtigkeit. Auf die Weise kommt jede mal dran.«

»Wie entgegenkommend«, sagte Romy spitz.

»Keine Sorge, Sinead kann auf sich aufpassen.«

Das glaubte Romy sofort. Sinead war mit Sicherheit nicht der Typ, der sich an jemanden klammerte.

»Sie nimmt das Ganze so wenig ernst wie Ethan. Das ist in erster Linie eine Bettgeschichte, eine Freundschaft mit kleinen Extras. Anscheinend läuft das heutzutage so.«

Romy seufzte. »Dafür bin ich zu alt.« Sie schüttelte den Kopf. »Freundschaft mit kleinen Extras. Da komme ich nicht mit. Du etwa?«

»Nein, wir gehören zum alten Eisen, für uns ist das nichts.« Er drückte Romy an sich. »Ethan ist jung und steht auf Frauen. Ist ja auch nicht verkehrt. In seinem Alter lässt man nichts anbrennen.«

»Hm, wahrscheinlich hast du recht.«

»Ethan interessiert sich nicht für Trivialitäten.« Kit und Romy hatten die Brücke erreicht, deren Holzgeländer mit Blumen und bunten Bändern geschmückt waren. »Hängt vielleicht mit seiner Arbeit zusammen und den Gegenden, in denen er war. Wahrscheinlich lernt man da, was wichtig ist und was nicht. Wer mit wem schläft, wie sich eine Beziehung entwickelt, das ist doch Pillepalle, wenn du gesehen hast, wie andere Menschen täglich um ihr Überleben kämpfen.«

Romy musterte Kit von der Seite und wunderte sich, dass er seinen Bruder verteidigte. Bisher hatte er ihn immer nur gehänselt oder niedergemacht. »Frauen sind also Trivialitäten«, sagte sie pikiert.

»Nein, das wollte ich damit nicht sagen. Ich finde nur, dass alles, was mit Sex zusammenhängt, heutzutage überbewertet wird. Man isst, trinkt, schläft, hat Sex, fertig. So einfach.«

Romy verdrehte die Augen. »Wie romantisch du bist.« Sie traten in die Kapelle.

Es funktioniert, dachte Romy am Abend, als Kit ihre Hand nahm und sie zum Tanzboden führte.

Phase zwei war in vollem Schwung, wozu sicherlich auch die Stimmung des Tages beigetragen hatte; wenn man auf einer Hochzeit nicht zusammenfand, wann dann?

Bisher war alles wundervoll gewesen, mit einer Trauung wie aus dem Bilderbuch. Die Bänke in der Kapelle waren mit Blumen und bunten Bändern geschmückt, und Hannah war eine bezaubernde Braut, die von ihrem stolzen Vater zum Altar geführt worden war. Zu Romys Überraschung hatte Tank sehr gefühlvoll reagiert und das Ehegelöbnis mit bewegter Stimme und Tränen in den Augen gesprochen. Laura stand die Freude ins Gesicht geschrieben, sie hatte gleichzeitig gestrahlt und geweint.

Nach der Trauung hatte es im Hotel, in einer schönen, ehrwürdigen Halle mit umlaufender Galerie, einen Champagnerempfang gegeben. Das anschließende Dinner fand in einem prachtvollen Bankettsaal statt. Romy und Kit saßen mit Ethan und Sinead zusammen. Bei dem dritten Paar an ihrem Tisch handelte es sich um Peter, den Romy beim Einchecken kennengelernt hatte, und seine unscheinbare Frau Mary. Sie amüsierten sich großartig, genossen die vielen feinen Gänge und den Champagner und den Wein, die in Strömen flossen. Als Wedgie eine Tischrede hielt und sie mit Anekdoten aus dem Junggesellenwochenende würzte, gab sogar Kit zu, dass sie witzig war, doch hinterher beobachtete er grinsend, wie Wedgie sich vorsichtig und mit schmerzverzerrter Miene auf seinen Stuhl sinken ließ.

Romy spürte, dass sie von innen heraus glühte. Während des Dinners war Kit kaum in der Lage gewesen, sich zu beherrschen, hatte sie ständig berührt, über ihr Haar gestrichen oder ihre Wange mit kleinen Küssen bedeckt. Auf der Tanzfläche nahm er sie in die Arme, und sie begannen, sich sanft zur Musik zu wiegen. Romy schmiegte sich an ihn.

Dann tanzten sie Wange an Wange. Mit einem zufriedenen Seufzer atmete sie seinen männlichen Geruch ein. Auch den Schwulentest hatte Kit bestanden. Demnach konnte dieser schöne Tag nur noch auf eine ganz bestimmte Weise enden.

Als die Band einen Hit mit Salsarhythmus anstimmte, wirbelte Kit sie von sich fort, zog sie wieder an sich, nahm sie in die Arme und drehte sich mit ihr im Kreis. Sein Bein glitt zwischen ihre Schenkel, sodass sie ineinander verkeilt tanzten und sich in perfekter Harmonie bogen, wiegten und drehten. Romy hatte vergessen, wie schön es war, mit jemandem zu tanzen, der wusste, was er tat. Sie hatte das Gefühl, mit Kit zu schweben, fühlte sich anmutig, sexy und elegant. Darüber hinaus erregte es sie, Kits starken, festen Körper zu spüren.

Als sie atemlos zu ihrem Tisch zurückkehrten, löste die Hochzeitsgesellschaft sich schon langsam auf. Peter und Mary waren bereits verschwunden. Sinead saß auf Ethans Schoß. Die beiden hielten sich umschlungen, küssten sich, flüsterten und lächelten. Ethan konnte offenbar gar nicht von seiner Freundin lassen, fuhr über ihren nackten Arm, strich ihr das Haar aus der Stirn und versenkte sich in ihren Anblick, als hätte er die faszinierendste Frau der Welt vor sich. Die Gegenwart der anderen Gäste schienen die beiden vergessen zu haben, sodass Romy sich fragte, ob es tatsächlich nur um Sex ging oder doch mehr dahintersteckte. Als Kit eine Hand auf ihre Schulter legte, fuhr sie herum. Er zog sie an sich und drückte seine Lippen auf ihren Mund.

Er ist immer noch der beste Küsser aller Zeiten, ging es Romy durch den Kopf. Kit fuhr mit der Zunge über ihre Unterlippe. Sie öffnete den Mund, ihre Zungen schlängelten sich umeinander, ihr Kuss wurde intensiver, weich und feucht, süß und schwer. Sie konnte gar nicht genug kriegen, wollte mehr und mehr. Ihre Hände krallten sich in Kits Haar.

Zu guter Letzt löste Kit sich sachte von ihr, jedoch nur so weit, dass er sprechen konnte. Als er leise fragte: »Sollen wir nach oben gehen?«, spürte sie seinen warmen Atem auf der Wange.

»Ja bitte!«, antwortete Romy und nickte, und dabei war es ihr ganz gleich, ob sie einen ausgehungerten Eindruck machte. Sie *war* ausgehungert.

»Bist du sicher?« Kit warf einen Blick zu Ethan und Sinead hinüber. Dann beugte er sich vor und flüsterte in Romys Ohr: »Du musst nicht mitkommen, wenn du nicht willst. Vielleicht möchtest du ja noch ein bisschen feiern.«

»Ich will«, versicherte Romy ihm, voller Sorge, er könnte seine Meinung ändern.

»Bist du wirklich sicher?«

»Absolut.« Sie lächelte und küsste ihn erneut.

»Na dann.« Kit nahm ihre Hand. »Wir verabschieden uns«, sagte er zu Ethan. Romy stellte fest, dass Ethan sie mit seltsamer Miene betrachtete, als wäre er besorgt und verwundert zugleich.

Anschließend verabschiedeten sie sich von Hannah und Tank. Tank schien der Ansicht zu sein, dass er Romy inzwischen so gut kannte, dass er sie in den Schwitzkasten nehmen und ihr heftig den Kopf rubbeln konnte. Romy bekam kaum noch Luft.

Tank ließ sie los. »Auf die Weise zeigt er seine Zuneigung«, erklärte Hannah. »Er mag dich.« Tank drehte sich zu Kit um und begann eine Runde Schattenboxen.

»Es war ein wunderschöner Tag«, sagte Romy und strich sich das Haar glatt. »Noch einmal herzlichen Glückwunsch.«

Hannah umarmte sie innig, doch als sie die Arme sinken ließ, glitt ein Ausdruck über ihr Gesicht, der Romy an Ethans Miene erinnerte.

Romy beschloss, darüber hinwegzugehen. Kit hatte ihre Hand genommen, verschränkte seine Finger mit ihren und führte sie in Richtung Ausgang. Auf dem Weg wurden sie immer wieder von anderen Gästen angehalten, die noch ein wenig plaudern wollten. Romy hätte schreien können. Nur Kits Berührung half ihr, ruhig zu bleiben. Während sie sich unterhielten, strich er mal mit dem Daumen über ihren Handrücken, mal legte er einen Arm um sie und drückte sie an sich. Als sie endlich die Empfangshalle erreichten, hatte sie das Gefühl in Flammen zu stehen. Sie steuerten die Aufzüge an. Die Musik in ihrem Rücken wurde schwächer.

Gleich ist es so weit, dachte Romy, als Kit den Aufzug holte, einen Arm um sie schlang und sie an sich zog. Als sie in den Aufzug traten, wusste sie, dass etwas Großartiges geschehen würde, und genoss ihre Erregung. Kit drückte die Taste für ihre Etage. Als sich die Tür hinter ihnen schloss, drehte sie sich erwartungsvoll zu ihm um und rechnete mit seinem Kuss. Stattdessen trat er zurück und lehnte sich an die Wand.

Romy versuchte, ihre Enttäuschung zu verbergen, und sagte sich, dass er wahrscheinlich keinen Aufzugsex wollte, weil es ein blödes Filmklischee war, und sie tatsächlich warten sollten, bis sie in ihrem Zimmer waren. Sobald sich die letzte Tür hinter ihnen geschlossen hatte, würde er über sie herfallen. Sie war erwachsen und musste nichts überstürzen. Allerdings war sie kurz davor, von einem Fuß auf den anderen zu treten, und zählte die vorbeigleitenden Etagen. Zum Glück logierten sie nicht in einem Wolkenkratzer.

Als sie den Aufzug verließen, lief Kit vor ihr über den

Flur, zog die Schlüsselkarte durch das Lesegerät, öffnete die Tür und trat ins Zimmer. Romy folgte ihm. Als die Tür hinter ihnen zufiel, ging sie davon aus, dass er sie umgehend packen würde, doch Kit schob die Karte in den Schlitz des Lichtkastens und warf sich mit einem befreiten Ausatmen aufs Bett.

»Der Tag ist ganz gut über die Bühne gegangen«, sagte er, zog sich hoch, lehnte sich an das Kopfteil des Bettes und verschränkte die Arme im Nacken. »Hat dir die Hochzeit gefallen?«

»Ja, prima«, murmelte Romy verdattert und versuchte, sich seinen plötzlichen Stimmungsumschwung zu erklären. In den letzten Stunden hatte sie den Eindruck gehabt, er wollte sie förmlich verschlingen. Es hatte ausgesehen, als könne er es nicht erwarten, mit ihr allein zu sein und ihr die Kleider vom Leib zu reißen. Doch jetzt lag er einfach auf dem Bett, und sie stand wie ein Depp an der Tür, wusste weder wohin mit sich noch wohin mit ihrer Begierde. Sie wusste nicht einmal, wie es zu dieser Situation gekommen war.

»Willst du dich sofort schlafen legen?«, fragte Kit, setzte sich auf, streifte seine Smokingjacke ab und warf sie auf das Fußende des Betts.

Nicht einmal darauf wusste sie eine Antwort. Sie begriff nur, dass an seiner Frage nichts Verführerisches war, kein Hinweis darauf, dass er dabei an Sex dachte. Sie wünschte, sie könnten wieder zu den Stunden im Bankettsaal und auf der Tanzfläche zurückkehren. »So müde bin ich nicht«, sagte sie. »Ich will nur meine Stiefel ausziehen und in etwas Bequemeres schlüpfen.« *Genau. Das war's.* Sie würde in etwas Bequemeres schlüpfen und sich der abgedroschensten aller Verführungsmaschen bedienen.

»Okay, möchtest du etwas aus der Minibar?«, Kit rutschte vom Bett und öffnete den kleinen Kühlschrank.

»Ja, Weißwein, falls es welchen gibt.« Romy zog ihre Stiefel aus und seufzte erleichtert, als ihre Füße in den dicken weichen Teppich sanken. »Kannst du mir mit dem Reißverschluss helfen?« Sie trat zu Kit, der den Inhalt der Minibar beäugte, drehte sich mit dem Rücken zu ihm und warf ihr Haar über eine Schulter nach vorn.

»Moment.« Sie hörte, dass er sich aufrichtete. Dann stand er hinter ihr und zog den Reißverschluss ihres Kleids auf, aber nur über die Hälfte ihres Rückens, obwohl er bis zu ihrem Hintern ging. Seine Hände hatten sie dabei kaum berührt.

»Danke.« Sie verharrte noch einen Moment und hoffte, seine Hände auf ihrer bloßen Haut zu spüren, hoffte, dass er sie umdrehte und in die Arme nahm.

»Pinot Grigio oder Sauvignon Blanc?«

Romy wandte sich um. Kit hockte vor dem Kühlschrank und spähte hinein.

»Pinot Grigio«, murmelte sie. *Und einen Eimer kaltes Wasser*, fügte sie im Geist hinzu und dachte, vielleicht waren im Kühlschrank ja Eiswürfel, mit denen sie sich abreiben konnte. »Na dann«, sagte sie und machte sich auf den Weg ins Bad. »Dann ziehe ich mich mal um.«

Im Bad lehnte sie sich an das Waschbecken, nahm den Kopf in die Hände und fragte sich, an welchem Punkt alles schiefgelaufen war. Hatte sie seine Signale vielleicht falsch verstanden? Nein, es gab keine Zweifel, Kit hatte während des ganzen Abends offen und eindeutig mit ihr geflirtet. War das einfach nur seine Art? Oder hatte er es nur getan, um sie als Paar auszugeben? Aber warum hatte es sich dann so echt angefühlt? Die Lust in seinen Augen, die leidenschaftlichen Küsse, die hatte sie sich doch nicht eingebildet. Doch dann fiel ihr sein Versprechen wieder ein. Hatte er nicht gesagt, er werde sich wie ein Gentleman benehmen und die Finger bei sich behalten? Fühlte er sich jetzt vielleicht an dieses Versprechen gebunden? In dem Fall würde sie ihm zeigen, dass sie bereit für ihn war. Sie musste auf ihn zugehen.

Sie würde nicht zulassen, dass das schöne Hotelzimmer und ihre raffinierte Unterwäsche umsonst waren. Stattdessen würde sie Phase zwei eine letzte Chance geben. Romy streifte ihr Kleid ab, türmte ihr Haar auf dem Kopf, steckte es fest und versuchte, einen verführerischen Schmollmund aufzusetzen. Sah sie nicht verdammt heiß aus? Und Kit war ein Mann. Er würde sie kaum von der Bettkante stoßen, wenn sie sich ihm auf dem Silbertablett servierte. Oder?

Nach einem tiefen Atemzug öffnete sie die Tür und kehrte in das Zimmer zurück. Kit lag auf dem Bett und zappte sich durch die Fernsehsender. Er hatte die Schuhe abgestreift und die Krawatte abgelegt. Sein Hemd war halb aufgeknöpft.

»Ich habe dir ein Glas eingeschenkt«, sagte er und klopfte einladend auf die freie Bettseite, jedoch ohne den Blick vom Fernseher zu lösen.

Romy legte sich auf den Platz an seiner Seite. »Danke«, sagte sie und griff nach dem Glas, das er auf ihren Nachttisch gestellt hatte. Dann nahm sie einen großen Schluck. Der Wein war kühl und schmeckte gut. Wenigstens etwas. Sie stellte das Glas zurück, drehte sich zu Kit herum, stützte sich auf den Ellbogen, beugte sich langsam über ihn und küsste ihn auf den Mund.

Er erwiderte ihren Kuss mit einem kleinen Schmatz, riss sich vom Fernseher los und schaute sie an. Als er ihre

Unterwäsche sah, weitete sich sein Blick. »Hast du keinen Schlafanzug dabei?«

»Ähm, ich …«

»Dann aber rasch unter die Decke.« Er schlug die Bettdecke zurück und nickte ihr aufmunternd zu. »Du willst dich doch nicht erkälten.«

Jämmerlich kroch Romy unter die Decke. Kit stopfte ihr ein zweites Kissen unter den Kopf und steckte die Bettdecke fest um sie, bis sie sich wie eine Mumie fühlte. »So ist's besser«, sagte er und widmete sich wieder dem Fernseher. »Sieh mal, gleich kommt *Friends*«, sagte er. »Willst du das sehen?«

»Gern.«

Als es losging, legte er einen Arm um sie und drückte sie an sich. Mit einem zufriedenen Seufzer ließ er sich in seine Kissen sinken. »Wie früher«, sagte er und lächelte sie an.

»Genau«, sagte Romy matt und zwang sich, sein Lächeln zu erwidern. Aber es war nicht wie früher. Es war ganz und gar nicht wie früher.

17

Als Romy am nächsten Morgen wach wurde, fühlte sie sich rastlos und unzufrieden. Kit war nach der Serie eingeschlafen, aber sie hatte noch lange wachgelegen und sich im Bett hin und her gewälzt. Irgendwann war sie in einen unruhigen Schlaf gefallen, doch in den Phasen, in denen sie nur vor sich hin dämmerte, hatten die Ereignisse des vergangenen Abends sich wie in einer Endlosschleife wiederholt. Ein ums andere Mal hatte sie über das, was geschehen war, nachgedacht und sich gefragt, was es zu bedeuten hatte.

Kit schlief noch immer friedlich und leise schnarchend an ihrer Seite. Sie nahm ihr Handy vom Nachttisch. Halb acht. Wahrscheinlich würde es noch Stunden dauern, bevor einer aus der Hochzeitsgesellschaft in Erscheinung trat. Sie wusste, dass sie nicht mehr einschlafen würde, selbst im Bett hielt sie es nicht mehr aus. Sie beschloss aufzustehen und einen Spaziergang zu machen. Die Bewegung würde ihr guttun, und darüber hinaus konnte sie beim Gehen einen Teil ihrer überschüssigen Energie und Frustration loswerden. Sie schlug die Bettdecke zurück. Duschen würde sie später, denn wenn sie im Bad herumklapperte, lief sie Gefahr, Kit aufzuwecken. Hastig schlüpfte sie in Jeans und Sweatshirt, die im Vergleich zu ihrem eleganten Kleid vom Vorabend eine Wohltat waren. Leise verließ sie das Zimmer und lief über den stillen Flur zum Aufzug.

Als sie ins Freie trat, erwartete ein schöner klarer Wintermorgen sie. Auf dem Rasen lag feiner Raureif, der im Morgenlicht glitzerte. Sie überquerte ihn mit zügigen Schritten, atmete die frische Luft ein und fühlte sich schon etwas besser. Außer ihr war noch niemand unterwegs, und so genoss sie das Gefühl, die Welt für sich zu haben. Anfangs wanderten ihre Gedanken ziellos umher, doch nach einer Weile richteten sie sich wieder auf Kit und den vergangenen Abend.

Wie konnte sie sich nur derart geirrt haben? Kopfschüttelnd dachte sie an ihre Versuche, ihn zu verführen, und wie er sie daraufhin in die Bettdecke gepackt und zum Fernsehen den Arm um sie gelegt hatte, völlig immun gegen ihren halb nackten Körper. Demnach war es sein Ernst gewesen, als er sie vor Wochen gebeten hatte, nur zum Schein als seine Freundin aufzutreten. Er brauchte sie als Camouflage. Das hingebungsvolle Verhalten am vergangenen Abend hatte er nur gespielt und wahrscheinlich angenommen, dass sie auch nur zum Schein darauf eingegangen war. Allerdings war er überzeugend gewesen, so sehr, dass sie ihre Rolle vergessen hatte und das Verlangen mit ihr durchgegangen war.

Jetzt, in der stillen Morgenstunde, gelang es ihr, das Ganze mit Abstand zu betrachten. Sie konnte sogar eine gewisse Komik darin entdecken, so peinlich ihre Versuche, ihn zu verführen, auch gewesen waren. Lieber Gott, was hatte sie sich nur dabei gedacht? Aber wenigstens konnte sie das Thema BDSM jetzt ein für alle Mal zu den Akten legen. Auch Phase zwei war eindeutig schiefgegangen. Ob Kit vielleicht doch schwul war? Lesley würde schwören, dass er es war, aber Lesley hatte ja auch nie eine Nacht mit ihm in einem Kleiderschrank verbracht. Vielleicht war Kit ja bisexuell.

Romy machte kehrt und schlug den Rückweg ein. Eigentlich war es ganz gleich, welche Vorlieben er hatte. Fest stand nur, dass er sie nicht mit ihr verwirklichen wollte. Also abhaken. Jetzt wusste sie wenigstens, woran sie war. Und wie seltsam, dass es ihr nicht einmal etwas ausmachte. Es wäre schön gewesen, mal wieder Sex zu haben, doch was Kit betraf, war sie kuriert.

Sie schaute sich um. Der Morgen war wunderschön. Der Himmel hatte eine blaugraue Farbe angenommen, und blasse Streifen Sonnenlicht fielen über den kleinen Fluss. Sie folgte seinem Lauf zu der Holzbrücke. Am Geländer flatterten noch Reste der bunten Bänder im leichten Morgenwind. Sie steuerte das Hotel an. Inzwischen war sie nicht mehr der einzige Mensch, der schon wach war, denn auf einer der Parkbänke konnte sie eine Gestalt erkennen. Es war ein Mann. Er saß gebeugt, die Unterarme auf den Knien. Im Näherkommen sah sie, dass es sich um Ethan handelte. Als sie zu ihm trat, schaute er auf.

»Guten Morgen.« Er lächelte.

»Hallo.« Sie setzte sich zu ihm.

»Du bist früh auf den Beinen«, sagte er.

»Ich habe nicht gut geschlafen.«

»Alles in Ordnung?« Forschend betrachtete er ihr Gesicht.

»Ja, alles bestens. Wahrscheinlich lag es an dem fremden Bett. Oder daran, dass Luke mir gefehlt hat.« Den wahren Grund behielt sie lieber für sich. Sie konnte ja nicht gut sagen, ich war sexuell frustriert, weil meine Avancen bei deinem Bruder ins Leere gelaufen sind. »Und weshalb sitzt *du* schon hier?«

Ethan zuckte mit den Schultern. »Ich bin früh wachgeworden und konnte nicht mehr einschlafen. Ich bin eine Runde gelaufen.«

»Mann, bist du tüchtig. Kit schläft noch wie ein Toter oder hat es zumindest getan, als ich gegangen bin.«

»Sinead auch.«

Nur dass Sinead wahrscheinlich vom Sex erschöpft war, dachte Romy. Sie nahm an, dass Ethan seiner Freundin gezeigt hatte, was er konnte. Die Glückliche! »Das war eine schöne Hochzeitsfeier«, sagte sie, zog die Füße auf die Bank und umklammerte ihre Knie.

»Ja. Obwohl es etwas gibt, das ich extrem bedaure.«

»Was?«

»Dass ich nicht mit dir getanzt habe.«

»Stimmt. Das ist eine Schande.«

»Ist es wirklich. Der Ethan von früher würde sich schämen.« Er schüttelte den Kopf.

»Ich bin gerührt. Aber vielleicht war es ganz gut so. Ich könnte mir denken, dass deine Freundin etwas dagegen gehabt hätte.«

»Sinead? Sinead ist keine eifersüchtige Frau. Meine Freundin ist sie auch nicht. Wir sind nur hier und da zusammen.«

»Und hier und da auch im Bett?«

Ethan lächelte verlegen. »Das auch.«

Romy grinste und verdrehte die Augen. »Wie auch immer, ich hoffe, der Ethan von früher schämt sich nicht zu sehr.«

»Doch. Er ist total sauer auf sich. Du hast zu seinen drei am heißesten begehrten Frauen gezählt.«

Romy lächelte. »Wie schmeichelhaft.«

»Durchaus. Du, Jennifer Aniston und Lara Croft.«

»Und in welcher Reihenfolge?«

»Wie ich es gerade gesagt habe.«

»Nur weil ich hiersitze, musst du mich nicht zur Nummer eins machen. Bei dieser Konkurrenz verkrafte ich auch Platz drei.«

»Ich habe nicht gelogen. Du kamst an erster Stelle.«

»Und Lara Croft an dritter? Das kann ich nicht glauben. Oder wenn, bin ich beeindruckt. Der jüngere Ethan muss schon sehr reif gewesen sein.«

»Er war Realist. Lara war heiß und hatte eine tolle Figur, aber …«

»Aber?«

»Sie war nur eine Cartoon-Figur. Jennifer Aniston war echt, aber …«

»Die konntest du nur in Filmen sehen.«

»Richtig. *Du* dagegen.« Er warf ihr einen Seitenblick zu. »Du warst dreidimensional, ein richtiges Mädchen, das bei uns zu Hause war, mit dem ich reden konnte und das mir geantwortet hat. Das fand ich aufregend.« Bei der Erinnerung lächelte er.

Romy lachte. »Jetzt verstehe ich, warum der jüngere Ethan aufgebracht ist.«

»Ich fürchte, er wird mir nie verzeihen.«

»Ich wünschte, ich wüsste, wie wir es wiedergutmachen können.«

»Da fällt mir etwas ein.« Ethan stand auf, trat vor Romy und reichte ihr die Hand.

»Was denn? Willst du jetzt mit mir tanzen? Hier?« Sie schaute sich um. Außer ihnen war niemand zu sehen.

Ethan grinste. »Warum nicht?«

Romy fand, zum Tanzen hatte sie nicht das Richtige an, aber Ethan eigentlich auch nicht.

»Komm«, bat er, als sie zauderte. »Für mich ist das von großer Bedeutung. Stell dir vor, *du* wärst mit jemandem aus deinen Top drei zusammen.«

»Tja, so gesehen…« Romy nahm seine Hand und stand langsam auf. »Wir haben keine Musik.«

»Warte.« Er hob den Zeigefinger, steckte die andere Hand in die Hosentasche und holte einen iPod hervor.

»Nicht schlecht«, sagte Romy, während Ethan scrollte. »Der junge Ethan wäre stolz auf dich. Vielleicht verzeiht er dir ja doch noch.« Offenbar brauchte er Ewigkeiten, um den richtigen Song zu finden. »Oder auch nicht.« Romy fing an zu kichern.

»Hetz mich nicht«, brummte Ethan. »Für mich ist das ein großer Augenblick. Alles muss perfekt sein.«

Romy schob die Hände in die Taschen ihrer Jeans und wartete.

»Kann losgehen.« Ethan zog die Schnüre mit den Kopfhörern auseinander, steckte einen in sein und den anderen in ihr Ohr. Dann griff er nach ihrer Hand, legte die freie Hand auf ihre Taille, hob die Brauen und sah sie fragend an.

Romy nickte, als die ersten Takte von REMs *I Have Been High* erklangen, und legte den Arm um ihn. »Diesen Song liebe ich.«

»Ich fürchte, ich bin kein sehr guter Tänzer«, flüsterte er noch, ehe sie anfingen, sich langsam zu bewegen.

»Wird schon klappen.«

Schweigend drehten sie sich auf dem grasbewachsenen Boden. Hier und da tauschten sie ein kleines Lächeln. Als die Musik anschwoll, ließ Ethan Romys Hand los, schlang die Arme um sie und drückte sie an sich. Sie legte den Kopf an seine muskulöse Brust und seufzte zufrieden. Entspannt schmiegte sie sich an ihn und überließ sich der Musik. Ihre Umgebung versank. Sie spürte nur noch, dass sie in seinen Armen lag, und wünschte, der Tanz würde nie zu Ende gehen.

Als der Song verklungen war, hielten sie sich noch für einen Moment in den Armen, blieben durch die Kopfhörer verbunden, ohne dass einer Anstalten machte, sich zu befreien. Es kostete Romy Kraft, den Kopf zu heben, denn ihr war, als wäre sie aus einem sanften Schlaf erwacht.

»Mist«, sagte Ethan. »Hätte ich doch ein längeres Stück ausgesucht.« Als ihre Blicke sich trafen, stockte ihr der Atem.

Himmel, dachte Romy, *er weiß wirklich, wie man es macht.* Kein Wunder, dass die Frauen bei ihm Schlange standen. »Das war schön«, sagte sie leise und löste sich von ihm. »Ist der jüngere Ethan jetzt zufrieden?«

»Er klopft mir in einer Tour auf die Schulter«, antwortete er und lächelte in sich hinein. Behutsam nahm er ihr den Kopfhörer ab und ließ sie los. »Danke.« Er gab ihr einen Kuss auf die Stirn.

»Gern geschehen.« Mit einem Mal wurde sie verlegen und schob die Hände wieder in die Hosentaschen. »Tja, ich muss dann los. Duschen und so.«

»Ich auch«, sagte Ethan, ohne sich vom Fleck zu rühren.

Zu guter Letzt wandte Romy sich ab. Ethan hielt ihren Arm fest. »Romy, kann ich dich was fragen?«

»Sicher.«

Ethan schluckte und wirkte plötzlich nervös. »Du und Kit«, begann er zögernd. Romy spürte, wie ihr Herz aussetzte. »Ihr seid doch nicht richtig zusammen, oder?«

»Wie bitte?« Sie sah ihn scharf an. »Warum fragst du das?«

»Das ist keine Antwort.«

»Ich habe nur gesagt, dass du mich etwas fragen kannst. Das heißt nicht, dass ich dir auch eine Antwort gebe.«

»Hm, ich glaube, das hast du gerade getan«, sagte er mit freundlichem Lächeln.

»Oh nein, das habe ich nicht«, begann sie aufgebracht, doch in dem Moment piepte sein Handy. Ethan zog es aus der Jackentasche hervor und las die Nachricht.

Verdammt! Warum hatte sie nicht gesagt, dass Kit und sie natürlich richtig zusammen waren? Sie hätte sogar ergänzen können, dass sie letzte Nacht sogar zusammen geschlafen hatten, es wäre nicht einmal eine Lüge gewesen. Stattdessen hatte sie Ethan in seinem Argwohn bestärkt. Er hatte sie auf dem falschen Fuß erwischt. Sie wusste nicht, was Ethan jetzt dachte. Und was glaubte Hannah? Sie erinnerte sich an die merkwürdigen Blicke der beiden an Thanksgiving, die geflüsterten Worte. Es gab eigentlich kaum noch Zweifel. Die beiden hielten sie für eine Scheinfreundin, wie Lauren und die anderen vor ihr es auch gewesen waren.

»Sinead«, sagte Ethan, schwenkte das Handy und steckte es wieder in die Tasche. »In einer halben Stunde treffen sich alle zum Frühstück. Wir gehen besser zurück.«

Auf dem Weg zum Hotel schwiegen sie. Romy fahndete nach den richtigen Worten, um seinen Argwohn zu zerstreuen. Allerdings durfte sie nicht zu defensiv klingen, das wäre kontraproduktiv.

»Ethan«, begann sie, als sie ihre Etage erreicht hatten und ihre Wege sich trennten. »Was du vorhin gesagt …«

Ethan winkte ab. »Vergiss es, ich hätte besser den Mund gehalten. Tut mir leid. Wir sehen uns beim Frühstück.«

»Gut, bis dann.« Jetzt kam sie doch nicht mehr dazu, ihre Erklärung abzugeben. Aber sie wusste ja nicht einmal, wie diese Erklärung hätte aussehen sollen.

»Und vielen Dank für den Tanz.« Ethan wandte sich

ab und lief mit großen Schritten in die Richtung seines Zimmers.

Als Romy ihr Zimmer betrat, war Kit aufgestanden. Am liebsten hätte sie ihm erzählt, was Ethan sie gefragt hatte, doch dann brachte sie es nicht übers Herz. Kit wirkte so glücklich, dass ihr Täuschungsmanöver gelungen war. Wie konnte sie ihm da die Laune verderben und ihm klarmachen, dass er sich irrte? Als sie geduscht und sich angezogen hatte, gingen sie nach unten zum Frühstück und setzten sich zu Sinead und Ethan, die schon an der langen Tafel Platz genommen hatten. Nach und nach kamen auch die anderen Hochzeitsgäste herein.

Kit benahm sich ebenso liebevoll wie am vergangenen Abend, hatte wieder ganz zu seiner Rolle als aufmerksamer Freund gefunden. Betreten nahm Romy wahr, dass Ethan und Hannah sie mit skeptischer Miene taxierten. Gut, dass sie Kit nicht aufgeklärt hatte, denn sonst würde er sich ebenso unwohl und peinlich berührt fühlen wie sie selbst. Es ging ja nicht nur darum, dass Ethan und Hannah ihre Beziehung für einen Witz hielten. Viel schlimmer war, dass sie Kits Eltern etwas vorspielten. Als sie selbst noch gedacht hatte, sie und Kit könnten eine Zukunft haben, war das anders. Aber jetzt, da sie wusste, dass es diese Zukunft nicht gab, schämte sie sich, seine Eltern zu täuschen. Sie hatte Laura und Colm Masterson von Herzen gern, doch an diesem Morgen konnte sie es kaum erwarten, sich von ihnen zu verabschieden.

Hinzu kam, dass sie sich Ethan gegenüber benahm, als wäre sie in ihn verschossen. Immer wieder wanderte ihr Blick in seine Richtung. Sie wünschte, sie hätte nicht mit ihm getanzt, denn jedes Mal, wenn sie daran dachte, schien ihr Körper sich in seine Arme zu sehnen. Es gefiel ihr auch nicht, dass Sinead rundum zufrieden schien und sich offenbar so verausgabt hatte, dass sie mit wahrem Heißhunger Riesenportionen verdrückte. Ethan beobachtete es mit nachsichtigem Lächeln und reichte ihr ein ums andere Mal den Brotkorb.

Nein, dachte Romy, hier hielt sie es nicht mehr aus. Als Laura kam und sie einlud, später bei ihnen zu Abend zu essen, lehnte sie dankend ab.

»Ich muss dringend zu meinem Bruder und Luke abholen«, entschuldigte sie sich. Ein ruhiger Abend mit Luke war das, was sie brauchte. Abgesehen davon fehlte er ihr ganz schrecklich, obwohl sie nur eine Nacht von ihm getrennt gewesen war.

»Hat Danny auf ihn aufgepasst?«, fragte Kit. »Ich dachte, der Junge ist bei deiner Mutter.«

»Meine Mutter macht Urlaub. Sie ist in Ägypten.«

»Ach.«

»Aber in der nächsten Woche ist sie wieder da. Sie nimmt Luke, wenn wir zu deinem Haus fahren.« Inzwischen stand ihr Plan fest. Bevor sie mit der Arbeit an dem großen Haus begannen, würden sie das Kutscherhäuschen für sich und Luke bewohnbar machen. Viel war dazu nicht nötig, und darüber hinaus konnten sie und Kit einen Teil dieser Arbeiten selbst übernehmen und somit Geld sparen. Allerdings wollten sie zur Sicherheit eine Bauparty organisieren und so viele Helfer wie möglich einladen, sodass sie die Arbeit tatsächlich an einem einzigen Wochenende schafften.

»Was hältst du von einem Wochenende auf dem Land?«, wandte Kit sich an Sinead. »Mit reichlich harter Arbeit, aber dafür auch jeder Menge frischer Luft.«

»Ich glaube, so was muss man anders verkaufen«, raunte Romy ihm zu. »Du musst das Bier erwähnen.« Laut sagte sie: »Es gibt Bier. Und Wein. Und jede Menge Spaß.«

»Sprecht ihr vom nächsten Wochenende?«, fragte Sinead. »Da kann ich leider nicht, da bin ich in Paris.«

»Pech«, sagte Kit resigniert. »Bislang ist Ethan mein einziger … ähm, Gast.«

»Machst du wirklich mit?«, fragte Romy Ethan.

»Definitiv«, antwortete er.

»Er tritt seine neue Stelle erst im Januar an«, erklärte Kit. »Er hat Zeit, uns zu helfen.«

»Ach«, sagte Romy. »Kannst du so was denn?«

»Ich weiß, wie man schreinert«, erwiderte Ethan. »Und ich bin ein guter Handlanger.«

»Oh Gott«, stöhnte Kit. »Bring ihn bloß nicht dazu, von seinen Bauarbeiten in Südafrika zu erzählen!«

Sinead warf Ethan einen verwunderten Blick zu. »Hast du so was mal gemacht? Das wusste ich ja gar nicht.«

»Das war in dem Jahr zwischen Schule und Studium. Ein Freiwilligenjob.«

»Schade, dass Tank in die Flitterwochen fährt«, sagte Kit. »Sonst könnte er die Abrissarbeiten übernehmen.«

»Ich wollte Danny bitten mitzukommen«, sagte Romy zu ihm. »Er könnte sich das Gelände anschauen. Vielleicht Pläne für eine Parkanlage machen.«

»Das wäre großartig. Wir fragen ihn, wenn wir Wieheißt-er-noch abholen.«

»*Wir?* Was ist denn mit dem Abendessen bei deinen Eltern?« Laura hatte von einem Familienessen gesprochen und einen Teil der Verwandten, die zu der Hochzeit gekommen waren, eingeladen. Romy war davon ausgegangen, dass auch Kit daran teilnehmen würde.

»Du hast doch gesagt, du kannst nicht kommen. Ich dachte, ich verbringe den Abend lieber mit dir und …«

»Luke.«

»Richtig. Ich meine, ich bin doch jetzt so was wie sein Vater, oder?«

»Was? Wie kommst du denn darauf?« Romy schaute Kit entgeistert an. Ihr Herz fing an zu stolpern. Wie konnte er das herausgefunden haben?

»Na, du weißt schon. Ich dachte, wir sind wieder zusammen. Irgendwie macht mich das doch zu seinem Vater, oder nicht?«

»Ähm, nein. Eigentlich nicht.«

»Okay, dann Stiefvater.«

»Auch nicht.«

»Wird der Freund einer Mutter denn nicht allgemein als Stiefvater bezeichnet?«

»Vielleicht wenn die beiden zusammenleben. Aber nicht, wenn sie gerade mal eine Woche lang zusammen gewesen sind.«

»Hm. Trotzdem bin ich so eine Art Vaterfigur in seinem Leben, oder etwa nicht? Er ist ein Junge, er braucht ein männliches Vorbild.«

Romy lächelte. Sie fand es schön, dass Kit bereit war, zu einem Teil von Lukes Leben zu werden. Selbst wenn aus ihr und Kit kein Paar wurde, würde er Luke vermutlich ein guter Vater sein. »Ich glaube, das hat noch Zeit, er ist ja erst vier Monate alt. Nimm ruhig an dem Familienessen teil. Zeig Luke ein anderes Mal, wie er ein Mann wird.«

»Na schön.«

»Und schau, wen du noch für das nächste Wochenende ködern kannst. Ruf jeden an, der dir einen Gefallen schuldet.«

»Ich weiß nicht, ob ich so jemanden kenne.«

»Keine Sorge.« Romy lächelte. »Ich kenne davon jede Menge.«

»Es wird ein Riesenspaß«, beteuerte Romy am nächsten Tag Lesley gegenüber. Sie war auf eine Tasse Kaffee bei ihrer Freundin vorbeigekommen. »Eine schöne Autoreise, ein Wochenende auf dem Land, viel Wein. Wir nehmen Schlafsäcke mit und campieren in einem Kutscherhäuschen.«

Lesley hob die Brauen. »Ich weiß nicht, ob man eine Fahrt nach Wicklow als schöne Autoreise bezeichnen kann.«

»Wieso nicht? Wir fahren doch mit dem Auto.«

»Na gut«, gab Lesley nach. »Darf ich auch etwas kurz und klein schlagen?«

»Nach Herzenslust. Kurz und klein schlagen, abreißen, was du willst.«

Um Lesleys Mundwinkel deutete sich ein Lächeln an. »Kriege ich einen Vorschlaghammer?«

»Natürlich. Ich werde einen besorgen, der nur für dich ist.«

»Toll, dann mache ich mit.« Lesley sah Romy geknickt an. »Anscheinend kennst du all meine heimlichen Wünsche.«

»Oh ja. Jeder Widerstand wäre vergebens.«

»Gut, dann reden wir jetzt mal über das Hochzeitswochenende. Wie ist die Verführung gelaufen?«

»Das war ein Schuss in den Ofen.«

»Wie das denn?«, rief Lesley. »Als ich nichts mehr von dir gehört habe, dachte ich, du würdest … Was ist denn passiert?«

»Nichts«, sagte Romy knapp. »Rein gar nichts.«

»Aha.« Lesley packte Romys Arm und zog sie hoch.

»Moment mal«, sagte Romy. »Wohin willst du?«

»Zur Beweismittelnische.« Lesley zerrte Romy über den

Flur in ihr Arbeitszimmer. Vor dem Whiteboard blieb sie stehen.

Romy betrachtete die Tafel, die sich seit ihrem letzten Besuch verändert hatte. Jetzt trug Darth Vader im Zentrum Kits Gesicht. Auf einer Seite stand »BDSM« mit einem abgebildeten Analstöpsel darunter. Auf der anderen stand »Verführung«. Darunter hatte Lesley das Bild eines sexy BHs angebracht. Am unteren Rand der Tafel hatte Lesley »schwul« notiert und ein Zeitungsfoto von Elton John dazugeheftet.

»Schieß los.« Lesley verschränkte die Arme vor der Brust. »Und lass bitte nichts aus. Hat er das Sexspielzeug erkannt?« Sie tippte auf das Bild des Analstöpsels.

»Nein. Er hatte nicht mal den Hauch einer Ahnung. Mit BDSM hat Kit definitiv nichts am Hut.«

»Also bist du zu Phase zwei übergegangen. Die gute alte Verführung.« Lesley deutete auf den BH.

»Richtig. Anfangs lief es sogar ziemlich glatt. Bei der Hochzeitsfeier konnte er kaum die Finger von mir lassen. Ich war völlig elektrisiert. Doch als wir dann endlich in unserem Zimmer waren, war es, als hätte ihm jemand den Stecker gezogen.«

»Hat er dich in deiner Unterwäsche gesehen?«

»Ja. Zuerst dachte ich, er wollte sich als Gentleman erweisen und nicht so richtig hinschauen.«

»Hast du die Sachlage geklärt?«

»Absolut.«

»Und es gibt keine Möglichkeit, dass er deine Signale falsch gedeutet hat? Du weißt, dass du manchmal ein bisschen Doris-Day-artig bist.«

»Nein! Ich bin so gut wie nackt auf ihn geklettert und habe ihn geküsst.«

»Sehr schön. So was nenne ich proaktiv.«

»Danke.«

»Und was hat er gemacht?«

»Er … hat mich in meine Bettdecke gemummelt.«

»*Was* hat er?«

»Er hatte Angst, ich könnte frieren. Ich sollte unter die Bettdecke kriechen. Und dann hat er die Bettdecke um mich festgesteckt. Und dann haben wir ferngesehen.«

»Du machst Witze.«

»Nein.«

Lesley schaute Romy an und nagte an ihrer Lippe. »Also doch«, erklärte sie schließlich. »Kit ist schwul.«

»Nein, ist er nicht. Vergiss nicht, dass ich früher mal mit ihm zusammen war.«

»Das muss nichts heißen. Es gibt viele schwule Männer, die mit Mädchen angefangen haben. Denk an Elton John.« Lesley klopfte auf sein Foto. »Er war sogar mal verheiratet.«

»Ich weiß nicht.« Romy zog die Stirn kraus und versuchte, sich Kit als schwul vorzustellen.

»Sieh dir doch die Tatsachen an.« Lesley drehte sich zu ihrem Whiteboard um. »Er steht nicht auf BDSM.« Sie entfernte das Bild des Analstöpsels. »Er hat sich nicht von dir verführen lassen.« Sie nahm den BH ab. »Und was bleibt da?«

Romy seufzte. »Elton John. Kit ist wie Elton John.«

»Du bist in Unterwäsche auf ihn gesprungen, und er hat dich in eine Decke eingemummelt. Himmel noch mal, wie viele Beweise brauchst du denn noch?«

»Und dabei war die Unterwäsche so heiß«, sagte Romy bedrückt.

»Natürlich war sie das.«

»Aber das muss doch noch nicht bedeuten, dass er schwul ist. Vielleicht steht er einfach nicht auf mich.«

»Ich habe dich schon in Unterwäsche gesehen, Romy. Glaub mir, es liegt nicht an dir, sondern an ihm.«

Je länger Romy darüber nachdachte, desto offenkundiger wurde es für sie. Da war nur eine Sache: »Auf Davids Party war er nicht schwul.«

»Fein, vielleicht war das eine einmalige Angelegenheit. Oder er ist zweigleisig unterwegs. Was hältst du davon, wenn ich ihn observiere? Dann sehen wir, wie er tickt.«

»Bitte, Lesley, tu das nicht«, bat Romy. »Im Grunde ist es doch auch egal.« Falls Kit schwul war, wollte er eindeutig nicht, dass es jemand erfuhr. Und das schloss sie, Romy, ein.

»Und was machen wir jetzt?«

»Ich muss ihm das mit Luke erzählen.«

Romy hatte sich den Kopf zerbrochen, wie und wann sie das Thema der schicksalhaften Halloweenparty vor einem Jahr wieder aufgreifen sollte. Sie wollte Kit nicht in Verlegenheit bringen, doch jetzt, da sie wusste, wo sie mit ihm stand, musste sie ihm sagen, dass er Lukes Vater war. Sie wusste nur nicht, wo sie anfangen sollte. Doch einige Abende später – Kit war bei ihr in der Wohnung – ging sie das Fernsehprogramm in der Zeitung durch und fand den idealen Aufhänger.

»Mensch«, sagte sie. »Heute Abend gibt es die beiden ersten *Star-Wars*-Filme. Hast du Lust auf einen *Star-Wars*-Marathon?«

Kit runzelte die Stirn. »Was hast du bloß mit diesen Filmen? Früher warst du doch auch kein Fan davon.«

»Mag sein, aber seitdem habe ich eine kleine Schwäche für Darth Vader entwickelt.« Sie zwinkerte ihm zu. »Liegt wahrscheinlich an dem schwarzen Helm und dem geheimnisvollen Flair.«

»Komisch.« Kit runzelte die Stirn.

Mist, dachte Romy, *und schon wirkt er beklommen*. So viel also zu ihrem Versuch, das Thema wie nebenher anklingen zu lassen.

»Ich habe ganz wundervolle Erinnerungen an eine Nacht, die ich einmal mit einem maskierten Mann verbracht habe.« Sie sah Kit anzüglich an.

»Ach ja?« Kit nestelte an seinem Hemdkragen und schien plötzlich zu schwitzen. »Möchtest du eine Tasse Tee?« Er sprang auf und stürzte in die Küche, bevor sie ihm eine Antwort geben konnte.

Na, das ist ja toll gelaufen, dachte Romy, *wirklich eins a*.

In der Küche setzte Kit Wasser auf und wartete darauf, dass es anfing zu kochen. Währenddessen atmete er immer wieder tief durch und versuchte, sich zu beruhigen. Warum um alles in der Welt wollte Romy ihm mit einem Mal von ihrer Neigung zu maskierten Männern erzählen? Er wollte davon nichts hören. Und warum kam sie schon wieder auf diese grässliche Party zu sprechen? Der Punkt war, dass er an jenen Abend nicht mehr denken wollte. Warum hatte er sich da nur dermaßen betrunken? Wäre er nicht so hinüber gewesen, hätte er sich von David, diesem fetten Sack, nie zu einem Dreier überreden lassen. Schon wenn er an David dachte, mit dem pausbäckigen dummen Gesicht und dem Shrek-Kostüm, hätte er sich am liebsten übergeben. Wie hatte dieses Ekel es nur geschafft, Romy als Dritte im Bund zu ködern? Zumal sie und der ganze Dreier nur ein Vorwand gewesen waren, denn in Wahrheit hatte David nur wissen wollen, wie es war, es mit einem Mann zu machen.

Rotkäppchen hatte das ziemlich rasch erfasst. Wie auch nicht? David hatte nur der Form halber kurz mit ihren Brüsten gespielt und sie anschließend ignoriert. Stattdessen hatte er sich auf ihn gestürzt, seine Zunge in Kits Mund geschoben und ihm in den Schritt gegriffen. Nach einer Weile hatte Rotkäppchen sich aufgerappelt und war beleidigt abgerauscht.

Kit wand sich bei dem Gedanken, dass Romy dieses Rotkäppchen gewesen war, und begriff beim besten Willen nicht, warum sie darüber sprechen wollte. Selbst wenn sie auf Dreier stand, war sie an jenem Abend wohl kaum auf ihre Kosten gekommen. Wenn es nach ihm ging, würde in seinem ganzen Leben nicht mehr darüber geredet.

Irgendwann blieb ihm nichts anderes übrig, als mit dem Tee ins Wohnzimmer zurückzukehren. »Hannah hat mir eine SMS geschickt«, verkündete er munter und hoffte, das würde Romy vom Thema abbringen. »Sie und Tank amüsieren sich prächtig.« Er reichte Romy einen Becher Tee. »Mit dem Wetter haben sie auch Glück. Gestern haben sie eine Bootsfahrt gemacht. Der arme Tank hat einen leichten Sonnenbrand und …«

»Kit«, fiel Romy ihm ins Wort. »Um noch mal auf Davids Party zurückzukommen …«

»Bitte nicht. Bitte erwähn die nie wieder.«

»Doch. Wir müssen darüber sprechen«, sagte Romy fest.

Kit stöhnte. »Aber warum?«

»Weil wir da etwas getan …«

Oh Gott, dachte Kit. *Sie wird doch wohl nicht den nächsten Dreier anregen.* »Hör zu, Romy, das, was da passiert ist, tut mir leid. Dir wahrscheinlich auch. Können wir die Nacht nicht einfach vergessen?«

»Nein, denn …«

»So was mache ich für gewöhnlich nicht.«

»Fein, ich auch nicht, aber …«

»Ich habe es ja nicht mal durchgezogen, das ist dir …«

»Ja, okay«, fiel Romy ein. Dann erstarrte sie. »Was hast du gesagt? Was soll das heißen, du hast es nicht mal durchgezogen?«

»Das heißt, dass ich es nicht – ich hatte keinen Sex mit …« Kits Stimme versagte. Er wurde rot.

»Oh doch, den hattest du.«

»Nein. Ich weiß nicht, was er dir erzählt hat, aber …«

»Was? Niemand hat mir was erzählt«, sagte Romy verwirrt. »Man musste mir nichts *erzählen*, Kit. Ich war schließlich da.«

»Nicht die ganze Zeit.« Kit schüttelte den Kopf. »Du bist gegangen, weißt du noch?« Endlich hatte sie ihn einmal ausreden lassen. Jetzt saß sie da und schwieg.

»Von welchem Abend redest du eigentlich?«, fragte sie nach einer Weile.

Kit seufzte herzerweichend. »Von der Halloweenparty bei David Kinsella. Als wir zu dritt …«

»Zu dritt? Wir waren zu zweit.«

»Ich spreche von dir, David und mir.«

»*David?*« Romy legte die Stirn in Falten. »David war nicht dabei. Da waren nur wir beide.« Mit einem Mal sog sie scharf den Atem ein und riss die Augen auf. »Was für ein Kostüm hattest du an dem Abend an?«

»Ich war als Vampir verkleidet.« Kit sah sie erstaunt an. Daran hätte sie sich eigentlich erinnern müssen.

»Oh mein Gott«, hauchte sie und schlug sich die Hand vor den Mund. Dann ließ sie die Hand sinken. »Das ist ja nicht zu fassen. Dann warst du gar nicht Darth Vader?«

»Darth Vader? Nein.« Kit sah sie verwundert an. »Ich

dachte … was soll das heißen? Ich meine, du bist doch als Rotkäppchen gegangen, oder?«

»Ja schon«, sagte Romy matt und schüttelte den Kopf. »Aber da war noch ein zweites Rotkäppchen. Wahrscheinlich meinst du diese Frau.« Sie schnaubte, konnte es immer noch nicht glauben. Erst nach einer Weile stellte sie fest, dass sie nicht nur fassungslos, sondern auch enttäuscht und niedergeschlagen war. Die Vorstellung, dass Kit Lukes Vater war, hatte ihr gefallen. Er hätte seine Sache gut gemacht, auch dann, wenn sie keine Beziehung hatten.

Nach längerem Schweigen sagte Kit: »Was war denn nun mit dir und diesem Darth Vader?«

»Ach, nichts. Ich habe nur noch etwas von ihm.« Romy seufzte. »Okay, das wäre dann abgehakt.« Sie schaute zu Boden.

»Romy«, fragte Kit. »Was ist denn?«

»Ach, nichts«, murmelte sie.

Oh Gott, dachte Kit, *fängt sie etwa an zu weinen?* Er schluckte. »Hör zu, Romy, wenn du über jenen Abend sprechen möchtest, dann können wir das meinetwegen tun.«

»Danke, Kit, aber das ist nicht nötig. Wir hüllen den Abend in den Mantel des Schweigens, ja?«

»Okay, wie du willst.« Kit atmete auf. »Soll ich uns Popcorn machen?«

»Was?«

»Für den *Star-Wars*-Marathon. Falls du noch immer Lust dazu hast.«

»Ja, habe ich.« Romy lächelte schwach. Es war wahrscheinlich ihre einzige Chance, Darth Vader wiederzusehen.

18

»Bist du auch ganz sicher, dass deine Mutter Luke übers Wochenende hüten möchte?«, fragte Romy Kit am folgenden Freitagmorgen. Sie waren dabei, Lukes Sachen in ihren Van zu laden. Um ein Haar hätten sie gar nicht nach Wicklow fahren können, denn als Romys Mutter aus Ägypten zurückgekehrt war, hatte sich herausgestellt, dass sie an einer schweren Lebensmittelvergiftung litt. Zum Glück hatte Laura Masterson sich bereit erklärt, Luke für das Wochenende zu nehmen.

»Ja, sie ist doch ganz außer sich vor Freude.« Kit verstaute eine riesengroße Packung Windeln im Van. »Abgesehen davon ist es ja auch irgendwie ihre Pflicht. Immerhin ist sie so was wie seine Großmutter.«

»Klar«, sagte Romy lachend. »Wenn du sein Dad wärst, dann schon.« Sie reichte Kit eine Tragetasche.

»Sag ich doch.« Kit stopfte die Tasche zu den anderen. »Liebe Güte, braucht er wirklich so viel Zeug?«

»Ich fürchte, ja.« Romy schlug die Tür des Kofferraums zu. »Dein Sohn ist äußerst anspruchsvoll.«

Kit grinste. »Das hat er nicht von seiner Mutter.«

»Nein, mir hat noch keiner vorgeworfen, anspruchsvoll zu sein. In dem Punkt muss er nach jemandem aus deiner Familie kommen.« Natürlich machten sie nur Witze, aber als Romy ins Haus ging, um Luke zu holen, verspürte sie einen schmerzhaften Stich in der Brust. Es tat ihr weh zu denken, dass sie wahrscheinlich nie erfahren würde, welche Eigenschaften und Merkmale Luke von seinem Vater geerbt hatte, und dass die Familiengeschichte ihres Sohnes immer unvollständig bleiben würde. Doch dann verdrängte sie diese Gedanken, schloss die Haustür ab und trug Luke zu ihrem Wagen.

»So«, sagte sie, als sie ihn in seinem Kindersitz anschnallte. »Jetzt holen wir Onkel Ethan ab. Du bleibst das Wochenende schön bei Omi Masterson.« Sie gab Luke einen Kuss auf den Kopf. Er griff in ihr Haar und packte eine Strähne. Sie lächelte ihn an und befreite die Strähne sanft aus seiner pummeligen Faust.

Kit hatte sich bereits auf dem Beifahrersitz niedergelassen. Romy klemmte sich hinter das Steuer und warf einen Blick auf die Uhr am Armaturenbrett. Es war erst acht Uhr morgens. »Meinst du nicht, wir sind zu früh? Vielleicht sollten wir noch eine Weile warten.«

»Nicht nötig. Meine Mutter weiß, dass wir Luke frühzeitig vorbeibringen. Wir müssen ja noch das ganze Arbeitsgerät einladen. Ich finde, wir sollten so bald wie möglich in Wicklow sein.«

»Na gut.«

»Außerdem stehen meine Eltern mit den Hühnern auf.«

»Und was ist mit Ethan?«

»Ethan wollte gestern Abend mit ein paar alten Studienfreunden etwas trinken gehen. Weiß der Geier, in welcher Verfassung er heute Morgen ist. Oder in welchem Bett.«

»Oh. Dann möchte er vielleicht gar nicht mitkommen. Ich meine, er hat ja auch Urlaub, soll sich ausruhen und so.«

»Mach dir keine Sorgen, Ethan möchte unbedingt mit uns fahren und helfen. Wir schaffen ihn einfach in den Van, ganz gleich in welchem Zustand er ist. Bedanken kann er sich später.«

»Na dann«, sagte Romy. »Nichts wie los.«

»Gott, bin ich froh, dass ihr kommt«, sagte Laura, als sie die Haustür öffnete. Sie machte einen mitgenommenen Eindruck und winkte Romy herein. Doch als sie Luke entdeckte, der in seinem Kindersitz schlief, lächelte sie und flüsterte: »Möchtest du ihn irgendwo lassen, wo es ruhig ist?«

Romy nickte.

Laura führte Romy ins Wohnzimmer. »Stell ihn hier ab.«

Kit kam herein, über und über mit Lukes Gepäck beladen. »Ich weiß, es sieht nach einer Menge aus«, sagte er und stellte die Taschen ab. »Liegt wahrscheinlich daran, dass es eine Menge ist.«

»Kommt«, flüsterte Laura. »Wir sind alle in der Küche.«

»Ist Ethan schon auf?«, fragte Kit.

»Ja«, antwortete seine Mutter leise. »Aber er hat Besuch. Wir haben eine kleine Krisensituation.« Sie schürzte die Lippen. »Im Moment steht es noch unentschieden.«

In der Küche war Ethan dabei, einer jungen Frau mit Schmollmund und langen dunklen Haaren ein Frühstück zuzubereiten. Sie saß am Tisch und trug ein großes T-Shirt. Das T-Shirt hatte einen Rosastich und gehörte wahrscheinlich Ethan. Sonst schien sie nichts anzuhaben, zumindest nicht an Beinen und Füßen. Ethan stand an ihrer Seite und schüttete Müsli in eine Schale. Außer dieser Dunkelhaarigen war noch eine Blondine da, ebenfalls im übergroßen T-Shirt, jedoch mit Ugg Boots an den Füßen. Sie lief in der Küche auf und ab, telefonierte mit ihrem Handy und behielt Ethan und die andere Frau im Auge.

Ethan schaute hoch und lächelte Romy an. Er trug Jeans

und einen dicken weizengelben Pullover. Sein Haar stand in alle Richtungen ab, doch er wirkte frisch und wie immer unwiderstehlich. Er deutete auf die Dunkelhaarige. »Romy, das ist Sarah.« Sarah sah hoch, lächelte jedoch nicht. Sie hob nur kaum merklich die Brauen. Kit kannte sie offenbar, denn er nickte ihr zu. »Hallo, Sarah, das ist Romy.« Er deutete auf die Blondine. »Und das ist Fiona.« Fiona winkte ihnen verhalten zu und formte »Hi« mit den Lippen.

»Ich bringe Lukes Sachen nach oben«, erklärte Laura. »Ihr kommt ja zurecht.« Sie war im Handumdrehen aus der Tür.

»Sag, wenn es genug ist.« Ethan goss Milch über Sarahs Müsli.

»Ich hab keine Zeit zu frühstücken.« Sie schob die Schale fort. »Ich komme so schon zu spät zur Arbeit.«

»Das Frühstück ist die wichtigste Mahlzeit am Tag«, verkündete Ethan und schob die Schale zu ihr zurück. »Du musst etwas essen.«

»Ich rufe mir ein Taxi.« Sarah nahm ihr Handy, stand auf, drückte ihr Handy ans Ohr und verließ die Küche.«

Kit sah Ethan an und verdrehte die Augen.

»Ist was?«, fragte Ethan pikiert.

»Was ist denn mit *der* los?« Kit nickte zu Fiona hinüber. Sie war immer noch in ihr Telefonat vertieft.

Ethan zuckte mit den Schultern und holte eine gefüllte Schale aus dem Kühlschrank. Dann setzte er sich an den Tisch, griff nach dem Löffel, den er für Sarah zurechtgelegt hatte, und machte sich über die Schale her. Kit und Romy ließen sich ihm gegenüber nieder.

»Wo ist Luke?«, fragte Ethan.

»Schläft«, antwortete Romy. »Wir haben ihn ins Wohnzimmer gebracht, da wird er nicht gestört.«

»Schade«, sagte Ethan enttäuscht. »Ich hätte ihn gern mal gesehen. Vielleicht wacht er ja auf, ehe wir losfahren.«

»Ethan liebt Babys«, sagte Kit. »In dem Punkt ist er irgendwie sonderbar.«

»Was ist denn daran sonderbar?«, fragte Romy.

»Männer stehen normalerweise nicht auf Babys«, erklärte Kit. »Es sei denn, es geht um ihr eigenes«, setzte er hastig hinzu. »Klar, ich liebe … ähm …«

»Luke«, sagten Romy und Ethan wie aus einem Mund.

»Aber ein fremdes Baby?«

Sie wurden von Fiona unterbrochen, die an den Tisch kam und ihr Handy zuklappte. »Alles bestens«, sagte sie. »Krise verhindert.«

Ethan machte Romy und Kit mit ihr bekannt und fragte: »Was möchtest du zum Frühstück? Müsli? Toast?«

Auch wenn er ein Weiberheld ist, dachte Romy, *er ist wenigstens ein guter Gastgeber.*

»Was isst du da?«, fragte Fiona kokett und glitt auf den Stuhl an Ethans Seite.

»Schokoladenpudding. Meine Mutter hat ihn zu meiner Rückkehr gemacht.«

»Wie kann man denn zum Frühstück Schokoladenpudding essen?« Fiona lachte.

»Warum denn nicht. Schmeckt fabelhaft.«

Fiona stieß missbilligende Laute aus. »Was bist du für ein Kleinkind.«

»Möchtest du etwas?«

»Oh, ich möchte einiges«, raunte sie mit vielsagendem Lächeln. »Ich fürchte nur, dass ich es nicht bekomme, oder?«

In dem Augenblick kehrte Sarah zurück, trug ein glitzerndes Oberteil, einen winzigen Rock und schenkelhohe

Wildlederstiefel mit Pfennigabsätzen. Sie trat an den Tisch und musterte Ethan und Fiona. Alle erstarrten. Die Spannung war fast mit Händen zu greifen. Sie warf den beiden einen finsteren Blick zu. »Ich habe mir ein Taxi gerufen«, sagte sie und funkelte Fiona wütend an. »In zehn Minuten ist es da. Nur für den Fall, dass du mitfahren willst.«

Auf Fionas Miene spielten sich die widersprüchlichsten Gefühle ab. Die beiden Frauen fixierten einander.

»Fährst du zuerst nach Hause?«, fragte Fiona schließlich.

»Natürlich fahre ich zuerst nach Hause«, zischte Sarah. »In dem Aufzug kann ich wohl kaum zur Arbeit gehen.«

»Warum nicht?«, fragte Ethan. »Du siehst toll aus.«

»Ethan, bitte – warum hältst du nicht einfach die Klappe.« Sarah wandte sich wieder an Fiona. »Kommst du nun mit oder nicht?«

Fiona schwieg. »Na schön«, gab sie sich schließlich geschlagen. »Dann ziehe ich mich mal an.« Sie stand auf und verließ die Küche.

Sarah ließ sich auf ihrem Platz nieder und zog die Schale Müsli zu sich heran, die Ethan ihr zurechtgemacht hatte. Niemand sprach, als sie – anscheinend widerwillig – zu essen begann.

Wenig später kehrte Fiona zurück. »Ich habe beschlossen, peinlich zu sein und mit den Klamotten zur Arbeit zu gehen«, sagte sie zu Sarah. »Es ist mir zu lästig, nach Hause zu fahren und mich umzuziehen.«

Es klingelte.

»Das wird das Taxi sein.« Sarah raffte sich auf.

Ethan stand auf, nahm Sarahs Jacke von einer Stuhllehne und wollte ihr hineinhelfen.

»Herrgott noch mal«, sagte Sarah und riss ihm die Jacke aus der Hand. »Nur weil ich eine Vagina habe, bin ich noch lange nicht hilflos, ich kann meine Jacke selbst anziehen.«

»Entschuldige.« Ethan schob seine Hände in die Hosentaschen. »Ich bringe euch zur Tür.« Er folgte den beiden Frauen hinaus auf den Flur. Kit und Romy hörten, wie sie sich verabschiedeten.

Romy schaute Kit fragend an. »Was war das denn?«

»Sie gehören zu Ethans Verflossenen«, sagte Kit.

»Oh, ach so.«

»Genau.«

»Glaubst du, er hat ...« Es war offenkundig, dass die Frauen bei den Mastersons übernachtet hatten, doch Romy wollte nicht glauben, dass Ethan auch mit beiden im Haus seiner Eltern geschlafen hatte.

»Beide flachgelegt? Zuzutrauen wäre es ihm.«

Bevor sie weitersprechen konnten, schlug die Haustür zu, und Ethan kam zurück.

»Schön, dass du deinen Harem losgeworden bist«, sagte Kit. »Können wir jetzt langsam los?«

»Eine Sekunde.«

»Wir müssen nicht aufspringen«, sagte Romy und warf einen Blick auf die Schale Pudding. »Du kannst ruhig noch zu Ende frühstücken.«

»Danke.« Ethan grinste und setzte sich wieder an den Tisch. »Das ist mein Begrüßungspudding«, erklärte er und reichte Romy etwas davon auf seinem Löffel. »Magst du mal kosten? Das ist der letzte Rest.«

»Nein, danke.« *Himmel noch mal*, dachte Romy, *er ist wirklich unverbesserlich. Da waren die beiden Frauen kaum aus der Tür, und Ethan flirtete bereits mit ihr.*

»Es ist kein Pudding, sondern ein Kuchen«, sagte Kit.

»Das ist mir egal. Schmeckt hervorragend.« Ethan löffelte den Rest in sich hinein.

»Du warst zu lange im Dschungel«, sagte Kit trocken.

Ethan gähnte ausgiebig, lehnte sich zurück und schloss die Augen.

»Müde?«, fragte Kit.

»Ziemlich. Hab in der Nacht kaum geschlafen.«

»Kein Wunder«, sagte Kit.

»Vielleicht lag es an deinem schlechten Gewissen«, sagte Romy spitz.

Ethan öffnete die Augen. »Was habt ihr eigentlich? Warum guckt ihr mich so an?«

»Wir können nicht fassen, dass du die Nacht gleich mit zwei Frauen verbracht hast«, sagte Kit.

»Was hätte ich denn machen sollen? Die beiden wollten ja nicht gehen.«

»Ach so«, sagte Romy. »Du hast ihnen nur einen Gefallen getan.« Gleich wünschte sie, sie hätte nicht so bissig geklungen. Ethans Nächte gingen sie nichts an.

»Normalerweise kannst du machen, was du willst«, sagte Kit. »Aber solange du hier wohnst, wäre vielleicht ein bisschen Rücksicht angebracht. Eine Frau pro Nacht mag ja noch angehen, aber zwei finde ich ziemlich heftig. Das ist Mum gegenüber nicht nett.«

»Mum ist das egal.« Ethan zuckte mit den Schultern. »Ich habe alles aufgeräumt, das Bad in Ordnung gebracht, Frühstück gemacht und …«

»Sag mal, tickst du noch richtig?«, fragte Kit aufgebracht. »Es geht nicht darum, ob du aufräumst und das Frühstück machst, sondern um dein Benehmen in der Nacht.«

Ethan runzelte die Stirn. »Was denn? Glaubt ihr etwa, ich hätte mit beiden *geschlafen*?«, fragte er halb belustigt, halb verärgert.

»Heißt das, du hast es nicht getan?«

»Himmel noch mal, nein!«

»Oh, entschuldige«, sagte Romy.

»Wir haben zwei halb nackte Frauen gesehen, die um deine Aufmerksamkeit gewetteifert haben. Außerdem haben sie hier eindeutig übernachtet«, sagte Kit. »Abgesehen davon kenne ich dich. Was hätten wir denn nach deiner Meinung denken sollen?«

»Vielleicht, dass ich ein anständiger Mensch bin.«

»Möglich«, sagte Kit. »Aber das wäre langweilig. Also mit welcher hast du denn nun?«

»Habe ich *was*?«

»Geschlafen.«

»Mit keiner. Also wirklich.« Ethan hob die Hände und ließ sie wieder sinken. »Wir waren mit ein paar Leuten in der Kneipe und sind nachher noch hergekommen. Nach einer Weile waren nur noch die beiden da und wollten einfach nicht gehen. Am Ende habe ich gesagt, sie können hier übernachten. Ich wollte einfach nur noch schlafen. Sarah hat die Nacht auf dem Sofa verbracht, Fiona hat in deinem alten Zimmer geschlafen. Zufrieden?«

Kit lachte. »Sie haben die Stellung gehalten.«

»Was soll das denn schon wieder heißen?«

»Na, anscheinend hatte jede Angst, dass du mit der anderen ins Bett springst, sobald sie verschwindet.«

»Hm«, machte Ethan. »Kann sein.«

»Haben sie damit falschgelegen?«

Ein verschämtes Lächeln deutete sich auf Ethans Lippen an. »Nicht unbedingt.«

»Das ist widerlich«, sagte Romy und kniff die Lippen zusammen.

»Moment mal, wer hat denn hier zuerst an einen Dreier gedacht, ihr oder ich? Wenn man euch hört, hätte ich ja nicht mal gewartet, bis eine verschwindet, sondern bei beiden auf einmal zugeschlagen.« Ethan schüttelte den Kopf. »Ihr seid mir vielleicht zwei. Ich meine, könnt ihr euch vorstellen, dass die beiden sich den Sex teilen?«

»Nein«, sagte Romy nach kurzem Nachdenken. »Ich habe mich ja schon gewundert, dass sie sich ein Taxi geteilt haben.« Mit einem Mal war ihr ganz warm ums Herz, und ihr schwindelte fast vor Erleichterung. Ethan hatte mit keiner der beiden Frauen geschlafen und wenn auch nur, weil es sich nicht ergeben hatte.

»Ich dachte, sie hätten so was wie einen moralischen Kater«, sagte Kit. »Und dass sie deshalb so unfreundlich waren.«

»Normalerweise sind sie ganz nett.«

»Sarah nicht. Sarah ist immer so.«

»Sie vertritt nur ihre Meinung«, sagte Ethan. »So was mag ich bei Frauen.«

»Nein, sie ist ein Biest.«

»Das ist eine sehr biestige Bemerkung«, sagte Ethan.

»Es ist die Wahrheit. Mann, du wolltest ihr lediglich in die Jacke helfen, und schon ist sie dir an die Kehle gegangen.«

»Sie leidet unter der Vorstellung, dass sie aufgrund ihrer Vagina anders behandelt wird.« Ethan zuckte mit den Schultern. »Das ist ihr wunder Punkt.«

»Höre ich da etwas von einer wunden Vagina?«

Sie drehten sich zur Hintertür um und sahen Colm Masterson, der vorsichtig in die Küche spähte. »Sind sie weg?«, fragte er.

»Ja, die Luft ist rein«, antwortete Kit.

Sein Vater trat einen Schritt vor und schloss die Tür. »Wer hat denn nun die wunde Vagina?«

»Niemand«, sagte Ethan. »Sarah«, sagten Romy und Kit.

»Das arme Ding.« Colm Masterson nickte einsichtig. »Das erklärt alles.«

»Was, alles?«, fragte Ethan.

»Ihre schlechte Laune.« Colm verzog das Gesicht. »So was ist ja auch kein Spaß.«

»Sarah hat keine …«, begann Ethan.

»Genug.« Sein Vater hob eine Hand. »Ich will weder wissen, wie sie dazu gekommen ist, noch, was du damit zu tun hast. Ich halte mich da raus.«

»Aber ich …«, setzte Ethan noch einmal an.

Sein Vater winkte ab. »Hallo, Romy, ich glaube, du hast was verpasst. Heute Morgen hatten wir hier so was wie *Zwölf Uhr mittags.*« Er rieb sich die Hände und schien sich königlich zu amüsieren. »Zwei Damen mit gezückten Colts. Ich weiß nicht, wer im Ernstfall gewonnen hätte.«

»Sarah vermutlich«, sagte Kit.

»Eine furchteinflößende Person«, sagte Colm bewundernd. »Obwohl man die andere auch nicht unterschätzen sollte.«

In dem Moment kehrte Laura zurück. »Sind sie weg?«

»Ja, sind sie«, antwortete Ethan.

»Sie haben sich ein Taxi geteilt?«, wunderte sich sein Vater. »Ich weiß nicht, ob das klug war.«

»Die beiden kommen klar«, sagte Ethan. »Sarah und Fiona sind Freundinnen.«

»*Freundinnen?*«, rief Kit. »Sie waren kurz davor, einander die Augen auszukratzen.«

»Vielleicht war es auch ein Naturfilm«, sagte Colm Masterson. »Zwei Löwinnen in der Wüste, die um einen Kadaver streiten.«

Ethan lachte. »Und wer bin ich in diesem Szenario?«

»Du bist der Kadaver«, entgegnete Kit.

»Normalerweise verstehen sie sich ganz gut«, sagte Ethan. »Ich weiß auch nicht, was heute Morgen in sie gefahren ist.«

»Du jedenfalls nicht«, sagte Kit. »Deshalb waren sie ja so sauer.«

»Habt ihr noch Zeit für einen Kaffee?«, wechselte seine Mutter das Thema und stellte die Kaffeemaschine an.

Bevor jemand antworten konnte, hörten sie Luke im Wohnzimmer schreien.

Romy sprang auf. »Trinkt ruhig noch eine Tasse«, sagte sie. »Dann kann ich Luke die Windeln wechseln und ihn füttern, bevor wir losfahren.«

Sie lief ins Wohnzimmer. Während sie sich um Luke kümmerte, machte sie sich die schlimmsten Vorhaltungen. Es war schockierend, wie eifersüchtig sie auf die beiden Frauen gewesen war. Und wie sehr ihr der Gedanke missfallen hatte, Ethan hätte mit den beiden Sex gehabt, und dann, als klar wurde, dass es nicht so war, hätte sie am liebsten einen Luftsprung gemacht. Was beides lächerlich war, denn mit wem er Sex hatte oder keinen Sex hatte, ging sie nichts an. Würde sie auch nie etwas angehen. Sicher, er gefiel ihr. Wem würde er nicht gefallen – schließlich war er wahnsinnig attraktiv. Trotzdem musste sie sich zusammenreißen, denn zum einen war er für sie zu jung, zum anderen spielten sie nicht in derselben Liga. Außerdem hielt er sie vielleicht doch irgendwie für die Freundin seines Bruders. Kurz: Sie musste aufhören, auf diese bestimmte Weise an ihn zu denken.

Sie drückte ihr frisch gewickeltes Baby an sich und kehrte mit ihm in die Küche zurück. Dort hielt sie Luke in einem Arm und öffnete die Kühlschranktür. Kit hatte die fertigen Flaschen schon hineingestellt, und Romy holte eine heraus.

»Das ist also Luke«, sagte Ethan da plötzlich. »Komm, ich nehme ihn dir ab.« Er streckte die Arme aus.

Romy sah ihn verdutzt an und wunderte sich über sein Interesse.

»Du kannst mir vertrauen«, sagte Ethan, als er ihr Zögern bemerkte. »Ich bin Arzt und weiß, wie man ein Baby hält.«

»Oh, okay.« Behutsam überreichte sie ihm Luke.

Ethans Gesicht leuchtete auf. Er strahlte Luke an, gab gurrende Laute von sich, strich ihm über die Bäckchen und spielte mit seinen Fingern. Luke war selig und brabbelte ihm etwas zu. Ethan ließ sich mit ihm am Tisch nieder und setzte Luke auf seinen Schoß. Wenig später brachte einer den anderen zum Lachen.

»Ist das ein süßes Kerlchen«, sagte Ethan.

»Ja, nicht wahr?« Lächelnd stellte Romy die Flasche in die Mikrowelle.

»Das ist ein Expertenurteil«, sagte Kit. »Ethan ist Kinderarzt, er kennt sich mit Babys aus.«

Romy lehnte sich an den Küchenschrank und beobachtete Ethan und Luke. Ihr Herz schmolz, als sie sah, wie Ethan mit ihrem Baby spielte und wie entzückt Luke von seinem neuen Spielgefährten war. Zum Teufel mit Ethan. Wie sollte sie sich denn nicht in ihn verlieben, wenn er sich so liebenswert benahm. Seit sie Luke hatte, führte der sicherste Weg zu ihrem Herzen über ihn. Es war, als hätte Ethan diesen Weg mit dem unbeirrbaren Instinkt eines Fährtenlesers gefunden.

Als Lukes Flasche warm war, hatte Laura die Kaffeekanne und ein paar Becher auf den Tisch gestellt.

»Lass mich ihn füttern.« Ethan streckte die Hand nach der Flasche aus. »Trink in Ruhe deinen Kaffee.«

»Nein, nein, nicht nötig.« Romy setzte sich zu den anderen.

»Bitte, Romy. Es wäre mir eine Freude. Außerdem habe ich schon genug Kaffee getrunken.«

Romy sah seinen erwartungsvollen Blick und wurde weich gestimmt. »Also gut.« Sie überreichte ihm die Flasche.

»Danke.« Ethan setzte Luke um, hielt ihn in einem Arm und führte den Stopfen an seinen Mund. Als Luke den Mund öffnete und gleich darauf mit zufriedenem Schmatzen trank, lachte Ethan leise. »Er ist zu niedlich, ich wünschte, wir könnten ihn mitnehmen.«

»Siehst du«, sagte Kit. »Habe ich nicht gesagt, dass er sonderbar ist?«

Später fuhren sie zu Romys Haus zurück, wo sie sich mit Danny und Lesley trafen. Romy machte die beiden mit Ethan bekannt. Anschließend beluden sie Romys Van und Dannys Land Rover. Es war ein klarer, frostiger Tag. Die Kälte biss ihnen ins Gesicht, als sie hin- und herliefen, Arbeitsgeräte, Campingausrüstung und Kisten mit Lebensmitteln und Getränken aus dem Haus holten und in den Wagen verstauten.

»Das ist also der Bruder«, raunte Lesley Romy zu. Sie waren beide auf dem Weg zum Haus. »Kein Wunder, dass du scharf auf ihn bist. Er sieht fantastisch aus.«

»Ich bin nicht scharf auf ihn«, zischte Romy, doch sie wusste, dass sie log. Es hatte keinen Zweck, sich noch länger etwas vorzumachen. Sie war in Ethan verliebt, mit Herzrasen, weichen Knien und allem, was dazugehörte. Sie konnte nur hoffen, dass es für die anderen nicht ebenso offenkundig war wie für Lesley und sie ihren Gemütszustand während des gemeinsamen Wochenendes verbergen konnte. Alles andere wäre zu peinlich, ganz abgesehen davon, dass sie offiziell mit Kit zusammen war. Sie würde sterben, wenn jeder sehen könnte, dass sie verrückt nach seinem Bruder war.

»Ich lasse meinen Wagen hier«, sagte Lesley, als sie ein weiteres Feldbett in Romys Van untergebracht hatten. »Es sei denn, du willst noch mehr Zeug mitnehmen.«

»Das war alles.« Romy knallte die Heckklappe zu. »Du kannst mit Kit und mir fahren.«

»Lass mal, ich fahre mit Danny«, rief Kit. Er hatte gerade die letzte Kiste in den Land Rover gestopft.

Danny zuckte mit den Schultern. »Wie du willst.«

Kit strahlte. »Ich habe meinen iPod dabei. Dann gibt es wenigstens in *einem* Fahrzeug gute Musik.«

Nanu, dachte Romy. Kit hatte anscheinend die Lust an der Rolle ihres hingebungsvollen Freundes verloren. Sie war davon ausgegangen, dass er die ganze Zeit an ihrer Seite kleben würde, und wenn auch nur, um Ethan zu zeigen, dass sie tatsächlich ein Paar waren. Er wusste ja nicht, dass es vergebliche Liebesmüh gewesen wäre und sowohl Ethan als auch Hannah sein Getue für eine Farce hielten. Romy überlegte, ob sie ihn warnen sollte.

Sie stieg in ihren Van. Lesley hüpfte zu ihr und ließ sich auf dem mittleren Sitz nieder. Ethan stieg nach ihr ein.

Als sie losfuhren, wandte Lesley sich an Ethan. »Du bist also Arzt. Ich habe schon viel über dich gehört.«

»Ach ja?« Ethan warf Romy einen argwöhnischen Seitenblick zu und schien sich unbehaglich zu fühlen. »Hoffentlich nichts Schlimmes.«

Romy zog den Kopf ein. Demnach nagte immer noch an ihm, was sie und Kit ihm unterstellt hatten. »Ethan«, begann sie. »Das, was ich vorhin zu dir gesagt habe, tut mir leid.«

Lesley blickte interessiert von einem zum anderen. »Was hast du ihm denn gesagt?«

Ethan zuckte mit den Schultern. Er schien ihr tatsächlich noch zu grollen. »Romy hält mich für einen ganz schmierigen Typen.«

»Das ist nicht wahr«, protestierte Romy. »Ich habe etwas gesagt, ohne vorher darüber nachzudenken. Bitte, verzeih mir.«

»Na schön«, sagte Ethan gnädig. Dann fing er an zu lachen. »Mensch, Romy, ich habe doch nur so getan, als wäre ich sauer.«

»Was war denn nun?« Lesley würde nicht lockerlassen, so viel war klar.

»Romy dachte, ich hätte im Haus meiner Eltern einen Dreier geschoben.«

»Krass«, sagte Lesley.

»Sie hat sich geirrt.«

»Braver Junge«, lobte Lesley. »Da bin ich aber froh.«

Ethan grinste sie an.

Eine Zeitlang fuhren sie schweigend weiter. Dann wandte Lesley sich wieder an Ethan. »Du bist doch ein Mann, oder?«

»Ähm … soweit ich weiß, ja.«

»Gut, ich brauche nämlich eine Meinung zu einem Date, das ich letzte Woche hatte. Eine Meinung aus männlicher Perspektive. Und aus der Sicht eines Arztes. Du siehst, du bist ideal.«

»Okay. Klingt interessant.«

»Ich weiß nicht, ob *interessant* das richtige Wort ist. Es geht nämlich bloß um Hautausschlag. Also, es war so …«

Romy entspannte sich, konzentrierte sich auf den Verkehr und lauschte mit halbem Ohr Lesleys Geplapper, das von Dublin bis Wicklow anhielt.

19

In Wicklow luden sie die beiden Wagen aus und schleppten alles in das Kutscherhäuschen. Anschließend sahen sie sich um und liefen durch die Zimmer. Romy notierte sich im Geist, was in welcher Reihenfolge getan werden musste. Im ersten Stock gab es zwei Schlafzimmer und ein kleines Bad, im Parterre eine Wohnküche. Ihr Plan war, das Ganze so rasch wie möglich bewohnbar zu machen, immerhin sollte es so eine Art Zuhause werden, wenn sie später die Bauarbeiten überwachte. Sie kam zu dem Schluss, dass vielleicht gar nicht so viel getan werden musste. Natürlich war es überall schmutzig, doch das Häuschen war länger als das Haupthaus bewohnt worden und somit noch halbwegs intakt. Wenn sie an diesem Wochenende alle anpackten, würde es als Dach über dem Kopf genügen. Der Instandsetzung und Innengestaltung des Kutscherhauses würde sie sich zuallerletzt widmen. Danach konnte Kit es als Teil des Ganzen anbieten.

»Du hast hoffentlich nicht vor, hier einzuziehen.« Lesley öffnete einen Einbauschrank, spähte hinein und rümpfte die Nase, als ihr Modergeruch entgegenschlug. »Glaub ja nicht, dass wir die Bude an einem einzigen Wochenende auf Vordermann bringen können.«

»Wir sind nur die Vorhut«, sagte Romy. »Morgen rückt die Verstärkung an.«

»Davon weiß ich ja gar nichts«, sagte Kit. »Müssen wir die bezahlen?«

»Ja, mit Essen und Bier.«

Kit schnaubte. »Ich weiß zwar, dass wir in harten Zeiten leben, trotzdem frage ich mich, wer heute noch bereit ist, nur für Essen und Bier zu arbeiten.«

»Es sind Leute, die mir einen Gefallen schulden«, antwortete Romy.

»Eine Frau mit Beziehungen.« Kit legte einen Arm um sie und drückte sie kurz an sich. »Es ist, als wäre ich mit Don Corleone liiert. Obwohl du natürlich viel besser aussiehst«, setzte er eilig hinzu. »Dünner bist du auch, du sprichst deutlicher, und du hast kein Schlabberkinn.«

Romy lachte. »Klingt, als wäre ich doch nicht Don Corleone.«

»Aber die Leute springen, wenn du es befiehlst.«

»Das vielleicht.« Romy löste sich von ihm. »Bevor wir mit der Küche anfangen, versuche ich mal, den Boiler in Gang zu bringen.« Sie hatte den Boiler in einem Einbauschrank im Bad entdeckt und den Eindruck gehabt, dass er noch funktionierte. Alle standen ratlos in der Küche herum. »Es sieht schlimmer aus, als es ist«, verkündete Romy beherzt. »In erster Linie muss hier mal ordentlich geputzt werden. Aber vorher wird gegessen. Danny und ich haben alles fix und fertig mitgebracht. In der Zeit kann der Boiler warm werden.«

»Ein Picknick!« Lesleys Miene hellte sich auf. »Ich bin kurz vorm Verhungern.«

»Ich auch«, sagte Kit. »Aber ist es für ein Picknick nicht zu kalt?«

»Wir machen es hier drin.« Romy deutete auf eine der Kisten. »Da drin sind die Wolldecken.«

»Wir packen alles aus.« Lesley scheuchte Romy durch die Tür. »Kümmere du dich um den Boiler.«

Leider blieb der Boiler kalt, ganz gleich auf welche Weise Romy ihn wiederzubeleben versuchte. Ratlos drehte sie an den Schaltern, schlug ein paar Mal mit der Hand gegen das Gehäuse, dann gab sie auf und ging raus. In dem Schuppen an der Seite des Häuschens entdeckte sie unter verrosteten Fahrrädern, defekten Rasenmähern und Säcken voll schimmeligen Laubs eine Gefriertruhe. *Wäre gut, wenn die noch funktionierte*, ging es ihr durch den Kopf. In dem Schuppen konnten sie das Material lagern, vorausgesetzt, sie entfernten vorher den herumliegenden Schrott. Die Müllcontainer waren schon geliefert worden, sodass sie auch das Ausräumen des Schuppens auf ihrer geistigen To-do-Liste notierte. Auf dem Weg zurück ins Kutscherhaus fiel ihr Blick auf einen Stapel Holz und Torfballen an der Mauer. Er war nicht abgedeckt, aber zum Glück hatte es in den vergangenen Wochen kaum geregnet. Sie betastete das Brennmaterial und stellte fest, dass es relativ trocken war.

Als sie in die Küche zurückkehrte, lagen Wolldecken auf dem Boden. Darauf zwei große Thermoskannen Tee und Kaffee und ein Stapel Pappbecher.

»Platznehmen zum Mittagessen«, sagte Lesley. Sie setzten sich, und Danny begann, die Kühltaschen auszupacken. Er legte in Aluminiumfolie eingeschlagene Sandwiches und Kuchenstücke in die Mitte.

»Göttlich«, sagte Romy und wickelte ein Sandwich aus. Lesley reichte die Thermoskannen herum.

»Was ist das?« Sie deutete auf etwas großes Rundes, ebenfalls in Aluminiumfolie verpackt.

»Das hat meine Mutter für uns gebacken.« Ethan nahm es und schälte die Folie ab. »Ein Riesenkeks.«

»Kein Keks, sondern ein Kuchen«, sagte Kit.

»Hm.« Romy beäugte den Gegenstand.

»Für mich sieht es wie ein großer Keks aus«, sagte Ethan.

»Es ist trotzdem ein Kuchen. Ein Schokoladenkuchen.«

»Bist du sicher?«, fragte Lesley. »Ich würde eher auf einen Schokoladenkeks tippen.«

»Zumindest ist es so flach wie ein Keks«, schaltete Danny sich ein.

»Nein, es hat mehrere Schichten.« Kit zeigte auf den Rand, an dem man tatsächlich zwei Lagen mit einer braunen Cremefüllung erkennen konnte.

»Das beweist gar nichts«, sagte Lesley. »Ich kenne eine Menge Kekse, die aus zwei Schichten und einer Füllung bestehen. Oreos zum Beispiel oder Jaffa-Kekse.«

»Prinzenrolle«, warf Romy ein.

»Tut mir leid, aber zufällig weiß ich genau, dass es sich hierbei um einen Kuchen handelt.« Kit wandte sich an Ethan. »Ich hoffe, du hast es vor Mum nicht als Keks bezeichnet.«

»Ich glaube nicht.« Ethan legte die Stirn in Falten. »Aber ganz gleich, was es ist, ich bin sicher, dass es wunderbar schmeckt.«

»Mann, ist es hier kalt.« Lesley umfasste ihren Pappbecher und beugte sich darüber, um ihr Gesicht am Dampf des Tees zu wärmen.

Romy betrachtete die anderen. Außer Ethan und Danny hatte keiner seine dicke Jacke abgelegt.

»Wir hätten genauso gut draußen picknicken können«, sagte Kit aus der Tiefe seiner Daunenjacke heraus.

»Der Boiler ist kaputt«, verkündete Romy kleinlaut. »Warmes Wasser können wir leider vergessen. Allerdings habe ich zwei Heizöfchen mitgebracht, und später können wir ein Feuer machen.« Sie nickte zu dem offenen Kamin hinüber. »Der Schornstein wurde in der letzten Woche gereinigt, und draußen befindet sich ein Stapel Torf und Holz.«

»Ich wünschte, du hättest mir den Schlafsack für den Himalaja nicht ausgeredet«, sagte Kit. »Für die Nacht wäre der genau richtig.«

»Keine Sorge«, sagte Romy. »Ich habe Wärmflaschen dabei.«

»Außerdem wird dir nachher beim Putzen warm«, sagte Danny gutgelaunt.

»Toll«, sagte Kit. »Wie bei dem verdammten Junggesellenwochenende.«

»Komm bloß nicht auf den Gedanken, dich zu verdrücken«, warnte Romy. »Ich spüre dich auf, ganz gleich, wo du bist.«

»Würde ich nie wagen.« Kit griff nach einem Stück Zitronenkuchen, biss hinein und stöhnte genüsslich. »Mann, schmeckt der gut. Hast du den gebacken?«

Romy nickte.

»Dann ist alles gebongt, ich gehe nirgendwohin.« Er legte einen Arm um Romy. »Ich glaube, ich muss dich heiraten. Was hältst du davon?«

Romy zuckte mit den Schultern. »Warum nicht?« Sie lächelte Kit an und schmiegte sich an seine dicke, weiche Jacke. Dann sah sie, dass Ethan sie beobachtete, und wurde verlegen. Sie setzte sich wieder gerade hin.

»Möchte jemand etwas von dem, was meine Mutter gebacken hat?« Ethan hielt die braune Gebäckscheibe hoch.

»Ich«, sagte Lesley.

Ethan brach ein Stück ab, reichte es ihr und brach dann ein Stück für sich ab.

»Wenn man was abbricht, klingt es wie ein Keks«, sagte Lesley.

Ethan nickte. Die beiden kauten nachdenklich.

»Hm«, machte Ethan, als er seinen Bissen hinuntergeschluckt hatte. »Vom Kaugeräusch her würde ich auch sagen, Keks.«

»Herrgott noch mal«, rief Kit aufgebracht. »Es ist ein verdammter Kuchen.«

Als sie ihre Mahlzeit beendet und die Reste wieder in den Taschen verstaut hatten, überreichte Romy ihrer Freundin einen Vorschlaghammer.

»Schlag die verrotteten Einbauschränke in den Schlafzimmern ein. Heb aber alles auf, was aus Holz ist. Das brauchen wir später für unser Kaminfeuer.« An die anderen verteilte sie Reinigungsmittel, Gummihandschuhe, Schutzbrillen und Gesichtsmasken.

»Warum kriegt sie den Vorschlaghammer und ich die Hausfrauensachen?«, beschwerte sich Kit.

»Weil sie sich als Erste für den Hammer gemeldet hat.«

»Na gut.« Er streifte sich die Gummihandschuhe über.

Lesley schwang den Hammer ein paarmal durch die Luft, lächelte zufrieden und sagte: »Tabula rasa. Mache ich nicht zum ersten Mal.«

»Das glaube ich dir aufs Wort«, sagte Kit.

Lesley zog ab. Ethan, Kit und Danny wurden von Romy zur »Küchengruppe« erklärt. Sie selbst nahm sich das Badezimmer vor. Dabei verging die Zeit wie im Flug, aber dennoch hatte sie den Eindruck, dass die Arbeit kein Ende nahm. Je mehr sie schrubbte und wischte, desto mehr schmutzige Stellen taten sich auf. Doch irgendwann am späten Nachmittag hatte sie es geschafft.

Als sie in die Küche kam, waren alle versammelt. Romy

schaute sich um und konnte die Veränderung kaum fassen. Alles glänzte, und durch die blankgewienerten Fenster konnte man nach draußen sehen. »Alle Achtung«, sagte sie beeindruckt. »Ihr habt wirklich geschuftet.« Sie öffnete Schranktüren, die Kühlschranktür, die Ofenklappe. Doch ganz gleich, was sie begutachtete, alles war blitzblank. Zu guter Letzt lehnte sie sich an den Küchenschrank und sah die anderen an. »Tja«, begann sie. »Die gute Nachricht ist, dass die Dusche funktioniert. Die schlechte Nachricht ist, dass man sich zum Duschen ausziehen muss und Wasser und Bad saukalt sind.«

Beim Arbeiten war ihr warm geworden, doch danach hatte sie sofort gespürt, wie die Kälte wieder an ihr hochkroch.

»Ich habe sowieso kein Kraft mehr, mich auszuziehen«, sagte Lesley. Sie schleppte sich in den Wohnbereich und ließ sich auf das Sofa fallen. »Selbst wenn es warm wäre.«

Die drei Männer murmelten auch etwas in der Art.

»Okay«, sagte Romy. »Dann Pizza. In Wicklow ist eine Pizzabude. Ich fahre los und besorge uns welche. Ihr macht in der Zeit Feuer im Kamin.«

Als sie beladen mit Pizzaschachteln und Knoblauchbrot zurückkam, hockten die anderen in ihren Schlafsäcken vor dem lodernden Feuer und sahen aus wie vier Riesenschnecken. Auf dem Kaminsims standen zum Warmwerden geöffnete Rotweinflaschen.

»Das sieht gemütlich aus«, sagte Romy.

Ethan klopfte auf einen leeren Schlafsack. »Wir haben deinen Schlafsack vorgewärmt.«

»Das ist nett.« Romy verteilte die Pizzaschachteln. Dann schlüpfte sie aus Schuhen und Jacke, kroch tief in ihren warmen Schlafsack und fühlte sich vor dem Kaminfeuer wie im Himmel.

Kit schenkte den Wein ein und reichte die Pappbecher herum. Sie öffneten ihre Schachteln, begannen zu essen und schauten in die knisternden Flammen. Ethan legte Holzscheite nach. Glühende Funken stoben auf und stiegen hoch in den Kamin.

Romy biss in ein Stück Pizza, schloss kurz die Augen und genoss den knusprigen Teig und den schmelzenden Käse. Sie fühlte sich kuschelig warm und aufgehoben. Sie trank einen Schluck Rotwein. Er hatte genau die richtige Temperatur und wärmte sie zusätzlich von innen heraus. Ihre steifen Muskeln lösten sich. Sie wusste nicht, wann sie sich zum letzten Mal so wohl gefühlt hatte.

»Wir haben beschlossen, dass wir alle hier schlafen«, sagte Danny. »Hier ist es am wärmsten.«

»Ich gehe hier sowieso nicht mehr weg«, erklärte Romy.

Kit lachte. »Da wir uns nicht ausziehen, besteht auch keinerlei Gefahr.«

»Wir sollten Lieder singen«, sagte Lesley. »Wenn wir schon am Lagerfeuer sitzen.«

»Bitte nicht«, sagte Kit.

»Ich weiß was Besseres«, sagte Romy. »Ich habe Spiele dabei.«

»Oh nein, bitte keine Brettspiele.« Kit stöhnte. »Dann lieber singen.«

Romy kicherte. Früher hatte Kit sich über ihre Vorliebe für Brettspiele lustig gemacht, die er samt und sonders tödlich langweilig fand. »Kein Brettspiel«, sagte sie, wand sich aus ihrem Schlafsack und holte einen Karton. »Namenraten«, verkündete sie.

Lesley jauchzte. »Dieses Spiel liebe ich.«

Kit beäugte Romys Karton misstrauisch. »Für mich sieht das verdächtig nach Brettspiel aus.«

»Ist es aber nicht«, teilte Romy ihm mit. »Es sind Stirnbänder. Auf jedes wird ein Name geschrieben. Man darf auf seinem nicht nachschauen. Man muss den anderen Fragen stellen, um herauszufinden, wer man ist.«

»Es ist superlustig«, sagte Lesley. »Ich fange an.«

Lesley war Audrey Hepburn. Sie wusste schon nach wenigen Fragen, wer sie war. Dann kam Ethan an die Reihe. Er war Abraham Lincoln und brauchte etwas länger, um dahinterzukommen. Als sie ihre Pizzen gegessen und die zweite Flasche Wein angebrochen hatten, tappte Kit, der Jesus war, immer noch im Dunkeln. Er wusste lediglich, dass er weder Schauspieler noch Sänger noch Romanfigur war, hatte erfasst, dass er männlich war und irgendwie politisch, möglicherweise eine Art Revolutionär, jedoch nicht Che Guevara. Als er sich erkundigte, ob er magische Kraft besitze, berieten die anderen sich tuschelnd, ohne zu einem Ergebnis zu kommen.

»Es gibt Leute, die davon ausgehen«, antwortete Romy schließlich.

»Bin ich der Weihnachtsmann?«

»Nein.«

»Bitte, gebt mir einen Tipp.«

»Es gibt Menschen, die glauben, dass du Wunder bewirken kannst«, sagte Lesley.

»Harry Potter?«

»Du bist keine Romanfigur«, erinnerte Romy ihn.

»Keine literarische Gestalt, kann aber Wunder bewirken«, murmelte Kit. Er dachte nach. »Der heilige Irgendwas.« Offenbar fiel ihm kein einziger Heiligenname ein. »Nein, jetzt weiß ich's. Der Papst.«

»Der Papst?«, fragte Lesley und schaute die anderen fragend an. »Ich glaube, Wunder bewirken kann der nicht, oder?«

»Judas?«

»Nein.«

»Joseph?«

»Nein.«

»Petrus?«

»Nein, aber es wird wärmer«, sagte Danny.

»Ich brauche noch einen Tipp.«

»Na schön.« Danny schaute nachdenklich an die Decke. »Du warst beim Letzten Abendmahl.«

»Moses!«

Die anderen brachen in schallendes Gelächter aus.

»Moses war nicht beim Abendmahl«, sagte Ethan glucksend.

»Nein?« Kit runzelte die Stirn. »Warum nicht?«

Ethan zuckte mit den Schultern. »Wer weiß? Vielleicht musste er sich an dem Abend die Haare waschen.«

»Gut möglich«, sagte Lesley. »Er hatte ziemlich viele Haare. Zottelige, lange Haare, wenn ich an die Gemälde von ihm denke.«

»Moses hat in der Wüste gelebt«, sagte Romy nachsichtig. »Dort findet man nicht problemlos einen Friseur.«

»Stimmt, und es war vor ewigen Zeiten. Da gab es noch keine Shampoos, Spülungen und Packungen.«

»Vielleicht nicht mal Seife«, gab Romy zu bedenken.

»Okay, alles klar. Moses konnte nichts für seine Haare.«

»Ruhe«, sagte Kit. »Ich bin dran. Also, ich war beim Abendmahl, bin aber nicht Moses. Bin ich Abraham?«

Romy bekam einen Lachanfall. »Abraham war auch nicht dabei.«

»Mann, woher soll ich wissen, wer alles dabei war. Ich war ja nicht der Kellner.«

Danny lachte laut auf. »Glaubst du, wir hätten an dem Abend das Catering gemacht und wüssten deshalb, wer da war?«

»Na komm, Kit«, begann Lesley sanft. »Am Letzten Abendmahl haben dreizehn Personen teilgenommen. Das waren Jesus und seine Jünger.«

»Das weiß ich selbst, ich bin ja nicht blöd.«

Lesley stutzte. »Und warum hast du dann Moses genannt?«

Kit krauste die Stirn. »Heißt das – Moses war kein Jünger?«

»Wenn man dich hört, klingen sie wie eine Band.« Romy prustete los. »Und hier kommen Die Jünger mit ihrem neuen Nummer-eins-Hit.«

Lesley kicherte. »Vielleicht war Moses in der ursprünglichen Band und wurde später rausgeschmissen.«

»Wegen der Haare.« Romy wischte sich die Lachtränen aus den Augen. Sie war leicht beschwipst und warm und satt und so glücklich wie schon lange nicht mehr.

»Scheiß auf die Haare«, sagte Kit. »Heiliger Jesus, könnt ihr nicht mal eine Sekunde lang …«

»Bingo«, rief Lesley erleichtert.

»Ähm, was?«, fragte Kit.

»Du hast den Namen genannt. Du bist Jesus.«

Am nächsten Morgen wurde Romy von dem köstlichen Duft nach gebratenem Schinkenspeck geweckt. Sie rappelte sich auf und schlurfte in ihrem Schlafsack in die Küche. Kit und Ethan standen am Herd, wachten über zwei Bratpfannen und waren offenbar dabei, ein riesiges Frühstück zuzubereiten. Lesley und Danny saßen schon erwartungsvoll am Tisch, auch sie noch in der warmen Hülle ihrer Schlafsäcke.

»Du kommst gerade rechtzeitig«, sagte Kit und lächelte Romy zu. »Wie möchtest du deine Spiegeleier?«

»Nur auf einer Seite gebraten.«

»Genau wie wir alle«, sagte Kit. »Das macht die Sache einfach.«

»Wir sind gleich so weit«, sagte Ethan und winkte Romy zum Tisch. »Tee und Toast stehen schon bereit.«

Romy ließ sich neben Lesley nieder. »Ich kann nicht fassen, wie gut ich geschlafen habe«, sagte sie und rieb ihre Augen.

»Wahrscheinlich hast du den Schlaf gebraucht.« Lesley schenkte ihr einen Becher Tee ein. »Außerdem waren wir fertig vom vielen Putzen. Mir tut alles weh.«

»Mir auch«, kam es von Danny, Ethan und Kit. Gleich darauf überboten sie sich gegenseitig darin, sich mit ihren Gebrechen und Schmerzen zu brüsten.

Ethan stellte hochbeladene Teller Schinkenspeck, Würstchen, Spiegeleier, Tomaten und gebackene Kartoffeln auf den Tisch. »Greift zu«, sagte er und setzte sich mit Kit zu den anderen.

Sie reichten die Teller herum und bedienten sich. »Wie sieht der heutige Plan aus?«, fragte Kit.

»Das Gröbste haben wir hinter uns«, erklärte Romy. »Wir müssen die Arbeiter verpflegen, die gleich kommen, und zusehen, dass sie bei Laune bleiben. Ich möchte ins Haus gehen, mich dort noch einmal in Ruhe umsehen und ein paar Dinge ausmessen, ehe ich alles Weitere plane.«

»Ich schaue mir das Gelände an«, sagte Danny. »Vielleicht kommen mir dabei ein paar Ideen für den Park.«

»Okay«, sagte Ethan. »Die Übrigen schaffen den Schutt draußen in die Müllcontainer.«

»Ich könnte mich um die allgemeine Verpflegung kümmern«, schlug Kit vor.

»Du?«, fragte Romy.

»Warum nicht, ich bin ein sehr guter Koch.«

»Stimmt«, sagte Romy. »Ethan auch.« Sie betrachtete die beiden Brüder abwägend.

»Wenn du in einer Familie wie unserer groß wirst, willst du von ganz allein lernen, wie man kocht«, sagte Ethan mit schiefem Grinsen. »Früher sind die anderen aus unserer Klasse in den Sommerferien in Fußballcamps gefahren. Kit und ich haben unsere Eltern angefleht, uns Kochkurse besuchen zu lassen.«

»Ich kann sogar große Gruppen versorgen«, sagte Kit. »Vergiss nicht, dass ich in New York Schnellkoch war.«

»Ja, das hast du erzählt.«

»Den Job habe ich geliebt. War ein Riesenspaß. Nur die Bezahlung war lausig.«

»Das Frühstück schmeckt super«, sagte Lesley. »Vielleicht hast du deine Berufung verfehlt.«

»Ein Eins-a-Frühstück«, pflichtete Danny ihr bei.

»In Ordnung«, sagte Romy. »Kit ist der Küchenchef. Aber ehe du zum zweiten Jamie Oliver mutierst, gehst du noch mal mit mir ins Haus und hörst dir meine Ideen an, ja?«

Sie hatten das Frühstück kaum beendet, als der Van mit Romys Mieter Stefan und seinen polnischen Freunden eintraf.

»Ich bin beeindruckt«, sagte Kit, als sie nacheinander in das Kutscherhaus traten, einer schwergewichtiger als der andere. »Als hättest du eine Rugbymannschaft angeheuert.«

Romy erklärte Stefan, was zu tun war. Stefan nickte, drehte sich zu seinen Leuten um und erteilte Befehle. Es dauerte nicht lange, ehe man unter dem Hämmern im ersten Stock sein eigenes Wort nicht mehr verstand. Romy bedeutete Lesley, Danny, Kit und Ethan, mit ihr zu verschwinden und sich Kits Haus anzusehen. Sie streiften sich Jacken über. Romy reichte jedem einen Schutzhelm. Sie zogen los.

»So was steht mir nicht«, sagte Lesley nach wenigen Schritten und versuchte, ihren Helm Romy wieder in die Hand zu drücken.

»Setz ihn mir zuliebe auf«, bat Romy.

»Nein, der macht meine Haare platt.«

»Wenn im Haus ein Stück der Decke auf dich fällt, ist dein ganzer Kopf platt, nicht nur die Haare.«

Seufzend setzte Lesley den Schutzhelm wieder auf. »Siehst du?«, sagte sie. »Gib zu, dass ich dämlich aussehe.«

»Vielleicht«, sagte Romy kichernd. »Aber du bist geschützt.« Sie setzte ihren Helm auf.

»Dir steht er«, sagte Lesley missmutig. »Du siehst damit gut aus.«

»Übertreib nicht.«

»Doch«, sagte Ethan. »Sehr sexy.«

Romy fing seinen Blick auf und spürte, wie Hitze in ihre Wangen schoss. Sie wandte das Gesicht ab.

»Den Männern steht er auch«, klagte Lesley. »Nur ich kann so was nicht tragen.«

»Lesley«, begann Romy entnervt. »Wenn dir Bauschutt auf den Kopf fällt, wirst du feststellen, dass das der beste Hut ist, den du jemals getragen hast.« Sie zog die Eingangstür auf.

»Wow, das ist ja ... Ich bin überwältigt«, sagte Ethan, als sie alle in der großen Eingangshalle standen und sich umsahen. »Gott, wie lange ich schon nicht mehr hier war.«

»Bringt Erinnerungen zurück, oder?«, sagte Kit.

»Weißt du noch, wie wir hier Verstecken gespielt haben?«, fragte Ethan. »Es hat Stunden gedauert, bis man alle gefunden hatte.«

Sie gingen mit hallenden Schritten von einem Raum zum anderen. Romy beschrieb ihnen, wie sie sich die Restaurierung vorstellte. Kit war von all ihren Ideen begeistert.

»Ein fantastisches Haus«, sagte Danny versonnen, während er aus einem der Fenster im ersten Stock schaute. »Ich glaube, ich mache mal einen Spaziergang über das Gelände.«

»Ich komme mit«, sagte Kit.

»Schau nach, ob die alte Schaukel noch im Baum hängt«, rief Ethan ihm nach.

Kit nickte. »Die hatte ich ganz vergessen«, sagte er zu Danny, als sie die Treppe nach unten nahmen. »Wenn du magst, können wir nachher zusammen ins Dorf fahren und etwas zum Abendessen kaufen.«

Romy nahm Block, Stift und Zollstock und machte sich daran, die Räume auszumessen. Anschließend würde sie einen Arbeitsplan aufstellen und festlegen, wann was getan werden musste.

»Ihr müsst nicht bleiben«, sagte sie zu Ethan und Lesley, die ihr von einer Fensterbank aus zusahen.

»Warum dürfen wir dir nicht helfen?«, fragte Lesley.

»Es sind riesengroße Räume«, setzte Ethan hinzu. »Du brauchst jemanden, der das andere Ende des Zollstocks hält.«

»Und jemanden, der die Maße abliest«, ergänzte Lesley,

sprang von der Fensterbank und schnappte sich Romys Stift und Block.

»Also gut«, sagte Romy. »Meinetwegen.«

Als sie ins Kutscherhaus zurückkehrten, war es draußen schon dunkel. Stefan und seine Freunde waren dabei, Schutt in die Müllcontainer zu laden und die Werkzeuge wegzuräumen. Kit hatte gekocht. Sie setzten sich an den gedeckten Tisch. Kit brachte dampfende Schüsseln Nudel-Chili und Knoblauchbrot herbei.

»Ist das nur die Hitze vom Herd, oder ist es hier tatsächlich wärmer geworden?«, fragte Romy.

Kit grinste. »Es ist nicht nur der Herd. Stefan hat die Heizung in Gang gebracht. Den Boiler auch.«

»Danke, Stefan.« Romy strahlte ihren Mieter an. »Du bist ein Gottesgeschenk. Ich danke dir und deinen Freunden für die Knochenarbeit, die ihr geleistet habt.« Sie hob ihr Rotweinglas und prostete in die Runde. »Das Kutscherhaus ist kaum wiederzuerkennen. Wenn es euch recht ist, rufe ich an, sobald wir mit dem Haus anfangen.«

Die Männer hoben die Becher und prosteten ihr zu.

»Geht klar«, sagte Stefan. »Weil du ein netter Mensch bist.« Er zuckte mit den Schultern. »Du hast uns einen Gefallen getan, und wir tun dir einen.«

»Mist«, sagte Kit betreten. »Apropos Gefallen: Ich habe vergessen, Mays … Gegenstand aufzuhängen. Dabei hatte ich es ihr fest versprochen. Wenn wir wieder zurück sind, muss ich das sofort machen.«

»Nicht nötig«, entgegnete Stefan. »Ich habe dieses Trapez, oder wie das heißt, schon aufgehängt.«

»Danke«, sagte Romy. »Ich hoffe, die beiden machen darauf nicht zu viel Lärm.«

»Seit sie auf diesem Trapez schwingen, ist es besser geworden«, versicherte Stefan ihr. »Ich kann wieder schlafen.«

Romy atmete auf. »Wie schön, dann hat wenigstens jeder etwas davon.«

Ethan machte große Augen. »Hast du Mieter, die Trapezkünstler sind?«

»Das nicht gerade«, antwortete Romy. »Es ist schwierig zu erklären.«

»Sie haben Sex auf dem Trapez«, verkündete Stefan, ohne eine Miene zu verziehen. »Vorher ging es die ganze Zeit bum, bum, bum. Und diese Schreie.« Er verdrehte die Augen. »Es war schrecklich. Jetzt schreien sie nur noch.«

»May ist ein bisschen exzentrisch«, sagte Romy.

»May ist liebenswürdig«, sagte Kit.

»Sie bewundert dich sehr«, sagte Romy. »Dich und deine Arbeit. Sie hat mir das Regal gezeigt, das du für sie gebaut hast.«

»Ja«, sagte Kit. »Das ist gut geworden, nicht?«

»Das findet May auch.« Romy fing Ethans Blick auf. Er zwinkerte ihr zu, als hätte er dieses Regal genau vor Augen.

»Das Regal habe ich repariert«, sagte Stefan. »Es war scheiße.« Er wandte sich zu Kit um. »Du bist ein beschissener Handwerker.«

»Danke, Stefan, sehr nett.«

»Aber ein guter Koch.« Stefan grinste und rieb sich den Bauch.

Romy und Ethan senkten die Köpfe und lachten in sich hinein.

Gut, dass Stefan so direkt war, fand Romy. Auf die Weise blieb es ihr erspart, Kit schonend beizubringen, dass sein Regal eine Katastrophe war.

»May fand das Regal wunderbar«, protestierte Kit. »Das hat sie mir selbst gesagt.«

»May wollte nett sein und deine Gefühle nicht verletzen.«

»Im Gegensatz zu anderen Menschen«, sagte Kit und sah Stefan finster an.

»Man kann nicht in allem gut sein«, tröstete Danny ihn. »Immerhin bist du ein großartiger Koch.«

»Ja«, sagte Stefan. »Toller Koch, aber beschissener Handwerker.«

Als Stefan und seine Freunde gefahren waren, gingen die anderen durch die Zimmer des Kutscherhauses. »Ich glaube, fürs Erste ist hier alles getan«, sagte Danny.

Die Veränderung war so erstaunlich, dass Romy kaum fassen konnte, wie so etwas in der kurzen Zeit möglich gewesen war. Noch am Vortag war alles verdreckt und abstoßend gewesen, doch jetzt wirkten die Räume sauber und hell. Sie beschloss, auf der nächsten Fahrt einige ihrer eingelagerten Möbel mitzubringen und zu versuchen, die Räume auch gemütlich zu machen.

»Hat jemand Lust, mit in die Dorfkneipe zu gehen?«, fragte Kit.

»Ich nicht«, sagte Romy. »Ich bleibe hier.« Sie sehnte sich nach einer heißen Dusche und ihrem Schlafanzug.

»Ich bleibe auch hier«, sagte Lesley. »Wenn ich heute nicht duschen kann, kriege ich einen Weinkrampf.«

Ethan und Danny entschieden sich, Kit zu begleiten.

»Perfekt«, sagte Lesley. »Ihr macht euch einen Jungsabend, und wir machen uns einen Mädchenabend.«

Später, als Romy und Lesley geduscht hatten und Schlafanzüge trugen, krochen sie wieder in ihre Schlafsäcke, legten sich vor das Kaminfeuer und öffneten eine Flasche Wein.

Als sie das Thema »wie wunderbar, dass wir wieder sauber sind«, erschöpfend abgehandelt hatten, sagte Lesley: »Du musst deinen Scheinfreund loswerden.«

Romy drehte sich zu ihr um. »Warum das denn?«

»Weil du dich mit seinem Bruder einlassen musst. Er steht auf dich.«

»Ach, der flirtet doch nur. So behandelt er jede.«

»Mich nicht.«

»Weil er höflich ist und es unschön wäre, mit uns beiden gleichzeitig zu flirten. Wenn ich nicht da wäre, würde er mit dir flirten. Bei Ethan ist das ein Reflex.«

»Der Meinung bin ich nicht. Hast du nicht gesehen, wie er dich anschaut? Er ist scharf auf dich.«

»Ich will aber nicht die tausendste Kerbe in seinem Bettgestell sein. Ich bin kein Typ für belanglosen Sex.«

»Ich glaube nicht, dass er auf so etwas aus ist. Selbst heute in deinem Bauarbeiterlook, ungeschminkt und ungeduscht warst du auch noch, hat er dich angestarrt, als wärst du das Playmate des Monats. Wenn man mich fragt, hat es ihn voll erwischt.«

»Du spinnst doch«, sagte Romy, aber bei dem Gedanken, Ethan könnte es auf sie abgesehen haben, stahl sich ein Lächeln in ihr Gesicht. Hatte sie nicht manchmal, wenn er sie angeschaut hatte, etwas wie Lust in seinen Augen erkannt? Trotzdem, sie durfte nicht zu viel in seinen Blick hineinlesen. Das war eben seine Art.

»Er könnte nicht verrückter nach dir sein, wenn du ausgebreitet vor ihm liegen würdest, mit Hüftgürtel, Strapsen, überquellendem Bustier und ihm dein Schamhaar entgegenwölbst.«

»Ein schönes Bild, Lesley, sehr geschmackvoll.«

»Ich wette, Ethan würde das auch so empfinden. Nein, im Ernst, er guckt, als wollte er dich auffressen.«

»Eine kleine Affäre wäre vielleicht doch nicht so schlecht«, sagte Romy wehmütig.

»Na also.«

»Eine schöne, unkomplizierte kleine Affäre mit einem netten, normalen Mann.« Sie hatte schon so lange keinen Sex mehr gehabt. Was, wenn es nie mehr so weit kommen würde? Sie dachte an Ethan. Er war eindeutig nett und normal.

»Du magst ihn wirklich, nicht?«, sagte Lesley.

»Ja«, bekannte Romy. »Aber das führt doch zu nichts. Ich meine, selbst wenn ich mit Kit Schluss mache, was würde denn seine Familie denken? Ich kann doch unmöglich den einen Bruder fallenlassen und dann mit dem anderen weitermachen. Die Eltern würden mich für die letzte Schlampe halten. Und Ethans Verhalten würden sie auch nicht gutheißen.«

Romy nippte an ihrem Wein und starrte in die Flammen. Sie wünschte, sie hätte sich nie bereit erklärt, Kits Vorzeigefreundin zu werden. Aber vielleicht war es doch besser so. Sie mochte Ethan – sehr sogar – und sie taugte nicht zu Gelegenheitssex. Eine kleine Affäre mit ihm wäre natürlich schön, aber wenn sie vorüber wäre, was dann? Wahrscheinlich würde sie mehr wollen.

»Nein«, sagte sie entschlossen. »Ich muss meinem Scheinfreund treu bleiben. In guten wie in schlechten Zeiten.«

20

Am nächsten Morgen schliefen sie lange und gönnten sich nach dem Aufstehen wieder ein großes Frühstück. Danach packten sie ihre Sachen. Da sie das Anwesen in den vergangenen beiden Tagen kaum verlassen hatten, beschlossen sie, sich die Umgebung anzuschauen, in einem der hiesigen Pubs zu Mittag zu essen und anschließend nach Dublin zurückzukehren. Das Dörfchen Wicklow, zu dem Kits Haus gehörte, war lauschig, mit hübschen Cottages und einer schönen alten Steinbrücke über einem rauschenden Flüsschen. Trotz der geringen Größe gab es in dem Dorf drei Pubs, zwei Cafés, ein chinesisches Restaurant und die Pizzabude, deren Pizzen sie schon getestet hatten. Als sie alles erkundet hatten, machten sie einen Spaziergang durch ein Waldstück, das sich am Ortsausgang erstreckte. Es war ein kalter, sonniger Tag, der die umliegende Landschaft in Sepia tauchte, mit braunen, grünen und rötlichen Hügeln, über denen sich, in scharfem Kontrast, ein strahlend blauer Himmel wölbte. Ihr Atem bildete kleine Wolken, und unter ihren Schritten knirschte das gefrorene Laub.

»Eine malerische Landschaft«, stellte Romy auf dem Rückweg durch das Dorf fest. »Mit einem großen Golfplatz in der Nähe. Eine gute Lage für ein Landhaushotel.«

»Oh, ist das gemütlich«, sagte Lesley als sie den Pub betraten und sich umschauten. Der große Raum war verwinkelt, überall gab es kleine Nischen, an der Decke sah man die dunklen Balken, die Wände waren weiß gekalkt und übersät von Reitsportmemorabilien.

»Es ist schöner als das, in dem wir gestern Abend waren«, sagte Kit. Sie ließen sich auf den weichen Plüschsofas vor dem Kaminfeuer nieder.

»Ich finde, hier muss man sich vor dem Mittagessen ein Glas genehmigen«, sagte Lesley. »Einen heißen Whisky oder einen Irish Coffee.« Sie nagte an ihrer Lippe. »Oder beides.«

»Klingt verlockend«, entgegnete Romy. »Ich wünschte, ich könnte mittrinken.«

»Warum denn nicht?«, erkundigte sich Kit.

»Ich muss noch fahren.«

»Ach, richtig.«

»Was für eine Autoversicherung hast du denn?«, fragte Ethan.

»Keine, die Trunkenheit am Steuer abdeckt«, antwortete Romy.

Ethan setzte eine geduldige Miene auf. »Ich meinte, ob auch andere den Van fahren dürfen.«

»Das schon.«

»Gut, wie wäre es, wenn ich fahre, und du trinkst, was immer du magst.«

»Oh nein. Das ist zwar furchtbar nett, aber das kann ich nicht annehmen.«

»Doch, kannst du. Sei einfach mal ein bisschen dekadent. Dazu wirst du doch seit Lukes Geburt nur selten Gelegenheit gehabt haben.«

»Oh ja, bitte«, drängte Lesley. »Ich hasse es, allein zu trinken.«

»Du müsstest bestimmt nicht allein trinken«, sagte Romy und deutete auf die anderen.

»Aber die sind männlich. Das zählt nicht.«

»Na gut«, gab Romy nach und bedankte sich bei Ethan, tief gerührt von dessen Rücksichtnahme.

»Klasse«, sagte Lesley. »Wir starten mit zwei heißen Whiskys. Den Irish Coffee trinken wir als Nachtisch.«

»Ein guter Plan.« Mit einem zufriedenen Seufzer lehnte Romy sich in den weichen Polstern zurück.

»Und was sollen wir essen?« Lesley nahm die Speisekarte von dem Tisch vor ihnen. »Ich liebe die Pfannengerichte in Pubs, aber ich bin vom Frühstück noch zu satt.«

»Ich auch«, sagte Romy. »Ich nehme den geräucherten Lachs.«

Nur Ethan entschied sich für ein Stück Braten mit allem Drum und Dran; die anderen erklärten einstimmig, nach dem gewaltigen Frühstück nicht mehr als eine Suppe und ein Sandwich zu schaffen. Als Ethan wenig später ein Riesentablett mit Braten samt Beilagen serviert wurde, machte er sich sofort darüber her und lobte alles in den höchsten Tönen. Romy fragte sich, wo er das alles hintat, denn an seinem Körper schien nicht ein Gramm Fett zu sein.

Nach zwei heißen Whiskys, einem Berg zarter Lachsscheiben auf dunklem Brot und einem Irish Coffee fühlte Romy sich so wohlig wie eine Katze auf der Ofenbank, und alles in ihr drängte danach, sich auf dem Sofa einzuigeln und am warmen Feuer ein Nickerchen zu machen.

»Los, Schlafmütze«, sagte Danny und zog Romy hoch. Benommen schaute sie um sich. Die anderen standen schon und waren bereit loszufahren. Sie musste tatsächlich eingenickt sein. Auf dem Weg zu ihrem Van legte Danny einen Arm um sie. Romy schleppte sich stolpernd vorwärts. Ihre Beine hatten keine Lust, sich zu bewegen.

Als sie die Wagen erreicht hatten, sagte Danny: »Ich fahre noch bei einem Gartencenter vorbei.« Er wandte sich zu Kit um. »Vielleicht fährst du besser mit Romy zurück.«

»Ach wo«, entgegnete Kit. »Ich begleite dich, das heißt, falls es dir nichts ausmacht.«

»Hm, vielleicht wäre das gar nicht mal verkehrt. Ich könnte dir die Gewächse zeigen, die ich mir für deinen Park vorstelle.«

»In Romys Van ist genug Platz für dich«, sagte Ethan zu seinem Bruder. »Das Material haben wir doch ausgeladen.«

»Ich fahre lieber ins Gartencenter.«

»Ist das dein Ernst?«, fragte Ethan. Hätte Kit gerade verkündet, er wollte demnächst auf ein Konzert von Justin Bieber gehen, hätte er kaum erstaunter dreinschauen können.

»Ja, klar doch«, erwiderte Kit ungeduldig.

»Na, wenn du meinst«, sagte Ethan und musterte Kit skeptisch.

»Wir sehen uns später zu Hause.« Kit kletterte auf den Beifahrersitz von Dannys Land Rover.

»Wie seltsam«, murmelte Ethan und schaute dem davonfahrenden Geländewagen nach.

Kein Wunder, dass Ethan so fassungslos gewirkt hatte, ging es Kit auf der Fahrt durch den Kopf. Wenn sie früher mit ihren Eltern in ein Gartencenter gefahren waren, hatten sämtliche Masterson-Kinder das als Folter empfunden. Er, Ethan und Hannah waren nur selten einer Meinung gewesen, aber an einem Samstag oder Sonntag ein Gartencenter zu besuchen, hielten sie ausnahmslos für das Letzte. Doch diesmal war es anders. Er war gern mit Danny zusammen und wollte seine Gesellschaft noch eine Weile genießen, selbst wenn das bedeutete, an endlos langen Reihen von mit Erde gefüllten Säcken entlangzuwandern und Grünzeug zu betrachten, bei dem eins wie das andere aussah. Kit beschloss, die Sache durchzustehen und Danny später vielleicht zu einem Schluck in einer Kneipe zu überreden oder zu einem Essen bei sich zuhause.

Es dauerte nicht lange, bis er entsetzt feststellte, dass es ihm in dem Gartencenter gefiel, denn Danny kannte sich aus, und seine Begeisterung war ansteckend. Zwar wusste Kit die Hälfte der Zeit nicht, wovon Danny redete, fand es jedoch schön, ihm zuzuhören, wenn er ihm Pflanzen zeigte, die für seinen Park infrage kamen, ihm beschrieb, wie sie in voller Blüte aussahen und wie sich mit anderen Pflanzen und Blumen vertrugen. Danny sprach mit großer Leidenschaft und malte Kit eine solch wundervolle Parklandschaft aus, dass Kit vollkommen hingerissen Formbäume und Rhododendronhecken vor sich sah.

Das gesamte Personal des Gartencenters schien Danny zu kennen und zu lieben. Ständig blieb er stehen und wechselte ein paar Worte mit jemandem. Trotz seiner Schüchternheit besaß Danny offenbar die Gabe, mit vollkommen Fremden zu sprechen, ein Talent, das Kit fehlte und das er an anderen Menschen bewunderte. Danny plauderte ganz ungezwungen mit dem einen oder anderen Kunden, tauschte Erfahrungen aus, erteilte Ratschläge oder schwärmte mit einem Fremden von Pflanzen, die sie beide liebten. Als er einem jungen Paar erklärte, wie es einen verkümmerten Rosenstrauch wiederbeleben konnte, blieb Kit einen Schritt zurück und lauschte entzückt den Fachbegriffen, die er nicht verstand.

»Vielen, vielen Dank«, verabschiedete sich die junge Frau mit strahlendem Lächeln.

»Keine Ursache und viel Glück«, sagte Danny. »Ich drücke die Daumen.«

Manchmal erinnerte Danny Kit an Romy. Es lag nicht nur daran, dass sie beide hilfsbereit waren, sondern auch an der Art, wie sie in sich ruhten und nie vortäuschten, etwas zu sein, das sie nicht waren.

»Entschuldige«, Danny wandte sich zu ihm um. »Du musst dich schrecklich gelangweilt haben.«

»Überhaupt nicht«, sagte Kit. »Ich bin froh, dass ich mitgekommen bin.«

»Ich bin auch gleich fertig, ich will nur noch ein, zwei Werkzeuge besorgen. Wenn du magst, können wir hinterher Tee trinken gehen. Hier gibt es ein wundervolles Café, mit hausgemachtem Kuchen, überwiegend aus Bioprodukten.«

»Das wäre super.«

An der Kasse der Eisenwarenabteilung unterhielt Danny sich mit der Bedienung, einer jungen Frau, die offenbar ganz angetan von ihm war. Sie lächelte verklärt, klimperte mit den Wimpern und streckte ihre Brust heraus.

Schätzchen, dachte Kit. *Du kannst dich in Positur werfen, wie du willst, er wird sich trotzdem nie für dich interessieren.*

Danny jedoch blieb charmant und liebenswürdig wie immer. Als er seine Einkäufe bezahlt und die Brieftasche eingesteckt hatte, drehte er sich zu Kit um und fing an zu lachen. »Was hast du?«, fragte er. In dem Moment wurde Kit bewusst, dass er Danny wie ein Mondkalb angestarrt hatte.

Kit fühlte sich ertappt. »Nichts«, erwiderte er verlegen. »Trinken wir jetzt Tee?«

Die junge Frau an der Kasse reichte Danny einen Zettel mit einer aufgedruckten Nummer. »Ihr geht doch sicher noch ins Café. Sag Declan Bescheid, wenn du losfahren willst.« Sie nickte zu einem kräftigen Jungen mit kahlgeschorenem Kopf und kleinen Silberringen in den Ohren hinüber. »Er trägt dir dann die Säcke.«

»Danke.« Danny steckte den Zettel ein, lenkte seinen Einkaufswagen in Richtung Ausgang und sagte: »Ich packe den Kram rasch in den Wagen.«

»Die Frau an der Kasse konnte einem leidtun«, sagte Kit auf dem Weg zum Parkplatz. »Sie ahnt ja nicht, dass sie bei dir keine Chance hat.«

»Leah? Sie weiß, dass ich schwul bin. Paul und ich sind oft hier gewesen.«

»Und dann legt sie sich so ins Zeug?«

Danny zuckte mit den Schultern. »Sie flirtet gern, nur so zum Spaß. Und ich habe nichts dagegen.« Er grinste. »Ist doch schön, wenn jemand auf dich steht, auch wenn du die Gefühle nicht erwiderst.«

»Hm«, machte Kit und half Danny, die Einkäufe in den Land Rover zu laden.

»So.« Danny schlug die Ladeklappe zu.

»Wir haben was vergessen«, sagte Kit. »Wo ist das Krümelzeug?«

»Krümelzeug?« Danny schaute ernst drein, doch seine Mundwinkel zuckten verdächtig.

»Ich meine den Torf oder die Erde oder wie man das nennt. Du hast davon etliche Säcke gekauft.«

»Die Säcke bringt Declan, bevor wir losfahren.«

»Oh, ach so.«

Danny führte Kit zu dem Café. Sie traten ein und ließen sich an einem großen Landhaustisch auf einer Bank nieder.

»Hier schmeckt alles gut«, sagte Danny. »Aber der Apfelkuchen ist einsame Spitze.«

»Okay, dann verlasse ich mich mal auf dich und nehme den Apfelkuchen.«

Eine junge Frau nahm ihre Bestellung entgegen. »Ah, mein Lieblingsgast«, sagte sie, strahlte Danny an und zog ihren Block hervor. »Sag es nicht.« Ihr Stift schwebte über dem Block. »Heißer Apfelkuchen mit Sahne und eine große Kanne Tee.«

Danny schenkte ihr ein Lächeln. »Wie gut du mich kennst.«

Sie wandte sich zu Kit um.

»Ich schließe mich ihm an.«

»Gute Wahl, und dabei meine ich nicht nur den Apfelkuchen.« Die Bedienung zwinkerte Kit zu, warf einen Blick auf Danny, grinste in sich hinein und verschwand.

»Tut mir leid«, sagte Danny errötend. »Sie scheint dich für meinen neuen Freund zu halten.«

»Soll sie doch.« Kit zuckte mit den Schultern.

»Stört dich das nicht?«

»Ich fühle mich eher geschmeichelt. Anscheinend betrachtet man dich hier als guten Fang.«

Die Bedienung kehrte mit einem Tablett zurück und stellte vor jeden von ihnen einen Teller mit einem Riesenstück Apfelkuchen mit Sahne. »Du errätst nicht, wer heute hier war«, sagte sie, an Danny gewandt, und deckte den Tisch. »Ich konnte nicht fassen, dass der den Nerv hat, sich hier noch mal blicken zu lassen.«

Danny wirkte beunruhigt. »Paul?«

Sie nickte. »Ich habe ihm gesagt, der Apfelkuchen wäre aus. Da hättest du sein Gesicht sehen sollen.« Sie lachte. »Der Kuchen hat ja oben auf der Theke gestanden. Er hat darauf gezeigt und gefragt: ›Und was ist das da?‹ Ich habe ihm gesagt, dass der für unsere *treuen* Kunden ist, und ihm einen Scone serviert. Leider hatten wir keine mehr von gestern, ich musste ihm einen frischen geben.« Sie seufzte.

»Wann war das?«, fragte Danny panisch. »Ist er noch hier?« Sein Blick glitt in die Runde.

»Ist schon eine Weile her.« Die Bedienung wedelte beschwichtigend mit der Hand. »Inzwischen ist er über alle Berge. Abgesehen davon hast du einen viel Besseren gefunden.« Sie lächelte kurz zu Kit hinüber. »Er dagegen hat sich enorm verschlechtert, also Ende gut, alles gut.«

»Er war … Er war mit jemandem zusammen?«

»Ja, mit so einem schmierigen Typen.« Die junge Frau rümpfte die Nase. »Passt zu ihm, wenn man mich fragt. Wie dem auch sei, lasst euch den Apfelkuchen schmecken und sagt Bescheid, wenn ihr noch was braucht.« Sie nickte ihnen zu und kehrte zur Theke zurück.

Danach wirkte Danny bedrückt. *Armer Kerl*, dachte Kit. »Du hast recht gehabt«, erklärte er aufmunternd. »Der Apfelkuchen ist ein Gedicht.« Der Teigboden war beinah so fest und dick wie Shortbread, der Belag süß und so frisch, als wären die Äpfel erst am Morgen gepflückt worden.

Danny lächelte gezwungen. Kit suchte krampfhaft nach einem guten Thema, doch ganz gleich, was er sagte, Danny wirkte beklommen und zerstreut. Sie hatten kaum ihren Tee zu Ende getrunken, da wollte er bereits gehen.

»Vorher muss ich noch zur Toilette«, sagte Kit.

»Okay, ich sage Declan Bescheid und warte am Ausgang auf dich.«

Als Kit aus der Toilette kam, sah er Danny an der Tür stehen und nervös nach allen Seiten schauen. Kurz darauf traten zwei Männer zu ihm. *Scheiße*, dachte Kit, denn Dannys Körpersprache verriet ihm bereits, um wen es sich handelte, ehe er im Näherkommen sah, dass die beiden anderen Männer Händchen hielten. Danny schien sich extrem unwohl zu fühlen, hatte die Hände in den Hosentaschen vergraben und die Schultern hochgezogen. Sein Lächeln wirkte gekünstelt und sein Blick gequält. *Die also sind Paul und sein Neuer*, ging es Kit durch den Kopf. Er fand, dass die Bedienung recht gehabt hatte: Der Neue machte einen schmierigen Eindruck. Und was für eine Mähne. Wie ein Höhlenmensch. Es sei denn, es handelte sich um Paul selbst. Allerdings wirkte auch der Kahlköpfige schmierig. Die beiden passten zusammen, auch in dem Punkt hatte die Bedienung richtiggelegen. Vielleicht, überlegte Kit, sollten sie die Haare des einen auf beide verteilen, dann sähe jeder besser aus.

Im nächsten Augenblick fühlte er sich schuldig. Wäre er nicht aufs Klo gegangen, wären sie rechtzeitig davongekommen, und Danny wäre nicht auf Paul und seinen neuen Freund gestoßen. Kit beschloss zu retten, was zu retten war. Er fuhr sich mit den Fingern durchs Haar, holte tief Luft und schlenderte zu der kleinen Gruppe.

»Tut mir leid, dass du warten musstest«, sagte er und legte Danny wie nebenbei einen Arm um die Schultern. Danny fuhr zusammen. »Möchtest du uns nicht bekanntmachen?« Mit dem Kinn deutete Kit auf die beiden Männer. Die Brauen des Höhlenmenschen wanderten zu seinem Haaransatz, den sie relativ rasch erreichten.

»Ähm«, machte Danny, doch dann fasste er sich. »Oh … ja, klar.« Kit spürte, wie sich Dannys Schultern entspannten. Er deutete auf den Höhlenmenschen. »Das ist Paul. Paul, das ist Kit.«

Paul maß Kit mit seinem Blick, während sie sich die Hände schüttelten. Erfreut nahm Kit Pauls verdrießliche Miene wahr. *Tja, da staunst du*, sagte er stumm. *Danny hat sich wunderbar getröstet, findest du nicht? Du dagegen hast dir diese kahle Ratte geangelt.* Er überlegte, ob er arrogant war, fand sich jedoch nur realistisch. Er wusste, dass er – ganz objektiv gesehen – ein heißerer Typ war als Paul und sein Neuer zusammen.

»Und das ist sein … ähm, das ist James«, fuhr Danny fort. James, der Kahle, war klein und stämmig. Er schien auch um einiges älter zu sein, schon in mittleren Jahren, was er aber offenbar nicht wahrhaben wollte. Der kahlgeschorene Kopf sollte vermutlich modisch wirken, offenbarte aber eigentlich nur, dass dem Mann das Haar ausfiel. Auch der hautenge Pullover war wohl dazu gedacht, die Muskulatur hervorzuheben, doch gleichzeitig betonte er jede Speckrolle einzeln und reichte kaum aus, um den Bierbauch zu bedecken. *Meine Güte*, ging es Kit durch den Sinn. *Wäre ich an Dannys Stelle, würde ich triumphieren.*

Kit schlang seinen Arm um Dannys Taille und zog ihn an sich. »Wie ich sehe, habt ihr auch ein paar Einkäufe gemacht«, sagte er und nickte in Richtung des hochbeladenen Einkaufswagens an Pauls Seite.

»Wir sind gerade umgezogen«, erklärte Paul mit einem unsicheren Blick zu Danny. »Wir fangen noch mal von vorn an.«

»Ach«, sagte Danny. »Habt ihr denn aus dem alten Garten nichts mitgenommen?«

»Nein. James fand, dass nichts Lohnenswertes dabei war.«

Kit spürte, wie es Danny durchzuckte.

»Ist die Mühe nicht wert«, setzte James hinzu. »Zeug ausgraben und dann wieder einpflanzen.«

»Davon abgesehen hat James eine Vision, wie er den Garten gestalten möchte«, sagte Paul. »Dazu hätten die alten Gewächse nicht gepasst.«

»Die Anlage war ja auch ein bisschen altmodisch, nicht wahr?«

»Und was machst du beruflich?«, fragte Kit, um das Thema zu wechseln.

»Ich bin im Musikgeschäft.«

»Aha, verstehe«, sagte Kit. Das erklärte natürlich James' verzweifelten Versuch, einen auf jugendlich zu machen.

»Und du?«

»Ich nehme mir im Moment eine kleine Auszeit, ehe ich mit dem nächsten Job anfange.« Danny zuliebe wollte Kit nicht sagen, dass er arbeitslos war. »Ich nutze die Zeit, um ein altes Gebäude, das ich geerbt habe, instand zu setzen. Danny hilft mir bei der Gestaltung der Parkanlage. In dem Punkt habe ich leider nicht die geringste Ahnung.«

»Einen Besseren als Danny kannst du nicht finden«, sagte Paul. James warf ihm einen finsteren Blick zu.

»Das weiß ich. Danny hat mir die Augen geöffnet. Für mich ist er eine Offenbarung. Das Café ist auch sehr empfehlenswert. Wart ihr schon da?«

»Ja, vorhin«, antwortete Paul.

»Ist es nicht fantastisch? Und wie aufmerksam die Bedienung ist. Wie hieß sie noch gleich?« Kit drehte sich zu Danny um.

»Susie.«

»Richtig. Ein wahrer Schatz. Und die Kuchen erst! Ich hoffe, ihr habt den Apfelkuchen bestellt. Zum Niederknien.«

»Das habe ich auch gehört«, sagte James grimmig.

»Ich hatte James davon vorgeschwärmt, aber als wir da waren, war er wohl noch im Ofen«, sagte Paul.

»Schade. Dann eben beim nächsten Mal. Tja, wir müssen. Komm, Danny.« Kit schaute sich um. »Wo ist der knackige Typ, der die Säcke zu deinem Wagen tragen wollte?«

»Falls du Declan meinst«, entgegnete Paul, »der ist heute nicht da. Auch sonst scheinen sie reichlich unterbesetzt zu sein. Wir mussten alles allein schleppen.«

»Da ist Declan«, sagte Danny und winkte dem Jungen zu, der mit Riesenschritten auf sie zukam.

»Hi, Danny«, begrüßte Declan ihn. Er wandte sich zu Kit um. »Du musst Dannys neuer Freund sein. Freut mich, dich kennenzulernen.« Er schüttelte Kit die Hand. »Hab schon viel von dir gehört.«

»Wie das denn?«, fragte Kit verblüfft.

»Manches spricht sich eben schnell rum.« Declan grinste. »Seid ihr so weit?«

»Wir können«, antwortete Danny.

Nach ein paar steifen Höflichkeitsfloskeln liefen sie mit Declan zum Ausgang, sammelten die Säcke ein und luden sie in Dannys Wagen. Sowie Declan verschwunden war, brach Danny in Gelächter aus. »Kit, das war großes Kino! Hast du Pauls Gesicht gesehen?«

»Er sah aus, als hätte er in eine Zitrone gebissen.«

»Danke«, sagte Danny leise und schlug Kit auf den Rücken.

»War mir ein Vergnügen«, antwortete Kit. Er war froh, dass Danny an seiner kleinen Vorführung keinen Anstoß genommen hatte. Er hatte aus einem Impuls heraus gehandelt und erst nachher gedacht, dass es Danny vielleicht nicht recht sein könnte, wenn er sich als dessen neuer Freund ausgab. Doch wie es aussah, hatte es Dannys Laune gehoben.

Erst als sie im Wagen saßen, fiel Danny wieder in sich zusammen und schaute gedankenverloren aus dem Fenster. »Wie kann er denn sagen, dass es sich nicht gelohnt hat, etwas aus Pauls Garten mitzunehmen«, murmelte er. »Es war ein wundervoller Garten.« Er drehte sich zu Kit um und sah ihn schwermütig an.

»Das war er ganz bestimmt«, versuchte Kit ihn zu trösten.

»Vielleicht war er nicht cool oder flippig«, fuhr Danny fort. »Aber das ist Paul doch auch nicht.«

»Nein.« Kit seufzte. »Aber wenn er sich von dir trennen konnte, was bedeuten ihm da schon ein paar Bäume und Sträucher? Du hast einen Besseren verdient.« Mit der Rückseite eines Fingers strich er Danny über die Wange.

Danny fuhr zurück. »Kit, was soll das?« Er sah Kit verwundert an.

»Entschuldige, das war nur …« Kit warf einen Blick zum Seitenfenster hinaus. »Es war wegen Paul. Er steht dahinten und beobachtet uns.«

»Ich werde mich nicht nach ihm umdrehen«, sagte Danny.

»Bloß nicht. Aber wie wär's, wenn wir ihm etwas für sein Geld bieten.« Kit neigte sich zu Danny hinüber und gab ihm einen sanften, keuschen Kuss auf den Mund. Danny versteifte sich, kniff die Lippen zusammen und wich zurück. »Natürlich nur, wenn du willst«, setzte Kit hinzu. Danny nickte unsicher. Kit küsste ihn erneut. Dabei fuhr er mit der Hand über den Haarflaum in Dannys Nacken. Wenig später spürte er, dass Danny sich entspannte, und sah, dass er die Augen schloss. Seine Lippen wurden weicher, und endlich erwiderte er den Kuss. Als Kit sich von ihm löste, hatte Danny die Augen immer noch geschlossen. Als er sie langsam öffnete, spielte ein kleines Lächeln um seine Lippen.

»Mann«, sagte er. »Das war …« Verwirrt schüttelte er den Kopf, wirkte erschrocken und glücklich zugleich. Kit erging es nicht anders. *Das hättest du nicht tun sollen*, dachte er, und doch hätte er es um nichts in der Welt rückgängig machen wollen.

»Das war schön«, sagte er. »Du küsst sehr gut.«

»Danke, du auch. Ich meine, ich weiß natürlich, dass du normalerweise keine Typen küsst, aber trotzdem.«

Kit zuckte mit den Schultern. »Ein Kuss ist ein Kuss. Es ist wie Flirten. Das macht Spaß, ganz gleich, mit wem man es tut.«

Danny lächelte. Er hatte sich wieder gefangen und schaute aus Kits Seitenfenster. »Was ist aus Paul geworden?«

Kit warf einen Blick hinaus. »Er ist weg, wahrscheinlich zu seinem Wagen gegangen. Eben hat er noch wie angewurzelt da gestanden. Jedenfalls hat er jede Sekunde mitgekriegt.«

»Wirklich?« Danny lächelte und startete den Wagen.

»Großes Ehrenwort.« Kit zwinkerte Danny zu. »Sah aus wie zehn Tage Regenwetter.«

21

Einige Tage später stand Romy in der Küche des Kutscherhauses und fragte sich, ob die Arbeit an einem Haus schon immer so anstrengend gewesen war oder ob sie schlichtweg vergessen hatte, wie erledigt man danach war. Sie schaute aus dem Fenster in den noch dunklen Morgen und wartete darauf, dass der Kaffee durchlief. Als sie das Radio anstellte, erinnerte *Jingle Bells* sie auf unangenehme Weise daran, dass Weihnachten vor der Tür stand. Normalerweise hatte sie schon Wochen vorher sämtliche Geschenke gekauft, doch diesmal hatte sie nicht einmal einen Plan und fühlte sich bei dem Gedanken an das Fest restlos überfordert.

Sie dachte an ihre früheren Hausprojekte zurück. Die Arbeit hatte sie immer erschöpft, aber auch befriedigt. Doch diesmal war sie bereits nach drei Tagen so kaputt, dass ihr schlecht war, und dabei standen sie erst am Anfang. Vielleicht hatte sie zu lange pausiert und war in der Zwischenzeit verweichlicht. Jedenfalls konnte sie sich nicht erinnern, jemals so gerädert gewesen zu sein. Allerdings hatte sie früher kein Baby gehabt. Sie gähnte und rieb sich die Augen. Luke war in der Nacht mehrmals wach geworden und hatte geschrien. Erst vor einer halben Stunde hatte er sich beruhigt und war wieder eingeschlafen. Sie dagegen hatte, trotz ihrer Erschöpfung, kein Auge zugetan. Die dunklen Wintertage setzten ihr ebenfalls zu. Es war schon kurz vor acht Uhr, doch am Himmel war nicht mehr als ein dünner, wässriger Lichtstreifen zu sehen. Es war nicht einfach, sich in diesen trüben Tagen zu irgendetwas aufzuraffen.

Zu Beginn der Woche war sie mit Kit, Ethan und Luke in das alte Kutscherhaus gezogen. Während sie noch auf die Genehmigung für die geplanten Umbauten warteten, hatten sie in dem großen Haus so viel wie möglich erledigt, die alten Möbel und sonstigen Plunder aus dem Haus geschafft und den Putz abgeschlagen, um die Mauern freizulegen. Romy hatte einen Zeitplan für die einzelnen Baustufen ausgearbeitet und die Baustoffe ausgesucht. Am nächsten Tag würden die Dachdecker mit der Arbeit beginnen. Den ersten großen Schritt würden sie bis Weihnachten hinter sich haben.

Da Ethan bei ihnen wohnte, taten Romy und Kit weiterhin so, als wären sie ein Paar. Sie teilten sich das Doppelbett, das Romy, zusammen mit Lukes Gitterbett, in einem der Schlafzimmer aufgestellt hatte. Seitdem sie wusste, dass Sex zwischen ihnen ausgeschlossen war, begegnete Romy Kit wieder unbefangen. Sie fand es schön, abends im Bett noch eine Zeitlang mit ihm zu kichern und zu flüstern. Dennoch war sie froh, dass Ethan mit von der Partie war. Er hatte Schwung, arbeitete hart und konnte mit dem Baby umgehen. Kit gab sich zwar Mühe, Luke ein Vater zu sein, doch Ethan war ein Naturtalent. Alles in allem war Ethans Anwesenheit von Vorteil, jedenfalls solange Romy sich nicht ausmalte, wie viel lieber sie das Doppelbett mit ihm teilen würde.

Als sie sich den ersten Becher Kaffee einschenkte, öffnete sich die Hintertür. Ethan kam herein und brachte einen Schwall kalter Luft mit in die Küche. »Huch«, sagte Romy verwundert. »Ich hätte nicht gedacht, dass außer mir schon jemand auf ist.«

»Ich bin eine Runde gejoggt«, sagte Ethan, noch immer ein wenig außer Atem. Er trug einen grauen Jogginganzug und wirkte mit seinen geröteten Wangen und den glänzenden Augen wie der Inbegriff von Gesundheit und Kraft. Beinahe körperlich spürte Romy die Energie, die er verströmte, und empfand so etwas wie Neid.

»Möchtest du Kaffee?«, fragte sie.

»Bitte.« Er rieb sich die Hände warm.

Romy reichte ihm einen gefüllten Becher. »Draußen ist es bestimmt eiskalt.«

»Sobald du anfängst zu laufen, fühlt es sich wunderbar an.« Er umschloss den Becher mit beiden Händen.

Romy wusste noch, wie gut man sich in frischer klarer Luft fühlte, wenn Lunge und Herz aktiviert wurden und man eine nahezu animalische Kraft verspürte. »Das fehlt mir«, sagte sie, als sie sich zusammen am Tisch niederließen.

»Was?«

»Zu joggen.«

»Ich wusste gar nicht, dass du so was machst.«

»Doch, früher. Als ich schwanger wurde, habe ich damit aufgehört. Seit Luke da ist, schaffe ich es morgens gerade mal, mich zu duschen.«

»Wenn du morgens laufen willst, passe ich in der Zeit auf ihn auf.«

»Würdest du das wirklich tun?«

»Ja, natürlich.«

Trotz ihrer Mattigkeit fand Romy die Vorstellung, morgens wieder zu laufen, wundervoll. Womöglich würde es ihr besser gehen, wenn sie wieder joggte, und sie würde abends auf gesunde Weise müde sein und nicht so erschlagen und matt. »Danke, Ethan. Vielleicht komme ich auf dein Angebot zurück.«

Ethan musterte sie. »Du siehst angegriffen aus.«

Romy fuhr sich durch die Haare. »Ich bin einfach kaputt. Luke hat in der Nacht kaum geschlafen.«

»Das habe ich gehört.«

»Das tut mir leid. Ich hoffe, er hat dich nicht wachgehalten.«

»Ach wo, ich bin immer wieder eingeschlafen. Ist Kit denn nie aufgestanden, um nach ihm zu sehen?«

»O doch, er nimmt seine Vaterpflichten ausgesprochen ernst.« Romy rang sich ein Lächeln ab.

Ethan lachte leise.

»Manchmal glaube ich, dass er sich fast selbst davon überzeugt hat, Lukes Vater zu sein«, fuhr Romy fort. »Obwohl er es nicht ist«, ergänzte sie hastig.

»Das weiß ich.«

»Ich begreife nur nicht, warum er es sein möchte. Es ist, als dächte er, dass man es von ihm erwartet.«

»Wahrscheinlich trägt meine Mutter daran die Schuld«, erklärte Ethan. »Sie hält ihm Vorträge über Verantwortung und droht ihm Gott weiß was an, falls er Luke und dich nicht gut behandelt.«

»Oje.«

»Wenn du magst, kann Luke heute Nacht in meinem Zimmer schlafen. Sein sogenannter Vater wird ja nicht da sein, um einzuspringen, wenn er schreit.«

Kit würde später am Tag nach Dublin fahren und am nächsten Morgen ein Vorstellungsgespräch haben. Bei dem Gedanken, eine Nacht lang mit Ethan allein zu sein, wurde Romy jetzt schon nervös. Zwar hatte sie sich längst eingestanden, wie sehr sie sich von ihm angezogen fühlte, doch seit Kurzem hatte sie den Eindruck, dass Lesley recht hatte und diese Anziehung gegenseitig war. Nein, eigentlich wusste sie es schon länger, sie hatte es nur nicht zugeben wollen. Eigentlich war sie sich ziemlich sicher, dass unter normalen Umständen zwischen ihr und Ethan längst etwas passiert wäre. Sie hatte eben Pech, denn jetzt, da sie seit Ewigkeiten endlich noch einmal diesen besonderen Funken spürte, waren sie und Ethan nie allein.

»Das ist furchtbar lieb«, sagte sie. »Aber ich hoffe, die letzte Nacht war eine Ausnahme. Luke schläft normalerweise durch.«

»Du musst von einem anderen Luke reden«, sagte Kit, als er, ein glockenwaches Baby im Arm, die Küche betrat.

Romy nahm Luke an sich. »Wieso sind deine Augen schon wieder offen?«, schimpfte sie.

Luke schaute sie wie ein kleiner Buddha an, mit undurchdringlichem, allwissendem Blick.

»Ich glaube, er braucht eine frische Windel«, sagte Kit. »Ich würde das ja übernehmen, aber ich muss leider los.«

»Jetzt schon?«, fragte Romy. »Ohne Frühstück?«

»Ja, ich treffe mich mit einem gewissen Mark. Er arbeitet in der Firma, bei der ich mich beworben habe, und will mir ein paar Tipps für das Vorstellungsgespräch geben.« Kit streifte seine Jacke über. »Ich muss mir auch noch einen Anzug heraussuchen und ein Hemd finden, das meine Mutter nicht gewaschen hat.«

»Zum Glück steht dir eine ruhige Nacht bevor«, sagte Romy. »Ich drücke die Daumen.«

»Danke.« Kit gab ihr einen Kuss auf den Mund und Luke einen kleinen Schmatz auf die Stirn. »Bis morgen.«

»Zeig's ihnen«, rief Ethan ihm nach.

Da waren's nur noch zwei, dachte Romy, denn schlagartig war ihr wieder bewusst geworden, dass sie mit Ethan allein in dem Haus war.

Ethan grinste schief. »Endlich allein«, sagte er, als hätte er ihre Gedanken erraten. Romy versuchte, ruhig zu bleiben. Schließlich war es nur für eine Nacht. Kit würde am nächsten Tag zurückkehren, gleich nach dem Vorstellungsgespräch. Was konnte in einer einzigen Nacht schon passieren?

Als sie und Ethan zu Abend aßen, war Romy mit sich und der Welt im Reinen. Sie hatten am Tag einträchtig zusammen gearbeitet, und ihr war es gelungen, währenddessen cool zu bleiben, statt sich wie eine liebeskranke Idiotin aufzuführen. Luke hatte zu seiner guten Laune zurückgefunden, saß in seinem Kindersitz und war ihr Mittelpunkt, eine Ablenkung, für die sie dankbar war. In einigen Stunden würden sie und Ethan – getrennt – ins Bett gehen, am nächsten Tag würde Kit zurückkommen, und alles wäre wieder normal. Im Grunde hatte sie das Alleinsein mit Ethan fast schon geschafft. Dann schaute sie zum Fenster und erschrak.

»Oh nein«, stöhnte sie. »Das hat uns gerade noch gefehlt.« Sie stand auf und trat ans Fenster. Draußen fiel Schnee, dicke Flocken, die im Schein der Küchenlampe schimmerten.

Ethan kam zu ihr und sah ebenfalls hinaus. »Vielleicht bleibt er nicht liegen«, sagte er.

Diese Hoffnung hatte Romy nicht. Es hatte schon seit Langem nicht mehr geregnet, und in der eisigen Kälte der vergangenen Wochen war der Erdboden gefroren. Jetzt fiel der Schnee so stetig und schwer, dass die Wiesen bereits von einer weißen Schicht bedeckt waren. »Der schmilzt nicht so schnell«, sagte sie niedergeschlagen.

Sowie sie am nächsten Morgen wach war, sprang sie aus dem Bett, öffnete die Vorhänge und hoffte, dass der Schnee über Nacht wie durch ein Wunder geschmolzen war. Die Hoffnung war vergebens, denn draußen bot sich ihr der Anblick einer Weihnachtskarte. Eine dicke Schneedecke bedeckte den Boden, die Äste der Bäume schienen sich unter ihrer weißen Last zu senken, an den Sträuchern stachen nur die Spitzen in dunklem Grün aus dem Schnee hervor. Alles lag in tiefer Stille da, als wäre jemand gekommen und hätte den Ton ausgeschaltet. Das erste Morgenlicht ließ den Schnee glänzen, doch als Romy hoch zu dem bleiernen Himmel schaute, entdeckte sie sanft herabrieselnde Flocken. Im Grunde war es ein schönes Bild – schön und schrecklich zugleich.

»Verdammt, verdammt, verdammt«, fluchte sie, denn bei diesem Wetter konnten die Dachdecker nicht arbeiten; wahrscheinlich wären sie nicht einmal in der Lage, zu ihnen herauszukommen. Der Schnee würde alles für eine ganze Weile zum Erliegen bringen. Doch das war nicht das einzige Problem. Außerdem saß sie hier mit Ethan fest und hatte bei dem Wetter keine Arbeit, um sich von ihm abzulenken. Sie beschloss, sich eine Beschäftigung zu suchen. Als Erstes schaute sie nach Luke, doch er schlief tief und fest in seinem Körbchen. Danach streifte sie eine dicke Strickjacke über, schlüpfte in ihre Ugg Boots und nahm die Treppe nach unten. Noch ehe sie die Küche erreichte, verriet der Geruch von gebratenem Schinkenspeck, dass Ethan schon aufgestanden war. Als sie in die Küche kam, stand er am Herd und beobachtete den Schinkenspeck und die Würstchen, die in der Pfanne brutzelten und zischten.

Er wandte sich zu ihr um. »Hallo«, sagte er lächelnd. In seinem dicken Strickpullover, den ausgeblichenen Jeans und den schweren Wanderstiefeln sah er zünftig aus. *Zum Anbeißen*, dachte Romy. »Du kommst genau richtig.« Er deutete auf die Pfanne. »Möchtest du ein Spiegelei?«

»Ja bitte.« Romy trat zu ihm und schaltete den Wasserkessel ein. Sie nickte zum Fenster hinüber. »Das da draußen ist eine Katastrophe.«

»Ich weiß. Und laut Wetterbericht soll es die ganze Woche so weitergehen.«

»Oh nein.« Romy stöhnte, lehnte sich an den Herd und schaute durch das Fenster. »Wir werden nicht einen Schritt weiterkommen. Vielleicht sollten wir einfach zurück nach Dublin fahren.«

Ethan schüttelte den Kopf. »Das kannst du vergessen. Ich war vorhin draußen. Die Straßen sind nicht passierbar. Wir würden zwei Tage brauchen.«

»Das bedeutet, dass Kit auch nicht zu uns rauskommen kann.«

»Richtig. Im Radio hieß es, dass es überall schlecht aussieht. Anscheinend ist das Leben im ganzen Land zum Erliegen gekommen.«

Heiliger Himmel, dachte Romy. Das hieß doch, sie saß hier mit Ethan auf unbestimmte Zeit fest. Sie konnten nicht weg, und andere, die als Puffer hätten dienen können, waren nicht imstande, zu ihnen gelangen. Und sie hatte nichts zu tun, keine Arbeit, auf die sie sich konzentrieren konnte. Es war ein Albtraum. Seufzend brühte sie Tee auf. Ethan stellte zwei Teller auf den Tisch.

»Wann warst du denn draußen?«, fragte sie, als sie sich zum Frühstück niederließen.

»Vor einer Weile. Ich glaube, es wird ein schöner Tag. Aber für alle Fälle habe ich noch mal Holz für den Kamin gehackt.«

»Oh, gut. Danke.« Es war lächerlich, doch unwillkürlich sah sie Ethan vor sich, wie er in seiner Outdoor-Kluft draußen arbeitete, sein Muskelspiel, während er die Axt schwang. Sie räusperte sich. »Es muss doch irgendetwas geben, das wir heute machen können.«

»Wir können einen Schneemann bauen«, schlug Ethan vor.

»Tolle Idee, vielen Dank.«

»Er könnte den Wert des Hauses steigern. Wir machen ihn zu einem festen Bestandteil.«

»Ich dachte eher daran, die Badezimmer für das Haus auszusuchen und zu bestellen.«

»Wie wär's mit einer Schneeballschlacht?«

Wollte er sie wahnsinnig machen? Sie stellte sich vor, wie sie sich im Schnee wälzten, sie sich unter ihm wand und er versuchte, ihr einen Schneeball in den Ausschnitt zu stopfen, wie sie seine eisige Hand auf ihrer heißen Haut spürte. Ihre Brustwarzen wurden hart.

»Dann lieber die Badezimmer. Das Frühstück ist übrigens super. Vielen Dank.«

»Keine Ursache.« Ethan seufzte. »Na schön, wenn du weder einen Schneemann noch eine Schneeballschlacht willst, reiße ich oben im Haus die alte Küche heraus.«

»Gute Idee«, lobte Romy und schob ihren leeren Teller zur Seite. »Ich springe kurz unter die Dusche und mache mich fertig. Wir sehen uns später.«

»Okay, bis dann.«

Die Eingangstreppe zu Romys Haus war spiegelglatt. Kit klammerte sich an das Geländer und verkrampfte sich, während er vorsichtig eine Stufe nach der anderen nahm, immer in der Hoffnung, senkrecht zu bleiben. Seine Straßenschuhe hatten kein Profil, doch er fand es klüger, bei einem Vorstellungsgespräch nicht in Gummistiefeln zu erscheinen. Dann hatte er es geschafft, betrat das Haus, lief die Treppe hoch und klopfte an Mays Wohnungstür.

May öffnete und lächelte ihn an. »Hallo, Kit.« Sie musterte ihn. »Schick siehst du aus.«

»Ich muss zu einem Vorstellungsgespräch.« Wegen der Verkehrsverhältnisse hatte der Termin sich nach hinten verschoben, sodass er noch Zeit hatte. »Ich wollte fragen, ob ich etwas für dich besorgen soll.«

»Das ist sehr freundlich, ich könnte tatsächlich ein paar Dinge gebrauchen. Frank und ich haben uns nicht vor die Tür getraut. Komm kurz rein, oder bist du in Eile?«

»Nein, ich habe Zeit.« Kit hatte sein Taxi so frühzeitig bestellt, dass er seinen Termin sogar dann noch schaffen würde, wenn der Taxifahrer ihn huckepack nähme und die Strecke auf Händen und Knien zurücklegte.

May führte ihn in die Küche, winkte ihn zu einem Stuhl am Küchentisch, setzte sich und begann, eine Liste zu schreiben.

»Wir brauchen Milch«, murmelte sie vor sich hin. »Und reichlich Brot. Das friere ich ein, wer weiß, wie lange dieses Wetter sich noch hält. Und frisches Obst, nicht dass wir noch Rachitis kriegen.« Sie hielt inne und sah Kit an. »Kommst du vielleicht an einer Drogerie vorbei?«

Kit zuckte mit den Schultern. »Kein Problem.«

»Ich glaube, Frank hat keine Salbe mehr. Warte eine Sekunde, ich schaue nach.« May verschwand. Kurz darauf kehrte sie mit einer ausgedrückten Tube zurück. »Den Namen schreibe ich besser auf. Ah, und dann bräuchten wir noch zwei große Kartons Kondome.«

Kit schluckte.

»Eine Mischung wäre prima. Einen Karton mit genoppten und ein, zwei Kartons mit Geschmack.« May notierte ihre Wünsche. »In der kommenden Woche gebe ich einen Workshop über tantrischen Sex und möchte Kondome verteilen. Sex ohne Folgen, das ist meine Devise, aber wenn er dann auch noch Spaß macht, ist alles perfekt. Falls du irgendwelche Neuerungen entdeckst – Kondome, die im Dunkeln leuchten oder so –, bringst du die auch mit.«

Sie drückte Kit die Liste in die Hand. Kit las sie mit gerunzelter Stirn. »Möchtest du eine bestimmte Geschmacksrichtung?«

»Nein, kauf einfach eine bunte Mischung.«

»Okay.« Kit stand auf. »Dann mache ich mich mal auf die Socken.«

»Warte, ich hole mein Portemonnaie.« May führte ihn ins Wohnzimmer. »Es ist wirklich lieb, dass du bei dem Wetter an alte Menschen denkst«, sagte sie, kramte in ihrem Geldbeutel und reichte Kit zwei Fünfzig-Euro-Scheine. »Ich habe panische Angst, auf dem Bürgersteig auszurutschen, und die Treppe draußen ist der reine Horror. In meinem Alter kann man gar nicht vorsichtig genug sein.«

Kits Blick wanderte zu der Schaukel im Flur. »Klar doch«, murmelte er. »Dann bis später.«

May begleitete ihn zur Tür. »Bis später – und viel Glück bei deinem Vorstellungsgespräch.«

Für den Rest des Morgens verkroch Romy sich in ihrem Schlafzimmer, studierte Kataloge, stellte Zahlen zusammen, suchte die Ausstattung für die Bäder aus und bestellte sie online. Zwischendurch fütterte sie Luke und spielte mit ihm. Gegen Mittag wurde sie hungrig und ging in die Küche, um sich ein Sandwich zu machen. Erleichtert stellte sie fest, dass Ethan sich noch im großen Haus befand. Sie wusste, dass sie ihn fragen sollte, ob sie ihm auch etwas zu essen machen sollte, doch dazu war sie zu feige. Stattdessen trank sie eilig einen Becher Tee, schlang ihr Sandwich hinunter und flitzte in ihr Schlafzimmer zurück. Sie benahm sich unmöglich, das war ihr durchaus bewusst, dennoch war sie froh, ihm nicht begegnet zu sein.

Am Nachmittag, als sie das Gefühl hatte, dass ihr die Decke auf den Kopf fiel, hüllte sie Luke in seine wärmsten Sachen, schlüpfte in ihre Gummistiefel und trug ihren Sohn hinaus, um ihm den Schnee zu zeigen.

»Guck mal, sieht das nicht schön aus?«, fragte sie ihn und schaute ihren Atemwolken nach. Während sie Luke umhertrug, brabbelte er fröhlich vor sich hin. Sie zog ihm einen Handschuh aus und ließ ihn den Schnee anfassen. Luke rümpfte die Nase. Sie schüttelte Äste und sah zu, wie seine Augen erstaunt den weißen Kaskaden folgten, die herabstäubten. Als sie einen Blick zu dem großen Haus hinüberwarf, sah sie, dass Ethan oben an einem Fenster stand und sie beobachtete. Er winkte. Sie lächelte, winkte zurück und wedelte mit Lukes Arm. Doch dann spürte sie ihr Gewissen, denn Ethan sah aus wie ein kleiner Junge, der die Nase an einer Fensterscheibe plattdrückte und sich danach sehnte, draußen im Schnee herumzutollen. Sie winkte ihn zu sich. Er verschwand. Kurz darauf öffnete sich die Tür, und er kam heraus, streifte sich eine dicke Jacke über und lief auf sie zu.

»Möchtest du doch einen Schneemann bauen?«, fragte er mit jungenhaftem Eifer und leuchtenden Augen. Romy musste grinsen, ob sie wollte oder nicht.

Sie deutete mit dem Kinn auf Luke. »Wie denn? Ich hab die Hände voll. Bau du einen.«

»Das kann warten. Allein macht das keinen Spaß. Komm, ich nehme Luke für eine Weile.« Er streckte die Arme aus.

Romy überreichte ihm Luke dankbar. Ihre Arme waren schwer geworden. Sie liefen über die verschneite Wiese vor dem Haus, erzählten sich, was sie am Vormittag geleistet hatten, und hielten Luke bei Laune. Luke quietschte begeistert, als Ethan mit ihm losrannte und Romy sie jagte, aber immer wieder mit den Stiefeln im Schnee versank. Wenn Ethan langsamer wurde und darauf wartete, dass Romy sie einholte, beobachtete Luke sie interessiert und quiekte entzückt, wenn Ethan jedes Mal loslief, kurz bevor Romy zu ihnen aufholte.

Er kann wirklich gut mit Babys umgehen, ging es Romy auf dem Rückweg zum Kutscherhaus durch den Kopf. *Gibt es überhaupt irgendetwas, worin er nicht gut ist?*

»Ich glaube, da ist jemand reif für sein Nickerchen«, sagte sie, während sie den Schnee von den Stiefeln traten. Sie hob Luke aus Ethans Armen und trug ihn hoch in ihr Zimmer.

Sie hatte recht, denn nach dem Ausflug in der frischen Luft schlief Luke im Handumdrehen ein. Als sie in die Küche kam, stand Ethan noch immer in der dicken Jacke da. »Möchtest du Tee?« Romy machte Anstalten, Wasser aufzusetzen.

»Später.« Ethan hielt ihre Hand fest. »Komm wieder mit raus.«

»Wozu?«

»Ich möchte den Schneemann bauen.«

»Ist das dein Ernst?«

»Absolut. Ach, komm schon«, bettelte er. »Als ich Kind war, hat es nie so geschneit, und deshalb habe ich noch nie einen richtigen Schneemann gebaut. Ich hatte eine schlimme Kindheit.«

Romy sah ihn hilflos an. Wie sollte sie diesem Blick widerstehen? »Eigentlich müsste ich noch was tun«, begann sie halbherzig und wusste schon, dass sie nachgeben würde.

»Das hat doch Zeit bis morgen«, drängte er. »Heute Nachmittag machen wir blau – merkt ja sowieso keiner.«

»Na schön«, Romy streifte Jacke und Handschuhe wieder über, setzte ihre Mütze auf, wickelte sich den Schal um und folgte ihm hinaus ins Freie.

Den Schneemann zu bauen erwies sich als harte Arbeit, denn Ethan bestand darauf, dass er gewaltig werden müsse, um zu dem großen Haus zu passen. Zu guter Letzt erhob sich auf dem verschneiten Kiesrondell eine eindrucksvolle Schneegestalt, die aus zwei mächtigen weißen Kugeln bestand, einschließlich der klassischen Möhrennase. Als Romy danach ins Kutscherhaus zurückkehrte, war ihr noch immer warm, und es dauerte eine Weile, bevor sie beim Kochen des Abendessens merkte, wie kalt es in der Küche war. Sie befühlte den Heizkörper. Er war eiskalt. Sie drehte an dem Ventil, doch sie wusste, dass sie die Heizung dabei ausdrehte und sie zuvor eingeschaltet gewesen war. Mist. Sie lief in das Zimmer, in dem Luke schlief, und betastete den Heizkörper. Er war ebenfalls kalt. Irgendetwas stimmte nicht. Draußen hatte es wieder angefangen zu schneien, und im Wetterbericht war für den nächsten Tag neuer Schnee vorhergesagt worden. Demzufolge würden sie erfrieren. Sie überprüfte den Boiler, aber auch der funktionierte nicht. Probeweise stellte sie ihn mehrfach an und aus, doch nichts tat sich. Sie beschloss, den Öltank im Schuppen zu checken, ging hinaus, holte eine Leiter, stellte sie an den Tank, entdeckte den Ölmessstab und kletterte die Leiter hoch. Es war, wie sie befürchtet hatte: Sie hatten kein Öl mehr.

Verdammt, dachte sie, *musste das ausgerechnet jetzt passieren?* In den nächsten Tagen würden sie mit Sicherheit keinen Öllieferanten finden. Sie hatte Nachrichten gehört. Es war, wie Ethan verkündet hatte, das ganze Land stand still. Als sie ins Haus zurückkehrte, war Ethan in der Küche und rührte am Herd eine Soße an.

»Die Heizung hat schlappgemacht«, teilte Romy ihm mit. »Wir haben kein Öl mehr.«

»Scheiße«, sagte Ethan. »Ich habe mich schon gewundert, warum es so kalt ist.«

Romy seufzte. »Solange die Straßen nicht frei sind, wird kein Tankwagen zu uns durchkommen.«

»Aber wenigstens haben wir einen Kamin«, sagte Ethan. »Und deine Heizöfchen.«

»Sicher«, entgegnete Romy. »Aber für die Schlafzimmer reichen sie nicht aus. Wir müssen hier unten übernachten. Einer kann auf dem Sofa schlafen, der andere auf einem der Feldbetten.«

Ethan schüttelte den Kopf. »Nach dem Essen hole ich deine Matratze her. Dann kannst du dir vor dem Kaminfeuer ein richtiges Bett machen. Ich nehme das Sofa.«

22

Als Kit am Nachmittag zu Romys Haus zurückkehrte, wunderte er sich, dass der Weg zum Eingang freigeschaufelt war. Vorsichtig nahm er die erste Stufe der Vordertreppe. In dem Moment kam Danny mit einer Schaufel um die Ecke. Kit drehte sich um und sah den Land Rover an der Straße stehen.

»Hi, Danny«, rief er.

Danny näherte sich und blieb vor ihm stehen. »Kit«, sagte er verdutzt. »Was tust du denn hier?«

»Ich musste zurück nach Dublin fahren. Heute Morgen hatte ich ein Vorstellungsgespräch.«

»Aha. Und jetzt sitzt du hier fest.«

»Zumindest für den Moment.«

»Am Wochenende scheinst du ja schwer was vorzuhaben.« Danny nickte in Richtung der Einkaufstüten in Kits Armen. Kit folgte seinem Blick und entdeckte die Riesenpackung genoppter Kondome oben in einer der Tüten.

»Das … Oh, das gehört zu meinen Einkäufen für May.«

»Klar doch«, sagte Danny mit spöttischem Lächeln. »Na dann, ich muss weiter. Ich hatte Romy versprochen, mich um den Weg und die Treppe zu kümmern. Sie ist in Wicklow eingeschneit.«

»Okay, dann bringe ich May mal ihre Sachen. Vielleicht sehen wir uns ja später.«

Kit betrat seine Wohnung. Irgendwie fühlte er sich seltsam, ohne zu wissen, warum. Das Vorstellungsgespräch war gut gelaufen. Den Job, um den es ging, würde er im Schlaf bewältigen. Er hatte sich kompetent gefühlt, endlich wieder auf einem Gebiet, wo er sich im Schlaf auskannte. Die Leute hatten dieselbe Sprache wie er gesprochen und waren zweifellos von ihm beeindruckt gewesen, von seinen Fähigkeiten und Erfahrungen. Einer derjenigen, die ihn befragt hatten, war ein früherer Kollege aus New York gewesen. Der würde zweifellos ein gutes Wort für ihn einlegen. Er hatte ihn sogar zum Weihnachtsumtrunk der Firma eingeladen und ihn aufgefordert, seine Partnerin mitzubringen.

Kit hatte im hellen Licht eines todschicken Büros gesessen und gespürt, wie die losen Fäden seines alten Lebens sich wieder verknüpften und ihn einschnürten. All das, was er kannte, konnte er wiederhaben, die Welt der Anzugträger, das Machogebaren und Schulterklopfen, die Deals, bei denen es um Millionenbeträge ging. Dazu müsste er nicht einmal nach New York zurückkehren. Zu dem Weihnachtsumtrunk konnte er Romy mitnehmen, auch später zu Geschäftsessen und anderen offiziellen Anlässen. Er konnte sie seinen Kollegen und Kunden vorführen, erhielte sein altes Leben zurück. Eigentlich war schon alles klar.

Die Frage war nur, warum ihm dann so eigenartig zumute war. Er sollte Purzelbäume schlagen. Stattdessen fühlte er sich leer, nervös und – eingeengt. Er ließ sich auf das Sofa fallen, riss sich die Krawatte vom Hals und warf sie auf den Tisch vor ihm. Er hatte zu lange pausiert, wahrscheinlich lag es daran. Der Gedanke, wieder zu arbeiten, machte ihn beklommen, wie früher, wenn die Sommerferien zu Ende waren und er wieder zur Schule gehen musste. Nach einer Woche wäre er wieder im Tritt, als hätte es nie eine Unterbrechung gegeben. Er ging in die Küche, holte eine Flasche Chablis aus dem Kühlschrank, schenkte sich ein großes Glas ein und wünschte, Romy wäre da, um einen Schluck mit ihm zu trinken.

Mit dem Glas in der Hand kehrte er ins Wohnzimmer zurück, setzte sich aufs Sofa, legte die Füße auf den Tisch, schaltete die Stereoanlage an. Nach drei Musikstücken lief er wieder in die Küche und füllte sein Glas auf. Er warf einen Blick auf die Küchenuhr. Drei Uhr nachmittags. Zum Trinken war das zwar noch ein bisschen früh, aber egal. Nicht mehr lange, und er würde wieder arbeiten, und mit dem Trinken am helllichten Tag wäre es vorbei. Also konnte er die letzte freie Zeit auch nutzen. Vielleicht würde er später noch ausgehen, in Stimmung kommen – vielleicht jemanden finden. Er hat sich schon seit Langem nicht mehr richtig amüsiert.

Wieder im Wohnzimmer, rief er Romy an. Als sie ihm erzählte, die Heizung sei ausgefallen und sie sitze da draußen fest, fühlte er sich noch schlechter als zuvor. Allerdings klang sie trotz allem gutgelaunt. Anscheinend machte es ihr nichts aus, mit Ethan und Luke in dem Kutscherhäuschen eingeschlossen zu sein.

»Ist alles in Ordnung?«, fragte sie, als er ihr das Vorstellungsgespräch geschildert hatte. »Du hörst dich ein bisschen niedergeschlagen an.«

»Ach wo«, entgegnete Kit. »Mir geht's gut. Ich finde höchstens schade, dass ich niemanden habe, mit dem ich auf die Jobaussichten anstoßen kann.«

»Ist Danny nicht da? Er wollte den Weg und die Treppe freiräumen.«

»Doch, ich habe ihn gesehen.« Danny war offenbar noch da, denn Kit hörte eine Schaufel auf der Eingangstreppe scharren.

»Er bleibt über Nacht in meiner Wohnung«, sagte Romy. »Kann sein, dass er später noch ausgeht. Vielleicht magst du *ihn* ja einladen.«

Eine Weile später öffnete Kit die zweite Flasche. Das Schaufelgeräusch draußen war verstummt. Er hörte, dass die Haustür geöffnet und geschlossen wurde. Vielleicht hatte Danny ja tatsächlich Lust, ein Glas mit ihm zu trinken und ihm beim Feiern zu helfen. Oder sie könnten in einen Club gehen und möglicherweise sogar … Kit kippte einen letzten Schluck Wein hinunter, schnappte sich die Flasche, die Wohnungsschlüssel und verließ die Wohnung. Dann sprang er die Treppe zu Romys Wohnung hoch und klopfte an der Tür.

»Hi«, sagte Kit, als Danny öffnete. »Wie wär's mit einem Schluck?« Er hielt die Flasche hoch.

»Hm«, machte Danny. »Ich wollte gerade weg.«

»Ach, schade«, sagte Kit enttäuscht.

Dannys Miene wurde weicher. »Also gut, ein Glas auf die Schnelle.« Er trat zur Seite.

»Prima.« Kit marschierte an ihm vorbei in Romys Wohnzimmer und pflanzte sich aufs Sofa. Danny stellte zwei Gläser auf den Sofatisch. Kit schenkte Wein ein. »Auf mich«, sagte er, reichte Danny ein Glas und prostete ihm zu. »Ich glaube, das Vorstellungsgespräch ist tadellos gelaufen.«

»Gratuliere.« Danny setzte sich zu ihm und stieß mit ihm an. »Heißt das, du hast vor, in Dublin zu bleiben?«

»Ich denke schon. Zumindest für die nächste Zeit.«

»Und wie seid ihr mit der Arbeit am Haus vorangekommen?«

»Ganz gut. Doch dann hat uns das Wetter einen Strich durch die Rechnung gemacht.«

»Und jetzt ist Romy eingeschneit«, sagte Danny nachdenklich. »Zusammen mit deinem Bruder.«

»Tja, das tut mir auch leid«, meinte Kit. »Doch als ich vorhin mit ihr gesprochen habe, wirkte sie eigentlich ganz fröhlich. Ich glaube, Romy lässt sich so leicht nicht unterkriegen.«

»Richtig.« Danny lächelte.

»Wohin wolltest du denn heute Abend?« Kit schenkte sich Wein nach. Dannys Glas war noch nicht einmal zur Hälfte leer getrunken. »Ein heißes Date?«

»Nein, nur ein Party.«

»Oh, eine Party. Klingt gut.« Kit nahm einen großen Schluck und wartete darauf, dass Danny ihn einlud mitzukommen.

»Ich würde dich ja mitnehmen, aber ich bin von jemandem eingeladen worden, deshalb …«

»Kein Problem«, unterbrach Kit ihn. »Kommt dein Ex, dieser Wichser, auch?«

Danny wich zurück. »Paul? Nein, er kommt nicht.«

»Schön, freut mich zu hören.« Kits Sprache war schleppend geworden. »Mit wem gehst du denn zu der Party? Hast du einen Neuen?«

»Es ist nur ein Freund«, antwortete Danny kühl und warf einen Blick auf seine Uhr. »Ich glaube, ich muss mich langsam fertig machen.«

Kit sah ihn unglücklich an. »Musst du wirklich weg? Warum bleibst du nicht hier und betrinkst dich mit mir? Bei dem Wetter jagt man doch keinen Hund vor die Tür.«

Danny zögerte. Doch dann sagte er: »Tut mir leid, aber ich werde erwartet.« Er leerte sein Glas, stellte es auf den Tisch und stand auf. »Trink in Ruhe aus, wenn du magst.«

»Ach, komm«, bettelte Kit. »Bei der Kälte willst du doch nicht rausgehen. Oder hast du vor, jemanden aufzureißen?«

»Das geht dich nichts an.«

»Wenn nicht, könntest du doch genauso gut hierbleiben und dich mit mir besaufen. Oder wir gehen wieder in die Kneipe an der Ecke.«

Danny seufzte. »Kit, ich bin nicht Romy. Ich lasse nicht alles stehen und liegen, nur weil du dir leidtust und aufgerichtet werden möchtest.«

Kit fuhr zusammen. So bestimmt hatte er Danny noch nie erlebt. Doch irgendwie gefiel es ihm. »Ich tue mir nicht leid. Ich bin dabei zu feiern.«

»Tatsächlich? Den Eindruck habe ich nicht. Wie auch immer, ich habe keine Zeit, hier herumzustehen und mich mit dir zu streiten. Ich ziehe mich jetzt um. Bleib so lange, wie du willst.« Danny machte kehrt und lief in Richtung Bad.

Als er verschwunden war, goss Kit sich den restlichen Wein ein und trank weiter. Allmählich fühlte er sich leicht benebelt. Er streifte sein Jackett ab und streckte sich auf dem Sofa aus. Dort lag er noch, als Danny zurückkam, in schwarzer Jeans und schwarzem Polo-Pullover. Sein dichtes Haar war vom Duschen noch feucht. *Verdammt*, dachte Kit. Danny sah großartig aus. Er beobachtete, wie Romys Bruder umherlief, Schlüssel und Brieftasche zusammensuchte und einsteckte. Die schwarze Kleidung betonte das dunkle Haar, die dunklen Augen und den blassen Teint. Danny wirkte geschmeidig und elegant wie ein Panther – beinahe gefährlich.

»Willst du das tatsächlich tragen?«, fragte Kit und deutete mit dem Weinglas in Dannys Richtung.

»Ja, warum? Stimmt was nicht?«

Stimmt alles hundertprozentig, dachte Kit, sagte jedoch: »Damit ziehst du niemanden an Land.«

»Was?« Danny sah ihn verdutzt an. »Was gefällt dir denn nicht?«

»Du siehst aus, als müsstest du in einem zweitrangigen Film den Einbrecher spielen. Aber falls du dir einen heißen schwulen Mann angeln willst ...«

»Was weißt du schon davon«, fiel Danny ihm verärgert ins Wort.

»Oh, eine Menge.« Kit stand auf, trat zu Danny und drängte ihn mit seinem Körper an die Wand. »Das zum Beispiel.« Er nahm Dannys Gesicht in die Hände, küsste ihn hart auf den Mund und drückte ihn gegen die Wand.

Einen Moment lang war Danny so verdattert, dass er reglos verharrte und die Lippen zusammenkniff. Dann jedoch durchzuckte es ihn, und er stieß Kit von sich. »Lass das«, fauchte er. »Was soll das?«

»Entschuldige.« Kit trat einen Schritt zurück. »Hat es dir nicht gefallen?«

»Selbst wenn.« Danny sah fort. »Das kann ich Romy nicht antun.«

»Romy?« Kit lachte erleichtert auf. »Das ist doch nur zum Schein. Romy und ich sind nicht zusammen.«

»Nein?«

Kit schüttelte den Kopf. »Nein.«

»Ihr habt nie ...«

»Ich habe nie mit ihr geschlafen.«

»Auch sonst mit keiner Frau?«

»Seit ich achtzehn war nicht mehr.«

»Dann bist du also schwul?«

»Habe ich das nicht gerade gesagt?« Kit neigte sich zu Danny vor. Diesmal küsste er ihn sanft und behutsam. Danny entspannte sich, legte seine Arme um Kit und öffnete die Lippen. Ihre Zungen stießen aufeinander, umspielten sich, ihre Küsse wurden leidenschaftlich.

»Mann«, sagte Danny atemlos, als Kit an seinem Hals saugte. »Ich glaube, ich hab's begriffen.«

»Ich kann dir noch mehr erzählen«, flüsterte Kit und glitt mit den Händen unter Dannys Pullover. »Willst du es hören?«

»Ich bin ganz Ohr.«

Kit streifte Danny den Pullover ab, küsste seine Brust, leckte und saugte an den Brustwarzen.

»Verdammt«, keuchte Danny. »Du weißt wirklich, wovon du redest.«

»Und du bist ein guter Zuhörer.« Kit lächelte an Dannys Brust und küsste sich zu dessen Bauch hinunter. Dann kniete er sich hin und löste Dannys Gürtel.

»Ich komme zu spät«, stieß Danny hervor. Kit zog den Reißverschluss seiner Jeans auf und strich über die Erhebung in Dannys Boxershorts. Danny stöhnte auf.

»Vergiss die Party«, sagte Kit. »Du hast dir doch schon jemanden geangelt.«

Nach dem Abendessen legte Romy ihr schlafendes Baby in sein Körbchen. Um Luke nicht zu wecken, trug ihn sie vorsichtig ins Wohnzimmer. Anschließend zog sie das Sofa leise zurück. Ethan kam mit der Matratze und legte sie vor den Kamin. Die beiden Heizöfchen hatten sie in jeweils in einer Zimmerecke aufgestellt, sodass sie, zusammen mit dem Kaminfeuer, den ganzen Raum wärmten. In der Zeit, in der

Romy in der Küche abwusch, machte Ethan ihr Bett mit Laken, Kissen und Decken zurecht. Romy fand, dass ein Mann, der ihr das Bett machte, etwas sehr Aufregendes hatte, selbst wenn er es nur tat, um sie vor Unterkühlung zu schützen, und nicht, um wie ein Wüstling über sie herzufallen.

»Sieht doch kuschelig aus«, sagte er, trat einen Schritt zurück und begutachtete sein Werk. »Tja, dann«, sagte er. »Bist du schon reif fürs Bett?«

»Ich glaub schon, ich fühle mich ziemlich gerädert.« Aus irgendeinem Grund gingen sie mit einem Mal steif und verlegen miteinander um.

»Tja, ich mich auch. Na, dann mache ich mich mal zum Schlafen fertig.«

Ethan verschwand in sein Zimmer. Romy rannte ins Bad und putzte sich rasch die Zähne. Dann stürzte sie in ihr Zimmer, zog sich mit fliegenden Händen aus und streifte ihren Schlafanzug über. Sie wollte im Bett liegen, bevor Ethan zurückkam. Als sie über den Flur sauste, hörte sie ihn im Bad. Im Nullkommanichts war sie auf ihrer Matratze. Als sie die Decke über sich zog, kehrte er in T-Shirt und Boxershorts ins Wohnzimmer zurück und wirkte erstaunt, sie schon im Bett zu sehen.

»Ich lege noch mal Holz nach«, sagte er, bückte sich und nahm ein paar Scheite auf, die gleich darauf funkensprühend in den Flammen knisterten und knackten. »Das wird bis zum Morgen reichen.« Er richtete sich auf. »Soll ich das Licht ausmachen?«

Romy nickte. »Gute Nacht«, sagte sie, schloss die Augen und drehte sich zum Feuer hin.

»Gute Nacht.« Sie hörte, dass er zum Sofa ging, und wartete darauf, dass die Federn unter seinem Gewicht quietschten. Doch nichts dergleichen geschah.

»Romy?«, fragte er leise. Die Stimme kam ganz aus der Nähe. Romy drehte sich um. Ethan stand an ihrem Lager und schaute auf sie herab.

»Ja?«, flüsterte sie mit klopfendem Herzen.

»Würde es dir etwas ausmachen, wenn ich auch hier schlafe?« Er deutete auf die Matratze.

»Oh. Oh nein, natürlich nicht.« Sie schlug die Decke zurück, machte ihm Platz und drehte sich von ihm fort. *Lieber Gott, erschieß mich*, ging es ihr durch den Kopf. Wie sollte sie eine Nacht an seiner Seite überstehen, ohne ihn zu berühren, ohne von ihm berührt zu werden? Aber sie konnte ihn doch nicht wegschicken. Das Sofa war furchtbar unbequem, erst recht für jemanden, der so groß war wie Ethan, und sie hatte doch so etwas wie ein französisches Bett. Sie könnte höchstens aufstehen, sich in einem anderen Zimmer in ihren Schlafsack legen und an Unterkühlung sterben. Sie spürte, wie die Matratze nachgab, dann seinen warmen Körper an ihrem Rücken. »Gute Nacht«, wisperte sie, kniff die Augen zusammen und betete um sofortigen Schlaf.

»Gute Nacht«, flüsterte Ethan. Zu ihrem Erstaunen beugte er sich über sie, und dann spürte sie seinen warmen Mund auf ihrer Wange. Als seine Lippen kurz verharrten und dann zu ihrem Kinn wanderten, züngelten in ihrem Inneren kleine Flammen der Lust auf. Als er sich wieder zurücklegte, fühlte sie sich verlassen wie noch nie in ihrem ganzen Leben, und sie krallte die Hände in die Matratze, um sich nicht zu ihm umzudrehen und ihn zu packen.

Wie erleichtert sie war, als er dichter an sie heranrückte. Seine Finger glitten durch ihr Haar, so leicht, dass sie nicht sicher war, ob sie es sich vielleicht nur einbildete. Doch dann war die andere Hand da, kroch unter ihre Schlafanzugjacke und strich zart über ihre Haut.

»Romy?«, fragte er heiser. »Du bist nicht wirklich mit Kit zusammen, oder?«

Romy stellte fest, dass sie den Atem angehalten hatte. »Nein«, brachte sie hervor. Sie würde ihm alles erzählen, wenn das bedeutete, dass er sie weiterhin berührte. Vielleicht sollte er sich dem Geheimdienst anschließen, schoss es ihr durch den Sinn. Er würde jede Spionin zum Reden bringen.

»Gott sei Dank.«

Seine warme Hand streichelte ihre Hüfte. Als er ihren Körper sachte an sich zog, merkte sie triumphierend, wie hart er geworden war. Inwendig führte sie einen Freudentanz auf, überglücklich, weil er sie ebenfalls begehrte. Oder er brauchte einfach Sex, und sie war gerade zur Hand – aber auch das wäre ihr im Moment egal. Sämtliche Lustpartikel ihres Körpers marschierten in einem Siegeszug und schwenkten bunte Fahnen. Der Anlass war ihnen ganz gleich.

Er beugte sich wieder über sie, seine Lippen fanden ihren Mund. Er küsste sie sanft und sinnlich, fuhr mit der Zunge an ihrer Unterlippe entlang. Dann zog er sich leicht zurück, doch sie spürte seinen Atem auf ihrer Wange. »Ist das in Ordnung?«, wisperte er. Romy nickte und drehte sich zu ihm herum. Sie wollte ihm zeigen, *wie sehr* es in Ordnung war. Der Raum wurde nur von dem Kaminfeuer erhellt, doch sie fand Ethan schöner denn je. Sein Gesicht war voller Verlangen und wurde vom Schein der Flammen in goldenes Licht getaucht.

»Ist es dir warm genug?«, fragte er mit rauer Stimme. »Können wir das ausziehen?« Er nahm den Saum ihrer Schlafanzugjacke. »Ich möchte dich sehen.«

Sie nickte. Er zog die Decke zurück, streifte ihr zuerst

die Schafanzugjacke und dann die Hose ab. Sie war nackt. Eine Zeitlang betrachtete er sie im Licht der zuckenden Flammen und verfolgte, wie seine Hand ihren Körper erkundete, streichelte ihre Brüste, die leichte Wölbung ihres Bauchs, ihre Hüfte. Währenddessen gestand er ihr, wie wunderschön er sie fand und wie sehr er sie wollte, bis Romy dachte, dass sie den Verstand verlieren würde, wenn er sie nicht küsste.

Dann küsste er sie, seine Hand glitt zwischen ihre Schenkel, und als er merkte, wie feucht sie war, stöhnte er an ihrem Mund. Er küsste sie überall, knabberte, leckte und saugte, an ihrem Bauch, ihren Brüsten, an den weichen Innenseiten ihrer Schenkel, bis er zuletzt ihre intimste Stelle erreichte. Wogen der Lust stiegen in ihr auf, wurden höher und höher, bis sie ihren Gipfel erreichten und sie sich aufbäumte, wie von einem unsichtbaren Faden gezogen, und von schmerzhafter Süße eingehüllt wurde. Dann sank sie zurück, war wieder auf der Erde und spürte die Nachbeben.

»Mein Gott, wie fantastisch du bist«, sagte Ethan keuchend und nahm sie in die Arme.

»Das war ... das war himmlisch«, brachte Romy hervor und hätte vor Dankbarkeit weinen mögen. Sicher, sie hatte eine lange Zeit der Abstinenz hinter sich, aber das, was sie gerade erlebt hatte, wäre ganz gleich unter welchen Umständen überwältigend gewesen.

Als sie spürte, wie hart er noch war, zerrte sie seine Boxershorts herunter. Sein steifes Glied sprang hervor. Sie strich über die seidige Haut und wünschte, er würde in sie eindringen, doch dann fiel ihr ein, dass sie nichts dabeihatten. Sie war schon im Begriff tiefer zu rutschen und sich bei ihm zu revanchieren, als er sich plötzlich aufsetzte.

»Eine Sekunde«, sagte er, küsste sie rasch, sprang auf und verschwand. Wenig später kehrte er mit einem großen Blister-Streifen zurück.

»Du hast Kondome«, stieß sie atemlos hervor und hätte vor Freude in die Hände klatschen können.

»Ich hatte so eine Ahnung.« Ethan grinste, drückte ein Kondom heraus und rollte es über seinen Penis. Im nächsten Augenblick war er wieder im Bett. Er schob ihre Beine auseinander. Dann drang er in sie ein, und die nächsten Wellen der Lust schlugen über ihr zusammen.

»Ist das dein Ernst?«, fragte Kit. »Du wolltest mit einem einzigen Kondom ausgehen? Sehr viel hast du dir von der Party aber nicht versprochen.«

»Im Notfall hätte ich mir noch welche besorgt«, verteidigte sich Danny. »Wieso hast du denn keine?«

»Ich ... ich habe so was wie eine Durststrecke hinter mir«, bekannte Kit widerwillig und fuhr mit der Hand durch sein Haar. »Aber lenk nicht ab: Du wolltest auf eine Party – mit *einem* Kondom!«

Danny seufzte. »Wir sind eine Schande für die Schwulenwelt.«

»Wenn einer dahinterkommt, werden wir ausgestoßen«, sagte Kit.

Zur zweiten Runde waren sie in Kits Wohnung gegangen. Als sie im Bett lagen, hatten sie festgestellt, dass ihre Ressourcen mit Dannys einzigem Kondom erschöpft waren. Sie setzten sich auf und beklagten ihr Schicksal.

»Mist.« Danny schlug vor Ärger auf die Bettdecke. »Schau noch mal ganz genau nach. Hast du sämtliche Taschen durchsucht?«

»Ich habe alles auf den Kopf gestellt, da ist nichts.« Kit

barg das Gesicht in den Händen und seufzte. Dann richtete er sich abrupt auf. »Da fällt mir etwas ein. Hier im Haus wohnt eine nette Dame, die Kondome hat.« Mit verschmitztem Lächeln drehte er sich zu Danny um.

Danny sah ihn verwirrt an, doch dann dämmerte es ihm. »Kommt nicht infrage«, sagte er. »Du kannst May nicht um Kondome bitten.«

»Warum denn nicht? So macht man das doch unter Nachbarn. Man borgt sich aus, was man nicht hat, aber braucht.«

»Ja«, entgegnete Danny. »Dinge wie ein Ei, eine Tasse Zucker … zur Not vielleicht noch eine Rolle Klopapier.«

»Und warum kein Kondom?« Kit gab Danny einen kleinen Tritt. »Aber *du* musst sie fragen.«

»Was? Warum ich?«

»Weil sie sonst denkt, dass ich Romy betrüge. May glaubt doch, dass wir zusammen sind, und weiß, dass Romy nicht da ist.«

»Sie ist *deine* Nachbarin, ich kenne sie doch kaum.«

»Umso besser. Ich begegne ihr jeden Tag, du dagegen siehst sie so gut wie nie.«

»Verdammt.« Mit einem Seufzer schlug Danny die Decke zurück und stieg aus dem Bett. »Und was soll ich sagen?« Er kleidete sich wieder an.

»Dass du zu einer Party gehen willst und nur ein Kondom bei dir hast. Ich glaube, May weiß, dass du schwul bist, sie wird das verstehen.«

»Sehr witzig.« Danny lachte, schlüpfte in seine Schuhe und ging zur Tür.

»Bring viele mit«, rief Kit ihm nach. »Morgen besorgen wir ihr neue. Oh, und schau, dass welche mit Geschmack darunter sind – Schokolade wäre mir am liebsten.«

Am nächsten Morgen wurde Romy früh wach. Ethan hielt sie umschlungen, warm und schwer, schlief jedoch noch tief und fest. Sie drehte ihren Kopf zum Kaminfeuer um. Das Holz war größtenteils zu Asche verbrannt, nur hier und da glühte noch ein Stückchen. Vorsichtig befreite sie sich aus Ethans Armen, kroch aus dem Bett und schlüpfte in ihren Schlafanzug. Errötend erinnerte sie sich an den Moment, als Ethan ihn abgestreift hatte. Er hatte ihre nackte Haut geküsst, an ihren Brustwarzen und ihrer Klitoris geknabbert, dann war seine Zunge in ihr gewesen, seine Finger und schließlich sein großer wunderschöner Schwanz. Stundenlang hatte er sie erregt. Es war die reine Folter gewesen, doch danach hatte er sie zu den explosivsten Orgasmen ihres Lebens geführt. Sie erschauerte und musste sich zwingen, ihn nicht zu wecken und wieder von vorn anzufangen.

In der Nacht hatte sie kaum geschlafen, und doch fühlte sie sich wundervoll lebendig. Sex war eindeutig erholsamer als Schlaf. Sie zog ihre Strickjacke über und tappte lautlos zu Lukes Körbchen. Als sie sah, dass auch er noch schlief, ging sie auf Zehenspitzen in die Küche und stellte die Kaffeemaschine an. In der Zeit, in der sie allein war, ließ sie die Ereignisse der vergangenen Nacht noch einmal Revue passieren und lächelte selig, als ihr die Laute einfielen, die Ethan von sich gegeben hatte, als er in sie stieß, sein lustvolles Stöhnen, ein leises Wimmern der Begierde und zum Schluss die Seufzer der Befriedigung.

Erst als sie langsam von ihrem Sexrausch herunterkam, begannen die Fragen. Hatte Ethan sich schon von Anfang an eine solche Nacht mit ihr ausgemalt? Wann hatte er am vergangenen Abend beschlossen, einen Vorstoß zu wagen? Als er das Bett machte? Vorher? Hätte er den Vorstoß auch gemacht, wenn sie hier nicht festgesessen hätten? Oder war es eher zufällig geschehen: Er wollte Sex, und sie war die einzige Frau in der Nähe. Und dann die brennendste Frage von allen: Dachte er an eine Wiederholung, oder war die vergangene Nacht ein einmaliges Sonderangebot gewesen?

Mit einem Mal wurde Romy unsicher. Sie wollte wissen, wo sie und Ethan standen. Hatte Kit nicht erzählt, Ethan lege keinen Wert auf etwas Ernstes, dass ihn nur Gelegenheitssex interessiere? Was wäre, wenn sie es noch mal tun wollte? Würde er sie dann lästig finden? Und was wäre, wenn sie es noch viele Male wollte? Was war mit dem kommenden Abend? Würde er davon ausgehen, dass sie wieder zusammen schliefen? Fragen über Fragen. Ihr schwirrte der Kopf.

Sie musste sofort aufhören, sich verrückt zu machen. Als der Kaffee fertig war, goss sie sich einen Becher ein, lehnte sich an den Küchenschrank, trank und schaute aus dem Fenster. Draußen lag immer noch hoher Schnee, und die ersten Flocken tanzten schon wieder in der Luft. Sie würden hier noch mindestens für einen Tag eingesperrt sein. Diesen Tag konnte sie nicht im Ungewissen verbringen, konnte nicht fortwährend überlegen, was am Abend passieren würde. Es würde nicht lange dauern, und sie wäre ein Nervenbündel.

Romy entschied, sobald Ethan wach war, würde sie die Situation ansprechen. Sie würde ihm klarmachen, dass sie nichts von ihm erwartete, jedoch wissen wolle, woran sie war, ganz gleich, was sich daraus ergab. Sie würde direkt und ehrlich sein, sich wie ein erwachsener Mensch benehmen. Wenn ihm ein One-Night-Stand genügte, fein. Nein, nicht fein – bei dem Gedanken wäre sie fast in Tränen ausgebrochen –, aber selbst wenn, sie würde damit umgehen können. Lediglich die Ungewissheit, die konnte sie nicht ertragen.

Als sie sich umdrehte, stand Ethan im Türrahmen, mit freiem Oberkörper, und sie konnte nur daran denken, wie schön er war.

»Guten Morgen«, sagte er mit trägem Lächeln.

Oh Gott, sie wollte ihn ablecken. Sie spürte, wie sie inwendig schmolz und all ihre Vorsätze dahinschwanden. *Reiß dich zusammen*, befahl sie sich. *Du musst das jetzt klären.*

»Hallo«, sagte sie, trug ihren Becher zum Spülbecken und wusch ihn aus. Sie blieb mit dem Rücken zu Ethan stehen und versuchte, Haltung zu wahren. Dann holte sie tief Luft und wandte sich zu ihm um. »Haben wir jetzt Sex?«, fragte sie.

Ethan lachte überrascht auf. »Ähm, na ja.« Er kratzte sich am Kopf und lächelte sie schläfrig an. »Klar. Nur…« Er zögerte. »Könnte ich vorher noch einen Teller Coco Pops essen?« Er zeigte auf den Küchenschrank. »Um bei Kräften zu bleiben und so.«

»Oh nein«, sagte sie erschrocken und wurde rot. »Ich habe nicht… Ich meinte nicht… Also nicht sofort. Ich dachte eher in der erweiterten Gegenwart.« Oh Gott, was redete sie denn da? Und er stand nur da und lächelte sie an. Warum sagte er nichts? »Ich wollte es einfach wissen«, setzte sie tapfer hinzu. »War die letzte Nacht eine einmalige Angelegenheit oder… Ich meine, es wäre okay, so oder so.«

Auf seiner Stirn bildete sich eine kleine Furche. Er trat einen Schritt auf sie zu. »Heißt das, es wäre dir egal? Das ist nicht sehr schmeichelhaft.«

»Oh nein, das wollte ich damit nicht sagen. Ich dachte nur… kein Druck oder so. Wenn es nur ein One-Night-Stand war, dann…«

Ethan unterbrach sie. »Dir ist doch klar, dass das nicht nur von mir abhängt, oder?«

»Ja, sicher, ich wollte nur wissen – wie du das siehst.«

»Was mich angeht, ich bin dafür.«

»Wofür?«

»Dass wir Sex haben – in der erweiterten Gegenwart.«

Romy lächelte und wurde ganz schlaff vor Erleichterung. Sie hatte gar nicht gemerkt, wie angespannt sie war.

»Und was ist mit dir?«, fragte er.

»Ich bin auch dafür.«

»Wofür?«

»Sex in der erweiterten Gegenwart.«

Er grinste. »Dann ist es also ein einstimmiger Beschluss.« Er legte eine Hand auf ihre Wange, beugte sich zu ihr herab und küsste sie. Die andere Hand stahl sich unter ihre Schlafanzugsjacke und umfasste eine Brust.

»Was ist mit den Coco Pops?«, hauchte sie. Ethan knabberte an ihrem Hals.

»Die können warten.«

»Musst du nicht bei Kräften bleiben?«

»Ich schaffe das«, murmelte er zwischen zwei Küssen.

Romy spürte seine Erektion. »Das ist offenkundig«, sagte sie. »Möchtest du es wirklich jetzt tun? Ohne Frühstück und alles?«

»Nichts geht über die Gegenwart, erweitert oder nicht.«

»Woher kannst du das alles?«, fragte sie später, als sie wieder aneinandergeschmiegt auf der Matratze vor dem Kaminfeuer lagen. »Du bist ein Teenager. Von solchen Dingen dürftest du doch noch gar keine Ahnung haben.«

Ethan grinste und malte ein Muster auf ihren Schenkel. »Ich habe die Anatomieprüfung mit Eins bestanden.«

»Das merkt man.« Sie setzte sich auf und reckte sich zufrieden. »Ich weiß nicht, wie es bei dir aussieht, aber nach all der Anstrengung habe ich einen Bärenhunger. Ich muss was essen.«

»Ich auch. Ich bin kurz vorm Verhungern.«

Sie wandte sich zu ihm um. »Du willst aber nicht wirklich Coco Pops zum Frühstück, oder?«

»Doch. So was nenne ich Heldenfrühstück.«

Romy verdrehte die Augen. »Ich nenne es eher eins für Fünfjährige. Ich komme mir wie eine Kinderschänderin vor.«

»Ich schätze, wir kommen ins Guinness-Buch der Rekorde«, sagte Danny am nächsten Morgen, als er und Kit ineinander verschlungen im Bett lagen.

»Wusstest du denn nicht, dass ich schwul bin?«, fragte Kit und strich über Dannys Haar. »Hattest du nicht mal einen Verdacht?«

»Nein, nicht im Geringsten. Weiß Romy das auch?«

»Ich habe es ihr nicht direkt gesagt, aber ich glaube, sie hat es erraten. Sie hat einen Radar für Schwule. Ich nehme an, das verdankt sie dir.«

»Mir gegenüber hat sie nie auch nur die kleinste Andeutung gemacht.«

»Aus Rücksicht«, vermutete Kit. »Sie weiß, dass ich mich noch nicht geoutet habe.«

Danny rückte ein Stück von ihm ab und runzelte die Stirn. »Und warum nicht?«

Kit seufzte. »Weil ... es sich nicht ergeben hat. Ich war schon in New York, als ich gemerkt habe, dass ich schwul bin. Insofern gab es keinen Grund, es meiner Familie zu sagen. Mein Leben drüben war meine Angelegenheit.«

»Meinst du nicht, sie hätten es freundlich aufgenommen?«

»Der Witz ist, dass ich sogar sicher bin, dass sie es getan hätten. Nur gab es zu Anfang keine Notwendigkeit, es ihnen zu sagen, und mit der Zeit ist es immer schwieriger geworden. Ich dachte, es würde sie kränken, dass ich so lange geschwiegen habe – als hätte ich kein Vertrauen zu ihnen. Irgendwie habe ich es mir verbaut.«

»Dann ist Romy also so etwas wie deine *Tarnung*«, sagte Danny so erstaunt, als hätte er solche Versteckspiele bisher nur im Film erlebt und könnte sie beim besten Willen nicht nachvollziehen.

»Im Grunde schon, ja.«

»Hattest du in New York auch solche Beziehungen? Mit Frauen, die nur zum Schein deine Freundin waren?«

»Ich hatte nur solche Beziehungen.« Kit seufzte. »Ich habe an der Wall Street gearbeitet, das ist ein absolutes Macho-Milieu. Eine gnadenlose Welt. Da braucht man keine … Komplikationen. Wenn du Geschäfte machen willst, musst du so tun, als wärst du ein knallharter Macher, so wie die anderen auch.«

»Das ist mir zu hoch«, sagte Danny trocken.

»Das glaube ich dir.« Kit gab Danny einen sanften Kuss auf die Stirn. »Das ist eins der Dinge, die ich an dir mag.«

»Was, dass ich es nicht kapiere?«

»Dass du nicht vorgibst etwas zu sein, das du nicht bist.«

In dem Augenblick summte Dannys Handy. Er tastete nach der Jeans auf dem Fußboden, zog das Handy aus einer Tasche und las die Nachricht.

Kit schlug die Bettdecke zurück und stieg aus dem Bett. »Ich mache uns Kaffee«, sagte er und schlüpfte in Jeans und Pullover.

»Bin gleich bei dir.« Lächelnd tippte Danny eine Antwort ein.

»Was möchtest du zum Frühstück?«, fragte Kit, als Danny in die Küche kam. »Spiegeleier? Croissants?«

»Ich dachte, wir könnten vielleicht zum Brunch gehen.«

»Auch gut.« Kit zuckte mit den Schultern. Draußen lag zwar noch Schnee, doch es war ein klarer, sonniger Morgen, und es hatte aufgehört zu schneien. Er hatte nichts gegen einen kleinen Spaziergang. »Wohin möchtest du denn?«

»Einige der Freunde, die ich gestern treffen wollte, sind auf dem Weg ins Odessa. Was hältst du davon? Dort gibt es ganz fantastische Huevos Rancheros.«

Kit grinste schief. »War derjenige sauer, dass du nicht auf der Party warst?«

Danny lächelte. »Als ich ihm den Grund genannt habe, war er es nicht mehr.«

Kit sah ihn betroffen an. »Aber du hast mich doch nicht erwähnt, oder?«

»Ich habe lediglich erklärt, dass ich jemanden gefunden habe.«

»Hast du gesagt, wen?«

»Nein. Aber selbst wenn, meine Freunde kennen dich doch gar nicht.«

»Und du sagst es auch niemandem, okay?«

»Sonst noch was?«, fragte Danny leicht gereizt.

»Ich meine, du verrätst mich doch nicht, oder?«, ergänzte Kit unsicher.

»Keine Sorge.« Danny Mund kräuselte sich verächtlich. »Dein Geheimnis ist bei mir sicher aufgehoben.«

Danny machte kehrt und stürmte ins Bad. Kit schaute

ihm verwirrt nach. Als Danny aus dem Bad kam, war er vollständig angekleidet, streifte seine Winterjacke über und war offenbar im Begriff, die Wohnung zu verlassen. Kit stellte sich ihm in den Weg.

»He«, sagte er. »Was hast du vor?«

»Ich treffe mich mit meinen Freunden im Odessa«, entgegnete Danny kühl. »Ich nehme an, du kommst nicht mit.«

»Ich kann nicht, das weißt du doch.«

»Warum kannst du nicht?«

»Weil ... sie dann wissen, dass ich es war, mit dem du die Nacht verbracht hast. Warum bleibst du nicht hier?« Kit legte eine Hand auf Dannys Schulter. »Ich kann dir auch Huevos Rancheros machen.«

»Ich lege keinen Wert darauf, jemandes schmutziges kleines Geheimnis zu sein, kapiert?«

»Ich habe dir *gesagt*, dass ich mich noch nicht geoutet habe. Was hast du denn erwartet? Warum verstehst du das nicht?«

»Und warum hast du dich noch nicht geoutet?«

»Herrgott noch mal, hast du denn von dem, was ich dir vorhin erklärt habe, kein Wort mitgekriegt?«

»Doch, Kit, aber du arbeitest nicht mehr an der Wall Street. Warum also diese Täuschungsmanöver und die Scheinfreundin?«

Kit hob die Hände und ließ sie wieder sinken. »Weil es das Leben einfacher macht.«

»Wessen Leben?«

»Schau, Danny«, begann Kit versöhnlich. »Ich mag dich wirklich. Für mich war die Nacht keine einmalige Angelegenheit. Ich möchte mit dir zusammen sein.«

»Nur leider nicht in der Öffentlichkeit?«

Kit schaute zu Boden. »Ja.«

Danny verzog das Gesicht. »Tut mir leid, Kit, aber das läuft bei mir nicht.«

Mit Riesenschritten durchquerte er die Küche. Gleich darauf fiel die Wohnungstür mit einem Knall ins Schloss. Kit trat ans Fenster und beobachtete, wie Danny sich entfernte, der Mann, der all das verkörperte, was er bewunderte und liebte, nämlich Aufrichtigkeit, Integrität und Kompromisslosigkeit.

23

Anfangs hätte Romy etwas darum gegeben, dass der Schnee schmolz, doch jetzt wünschte sie, er bliebe ewig liegen. Jeden Morgen lief sie als Erstes zum Fenster, vergewisserte sich, dass draußen noch alles weiß war, und betete, dass das Tauwetter sich noch ein wenig Zeit ließ. Es war so schön, nur mit Ethan und Luke in ihrem kleinen Kokon zu leben und von der Außenwelt abgeschnitten zu sein. Am Tag führten sie und Ethan am großen Haus die Arbeiten aus, die sie trotz des Wetters erledigen konnten, spielten mit Luke, tummelten sich mit ihm im Schnee und liebten sich. Sie kochten, aßen und führten stundenlange Gespräche. Da der Boiler noch immer nicht funktionierte, setzten sie große Töpfe Wasser auf, füllten die Wanne im Bad und badeten zusammen. Für Romy war es, als verbringe sie eine traumhaft schöne Ferienzeit. Sie hatte Angst, dass diese Zeit mit dem Schnee dahinschmelzen würde und sie irgendwann wieder in der grauen Wirklichkeit landete. Sie wusste, dass Ethan sich nicht binden wollte, und hatte sich damit abgefunden. Doch sie genoss ihre gemeinsame Zeit so sehr, dass sie sich wünschte, sie würde noch für eine Weile halten. Sie hatte Sex mit einem fantastischen, unkomplizierten Mann, der sie offenbar ebenso begehrte wie sie ihn, und sie konnte sich nicht erinnern, wann sie zum letzten Mal so glücklich gewesen war – und so viel Sex gehabt hatte.

Dennoch hatte sie bei dem Gedanken an Kit Gewissensbisse.

»Bitte, sag es Kit nicht«, bat sie Ethan eines Abends, als sie im Bett lagen. »Ich meine, dass ich dir erzählt habe, dass ich nicht wirklich seine Freundin bin.«

Ethan zog die Brauen zusammen. »Na schön«, entgegnete er. »Obwohl ich mir das ohnehin schon gedacht hatte.«

»Ja aber, wie bist du darauf gekommen?«

Ethan lächelte. »Sagen wir es mal so: Ich glaube nicht, dass du sein Typ bist.«

»Danke.« Romy knuffte ihn in die Seite. »Wie nett.«

Ethan strich ihr eine Haarsträhne aus dem Gesicht. »Ich bin froh, dass du es nicht bist. Wenn ich seinen Typ sehe, tut sich bei mir gar nichts.«

»Warum? Ist Kit … ist er schwul?«

Ethan hob die Brauen. »Ich dachte eigentlich, die Antwort könntest *du* mir geben. Ich meine, warum hätte er dich denn sonst bitten sollen, nur zum Schein als seine Freundin aufzutreten?«

»Er hat es nie richtig begründet«, sagte Romy nachdenklich. »Er hat nur erklärt, er möchte nicht, dass die Leute in seinem Privatleben herumschnüffeln.«

»Und welchen Grund sollte es dafür geben? Außer dass er schwul ist.«

»Eigentlich keinen.« Sie wollte Ethan nicht sagen, dass Lesley Kit für ein Mitglied der BDSM-Gemeinde gehalten hatte. »Aber er hat sich nie geoutet, oder?«

»Nein. Aber Hannah und ich hatten so einen Verdacht. Einmal, als sie ihn in New York überraschend besucht hat, schien ein Typ bei ihm zu wohnen. Kit hat zwar versucht, dessen Anwesenheit zu erklären, doch Hannah ist stutzig geworden. Außerdem hat sie festgestellt, dass die Wohnung eindeutige Beweise enthielt, die er offenbar wegräumte, wenn einer von uns ihn besuchen kam.«

»Also doch.«

»Und die Freundinnen, die er hatte, wirkten allesamt unecht.«

»Oh, vielen Dank. Jetzt bin ich auch noch unecht.«

»Von dir habe ich nicht gesprochen.« Ethan lächelte sie an. »Ich glaube, als ihr damals zusammen wart, wusste Kit noch nicht, dass er schwul ist.«

»Armer Kit. Sich ständig zu verstellen muss sehr anstrengend sein.«

»Zweifellos.« Ethan seufzte. »Hannah und ich haben gehofft, nach seiner Rückkehr würde er sich outen. Wir sind der Meinung, dass es ihn glücklich machen würde, wenn er offen darüber spricht und er selbst sein kann.«

»Wart ihr deshalb an dem Thanksgiving-Dinner so sauer auf mich?«

»Das waren wir nicht … Na ja, Hannah vielleicht ein bisschen. Doch in erster Linie hat sie sich über Kit geärgert.«

»Trotzdem darfst du auch ihr nichts von dem hier erzählen.« Romy zeigte auf das Bett.

»Sprichst du von unserem Sexmarathon?« Ethan grinste wölfisch und küsste ihre Brüste.

»Ja. Davon darf niemand etwas erfahren, vor allem Kit nicht. Es muss unser Geheimnis bleiben.«

»Hm«, machte Ethan. »Wenn wir wieder in Dublin sind, dürfte das schwierig werden. Kit wohnt schließlich in deinem Haus.« Er knabberte an ihrem Hals.

»Heißt das …, dass du … weitermachen willst?«

»Logisch.« Als er ihren Hals mit kleinen Küssen bedeckte, spürte Romy seinen heißen Atem. Plötzlich hielt er inne und schaute sie an. »Du nicht?«, fragte er beunruhigt.

»Doch«, hauchte sie, schlang die Arme um ihn und zog ihn wieder zu sich herab.

Jungen Müttern wurde häufig geraten, dann zu schlafen, wenn ihr Baby schlief. Romy hatte diesen Ratschlag neu interpretiert. Bei ihr hieß es, dass man Sex haben sollte, wenn das Baby schlief. Sie dankte dem Himmel, dass Luke ein guter Schläfer war.

»Macht er jetzt ein Nickerchen?«, fragte Ethan mit funkelnden Augen, als Romy Luke in sein Körbchen gelegt hatte.

Romy lächelte. »Ja. Wenn wir Glück haben, bleibt uns eine ganze Stunde.«

»Perfekt.« Ohne auch nur eine Sekunde zu verschwenden, streifte Ethan seine Jacke ab, nahm Romy in die Arme und küsste sie. Um seine Hände zu wärmen, blies er darüber. Kurz darauf glitten sie unter Romys Pullover, fuhren über ihren Rücken, wanderten weiter und endeten auf ihren Brüsten. Sie hob seinen Pullover an. Ethan hielt inne. Sie streifte den Pullover über seinen Kopf. Sie küssten sich erneut. Romys Hände wanderten zum Bund seiner Jeans.

Ethan stöhnte. Für einen Moment löste er sich von ihr. »Bin gleich wieder da.« Während er ins Bad spurtete, trat Romy kribbelig von einem Fuß auf den anderen.

Als er mit dem Kondomkarton zurückkehrte, machte er ein langes Gesicht. Romy sah ihn verunsichert an und begriff nicht, weshalb er sich nicht wie sonst auf sie stürzte und sie aufs Bett warf. Sie hatten keine Zeit zu verlieren.

»Mist«, sagte Ethan und fuhr sich mit einer Hand durchs Haar. »Unsere Vorräte werden knapp.«

»Nie im Leben«, entgegnete Romy. »Heute Morgen hatten wir noch reichlich Milch im Kühlschrank. Außerdem haben wir noch jede Menge Essbares in der Gefriertruhe.

Mach dir keine Sorgen.« Zunehmend ungeduldig winkte sie ihn zu sich. *Er sollte endlich anfangen.*

Ethan schüttelte den Kopf. »Ich spreche nicht von Lebensmitteln.« Er schwenkte den Karton in seiner Hand. »Ich meinte die Kondome.« Er trat zu Romy. »Schau.«

»Oh.« Bestürzt spähte sie in den Karton, in dem sich noch ein einziges eingeschweißtes Kondom befand. »Ist das alles?«, fragte sie kleinlaut. *Das konnte doch gar nicht sein.*

»Leider«, antwortete Ethan geknickt. »Mir ist es auch gerade erst aufgefallen.«

»Oh nein.« Romy stöhnte. Wie hatte es denn dazu kommen können? Warum hatten sie mit den Kondomen so geprasst? Sie hatten sich wie Kaninchen auf Ecstasy benommen, ohne einen Gedanken an den nächsten Tag, und jetzt das. Sie konnten sich nur noch ein einziges Mal Sex leisten.

Ethan sah sie gequält an. »Das tut mir leid.«

»Das ist doch nicht deine Schuld. Es ist einfach … Oh, ich glaube, ich werde verrückt.«

»Möchtest du immer noch … Oder sollen wir es lieber für heute Abend aufheben?«

»Aber was ist, wenn die Straßen morgen immer noch nicht frei sind?«, rief sie mit steigender Panik. Sie wusste, dass sie sich nicht sehr würdevoll benahm, und wenn sie nicht so verzweifelt gewesen wäre, hätte sie sich deswegen sogar geschämt. Aber sie raste vor Verlangen. Ihre Libido hatte anscheinend den Platz ihres Verstandes eingenommen, probte den Aufstand und flüsterte ihr zu, dass es doch eine tolle Idee wäre, wenn sie sich durch den Schnee bis zur nächsten Drogerie durchkämpfte.

»Ich kann mich rechtzeitig rausziehen«, schlug Ethan vor.

Romy schürzte die Lippen. »Ist das nicht ein bisschen riskant?«

»Ich habe mich immer geschützt, Romy, und bin in meinem Job regelmäßig untersucht worden, ich weiß, dass ich gesund bin. Aber wenn du dich dabei unwohl fühlst …«

»Darum geht es nicht«, unterbrach Romy ihn. »Es geht darum, dass ich nicht die Pille nehme.«

»Oh. Okay, dann ist es tatsächlich riskant.«

»Hm.« Romy nagte an ihrer Lippe.

»Wir könnten es auf andere Weise machen«, sagte Ethan.

»Stimmt.« Romy lächelte befreit. »Aber was ist mit morgen … und übermorgen. Wenn wir dann immer noch eingeschneit sind, dann …«

»Pscht«, machte Ethan, küsste sie und streifte ihr den Pullover in einer einzigen Bewegung ab. »Darüber denken wir nach, wenn es so weit ist. Im Moment läuft uns die Zeit davon.«

»Alles klar?«, fragte er anschließend, als sie sich – klebrig vor Schweiß und anderen Körpersäften – in den Armen hielten.

Romy strahlte. »Oh ja. Mir geht's fabelhaft. Und dir?«

»Ich bin im siebten Himmel.«

»Die andere Weise, wie du das genannt hast, war klasse.« Romy schmiegte sich an ihn und legte ihren Kopf an seine Brust. »Hat es dir auch wirklich gefallen?«

»Und wie«, murmelte Ethan. »Hast du das nicht gemerkt?«

»Ich dachte, du wolltest nur nett sein.« Romy kicherte.

Als er leise lachte, bebte seine Brust. »Du bist lustig«, sagte er und fuhr mit den Fingern durch ihr Haar. »Ein Mann kann nicht viel vortäuschen.«

»Stimmt. Es ist nur ... Weißt du, ich habe das seit so langer Zeit nicht mehr getan ... Seit Lukes Vater nicht mehr. Und das zählt eigentlich gar nicht.«

»Wer war er?«, fragte Ethan, ehe er hastig hinzusetzte: »Du musst es mir nicht sagen.«

Romy stützte ihr Kinn auf seine Brust und schaute ihn an. »Leider gibt es dazu nicht viel zu sagen. Es war ein One-Night-Stand mit einem Fremden. Ich kenne nicht mal seinen Namen.«

Ethan strich über ihre Wange. »Beschäftigt dich das? Ich meine, dass du denjenigen nicht kennst.«

Romy seufzte. »Ich kann damit leben. Ich wünschte nur, ich könnte Luke später mehr über diesen Mann erzählen.«

»Weißt du schon, was du Luke sagen wirst?«

»Die Wahrheit. Ich werde ihm das Wenige, was ich über seinen Vater weiß, erzählen.«

»Und was ist das?«

»Dass er ein guter Mensch war«, sagte Romy, indem sie das wiederholte, was sie Luke manchmal abends vor dem Einschlafen erzählte. »Er war mitfühlend. Und sehr freundlich, als er gemerkt hat, dass es mir nicht gut ging.«

Luke war noch zu klein, um auch nur ein einziges Wort ihrer abendlichen Geschichte zu verstehen, doch Romy hoffte, dass seine Psyche sie auf geheimnisvolle Weise in sich aufnahm. Seit dem Moment, als sie erkannt hatte, dass sie schwanger war, hatte sie sich immer wieder jedes Detail jener Nacht in Erinnerung gerufen und jedes Wort analysiert, um festzustellen, was es ihr über den Vater ihres Kindes verriet. All das gab sie an Luke weiter, sodass daraus inzwischen so etwas wie ein Märchen geworden war – mit einem geheimnisvollen Fremden, einem heilenden Kuss und einem Kind als Geschenk. »Du hast einen guten Vater,

Luke«, erzählte sie ihrem Baby, während sie seine samtweiche Wange streichelte. »Er war noch jung, aber sehr klug, und er hatte ein gutes Herz. Er wusste, wie es ist, wenn man leidet. Ich habe ihm mein schlimmstes Geheimnis anvertraut, und doch hat er mich geküsst.«

»Viel ist es nicht«, sagte sie.

Ethan strich über ihr Haar. »Für einen One-Night-Stand scheint es mir eine ganze Menge zu sein.«

»Ja, so gesehen schon.« Lächelnd bettete sie ihren Kopf wieder an seine Brust. »Wir haben uns nicht mit Höflichkeitsfloskeln aufgehalten. Ich weiß weder seinen Namen, noch was er beruflich macht. Und doch habe ich das Gefühl, ihn zu kennen.«

Am nächsten Morgen stellte Romy den Karton mit dem letzten Kondom auf die Fensterbank in der Küche. Er sollte als Denkmal für ihre Sparsamkeit und ihren Erfindungsreichtum dienen. Sie fühlte sich wie eine Hausfrau, die in Zeiten des Krieges ihre mageren Rationen für einen besonderen Anlass hortete.

Ein Blick aus dem Fenster verriet ihr, dass sie nicht mehr für lange Zeit eingeschlossen bleiben würden. In den vergangenen Tagen war kein Neuschnee mehr gefallen. Sie stellte das Radio an und wartete auf den Wetterbericht. Darin war von Tauwetter die Rede. Romy konnte es bereits erkennen, von den Zweigen tropfte es, und im Schnee waren die ersten Risse entstanden. Nur ihr Schneemann war noch intakt. Sie wünschte, sie könnte ihn erhalten, denn der Gedanke, dass er jetzt langsam schmolz, tat ihr weh.

Sobald die Straßen frei waren, würden sie und Ethan nach Dublin zurückkehren. In einer Woche war Heiligabend, und vorher sollte es wieder schneien. Also mussten sie aufbrechen, sobald sich ihnen die Gelegenheit bot, denn sonst säßen sie hier über Weihnachten fest. Als der Öllieferant anrief und erklärte, der Tankwagen komme am nächsten Tag, wusste Romy, dass die gemeinsame Zeit mit Ethan sich dem Ende näherte.

Als Ethan in die Küche kam, nickte sie zu dem Karton auf der Fensterbank hinüber und sagte: »Das letzte benutzen wir heute Abend.«

Aber Luke machte ihnen einen Strich durch die Rechnung. Er war schon tagsüber schlecht aufgelegt und quengelte, doch als es Abend wurde, fing er an zu schreien und ließ sich nicht beruhigen. Nach einer Weile bekam Romy Angst und fürchtete, dass er ernsthaft krank sein könnte. Ethan untersuchte ihn und versicherte ihr, dass es keinen Grund zur Sorge gab.

»Er zahnt wahrscheinlich«, erklärte er, denn Luke hatte in den letzten Tagen wie besessen auf jedem greifbaren Gegenstand herumgekaut.

In der Nacht trugen sie Luke abwechselnd hin und her. Zwischendurch versuchten sie zu schlafen, doch es war vergebens. Als Ethan am Morgen mit Luke aufstand, hatte Romy das Gefühl, erst vor wenigen Minuten eingeschlafen zu sein.

»Bleib noch liegen«, sagte Ethan und gab ihr einen Kuss. »Ruh dich aus.« Sie wollte widersprechen, doch da fielen ihr bereits die Augen zu.

Stunden später wurde sie von einem lauten Brummen geweckt. Sie raffte sich auf, trat ans Fenster und sah den Öltankwagen über die Zufahrt holpern. Ethan erwartete ihn bereits mit Luke in den Armen. Beide waren dick eingemummelt.

Sie kehrte ins Bett zurück und hörte, wie das Öl in ihren

Tank gepumpt wurde und der Wagen eine Weile später wieder davonrumpelte. Als alles still war, kamen Ethan und Luke ins Kutscherhaus. Auf der Schwelle trat Ethan sich den Schnee von den Schuhen ab. Dann kam er herein und setzte sich mit Luke auf dem Schoß aufs Sofa.

Romy richtete sich auf und stützte sich auf den Ellbogen. »Wie spät ist es?«

Er warf einen Blick auf seine Uhr. »Halb drei.«

»Oh Gott! Dann habe ich ja ewig geschlafen.«

»Das hattest du auch nötig.«

»Habe ich was versäumt?«

Ethan lachte. »Eine Menge. Zum Beispiel, dass wir wieder Öl haben. Und dass Luke sein erstes Wort gesprochen hat.«

»Wirklich? Und was war das?«

»Ethan.«

»Das glaube ich nicht.«

»Du bist nur eifersüchtig. Ich bin sicher, wenn er dich gesehen hätte, wäre es Mama gewesen.« Ethan zuckte mit den Schultern. »Babys leben im Hier und Jetzt.«

»Na gut, dafür bin ich jetzt wenigstens ausgeschlafen.«

»Was war noch?« Ethan dachte nach. »Ich habe Luke geschaukelt. Auf der alten Baumschaukel draußen. Das hat ihm gefallen. Und er hat seinen ersten Schritt gemacht.«

»Verdammt«, sagte Romy. »Und all das habe ich verpasst.«

»Ich habe alles mit dem Handy aufgenommen.«

»Super.« Sie kuschelte sich tiefer unter die Decke. »Bitte, sei so nett und weck mich an seinem ersten Schultag auf, ja?«

»Wie findest du sein Outfit?« Ethan streifte Lukes dicke Jacke ab.

»Interessante Farbkombination.« Romy streckte die Arme nach ihrem Baby aus. Ethan stand auf und brachte ihr Luke. Sie legte ihn an ihre Seite. Luke streckte die Beine in die Luft, griff nach seinen Füßen und brabbelte vergnügt vor sich hin.

Ethan zog seine Jacke aus, streifte seine Schuhe ab und kroch zu ihnen. Er küsste zuerst Luke und dann Romy auf die Stirn und streckte sich mit einem zufriedenen Seufzer aus. »Ich finde, für den Rest des Tages sollten wir im Bett bleiben«, murmelte er, nahm Romy und Luke in die Arme und schloss die Augen.

Am nächsten Morgen – Romy war gerade dabei, in der Küche Ordnung zu schaffen – hämmerte jemand an die Vordertür. Als sie die Tür öffnete, fand sie sich Lesley, Danny und Kit gegenüber.

»Überraschung«, rief Lesley und hüpfte auf und ab, ob vor Freude oder weil sie sich warmhalten wollte, wusste Romy nicht. »Wir sind gekommen, um euch zu retten.«

Sie drängte sich an Romy vorbei ins Haus. Kit und Danny folgten ihr. Im Wohnraum blieb Lesley abrupt stehen und starrte auf die Matratze vor dem Kamin. »Oh.« Ihr Blick huschte zu Kit und Danny. Dann machte sie kehrt und schob Romy in die Küche. »Oder möchtest du gar nicht gerettet werden?«, flüsterte sie und nickte zu der Matratze hinüber.

»Unsinn«, zischte Romy. »Die Heizung hat den Geist aufgegeben, wir mussten vor dem Kaminfeuer schlafen, weiter nichts. Ich habe die Matratze genommen, Ethan hat auf dem Sofa geschlafen, wie es sich gehört.«

Lesley schien ihr die Antwort abzunehmen. »Schade«, sagte sie, doch dann lebte sie wieder auf. »Okay, dann brate ich jetzt die Würstchen. Ich bin kurz vorm Verhungern. Wir haben viele Tüten Lebensmittel dabei.«

Romy warf einen prüfenden Blick über den Wohnraum, aber nirgends lag etwas Verräterisches herum. Sie, Ethan und Luke hatten den vergangenen Nachmittag und Abend im Bett verbracht und waren nur aufgestanden, um Lukes Windeln zu wechseln und ihn zu füttern. Trotzdem waren sie abends noch immer so müde gewesen, dass sie sich lediglich einen kleinen Kuss gegeben hatten, ehe sie eng umschlungen eingeschlafen waren. Das Kondom hatte unangetastet überlebt. *Oh Mist, das Kondom!*

Romy bewegte sich unauffällig in Richtung Fensterbank. Dabei fiel ihr auf, dass Kit und Danny die entgegengesetzten Ecken des Raums eingenommen hatten und die Atmosphäre zwischen ihnen frostig wirkte. Lesley war schon dabei, das Angebot einen halben Fleischerladens auszupacken und auf mehrere Pfannen zu verteilen. Als Romy sicher war, dass niemand sie beobachtete, schnappte sie sich den Karton und verfrachtete ihn rasch in den Schrank unter dem Spülbecken. Sie hatten das letzte Kondom an diesem Tag verwenden wollen, als letztes Hurra, ehe sie nach Dublin zurückkehrten. *So viel zu diesem Plan*, dachte sie unglücklich.

Im nächsten Augenblick hörte sie Ethan, der aus dem Bad herunterkam.

»Baby, dein Bad ist fertig«, rief er unten an der Treppe. Romy fuhr zu ihm herum und sah ihn warnend an. »Hallo, allerseits«, setzte er geschmeidig hinzu und schaute in die Runde, ehe er an Lukes Körbchen trat und den Jungen hochhob. »Komm, Baby«, schnurrte er. »Jetzt wird gebadet.«

Puh, dachte Romy, *das ist gerade noch mal gut gegangen.*

»Lass mich Luke baden«, sagte Danny und streckte die Arme nach seinem Neffen aus. »Ich habe ihn schon so lange nicht mehr gesehen.«

»Ähm ... ich weiß nicht«, stammelte Ethan. »Ich glaube ... vielleicht wäre es besser, wenn ich ihn bade.«

»Wie bitte?« Danny lachte ungläubig. »Was glaubst du denn, wer du bist? Sein Vater?«

»Nein, aber ...«

»Los, gib ihn mir.«

»Okay ... Na gut.« Ethan überreichte Luke mit sichtlichem Widerwillen.

Danny trug Luke nach oben. Gleich darauf kehrte er mit ihm zurück. »Sag mal, wolltest du den Jungen ertränken?« Er wandte sich zu Romy um. »Das solltest du dir anschauen. Die Wanne ist bis obenhin voll. Offenbar hat er für Luke auch ein Schaumbad geplant.«

»Tut mir leid«, murmelte Ethan. »Wir hatten seit Tagen kein warmes Wasser. Da muss was mit mir durchgegangen sein. Vielleicht habe ich vor lauter Freude vergessen, für wen das Bad war.«

»Das Wasser ist kochend heiß«, sagte Danny, noch immer aufgebracht.

»Tja, eigentlich schade, es nicht zu nutzen«, sagte Ethan. »Romy, hast du vielleicht Lust, ein Bad zu nehmen?«

»Gute Idee«, sagte Romy und lächelte ihn mitfühlend an.

»Fein«, entgegnete Ethan. »Vielleicht sollte ich in der Zeit die ganzen Sachen in die Wagen laden.« Mit eingezogenem Kopf verschwand er nach draußen.

Danny verdrehte die Augen. »Er ist noch dämlicher als sein Bruder, falls so etwas möglich ist«, sagte er. Dass Kit sich in Hörweite befand, schien ihn nicht zu berühren.

»Ich helfe Ethan.« Kit warf Danny einen säuerlichen Blick zu und marschierte hinaus.

Als Luke zu weinen begann, lief Danny im Wohnraum mit ihm auf und ab.

Romy drehte sich zu Lesley um. »Was ist denn mit Kit und Danny los?«, flüsterte sie.

»Keine Ahnung«, erwiderte Lesley leise. »Aber so waren sie heute von Anfang an.«

Seltsam, dachte Romy. Für längere Zeit schlecht gelaunt und feindselig zu sein sah Danny gar nicht ähnlich. Irgendetwas musste zwischen ihm und Kit vorgefallen sein. Dann kam ihr ein Gedanke. Sie rang nach Atem. Nein, das war unmöglich. Die Vorstellung war absurd. Für Danny war Kit ihr Freund, und Kit würde es nicht wagen, diesen Glauben zu erschüttern.

»Ich bin froh, dass ich mit dir zurückfahren kann«, sagte Lesley. »Ich bin nämlich nicht bereit, noch einmal drei Stunden mit diesen trüben Tassen zu verbringen.«

»Wieso denn drei Stunden?«

»So lange hat die Fahrt gedauert. Die Straßen sind noch immer glatt.«

»Weshalb seid ihr denn überhaupt hergekommen?«

»Es war meine Idee«, antwortete Lesley bedrückt. »Mir ist die Decke auf den Kopf gefallen. Ich dachte, ein kleiner Ausflug wäre nicht schlecht. Ich dachte, es würde lustig werden.«

»Ach, Mensch«, sagte Romy und versuchte, Lesley tröstend zuzulächeln.

Lesley schwieg. »Aber du und Ethan scheint euch prächtig zu verstehen«, sagte sie schließlich. »Bist du sicher, dass wir nicht stören?«

»Lesley, bitte, das ist doch dummes Zeug.«

»Hm. Also gut, dann nimm dein Bad, bevor es kalt wird. Das Frühstück ist in einer halben Stunde fertig.«

»Okay, bis dann.«

Auf der Treppe traf Romy Ethan, der mit einer Kiste in den Armen von oben herunterkam und sie verzweifelt anschaute. Sie bedeutete ihm stumm, ihr die Treppe hoch zu folgen. In der oberen Etage war niemand, doch bevor sie etwas sagte, wartete sie sicherheitshalber, bis sie im Bad waren und die Tür geschlossen hatten.

»Es tut mir leid«, flüsterte sie. »Ich wusste nicht, dass sie kommen.«

Der Ausdruck, mit dem er sie ansah, war voller Kummer und Verlangen. »Scheiße«, sagte er leise.

»Ich weiß.«

Er stellte die Kiste ab und küsste sie. Dann hob er ihren Pullover an und fuhr mit den Fingerspitzen so sacht über ihren Rücken und ihren Bauch, dass sie die Berührung kaum spürte. Trotzdem wurde sie halb wahnsinnig vor Lust. Warum hatten sie nur so viel Zeit ungenutzt verstreichen lassen? Warum hatten sie nicht jeden wachen Augenblick auf diese Weise verbracht? Ethan rückte von ihr ab, doch im nächsten Moment drückte er sie wieder an sich und küsste sie erneut. Zu guter Letzt riss er sich stöhnend von ihr los. Sehnsüchtig schaute er auf die Schaumberge in der Wanne. »Ich wünschte, ich …«

»Das wünschte ich mir auch.«

Statt nach unten zu gehen, packte er ihren Pullover und zog ihn ihr über den Kopf, danach das langärmelige T-Shirt. Er öffnete ihren BH.

»Ethan?«, rief Kit von der Treppe her.

»Mist, ich muss los.« Nach einem letzten langen Kuss eilte er aus dem Bad. Romy schloss die Tür ab.

Als sie sich in das warme Badewasser sinken ließ, fragte sie sich, wie sie und Ethan es schaffen sollten, in der nächsten Zeit voneinander getrennt zu sein. In gewisser Weise freute sie sich darauf, nach Hause zurückzukehren, nur hatte sie nicht damit gerechnet, dass ihre Tage mit Ethan ein solch abruptes Ende finden würden. Sie hatte gedacht, dass sie zumindest noch diesen Tag für sich hätten. Selbst in der kurzen Zeit, die sie zusammen verbracht hatten, war sie nach dem Sex mit ihm süchtig geworden. Er hatte zwar gesagt, dass er auch in Dublin mit ihr zusammen sein wollte, doch sie hatte Angst, dass daraus nichts werden würde. Sie würden sich heimlich treffen müssen, und dabei könnte er feststellen, dass eine Beziehung mit ihr kompliziert war, erst recht im Vergleich zu den vielen anderen Möglichkeiten, die sich ihm boten. Es gab jede Menge Frauen, die ihn reizvoll fanden – Frauen, zu denen er sich nicht bei Nacht und Nebel schleichen musste. Womöglich würde er sie, Romy, vergessen, wenn sie ihren kleinen Kokon verlassen hatten. Sie tippte die größte Schaumblase aus dem Badewasser auf, blies sie in die Luft und sah zu, wie sie davonschwebte, platzte und weg war.

»Ich habe mit Mum telefoniert«, erzählte Ethan, als sie am Küchentisch saßen und frühstückten. Er wandte sich Romy zu. »Für den ersten Weihnachtstag lädt sie euch alle vormittags zu einem Umtrunk ein.«

»Wen meinst du mit alle?«, fragte Romy.

»Dich, Luke, deine Mutter und Danny.«

»Oh, toll. Das ist wirklich nett von ihr.«

»Ja, ganz toll.« Danny verdrehte die Augen.

»Der absolute Hammer«, sagte Kit bissig.

Romy und Ethan wechselten einen verwunderten Blick.

Romy begriff nicht, was in Kit und ihren Bruder gefahren war, doch ihr war klar, dass die Rückfahrt nach Dublin lang und qualvoll werden würde.

»Ich glaube, sie hat Geschenke für Luke«, sagte Ethan und lächelte Romy an. Dann drehte er sich zu Kit um. »Sie geht davon aus, dass du Weihnachten mit ihm verbringen möchtest.«

»Natürlich möchte ich das«, betonte Kit. »Mit Luke und Romy.«

»Perfekt«, sagte Ethan. »Das wird bestimmt nett.« Kit schenkte ihm einen finsteren Blick.

Romy versuchte, es so einzurichten, dass Ethan mit ihr im Van zurückfuhr und die anderen drei in Lesleys Wagen, doch davon wollte Lesley nichts wissen.

»Kommt nicht infrage«, sagte sie. »Ich möchte den beiden nicht noch mal drei Stunden lang ausgeliefert sein. Wir haben zwei Wagen und können sie trennen, keiner von uns muss Kit und Danny zusammen aushalten.«

Romy sah ein, dass sie Lesley diesen Stress nicht noch einmal zumuten konnte, und gab nach. Danny und Kit wurden wie zwei streitsüchtige kleine Kinder getrennt. Lesley winkte Kit und Ethan zu sich, Romy sollte mit Danny und Luke fahren.

»Finde heraus, was mit Kit und Danny los ist«, flüsterte Lesley Romy zu, bevor sie in ihre jeweiligen Wagen stiegen. »Ich mache das bei Kit auch. Auf die Tour bekommen wir beide Seiten zu hören.«

Doch Danny ließ sich nicht aus der Reserve locken. Er sagte nur, Kit habe in angetrunkenem Zustand bei ihm vorbeigeschaut, sei länger als erwünscht geblieben und habe auf dem Sofa weiter ein Glas Wein nach dem anderen geleert. Romy nahm an, dass es lediglich ein Teil der Geschichte war.

»Ich hoffe, ihr benehmt euch, wenn wir Weihnachten bei den Mastersons sind«, sagte sie.

»Das war eine beschissene Idee«, murrte Danny. »Ich habe keine Lust, Weihnachten mit diesem Wichser zu verbringen.«

Romy gab es auf und wechselte das Thema. Sie konnte nur hoffen, dass Danny und Kit ihren Zwist bis Weihnachten beigelegt hatten.

Als sie an einer Tankstelle hielten und jeder sich einen Becher Kaffee besorgte, nahm sie Lesley beiseite und fragte, ob sie von Kit mehr erfahren habe.

»Nein, da war nichts zu machen. Ethan hat es auch versucht. Kit hat lediglich erklärt, Danny sei ein eingebildeter, scheinheiliger Pisser.«

Romy seufzte. Sie liebte Weihnachten, doch ein Gefühl sagte ihr, dass das Fest in diesem Jahr schwierig werden könnte.

24

Am Weihnachtstag empfingen die Mastersons Romy und ihre Familie in der großen Eingangsdiele. Ethan trug einen cremefarbenen Strickpullover und schwarze Jeans und sah so wundervoll aus, dass Romy das Herz sofort bis zum Hals schlug. Sie begrüßte Laura und Colm Masterson, Hannah und Tank. Dann stand sie vor Ethan.

»Fröhliche Weihnachten«, sagte er und gab ihr einen Schmatz auf die Wange. Romy sehnte sich nach mehr als diesem brüderlichen Kuss, doch sie wusste, mehr würde es an diesem Tag nicht geben. Kit dagegen schloss sie in die Arme und machte aus seinem Kuss eine regelrechte Show. Romy spürte, wie sie errötete, denn alle anderen sahen ihnen zu. Sie beschloss, sich nach Weihnachten von Kit zu trennen. Die Rolle der Scheinfreundin hatte sie jetzt lange genug gespielt.

Ihre Mutter war bei Tank mit einem Händeschütteln davongekommen, wahrscheinlich hatte er Respekt vor fremden Damen. Danny dagegen musste dran glauben und eine Runde Schattenboxen über sich ergehen lassen, bevor Tank ihn in den Schwitzkasten nahm. Kit und Danny begrüßten sich mit einem höflich kalten Nicken.

Nach der Begrüßung wurden die Fitzgeralds ins Wohnzimmer gebeten, wo Laura Champagner und Häppchen mit geräuchertem Lachs servierte. Luke wurde von einem zum anderen gereicht, und jeder machte ein Riesentamtam um ihn. Doch ganz gleich, mit wem Romy sich unterhielt, sie wusste immer, wo Ethan war, und wenn er sich näherte, richteten sich all ihre Sinne auf ihn. Aber erst als er Luke nahm, hatte sie eine Entschuldigung, ihn offen zu betrachten, und als er mit ihm zu spielen begann, musste sie nicht einmal mehr ihr Entzücken verbergen. Dennoch verspürte sie den nahezu überwältigenden Drang, zu ihm zu stürzen und sich an ihn zu schmiegen. Seit ihrer Rückkehr aus Wicklow hatten sie sich nicht mehr gesehen. Es war eine Qual, ihm nahe zu sein und doch nicht nahe genug.

Ihre Mutter wiederum schien es zu genießen, wieder einmal mit ihren früheren Nachbarn zusammenzusitzen. Sie und Laura unterhielten sich wie alte Freundinnen. Unterdessen ließ Colm Luke auf seinem Knie reiten und zeigte ihm den großen flauschigen Eisbären, den er und Laura ihm gekauft hatten. Danny und Kit hielten sich am jeweils entgegengesetzten Ende des Wohnzimmers auf, doch dabei wirkte keiner von ihnen glücklich.

Nach einer Weile trat Kit zu ihr. »Kommst du kurz mit hoch in mein Zimmer?«, murmelte er in Romys Ohr.

»Warum?«

»Ich dachte, wir sollten eine Zeitlang verschwinden, damit jeder annimmt, wir könnten nicht voneinander lassen.«

»Oh«, sagte Romy. »Na schön.« Sie stellte ihr Glas ab. Kit packte ihre Hand und zog sie aus dem Raum. Romy spürte Ethans Blick in ihrem Rücken.

»Wir bleiben nur für ein paar Minuten«, sagte Kit in seinem Zimmer und setzte sich aufs Bett. »Das macht dir doch nichts aus, oder?«

»Nein, ist schon in Ordnung.« Es lag ihr auf der Zunge, ihn zu bitten, ihre Trennung zu verkünden, doch dann erkannte sie, wie niedergeschlagen er wirkte, und beschloss, bis nach den Feiertagen zu warten.

»Ethan, Hannah und ich geben dieses Jahr wieder eine Silvesterparty«, sagte Kit. »Du kommst doch auch, oder?«

»Macht ihr das immer noch?« Kits Eltern verbrachten Silvester bei Colms Eltern in Cork. Das war früher schon so gewesen. In ihren Teenagerzeiten hatten die Kinder die sturmfreie Bude jedes Mal genutzt, um eine Party steigen zu lassen.

»Wir haben es seit etlichen Jahren nicht mehr getan, aber diesmal sind wir alle drei in Dublin und werden die schöne alte Sitte wiederaufleben lassen.«

»Klingt fantastisch. Wenn ich einen Babysitter kriege, komme ich auf jeden Fall.« *Vielleicht würden sie und Ethan an dem Abend sogar ein bisschen Zeit füreinander finden*. Apropos. Sie wollte dringend wieder nach unten gehen. Zwar konnte sie Ethan nicht berühren, aber wenigstens konnten sie miteinander reden. »Was meinst du«, begann sie. »Waren wir jetzt lange genug hier oben?«

»Ich denke schon«, entgegnete Kit. »Am besten, ich gehe als Erster runter. Du folgst mir in ein, zwei Minuten. Dann sieht es aus, als hätten wir diskret sein wollen. Vielleicht wuschelst du dir vorher noch ein bisschen durch die Haare.«

»Ja, meinetwegen auch das.« Seufzend sah Romy Kit nach.

Als sie kurz danach Kits Zimmer verließ und über den Flur zur Treppe ging, öffnete sich eine andere Tür. Ethan trat heraus, packte ihren Arm, zog sie in das Zimmer, schloss die Tür und drückte sie dagegen.

»Fröhliche Weihnachten«, sagte er noch einmal, schaute ihr in die Augen und küsste sie. All das Verlangen, das sich in Romy angestaut hatte, wurde zu einem Strom, der sie mitriss und ihr den Atem nahm. Sie schlang die Arme um Ethan, küsste ihn mit fiebriger Gier, fuhr mit den Händen durch sein Haar und über seine Brust und konnte gar nicht genug von ihm kriegen.

Als sie sich schließlich voneinander lösten, waren sie beide atemlos und erhitzt.

»Gott, das war nötig.« Ethan legte seine Stirn an ihre. »Du hast mir so sehr gefehlt. Ich leide, wenn ich dich nicht berühren, nicht küssen kann.« Er küsste sie wieder.

»Geht mir genauso«, hauchte Romy, als sein Mund zu ihrem Hals wanderte. »Meinst du nicht, wir sollten wieder nach unten gehen? Man wird uns schon vermissen.«

Als er nickte, kitzelte sein weiches Haar ihr Kinn. Trotzdem machte er keine Anstalten sie loszulassen. Stattdessen knabberte er an ihrem Hals.

Schließlich seufzte er und hob den Kopf. »Ich wünschte, wir könnten …« Wehmütig schaute er zu dem großen Bett hinüber, das den Raum dominierte. Erst in diesem Augenblick wurde Romy bewusst, dass sie in *seinem* Zimmer waren, und ihr wurde ganz schwindelig vor Lust. *Wenn wir doch nur mehr Zeit hätten*, ging es ihr durch den Kopf. Sie hoffte, dass sie vielleicht an Silvester, im Gewühl der Party, unbemerkt verschwinden konnten.

»Ich glaube, wir sollten getrennt nach unten gehen«, schlug Ethan vor. »Alles andere wäre verdächtig.«

Romy nickte. Inzwischen kannte sie sich in diesen Ritualen aus. »Ich gehe zuerst.«

Das ist mehr als lächerlich, dachte sie halb amüsiert, halb verärgert, während sie die Tür einen Spaltbreit öffnete, hinauslinste, um sicherzugehen, dass niemand in der Nähe war, und dann über den Flur zur Treppe schlich. Ihr Leben war zu einer Schmierenkomödie geworden.

»Gut gemacht«, raunte Kit ihr zu, als sie das Wohnzimmer betrat.

»Was denn?«, fragte sie verwirrt.

»Das Haare-Wuscheln. Du siehst zerwühlt aus.«

Romy lächelte matt und trank einen großen Schluck Champagner. Als sie Ethan wenig später hereinkommen hörte, musste sie sich zwingen, sich nicht nach ihm umzudrehen. Allerdings verkündete ihre Mutter in diesem Augenblick, dass es Zeit zum Aufbruch sei, sie müsse zu Hause den Truthahn in den Ofen schieben. Mit Umarmungen, Küssen und einem letzten »fröhliche Weihnachten allerseits« verabschiedeten sie sich. Auf der Schwelle zog Danny ein zusammengerolltes Blatt Papier aus der Innentasche seines Mantels, drehte sich um und drückte es Kit in die Hand.

»Das ist für dich«, sagte er barsch.

Kit betrachtete die Papierrolle unsicher. »Was ist das?«

»Die Gestaltung für deinen Park.«

»Oh«, machte Kit. »Ich dachte nicht, dass du …«

Danny warf ihm einen vernichtenden Blick zu und wandte sich ab.

»Danke«, rief Kit ihm nach.

Als die Tage vergingen, ohne dass Ethan sich meldete, wurde Romy nervös. Sie war sicher gewesen, dass er am zweiten Weihnachtstag vorbeischauen würde, unter dem Vorwand, Kit zu besuchen, doch das tat er nicht. Er fehlte ihr unglaublich, doch zunehmend wurde sie unsicher, fragte sich mit schmerzendem Herzen, mit wem er zusammen war und ob er sie vergessen hatte. War ihre Zeit schon abgelaufen?

Sie versuchte sich klarzumachen, dass sie sich albern benahm und keinen Grund zur Sorge hatte. Hatte er ihr an Weihnachten nicht gestanden, wie sehr er sie vermisst hatte? Hatte er es ihr nicht sogar bewiesen? Ein ums andere Mal rief sie sich ins Gedächtnis, was er gesagt hatte, und erinnerte sich an die Leidenschaftlichkeit seiner Küsse. Hatte er nicht unbedingt mit ihr allein sein wollen, ebenso wie sie mit ihm? Sie musste ein bisschen mehr Vertrauen zu ihm haben. Doch als die Tage verstrichen, ohne dass er erschien, fiel es ihr schwerer und schwerer.

Am Tag vor Silvester verabredete sie sich mit Kit auf ein Glas in einem Pub und rechnete damit, dass Ethan die Gelegenheit nutzen und seinen Bruder begleiten würde. Doch als Kit die Tür öffnete, stellte sie enttäuscht fest, dass er allein gekommen war.

Als sie sich mit ihren Gläsern an einem Tisch niederließen, sagte sie so leichthin wie möglich: »Ich dachte, Ethan hätte vielleicht auch Lust gehabt, auf einen Drink mitzukommen.«

»Normalerweise schon«, entgegnete Kit. »Doch jetzt ist Anna da. Eine Französin. Ich glaube, von Ethan sehen wir vorerst nichts mehr.«

Etwas Eisiges kroch durch Romys Adern, und für einen Takt setzte ihr Herzschlag aus. All ihre Sorgen und Ängste hatten sich in dem Namen Anna manifestiert. Sie spürte den Kloß, der sich in ihrem Hals bildete, und musste sich zwingen, ruhig zu bleiben. »Ach, wer ist das denn?«, fragte sie wie nebenher.

»Eine aus Ethans Harem.«

»Oh.« Romy nahm einen großen Schluck Wein und befahl sich: *Nicht weinen, nicht weinen, nicht weinen.*

Sie wünschte, sie wäre nicht so niedergeschmettert, sie wusste doch, dass Ethan nichts anbrennen ließ. Sie hatten ihren Spaß gehabt, von etwas Ernsterem war nie die Rede gewesen. Und doch wollte sie sich bei dem Gedanken, dass

Ethan mit einer anderen Frau schlief, übergeben und gleichzeitig weinen und schreien.

»Anna ist am zweiten Weihnachtstag aufgetaucht«, erzählte Kit. »Sie war auf Reisen, wollte es zu Weihnachten zurück nach Hause schaffen, doch dann sind die Flüge nach Paris ausgefallen. Anscheinend liegt dort noch mehr Schnee als hier. Jetzt sitzt sie hier fest.«

»Ach. Wohnt sie bei euch?«

»Ja. Übernachtet im Gästezimmer, wie es heißt.«

»Glaubst du das nicht?«

»Nicht wirklich. Es sei denn, Ethan schläft dort mit ihr. Ethan wäre nicht Ethan, wenn er einer heißen Französin in Not kein Bett anbieten würde. Er ist eben ein wohltätiger Mensch.«

Romy rang sich ein Lächeln ab.

»Aber in den letzten Tagen hat er ein bisschen verloren gewirkt«, sagte Kit nachdenklich. »War irgendwie nicht er selbst.«

»Inwiefern?«

Kit zuckte mit den Schultern. »Er war rastlos, würde ich sagen. Gereizt. Dad hat gemeint, Ethan wisse nicht, wohin mit sich.«

»Ach ja?« Romy spürte, wie ein winziger Funken der Hoffnung in ihr aufflackerte.

»Wahrscheinlich wusste er nicht, wohin mit seinem Schwanz.« Kit lachte. »Anscheinend hatte er niemanden in petto, aber Ethan ist kein Typ, der für längere Zeit ohne Sex auskommt. Ich nehme an, dass Anna da jetzt Abhilfe schafft.«

Das nehme ich auch an, dachte Romy mit wehem Herzen. Was für eine Idiotin sie war. Ethan hatte nicht *sie* vermisst, ihm hatte nur der Sex gefehlt. Und da sie zurzeit nicht greifbar war, hatte er ihn woanders gesucht. Sie hätte es wissen müssen. Aber sie war dumm gewesen. Ihr war doch bekannt, wie er war, Kit hatte es ihr oft genug gesagt. Was hatte sie denn erwartet? Er hatte mit ihr nur geschlafen, weil sie in Wicklow eingeschneit waren. Sie war lediglich verfügbar gewesen. Wahrscheinlich hätte er jede genommen.

Aber wenn sie all das doch von Anfang an gewusst hatte, warum war sie dann jetzt so verletzt? Nun ja, sie hatte eben gehofft, dass es länger dauern würde. Sie hatte sich nicht in ihn verlieben wollen, doch als es passierte, war sie machtlos gewesen, hatte sich sogar *unsterblich* in ihn verliebt. Sie war verrückt nach ihm. Wohingegen er sich jetzt mit Anna vergnügte.

Sie hatte nicht einmal einen Grund, ihm böse zu sein. Er hatte sie nicht getäuscht. Er konnte nichts dafür, dass ihre gemeinsame Zeit ihr so viel mehr als ihm bedeutet hatte. Aber wie konnte er denn so hinreißend und wundervoll sein und sie glücklicher machen, als sie es jemals gewesen war, und ihr dann einfach alles wieder wegnehmen? Das war doch grausam. Und die Vorstellung, dass er jetzt bei einer anderen lag, war mehr, als sie ertragen konnte.

»Romy?«, fragte Kit besorgt. »Ist alles in Ordnung?«

»Was? Oh ja … ich muss … muss nur aufs Klo.«

Sie sprang auf, stürzte in die Damentoilette und ließ ihren Tränen freien Lauf. Als der erste Ausbruch vorüber war, beruhigte sie sich ein wenig und nahm sich vor, später, wenn sie wieder zuhause war, in Ruhe weiterzuweinen. Sie benetzte ihr Gesicht mit kaltem Wasser, bis sie sicher war, dass die Röte rund um ihre Augen verschwunden war, und kehrte zu Kit zurück.

»Was gibt es denn bei dir Neues?«, fragte er, als sie

ihm wieder gegenübersaß. »Wie geht es Luke und deiner Familie?«

»Luke ist zu niedlich.« Sie lächelte. »Er bekommt die ersten Zähne und kaut auf allem, was er in die Finger kriegt.«

»Und wie geht es … Danny?«

Romy schnitt eine Grimasse. »Ich schätze mal, so einigermaßen. Vielleicht war er in der letzten Zeit ein bisschen bedrückt.«

»Er hätte heute Abend mitkommen sollen. Vielleicht hätte ihn das aufgemuntert.«

»Das ging nicht, er hat sich mit Paul getroffen.« Sie seufzte. »Das ist sein Ex.«

»Ich weiß, ich habe ihn kennengelernt.« Kit nahm einen großen Schluck Wein.

»Nanu, wann denn?«

»An dem Tag, als Danny und ich im Gartencenter waren.«

»Komisch«, sagte Romy. »Davon hat Danny mir nie etwas erzählt.«

»Weißt du, warum Danny sich mit ihm trifft?«

»Paul hat sich bei ihm gemeldet.« Nachdenklich drehte Romy ihr Glas in den Fingern. »Vielleicht möchte er Danny zurück.«

»Ach. Glaubst du, Danny wird sich darauf einlassen?«

»Keine Ahnung. Ich hoffe nicht. Meine Mutter wäre auch nicht begeistert. Wir mochten Paul zwar, aber zum Schluss hat er sich Danny gegenüber richtig mies benommen.«

Kit schwieg. Schließlich sagte er: »Du kommst doch morgen Abend zu unserer Party, oder?«

»Ja, klar. Meine Mutter hat sich bereit erklärt, für Luke

den Babysitter zu spielen.« *Oh Gott*, dachte Romy erschrocken. Würde Ethan vielleicht mit dieser Anna auf der Party sein? Würde er diese Frau um Mitternacht küssen, während sie so tun müsste, als wäre es ihr einerlei, als wäre er ihr ebenso gleichgültig wie sie ihm? Oh nein! Aber jetzt war es zu spät, sie würde es einfach durchstehen müssen.

»Bring Lesley mit«, schlug Kit vor. »Und Danny.«

»Danny?«, fragte Romy erstaunt. »Ich dachte, ihr beide wolltet euch zurzeit nicht mal auf demselben Planeten befinden, geschweige denn im selben Raum.«

»Es wird eine riesengroße Party«, sagte Kit achselzuckend. »Ich bin sicher, dass wir uns aus dem Weg gehen können.« Er klang unbeteiligt, doch Romy erkannte, dass er unfroh wirkte.

»Na schön, dann bringe ich ihn mit. Ihn und Lesley.«

Als sie am nächsten Abend am Haus der Mastersons eintraf, fühlte Romy sich elend. Sie freute sich nicht einmal ansatzweise auf die Party, genau genommen wusste sie nicht, wie sie den Abend überstehen sollte.

»Romy, Danny, hallo«, begrüßte Ethan sie gutgelaunt. »Hi, Lesley, schön dich wiederzusehen.«

»Hi«, murmelte Romy und hielt ihm eine Flasche Wein hin. In der Diele hörte sie lautes Stimmengewirr und Musik. Die Party war offenbar schon in vollem Gange.

Sie legten ihre Mäntel ab. Ethan führte sie ins Wohnzimmer, wo die anderen Partygäste saßen oder dicht gedrängt zusammenstanden.

»Was möchtet ihr trinken?«, fragte er.

»Ich nehme Rotwein«, sagte Romy.

Lesley und Danny entschieden sich für Weißwein. Ethan verschwand, um die Getränke zu besorgen.

Romy hatte damit gerechnet, dass Kit sich auf sie stürzen und sie für den Abend als seine Freundin in Beschlag nehmen würde. Diesmal wäre sie sogar froh gewesen, die Rolle zu spielen, sie hätte ihr als Schutzschild gegen Ethan gedient. Doch Kit stand an der Rückseite des Raums und machte keine Anstalten, sich ihr zu nähern. Vielleicht lag es daran, dass Danny bei ihr war.

Ethan kehrte mit den Getränken zurück. »Dahinten steht was zum Knabbern«, sagte er und zeigte zu einem Tisch hinüber, auf dem Chips und Dips bereitgestellt worden waren. »Später gibt es noch was Richtiges zu essen.«

Als er jedem sein Getränk gereicht hatte, rief Hannah ihn zu sich und den Freunden, die gerade eingetroffen waren. Romy atmete auf. Aus dem Augenwinkel nahm sie wahr, dass Fiona und Sarah zu den Ankömmlingen gehörten.

In der nächsten Stunde gelang es Romy, Ethan zu meiden. Sie ging strategisch vor und achtete darauf, dass sie immer weit entfernt voneinander waren. Es war nicht einmal schwierig – als einer der Gastgeber war Ethan gefragt und hatte alle Hände voll zu tun – aber in Partystimmung kam sie dabei nicht. Romy sah, wie er sich mit einer Gruppe junger Frauen unterhielt und Bier aus der Flasche trank. Sie taxierte die Frauen eine nach der anderen und fragte sich, ob Anna unter ihnen war.

Danny trat zu ihr. »Das ist eine Scheißparty«, sagte er.

»Stimmt.« Romy seufzte. »Vielleicht sollten wir einfach verschwinden und in unserer Stammkneipe weiterfeiern.«

Lesley dagegen schien sich blendend zu amüsieren. Ein Mitglied von Tanks Rugbymannschaft unterhielt sich mit ihr und verschlang sie mit Blicken.

Nach einer Weile gesellte Kit sich zu Romy und Danny. »Na, gefällt es euch?«, fragte er.

»Oh ja, super«, antwortete Romy mit einem bemühten Lächeln. Dann sah sie, dass Ethan sie ansteuerte. »Entschuldigt«, sagte sie. »Ich muss Hannah noch begrüßen.« Sie ließ die beiden stehen.

Kit räusperte sich. »Dein Entwurf für den Park hat mir gefallen. Vielen Dank.« Danny zuckte lediglich mit den Schultern. »Es ist schön, dich wiederzusehen. Ich bin froh, dass du gekommen bist.«

»Ich wollte gerade gehen.«

»Ach?«, sagte Kit. »Hast du was Besseres vor?« Danny schwieg verdrossen. Kit nahm einen neuen Anlauf. »Romy sagt, dass du Paul wiedergetroffen hast.«

»Na und? Was geht dich das an?«

»Nichts, ich dachte nur, du würdest ihn heute Abend vielleicht mitbringen.«

»Wir sind nicht wieder zusammen.«

»Gut.«

»Obwohl dich auch das nichts angeht.«

Kit zwang sich zur Ruhe. »Freut mich trotzdem, dass du hier bist. Ich wollte dir nämlich etwas sagen.«

»Was denn? Willst du dich mit meiner Schwester verloben?«

»Nein. Ich habe mir für das neue Jahr etwas vorgenommen. Diesen Vorsatz möchte ich schon jetzt in die Tat umsetzen.«

»Nur zu«, entgegnete Danny desinteressiert.

»Willst du nicht mal wissen, worum es geht?«

»Nein.« Danny setzte sein Glas an, trank einen großen Schluck und schaute missmutig in die Runde.

»Warum nicht?«

Danny sah Kit abfällig an. »Weil es mir scheißegal ist. Du kannst machen, was du willst.«

»Genau das habe ich vor«, sagte Kit, stellte sein Glas bedächtig auf dem Kaminsims ab, nahm Dannys Gesicht in die Hände und küsste ihn sanft auf den Mund.

Danny gab einen Laut der Verwunderung von sich, war jedoch zu baff, um sich regen zu können. Kit küsste ihn erneut, neckte und lockte Dannys Lippen, bis sie sich öffneten. Danny konnte nicht anders, er legte seine Arme um Kit und erwiderte den Kuss. Dann versank die Welt für sie. Sie standen nur da und küssten sich, ohne die erstaunten Mienen und offenen Münder ringsum zu registrieren.

»Was denn … ist das …«, stammelte Lesley. »Oh mein Gott.«

»Mich laust der Affe«, murmelte Ethan verblüfft.

»Ich glaub, ich sehe nicht richtig«, sagte Romy leise.

Es war, als stände alles still. Kein Laut war mehr zu vernehmen. Alle sahen zu, wie Kit und Danny sich wie zwei liebestolle Teenager küssten.

Als die beiden sich endlich voneinander lösten, fragte Kit mit einem kleinen, zufriedenen Lächeln: »Na, war das jetzt öffentlich genug?«

Danny lächelte ihn liebevoll an. Doch dann schienen sie schlagartig ihre Umgebung wahrzunehmen und festzustellen, dass sie ein Publikum hatten. Kit nahm Dannys Hand, hob beide Hände hoch und verneigte sich mit großer Geste.

»Meine Damen und Herren, wir danken Ihnen. Diese Vorstellung findet ab sofort täglich statt.«

Die Partygäste spendeten lauten Beifall. Kit und Danny verneigten sich mehrmals.

»Das wurde aber auch Zeit«, sagte Hannah.

»Dann ist Kit also definitiv …«, begann Ethan.

»… schwul«, beendete Romy seinen Satz. In der Aufregung hatte sie ihre Strategie vergessen und war an Ethans

Seite gelandet. »Ich glaube, das ist jetzt zweifelsfrei bewiesen.« *Wie schön, dass es Menschen gibt, die glücklich sind*, dachte sie, denn die beiden wirkten nahezu ekstatisch. Die Rolle der Freundin würde sie an diesem Abend jedenfalls nicht mehr spielen müssen.

»Ich habe dich den ganzen Abend nicht gesehen«, sagte Ethan. Als Romy ihn anschaute, traf die geballte Kraft seines Herzensbrecher-Lächelns sie. »Ich hatte schon den Verdacht, dass du mich meidest.«

In diesem Augenblick stürzte Sarah zu ihnen und packte Ethans Hand. »Du wirst in der Küche gebraucht. Uns gehen die Margaritas aus.« Sie drehte sich zu Romy um. »Entschuldige bitte, aber ich entführe ihn nur für eine Minute.« Doch in ihren Augen lag eindeutig Triumph. Sie zog Ethan mit sich in Richtung Küche.

Romy ließ ihren Blick schweifen, musterte jede der hübschen, schicken Frauen und fragte sich, wer von ihnen Anna war. Obwohl es keine Rolle spielte. Wenn Ethan sich nicht Anna ausgesucht hätte, wäre es eine andere gewesen. Sie entdeckte Fiona, die mit verkniffener Miene beobachtete, wie Sarah Ethan aus dem Raum zerrte. Romy überlegte, ob es später wieder einen Wer-kriegt-Ethan-ins-Bett-Wettbewerb gäbe. Aber wenigstens würde sie nicht daran teilnehmen. Das verbot ihr die Selbstachtung.

Sie suchte Lesley und fand sie immer noch in Gesellschaft des Rugbyspielers. Romy zog ihre Freundin zur Seite.

»Macht es dir was aus, wenn ich gehe?«, fragte sie leise. »Ich fühle mich nicht besonders.« Das war nicht einmal gelogen. Bei der Vorstellung, dass Ethan später mit einer dieser anderen Frauen schlief, wurde ihr übel.

»Ach Mensch«, sagte Lesley. »Das tut mir leid. Aber geh ruhig, ich komme klar.«

Romy bahnte sich einen Weg durch die Menge. Plötzlich spürte sie eine Hand auf ihrem Arm.

»Wohin willst du?«, fragte Ethan.

»Nach Hause«, antwortete Romy und versuchte, nicht so jämmerlich auszusehen, wie sie sich fühlte.

Ethan hob die Brauen. »Was? Du kannst doch jetzt noch nicht gehen. Wir hatten doch noch gar keine Gelegenheit, miteinander zu reden. Du musst um Mitternacht hier sein.« Er führte seinen Mund an ihr Ohr und flüsterte: »Dann haben wir endlich einen Grund, uns offiziell zu küssen. Oder bist du sauer, weil Kit dich vor aller Augen mit deinem Bruder hintergangen hat?« Er zwinkerte ihr zu.

»Ethan!«

Eine zierliche dunkelhaarige Frau mit kurzgeschnittenem Haar und einem koboldhaften Gesicht eilte auf sie zu und packte Ethans Arm. »Ich möchte tanzen«, sagte sie mit französischem Akzent, sodass Romy wusste, dass es sich bei der Frau nur um Anna handeln konnte. »Komm, du musst mit mir tanzen.«

»Lasst euch nicht aufhalten«, sagte Romy spitz, machte auf dem Absatz kehrt und hastete hinaus auf den Flur. Dort wühlte sie ihren Mantel aus dem Jackenberg heraus. Sie musste hier weg sein, ehe sie anfing zu weinen.

»Romy!« Mit einem Mal stand Ethan vor ihr und machte einen mitgenommenen Eindruck. *Wahrscheinlich weil so viele seiner Bewunderinnen an ihm herumgezerrt haben*, dachte Romy bitter. »Bitte, geh nicht«, sagte er mit unglücklicher Miene. »Es tut mir leid, dass wir uns in den letzten Tagen nicht gesehen haben. Aber Anna ist wie aus heiterem Himmel aufgetaucht, und da …«

»Kein Problem«, fauchte Romy. »Du musst mir nichts erklären.«

»Das möchte ich aber. Irgendwie habe ich das Gefühl, dass du mir böse bist.«

»Ich bin dir nicht böse«, sagte sie und erkannte, dass es die Wahrheit war. Sie war nicht wütend. Stattdessen fühlte sie sich inwendig tot. »Ich bin nur … enttäuscht.« Als er den Mund öffnete, um etwas zu sagen, kam sie ihm zuvor. »Ich weiß, dass ich kein Recht dazu habe. Wir waren eben nur eine Bettgeschichte.«

»Eine *was*?«

»Du hast eine andere Gespielin gefunden, und ich passe dir nicht mehr in den Kram.«

»Was habe ich gefunden?«, fragte Ethan verwirrt. »Wovon redest du denn da?«

»Kit hat mir das von dir und Anna erzählt.«

»Kit, sieh an. Also ich weiß ja nicht, was er so von sich gegeben hat, aber Anna ist nicht meine … Gespielin.«

»Ach nein?«

»Romy, bitte, ich habe weder was mit Anna noch sonst jemandem. Wenn du mit mir hochkommen würdest, könnte ich dir einen Ständer zeigen, der von einer fast zweiwöchigen Durststrecke spricht. Er ist nur für dich.«

Romy war so perplex, dass sie unwillkürlich lachte. »Wie romantisch du das formulierst.«

»Ich weiß«, sagte er mit verlegenem Lächeln. »Sehr elegant.«

»Dir ist doch klar, dass man sich bei so was auch selbst helfen kann, oder?«

Sein Blick verdunkelte sich. »Hast du das getan?«, flüsterte er.

»Bitte, keine schmutzigen Fantasien, mein Herr.«

Ethan grinste. »Ich will mir aber nicht selbst helfen, ich möchte es mit dir tun.«

Romy wurde wieder ernst. »Warum hast du mich nicht angerufen? Warum habe ich dich tagelang nicht gesehen?«

»Warum hast *du* denn nicht angerufen?«

»Oh nein, dafür lasse ich mir nicht die Schuld in die Schuhe schieben. Du bist in dem Moment auf Tauchstation gegangen, als deine alte Freundin Anna wieder aufgekreuzt ist. Und ich lasse mir auch nicht weismachen, dass du nicht mit ihr geschlafen hast.« Ethan holte Luft, um zu protestieren, doch Romy sprach einfach weiter. »Es ist ja auch dein gutes Recht. Du bist jung, frei und ungebunden, und wir haben uns nie versprochen, ab sofort nur noch eingleisig zu fahren.« Zu ihrem Entsetzen spürte sie, dass ihre Lippen anfingen zu beben und der Druck und die Ängste der letzten Zeit überhandnahmen. Gleich darauf quollen die ersten Tränen hervor.

»Oh nein, bitte wein doch nicht«, bat Ethan, nahm ihre Hand und zog sie in eine relativ ruhige Ecke unter der Treppe.

Zornig wischte Romy ihre Tränen ab.

»Ich hätte dich anrufen sollen«, gab Ethan zu. »Es tut mir leid. Wahrscheinlich hatte ich Angst, weil Anna und ich früher einmal ein Paar waren. Aber das ist längst vorbei. Ich wusste ja nicht einmal, dass sie kommt, doch als sie da war, habe ich gesagt, sie könne bei uns übernachten. Ich wollte nicht, dass du das herausfindest und auf komische Gedanken kommst.«

»Was für komische Gedanken?«

»Dass ich mit ihr schlafe.«

»Tust du das etwa nicht?«

»Nein.« Hilflos fuhr er sich durch die Haare. »Frag sie selbst, wenn du mir nicht glaubst.« Ethan griff nach Romys Hand und zog sie zurück in den Partyraum. Als er Anna entdeckte, die sich mit einigen von Tanks Rugbyfreunden unterhielt, kämpfte er sich mit Romy zu ihr durch und tippte auf ihre Schulter. Sie wandte sich um. »Anna«, begann er fest. »Bitte sag Romy, ob wir seit deiner Ankunft miteinander geschlafen haben.«

Für einen Moment wirkte Anna verdutzt, dann hob sie eine Braue und musterte Romy kühl. »Nein«, sagte sie schließlich mit einem halben Lächeln, das vielleicht nicht einmal unfreundlich war. »Und jetzt weiß ich auch, warum.« Sie drehte sich wieder zu den anderen um.

»Oh«, sagte Romy kleinlaut.

»Siehst du«, sagte Ethan.

»Danke, Ethan, peinlicher ging es wohl nicht mehr.«

»Bleibst du jetzt? Bitte.«

»Na schön.«

»Möchtest du noch etwas zu trinken? Ein Glas Rotwein?«

Romy schüttelte den Kopf. »Hast du vorhin nicht gesagt, du hättest da was für mich? Das würde ich gern sehen.«

25

»Du und Ethan«, sagte Danny. »Ihr seid also …«

»Wie du und Kit«, antwortete Romy.

Sie saßen sich am Frühstückstisch der Mastersons gegenüber. Ethan, Hannah und Kit liefen in der Küche umher, deckten den Tisch und bereiteten das Frühstück zu. Angesichts der neuen Lage fühlten Romy und Danny sich vor den anderen noch ein wenig befangen, trotzdem hatten beide ein verzücktes Lächeln auf dem Gesicht. Kit stellte eine Platte mit gebratenem Schinkenspeck und gebratenen Würstchen auf den Tisch und setzte sich zu Danny. Ethan nahm an Romys Seite Platz.

Hannah brachte den Toast und eine Kanne Tee. »Greift zu«, forderte sie die vier auf, trat zur Tür und rief Tank, er solle herunterkommen, das Frühstück sei fertig.

Kurz darauf kam Tank hereingeschlurft, triefäugig und gähnend. »Tolle Party«, sagte er und ließ sich Hannah gegenüber nieder.

»Wo ist Anna?«, erkundigte sich Kit. »Kommt sie nicht zum Frühstück?«

»Sie hat es vorgezogen, sich ein Hotelzimmer zu nehmen«, entgegnete Ethan.

»Letzte Nacht kam mir wie die Reise nach Jerusalem vor«, sagte Hannah. Romy kicherte. Sie war froh, dass sie bei dieser Reise ihren Platz noch rechtzeitig gefunden hatte. Hannah grinste ihre Brüder schadenfroh an. »Wenn

Mum zurückkommt, werdet ihr ganz schön was zu hören kriegen.«

»Du vergisst wohl, dass es auch deine Party war«, sagte Kit. »Abgesehen davon, sieht das Haus doch gar nicht so schlimm aus.«

»Und wir haben noch genügend Zeit, alles wieder auf Vordermann zu bringen«, ergänzte Ethan.

»Von dem Durcheinander habe ich nicht gesprochen«, sagte Hannah. »Das ist noch das kleinste eurer Probleme.«

»Und warum sollen wir dann was zu hören kriegen?«, fragte Kit.

Hannah deutete mit der Gabel auf Ethan. »Du, weil du mit einer Frau rummachst, die ein Baby hat.«

»Ich mache nicht mit Romy rum.« Unter dem Tisch griff Ethan nach Romys Hand und verschränkte seine Finger mit ihren.

»Nein? Okay, dann bin ich gespannt, wie lange es diesmal hält.« Hannah lachte spöttisch auf. »Tut mir leid, Romy, das geht nicht gegen dich.«

»Schon gut«, murmelte Romy unbehaglich. Ethan legte ihre Hand auf seinen Schenkel und drückte sie beschwichtigend.

»Und was dich betrifft.« Hannah richtete ihre Aufmerksamkeit auf Kit. »Liebe Güte, da weiß man ja kaum, wo man anfangen soll. Du hast uns Lauren zugemutet, was schon mal das Letzte war. Hinzu kommt, dass du Mom und Dad wie Hinterwäldler behandelt hast. Was hast du denn befürchtet? Dass sie dich enterben?«

»Jetzt mach mal halblang«, sagte Ethan. »Und lass Kit zufrieden.«

Hannahs Züge wurden weicher. Dann lächelte sie Kit an und sagte: »Ich bin froh, dass du endlich glücklich bist.«

Kit seufzte. »Trotzdem – wir werden ihnen einiges erklären müssen.«

»Du vor allem.« Ethan gluckste.

»Ach ja? Wer von uns beiden legt denn eine Mutter flach?«

»Ich lege Romy nicht flach«, antwortete Ethan pikiert. »Hör nicht auf sie«, sagte er zu Romy.

»Mann, jetzt ist mir der Appetit vergangen.« Kit schob seinen Teller fort. »Wie sollen wir das unseren Eltern beibringen? Und womit sollen wir beginnen?«

»Mich brauchst du dabei nicht anzugucken«, sagte Tank und packte mehrere Scheiben Schinkenspeck zwischen zwei Scheiben Toast. »Ich weiß ja nicht mal, worum es geht.«

»Ich erkläre es dir nachher im Wagen«, sagte Hannah.

Romy drehte sich zu Danny um. »Wir müssen es Mum auch sagen.«

Nachdenklich rührte Hannah ihren Tee um. »Unsere Eltern kommen heute Abend zurück. Wir könnten ihnen ein schickes Essen servieren, bevor ihr anfangt zu beichten. Romys Mutter laden wir auch ein – zwei Fliegen mit einer Klappe und so weiter.«

»Ich bin dafür«, sagte Romy sofort. »Meine Mutter hat sich bereit erklärt, Luke heute noch den ganzen Tag zu hüten. Anschließend wollten wir zusammen essen gehen. Es wäre schön, wenn sie stattdessen herkommen könnte.«

»Hältst du das wirklich für eine gute Idee?«, fragte Kit Romy. »Unsere Eltern müssten eine Menge auf einmal verkraften.«

»Ich finde, wir sollten die Fronten klären«, sagte Romy. »Je eher, desto besser.« Für sie wäre es eine Erleichterung, denn die Täuschungen und Halbwahrheiten der letzten Wochen reichten ihr für den Rest ihres Lebens.

»Finde ich auch«, sagte Danny mit scheuem Lächeln zu

Kit hinüber. »Ich meine, wenn man einen heißen Freund hat, will man den doch auch zeigen.«

»Bah, bist du oberflächlich«, entgegnete Kit, wirkte jedoch hochzufrieden.

»Das wäre also geklärt«, sagte Hannah. »Bleibt noch die Frage, was wir kochen. Es sollte besser was Gutes sein.«

»Mit reichlich Wein«, setzte Kit hinzu. »Am besten ein ganzes Fass.«

Den Rest des Tages räumten sie auf, machten sauber und begannen schließlich, das Dinner zuzubereiten. Dabei arbeiteten sie Hand in Hand, schnippelten, kochten, rührten die Soße an, schmeckten ab und unterhielten sich dabei. Romy war überglücklich, dass sie mit Ethan zusammen sein konnte, ohne ihre Gefühle verbergen zu müssen. Selbst eine harmlose Tätigkeit wie mit ihm Gemüse klein zu hacken machte sie selig. Als Hauptgericht hatten sie sich für Rindfleisch in Guinness-Soße, Kartoffelpüree und gedünstetes Gemüse entschieden. Zum Nachtisch backte Hannah einen sahnig-samtigen Schokoladenkuchen. Als sie ihn aus dem Ofen holte, sagte Hannah: »Sieht aus, als wollten wir unsere Eltern bestechen.«

Am Abend kehrten Laura und Colm in ein Haus zurück, in dem alles glänzte und funkelte und im Esszimmer ein gedeckter Tisch mit Kerzenlicht auf sie wartete. Auch die Weinflaschen waren schon geöffnet, um den Wein atmen zu lassen.

»Was für eine reizende Überraschung«, sagte Laura freudestrahlend. Sie schnupperte in die Luft. »Irgendetwas riecht hier auch ganz wundervoll.«

»Wir können bald mit dem Essen beginnen«, erklärte Hannah. »Wir warten nur noch auf Romys Mutter.«

»Oh, Marian kommt auch? Wie schön.«

»Wir möchten euch etwas sagen«, begann Kit. »Aber wir warten noch, bis alle versammelt sind.«

»Ach, ich kann es mir schon denken.« Laura zwinkerte Romy zu.

»Das möchte ich bezweifeln«, murmelte Ethan.

»Glaubst du, sie weiß es schon?«, flüsterte Kit Romy zu, als sie in der Küche allein waren.

»Unsinn«, antwortete Romy leise. »Sie geht davon aus, dass wir uns verloben.«

»Oh nein«, stöhnte Kit. »Scheiße.«

»Nur Mut.« Romy klopfte ihm auf die Schulter. »Du schaffst das.«

In dem Augenblick wurde an der Haustür geläutet. »Das wird meine Mutter sein«, sagte Romy und lief hinaus, um ihr zu öffnen.

»Okay, bringen wir es hinter uns«, murmelte Kit und folgte ihr.

Romys Mutter brachte Luke in seinem Kindersitz herein. Da er wach war, fütterte Romy ihn, während die anderen ein erstes Glas Wein tranken. Anschließend trug sie ihn hoch in Kits Zimmer. Schon auf dem Weg dorthin fielen Luke die Augen zu. Als Romy kurz darauf das Esszimmer betrat, richteten sich alle Blicke auf sie. Sie spürte die Aufregung, die in der Luft lag, und erkannte die Vorfreude in den Gesichtern von Laura und Colm. Auch ihre Mutter sah sie gespannt an. Romy tat, als hätte sie nichts bemerkt, und half Hannah, die gefüllten Schüsseln aus der Küche zu holen. Die anderen ließen sich nieder.

»Mir läuft das Wasser im Mund zusammen«, erklärte Colm beim Anblick des saftigen Rindfleischs, des sämigen Kartoffelpürees und der cremigen Guinness-Soße.

»Sitzt jeder gut?«, erkundigte Hannah sich. Alle nickten, reichten die Schüsseln herum und taten sich auf. »Die Gemütlichkeit könnte schon bald ein Ende haben«, setzte sie wie für sich hinzu und grinste.

»Also dann«, begann Laura. »Ihr wolltet uns etwas sagen.« Ihr Blick huschte von Romy zu Kit und wieder zurück.

»Wir werden uns nicht verloben«, brach es aus Kit hervor.

»Oh.« Laura machte ein langes Gesicht.

»Ihr habt euch die ganze Mühe gemacht, um zu verkünden, dass Kit und Romy sich *nicht* verloben?«, fragte Colm. »Nicht dass ich mich beklagen will. Solange ihr dazu so gut kocht, könnt ihr mir jederzeit mitteilen, dass ihr euch nicht verlobt.« Der Wein hatte seine Wangen gerötet, und wenn er einen Bissen nahm, schloss er genüsslich die Augen.

Romy schaute in die Runde. Niemand schien gewillt zu sein, das Wort als Erster zu ergreifen. Hannah und Ethan sahen Kit aufmunternd an. Kit suchte offenbar krampfhaft nach den richtigen Worten. Er hatte schon mehrfach den Mund geöffnet und wieder geschlossen. Romy konnte es ihm nicht einmal verdenken, sie wusste ja selbst, wie schwierig es war, mit einer unbequemen Wahrheit herauszurücken.

»Ich bin nicht mit Kit zusammen«, erklärte sie, um den Ball ins Rollen zu bringen.

»Oh«, sagte Laura bekümmert. »Habt ihr euch getrennt?«

»Ähm, nein … So kann man das nicht sagen.«

»Sie schläft mit Ethan«, warf Kit ein.

»Ethan?!« Laura rang nach Atem und drehte sich zu ihrem jüngsten Sohn um. »Wie konntest du das deinem Bruder antun?«

»Kit ist nicht mit Romy zusammen, das hat sie euch gerade erklärt.«

»Weil du dich dazwischengedrängt hast«, sagte sein Vater. »Ich fasse es nicht.«

»Er hat *nie* mit ihr geschlafen«, verteidigte sich Ethan.

»Ach so, du bist nur eingesprungen.«

»Nein! Kit schläft mit Romys Bruder.«

»Mit ihrem *Bruder*?«, stieß Laura hervor. Alle Blicke flogen zu Danny hinüber. »Warum das denn?«

»Ich bin schwul«, sagte Kit.

»Oh nein, das bist du nicht«, sagte Colm beschwichtigend. »Nach einem kleinen ...« Er räusperte sich. »Nach einer kleinen Erfahrung dieser Art ist man noch lange nicht schwul.«

»Aber Kit *ist* schwul«, sagte Hannah.

»Seit wann?«

Kit zuckte mit den Schultern. »Ich nehme an, seit eh und je.«

»Und das wusstest du?« Laura sah Hannah anklagend an. »Und hast uns nie etwas gesagt?«

»Warum *ich*? Hätte Kit euch das nicht selbst sagen müssen? Außerdem wusste Ethan es auch.«

»Mann«, sagte Colm belustigt. »Wie in einer Seifenoper.«

»Ich habe es nicht *gewusst*«, betonte Ethan. »Höchstens geahnt. Kit hat sich uns nie anvertraut.«

»Wie gut, dass du dich jetzt geoutet hast«, sagte Colm. »Das kann nicht einfach gewesen sein.«

»Dad, Kit ist bereits einunddreißig«, bemerkte Hannah gereizt.

»Trotzdem. Aber wozu hattest du denn dann all diese Freundinnen?«, erkundigte sich Colm.

»Sie dienten zur Tarnung«, erklärte Ethan. »Alle, einschließlich Romy.«

»Wie haben sie Kit denn getarnt?«, fragte Tank seine Ehefrau flüsternd.

Hannah tätschelte seine Hand. »Erkläre ich dir später.«

Kit wandte sich zu seiner Mutter um. »Ich wollte mich hinter ihnen …«

»Herrgott noch mal«, unterbrach Laura ihn genervt. »Meinst du, ich weiß nicht, warum du eine Tarnung wolltest? Ich sehe schließlich fern.«

»Romy war nie richtig mit Kit zusammen«, sagte Ethan. »Wir haben niemanden betrogen.«

»Nein, das sicher nicht, mein Schatz«, sagte Laura sanft. »Aber weißt du, wenn ein Kind involviert ist, dann …«

»Romy ist für mich keine Durchgangsstation, Mum, das schwöre ich dir.«

»Das bin ich wirklich nicht«, sagte Romy, die zeigen wollte, dass sie zu ihm hielt und ihm vertraute.

»Danke.« Ethan nahm ihre Hand und lächelte sie an. »Schön zu wissen, dass wenigstens ein Mensch an mich glaubt.«

»Also Ende gut, alles gut?«, fragte Colm abschließend. Sein Blick wanderte von Kit zu Ethan und weiter zu Romy und Danny, die allesamt strahlend nickten. »Das ist doch die Hauptsache, oder?«

»Du hast recht«, sagte Laura und betrachtete die vier glücklichen Gesichter mit liebevollem Lächeln.

»Ich finde das ganz fabelhaft«, ließ sich Romys Mutter vernehmen. »Ich habe Kit von jeher gemocht.« Sie nickte ihm anerkennend zu.

»Stimmt«, sagte Danny zu Kit. »Sie hat Paul nie über den Weg getraut. Hielt ihn für verschlagen.«

»Verdammt noch mal«, sagte Tank. »Gerade dachte ich, ich hätte es kapiert. Aber wer ist denn jetzt Paul?«

»Das weiß ich leider auch nicht«, erwiderte Hannah betrübt.

»Dannys Exfreund«, erklärte Kit.

»Ach so.« Hannah drehte sich zu Tank um. »Ist jetzt alles klar?«

»Hm«, machte er unsicher. »Aber wie passt Wie-heißt-er-noch in das Ganze hinein?«

»Wer? Paul?«

»Nein, der Kleine, der an Weihnachten hier war – das Baby?«

»Oh, Luke! Er ist Romys Sohn.«

»Ach. Und wer ist der Vater?«

»Ähm … Das wissen wir nicht.«

»Schade.«

»Sicher wird Ethan jetzt die Vaterrolle übernehmen«, sagte Kit geknickt. »Irgendwie hat es mir gefallen, einen Sohn zu haben.«

»Du bist dann eben sein Onkel«, tröstete Romy ihn.

Kits Miene hellte sich auf. »Wie Danny.« Er schaute Danny zärtlich an.

»Heißt das, dass du nicht nach New York zurückkehrst?«, erkundigte Laura sich vorsichtig.

»Mit Sicherheit nicht«, antwortete Kit.

»Was für eine schöne Nachricht.« Laura strahlte ihren Sohn an. »Ich freue mich sehr, dich so glücklich zu sehen, mein Schatz.«

»Das ist alles noch viel besser als eine Verlobung«, verkündete Colm. »Ich finde, das verlangt nach einer Flasche Champagner.«

»Eindeutig ein interessanter Abend«, erklärte Romys Mutter, als sie und Romy nach Schokoladenkuchen und Champagner im Taxi saßen und Luke in Romys Armen schlief.

Colm hatte darauf bestanden, dass sie sowohl auf die beiden neuen Paare als auch Kits Bekenntnis anstießen – und auf Hannah und Tank, damit die beiden sich nicht ausgeschlossen fühlten. Wenig später hatten die jüngeren Familienmitglieder gemerkt, dass ihnen die Feier der vergangenen Nacht noch in den Knochen steckte, und die Tafel wurde bald aufgehoben.

Romy und ihre Mutter waren die Ersten, die sich verabschiedeten. Zum einen wollte Romy Luke für die Nacht zurechtmachen und in seiner gewohnten Umgebung schlafen legen, zum anderen sehnte sie sich selbst nach ihrem Bett. Zwar hatten sie und Ethan die Silvesterparty vorzeitig verlassen und noch vor Mitternacht im Bett gelegen, doch sie hatten nur wenig geschlafen. Während des Festessens hatte es Momente gegeben, an denen sie kaum die Augen hatte offen halten können. Die vergangene Nacht war natürlich fantastisch gewesen, aber jetzt drängte es sie, in ihr Bett zu fallen und nur noch zu schlafen

»Ich fand diesen Abend wundervoll«, sagte Romys Mutter mit einem zufriedenen Seufzer.

»Ja, nicht wahr?« Romy lächelte. »Danny und Kit scheinen wirklich glücklich zu sein.«

»Das sind sie definitiv. Oder war es für dich seltsam, sie zusammen zu sehen?«

Romy dachte nach. »Seltsam ist höchstens, dass es für mich nicht seltsam war.« Sie lachte.

Ihre Mutter legte den Kopf schief und sah sie prüfend an. »Du bist wieder ganz die Alte«, stellte sie fest. »Das finde ich schön.«

»So fühle ich mich auch«, bekannte Romy. »Aber auch anders – besser.« Ihr war leicht ums Herz, und sie fühlte sich befreit. Endlich war alles offen ausgesprochen worden. Sie konnte sich nicht erinnern, jemals so rundum glücklich gewesen zu sein. Dann kam ihr ein Gedanke. »Dad hätte der Abend auch gefallen, meinst du nicht?«

Ihre Mutter warf den Kopf in den Nacken und lachte auf.

»Aber von Kit hat er nie viel gehalten.«

Ihre Mutter kicherte. »Er wusste ja nicht, dass er schwul ist.«

»Richtig, sonst hätte die Pflicht von ihm verlangt, ihn zu mögen.«

Ihre Mutter wurde ernst. »Wenn er noch erlebt hätte, wie Kit sich entwickelt hat, wäre er sicherlich beeindruckt gewesen. Und Ethan hätte er geliebt.«

»Glaubst du wirklich?«

»Oh ja.« Mit strahlenden Augen wandte ihre Mutter sich ihr zu. »Er hätte jeden geliebt, der dich so glücklich macht, Romy.«

Kit begleitete Danny hinaus zu seinem Taxi. Als er in die Küche zurückkehrte, saß Ethan mit einer Tasse Kaffee am Tisch. Kit nahm sich Kaffee und setzte sich seinem Bruder gegenüber. Hannah und Tank waren bereits auf dem Heimweg, und ihre Eltern hatten sich schlafen gelegt. Jetzt waren nur noch sie beide übrig.

»Eigenartiger Abend«, sagte Ethan und rieb sich die müden Augen.

»Aber auf gute Weise.«

Ethan grinste. »Ja, ist alles ziemlich glatt gelaufen. Irgendwie hast du es geschafft, wie ein Held dazustehen, du gerissener Hund.«

Kit lächelte zufrieden.

»Schwul und stolz darauf.« Ethan hob die Hand, und sein Bruder schlug ein. »Wie fühlt sich das an?«

»Als hätte ich mich schon vor Jahren outen sollen.«

»Ach was, es ist nie zu spät. Sag dir einfach, wenn du es früher getan hättest, wärst du vielleicht nie mit Danny zusammengekommen. Er ist ein starker Typ.«

»Oh ja.« Kit lächelte versonnen. »Ebenso wie seine Schwester.« Er holte tief Luft und wappnete sich. »Da ist noch was, worüber ich mit dir reden wollte. Dein Verhältnis mit Romy ist natürlich was Tolles, aber …«

»Oh nein, bitte nicht schon wieder«, unterbrach Ethan ihn. »Das höre ich jetzt zum hundertsten Mal. Deshalb ein für alle Mal: Es ist mehr als ein Verhältnis.«

»Das war ja auch nicht mein Thema.«

»Sondern?«

»Es geht um … Also, es gibt da ein paar Dinge, die du nicht weißt. Romy ist nicht so normal und bodenständig, wie sie scheint.«

»Jetzt hör mir mal zu, Kit. Ich weiß, dass ihr mal ein Paar wart, aber das ist Jahre her. Ich glaube, dass ich die Romy von heute besser kenne als du.«

»Und ich glaube, dass du nicht alles über sie weißt. Ich möchte dich ja auch nur warnen. Ich finde, du solltest wissen, worauf du dich einlässt.«

Ethan wurde ernst. »Was soll das heißen?«

»Dass Romy … gewisse Vorlieben hat, die du mit ziemlicher Sicherheit nicht teilst.«

Ethan lachte erleichtert auf. »Ist das alles? Falls ja, brauchst du dir keine Sorgen zu machen. Ich weiß Bescheid.«

»Ach. Tatsächlich? Und das stört dich nicht?«

Ethan zuckte mit den Schultern. »Warum sollte es? Wenn es sie glücklich macht.«

»Aber es geht nicht nur um das, was *sie* glücklich macht. Sie wird doch erwarten, dass du daran … teilnimmst.«

»Meinst du?« Ethan wirkte so ungerührt, dass Kit den Eindruck hatte, sein Bruder hatte den Ernst der Lage noch nicht erfasst.

»Ja natürlich. Du bist ihr Freund. Sie wird davon ausgehen, dass sie all diese Sachen jetzt auch mit dir machen kann.«

»Hm, könnte sein. Aber selbst wenn. Das ist zwar nicht mein Ding, aber wenn sie es möchte, nehme ich es auf mich.«

»Und wie soll das gehen, wenn du nicht darauf stehst?« Kit sah seinen Bruder verwirrt an und begriff nicht, wie dieser derart gelassen reagieren konnte.

»Ist das denn zu viel verlangt, wenn man jemanden, na, du weiß schon …«

»… liebt?«

»Ja«, bekannte Ethan mit scheuem Lächeln. »Abgesehen davon hat sie wahrscheinlich Freunde, mit denen sie das tun kann, Leute, die so was mögen.«

Kit schluckte. »Und du hättest nichts dagegen? Ich meine, dass sie es mit anderen Leuten macht?«

»Natürlich nicht.« Ethan lachte, als er die schockierte Miene seines Bruders sah. »Romy und ich sind doch keine siamesischen Zwillinge.«

»Ich fasse nicht, dass du so …«

»Und falls sie mich dabeihaben will, sitze ich es einfach aus.«

»*Aussitzen*?«, sagte Kit verblüfft. »Wie willst du so was denn aussitzen?«

Ethan verdrehte die Augen. »Mein Gott, wo ist denn das Problem? Warum musst du solche Dinge immer überbewerten?«

»Was meinst du mit *Dinge*?«

»Na, welche Bands man mag und ob die cool sind oder nicht.«

»*Bands*?« Kit fuhr sich durch die Haare. »Denkst du im Ernst, wir reden über *Bands*?

»Take That, zum Beispiel. Ich weiß, dass Romy die liebt. Sie zu hören ist zwar nicht einfach, aber letztendlich doch zu verkraften.« Ethan runzelte die Stirn.

Der kleine Scheißer macht sich über mich lustig, ging es Kit durch den Kopf.

»Wenn Romy möchte, dass ich sie zu einem Konzert begleite, meinetwegen. Ich bin immer für sie da.«

Kit sah Ethan mitleidig an. »Ethan, ich spreche nicht von den verdammten Take That.«

»Nein?«

»Nein.«

»Schön, sei's drum. Aber selbst wenn sie Chris de Burgh gut finden sollte, wäre mir das egal.«

»Mein lieber Mann«, sagte Kit. »Dich muss es ja voll erwischt haben.«

»Hat es.« Ethan schaute zu Boden und lächelte verlegen.

Heiliger Himmel, dachte Kit. Wenn Ethan sogar bereit war, Chris de Burgh zu akzeptieren, wären Romys sexuelle Vorlieben vielleicht gar kein so großes Problem.

Ethan hob den Kopf. »Das tut sie aber nicht, oder?« Sein Blick war besorgt.

»Was jetzt genau?«

»Chris de Burgh gut finden.«

»Soweit ich weiß, nicht.« Kit überlegte. »Nein, mit Sicherheit nicht.«

»Puh, Gott sei Dank. Ich meine, grundsätzlich habe ich ja nichts gegen seine Fans, aber …«

»Aber du möchtest nicht, dass sie ins Nachbarhaus ziehen und Kinder kriegen, oder?«

»Nicht so richtig. Würde das Niveau unserer Gegend runterziehen.«

»Du könntest einen Test machen. Nur um auf Nummer sicher zu gehen.«

»Was für einen Test?«

»Na, du spielst ihr *Lady in Red* vor. Wenn sie dann entzückt aufschreit und mit dir tanzen will, weißt du Bescheid.«

»Zuerst müsste ich den Song runterladen.«

»Nein, so funktioniert das nicht. Er müsste schon auf deinem iPod sein.« Kit lachte. »iTunes würde sonst denken, dass du darauf stehst.«

»Und mir entsprechende Musiktipps geben.«

»Für den Rest deines Lebens.«

»Hm«, machte Ethan. »Ich glaube, ich bleibe lieber im Ungewissen.«

Kit lachte. »Ist wahrscheinlich besser.«

Ethan schwieg. Dann sagte er: »Das, was du mir erzählen willst, ist das besser oder schlimmer als Chris de Burgh?«

Kit wiegte den Kopf hin und her. »Schlimmer. Nein, besser. Ach Mist, ich weiß es nicht. Ich sage es dir einfach, und dann entscheidest du selbst.«

»Okay. Schieß los.«

Kit bereute es schon fast, mit dem Thema begonnen zu haben. Romy und Ethan hatten den ganzen Tag über so glücklich gewirkt. Und sie liebten sich ganz eindeutig.

Wollte er ihnen tatsächlich alles verderben? Obwohl es besser wäre, wenn Ethan wüsste, was ihm bevorstand. »Hat Romy dir jemals etwas über Lukes Vater erzählt?«

Ethan dachte nach. »Nur dass sie nicht weiß, wer er ist.«

»Weißt du auch, warum?«

Ethan machte eine gleichmütige Handbewegung. »Ja, es war ein One-Night-Stand.«

»Nein, es war eine Orgie, wo alle maskiert waren oder Augenbinden trugen.«

Ethan wurde rot. »Das glaube ich nicht.« Dennoch schien er unsicher zu werden.

»Es ist wahr.« Kit sah seinen Bruder entschuldigend an. »Romy hat es mir selbst erzählt.«

»Aber …«, setzte Ethan an und verstummte.

»Romy steht auf SM«, fuhr Kit leise fort. »Sie möchte gefesselt und ausgepeitscht werden.«

»Das kann nicht sein.« Ethan lehnte sich zurück und machte einen verwirrten Eindruck. »Wir haben … Dinge zusammen … und sie hat nie …« Seine Stimme verebbte.

»Ich denke mal, um so was bittet man nicht, wenn man frisch zusammen ist. Vielleicht hat sie Angst, dass du sie auslachst oder davonrennst.«

»Nein, ich bin sicher, dass du dich irrst. Du musst irgendetwas missverstanden haben.«

»Tut mir leid, Ethan, ich weiß, so was schluckt man nicht so ohne weiteres. Zumal sie so normal wirkt. Trotzdem, es ist die Wahrheit.« Kit beugte sich vor. »Du solltest dir mal die Bücher in ihrer Wohnung anschauen.«

Ethan verschränkte die Arme vor der Brust. »Nur weil jemand etwas liest, muss er es noch lange nicht praktizieren.«

»Ich habe noch mehr. Kennst du May? Sie ist eine von Romys Mietern.«

Ethan schüttelte den Kopf.

»May tritt im Internet als eine Art Sex-Expertin auf. Na, und da sie davon ausging, dass ich Romys Freund bin, hat sie mir erzählt, dass sie Romy in ihrer Rolle als Unterwürfige unterrichtet. Sie dachte, Romy mache das mir zuliebe. Ich habe getan, als wäre ich überglücklich, dass Romy sich meinetwegen so viel Mühe gibt.«

Ethan blinzelte und schien die Welt nicht mehr zu verstehen. Dann zogen sich seine Brauen zusammen, und sein Blick wanderte umher, als stünde irgendwo eine Erklärung geschrieben.

»Na komm«, sagte Kit aufmunternd. »Ich finde, es gibt Schlimmeres.«

Ethans Miene hellte sich ein wenig auf.

Kit zwinkerte ihm zu. »Stell dir vor, sie wäre Fan von Chris de Burgh.«

Ethan wandte den Blick ab. »Jetzt wäre ich froh, wenn sie bloß zu *Lady in Red* tanzen wollte.«

»Ach, sei doch nicht so. Das ist doch nicht das Ende der Welt. Vielleicht versuchst du einfach, das eine oder andere mitzumachen. Ich finde es ganz erstaunlich, was Leute für jemanden tun, den sie lieben. Sieh dir doch Dad an. Heute Abend hat er erstmals seit über dreißig Jahren etwas Vernünftiges zu essen bekommen.«

Ethan lachte matt. »Trotzdem ist er der glücklichste Mann Irlands.«

»Na also. Du könntest mit etwas Harmlosem beginnen, irgendetwas, das Romy gefällt. Du musst die Sache nicht bis zum Letzten durchziehen.«

»Und was soll dieses Harmlose sein?«

»Keine Ahnung. Irgendwas für Anfänger.«

Ethan lächelte gequält.

»Du könntest ihr den Hintern versohlen.«

»Danke, Kit. Ich weiß, du meinst es gut, aber ich denke, wir sollten das Thema jetzt fallenlassen.« Ethan senkte den Kopf.

»Gut, wie du willst. Aber wie wäre es, wenn ich dich mal mit May bekanntmache?«

26

In den ersten beiden Januarwochen fiel so viel Schnee, dass an eine Rückkehr nach Wicklow nicht zu denken war. Aber insgeheim war Romy ganz froh, dass die Arbeit am Haus im Moment ruhte. Ethan war kurz davor, seine neue Stelle in einem Krankenhaus anzutreten, und hielt nach einer eigenen Wohnung Ausschau. Sie wollte bei ihm in Dublin bleiben und so oft wie möglich mit ihm zusammen sein. Seit dem Neujahrstag hatte er praktisch bei ihr gewohnt und jede Nacht mit ihr verbracht. Wenn er sich eine Wohnung anschaute, bat er sie, ihn zu begleiten. Sie war gerührt, als sie erkannte, dass er sie und Luke bei seiner Wahl berücksichtigte. Das hatte er zwar nicht gesagt, doch sie wusste, dass er eine Wohnung mit einem großen und einem kleinen Schlafzimmer suchte. Als er sich zu guter Letzt für eine entschied, war sie nur wenige Gehminuten von ihrem Haus entfernt.

Doch obwohl sie jede freie Minute zusammen waren und Ethan sich eindeutig benahm, als wären sie ein Paar, hatte Romy den Eindruck, dass er dabei war, innerlich von ihr abzurücken. Ihr war aufgefallen, dass er in letzter Zeit abgelenkt wirkte, zurückhaltender als zuvor, hier und da sogar ein wenig distanziert. Sie fragte sich, ob ihm hinsichtlich ihrer Beziehung Zweifel gekommen waren. Sie nahm an, dass es für jemanden in seinem Alter nicht spaßig war, wegen eines Babys Abend für Abend zuhause zu hocken. Möglicherweise hatte er kalte Füße bekommen.

In den ersten Januartagen hatte sie noch gedacht, er schlüge vor, dass sie zusammenziehen, doch als er es nicht tat, befahl sie sich, ihn nicht darum zu bitten. Was Kit über seinen Bruder erzählt hatte, war ihr noch bestens im Gedächtnis: Ethan liebte seine Freiheit und band sich nicht an einen einzigen Menschen. Vielleicht war er unsicher geworden, was sie betraf, und wusste nicht, ob er tatsächlich monogam leben konnte. Romy beschloss, ihm Zeit zu lassen; sie wollte nicht, dass er sich gefangen fühlte.

Doch am dritten Freitag im Januar begann sie sich zu fragen, ob ihre Beziehung womöglich schon beendet war. Die ganze Woche über hatte sie Ethan nicht ein Mal gesehen. Am vergangenen Wochenende hatte sie ihm bei seinem Umzug geholfen, am Montag hatte er zu arbeiten begonnen. Ihr war zwar bewusst, dass er im Krankenhaus einen langen Arbeitstag hatte und dabei war, sich in seiner neuen Wohnung einzurichten, doch er fehlte ihr. Aber außer einigen kurzen Anrufen und SMS hatte sie nichts von ihm gehört. Nicht einmal sein neues Bett hatten sie bisher eingeweiht.

Mal wünschte sie, sie wüsste, was ihm durch den Kopf ging, mal hatte sie Angst es herauszufinden. Sie war kurz davor, klein beizugeben und ihn anzurufen, als ihr Telefon ging und seine Rufnummer auf dem Display erschien. Sie ließ es mehrere Male läuten, denn mit einem Mal fürchtete sie sich davor, den Hörer abzunehmen. Dann überwand sie sich.

»Hi, Ethan.«

»Hi. Wie geht's?«

»Gut. Und dir?«

»Auch gut. Ich bin bloß müde. Tut mir leid, dass wir uns in den letzten Tagen nicht gesehen haben. Ich hatte viel um die Ohren.«

»Kein Problem«, entgegnete Romy, knetete nervös ein Sofakissen und wartete angespannt auf die Hiobsbotschaft. Wahrscheinlich würde er erklären, er habe es sich anders überlegt.

»Möchtest du morgen Abend zu mir kommen?«

»In deine Wohnung? Ja, gern«, antwortete sie und spürte, wie ihr ganzer Körper leicht und locker wurde.

»Meinst du, du bekommst noch einen Babysitter? Ich dachte, wir könnten den Abend vielleicht zu zweit verbringen.«

»Ich bin sicher, dass meine Mutter nichts dagegen hat, Luke zu hüten. Dann können wir endlich einmal dein neues Bett testen.«

»Ähm, klar … das auch.«

Oh Gott, dachte Romy, *wie unbehaglich und ausweichend er klingt.* Offenbar hatte er nichts dergleichen im Sinn gehabt. Vielleicht wollte er ihr nur persönlich den Laufpass geben.

Dann hielt sie es nicht mehr aus. Sie musste es einfach wissen. »Ethan, du hast doch … was uns betrifft … deine Meinung nicht geändert, oder?«

»Nein! Natürlich nicht.«

Romy atmete auf. Sie hatte sein aufrichtiges Entsetzen mitbekommen.

Stille breitete sich aus. Zu guter Letzt sagte er: »Ich möchte wirklich mit dir zusammen sein, Romy, aber …«

Oh nein! Das *Aber* klang verhängnisvoll. Dabei müsste er sie jetzt eigentlich beruhigen und ihr versichern, dass sie sich unnötig sorgte. Romy schluckte krampfhaft, ehe sie allen Mut zusammenraffte und fragte: »Aber?«

Er stieß einen schweren Seufzer aus. »Ich weiß nicht, ob ich das kann, was du erwartest. Ob ich dir geben kann, was du brauchst.«

»Aber das tust du doch schon.«

»Vielleicht. Aber möglicherweise bin ich nicht in der Lage, die Beziehung zu führen, die du dir wünschst.«

Aha, dachte Romy, *der klassische Auftakt zur Abschiedsrede.*

Doch trotz ihrer Vorahnungen und der Kraft, die es sie gekostet hatte, sich zu wappnen, empfand sie seine Worte wie einen Schlag. Ethan war immer offen und bereit, das Leben zu nehmen, wie es kam. Beides gehörte zu den Dingen, die sie an ihm am meisten liebte. Wie kam es, dass er plötzlich so steif und kalt reagierte? Waren sie in den letzten beiden Wochen denn nicht glücklich gewesen?

»Trotzdem will ich es versuchen«, fuhr Ethan fort. Romy wurde fast schwindelig vor Erleichterung. »Vielleicht solltest du nicht zu viel erwarten. Ich möchte dich nicht enttäuschen.«

»Ausgeschlossen«, sagte Romy. »Du enttäuschst mich nie.«

»Gut, dann bis morgen Abend. Passt dir acht Uhr?«

»Acht Uhr ist fein.«

Am nächsten Abend stand sie Punkt acht vor Ethans Wohnungstür. Vorher hatte sie sich mehrmals umgezogen und sich zuletzt für ein rotes Jerseykleid entschieden, das sich um ihre Rundungen schmiegte und einen tiefen Ausschnitt hatte. Sie fühlte sich schön und sexy, denn darunter trug sie ziemlich raffinierte Unterwäsche.

»Hi«, begrüßte sie ihn lächelnd, als er die Tür öffnete. Doch dann war ihr plötzlich, als hätte sie ihn seit ewigen Zeiten nicht mehr gesehen. Ethan sah wunderbar aus, lässig und sexy zugleich, in schwarzer Jeans und eng anliegendem schwarzem T-Shirt.

»Hi«, sagte er, ohne ihr Lächeln zu erwidern. Im Flur

half er ihr aus ihrem Mantel. Allerdings wirkte er nervös, denn als seine Finger ihren Hals streiften, schienen sie zu zittern. »Du siehst sagenhaft aus«, sagte er rau, hängte ihren Mantel auf und verschlang sie förmlich mit seinem Blick. Dann riss er sich zusammen, seine Miene wurde ausdruckslos.

Er führte sie ins Wohnzimmer. Auf dem Kaminsims brannten Kerzen. Auf dem Couchtisch befanden sich ein gehefteter Stapel Din-A4-Seiten und ein Glas mit einer bernsteinfarbenen Flüssigkeit.

»Gemütlich hast du's«, sagte Romy und schaute sich um.

Ethan stand vor ihr, die Hände in die Hüften gestemmt. Sie roch den Whisky in seinem Atem. Eigentlich hätte er sie jetzt in die Arme nehmen sollen, doch er rührte sich nicht. Sie wollte gerade einen Schritt auf ihn zu machen, da holte er Luft.

»Geh ins Schlafzimmer«, sagte er. »Zieh dich aus und warte auf mich.«

»Ähm ... Wie bitte?«

Er musterte sie unbeteiligt.

»Na, wenn du meinst ... okay.«

Romy sah ihn verunsichert an und begriff nicht, weshalb er sich so merkwürdig benahm, so kühl und fremd. Doch anscheinend hatte er irgendetwas geplant. Sie steuerte sein Schlafzimmer an.

Doch als sie dort allein war und sich auszog, kam sie sich albern vor. Trotzdem legte sie ihr Kleid ordentlich gefaltet auf einen Stuhl und stellte ihre Stiefel darunter. *So viel zu meiner sexy Unterwäsche*, dachte sie betrübt, streifte sie ab und platzierte sie auf dem Kleid. Dann wusste sie nicht mehr weiter. Sollte sie sich in aufreizender Pose auf dem Bett drapieren? Einfach nackt im Raum zu stehen wirkte irgendwie dumm. Zum Schluss entschied sie, sich auf die Bettkante zu setzen und die Beine übereinanderzuschlagen. Danach kam sie sich nicht mehr so zur Schau gestellt und lächerlich vor.

Anschließend wartete und wartete sie. Die Zeit verstrich. Sie ließ ihren Blick schweifen. Überall standen Kisten, die Ethan noch nicht ausgepackt hatte. Sie stellte sich das Durcheinander darin vor und gab ein paar missbilligende Laute von sich. Als sie die Kisten zusammen gepackt hatten, hatte sie versucht, sorgsam und systematisch vorzugehen, doch er hatte es vorgezogen, den Inhalt seines Schranks und der Kommode einfach in die Kisten zu werfen, und erklärt, beim Auspacken könne er alles in Ruhe sortieren. Dazu war es eindeutig noch nicht gekommen.

Als Nächstes überlegte sie, ob Ethan nackt hereinkäme. Falls er überhaupt noch käme. Sie schaute auf ihre Uhr, stellte fest, dass nur eine Uhr zu tragen merkwürdig wirkte, legte sie ab und deponierte sie oben auf ihrer Unterwäsche. Sie hoffte, was hier gerade ablief, sollte kein Scherz sein, irgendwie fühlte es sich sehr nach versteckter Kamera an. Allerdings wäre das ganz und gar nicht Ethans Stil. Dann fiel ihr ein, dass er ihr nicht einmal einen Drink angeboten hatte. Auch das sah ihm nicht ähnlich.

Nach gefühlten Stunden öffnete sich die Schlafzimmertür. Romy sprang auf. Ethan kam herein und war noch vollständig bekleidet. Daraufhin kam sie sich noch nackter vor. Sein Blick weitete sich, als wäre sie zu sehen die größte Überraschung überhaupt. Für einen Moment wirkte er panisch, doch dann fing er sich wieder.

»Ich habe ein Geschenk für dich«, sagte er und holte einen langen, schmalen Karton hinter seinem Rücken hervor.

»Oh, wie lieb, vielen Dank.« Romy rang sich ein Lächeln ab. »Soll ich es gleich aufmachen?«

Er nickte und überreichte ihr den Karton. Sie klappte ihn auf und entdeckte … *Was zum Teufel sollte das jetzt wieder?*

»Ähm, ist das …?« Sie holte den Inhalt hervor und hoffte, es wäre nicht das, wonach es aussah. Doch ganz gleich, wie sie den Gegenstand drehte und wendete, er war und blieb eine Reitpeitsche. »Hm. Danke«, sagte sie verwirrt.

»Gefällt sie dir?«, fragte er mit einem eigenartigen Lächeln.

»Tja doch, sehr hübsch, aber … ich reite doch gar nicht.« Falls es sich bei dem Geschenk um einen Witz handelte, entging ihr die Pointe.

»Sie ist nicht …« Ethan schluckte. »Sie war nicht für ein Pferd gedacht.«

»Nein?«

»Na schön, vielleicht verwenden wir sie später.« Ethan griff nach der Peitsche und warf sie aufs Bett.

Romy wurde immer ratloser. Was um alles in der Welt war in ihn gefahren?

»Geh auf die Knie«, sagte er und deutete auf den Fußboden. »Ich möchte, dass du …« Den Rest nuschelte er so undeutlich, dass Romy ihn kaum verstand. Trotzdem war ihr, als hätte es nach »meinen Schwanz lutschst« geklungen.

»Entschuldige, könntest du das wiederholen?«

»Du hast mich gehört. Ich habe gesagt, auf die Knie.«

Romy ließ sich auf die Knie sinken. Offenbar erlebte sie gerade den irrwitzigsten Abend aller Zeiten. »Ja, aber danach. Was hast du danach gesagt?«

»Oh nein.« Ethan stöhnte. »Bitte, lass es mich nicht wiederholen.« Er rieb sich die Schläfen. Dann holte er tief Luft. »Ich habe gesagt, ich möchte, dass du meinen Schwanz lutschst.« Er verzog das Gesicht. Inzwischen war er feuerrot angelaufen und rang nach Atem, als hätte er Herzbeschwerden.

Sie öffnete den obersten Knopf seiner Jeans und zog den Reißverschluss auf. Ihre Finger strichen über seine Boxershorts. Seltsam. Die Vorstellung, einen geblasen zu kriegen, schien ihn nicht gerade zu erregen. Sie setzte sich auf die Fersen zurück. »Ethan, bist du sicher, dass du das möchtest? Du siehst irgendwie krank aus. Vielleicht solltest du dich hinlegen.«

»Widersprich mir nicht. Du machst, was ich sage. Wenn nicht … wenn nicht … werde ich … sehr böse.« Er drohte ihr mit dem Zeigefinger. »Dann … dann …« Er schluckte schwer. »Dann lege ich dich übers Knie und … verhaue dir den Hintern.« Er schloss die Augen und wand sich.

Romy lachte auf. »Spinnst du?«

»Oh Gott«, antwortete er gepeinigt. »Das ist entsetzlich, oder?«

Romy spürte das aufsteigende Lachen in ihrer Kehle, doch als sie sah, wie verlegen und unglücklich er wirkte, biss sie sich auf die Lippe.

»Ziemlich entsetzlich.«

»Es tut mir leid.« Ethan ließ den Kopf hängen. »Verdammt«, murmelte er. »Die Handschellen.« Er holte ein Paar Handschellen aus der Hosentasche heraus und ließ sie vor ihr baumeln. »Soll ich dir die anlegen?«

»Auf keinen Fall.«

»Eine Augenbinde?« Er zog ein Tuch hervor.

»Nein danke«, entgegnete sie ungeduldig. Himmel noch mal, was hatte er denn noch alles in petto? Es war, als versuchte er, ihr irgendwelche blöden Zaubertricks vorzuführen.

»Ich könnte dich fesseln«, schlug er hoffnungsvoll vor.

»Du könntest es gut sein lassen, wie wäre das denn?«

»Ach richtig, ich darf dich ja nicht fragen. Ich muss …« Er beugte sich vor und umklammerte ihre Handgelenke.

»Lass das!« Romy riss ihre Hände los. »Sag mal, was fällt dir eigentlich ein.«

»Ich lege dir jetzt Handschellen an.«

»Nein, tust du nicht.« Er langte nach ihren Händen. Romy fuhr zurück, aber er war schneller und stärker.

»Wehr dich nicht«, befahl er stirnrunzelnd, als sie sich ihm entwand. »Ich will dir nicht wehtun.«

»Dann hau mit diesen verdammten Handschellen ab.«

»He, ich glaube, solche frechen Antworten darfst du nicht geben.«

»Freche Antworten?«, rief Romy aufgebracht. »Sag mal, glaubst du, du bist mein Vater?«

»Ganz ruhig.« Ethan strich über ihre Haare. »Du bist jetzt ein braves Mädchen und lässt mich diese Handschellen anbringen, ja? Ich möchte nicht gezwungen sein, dich … ähm … zu bestrafen.«

»Mich *bestrafen*? Sag mal, tickst du noch richtig?« Romy sprang auf und wich zurück.

»Scheiße.« Ethan schlug sich an den Kopf. »Ich Idiot habe die Sache mit dem Codewort vergessen.«

»Was für ein Codewort?«

»Na, dein Stichwort, um mir zu sagen, wann ich aufhören soll. Ich dachte an *rot* für aufhören und *grün* für weitermachen.«

»Ethan«, sagte Romy entnervt. »Hast du schon mal gehört, dass nein nein bedeutet?«

»Das trifft nicht immer zu. Es könnte nein bedeuten, aber ebenso gut könnte es zu der ganzen Szene gehören, oder?«

»Glaub mir, wenn ich nein sage, meine ich auch nein.«

»Ach so, dann möchtest du vielleicht, dass ich dich zwinge.«

»NEIN!«

»Oder möchtest du doch zuerst die Peitsche?«

»Herrgott noch mal, Ethan, ich meine nein. Oder rot oder was du willst. Du sollst verdammt noch mal aufhören. Ich habe ja nicht mal was an.« Romy war außer sich.

»Ich weiß«, sagte er mit sehnsüchtigem Blick. »Du siehst wunderschön aus. Ich wünschte, wir könnten einfach …« Er seufzte und steckte die Hände in die Hosentaschen. »Irgendwie funktioniert es nicht.«

»Was? Was um alles in der Welt soll denn funktionieren?«

Ethan schaute zu Boden. »Ich dachte, es würde dich erregen.«

»Wie bitte?« Um ein Haar hätte sie laut herausgelacht. »Okay, in dem Fall hast du recht. Es funktioniert definitiv nicht.«

Ethan hob den Kopf. »Ich habe dir ja gesagt, dass ich dir vielleicht nicht das geben kann, was du brauchst.«

»Was denn? Glaubst du, ich suche einen Irren, der Lust hat, mich zu peitschen?«

»Na ja, eigentlich schon.«

»Das ist nicht dein Ernst, oder?«

»Ich sage ja auch nicht, dass so etwas pervers ist. Wenn es dir Spaß macht, ist es okay. Aber es ist einfach nicht mein Ding.«

»Meins auch nicht«, entgegnete Romy wütend.

»Sieh mal, wenn du auf so was stehst, so abartig es auch

sein mag – entschuldige, das war nicht abwertend gemeint, aber wie auch immer, ich kann so was nicht. Ich meine, ich habe ja nicht mal den Auftakt geschafft. Und offen gestanden, möchte ich dich auch nicht schlagen.«

»Sehr schön, das hätten wir schon mal gemeinsam.«

»Tatsächlich?« Ethan zog die Brauen zusammen. »Ah«, sagte er.« Seine Augen leuchteten auf. »Jetzt ist alles klar. Du möchtest diejenige sein, die den Ton angibt, nicht? Okay, wenn du magst, kannst du mich schlagen.«

Romy zwang sich, ernst zu bleiben. »Du willst geschlagen werden? Etwa mit der Reitpeitsche?«

»Nein«, sagte Ethan. »Nicht wirklich. Aber es wäre mir lieber, als dich zu schlagen. Vielleicht wäre es am besten, wenn ich irgendwo einen Kurs belege.«

»Das würdest du für mich tun?«

Er zögerte. »Ich glaube schon. Nur diese Ledermasken, die möchte ich nicht so gern tragen. Die mit dem Reißverschluss vor dem Mund. So was könnte mich panisch machen.«

»Oh, Ethan, du bist so süß.« Romy stürzte auf ihn zu und schlang die Arme um ihn. Doch dann wurde ihr wieder bewusst, dass sie nackt und er angekleidet war. »Macht es dir was aus, wenn ich mich anziehe? Irgendwie fühle ich mich im Nachteil.«

»Soll ich dir ein Taxi rufen?«

Romy hielt erschrocken inne. »Warum? Willst du, dass ich gehe?«

»Nein, aber ich dachte, dass du jetzt vielleicht nicht mehr bleiben willst. Nach all diesem ...« Seine Stimme versagte. Er schaute zu Boden.

Romy legte eine Hand auf seine Wange und drehte sein Gesicht zu sich her. »Ich glaube, wir müssen reden.«

Ethan nickte. Romy setzte sich auf die Bettkante und zog Ethan zu sich. Er ließ sich neben ihr nieder.

»Hast du vor meiner Ankunft getrunken?«, fragte sie, obwohl sie seinen Whiskyatem roch.

»Ja«, gestand er. »Ich habe mir Mut angetrunken.«

»Vielleicht hättest du mir auch etwas anbieten sollen. Ich musste alles stocknüchtern verkraften.«

»Tut mir leid, dass es so ein Fiasko war.«

»Ethan, bitte. Ich stehe nicht auf SM. Ehrlich nicht.«

»Nein?«

»Überhaupt nicht.«

»Oh mein Gott.« Er verbarg das Gesicht in den Händen. »Und jetzt hältst du mich für einen perversen Typ, der die unglaublichsten Dinge sagt … und verlangt.« Er stöhnte auf.

»Nein.« Sie löste die Hände von seinem Gesicht. »Du bist ein Schatz und hast versucht, etwas für mich zu tun, obwohl es dir offenkundig zuwider war.«

Ethan quittierte ihre Worte mit einem schiefen Grinsen. »Du hast gemerkt, dass es mir keinen Spaß gemacht hat, oder?«

Romy lächelte. »Ich dachte, du kriegst gleich einen Herzinfarkt. Einen armseligeren Dominanten als dich dürfte es auf der ganzen Welt nicht geben.«

»Ich glaube, damit kann ich leben.«

»Bleibt noch die Frage, wie du darauf gekommen bist, dass ich auf so etwas stehe.«

»Das hat Kit mir erzählt.«

»Kit? Sieh einer an.«

Romy betrachtete die Reitpeitsche auf dem Bett. Sie war kein gewalttätiger Mensch, aber wenn Kit jetzt hier gewesen wäre, hätte er was erleben können.

»Er hat gesagt, Luke sei während einer Orgie zustande gekommen, bei der jeder eine Maske oder Augenbinde getragen hat.«

»Ach herrje.« Romy lachte. »Es war eine Kostümparty.«

»Außerdem hat er von den Büchern in deiner Wohnung gesprochen. Und dass May dich in der Rolle der Unterwürfigen unterwiesen hat.«

»Erstaunlich«, sagte Romy. »Die beiden müssen da etwas extrem missverstanden haben.«

»Nicht nur die beiden«, entgegnete Ethan verlegen. »Wenn ich bei dir war, habe ich manchmal deinen Laptop benutzt. Ich habe deine Favoriten gesehen.«

»Was für Favoriten?«

»Für Websites und Blogs, bei denen es um BDSM geht.«

»Ach die. Mein Gott, die hatte ich völlig vergessen.«

»Deine Spielzeugkiste habe ich auch entdeckt. Ich habe nicht herumgeschnüffelt, bitte glaub mir das. Ich habe sie an dem Abend gesehen, als du mich gebeten hast, deine Pantoffeln aus dem Schrank zu holen.«

»Oh, verdammt.«

Sie hatte Mays Spielzeuge und Geräte in ihrem Schrank vergessen. Mit einem Mal konnte sie nicht mehr an sich halten, ließ sich aufs Bett zurückfallen und fing dermaßen an zu lachen, dass ihre Augen tränten und ihr Körper bebte.

»Romy?«

»Entschuldige«, schniefte sie, wischte sich die Augen und zog ihn zu sich herab.

»Ich finde das nicht lustig. Es war schrecklich.«

»Na komm.« Romy nahm Ethan in die Arme und tätschelte seinen Rücken. »Jetzt ist alles wieder gut, ja? So was musst du nie mehr wieder tun.«

»Es war schlimmer als mein Auftritt in dieser Schulaufführung damals«, beharrte er.

»Was habt ihr denn da aufgeführt?« Romy hielt es für das Beste, ihn von seinem traumatischen Abenderlebnis abzulenken.

»Die Weihnachtsgeschichte.«

»Hattest du eine große Rolle? Sogar damals schon?« Sie fing an zu kichern.

»Eher eine kleine. Ich war einer der Heiligen Drei Könige.«

»Bestimmt hast du ganz entzückend ausgesehen. Hattet ihr alle Bademäntel an?«

»Ja. Und auf dem Kopf ein weißes Küchentuch. Nur meins hatte einen Rosastich.«

»Logisch. Und was musstest du tun? Auf den Stern von Bethlehem zeigen?«

»Nein, das hat einer der anderen gemacht.«

»Musstest du sagen: ›Ich bringe euch Weihrauch‹?«

Ethan schüttelte den Kopf. »Ich war der mit der Myrrhe. Was ist das überhaupt?«

»Keine Ahnung.«

»Wie auch immer, ich musste nichts sagen. Ich musste nur meine Gabe überreichen, niederknien und überwältigt aussehen.«

»Und was war daran Schlimmes?«

»Ich habe es gehasst und versucht, mich hinter einem der anderen Kinder zu verstecken.«

»Okay, das dürfte schwierig gewesen sein. Oder bist du erst später in die Höhe geschossen?«

»Nein, in unserer Klasse war ich der Längste. Ich habe mich gekrümmt.«

Romy gluckste.

»Meine Eltern waren da und wollten mich sehen.« Ethan musste selbst ein wenig grinsen. »Sie wollten ihr Geld zurück.«

»Du lügst.«

»Okay.« Ethan schwieg. Nach einer Weile setzte er an: »Wenn du nicht auf diese SM-Geschichte stehst, warum hast du dich dann von May unterrichten lassen?«

»Aus reiner Höflichkeit.«

Ethan hob die Brauen.

»Das ist eine längere Geschichte. Die erzähle ich dir ein andermal.« Sie holte tief Luft. »Als du am Telefon gesagt hast, die Beziehung, die ich mir wünsche, könntest du vielleicht nicht führen, hast du da an SM gedacht?«

»Ja, ich dachte, du brauchst so was. Obwohl du eigentlich immer ganz glücklich gewirkt hast … ich meine, mit dem, was wir gemacht haben. Ich habe überlegt, ob es dir nicht genügt. May hat gesagt, wenn SM in deiner Natur liegt, wärst du ohne nie zufrieden.«

»Du hast dich mit May darüber unterhalten?«

»Sicher, was glaubst du denn, woher ich die Ideen für heute Abend hatte?«

»Oh mein Gott, dann hat May dir auch die Unterlagen gegeben, nicht?« Romy sprang vom Bett und stürzte ins Wohnzimmer. Ethan rannte ihr nach, doch sie war vor ihm am Ziel, schnappte sich den Stapel DIN-A4-Seiten vom Couchtisch und wich ihm aus, als er sie ihr aus der Hand reißen wollte. Blitzschnell war sie an ihm vorbei und wieder im Schlafzimmer, warf sich aufs Bett und durchblätterte die Seiten. Ethan legte sich zu ihr.

»Du hast das Drehbuch geändert«, sagte Romy. »Du hättest sagen müssen: ›Du hast die Ehre, meinen Schwanz zu schmecken.‹«

»Ich habe es eben in meinen Worten ausgedrückt.«

»Es war ja auch sehr gelungen.«

Romy schlug die Seite um. »Mann, bin ich froh, dass du damit nicht begonnen hast.« Sie deutete auf eine Szene, die May vorgeschlagen hatte. ›Lutsch meinen Schwanz‹ war schon schlimm genug, aber das hier hätte mir den Rest gegeben.«

Ethan grinste. »Dazu hätte mir sowieso der Mumm gefehlt.«

»Das hier verstehe ich nicht.« Mit gekrauster Stirn studierte Romy eine Illustration.«

»Du hältst das Bild falsch herum.«

Romy drehte es herum. »Oh!«

Ethan zog ihr den Papierstapel aus der Hand und warf ihn auf den Boden. »Romy?«

»Ja?«

»Was hast du denn gedacht, was ich mit dem Satz über unsere Beziehung gemeint habe?«

»Dass du dich vielleicht nicht binden willst.«

Ethan streichelte ihre Wange. »Ich liebe dich, Romy. Das weißt du doch, oder?«

Sie nickte. Ja, sie wusste es. Sie spürte es. Trotzdem war es schön, es zu hören.

»Ich finde dich sensationell.«

»Wow, ich glaube, das hat noch niemand zu mir gesagt.«

»Ich möchte nichts lieber, als an dich gebunden zu sein. Ohne Handschellen, wenn's geht.«

»Ich liebe dich so sehr«, flüsterte sie, als er sich über sie beugte und sie küsste. Doch dann spürte sie, dass etwas in ihren Rücken stach, griff unter sich und holte Ethans »Geschenk« hervor.

»Hast du eine Idee, was ich damit anstellen soll?«, fragte sie neckend.

»Du könntest reiten lernen.«

»Oder dich auspeitschen, wenn du ein böser Junge bist.« Sie kicherte. Ethan wirkte peinlich berührt.

»Entschuldige«, sagte er. »Aber darüber kann ich noch keine Witze machen.«

»Ist es noch zu früh?«

Er nickte. »Kann auch sein, dass ich es nie schaffe.« Er nahm ihr die Reitpeitsche ab. »Ich bringe sie zurück und besorge dir etwas anderes.«

»Nein.« Romy wand ihm die Peitsche aus der Hand. »Es war ein Geschenk. Das darfst du mir nicht mehr wegnehmen.«

»Aber du möchtest es doch gar nicht. Was willst du denn damit anfangen?«

»Es hat einen sentimentalen Wert. Vielleicht lasse ich die Peitsche rahmen. Dann weiß ich immer, wie weit du gegangen wärst, um mich glücklich zu machen.«

»Ich möchte, dass dich glücklich zu machen meine Lebensaufgabe wird.« Ethan zog sie an sich.

»Dann hast du es gut getroffen«, sagte Romy. »Ich bin ziemlich leicht glücklich zu machen.«

27

»Eine schöne Wohnung«, sagte ihre Mutter, als Romy sie am Sonntagabend durch Ethans Apartment führte.

Romy öffnete die Tür zum Schlafzimmer. »Achte nicht auf das Durcheinander.« Die Umzugskisten standen immer noch herum, Ethan hatte die Zeit überwiegend mit Romy im Bett verbracht.

Anschließend drückte sie die Tür zu dem zweiten Schlafzimmer auf. Auf Zehenspitzen gingen sie zu dem Bettchen, in dem Luke schlief. Für einige Minuten sahen sie ihm andächtig beim Atmen zu, dann schlichen sie wieder hinaus.

In der Küche stand Ethan am Herd und rührte in einem Topf Soße um. »Bin gleich so weit«, sagte er, schöpfte einen Löffelvoll heraus, blies darüber und hielt ihn Romy zum Kosten hin.

»Noch eine Prise Salz?«, fragte er.

»Würde ich auch sagen.«

Romy goss jedem ein Glas Wein ein. Sie tranken, unterhielten sich und warteten auf Danny und Kit.

»Entschuldigt, dass wir zu spät kommen«, sagte Danny, als er und Kit wenig später eintrafen, beide mit von der Kälte geröteten Wangen, tränenden Augen und auffallend guter Laune. »Kit konnte sich nicht vom Gartencenter losreißen.«

Ethan schüttelte den Kopf und knuffte seinen Bruder in die Seite. »Als Nächstes wirst du noch Phil Collins hören und freitagabends zuhause hocken.«

Kit ignorierte ihn und fragte: »Wo ist unser Neffe?« Er und Danny wickelten ihre Schals ab und hängten ihre Mäntel auf. »Schläft er schon?«

»Tief und fest«, sagte Romy.

»Ach, schade«, sagte Kit betrübt. Gleich darauf hellte seine Miene sich wieder auf. »Wir haben ein paar Neuigkeiten. Aber zuerst sollten wir uns setzen.«

»Wollt ihr verkünden, dass ihr euch *nicht* verlobt?«, fragte Romy belustigt.

»Mann, bist du witzig«, entgegnete Danny.

»Geht schon mal ins Wohnzimmer«, forderte Ethan alle auf. »Und setzt euch. Das Essen ist gleich fertig.« Er bückte sich und holte die Pfanne mit der Lammkeule aus dem Ofen.

Kurz darauf hatten alle am Tisch Platz genommen. Romy schaute Kit gespannt an. »Ich warte auf die Neuigkeiten.«

»Na schön. Die Firma, bei der ich mich vorgestellt habe, hat sich gemeldet. Sie haben mir ein Angebot gemacht.«

»Super, herzlichen Glückwunsch.« Strahlend hob Romy ihr Glas.

»Danke.« Kit stieß mir ihr an. Auch die anderen prosteten ihm zu. »Aber ich nehme den Job nicht an.«

»Ach.« Romys Mutter und Ethan stellten ihre Gläser ab.

»Mensch«, sagte Romy. »Anzukündigen, dass man einen Job nicht annimmt, ist fast so gut wie anzukündigen, dass man sich nicht verlobt.«

»Warum willst du den Job nicht?«, fragte Ethan.

»Weil ich meine Meinung über das Haus geändert habe. Aber das muss ich noch mit Romy bereden.«

»Warum, möchtest du nicht, dass es instand gesetzt wird?«

»Doch. Aber ich möchte, dass daraus ein Hotel wird. Das bedeutet, du müsstest die Entwürfe noch mal ändern.«

»Das wäre kein Problem. Aber warum willst du deshalb den Job ausschlagen? Ich kann das Projekt allein beaufsichtigen, immerhin bezahlst du mich dafür.«

»Mein Plan ist, das Haus in ein Hotel umzuwandeln – in mein Hotel. Ich möchte es führen.«

»Tatsächlich? Bist du sicher?«

»Hundert Prozent. Klar, der Job wäre einträglich gewesen, und die Arbeit hätte ich im Schlaf erledigen können. Das Dumme ist nur, dass ich schon bei dem Gedanken daran unglücklich werde. Im Grunde war dieses Jobangebot das Beste, was mir passieren konnte. Jetzt weiß ich, dass ich so etwas auf gar keinen Fall will.«

»Kit und ich möchten in das Kutscherhäuschen ziehen«, fügte Danny hinzu. »Dann sind wir vor Ort, und Romy kann in Dublin bleiben.«

»Das heißt aber nicht, dass ich dich nicht mehr als Projektmanagerin brauche«, sagte Kit. »Ich denke nur, das kannst du auch von hier aus erledigen. Danny und ich würden die Arbeiten in Wicklow überwachen.«

»Mein Geschäft kann ich sowohl von Wicklow als auch von Dublin aus führen«, erklärte Danny.

Ethan sah Romy an und zwinkerte ihr zu. »Eine feine Idee, oder?«

Romy lächelte. »Sehr fein.« Sie hatte sich Kit gegenüber verpflichtet und würde ihre Aufgabe auch zu Ende führen, doch der Gedanke, in Wicklow zu wohnen, während Ethan in Dublin arbeitete, hatte ihr nicht sonderlich gefallen.

»Wissen unsere Eltern das schon?«, fragte Ethan.

»Ja, und sie sind dafür. Mum ist froh, dass das Haus in der Familie bleibt.«

»Alles in allem also eine erfreuliche Nachricht.« Romys Mutter hob ihr Glas.

Während sie anstießen, ging Romy durch den Kopf, wie gut es war, dass Kit nach Dublin und zu ihr zurückgekehrt war, und wie sehr ihrer beiden Leben sich dadurch zum Besseren gewendet hatten. Wäre Kit an Halloween nicht aus dem Baum gefallen, würden sie hier nicht zusammensitzen. Sie wäre Ethan nicht begegnet, eine Vorstellung, die sie schaudern ließ. Kit und Danny hätten sich nicht gefunden. Kit würde vermutlich immer noch eine Lüge leben und seine Familie auf Distanz halten, ohne sich einzugestehen, dass ihn das unglücklich machte.

Alle waren glücklicher geworden, seitdem sie ihre Geschichten, Neigungen und Gefühle offengelegt hatten und es keine Geheimnisse mehr gab. Mit einer Ausnahme. Doch mit einem Mal erkannte Romy, dass sie vor den Menschen an diesem Tisch kein einziges Geheimnis mehr haben wollte.

»Ich möchte euch auch etwas sagen«, begann sie. Ihre Mutter schaute sie an, und ihr Lächeln verblasste, als ahnte sie bereits, dass es sich um etwas Ernstes handelte.

»Geht es um Lukes Vater?«, fragte sie.

Romy spürte, dass Ethan sich an ihrer Seite versteifte. »Nein. Ich glaube nicht, dass ich jemals herausfinde, wer er ist.« Ehrlichweise hätte sie hinzusetzen können, dass sie es auch gar nicht mehr herausfinden wollte. Ethan liebte Luke. Einen besseren Vater als ihn konnte sie sich nicht vorstellen. Ihr grauste vor dem Gedanken, dass jemand auftauchen und seinen Platz in ihrer kleinen Familie beanspruchen würde, und sie wusste, dass Ethan ebenso empfand.

»Es geht um meinen Vater.« Ethan atmete hörbar auf. »Ich war bei ihm, als er gestorben ist.«

»Ich weiß«, sagte ihre Mutter. »Du hast ihn tot vorgefunden.«

»Nein, ich war dabei, als er gestorben ist. Als ich ankam, hat er noch gelebt.«

Alle am Tisch wurden still und saßen reglos da. Romy wurde der Gaumen trocken, doch sie zwang sich weiterzusprechen.

»Ich wusste, dass er allein im Haus war. Deshalb bin ich vorbeigegangen.« Sie wandte sich ihrer Mutter zu. »Du hattest einen Termin mit einem Redakteur, weißt du noch?«

Sie war die Treppe hoch zu seinem Zimmer gestiegen. Ihr Vater lag im Bett. Schon auf den ersten Blick erkannte sie, dass er unter qualvollen Schmerzen litt. Sein Gesicht war verzerrt und sein Körper verkrampft, als versuche er, die nächste Schmerzwelle mit reiner Willenskraft fernzuhalten. Sie setzte sich auf die Bettkante, strich ihm übers Haar, wollte ihm helfen, sich zu entspannen. Dann hatte sie ihn gefragt, ob sie etwas für ihn tun könne – und er hatte ihr gesagt, was es war.

»Er hatte unglaubliche Schmerzen. Schmerzen, die kaum zu ertragen waren. Er … bat mich, ihm zu helfen.«

Romy hörte, wie ihre Mutter den Atem einsog. Danny flüsterte: »Heiliger Himmel.« Romy senkte den Blick, denn wenn sie die anderen ansah, wäre sie nicht in der Lage, ihre Geschichte zu Ende zu erzählen.

»*Wie* solltest du ihm helfen?«, fragte Kit.

»Er lag im Sterben«, fuhr Romy mit zittriger Stimme fort. »Und er bat mich, ihm zu helfen.« Sie schaute Kit in die Augen, wollte ihn dazu bringen, die Bedeutung zu erfassen, ohne dass sie es aussprechen musste.

Kits Blick weitete sich. »Er hat dich um … Sterbehilfe gebeten?«

»Er hat mir erklärt, wo die Tabletten liegen, unten im

Küchenschrank. Er wollte, dass ich ihm einen Becher Kaffee mache und die zerstoßenen Tabletten unterrühre.«

»Mein Gott.« Ihre Mutter schlug die Hände vor den Mund. »Und was hast du getan?«

Romy atmete tief durch und wappnete sich. Die erste Träne quoll hervor und rann über ihre Wange. »Nichts«, antwortete sie schließlich. »Ich habe nichts getan.«

Minutenlang hatte sie nur schreckensstarr dagesessen. Ihr Vater flehte sie an und krallte seine Hand in ihren Arm. Er sagte, sie solle keine Angst haben, niemand werde je dahinterkommen. Er sagte: »Gestern hätte ich es noch selbst tun können, aber heute habe ich dazu keine Kraft mehr.« Er verfluchte sich für seine Nachlässigkeit und erklärte, die Tabletten könnten sich doch für ihn greifbar in seinem Zimmer befunden haben, und daran werde später auch niemand zweifeln. Er bettelte um ihre Hilfe, doch Romy schüttelte nur stumm den Kopf und fing an zu weinen.

»Ich konnte es nicht«, sagte sie mit Tränen in den Augen. »Er hat vor Schmerzen geschrien und mich angeschaut als …« Sie schluckte. »Voller Hass. Aber ich konnte ihm seinen Wunsch nicht erfüllen.«

Sie hob den Kopf, schaute einen nach dem anderen an. Als ihr Blick auf Ethan traf, zuckte sie zusammen. Er wirkte fassungslos, ja schockiert, als könne er ihre Entscheidung nicht nachvollziehen. Verunsichert wandte sie sich ab, denn wenn sie ihn ansähe, würde sie kein Wort mehr hervorbringen.

Als sie sich weigerte, wurde ihr Vater wütend. Er verfluchte sie, sagte, sie solle verschwinden, wenn sie nicht bereit sei, ihm zu helfen. Er hatte kaum noch Kraft, nur noch so viel, um sie zornig anzusehen und die hässlichen Worte hervorzuzischen. »Wir haben darüber gesprochen, Romy.

Ich dachte, auf dich wäre Verlass. Warum musst du jetzt so dumm und irrational sein, ich dachte, wir hätten das geklärt.« Romy hatte sich an die Diskussion über das Thema Sterbehilfe erinnert, die sie eines Sonntags beim Essen geführt hatten, und hatte überlegt, ob sie da mit ihm einer Meinung gewesen war. Es fiel ihr nicht mehr ein. Es war auch nicht wichtig, denn damals war es nur um ein Konzept gegangen, nicht um die Realität. Jetzt, da es real war, wehrte sich alles in ihr gegen seinen Vorschlag.

Zuletzt hatte sie es nicht mehr ertragen können. Sie löste seine Hand von ihrem Arm und stürzte zur Tür. Dort hatte sie sich noch einmal zu ihm umgedreht und zutiefst entsetzt die Bitterkeit und Verachtung in seinem Blick gesehen. Sie schloss die Tür und rannte die Treppe hinunter, als würde sie gejagt. Anschließend saß sie in der Küche, umschlang ihren bebenden Körper und weinte.

Als die Tränen versiegten, setzte sie Wasser auf. Sie zog die Schublade des Küchenschranks auf und entdeckte die Packung Tabletten. Sie öffnete sie und las den Waschzettel, die Warnung vor einer Überdosis. Sie warf die Packung zurück in die Schublade, wischte ihre Augen, kochte Kaffee und versuchte, so viel Mut zu sammeln, dass sie zu ihrem Vater zurückkehren konnte. Seinen Wunsch konnte sie nicht erfüllen, doch sie konnte zumindest bei ihm sitzen, ihn nicht allein lassen, ganz gleich, was er zu ihr gesagt hatte. Mit zwei Kaffeebechern in den Händen stieg sie die Treppe hoch und fürchtete sich davor, beim Betreten seines Zimmers Hoffnung in seinen Augen zu erkennen, die Hoffnung, dass sie es sich anders überlegt hatte und doch gewillt war, ihm zu helfen.

»Als ich in sein Zimmer kam, war er tot.«

Sie warf Ethan einen Seitenblick zu, doch er schaute zu

Boden. Sie wünschte, sie könnte seine Gedanken lesen. Mit einem Mal stieg Panik in ihr auf, die Angst, ihn zu verlieren, ohne dass sie wusste, warum. Sie zwinkerte ihre Tränen fort und stellte fest, dass sie am ganzen Leib zitterte. Ethan musste es gespürt haben, denn er begann, ihr sanft den Rücken zu reiben. Sie wollte von ihm in die Arme genommen werden, doch er schien innerlich meilenweit entfernt zu sein.

»Ach Romy.« In den Augen ihrer Mutter glänzten Tränen. »Wenn du wüsstest, wie leid mir das tut. Dein Vater hätte dich nie darum bitten dürfen. Glaub mir, *du* hast nichts Falsches getan und darfst dir auch keine Vorwürfe machen.«

»Er ist allein gestorben«, sagte Romy fast unhörbar. »Ich habe die Tür geschlossen und ihn allein gelassen. Ich war zu feige, bei ihm zu bleiben. Er hätte nie allein sterben dürfen.«

»Romy«, sagte ihre Mutter. »Du bedauerst deine Entscheidung doch nicht, oder?«

»Nein«, flüsterte Romy, denn mit der Last, ihm in den Tod geholfen zu haben, hätte sie nicht leben können.

»Er hätte niemals gewollt, dass du etwas tust, das du später bereust. Stattdessen hat er auf dich gezählt, er wusste, dass du stark bist. Ich glaube, deshalb hat er dich gefragt. Er hat dir voll und ganz vertraut.«

»Aber er hat sich geirrt, und ich habe ihn enttäuscht.«

»Er hat sich nicht geirrt, Romy. Er wollte nicht, dass du seinen Wunsch erfüllst, sondern hat darauf gebaut, dass du es nicht tust.«

»Du hast sein Gesicht nicht gesehen – wie er mich angeschaut hat.«

»Weil er unglaublich gelitten hat und nicht mehr klar denken konnte. Natürlich werden wir nie erfahren, was ihn in jenen Augenblicken bewegt hat, aber eines weiß ich, nämlich, dass er dich geliebt hat. Er wusste, dass du ihm standhalten wirst, denn von mir hat er diese Hilfe nie verlangt, und ich wäre dazu doch wohl am ehesten infrage gekommen. Hat er dich darum gebeten, Danny?« Sie sah ihren Sohn prüfend an.

»Nein.« Danny schüttelte den Kopf.

»Glaubst du, wenn er noch länger gelebt hätte, hätte er mir verziehen?«, fragte Romy und wischte die Tränen fort, die über ihre Wangen liefen.

»Er wird nicht gedacht haben, dass es etwas zu verzeihen gibt. Dein Vater wollte immer, dass du dir treu bleibst, und das hast du getan. Die Frage ist vielmehr, ob *du* ihm verzeihen kannst.«

Romy stutzte, denn diese Frage hatte sie sich bisher nie gestellt. Doch plötzlich wurde ihr bewusst, wie berechtigt sie war. Es ging nicht nur darum, dass sie Angst hatte, ihr Vater könnte sie gehasst haben, als er starb, sondern auch darum, dass sie ihn gehasst hatte, weil er ihr etwas Unmögliches abverlangt hatte. Er hatte sie dazu gebracht, sich hilflos zu fühlen und wie ein Feigling davonzulaufen, und das hatte sie ihm übelgenommen. Doch er war vor Schmerzen außer sich gewesen, nicht er selbst. Hätte er noch genügend Zeit gehabt, hätte er ihr verziehen. Sie dagegen hatte diese Zeit gehabt …

Sie nickte und tupfte die letzten Tränen ab. »Ja, das tue ich. Ich verzeihe ihm.«

Für den Rest des Abends wirkte Ethan in sich gekehrt. Auch schien er es kaum erwarten zu können, dass ihre Gäste sich verabschiedeten. Nach einer Weile brachen Kit, Danny und Romys Mutter auf. Sie waren kaum fort, als

Ethan aufsprang und wortlos in seinem Schlafzimmer verschwand. Romy räumte den Tisch ab. Der Abend hatte sie ausgelaugt, doch sie musste mit Ethan sprechen und erfahren, warum er auf ihr Bekenntnis so eigentümlich reagiert hatte.

Die Tür seines Schlafzimmers stand offen. Ethan kniete auf dem Fußboden und wühlte in einer Umzugskiste.

»Entschuldige.« Romy lehnte sich an den Türpfosten. »Für ein Abendessen war das ziemlich heftig.«

Ethan kam zu ihr. »Tut mir leid, ich war mit den Gedanken woanders.« Er nahm sie in die Arme. Sein Blick war forschend, als sehe er sie zum ersten Mal und sei dabei, sich ein Bild von ihr zu machen. »Komm her.« Er zog sie mit sich. »Ich möchte dir etwas zeigen.« Sie ließ sich von ihm zu seinem Bett führen. »Setz sich.« Er drückte sie auf die Bettkante. »Aber zuerst muss ich es finden.« Er küsste sie sanft aufs Haar und kehrte zu seinen Kisten zurück.

Das Zimmer sah jetzt noch chaotischer aus als zuvor. Zwei Kisten hatte Ethan geöffnet, ihr Inhalt verteilte sich über den Fußboden. Er riss die dritte auf, kramte darin herum, holte Gegenstände hervor und warf sie zur Seite – PlayStation-Spiele, Schals, Gürtel. Schuhe flogen durch die Luft und fielen auf den Teppich.

»Verdammt«, murmelte er. »Es muss hier irgendwo sein. Es sei denn, meine Mutter …«

Romy faltete die Hände auf dem Schoß und fragte sich, was das werden sollte. »Soll ich dir helfen? Wenn ich weiß, wonach du suchst, kann ich …« Sie verstummte. Vor ihren Füßen war ein schwarzer Lederhandschuh gelandet.

Mit einem Mal brach Ethans hektisches Hantieren ab. Er stemmte sich hoch und hielt etwas in der Hand. Romy sprang auf. Ohne sie anzuschauen, trat er noch einen Schritt auf sie zu. Sein Blick ruhte auf dem Gegenstand in seiner Hand. Als er ihn ihr reichte, zitterte seine Hand.

»Gehört dir das?«

Auch Romys Hand zitterte, als sie den Gegenstand berühren wollte. Sie wusste, worum es sich handelte: Es war die Maske, die sie auf Davids Halloweenparty getragen hatte. Sie rang nach Atem, schlug sich eine Hand vor den Mund. Wieder kamen ihr Tränen. Sie sank auf das Bett zurück, sah zu Ethan hoch und nickte. »Du warst das«, flüsterte sie.

»Vorhin, als du die Geschichte vom Tod deines Vaters erzählt hast … Die hatte ich schon einmal gehört.«

»Du warst auf Davids Party. Du bist …«

»… Darth Vader.«

»Ich wusste nicht, dass du David kennst.« Romy riss die Augen auf. »Du hattest etwas mit Katie.«

»Tja.« Ethan rieb sich den Nacken und wand sich unbehaglich. »Ich habe sie auf einer Benefizveranstaltung für Ärzte ohne Grenzen kennengelernt. Katie war in mehreren Wohltätigkeitsorganisationen aktiv.«

Sie konnten einander nicht anschauen und scheuten sich, das wirklich wichtige und große Thema anzusprechen.

»Ich dachte, ich finde dich nie«, hauchte Romy.

»Wolltest du mich denn finden?«

Romy nickte. »Du ahnst nicht, wie sehr.«

Es gab keine Zweifel mehr. Selbst in der Zeit, in der sie nicht gewusst hatte, wer er war, hatte sie sich immer gewünscht, *ihn* zu finden. »Ich bin so froh, dass du es bist«, sagte sie und schaute mit tränenfeuchten Augen zu ihm hoch.

»Ich bin auch froh, dass ich es bin«, antwortete Ethan heiser, während auch ihm Tränen in die Augen stiegen.

Er zog sie hoch, schloss sie in die Arme und stieß einen rauen Seufzer aus. »Du hast das Baby Luke genannt«, flüsterte er.

»Ja, es schien mir angebracht zu sein.«

»Romy, ist es so, wie ich vermute? Luke …«

»… ist dein Sohn.«

»Aber ich habe doch ein Kondom benutzt.«

Romy schniefte. »Es muss gerissen sein.«

»Wenn ich das gewusst hätte – und es gibt keine Zweifel?«

Romy schüttelte den Kopf. »Nein. Du bist sein Vater.«

Ethan ließ sie los und wischte sich die Tränen mit den Handballen ab. Für einen Moment fragte Romy sich, was Ethan empfand, doch als sie sein Lächeln sah, wusste sie, dass sie sich keine Sorgen machen musste.

Sie erwiderte sein Lächeln unter Tränen. »Ist das eine gute Nachricht?«

»Es ist die beste von allen. Du weißt doch, wie sehr ich euch liebe. Ich habe mir gewünscht, Luke ein Vater zu sein, doch jetzt …« Er brach ab und schüttelte den Kopf. »Ich wünschte nur …«

»Was?«

»Dass ich von Anfang an dabei gewesen wäre. Ich wünschte, ich wäre dagewesen, als du schwanger warst.« Mit vorsichtiger Hand berührte er ihren Bauch. »Ich hätte Luke gern gesehen, als er geboren wurde.«

»Ich weiß, aber von jetzt an kannst du doch, so oft du magst, bei ihm sein und ihn sehen.«

»Oh Gott, was wäre nur geschehen, wenn wir uns nie …« Er schluckte krampfhaft und schwieg, aber Romy wusste, was er hatte sagen wollen.

»Aber wir haben uns wiedergesehen«, beruhigte sie ihn.

»Komm.« Sie nahm seine Hand. »Wir müssen es ihm sagen.«

Auf Zehenspitzen gingen sie in das Zimmer, in dem Luke schlief, beugten sich über sein Bettchen und bewunderten *ihr* Baby. Luke schnaufte leise, ohne auch nur im Entferntesten zu ahnen, was gerade geschah.

»Sag du es ihm«, flüsterte Romy mit aufmunterndem Lächeln. Ethan stützte sich auf das Gitter des Bettchens und drehte sich zu ihr um.

»Soll ich es wie Darth Vader sagen?«, fragte er augenzwinkernd.

»Nein«, zischte Romy.

»Warum nicht?«

»Weil er dann ausflippt.«

»Wie denn, er schläft doch.«

»Na schön, mach, was du willst.«

Ethan holte zittrig Luft, doch als er sprach, klang er keineswegs wie ein dunkler intergalaktischer Lord, sondern tief bewegt und sanft.

»Luke«, sagte er. »Ich bin dein Vater.«

Danksagung

Ein großes Dankeschön geht an:

Meinen wundervollen Agenten Ger Nichol für all seine Unterstützung, Ermutigung und die endlose Geduld in den Zeiten, in denen ich neurotisch war.

Ciara Doorley und Claire Rourke dafür, dass sie das Beste aus diesem Roman hervorgeholt haben.

Deirdre Mangaoang bei Médecins Sans Frontières in Dublin, die meine Fragen über die Arbeit der MSF beantwortet hat.

Mark Stephens, RIBA MRIAI (www.MarkStephens Architects.com), der mich in puncto Bauprojekte beraten hat. Alle diesbezüglichen Fehler und Irrtümer gehen zu meinen Lasten.

Louise Clarke für das Haus in Leitrim Quay, wo ich einen großen Teil des Manuskripts geschrieben habe. Ohne diesen Teil hätte mein Roman keine Mitte.

Lesley Burke, die in der Autoren-für-Japan-Auktion das höchste Gebot für die Verwendung ihres Namens abgegeben hat. Ihre Großzügigkeit war von hohem Wert; ich hoffe, sie ist mit der Figur einverstanden, die ich nach ihr benannt habe. Ebenso danke ich meiner wundervollen Freundin Keris dafür, dass sie die Auktion gestartet hat. Sie hat £ 13.000 für die Opfer der Tsunami-Katastrophe eingebracht.

Allen Mitgliedern von We Should Be Writing für ihre

Hilfsbereitschaft, Offenheit, Klugheit, den Witz und dafür, dass sie sowohl online als auch sonst ganz fabelhaft sind.

Allen Lesern und Leserinnen meiner früheren Romane, die mir geschrieben haben. So etwas bedeutet mir sehr viel.

Zu guter Letzt jedem, der *Luke – wo ist dein Vater?* gekauft hat. Ich hoffe, die Lektüre hat Ihnen Spaß gemacht.